透明的紅蘿蔔

年輕時的莫言和比較年輕時的莫言的故事。

莫言

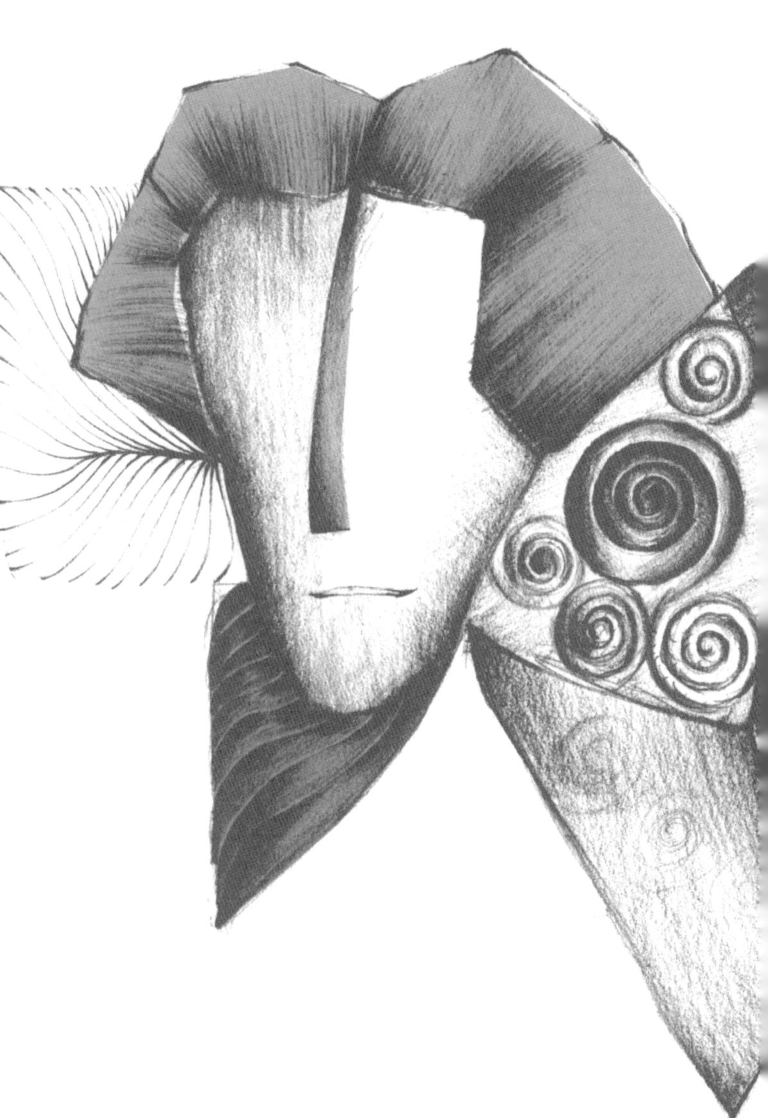

台灣版序

中篇小說，是上世紀八〇年代最為流行和最引人注目的小說樣式。現在活躍在大陸文壇的中年作家，大都是借助一部中篇小說成就名聲，登上文壇。我本人的成名作《透明的紅蘿蔔》就是一部中篇小說。大陸文壇一般將三萬到十萬字數的小說，劃到中篇的範圍裏，但到了九〇年代，七、八萬字的小說，也算長篇了。

我基本上是遵循著由短篇，到中篇，再到長篇這樣一個創作路徑走的。我的中篇小說都是八〇年代和九〇年代寫的，進入新世紀之後，再也沒有寫過。按說中篇是我喜歡的也是我得心應手的小說樣式，但為什麼就不寫了呢？當然可以說我好大喜功，盯著長篇去了，但也不完全是這原因。最根本的原因是這幾年我寫作的數量在減少，將近三年來我已經沒寫任何小說，不是不想寫，很想寫，但總感到沒有找到能夠超越自己的思路。將來我還會寫中短篇小說，會的，一定會的。

收入這套中篇小說集中的作品，基本上是以我的高密東北鄉為背景寫的，但風格還是有變化，有的質樸，有的荒誕，有的幽默，有的妖魅，我不知道這樣一批小說，依靠什麼來吸引台灣讀者，大概，讀小說有點像嚼檳榔，或者說，我的小說有點像檳榔，喜歡者會被它的古怪味道吸引並嚼之上癮，不喜歡者則入口即吐。因之猜想，我這本書的讀者，都是我的老讀者，他們或她們都是我的朋友。我就是為朋友在寫作啊。馬奎斯說，他為了讓朋友們更喜歡他而寫作，這話說得真好啊，他總是能說出有趣而雋永的話。

朋友們從這些中篇裏，大約可以讀出一個年輕時的莫言和比較年輕時的莫言，這應該是故事之外的收穫。一個作者生理上可以白髮蒼蒼，老態龍鍾，但心理上要保持年輕，這道理我非常明白，但實踐起來困難重重。難也要幹，老夫常發少年狂，為了讓朋友們喜歡我。

台灣版序 003
透明的紅蘿蔔 009
爆 炸 059
金髮嬰兒 103
歡 樂 163
你的行爲使我們恐懼 245
懷抱鮮花的女人 301
夢境與雜種 337
幽默與趣味 383
流 水 431

透明的紅蘿蔔

透明的紅蘿蔔

一

秋天的一個早晨，潮氣很重，雜草上，瓦片上都凝結著一層透明的露水。槐樹上已經有了淺黃色的葉片，掛在槐樹上的紅鏽斑斑的鐵鐘也被露水打得濕漉漉的。隊長披著夾襖，一手裏拃著一塊高粱麵餅子，一手裏揑著一棵剝皮的大蔥，慢吞吞地朝著鐘下走。走到鐘下時，手裏的東西全沒了，只有兩個腮幫子像秋田裏搬運糧草的老田鼠一樣飽滿地鼓著。他拉動鐘繩，鐘錘撞擊鐘壁，「噹噹噹」響成一片。老老少少的人從胡同裏湧出來，匯集到鐘下，眼巴巴地望著隊長，像一群木偶。隊長用力把食物吞嚥下去，抬起袖子擦擦被絡腮鬍子包圍著的嘴。人們一齊瞅著隊長的嘴，只聽到那張嘴一張開——那張嘴一張開就罵：「他娘的腿！公社裏這些狗娘養的，今日抽兩個瓦工，明日調兩個木工，幾個勞力全被他們給零打碎敲了。小石匠，公社要加寬村後的滯洪閘，每個生產隊裏抽調一個石匠，一個小工，只好你去了。」隊長對著一個高個子寬肩膀的小夥子說。

小石匠長得很瀟灑，眉毛黑黑的，牙齒是白的，一白一黑，襯托得滿面英姿。他把腦袋輕輕搖了一下，一綹滑到額頭上的頭髮輕輕地甩上去。他稍微有點口吃地問隊長去當小工的人是誰，隊長怕冷似地把膀子抱起來，雙眼像風車一樣旋轉著，嘴裏嘈嘈地說：「按說去個婦女好，可婦女要拾棉花。去個男勞力又屈了料。」最後，他的目光停在牆角上。牆角上站著一個十歲左右的男孩子。孩子赤著腳，光著脊梁，穿一條又肥又長的白底帶綠條條的大褲頭子，褲頭上染著一塊塊的污漬，有的像青草的汁液，有的像乾結的鼻血。褲頭的下沿齊著膝蓋。孩子的小腿上布滿了閃亮的小疤點。

「黑孩兒，你這個小狗日的還活著？」隊長看著孩子那凸起的瘦胸脯，說：「我尋思著你該去見閻王了。打擺子好了嗎？」

孩子不說話，只是把兩隻又黑又亮的眼睛直盯著隊長看。他的頭很大，脖子細長，挑著這樣一個大腦袋顯得隨時都有壓折的危險。

「你是不是要幹點活兒掙幾個工分？你這個熊樣子能幹什麼？放個屁都怕把你震倒。你跟上小石匠到滯洪閘上去當小工吧，怎麼樣？回家找把小錘子，就坐在那兒砸石頭子兒，願意動彈就多砸幾塊，不願動彈就少砸幾塊，根據歷史的經驗，公社的差事都是胡弄洋鬼子的幹活。」

孩子慢慢地蹭到小石匠身邊，扯扯小石匠的衣角。小石匠友好地拍拍他的光葫蘆頭，說：「回家跟你後娘要把錘子，我在橋頭上等你。」

孩子向前跑了。有跑的動作，沒有跑的速度，兩隻細胳膊使勁甩動著，像谷地裏被風吹動著的稻草人。人們的目光都追著他，看著他光著的背，忽然都感到身上發冷。隊長把夾襖使勁扯了扯，對著孩子喊：「回家跟你後娘要件褂子穿著，唶，你這個小可憐蟲兒。」

他躡腿躡腳地走進家門。一個掛著兩條清鼻涕的小男孩正蹲在院子裏和著尿泥，看著他來了，便揚起那張扁乎乎的臉，奓煞著手叫：「可……可……抱……」黑孩彎腰從地上撿起一個淺紅色的杏樹葉兒，給後母生的弟弟把鼻涕擦了，又把黏著鼻涕的樹葉像貼傳單一樣「吧唧」拍到牆上。對著弟弟擺手，他向屋裏溜去，從牆角上找到一把鐵柄羊角錘子，又悄悄地溜出來。小男孩又衝著他叫喚，他找了一根樹枝，圍著弟弟畫了一個大大的圓圈，扔掉樹枝，匆匆向村後跑去。他的村子後邊是一條不算大也不算小的河，河上有一座九孔石橋。河堤上長滿垂柳，由於夏天大水的浸泡，樹幹上生滿了紅色的鬚根。現在水退了，鬚根也乾巴了。柳葉已經老了，桔黃色的落葉隨著河水緩緩地向前漂。幾隻鴨子在河邊上游動著，不時把紅色的嘴插到水草中，「呱唧呱唧」地搜索著，也不知吃到什麼沒有。

孩子跑上河堤，已經累得氣喘吁吁。凸起的胸脯裏像有隻小母雞在打鳴。

「黑孩！」小石匠站在橋頭上大聲喊他，「快點跑！」

黑孩用跑的姿勢走到小石匠跟前，小石匠看了他一眼，問：「你不冷？」

黑孩怔怔地盯著小石匠。小石匠穿著一條勞動布的褲子，一件勞動布夾克式上裝，上裝裏套一件火紅色的運動衫，運動衫領子耀眼地翻出來，孩子盯著領口，像盯著一團火。

「看著我幹什麼？」小石匠輕輕撥拉了一下孩子的頭，孩子的頭像貨郎鼓一樣晃了晃。「你呀，」小石匠說，「生被你後娘給打傻了。」

小石匠吹著口哨，手指在黑孩頭上輕輕地敲著鼓點，兩人一起走上了九孔橋。黑孩很小心地走著，盡量使頭處在最適宜小石匠敲打的位置上。小石匠的手指骨節粗大，堅硬得像小棒槌，敲在光頭上很痛，黑孩忍著，一聲不吭，只是把嘴角微微吊起來。小石匠的嘴非常靈巧，兩片紅潤的嘴唇忽而噘起，忽而張開，從他唇間流出百靈鳥的婉轉啼聲，響，脆，直衝到雲霄裏去。

過了橋上了對面的河堤，向西走半里路，就是滯洪閘，滯洪閘實際上也是一座橋，與橋不同的是它插上閘板能擋水，撥開閘板能放洪。河堤的漫坡上栽著一簇簇蓬鬆的紫穗槐。河堤裏邊是幾十米寬的河灘地，河灘細軟的沙土上，長著一些大水落後匆匆生出來的野草。河堤外邊是遼闊的原野，連年放洪，水裏挾帶的沙土淤積起來，改良了板結的黑土，土地變得特別肥沃。今年洪水不大，沒有危及河堤，滯洪閘沒開閘洩洪，放洪區裏種植了大片的孟加拉國黃麻。黃麻長得像原始森林一樣茂密。正是清晨，還有些薄霧繚繞在黃麻梢頭，遠遠看去，霧下的黃麻地像深邃的海洋。

小石匠和黑孩悠悠逛逛地走到滯洪閘上時，閘前的沙地上已集合了兩堆人。一堆男，一堆女，像兩個對壘的陣營。一個公社幹部拿著一個小本子站在男人和女人之間說著什麼，他的胳膊忽而揚起來，忽而垂下去。小石匠牽著黑孩，沿著閘頭上的水泥臺階，走到公社幹部面前。小石匠說：「劉副主任，我們村來了。」小石匠經常給公社出官差，劉副主任經常帶領人馬完成各類工程，彼此認識。黑孩看著劉副主任那寬闊的嘴巴。那構成嘴巴的兩片紫色嘴唇碰撞著，發出一連串音節：「小石匠，又是你這個滑頭小子！你們村真他媽的會找人，派你這個笊籬撈不住的滑蛋來，夠我淘的啦。小工呢？」

孩子感到小石匠的手指在自己頭上敲了敲。

「這也算個人？」劉副主任捏著黑孩的脖子搖晃了幾下，黑孩的腳跟幾乎離了地皮。「派這麼個小瘦猴來，你能拿動錘子嗎？」劉副主任虎著臉問黑孩。

「行了，劉副主任，劉太陽。社會主義優越性嘛，人人都要吃飯。黑孩家三代貧農，社會主義不管他誰管他？何況他沒有親娘跟著後娘過日子，親爹鬼迷心竅下了關東，一去三年沒個影，不知是被熊瞎子舔了，還是被狼崽子啖了。你的階級感情哪兒去了？」小石匠把黑孩從劉太陽副主任手裏拽過來，半真半假地說。

黑孩被推搡得有點頭暈。剛才靠近劉副主任時，他聞到了那張闊嘴裏噴出了一股酒氣。一聞到這種味兒他就噁心，後娘嘴裏也有這種味。爹走了以後，後娘經常讓他拿著地瓜乾子到小賣鋪裏去換酒。後娘一喝就醉，喝醉了他就要挨打，挨擰，挨咬。

「小瘦猴！」劉副主任罵了黑孩一句，再也不管他，繼續訓起話來。

黑孩提著那把羊角鐵錘，蔫兒吧唧地走上滯洪閘。滯洪閘有一百米長，十幾米高，閘的北面是一個和閘身等長的方槽，方槽裏還殘留著夏天的雨水。孩子站在閘上，把著石欄杆，望著水底下的石頭，幾條黑色的瘦魚在石縫裏笨拙地游動。滯洪閘兩頭連結著高高的河堤，河堤也就是通往縣城的道路。閘身有五米寬，兩邊各有一道半米高的石欄杆。前幾年，有幾個騎自行車的人被馬車擠到閘下，有的摔斷了腿，有的摔折了腰，有的摔死了。那時候他比現在當然還小，但比現在身上肉多，那時候父親還沒去關東，後娘也不喝酒。他跑到閘上來看熱鬧，他來得晚了點，摔到閘下的人已被拉走了，只有閘下的水槽裏還有幾團發紅發渾的地方。他的鼻子很靈，嗅到了水裏飄上來的血腥味……

他的手扶住冰涼的白石欄杆，羊角錘在欄杆上敲了一下，欄杆和錘子一齊響起來。傾聽著羊角鐵錘和白石欄杆的聲音，往事便從眼前消散了。太陽很亮地照著閘外大片的黃麻，他看到那些薄霧匆匆忙忙地在黃麻裏鑽來鑽去。黃麻太密了，下半部似乎還有間隙，上半部的枝葉擠在一起，濕漉漉，油亮亮。他繼續往西看，看到黃麻地西邊有一塊地瓜地，地瓜葉子紫勾勾地亮。黑孩知道這種地瓜是新品種，蔓兒短，結瓜多，個大味道甜，白皮紅瓤兒，煮熟了就爆炸。地瓜地的北邊是一片菜園，社員的自留地統統歸了公，隊裏只好種菜園。黑孩知道這塊菜園和地瓜都是五里外的一個村莊的，這個村子挺富。菜園里有白菜，似乎還有蘿蔔。蘿蔔纓兒綠得發黑，長得很旺。菜園子中間有兩間孤獨的房屋，住著一個孤獨的老頭，孩子都知道。菜園的北邊是一望無際的黃麻。菜園的西邊又是一望無際的黃麻。三面黃麻一面堤，使地瓜地和菜地變成一個方方的大井。孩子想著，想著，那些紫色的葉片，綠色的葉片，在一瞬間變成井中水，緊跟著黃麻也變成了水，幾隻在黃麻梢頭飛躍的麻雀變成了綠色的翠鳥，在水面上捕食魚蝦……

劉副主任還在訓話。他的話的大意是，為了農業學大寨，水利是農業的命脈，八字憲法水是一法，沒有水的農業就像沒有娘的孩子，有了娘，這個娘也沒有奶子，有了奶子，這個奶子也是個瞎奶子，沒有奶水，孩子活不了，活了也像那個瘦猴（劉副主任用手指指著閘上的黑孩。黑孩背對著人群，他脊梁上有兩塊大疤瘌，被陽光照得忽啦忽啦打閃電）。而且這個閘太窄，不安全，年年摔死人，公社革委特別重視，認真研究後決定加寬這個滯洪閘。因此調來了全公社各大隊共合兩百餘名民工。第一階段的任務是這樣的，姑娘媳婦半老婆子加上那個瘦猴（他又指指閘上的孩子，陽光照著大疤瘌，像照著兩面小鏡子），把那五百方石頭砸成柏子養心丸或者是雞蛋黃那麼大的石頭子兒。石匠們要把所有的石料按照尺寸剁磨整齊。這兩個是我們的鐵匠（他指著兩個棕色的人，這兩個人一個高，一個低，一個老，一個少），負責修理石匠們禿了尖的鋼鏨子之類。吃飯嘛，離村近的回家吃，離村遠的到前邊村裏吃，我們開了一個伙房。睡覺嘛，離村近的回家睡，離村遠的睡橋洞（他指指滯洪閘下那幾十個橋洞）。女的從東邊向西睡，男的從西邊向東睡。橋洞裏鋪著麥秸草，軟得像鋼絲床，舒服死你們這些狗日的。

「劉副主任，你也睡橋洞嗎？」

「我是領導。我有自行車。我願意在這兒睡不願意在這兒睡是我的事，你別操心爛了肺。官長騎馬士兵也騎馬嗎？狗日的，好好幹，每天工分不少掙，還補你們一斤水利糧，兩毛水利錢，誰不願幹就滾蛋。連小瘦猴也得一份錢糧，修完閘他保證要胖起來……」

劉副主任的話，黑孩一句也沒聽到。他的兩根細胳膊拐在石欄杆上，雙手夾住羊角錘。他聽到黃麻地裏響著鳥叫般的音樂和音樂般的秋蟲鳴唱。逃逸的霧氣碰撞著黃麻葉子和深紅或是淡綠的莖稈，發出震耳欲聾的聲響。螞蚱剪動翅羽的聲音像火車過鐵橋。他在夢中見過一次火車，那是一個獨眼的怪物，趴著跑，比馬還快，要是站著跑呢？那次夢中，火車剛站起來，他就被後娘的掃炕笤帚打醒了。後娘讓他去河裏挑水。笤帚打在他屁股上，不痛，只有熱乎乎的感覺。打屁股的聲音好像在很遠的地方有人用棍子抽一麻袋棉花。他把扁擔鉤兒挽上去一扣，水桶剛剛離開地皮。擔著滿滿兩桶水，他聽到自己的骨頭「咯嘣咯嘣」地響。肋條跟胯骨連在了一起。爬陡峭的河堤時，他雙手扶著扁擔，搖搖晃晃。上堤的小路被一棵棵柳樹扭得彎彎曲曲。柳樹幹上像裝了磁鐵，把鐵皮水桶吸得搖搖擺擺。樹撞了桶，桶把水撒在小路上，很滑，他一腳踏上去，像踩著一塊西瓜皮。不知道用什麼姿勢他趴下了，水像瀑布一樣把他澆濕了。他的臉碰破了，鼻子尖成了一個平面，一根草梗在平面上印了一個小溝溝。幾滴鼻血流到嘴裏，他吐了一口，噝了一口。鐵桶一路歡唱著滾到河裏去了。他爬起來，去追趕鐵桶。兩個桶一個歪在河邊的水草裏，一個被河水載著向前漂。他沿著水邊追上去，腳下長滿了四個棱的他和一班孩子們稱之為「狗蛋子」的野草。儘管他用腳指頭使勁扒著草根，還是滑到了河裏。河水溫暖，沒到了他的肚臍。褲頭濕了，漂起來，圍在他的腰間，像一團海蜇皮。他呼呼隆隆蹚著水追上去，抓住水桶，逆著水往回走。他把兩隻胳膊奓煞開，一隻手拖著桶，另一隻手一下一下划著水。水很硬，頂得他趔趔趄趄。他把身體斜起來，弓著脖子往前用力。好像有一群魚把他包圍了，兩條大腿之間有若干溫柔的魚嘴在吻他。他停下來，仔細體會著，但一停住，那種感覺頓時就消逝了。水面忽地一暗，好像魚群驚惶散開。一走起來，愉快的感覺又出現了，好像魚兒又聚攏過來。於是他再也不停，半閉著眼睛，向前走啊，走……

「黑孩！」

「黑孩！」

他猛然驚醒，眼睛大睜開，那些魚兒又忽地消失了。羊角鐵錘從他手中掙脫了，筆直地鑽到閘下的綠水裏，濺起了一朵白菊一樣的水花。

「這個小瘦猴，腦子肯定有毛病。」劉太陽上閘去，擰著黑孩的耳朵，大聲說：「過去，跟那些娘兒們砸石子去，看你能不能從裏邊認個乾娘。」

小石匠也走上來，摸摸黑孩涼森森的頭皮，說：「去吧，去摸上你的錘子來。砸幾塊算幾塊，砸夠了就耍耍。」

「你敢偷奸磨滑我就割下你的耳朵下酒。」劉太陽張著大嘴說。

黑孩哆嗦了一下。他從欄杆空裏鑽出去，雙手勾住最下邊一根石杆，身子一下子掛在欄杆下邊。

「你找死！」小石匠驚叫著，貓腰去扯孩子的手。黑孩往下一縮，身體貼在橋墩菱狀突出的石棱上，輕巧地溜了下去。黑孩貼在白橋墩上，像粉牆上一隻壁虎。他趾溜到水槽裏，把羊角錘摸上來，然後爬出水槽，鑽進橋洞不見了。

「這小瘦猴！」劉太陽摸著下巴說，「他媽的這個小瘦猴！」

黑孩從橋洞裏鑽出來，畏畏縮縮地朝著那群女人走去。女人們正在笑罵著。話很髒，有幾個姑娘夾雜在裏邊，想聽又怕聽，臉兒一個個紅撲撲的像雞冠子花。男孩黑黑地出現在她們面前時，她們的嘴一下子全封住了。愣了一會兒，有幾個咬著耳朵低語，看著黑孩沒反應，聲音就漸漸大了起來。

「瞧瞧，這個可憐樣兒！都什麼節氣了，還讓孩子光著。」

「不是自己腚裏養出來的就是不行。」

「聽說他後娘在家裏幹那行呢……」

黑孩轉過身去，眼睛望著河水，不再看這些女人。河水一塊紅一塊綠，河南岸的柳葉像蜻蜓一樣飛舞著。

一個蒙著一條紫紅色方頭巾的姑娘站在黑孩背後，輕輕地問：「哎，小孩，你是哪個村的？」

黑孩歪歪頭，用眼角掃了姑娘一下。他看到姑娘的嘴上有一層細細的金黃色的茸毛，她的兩眼很大，但由於眼睫毛太多，毛茸茸的，顯出一副睡眼惺忪的樣子。

「小孩，你叫什麼名字？」

黑孩正和沙地上一棵老蒺藜作戰，他用腳指頭把一個個六個尖或是八個尖的蒺藜撕下來，用腳掌去捻。他的腳像螺馬的硬蹄一樣，蒺藜尖一根根斷了，蒺藜一個個碎了。

姑娘愉快地笑起來：「真有本事，小黑孩，你的腳像掛著鐵掌一樣。哎，你怎麼不說話？」姑娘用兩個手指戳著孩子的肩頭說：「聽到了沒有，我問你話呢！」

黑孩感覺到那兩個溫暖的手指順著他的肩頭滑下去，停到他背上的傷疤上。

「哎，這，是怎麼弄的？」

孩子的兩個耳朵動了動。姑娘這才注意到他的兩耳長得十分誇張。

「耳朵還會動，喲，小兔一樣。」

黑孩感覺到那隻手又移到他的耳朵上，兩個指頭在捻著他漂亮的耳垂。

「告訴我，黑孩，這些傷疤，」姑娘輕輕地扯著男孩的耳朵把他的身體調轉過來，黑孩齊著姑娘的胸口。他不抬頭，眼睛平視著，看見的是一些由紅線交叉成的方格，有一條梢兒發黃的辮子躺在方格布上。「是狗咬的？生瘡啦？上樹拉的？你這個小可憐……」

黑孩感動地仰起臉來，望著姑娘渾圓的下巴。他的鼻子吸了一下。

「菊子，想認個乾兒嗎？」一個臉盤肥大的女人衝著姑娘喊。

黑孩的眼睛轉了幾下，眼白像灰蛾兒撲棱。

「對，我就叫菊子，前屯的，離這兒十里，你願意說話就叫我菊子姊好啦。」姑娘對黑孩說。

「菊子，是不是看上他了？想招個小女婿嗎？那可夠你熬的，這隻小鴨子上架要得幾年哩……」

「臭老婆，張嘴就噴糞。」姑娘罵著那個胖女人。她把黑孩牽到像山嶺一樣的碎石堆前，找了一塊平整的石頭擺好，說，「就坐在這兒吧，靠著我，慢慢砸。」她自己也找了一塊光滑石頭，給自己弄了個座位，靠著男孩坐下來。很快，滯洪閘前這一片沙地上，就響起了「噼噼啪啪」的敲打石頭聲。女人們以黑孩為話題議論著人世的艱難和造就這艱難的種種原因，這些「娘兒們哲學」裏，永恆真理羼雜著胡說八道，菊子姑娘一點都沒往耳裏入，她很留意地觀察著孩子。黑孩起初還以那雙大眼睛的偶然一瞥來回答姑娘的關注，但很快就像入了定一樣，眼睛大睜著，也不知他看著什麼，姑娘緊張地看著他。他左手摸著石頭塊兒，右手舉著羊角錘，每舉一次都顯得筋疲力竭，錘子落下時好像猛拋重物一樣失去控制。有時姑娘幾乎要驚叫起來，但什麼也沒發生，羊角鐵錘在空中劃著曲里拐彎的軌跡，但總能落到石頭上。

黑孩的眼睛本來是專注地看著石頭的，但是他聽到了河上傳來了一種奇異的聲音，很像魚群在唼喋，聲音細微，忽遠忽近，他用力地捕捉著，眼睛與耳朵並用，他看到了河上有發亮的氣體起伏上升，聲音就藏在氣體裏。只要他看著那神奇的氣體，美妙的聲音就逃跑不了。他的臉色漸漸紅潤起來，嘴角上漾起動人的微笑。他早忘記了自己坐在什麼地方幹什麼，彷彿一上一下舉著的手臂是屬於另一個人的。後來，他感到右手食指一陣麻木，右胳膊也不由自主地抽搐了一下。他的嘴裏突然迸出了一個音節，像哀叫又像歎息。低頭看時，發現食指指甲蓋已經破成好幾瓣，幾股血從指甲破縫裏滲出來。

「小黑孩，砸著手了是不？」姑娘聳身站起，兩步跨到孩子面前蹲下，「親娘喲，砸成了什麼樣子？哪裏有像你這樣幹活的？人在這兒，心早飛到不知哪國去了。」

姑娘數落著黑孩。黑孩用右手抓起一把土按在砸破的手指上。

「黑孩，你昏了?土裏什麼髒東西都有!」姑娘拖起黑孩向河邊走去，孩子的腳板很響地踩著油光光的河灘地。在水邊上蹲下，姑娘抓住孩子的手浸到河水裏。一股小小的黃濁流在孩子的手指前形成了。黃土沖光後，血絲又滲出來，像紅線一樣在水裏抖動，孩子的指甲像砸碎的玉片。

「痛嗎?」

他不吱聲。這時候他的眼睛又盯住了水底的河蝦，河蝦身體透亮，兩根長鬚冉冉飄動，十分優美。姑娘掏出一條繡著月季花的手絹，把他的手指包起來。牽著他回到石堆旁，姑娘說：「行了，坐著耍吧，沒人管你，冒失鬼。」

女人們也都停下了手中的錘子，把濕漉漉的目光投過來，石堆旁一時很靜。一群群綿羊般的白雲從青藍藍的天上飛奔而過，投下一團團稍縱即逝的暗影，時斷時續地籠罩著蒼白的河灘和無可奈何的河水。女人們臉上都出現一種荒涼的表情，好像寸草不生的鹽鹼地。待了好長一會兒，她們才如夢初醒，重新砸起石子來，錘聲寥落單調，透出了一股無可奈何的情緒。

黑孩默默地坐著，目不轉睛地看著手絹上的紅花兒。在紅花旁邊又有一朵花兒出現了，那是指甲裏的血滲出來了。女人們很快又忘了他，「嘎嘎咕咕」地說笑起來。黑孩把傷手舉起來放在嘴邊，用牙齒咬開手絹的結兒，又用右手抓起一把土，按到傷指上。姑娘剛要開口說話，卻發現他用牙齒和右手又把手絹紮好了。她長長地歎了一口氣，舉起錘子，沉重地打在一塊醬紅色的石片上。石片很堅硬，石棱兒像刀刃一樣，石棱與錘棱相接，碰出了幾個很大的火星，大白天也看得清。

中午，劉副主任騎著輛烏黑的自行車從黑孩和小石匠的村子裏竄出來。他站在滯洪閘上吹響了收工哨。他接著宣布，伙房已經開火，離家五里以外的民工才有資格去吃飯。人們匆匆地收拾著工具。姑娘站起來。孩子站起來。

「黑孩，你離家幾里？」

黑孩不理她，腦袋轉動著，像在尋找什麼。姑娘的頭跟著黑孩的頭轉動，當黑孩的頭不動了時，她也把頭定住，眼睛向前望，正碰上小石匠活潑的眼睛，兩人對視了幾十秒鐘。小石匠說：「黑孩，走吧，回家吃飯，你不用瞪眼，瞪眼也是白瞪眼，咱倆離家不到二里，沒有吃伙房的福份。」

「你們倆是一個村的？」姑娘問小石匠。

小石匠興奮地口吃起來，他用手指指村子，說他和黑孩就是這村人，過了橋就到了家。姑娘和小石匠說了一些平常但很熱乎的話。小石匠知道了姑娘家住前屯，可以吃伙房，可以睡橋洞。姑娘說，吃伙房願意，睡橋洞不願意。秋天裏颳秋風，橋洞涼。姑娘還悄悄地問小石匠黑孩是不是啞巴。小石匠說絕對不是，這孩子可靈性哩，他四五歲時說起話來就像竹筒裏晃豌豆，咯嘣咯嘣脆。可是後來，話越來越少，動不動就像尊小石像一樣發呆，誰也不知道他尋思著什麼。你看看他那雙眼睛吧，黑洞洞的，一眼看不到底。姑娘說看得出來這孩子靈性，不知為什麼我很喜歡他，就像我的小弟弟一樣。小石匠說，那是你人好心眼兒善良。

小石匠、姑娘、黑孩兒，不知不覺落到了最後邊，他和她談得很熱乎，恨不得走一步退兩步。黑孩跟在他倆身後，高抬腿、輕放腳，那神情和動作很像一隻沿著牆邊巡邏的小公貓。在九孔橋上，剛剛在紫穗槐樹叢裏耽誤了時間的劉太陽騎著車子「嘎嘎啦啦」地趕上來，橋很窄，他不得不跳下車子。

「你們還在這兒磨蹭？黑猴，今天上午幹得怎麼樣？噢，你的爪子怎麼啦？」

「他的手讓錘子打破了。」

「他媽的。小石匠，你今天中午就去找你們隊長，讓他趁早換人，出了人命我可擔不起。」

「他這是公傷，你忍心攆他走？」姑娘大聲說。

「劉副主任，咱倆多年的老交情了，你說，這麼大個工地，還多這麼個孩子？你讓他瘸著隻手到隊裏去幹什麼？」小石匠說。

「瘦猴兒，真你媽的，」劉太陽沉吟著說，「給你調個活兒吧，給鐵匠爐拉風匣，怎麼樣？會不會？」

孩子求援似地看看小石匠，又看看姑娘。

「會拉，是不是，黑孩？」小石匠說。

姑娘也衝著他鼓勵地點點頭。

二

黑孩在鐵匠爐上拉風箱拉到第五天，赤裸的身體變得像優質煤塊一樣烏黑發亮；他全身上下，只剩下牙齒和眼白還是白的。這樣一來，他的眼睛就更加動人，當他閉緊嘴角看著誰的時候，誰的心就像被熱鐵烙著一樣難受。他的鼻翼兩側的溝溝裏落滿煤屑，頭髮長出有半寸長了，半寸長的頭髮間也全是煤屑。現在，全工地的男人女人們都叫他「黑孩」，他誰也不理，連認真看你一眼也不。只有菊子姑娘和小石匠來跟他說話時，他才用眼睛回答他們。昨天中午，工地上的人們全去吃飯了，鐵匠師傅的一把小錘和一個淬火用的新水桶被人偷走了。劉太陽在滯洪閘上大罵了半個小時。他分派給黑孩一個新任務：每天中午放工吃飯後，留在工地看守工具，午飯由鐵匠師傅從伙房裏帶來。劉副主任說，便宜黑孩這個狗小子一頓午飯。

人全走了，喧鬧了一上午的工地靜得很。黑孩走出橋洞，在閘前的沙地上慢慢地踱步。他倒背著胳胯，雙手捂著屁股，蹙著眉毛，額頭上出現三道深深的皺紋。他翻來覆去地數著橋洞，從兩片嘴唇間「叭兒叭兒」地吐出一個個小泡泡兒。在第七個橋墩前，他站住了，然後雙腿夾住橋墩的菱狀石棱，一聳一聳地往上爬。爬到半截時，他滑了下來，肚皮上擦破了一大塊，滲出一層血珠來。他彎腰抓起一把土，按到肚子上。然後倒退幾步，抬起手掌打著眼罩，看著橋墩與橋面相接處那道石縫，他放心了。

很快地他又走到了婦女們砸石子的地方，他曾經坐過的那塊石頭沒有了。他很準地找到了菊子姑娘的座位，他認識她那把六棱石匠錘。他坐在姑娘的座位上，不斷地扭動著身體，變換著姿勢，一直等調整到眼睛跟第七個橋墩上那條石縫成一條直線時，才穩穩地坐住，雙眼緊盯著石縫裏那個東西……

那天中午，他早早地跑到滯洪閘下，在西邊第一個橋洞裏蹲下來。他眼睛一遍遍地撫摸紅爐、鐵鉗、大錘、小錘、鐵桶、煤鏟，甚至每塊煤，甚至每塊煤渣。快到上工時間了，他右手拿起煤鏟，捅開了壓住火的紅爐，左手用力一拉風箱，煤煙和著煤灰飛起來，迷了眼睛，他使勁揉著，眼眶處充血發了紫。風箱裏新勒了雞毛，很沉，他一隻手拉起來有些吃力。右手食指被碰了一下。看手指時才想起那條包著傷指的手絹。手絹已經不白了，月季花還是鮮紅的。他轉了一個念頭，走出橋洞，四下打量著。在第七個橋墩前，他解下手絹用口叼著，費力地爬上去，把手絹塞到石縫裏……三捅兩戳，火滅了。他的額上沁出一層汗珠。這時橋洞外響起踢踢踏踏的腳步聲，他惶恐地倒退著，一直退到脊背貼著涼涼的石壁。黑孩看到一個短腿的青年彎著腰走進橋洞，那姿勢好像要證明橋洞很低他人很高。黑孩咧了咧嘴。短腿青年看著被捅滅的火爐和拉出半截的風箱，又看看緊貼石壁站著的他，罵一聲：「小狗崽子！你來折騰什麼？火也捅滅了，風匣也拉歪了，欠揍的小混蛋。」黑孩聽到頭上響起一陣風聲，感到有一個帶棱角的巴掌在自己頭皮上搧過去，緊接著聽到一個很脆的響，像在地上摔死一隻青蛙。

「滾出去砸你的石頭子兒，小混蛋！」青年人罵著。

黑孩這才知道這就是小鐵匠。小鐵匠的臉上布滿密集的粉刺疙瘩，鼻子像牛犢的鼻子一樣，扁扁的，平平的，上邊布滿汗珠。黑孩看到小鐵匠麻利地清理爐膛。又看著他從橋洞的角上抓過一把金黃的麥秸塞到爐膛裏，點燃，輕輕地拉幾下風箱，麥秸先冒出又輕又白的煙，緊跟著竄出火苗。小鐵匠鏟了一鏟濕漉漉的煤，薄薄地撒在正在燃燒的麥秸上，拉風箱的手一直不停。又撒了一層煤。又撒了一層煤。爐裏竄起焦黃的煙，煙裏夾帶著嗆鼻子的煤味。小鐵匠用鐵鏟尖兒把爐中煤一戳，幾縷強勁有力的暗紅色的火苗竄了出來，煤著了。

黑孩興奮地「噢」了一聲。

「你還不滾，小混蛋！」

一個又高又瘦的老頭子慢吞吞地走進橋洞，問小鐵匠：「不是壓住火了嗎？怎麼又生？」他的語聲沉悶，聲音像是從胸隔以下發出來的。

「被這個小混蛋給捅滅了。」小鐵匠抬起煤鏟指指黑孩。

「你讓他拉吧。」老頭說。他把一塊蛋黃色的油布圍在腰間，把兩塊蛋黃色的油布綁在腳脖子上護住了腳面。油布上布滿了火星燒成的洞洞眼眼。黑孩知道這就是老鐵匠了。

「讓他拉風匣，你專管打錘，這樣你也輕鬆一點。」老鐵匠說。

「讓這麼個毛孩子拉風匣？你看他瘦得那個猴樣，在火爐邊還不給烤成乾柴棍兒！」小鐵匠不滿意的嘟噥著。

劉太陽一步闖進來，翻著眼皮說：「怎麼啦？不是你說的要個拉火的嗎？」

「要拉火的不要他！劉副主任，你看看他瘦得那個猴樣，恐怕連他媽的煤鏟都拿不動，你派他來幹什麼？臭杞擺碟湊樣數！」

「我知道你小子的鬼心眼子。你想要個大姑娘來給你拉火是不是？挑個最漂亮的，讓那個蒙著紫紅色方頭巾的來？美得你這個臊包狗蛋！黑孩，拉風箱吧。」劉太陽衝著小鐵匠說，「你他媽的好好教教他！」

黑孩畏畏縮縮地走到風箱前站定，目光卻期待什麼似地望著老鐵匠的臉。孩子發現，老鐵匠的臉色像炒焦了的小麥，鼻子尖像顆熟透了的山楂。他走上前來，教給黑孩一些燒火的要領。黑孩的耳朵抖動著，把老鐵匠的話兒全聽進去了。

剛開始拉火時，他手忙腳亂，滿身都是汗水，火焰烤得他的皮膚像針尖刺著一樣疼痛。老鐵匠面部沒有表情，僵硬猶如瓦片，連看也不看他一眼。黑孩咬著下嘴唇，不斷地抬起黑胳膊擦著流到眼睛上邊的汗水。他的雞胸脯一起一伏，嘴和鼻孔像風箱一樣「呼哧呼哧」噴著氣。

小石匠送來磨禿的鋼鏨子待修，看著黑孩那副樣子，說：「能不能挺住？挺不住就吱一聲，還去砸你的石頭子兒。」

黑孩連頭都沒抬。

「這倔種！」小石匠把鋼鏨子扔在地上，走了。但很快他又折了回來，和菊子姑娘一起。菊子把方頭巾紮在脖子上，整個臉顯得更加完整。

橋洞裏的小鐵匠忽然感到眼前一亮，使勁嚥了一口唾液，又用肥厚的舌頭舔了舔乾裂的嘴唇。他的兩隻眼睛不比黑孩的眼睛小，但右眼裏有一個鴨蛋皮色的「蘿蔔花」遮蓋了瞳孔。天長日久地用左眼看東西，養成了腦袋往右歪的習慣。他的頭枕在右肩上，左眼裏射出一道灼熱的光，直盯著姑娘紅撲撲的臉膛。十八磅的大鐵錘頭朝下站在他的兩腿間，他手扶錘把子，像拄著一根拐棍。

爐中煙火升騰，黑煙夾帶著火星直衝到橋面上，又憤怒地反撲下來。孩子的臉籠罩在煙霧裏，他咳嗽著，胸脯裏「嗞嗞」地響。老鐵匠冷冷地看了黑孩一眼，從磨得油亮的皮口袋裏掏出菸袋，慢吞吞地裝上菸，就著爐火點燃，把兩股白色煙噴進黑色煙裏，鼻孔裏兩撮黑毛抖動著，他從煙霧裏漠然地看了一眼橋洞口的小石匠和菊子，這才對黑孩說：「少加煤，撒勻一點。」

孩子急促地拉著風箱，瘦身子前傾後仰，爐火照著他汗濕的胸脯，每一根肋巴條都清清楚楚。左胸脯的肋條縫中，他的心臟像隻小耗子一樣可憐巴巴地跳動著。老鐵匠說：「拉長一點，一下是一下。」

菊子姑娘看到黑孩的下唇流出深紅的血，眼睛裏頓時充滿淚水。她喊道：「黑孩，不給他們幹了。走，回去跟我砸石子兒。」她走到風箱前，捏住了黑孩那兩條乾柴棍一樣的細胳膊。黑孩拚命掙扎著，喉嚨裏嗚嗚地響著，像一條要咬人的小狗。他身體很輕，姑娘架著他的胳膊把他端出了橋洞，他粗糙的腳趾劃著地面，地上的碎石片兒嘩嘩地響著。

「黑孩，咱不給他們幹了，你頂不住煙熏火燎，你這麼瘦，流光了汗，就烤成鍋巴啦。還是跟姊姊去砸石子兒輕鬆。」一邊說著，一邊把他放下，用一隻手拖著他往石堆那邊走。她的胳膊粗壯有力，手很大很柔軟，捏著黑孩的手腕，像捏著一條小山羊腿。黑孩打著墜，腳後跟嘩嘩啦啦犁著地上的碎石片。「小傻瓜，小拗種，好好跟我走。」姑娘停住腳，回頭對他說著，手用力捏捏他的腕子，「看看你這小狗腿，我要一用勁，保準捏碎了，那麼重的活你怎麼幹得了？」黑孩恨恨地盯了她一眼，猛地低下頭，在姑娘胖胖的手腕上狠狠地咬了一口。她「哎喲」了一聲，鬆開手，黑孩轉身跑回了橋洞。

黑孩的牙齒十分鋒利，姑娘的手腕上被咬出了兩排深深的牙印。他的犬齒是兩個錐牙兒，這兩個錐牙在姑娘腕上鑽出了兩個流血的小洞。小石匠關切地走上前去，掏出一條皺巴巴的手絹要給姑娘包紮。她推開他，眼睛也不看他，彎腰從地上抓起一把土，按在傷口上。

「有病菌！」小石匠吃驚地叫喊。

姑娘走回亂石堆前，尋著自己的座位坐下來，呆呆地瞅著河水上層出不窮的波紋，一塊石頭兒也不砸。

「看看，又傻了一個。」

「黑孩八成會使魔法。」

女人們咬著耳朵低語。

「黑孩，你給我滾出來，狗崽子，狗咬呂洞賓，不識好人心。」小石匠罵著往鐵匠爐所在的橋洞裏走。

一股髒乎乎、熱烘烘的水潑出來，劈頭蓋臉蒙住了小石匠。小石匠對得正，橋洞裏瞄得準，半桶水幾乎沒浪費一滴。他柔軟的黃頭髮上、勞動布夾克衫上、大紅運動衫翻領上，沾滿了鐵屑和煤灰，髒水像小溪一樣從頭往腳流。

「瞎了狗眼了！」小石匠大罵著衝進橋洞，「誰幹的？說，誰幹的？」

沒有人答理他。橋洞裏黑煙散盡，爐火正旺，紫紅色的老鐵匠用一把長長的鐵鉗子把一根燒得發白透亮的鋼鏨子從爐裏夾出來，鏨子尖上「噼噼」地爆著耀眼的鋼花。老鐵匠把鏨子放在鐵砧上，用小叫錘敲了一下鐵砧的邊緣，鐵砧清脆地回答著他。他的左手操著長把鐵鉗，鐵鉗夾著鏨子，鏨子按著他的意思翻滾著；右手的小叫錘很快地敲著鋼鏨。他的小錘敲到哪兒，獨眼小鐵匠的十八磅大鐵錘就打到哪兒。老鐵匠的小錘像雞啄米一樣迅疾，小鐵匠的大錘一步不讓，橋洞裏生出習習熱風。在驚心動魄的鍛打聲中，鋼鏨子火星四濺，火星濺到老鐵匠和小鐵匠圍腰護腳的油布上，「嗞嗞」地冒著白色的煙。火星也飛到了黑孩裸露的皮膚上，他咧著嘴，齜出兩排雪白的小狼牙齒。鋼火在他肚皮上燙起幾個大燎泡，他一點都沒有痛的表情，眼睛裏跳動著心蕩神迷的火苗，兩個瘦削的肩頭聳起來，脖子使勁縮著，雙臂交疊在胸前，手捂著下巴和嘴巴，擠得鼻子上滿是皺紋。

禿鏨子被打出了尖，顏色暗淡下來——先是殷紅，繼而是銀白。地下落著一層灰白的鐵屑，鐵屑引燃了一根草梗，草梗悠閒地冒著裊裊的白煙。

「誰他媽的潑了我？」小石匠盯著小鐵匠罵。

「老子潑的，怎麼著？」小鐵匠遍體放光，雙手拄著錘把，優雅地歪著頭，說。

「你瞎眼了嗎？」

「瞎了一個。老爹潑水你走路，碰上了算你運氣。」

「你講理不講？」

「這年頭，拳頭大就有理。」小鐵匠捏起拳頭，胳膊上的肉隆起來。

「來吧，獨眼龍！老子今天把你這隻狗眼也打瞎。」小石匠怒氣沖沖地靠了前，老鐵匠好像無意地往前跨了一步，撞了他一下。小石匠猛然覺得老人那雙深深地瞘瞜著的眼窩裏射出了一股物質，好像暗示著什麼，他頓時感到渾身肌肉鬆弛。老鐵匠微揚起臉，極隨便地哼唱了一句說不出是什麼味道的戲文或是歌詞來。

戀著你刀馬嫻熟，通曉詩書，少年英武，
跟著你闖蕩江湖，風餐露宿，吃盡了世上千般苦。

老鐵匠只唱了這一句，聲音戛然而止，聽得出他把一大截悲愴淒楚的尾音嚥進了肚子。老鐵匠又看了小石匠一眼，低下頭去給剛打出尖的鏨子淬火。淬火前，他捋起右手衣袖，把手伸進水桶裏試著水溫，他的小臂上有一個深紫色的傷疤，圓圓的，中間凸出，儘管這個傷疤不像一隻眼睛，但小石匠卻覺得這個紫疤像一隻古怪的眼睛盯著自己。他撇了一下嘴，恍恍惚惚像中了魔症，飄飄地出了橋洞，紅爐這邊，一下午沒見到他的影子。

……孩子的眼睛酸了，頭皮也曬得發燙。他從姑娘的座位上站起來，踱回到鐵匠爐邊。橋洞裏很暗，他摸摸索索地坐在老鐵匠的馬札上，什麼都不想的時候，雙手便火燒火燎地痛起來，他把手放在涼森森的石壁上，趕快去想過去的事情。

三天前，老鐵匠請假回家拿棉衣和舖蓋，他說人老了腿值錢，不願天天往家跑，在紅爐邊架個舖，凍不著的。（黑孩抬眼看看老鐵匠的舖。橋洞的北邊已經用閘板堵起來了。幾縷亮光從板縫裏漏進來，斜照著老鐵匠那件油晃晃的棉襖和那條狗毛脫落的皮褥子。）老師傅回了家，小鐵匠成了一洞之主。那天上午進橋洞來，他挺著胸，凸著肚，好顏好色地說：「黑孩，生火，老東西回家了，咱們倆幹。」

黑孩看著他。

「瞪什麼眼，兔崽子！你瞧不起老子是不？老子跟著老東西已經熬了整三年啦，他那點把戲我全知道。」小鐵匠說。

黑孩懶洋洋地生起火來。小鐵匠得意地哼著什麼。他把幾支頭天沒來得及修的鋼鏨子插進爐膛燒著。黑孩把火拉得很旺，照著自己的黑臉透出紅來。小鐵匠忽然笑起來，說：「黑孩，你小子冒充老紅軍準行，渾身是疤。」

孩子使勁拉火。

「這幾天怎麼也不見你那個浪乾娘來看你啦？你咬了她一口，把她得罪啦，狗兒子。她的胳膊什麼味兒？是酸的還是甜的？你狗日的好口福。要是讓我撈到她那條白嫩胳膊，我像吃黃瓜一樣啃著吃了。」

黑孩提起長鉗，夾起一根燒透了的鋼鏨子扔到砧子上。

「喲，兒子，好快！」小鐵匠抄起一把比大錘小比小錘大的中錘，一手掌鉗，一手掄錘，狠狠地打起來。黑孩呆呆地看著。小鐵匠一身好力氣，鐵錘耍得出神出鬼，打出的鋼鏨尖兒稜角分明，像支削好的鉛筆。黑孩很悲哀地看著老鐵匠那把小叫錘兒。小鐵匠用鐵鉗夾著打好的鋼鏨到桶邊淬火，他淬火的動作跟老鐵匠一模一樣。黑孩背過臉，又去看那把躺在砧子旁邊的小叫錘，小叫錘的木把兒像老牛的角尖一樣又光又滑。

小鐵匠好馬快刀，一會兒工夫就修好十幾支鋼鏨。他得意地坐在師傅的馬札上捲菸。捲好菸，插進嘴。吩咐黑孩夾過一塊通紅的炭給他點著。

「兒子，看到了吧？沒有老梆子我們照樣幹！」

小鐵匠正得意著，剛才拿走鏨子的石匠們找他來了。

「小鐵匠，你淬的什麼鳥火？不是崩頭就是彎尖，這是剝石頭，不是打豆腐。沒有彎彎肚子，別吞鐮頭刀子。等你師傅回來吧，別拿著我們的鋼鏨練功夫。」

石匠們把那十幾支壞鏨子扔在地上。走了。小鐵匠臉變了色，咋呼著黑孩拉火燒鏨子。一會兒工夫他又把鏨子打好，淬好，親自抱著送到工地上。他前腳進了橋洞，石匠們後腳就跟來了。壞鏨子扔在地上，髒話扔在小鐵匠頭上：「去你娘的蛋，別耍我們的大頭了，看看你淬的火！全崩了你娘的尖啦！」

黑孩看看小鐵匠，嘴角上漾出兩道紋來，誰也不知道他是高興還是難過。小鐵匠把工具摔得「噼哩咔啦」響，蹲到地上，呼呼地吐悶氣。他抽了一支菸，那隻獨眼骨碌碌地轉著，射出迷惘暴躁的光線，兩條大蝌蚪一樣的眉毛急遽地扭動著。他扔掉菸屁股，站起來，說：

「媽的，就不信羊不吃蒿子！黑孩，拉火再幹！」

黑孩無精打采地拉著風箱，動作一下比一下遲緩。小鐵匠催他，罵他，他連頭都不抬。鏨子又燒好了。小鐵匠草草打了幾錘，就急不可耐地到桶邊淬火。這次他改變了方式，不是像老鐵匠那樣一點點地淬，而是把整個鏨子一下插到水裏。桶裏的水吱吱地叫著，一股白氣絞著麻花衝起來。小鐵匠把鋼鏨提起來，舉到眼前，歪著頭察看花紋和顏色。看了一陣，他就把這支鏨子放在砧子上，用錘輕輕一敲，鋼鏨斷成兩半。他沮喪地把錘子扔到地上，把那半截鏨子用力甩到橋洞外邊去。壞鏨子躺在洞前石片上，怎麼看都難受。

「去把那根鏨子撿回來！」小鐵匠怒沖沖地吩咐黑孩。黑孩的耳朵動了動，腳卻沒有動。他的屁股上挨了一腳，肩膀上被捅了一鉗子，耳邊響起打雷一樣的吼聲：「去把鏨子撿回來。」

黑孩垂著頭走到鏨子前，一點一點彎下腰去，伸手把鏨子抓起來。他聽到手裏「嗞嗞啦啦」地響，像握著一隻知了。鼻子裏也嗅到炒豬肉的味道。鏨子沉重地掉在地上。

小鐵匠一愣，緊接著大笑起來：「兔崽子，老子還忘了鏨子是熱的，燙熟了豬爪子，啃吧！」

黑孩走回橋洞，一眼也不看小鐵匠，把燙熟了皮肉的手淹到水桶裏泡了泡，又慢悠悠走出橋洞。他彎下腰去，仔細地端詳著那半截鋼鏨子。鋼鏨是銀灰色的，表面粗糙，有好多小顆粒。地上的濕土在鋼鏨下冒著白氣，那白氣很細，若有若無。他更低地俯下身去，屁股高高地翹起來，大褲頭全褪到屁股上，露出比小腿顏色略淺的大腿。他的一隻手捂在背上，一隻手從肩前垂下去，慢慢地接近鋼鏨，水珠沿著指尖滴下去，鋼鏨子嗤啦一聲響。水珠在鏨子上跳動著，叫著，縮小著，變成一圈波紋，先擴大一下，立即收縮，終於消逝了。他的指尖已經感到了鋼鏨的灼熱，這種灼熱感一直傳導到他心裏去。

「你他媽的在那兒幹什麼，彎腰撅腚，冒充走資派嗎？」小鐵匠在橋洞裏喊他。

他一把攥住鋼鏨，哆嗦著，左手使勁抓著屁股，不慌不忙走回來。小鐵匠看到黑孩手裏冒出黃煙，眼像瘋癱病人一樣喎斜著叫：「扔、扔掉！」他的嗓子變了調，像貓叫一樣，「扔掉呀，你這個小混蛋！」

黑孩在小鐵匠面前蹲下，鬆開手，抖了兩抖，鏨子打了兩滾兒躺在小鐵匠腳前。然後就那麼蹲著，仰望著小鐵匠的臉。

小鐵匠渾身哆嗦起來：「別看我，狗小子，別看我。」他擰過臉去。黑孩站起來，走出橋洞……他記得他走出橋洞後望了一會兒西天，天上連一絲雲彩也沒有，只有半個又白又薄的月亮，像一塊小小的雲……

他想得很累，耳朵裏有蜜蜂的叫聲。從馬扎子上起來，走到老鐵匠的鋪前躺下來。頭枕著棉襖，眼皮不知不覺合上了。他感到有一個人在撫摸自己的臉，撫摸自己的手，痛，他忍著。有兩滴沉甸甸的水珠落下來，一滴落在兩片唇間，他嚥下了；一滴打到鼻尖上，鼻子被砸得酸溜溜的。

「黑孩、黑孩，醒醒，吃飯啦。」

他覺得鼻子酸得厲害，匆忙爬起來，看著姑娘。有兩股水兒想從眼窩裏滾出來，他使勁憋住，終於讓水兒流進喉嚨。

「給你。」姑娘解開那條紫紅色頭巾。頭巾裏包著兩個窩窩頭。一個窩窩頭的眼裏塞著一根醃黃瓜，一個窩窩頭眼裏栽著一根大蔥。一根長長的梢兒發黃的頭髮沾在窩窩頭上。姑娘用兩個指頭拈起頭髮，輕輕一彈，頭髮落地時聲音很響，黑孩聽到了。

「吃吧，你這條小狗！」姑娘摸著他的脖子說。

黑孩咬蔥咬黃瓜咬窩窩頭，一邊咀嚼一邊看姑娘。

「手是怎麼燙的？是不是獨眼龍使壞？還咬我嗎？看看你的狗牙多快。」

孩子的耳朵使勁呼搧著，左手舉起窩窩頭，右手舉起大蔥醃黃瓜，遮住了臉。

三

夜裏，莫名其妙地下了一場雷陣雨。清晨上工時，人們看到工地上的石頭子兒被洗得乾乾淨淨，沙地被拍打的平平整整。閘下水槽裏的水增了兩拃，水面藍汪汪地映出天上殘餘的烏雲。天氣彷佛一下子冷了，秋風從橋洞裏穿過來，和著海洋一樣的黃麻地裏的窸窣之聲，使人感到從心裏往外冷。老鐵匠穿上了他那件亮甲似的棉襖，棉襖的扣子全掉光了，只好把兩扇襟兒交錯著掩起來，攔腰捆上一根紅色膠皮電線。黑孩還是只穿一條大褲頭子，光背赤足，但也看不出他有半點瑟縮。他原來紮腰的那根布條兒不知是扔了還是藏了，他腰裏現在也紮著一節紅膠皮電線。他的頭髮這幾天像發瘋一樣地長，已經有二寸長，頭髮根根豎起，像刺蝟的硬毛。民工們看著他赤腳踩著石頭上積存的雨水走過工地，臉上都表現出憐憫加敬佩的表情來。

「冷不冷？」老鐵匠低聲問。

黑孩惶惑地望著老鐵匠，好像根本不理解他問話的意思。「問你哩！冷嗎？」老鐵匠提高了聲音。惶惑的神色從他眼裏消失了，他垂下頭，開始生火。他左手輕拉風箱，右手持煤鏟，眼睛望著燃燒的麥秸草。老鐵匠從草舖上拿起一件油膩膩的褂子給黑孩披上。黑孩扭動著身體，顯出非常難受的樣子。老鐵匠一離開，他就把褂子脫下來，放回到舖上去。老鐵匠搖搖頭，蹲下去抽菸。

「黑孩，怪不得你死活不離開鐵匠爐，原來是圖著烤火暖和哩，媽的，人小心眼兒不少。」小鐵匠打了一個百無聊賴的呵欠，說。

工地上響起哨子聲，劉副主任說，全體集合。民工們集合到閘前向陽的地方，男人抱著膀子，女人納著鞋底子。黑孩偷覷著第七個橋墩上的石縫，心裏忐忑不安。劉副主任說，天就要冷，因此必須加班趕，爭取結冰前澆完混凝土底槽。從今天起每晚七點到十點為加班時間，每人發給半斤糧，兩毛錢。誰也沒提什麼意見。兩百多張臉上各有表情。黑孩看到小石匠的白臉發紅發紫，姑娘的紅臉發灰發白。

當天晚上，滯洪閘工地上點亮了三盞汽燈。汽燈發著白熾刺眼的光，一盞照耀石匠們的工廠，一盞照著婦女們砸石子兒的地方。婦女們多數有孩子和家務，半斤糧食兩毛錢只好不掙。燈下只圍著十幾個姑娘。她們都離村較遠，大著膽子擠在一個橋洞裏睡覺，橋洞兩頭都堵上了閘板，只在正面留了個洞，鑽進鑽出。菊子姑娘有時鑽橋洞，有時去村裏睡（村裏有她一個姨表姊，丈夫在縣城當臨時工，有時晚上不回家睡，表姊就約她去作伴）。第三盞汽燈放在鐵匠爐的橋洞裏，照著老年青年和少年。石匠工廠上錘聲叮噹，鋼鏨子啃著石頭，不時迸出紅色的火星。石匠們幹得還算賣勁，小石匠脫掉夾克衫，大紅運動衣像火炬一樣燃燒著。姑娘們圍燈坐著，產生許多美妙聯想。有時嘎嘎大笑，在時竊竊私語，砸石子的聲音零零落落。在她們發出的各種聲音的間隙裏，充填著河上的流水聲。菊子放下錘子，悄悄站起來，向河邊走去。燈光把她的影子長長地投在沙地上。「當心被光棍子把你捉去。」一個姑娘在菊子身後說。菊子很快走出燈光的圈子。這時她看到的燈光像幾個白亮亮的小刺球，球刺兒伸到她面前停住了，刺尖兒是紅的、軟的。後來她又迎著燈光走上去。她忽然想去看看黑孩兒在幹什麼，便躲避著燈光，閃到第一個橋墩的暗影裏。

她看到黑孩兒像個小精靈一樣活動著，雪亮的燈光照著他赤裸的身體，像塗了一層釉彩。彷彿這皮膚是刷著銅色的陶瓷橡皮，既有彈性又有韌性，撕不爛也扎不透。黑孩似乎胖了一點點，肋條和皮膚之間疏遠了一些。也難怪麼，每天中午她都從伙房裏給他捎來好吃的。黑孩很少回家吃飯，只是晚上回家睡覺，有時候可能連家也不回——姑娘有天早晨發現他從橋洞裏鑽出來，頭髮上頂著麥秸草。黑孩雙手拉著風箱，動作輕柔舒展，好像不是他拉著風箱而是風箱拉著他。他的身體前傾後仰，腦袋像在舒緩的河水中漂動著的西瓜，兩隻黑眼睛裏有兩個亮點上下起伏著，如螢火蟲幽雅地飛動。

小鐵匠在鐵砧子旁邊以他一貫的姿勢立著，雙手拄著錘柄，頭歪著，眼睛瞪著，像一隻深思熟慮的小公雞。

老鐵匠從爐子裏把一支燒熟的大鋼鏨夾了出來，黑孩把另一支壞鏨子捅到大鋼鏨騰出的位置上。燒透的鋼鏨白裏透著綠。老鐵匠把大鋼鏨放到鐵砧上，用小叫錘敲敲砧子邊，小鐵匠懶洋洋地抄起大錘，像掄麻稈一樣掄起來，大錘輕飄飄地落在鋼鏨子上，鋼花立刻光彩奪目地向四面八方飛濺。鋼花碰到石壁上，破碎成更多的小鋼花落地，鋼花碰到黑孩微微凸起的肚皮，軟綿綿地彈回去，在空中劃出一個個漂亮的半圓弧，墜落下去。鋼花與黑孩肚皮相撞以及反彈後在空中飛行時，空氣摩擦發熱發聲。打過第一錘，小鐵匠如同夢中猛醒一般綳緊肌肉，他的動作越來越快，姑娘看到石壁上一個怪影在跳躍，耳邊響徹「咣咣咣咣」的鋼鐵聲。小鐵匠塑鐵成形的技術已經十分高超，老鐵匠右手的小叫錘只剩下乾敲砧子邊的份兒。至於該打鋼鏨的什麼地方，小鐵匠是一目了然。老鐵匠翻動鋼鏨，眼睛和意念剛剛到了鋼鏨的某個需要鍛打的部位，小鐵匠的重錘就敲上去了，甚至比他想的還要快。

姑娘目瞪口呆地欣賞著小鐵匠的好手段，同時也忘不了看著黑孩和老鐵匠。打得最精采的時候，是黑孩最麻木的時候（他連眼睛都閉上了，呼吸和風箱同步），也是老鐵匠最悲哀的時候，彷彿小鐵匠不是打鋼鏨而是打他的尊嚴。

鋼鏨鍛打成形，老鐵匠背過身去淬火，他意味深長地看了小鐵匠一眼，兩個嘴角輕蔑地往下撇了撇。小鐵匠直勾勾地看著師傅的動作。姑娘看到老鐵匠伸出手試試桶裏的水，把鏨子舉起來看了看，然後身體彎著像對蝦，眼瞅著桶裏的水，把鏨子尖兒輕輕地、試試探探地觸及水面，桶裏水「嗞嗞」地響著，一股很細的蒸氣竄上來，籠罩住老鐵匠的紅鼻子。一會兒，老鐵匠把鋼鏨提起來舉到眼前，像穿針引線一樣瞄著鏨子尖，好像那上邊有美妙的畫圖，老頭臉上神采飛揚，每條皺紋裏都溢出欣悅。他好像得出一個滿意答案似地點點頭，把鏨子全淹到水裏，蒸氣轟然上升，橋洞裏形成一個小小的蘑菇煙雲。汽燈光變得紅殷殷的，一切全都朦朧晃動。霧氣散盡，橋洞裏恢復平靜，依然是黑孩夢幻般拉風箱，依然是小鐵匠公雞般冥思苦想，依然是老鐵匠如棗者臉如漆者眼如屎賣螂者臂上疤痕。

老鐵匠又提出一支燒熟的鋼鏨，下面是重複剛才的一切，一直到老鐵匠要淬火時，情況才發生了一些變化。老鐵匠伸手試水溫。加涼水。滿意神色。正當老鐵匠要為手中的鏨子淬火時，小鐵匠縱身一跳到了桶邊，非常迅速地把右手伸進了水桶。老鐵匠連想都沒想，就把鋼鏨戳到小夥子的右小臂上。一股燒焦皮肉的腥臭味兒從橋洞裏飛出來，鑽進姑娘的鼻孔。

小鐵匠「嗷」地號叫一聲，他直起腰，對著老鐵匠惡狠狠地笑著，大聲喊：「師傅，三年啦！」老鐵匠把鋼鏨扔在桶裏，桶裏翻滾著熱浪頭，蒸氣又一次瀰漫橋洞。姑娘看不清他們的臉子，只聽到老鐵匠在霧中說：「記住吧！」

沒等煙霧散盡她就跑了，她使勁捂住嘴，有一股苦澀的味兒在她胃裏翻騰著。坐在石堆前，旁邊一個姑娘調皮地問她：「菊子，這一大會兒才回來，是跟著大青年鑽黃麻地了嗎？」她沒有回腔，聽憑著那個姑娘奚落。她用兩個手指捏著喉嚨，極力不讓自己發出聲音。

收工的哨聲響了。三個鐘頭裏姑娘恍惚在夢幻中。「想漢子了嗎？菊子？」「走吧，菊子。」她們招呼著她。她坐著不動，看著燈光下憧憧的人影。

「菊子，」小石匠板板整整地站在她身後說，「你表姊讓我捎信給你，讓你今夜去作伴，咱們一道走嗎？」

「走嗎？你問誰呢？」

「你怎麼啦？是不是凍病啦？」

「你說誰凍病啦？」

「說你哩！」

「別說我。」

「走嗎？」

「走。」

石橋下水聲響亮，她站住了。小石匠離她只有一步遠。她回過頭去，看到滯洪閘西邊第一個橋洞還是燈火通明，其他兩盞汽燈已經熄滅。她朝滯洪閘工地走去。

「找黑孩嗎？」

「看看他。」

「我們一塊去吧，這小混蛋，別迷迷糊糊掉下橋。」

菊子感覺到小石匠離自己很近了，似乎能聽到他「怦怦」的心跳聲。走著，走著。她的頭一傾斜，立刻就碰到小石匠結實的肩膀，她又把身子往後一仰，一隻粗壯的胳膊便把她攬住了。小石匠把自己一隻大手捂在姑娘窩窩頭一樣的乳房上，輕輕地按摩著，她的心在乳房下像鴿子一樣亂撲棱。腳不停地朝著閘下走，走進亮圈前，她把他的手從自己胸前移開。他通情達理地鬆開了她。

「黑孩！」她叫。

「黑孩！」他也叫。

小鐵匠用隻眼看著她和他，腮幫子抽動一下。老鐵匠坐在自己的草鋪上，雙手端著菸袋，像端著一杆盒子炮。他打量了一下深紅色的菊子和淡黃色的小石匠，疲憊而寬厚地說：「坐下等吧，他一會兒就來。」

……黑孩提著一只空水桶，沿著河堤往上爬。收工後，小鐵匠伸著懶腰說：「餓死啦。黑孩，提上桶，去北邊扒點地瓜，拔幾個蘿蔔來，我們開夜餐。」

黑孩睡眼迷濛地看看老鐵匠。老鐵匠坐在草鋪上，像隻羽毛凌亂的敗陣公雞。

「瞅什麼？狗小子，老子讓你去你儘管去。」小鐵匠腰挺得筆直，脖子一抻一抻地說。他用眼掃了一下癱坐在鋪上的師傅。胳膊上的燙傷很痛，但手上愉快的感覺完全壓倒了臂上的傷痛，那個溫度可是絕對的舒適絕對的妙。

黑孩拎起一只空水桶，踢踢踏踏往外走。走出橋洞，彷彿「忽通」一聲掉下了井，四周黑得使他的眼睛裏不時迸出閃電一樣的虛光，他膽怯地蹲下去，閉了一會眼睛，當他睜開眼睛時，天色變淡了，天空中的星光暖暖地照著他，也照著瓦灰色的大地……

河堤上的紫穗槐枝條交叉伸展著，他用一隻手分撥著枝條，仄著肩膀往上走。他的手捋著濕漉漉的枝條和枝條頂端一串串結實飽滿的樹籽，微帶苦澀的槐枝味兒直往他面上撲。他的腳忽然碰到一個軟綿熱呼呼的東西，腳下響起一聲「唧喳」，沒及他想起這是隻花臉鶴，這隻花臉鶴就懵頭轉向地飛起來，像一塊黑石頭一樣落到堤外的黃麻地裏。他惋惜地用腳去摸花臉鶴適才趴窩的地方，那兒很乾燥，有一簇乾草，草上還留著鳥兒的體溫。站在河堤上，他聽到姑娘和小石匠喊他。他拍了一下鐵桶，姑娘和小石匠不叫了。這時他聽到了前邊的河水明亮地向前流動著，村子裏不知哪棵樹上有隻貓頭鷹淒厲地叫了一聲。後娘一怕天打雷，二怕貓頭鷹叫。他希望天天打雷，夜夜有貓頭鷹在後娘窗前啼叫。槐枝上的露水把他的胳膊濡濕了，他在褲頭上擦擦胳膊。穿過河堤上的路走下堤去。這時他的眼睛適應了黑暗，看東西非常清楚，連咖啡色的泥土和紫色的地瓜葉兒的細微色調差異也能分辨。他在地裏蹲下，用手扒開瓜壟兒，把地瓜撕下來，「叮叮噹當」地扔到桶裏。扒了一會兒，他的手指上有什麼東西掉下，打得地瓜葉兒哆嗦著響了一聲。他用右手摸摸左手，才知道那個被打碎的指甲蓋兒整個兒脫落了。水桶已經很重，他提著水桶往北走。在蘿蔔地裏，他一個挨一個地拔了六個蘿蔔，把纓兒擰掉扔在地上，蘿蔔裝進水桶……

「你把黑孩弄到哪兒去了？」小石匠焦急地問小鐵匠。

「你急什麼？又不是你兒子！」小鐵匠說。

「黑孩呢？」姑娘兩隻眼盯著小鐵匠一隻眼問。

「等等，他扒地瓜去了。你別走，等著吃烤地瓜。」小鐵匠溫和地說。

「你讓他去偷？」

「什麼叫偷？只要不拿回家去就不算偷！」小鐵匠理直氣壯地說。

「你怎麼不去扒？」

「我是他師傅。」

「狗屁！」

「狗屁就狗屁吧！」小鐵匠眼睛一亮，對著橋洞外罵道：「黑孩，你他媽的去哪裏扒地瓜？是不是到了阿爾巴尼亞？」

黑孩歪著肩膀，雙手提著桶鼻子，趔趔趄趄地走進橋洞，他渾身沾滿了泥土，像在地裏打過滾一樣。

「喲，我的兒，真夠下狠的了，讓你去扒幾個，你扒來一桶！」小鐵匠高聲地埋怨著黑孩，說，「去，把蘿蔔拿到池子裏洗洗泥。」

「算了，你別指使他了。」姑娘說，「你拉火烤地瓜，我去洗蘿蔔。」

小鐵匠把地瓜轉著圈子壘在爐火旁，輕鬆地拉著火。菊子把蘿蔔提回來，放在一塊乾淨石頭上。一個小蘿蔔滾下來，沾了一身鐵屑停在小石匠腳前，他彎腰把它撿起來。

「拿來，我再去洗洗。」

「算了，光那五個大蘿蔔就盡夠吃了。」小石匠說著，順手把那個小蘿蔔放在鐵砧子上。

黑孩走到風箱前，從小鐵匠手裏把風箱拉杆接過來。小鐵匠看了姑娘一眼，對黑孩說：「讓你歇歇哩，狗日的。閒著手癢癢？好吧，給你，這可不怨我，慢著點拉，越慢越好，要不就烤糊了。」

小石匠和菊子並肩坐在橋洞的西邊石壁前。小鐵匠坐在黑孩後邊。老鐵匠面南坐在北邊鋪上，菸鍋裏的菸早燒透了，但他還是雙手捧菸袋，雙肘支在膝蓋上。

夜已經很深了，黑孩溫柔地拉著風箱，風箱吹出的風猶如嬰孩的鼾聲。河上傳來的水聲越加明亮起來，似乎它既有形狀又有顏色，不但可聞，而且可見。河灘上影影綽綽，如有小獸在追逐，尖細的趾爪踩在細沙上，聲音細微如同毳毛纖毫畢現，有一根根又細又長的銀絲兒，刺透河的明亮音樂穿過來。閘北邊的黃麻地裏，「潑刺刺」一聲響，麻桿兒碰撞著，搖晃著，好久才平靜。全工地上只剩下這盞汽燈了，開初在那兩盞汽燈周圍尋找過光明的飛蟲們，經過短暫的迷惘之後，一齊麇集到鐵匠爐邊來，為了追求光明，把汽燈的玻璃罩子撞得「嗶嗶啪啪」響。小石匠走到汽燈前，捏著汽杆，「噗唧噗唧」打氣。汽燈玻璃罩破了一個洞，一隻螻蛄猛地撞進去，熾亮的石棉紗罩撞掉了，橋洞裏一團黑暗。待了一會兒，才能彼此看清嘴臉。黑孩的風箱把爐火吹得如幾片柔軟的紅綢布在抖動，橋洞裏充溢著地瓜熟了的香味。小鐵匠用鐵鉗把地瓜挨個翻動一遍。香味越來越濃，終於，他們手持地瓜紅蘿蔔吃起來。扒掉皮的地瓜白氣裊裊，他們一口涼，一口熱，急一口，慢一口，咯咯吱吱，唏唏溜溜，鼻尖上吃出汗珠。小鐵匠比別人多吃了一個蘿蔔兩個地瓜。老鐵匠一點也沒吃，坐在那兒如同石雕。

「黑孩，回家嗎？」姑娘問。

黑孩伸出舌頭，舔掉唇上殘留的地瓜渣兒，他的小肚子鼓鼓的。

「你後娘能給你留門嗎？」小石匠說，「鑽麥秸窩兒嗎？」

黑孩咳嗽了一聲。把一塊地瓜皮扔到爐火裏，拉了幾下風箱，地瓜皮捲曲，燃燒，橋洞裏一股焦糊味。

「燒什麼你？小雜種，」小鐵匠說，「別回家，我收你當個乾兒吧，又是乾兒又是徒弟，跟著我闖蕩江湖，保你吃香的喝辣的。」

小鐵匠一語未了，橋洞裏響起淒涼亢奮的歌唱聲。小石匠渾身立時爆起一層幸福的雞皮疙瘩，這歌詞或是戲文他那天聽過一個開頭。

戀著你刀馬嫻熟，通曉詩書，少年英武，跟著你闖蕩江湖，風餐露宿，受盡了世上千般苦——

老頭子把脊梁靠在閘板上，從板縫裏吹進來的黃麻地裏的風掠過他的頭頂，他頭頂上幾根花白的毛髮隨著爐裏跳動不止的煤火輕輕顫動。他的臉無限感慨，腮上很細的兩根咬肌像兩條蚯蚓一樣蠕動著，雙眼恰似兩粒燃燒的炭火。

……你全不念三載共枕，如雲如雨，一片恩情，當作糞土。奴為你夏夜打扇，冬夜暖足，懷中的香瓜，腹中的火爐……你駿馬高官，良田萬畝，丟棄奴家招贅相府，我我我我是苦命的奴呀……

姑娘的心高高懸著，嘴巴半張開，睫毛也不眨動一下地瞅著老鐵匠微微仰起的表情無限豐富的臉和他細長的脖頸上那個像水銀珠一樣靈活地上下移動著的喉結。淒婉哀怨的旋律如同秋雨抽打著她心中的田地，她正要哭出來時，那旋律又變得昂揚壯麗浩渺無邊。她的心像風中的柳條一樣飄蕩著，同時，有一種麻酥酥的感覺從脊椎裏直衝到頭頂，於是她的身體非常自然地歪在小石匠肩上，雙手把玩著小石匠那隻厚繭重重的大手，眼裏淚光點點，身心沉浸在老鐵匠的歌裏、意裏。老鐵匠的瘦臉上煥發出奪目的光彩，她彷彿從那兒發現了自己像歌聲一樣的未來……

小石匠憐愛地用胳膊攬住姑娘，那隻大手又輕輕地按在姑娘硬邦邦的乳房上。小鐵匠坐在黑孩背後，但很快他就坐不住了，他聽到老鐵匠像頭老驢一樣叫著，聲音刺耳，難聽。一會兒，他連驢叫聲也聽不到了。他半蹲起來，歪著頭，左眼幾乎豎了起來，目光像一隻爪子，在姑娘的臉上撕著，抓著。小石匠溫存地把手按到姑娘胸脯上時，小鐵匠的肚子裏燃起了火，火苗子直衝到喉嚨，又從鼻孔裏、嘴巴裏噴出來。他感到自己蹲在一根壓縮的彈簧上，稍一鬆神就會被彈射到空中，與滯洪閘半米厚的鋼筋混凝土橋面相撞，他忍著，咬著牙。

黑孩雙手扶著風箱杆兒，爐中的火已經很弱了，一綹藍色火苗和一綹黃色火苗在煤結上跳躍著，有時，火苗兒被氣流托起來，離開爐面很高，在空中浮動著，人影一晃動，兩個火苗又落下去。孩子目中無人，他試圖用一隻眼睛盯住一個火苗，讓一隻眼黃一隻眼藍，可總也辦不到，他沒法把雙眼視線分開。於是他懊喪地從火上把目光移開，左右巡梭著，忽然定在了爐前的鐵砧上。鐵砧踞伏著，像隻巨獸。他的嘴第一次大張著，發出一聲感歎（感歎聲淹沒在老鐵匠高亢的歌聲裏）。黑孩的眼睛原本大而亮，這時更變得如同電光源。他看到了一幅奇特美麗的圖畫：光滑的鐵砧子。泛著青幽幽藍幽幽的光。泛著青藍幽幽光的鐵砧子上，有一個金色的紅蘿蔔。紅蘿蔔的形狀和大小都像一個大個陽梨，還拖著一條長尾巴，尾巴上的根根鬚鬚像金色的羊毛。紅蘿蔔晶瑩透明，玲瓏剔透。透明的、金色的外殼裏包孕著活潑的銀色液體。紅蘿蔔的線條流暢優美，從美麗的弧線上泛出一圈金色的光芒。光芒有長有短，長的如麥芒，短的如睫毛，全是金色……老鐵匠的歌唱被推出去很遠很遠，像一個小蠅子的嗡嗡聲。他像個影子一樣飄過風箱，站在鐵砧前，伸出了沾滿泥土煤屑、挨過砸傷燙傷的小手，小手抖抖索索……當黑孩的手就要捉住小蘿蔔時，小鐵匠猛地竄起來，他踢翻了一個水桶，水汩汩地流著，漬濕了老鐵匠的草鋪。他一把將那個蘿蔔搶過來，那隻獨眼充著血：「狗日的！公狗！母狗！你也配吃蘿蔔？老子肚裏著火，嗓裏冒煙，正要它解渴！」小鐵匠張開牙齒焦黑的大嘴就要啃那個蘿蔔。黑孩以少有的敏捷跳起來，兩隻細胳膊插進小鐵匠的臂彎裏，身體懸空一掛，又嘟嚕滑下來，蘿蔔落到了地上。小鐵匠對準黑孩的屁股踢了一腳，黑孩一頭扎到姑娘懷裏，小石匠大手一翻，穩穩地托住了他。

老鐵匠停下了嘶啞的歌喉，慢慢地站起來。姑娘和小石匠也站起來。六隻眼睛一起瞪著小鐵匠。黑孩頭很暈，眼前的一切都在轉動。使勁晃晃頭，他看到小鐵匠又拿著蘿蔔往嘴裏塞。他抓起一塊煤渣投過去，煤渣擦著小鐵匠腮邊飛過，碰到閘板上，落在老鐵匠鋪上。

「日你娘，看我打死你！」小鐵匠咆哮著。

小石匠跨前一步，說：「你要欺負孩子？」

「把蘿蔔還給他！」姑娘說。

「還給他?老子偏不。」小鐵匠衝出橋洞,揚起胳膊猛力一甩,蘿蔔帶著颼颼的風聲向前飛去,很久,河裏傳來了水面的破裂聲。

黑孩的眼前出現了一道金色的長虹,他的身體軟軟地倒在小石匠和姑娘中間。

四

那個金色紅蘿蔔砸在河面上,水花飛濺起來。蘿蔔漂了一會兒,便慢慢沉入水底。在水底下它慢慢滾動著,一層層黃沙很快就掩埋了它。從蘿蔔砸破的河面上,升騰起沉甸甸的迷霧,凌晨時分,霧積滿了河谷,河水在霧下傷感地嗚咽著。幾隻早起的鴨子站在河邊,憂悒地盯著滾動的霧。有一隻大膽的鴨子耐不住了,蹣跚著朝河裏走。在蓬生的水草前,濃霧像帳子一樣擋住了牠。牠把脖子向左向右向前伸著,霧像海綿一樣富於伸縮性,牠只好退回來,「呷呷」地發著牢騷。後來,太陽鑽出來了,河上的霧被劍一樣的陽光劈開了一條條胡同和隧道,從胡同裏,鴨子們望見一個高個子老頭兒挑著一捲舖蓋和幾件沉甸甸的鐵器,沿著河邊往西走去了。老頭的背駝得很厲害,擔子沉重,把他的肩膀使勁壓下去,脖子像天鵝一樣伸出來。老頭子走了,又來了一個光背赤腳的黑孩子。那隻公鴨子跟牠身邊那隻母鴨子交換了一個眼神,意思是說:記得吧?那次就是他,水桶撞翻柳樹滾下河,人在堤上做狗趴,最後也下了河拖著桶殘水,那只水桶差點沒把麻鴨那個臊包砸死……母鴨子連忙回應:是呀是呀是呀,麻鴨那個討厭傢伙,天天追著我說下流話,砸死牠倒利索……

黑孩在水邊慢慢地走著,眼睛極力想穿透迷霧,他聽到河對岸的鴨子在「呷呷呷呷,嘎嘎嘎嘎」地亂叫著。他蹲下去,大腦袋放在膝蓋上,雙手抱住涼森森的小腿。他感覺到太陽出來了,陽光曬著背,像在身後生著一個鐵匠爐。夜裏他沒回家，貓在一個橋洞裏睡了。公雞啼鳴時他聽到老鐵匠在橋洞裏很響地說了幾句話，後來一切歸於沉寂。他再也睡不著，便踏著冰涼的沙土來到河邊。他看到了老鐵匠傴僂的背影，正想追上去，不料腳下一滑，摔了一個屁股墩兒，等他爬起來時，老鐵匠已經消逝在迷霧中了。現在他蹲著，看著陽光把河霧像切豆腐一樣分割開，他望見了河對岸的鴨子，鴨子也用高貴的目光看著他。露出來的水面像銀子一樣耀眼，看不到河底，他非常失望。他聽到工地上吵嚷起來，劉太陽副主任響亮地罵著：「娘的，鐵匠爐裏出了鬼了，老混蛋連招呼都不打就捲了舖蓋，小混蛋也沒了影子，還有沒有組織紀律性？」

「黑孩！」

「黑孩！」

「那不是黑孩嗎？瞧，在水邊蹲著。」

姑娘和小石匠跑過來，一人架著一支胳膊把他拉起來。

「小可憐，蹲在這兒幹什麼？」姑娘伸手摘掉他頭頂上的麥秸草，說，「別蹲在這兒，怪冷的。」

「昨夜裏還剩下些地瓜，讓獨眼龍給你烤烤。」

「老師傅走了。」姑娘沉重地說。

「走了。」

「怎麼辦？讓他跟著獨眼？要是獨眼折磨他呢？」

「沒事，這孩子沒有吃不了的苦。再說，還有我們呢，諒他不敢太過火的。」

兩個人架著黑孩往工地上走，黑孩一步一回頭。

「傻蛋，走吧，走吧，河裏有什麼好看的？」小石匠捏捏黑孩的胳膊。

「我以為你狗日的讓老貓叼了去了呢！」劉太陽衝著黑孩說。他又問小鐵匠：「怎麼樣你？把老頭擠兌走了，活兒可不准給我誤了。淬不出鏨子來我剜了你的獨眼。」

小鐵匠傲慢地笑笑，說：「請看好吧，劉頭。不過，老頭兒那份錢糧可得給我補貼上，要不我不幹。」

「我要先看看你的活。中就中，不中你也滾他媽的蛋！」

「生火，幹兒。」小鐵匠命令黑孩。

整整一個上午，黑孩就像丟了魂一樣，動作雜亂，活兒毛草，有時，他把一大鏟煤塞到爐裏，使橋洞裏黑煙滾；有時，他又把鋼鏨倒頭兒插進爐膛，該燒的地方不燒，不該燒的地方反而燒化了。「狗日的，你的心到哪兒去啦？」小鐵匠惱怒地罵著。他忙得滿身是汗，絕技在身的興奮勁兒從汗珠縫裏不停地流溢出來。黑孩看到他在淬火前先把手插到桶裏試試水溫，手臂上被鋼鏨燙傷的地方纏著一道破布，似乎有一股臭魚爛蝦的味道從傷口裏散出來。黑孩的眼裏蒙著一層淡淡的雲翳，情緒非常低落。九點鐘以後，陽光異常美麗，陰暗的橋洞裏，一道光線照著西壁，折射得滿洞輝煌。小鐵匠把鋼鏨淬好，親自拿著送給石匠師傅去鑑定。黑孩扔下手中工具，躡手躡腳溜出橋洞，突然的光明也像突然的黑暗一樣使他頭暈眼光。略微遲疑了一下，他便飛跑起來，只用了十幾秒鐘，他就站在河水邊緣上了。那些四個棱的狗蛋子草好奇地望著他，開著紫色花朵的水芡和擎著咖啡色頭顱的香附草貪婪地嗅著他滿身的煤煙味兒。河上飄逸著水草的清香和鰱魚的微腥，他的鼻翅搧動著，肺葉像活潑的斑鳩在展翅飛翔。河面上一片白，白裏摻著黑和紫。他的眼睛生澀刺痛，但還是目不轉睛，好像要看穿水面上漂著的這層水銀般的亮色。後來，他雙手提起褲頭的下沿，試試探探下了水，跳舞般向前走。河水起初只淹到他的膝蓋，很快淹到大腿，他把褲頭使勁捲起來，兩瓣葡萄色的小屁股露了出來。這時候他已經立在河的中央了，四周的光一齊往他身上撲，往他身上塗，往他眼裏鑽，把他的黑眼睛染成了壩上青香蕉一樣的顏色。河水湍急，一股股水流撞著他的腿。他站在河的硬硬的沙底上，但一會兒，腳下的沙便被流水掏走了，他站在沙坑裏，褲頭全濕了，一半貼著大腿，一半在屁股後飄起來，褲頭上的煤灰把一部分河水染黑了。沙土從腳下捲起來，撫摸著他的小腿，兩顆琥珀色的水珠掛在他的腮上，他的嘴角使勁抽動著。他在河中走動起來，用腳試探著，摸索著，尋找著。

「黑孩！黑孩！」

他聽到小鐵匠在橋洞前喊叫著。

「黑孩，想死嗎？」

他聽到小鐵匠到了水邊，連頭也不回，小鐵匠只能看到他青色的背。

「上來呀！」小鐵匠挖起一塊泥巴，對準黑孩投過去，泥巴擦著他的頭髮梢子落到河水裏，河面上蕩開橢圓形的波紋。又一坨泥巴扔過來，正打著他的背，他往前撲了一下，嘴唇沾到了河水。他轉回身，「呼呼隆隆」地蹚著水往河邊上走。黑孩遍身水珠兒，站在小鐵匠面前。水珠兒從皮膚上往下滾動，一串一串的，「嘟嚕嚕」地響。大褲頭子貼在身上，小雞子像蠶蛹一樣硬邦邦地翹著。小鐵匠舉起那隻熊掌一樣的大巴掌剛要搧下去，忽然覺得心臟讓貓爪子給剮了一下子，黑孩的眼睛直盯著他的臉。

「快去拉火。師傅我淬出的鋼鏨，不比老傢伙差。」他得意地拍拍黑孩的脖頸。

鐵匠爐上暫時沒有活兒，小鐵匠把昨夜剩下的生地瓜放在爐邊烤著。黃麻地裏的風又輕輕地吹進來了。陽光很正地射進橋洞。小鐵匠用鐵鉗翻動著烤出焦油的地瓜，嘴裏得意地哼著：「從北京到南京，沒見過褲襠裏拉電燈。黑孩，你見過褲襠裏拉電燈嗎？你乾娘褲襠裏拉電燈哩⋯⋯」小鐵匠忽然記起似地對黑孩說：「快點，拔兩個蘿蔔去，拔回來賞你兩個地瓜。」黑孩的眼睛猛然一亮，小鐵匠從他肋條縫裏看到他那顆小心兒使勁地跳了兩下，正想說什麼沒及開口，孩子就像家兔一樣跑走了。

黑孩爬上河堤時，聽到菊子姑娘遠遠地叫了他一聲。他回過頭，陽光捂住了他的眼。他下了河堤，一頭鑽出黃麻地。黃麻是散種的，不成壟也不成行，種子多的地方黃麻稈兒細如手指、鉛筆；種子少的地方，麻稈如鐮柄、手臂。但全都是一樣高矮。他站在大堤上望麻田時，如同望著微波蕩漾的湖水。他用雙手分撥著粗粗細細的麻稈往前走，麻稈上的硬刺兒扎著他的皮膚，成熟的麻葉紛紛落地。他很快就鑽到了和蘿蔔地平行著的地方，拐了一個直角往西走。接近蘿蔔地時，他趴在地上，慢慢往外爬。很快他就看到了滿地墨綠色的蘿蔔纓子。蘿蔔纓子的間隙裏，陽光照著一片通紅的蘿蔔頭兒。他剛要鑽出黃麻地，又悄悄地縮回來。一個老頭正在蘿蔔壟裏爬行著，一邊爬一邊從口袋裏往外掏著麥粒，一穴一穴地點種在蘿蔔壟溝中間。驕傲的秋陽曬著他的背，他穿著一件白布褂兒，脊溝溻濕了，微風揚起灰塵，使汗溻的地方發了黃。黑孩又膝行著退了幾米遠，趴在地上，雙手支起下巴，透過麻稈的間隙，望著那些蘿蔔。蘿蔔田裏有無數的紅眼睛望著他，那些蘿蔔纓子也在一瞬間變成了烏黑的頭髮，像飛鳥的尾羽一樣聳動不止……

一個紅臉膛漢子從地瓜地裏大步走過來，站在老頭背後，猛不丁地說：「哎，老生，你說昨天夜裏遭了賊？」

老頭手忙腳亂地爬起來，垂著手回答：「遭了，偷了六個蘿蔔，纓子留下了，地瓜八墩，蔓子留下了。」

「怕是讓修閘的那些狗日的偷去了，加點小心，中飯晚點回去吃。」

「我聽著啦，隊長。」老頭兒說。

黑孩和老頭一起，目送著紅臉漢子走上大堤。老頭坐在蘿蔔地裏，面對著孩子。黑孩又惶亂地往後退出一節，這時，密密麻麻的黃麻把他的視線遮住了。

「黑孩！」

「黑孩！」

姑娘和小石匠站在大堤上，對著黃麻地喊著。他們背對著正晌的太陽，陽光照著散工的人群。

「我看到他鑽到黃麻地裏，我還以為他去撒尿拉屎了呢！」姑娘說。

「獨眼龍難道又欺負他了？」小石匠說。

「黑孩！」

「黑孩！」

姑娘和小石匠的男女聲二重喊貼著黃麻梢頭像燕子一樣滑翔，正在黃麻梢頭捕食灰色小蛾的家燕被驚嚇得高飛，好一會兒才落下來。小鐵匠站在橋洞前邊，獨眼望著這並膀站著的男女，感到肚子越脹越大。方才姑娘和小石匠來找黑孩，那語氣那神態就像找他們的孩子。「等著吧，丫頭養的你們！」他恨恨地低語著。

「黑孩！黑孩！」姑娘說，「他怕是鑽到黃麻地裏睡著了。」

「去看看嗎？」小石匠乞求地看著姑娘。

「去嗎？去吧。」

兩個人拉著手下了堤，鑽到黃麻地裏。小鐵匠尾追著衝上河堤，他看到黃麻葉子像波浪一樣翻滾著，黃麻稈子「唰拉拉」地響著，一男一女的聲音在喊叫黑孩，聲音像從水裏傳上來的一樣……

黑孩趴累了，舒了一口氣，翻了一個身，仰面朝天躺起來。他的身下是乾燥的沙土，沙上鋪著一層薄薄的黃麻落葉。他後腦勺枕著雙手，肚子很癟的凹陷著，一個帶著紅點的黃葉飄飄地落下來，蓋住了他滿是煤灰的肚臍。他望著上方，看到一縷粗一縷細的藍色光線從黃麻葉縫中透下來，黃麻葉片好像成群的金麻雀在飛舞。成群的金麻雀有時又像一簇簇的葫蘆蛾，蛾翅上的斑點像小鐵匠眼中那個棕色的蘿蔔花一樣愉快地跳動。

「黑孩！」

「黑孩！」

熟悉的聲音把他從夢幻中喚醒，他坐起來，用手臂搖了一下身邊那棵粗大的黃麻。

「這孩子，睡著了嗎？」

「不會的，我們這麼大聲喊。他肯定是溜回家去了。」

「這小東西……」

「這裏真好……」

「是好……」

聲音越來越低，像兩隻魚兒在水面上吐水泡。黑孩身上像有細小的電流通過，他有點緊張，雙膝脆著，扭動著耳朵，調整著視線，目光終於通過了無數障礙，看到了他的朋友被麻稈分割得影影綽綽的身軀。一時間極靜了的黃麻地裏掠過了一陣小風，風吹動了部分麻葉，麻杆兒全沒動。又有幾個葉片落下來，黑孩聽到了它們振動空氣的聲音。他很驚異很新鮮地看到一條紫紅色頭巾輕飄飄地落到黃麻稈上，麻條上的刺兒掛住了圍巾，像挑著一面沉默的旗幟，那件紅格兒上衣也落到地上。成片的黃麻像浪潮一樣對著他湧過來。他慢慢地站起來，背過身，一直向前走，一種異樣的感覺猛烈衝擊著他。

五

一連十幾天，姑娘和小石匠好像把黑孩忘記了，再也不結伴到橋洞裏來看望他。每當中午和晚上，黑孩就聽到黃麻地裏響起百靈鳥婉轉的歌唱聲，他的臉上浮起冰冷的微笑，好像他知道這隻鳥在叫著什麼。小鐵匠是比黑孩晚好幾天才注意到百靈鳥的叫聲的。他躲在橋洞裏仔細觀察著，終於發現了奧祕：只要百靈鳥叫起來，工地上就看不見小石匠的影子，菊子姑娘就坐立不安，眼睛四下打量，很快就會扔下錘子溜走。姑娘溜走後一會兒，百靈鳥就歇了歌喉。這時，小鐵匠的臉色就變得更加難看，脾氣變得更加暴躁。他開始喝起酒來。黑孩每天都要走過石橋到村裏小賣部給他裝一瓶地瓜燒酒。

這天晚上，月光皎皎如水，百靈鳥又叫起來了。黃麻地裏的熏風像溫柔的愛情撲向工地。小鐵匠攥著酒瓶子，把半瓶燒酒一氣灌下去，那隻眼睛被燒得淚汪汪的。劉太陽副主任這些天回家娶兒媳婦去了，工地上人心渙散，加夜班的石匠們多半躺在橋洞裏吸菸，沒有鏨子要修理，爐火半死不活地跳動著。

「黑孩……去，給老子拔幾個蘿蔔來……」酒精燒著小鐵匠的胃，他感到口中要噴火。

黑孩像木棍一樣立在風箱邊上，看著小鐵匠。

「你，等著老子揍你嗎？去……」

黑孩走進月光地，繞著月光下無限神祕的黃麻地，穿過花花綠綠的地瓜地，到了晃動著沙漠蜃影的蘿蔔地。等他提著一個蘿蔔走回橋洞時，小鐵匠已經歪在草鋪上呼呼地睡了。黑孩把蘿蔔放在鐵砧子上，手顫抖著撥亮爐火，可再也弄不出那一藍一黃升騰到空中的火苗，他變換著角度，瞅那個放在鐵砧子上的蘿蔔，蘿蔔像蒙著一層暗紅色的破布，難看極了，孩子沮喪地垂下頭。

這天夜裏，黑孩沒有睡好。他躺在一個橋洞裏，翻來覆去地打著滾。劉副主任不在，民工們全都跑回家去睡覺。橋洞裏只剩下一層薄薄的麥秸草。月光斜斜地照進橋洞，橋洞裏一片清冷光輝，河水聲，黃麻聲，小鐵匠在最西邊橋洞裏發出的鼾聲。以及其他一些莫名其妙的聲音，一齊鑽進了他的耳朵。石頭上的麥草閃閃爍爍，直扎著他的眼睛。他把所有的麥秸草都收攏起來，堆成一個小草嶺，然後鑽進去，風還是能從草縫裏鑽進來，他使勁蜷縮著，不敢動了。他想讓自己睡覺，可總是睡不著。他總是想著那個蘿蔔，那是個什麼樣的蘿蔔呀。金色的，透明。他一會兒好像站在河水中，一會兒又站在蘿蔔地裏，他到處找呀，到處找……

第二天早晨，太陽還沒出來，月亮還沒完全失去光彩，成群的黑老鴰驚惶失措地叫著從工地上空掠過，滯洪閘上留下了牠們脫落的骯髒羽毛。東邊的地平線上，立著十幾條大樹一樣的灰雲，枝杈上掛滿了破爛的布條。黑孩從橋洞裏一鑽出來就感到渾身發冷，像他前些日子打擺子時寒顫上來一樣滋味。劉副主任昨天回來了，檢查了工地上的情況，他非常生氣，大罵了所有的民工。所以今天人們來得都很早，幹活也賣力，工地上的錘聲像池塘裏的蛙鳴連成一片。今天要修的鋼鏨很多，小鐵匠的工作態度也非常認真，活兒幹得又麻利又漂亮。來換鋼鏨的石匠們不斷地誇獎他，說他的淬火功夫甚至超過了老鐵匠，淬出的鋼鏨又快又韌，下下都咬石頭。

太陽兩竿子高的時候，小石匠送來兩支鋼鏨待修。這是兩支新鏨，每支要值四五塊錢。小鐵匠瞥瞥神采煥發的小石匠，獨眼裏射出一道冷光。小石匠沒覺察到小鐵匠的表情，幸福的眼睛裏看到的全是幸福。黑孩兒感到心裏害怕：他看出小鐵匠要作弄小石匠了。小鐵匠把那兩支鋼鏨燒得像銀子一樣白，草草地在砧子上打出尖兒，然後一下子浸到水裏去……

小石匠提著鋼鏨走了，小鐵匠嘴上滑過一個得意的笑容，他對著黑孩眏眏眼，說，「孫子，他媽的也配使老子淬出的鏨子？兒子，你說他配嗎？」黑孩縮在角落裏，使勁打著哆嗦。一會兒，小石匠回到鐵匠爐邊，他把兩支鏨子扔到小鐵匠跟前，罵道：「獨眼龍，你這是淬的什麼火？」

「孫子，叫喚什麼？」小鐵匠說。

「睜開你那隻獨眼看看！」

「這是你的鏨子不好。」

「放屁，你這是成心作弄老子。」

「作弄你又怎麼著？爺們看著你就長氣！」

「你、你，」小石匠氣得臉色煞白，說，「有種你出來！」

「老子怕你不成！」小鐵匠撕下腰間紮著的油布，光著背，像隻棕熊一樣踱過去。

小石匠站在閘前的沙地上，把夾克衫和紅運動衣脫下來，只穿一件小背心。他身材高大，面孔像個書生，身體壯得像棵樹。小鐵匠腳上還紮著那兩塊防燙的油布，腳掌踩得地上尖利的石片欻欻地響，他的臂長腿短，上身的肌肉非常發達。

「文打還是武打？」小鐵匠不屑一顧地說。

「隨你的便。」小石匠也不屑一顧地說。

「你最好回家讓你爹立個字據，打死了別讓我賠兒子。」

「你最好回家先釘口棺材。」

罵著陣，兩個人靠在了一起。黑孩遠遠地蹲著，一直沒停地打著哆嗦。他看到，小鐵匠和小石匠最初的交鋒很像開玩笑。小石匠捲著舌頭啐了小鐵匠一臉唾沫，小鐵匠揚起長臂，把拳頭捅過去，小石匠一退，這一拳打空了。又啐。又一拳。又退。閃空。但小石匠的第三口唾沫沒迸出唇，肩頭上就被小鐵匠猛捅了一拳，他的身體不由自主地轉了一圈。

人們驚叫著圍攏上來，高喊著：「別打了，別打了。」但沒有人上前拉架。後來，連喊聲也沒有了，大家都睜大眼，屏住氣，看著這兩個身段截然不同的小夥子比試力氣。菊子姑娘臉色灰白，使勁地抓住她身邊一個姑娘的肩頭。當他的情人吃了小鐵匠的鐵拳時，她就低聲呻喚著，眼睛像一朵盛開的墨菊。

決鬥還難分高低，你打我一拳，我也打你一拳，小石匠個頭高，拳頭打得漂亮瀟灑，但顯然有點飄，有點花梢，力量不很足，小鐵匠動作稍慢一點，但出拳凶狠扎實，被他蒙上一拳，小石匠就要轉一個圈。後來，小鐵匠頭上挨了一拳，有點暈頭轉向，小石匠趁機上前，雨點般的拳頭打得小鐵匠的身體嘭嘭地響。小鐵匠一貓腰，鑽進了小石匠腋下，兩隻長臂像兩條鰻魚一樣纏住了小石匠的腰，小石匠急忙夾住小鐵匠的頭，兩個人前進，後退，後退，又前進，小石匠支援不住，仰面朝天摔在沙地上。

人群裏爆發了一陣歡呼。

小鐵匠站起來，吐吐口中的血沫子，歪著頭，像隻鬥勝的公雞。

小石匠爬起來，向著小鐵匠撲過去。一白一黑兩個身體又扭在一起。這次小石匠把身體伏得很低，保護著自己的下三路不讓小鐵匠得手，四隻胳膊緊緊地糾纏著，有時候，小石匠把小鐵匠撩起來，轉著圈掄動，但並不能把小鐵匠摔出去。小石匠氣喘吁吁，滿身都是汗水，小鐵匠卻連一個汗珠都沒掉。小石匠體力不支，步伐錯亂，眼前出現重影，稍一懈怠，手臂便被撥開，小鐵匠抱住他的腰，箍得他出氣不勻，他再次仰天倒地。

第三個回合小石匠敗得更慘，小鐵匠一個癩狗鑽襠把他扛起來，摔出去足有兩米遠。

菊子姑娘哭著撲上去，扶起了小石匠。在菊子姑娘的哭聲中，小鐵匠臉上的喜色頓時消逝，換上了滿面淒涼。他呆呆地站著。小石匠爬起來，撥開菊子的手，抓起一把沙土，對準小鐵匠的臉打上去。沙土迷住了小鐵匠的獨眼，他像野獸一樣嗥叫著，使勁搓著眼睛。小石匠趁機撲上去，卡著小鐵匠的脖子把他按倒，拳頭像擂鼓一樣對著小鐵匠的腦袋亂打……

這時候，從人們的腿縫裏，鑽出了一個黑色的影子。這是黑孩。他像隻大鳥一樣飛到小石匠背後，用他那兩隻雞爪一樣的黑手抓住小石匠的腮幫子使勁往後扳，小石匠齜著牙，咧著嘴，「噢噢」地叫著，又一次沉重地倒在沙地上。

小鐵匠掙扎著坐起來，兩隻大手摸起地上的碎石片兒，向著四周拋撒。「畜牲！狗！」罵聲和著石頭片兒，像冰雹一樣橫掃著周圍的人群，人們慌亂地躲閃著。菊子姑娘突然慘叫了一聲。小鐵匠的手像死了一樣停住了。他的獨眼裏的沙土已被淚水沖積到眼角上，露出了瞳孔。他朦朧地看到菊子姑娘的右眼裏插著一塊白色的石片，好像眼裏長出一朵銀耳。他怪叫一聲，捂著眼睛，躺在地上痛苦地扭動著。

黑孩聽到姑娘的慘叫，便鬆開了自己的手。他的手指把小石匠的腮幫子抓出兩排染著煤灰的血印。趁著人們慌亂的時候，他悄悄地跑回橋洞，蹲在最黑暗的角落上，牙齒「的的」地打著顫，偷眼望著工地上亂紛紛的人群。

六

第二天，滯洪閘工地上消失了小石匠和菊子姑娘的影子，整個工地籠罩著沉悶壓抑的氣氛。太陽像抽風般顫抖著，一股股蕭殺的秋風把黃麻吹得像大海一樣波浪起伏，一群群麻雀驚恐不安地在黃麻梢頭噪叫聲。風穿過橋洞，揚起塵土，把半邊天都染黃了。一直到九點多鐘，風才停住，太陽也慢慢恢復正常。

剛娶完兒媳婦回來的劉太陽副主任碰上了這些事，心裏窩著一腔火，他站在鐵匠爐前，把小鐵匠罵得狗血淋頭，並揚言要摳出他那隻獨眼給菊子姑娘補眼。小鐵匠一聲不吭，黑臉上的刺疙瘩一粒粒憋得通紅，他大口喘著氣，大口喝著酒。

石匠們不知被什麼力量催動著，玩兒命地幹活，鋼鏨子磨禿了一大批，堆在紅爐旁等著修理。小鐵匠像大蝦一樣蜷曲在草鋪上，咕咕地灌著酒，橋洞裏酒氣撲鼻。

劉副主任發火了，用腳踹著小鐵匠罵：「你害怕了？裝孫子了？躺著裝死就沒事了？滾起來修鏨子，這樣也許能將功補過。」

小鐵匠把手中的酒瓶向上拋起來，酒瓶在橋面上砰然撞碎，碎玻璃摻著燒酒落了劉副主任一頭。小鐵匠跳起來，一路歪斜跑出去，喊著：「老子怕什麼，老子天都不怕，死都不怕，還怕什麼？」他爬上滯洪閘，繼續高叫著：「我誰都不怕！」他的腿碰到了石欄杆，身子歪歪扭扭，橋下有人喊：「小鐵匠，當心掉下橋。」「掉下橋？」他哈哈大笑起來，笑著攀上石欄杆，一鬆手，抖抖擻擻地站在石欄杆上。橋下的人都中了魔，入了定，呼吸也不敢用力。

小鐵匠雙臂奓煞開，一上一下起伏著，像兩隻羽毛豐滿的翅膀。他在窄窄的石欄杆上走起來，身體晃來晃去。他慢走變成快走，快走變成小跑，橋下的人捂住眼睛，又鬆手露出眼睛。

小鐵匠一起一伏晃晃悠悠地在石欄杆上跑著，欄杆下烏藍的水裏映出他變了形的身影。他從西頭跑到東頭，又從東頭跑回來，一邊跑一邊唱起來：「南京到北京，沒見過褲襠裏拉電燈，格里嚨格里格嚨，裏格嚨，裏格嚨，南京到北京，沒見過褲襠裏打彈弓……」

幾個大膽的石匠跑上閘去，把小鐵匠拖了下來。他拚命掙扎著，罵著：「別他媽的管我，老子是雜技英豪，那些大妞在電影上走繩子，老子在閘上走欄杆，你們說，誰他媽的厲害……」幾個人累得氣喘吁吁，總算把他弄回橋洞裏。他像塊泥巴一樣癱在鋪上，嘴裏吐著白沫，手撕著喉嚨，哭叫著：「親娘喲，難受死了，黑孩，好徒弟，救救師傅吧，去拔個蘿蔔來……」

人們突然發現，黑孩穿上了一件包住屁股的大褂子，褂子是用嶄新的、又厚又重的小帆布縫的。這種布非常結實，五年也穿不破。那條大褲頭子在褂子下邊露出很短的一截，好像褂子的一個花邊。黑孩的腳上穿著一雙嶄新的回力球鞋，由於鞋子太大，只好緊緊地繫住鞋帶，球鞋變得像兩條醜陋的胖頭鯰魚。

「黑孩，聽到了嗎？你師傅讓你去幹什麼？」一個老石匠用菸袋杆子戳著黑孩的背說。

黑孩走出橋洞，爬上河堤，鑽進黃麻地。黃麻地裏已經有了一條依稀可辨的小徑，麻稈兒都向兩邊分開。走著走著，他停住腳。這兒一片黃麻倒地，像有人打過滾。他用手背揉揉眼睛，抽泣了一聲，繼續向前走。走了一會，他趴下，爬進蘿蔔地。那個瘦老頭不在，他直起腰，走到蘿蔔地中央，蹲下去，看到蘿蔔壟裏點種的麥子已經鑽出紫紅的錐芽，他雙膝跪地，拔出了一個蘿蔔，蘿蔔的細根與土壤分別時發出水泡破裂一樣的聲響。黑孩認真地聽著這聲響，一直追著它飛到天上去。天上纖雲也無，明媚秀麗的秋陽一無遮攔地把光線投下來。黑孩把手中那個蘿蔔舉起來，對著陽光察看。他希望還能看到那天晚上從鐵砧上看到的奇異景象，他希望這個蘿蔔在陽光照耀下能像那個隱藏在河水中的蘿蔔一樣晶瑩剔透，泛出一圈金色的光芒。但是這個蘿蔔使他失望了。它不剔透也不玲瓏，既沒有金色光圈，更看不到金色光圈裏包孕著的活潑的銀色液體。他又拔出一個蘿蔔，又舉到陽光下端詳，他又失望了。以後的事情就變得很簡單了。他膝行一步。拔兩個蘿蔔。舉起來看看。扔掉。又膝行一步，拔，舉，看，扔……

看菜園的老頭子眼睛像兩滴混濁的水，他蹲在白菜地裏捉拿鑽心蟲兒。捉一個用手指捏死，再捉一個還捏死。天近中午了，他站起來，想去叫醒正在看園屋子裏睡覺的隊長。隊長夜裏誤了覺，白天村裏不安寧，難以補覺，看園屋子裏只能聽到秋蟲低吟，正好睡覺。老頭兒一直起腰，就聽到脊椎骨「叭哽」響。他恍然看到陽光下的蘿蔔地一片通紅，好像遍地是火苗子。老頭打起眼罩，急步向前走，一直走到蘿蔔地裏，他才看清那遍地通紅的竟是拔出來的還沒有完全長成的蘿蔔。

「作孽啊！」老頭子大叫一聲。他看到一個孩子正跪在那兒，舉著一個大蘿蔔望太陽。孩子的眼睛是那麼大，那麼亮，看著就讓人難受。但老頭子還是不客氣地抓住他，扯起來，拖到看園屋子裏，叫醒了隊長。

「隊長，壞了，蘿蔔，讓這個小熊給拔了一半。」

隊長睡眼惺忪地跑到蘿蔔地裏看了看，走回來時他滿臉殺氣。對著黑孩的屁股他狠踢了一腳，黑孩半天才爬起來。隊長沒等他清醒過來，又給了他一耳巴子。

「小兔崽子，你是哪個村的？」

黑孩迷惘的眼睛裏滿是淚水。

「誰讓你來搞破壞？」

黑孩的眼睛清澈如水。

「你叫什麼名字？」

黑孩的眼睛裏水光瀲灩。

「你爹叫什麼名字？」

兩行淚水從黑孩眼裏流下來。

「他娘的，是個小啞巴。」

黑孩的嘴唇輕輕嚅動著。

「隊長，行行好，放了他吧。」瘦老頭說。

「放了他？」隊長笑著說，「是要放了他。」

隊長把黑孩的新褂子、新鞋子、大褲頭子全剝下來，團成一堆，扔到牆角上，說：「回家告訴你爹，讓他來給你拿衣裳。滾吧！」

黑孩轉身走了，起初他還好像害羞似地用手捂住小雞兒，走了幾步就鬆開了手。老頭子看著這個一絲不掛的男孩，抽抽搭搭地哭起來。

黑孩鑽進了黃麻地，像一條魚兒游進了大海。撲簌簌黃麻葉兒抖，明晃晃秋天陽光照。

黑孩——黑孩——

原載《中國作家》一九八五年第二期

爆炸

一

父親的手緩慢地舉起來，在肩膀上方停留了三秒鐘，然後用力一揮，響亮地打在我的左腮上。父親的手上滿是稜角，沾滿著成熟小麥的焦香和麥秸的苦澀。六十年勞動賦予父親的手以沉重的力量和崇高的尊嚴，它落到我臉上，發出重濁的聲音，猶如氣球爆炸。幾顆亮晶晶的光點在高大的灰藍色天空上流星般飛馳盤旋，把一條條明亮潔白的線畫在天上，縱橫交錯，好似圖畫，久久不散。飛行訓練，飛機進入拉煙層。父親的手讓我看到飛機拉煙後就從我臉上反彈開，我的臉沒回位就聽到空中發出一聲爆響。這聲響初如圓球，緊接著便拉長變寬變淡，像一顆大彗星。我認為我確鑿地看到了那聲音，它飛越房屋和街道，跨過平川與河流，碰撞矮樹高草，最後消融進初夏的乳汁般的透明大氣裏。我站在我們家渾圓的打麥場與大氣之間，我站在我們家打麥場的邊緣也站在大氣的邊緣上，看著爆炸聲消逝又看著金色的太陽與烏黑的樹木車輪般旋轉；極目處鋼青色的地平線被陽光切割成兩條平行曲折明暗相諧的洶湧的河流，對著我流來，又離我流去。烏亮如炭的雨燕在河邊電一般出現又電一般消逝。我感到一股猝發的狂歡般的痛苦感情在胸中鬱積，好像是我用力叫了一聲。

父親傴僂著腰，高大地站在我的面前，那隻打過我的手像一隻興奮的小獸一樣哆嗦著。父親穿一條齊膝蓋的黑色長短褲，赤腳，光背，頭戴一頂破了邊的捲曲如枯葉的草帽站在我面前，我的父親，我的威嚴的父親用可憐的目光看著我。白熾的陽光裏挾帶著一股惡毒的辣味，曬著父親棱岸的肩膀和兩隻崎嶇的大腳。父親像麥場上生出來的一棵無葉樹，不給我絲毫陰涼，他使我灼熱難捱。我說：爹，你聽我說……父親柔順地說：你別說了，我的兒，你想錯了！爹已經七十歲了。我說：不，我要說，爹，你不懂，你什麼都不懂！（爹前進一步，我後退一步。）爹說：我什麼不懂？我說：你打我是犯法的！父親開顏一笑，趔趔趄趄地搶上來，左手一揮，像往鍋邊上貼餅子一樣打響了我的右腮。我犯法了，雜種，把你爹送到局子裏去吧。爹滿臉膨炸著說。我並無悲哀，淚水流出了眼眶。我的雙耳共鳴著，模模糊糊地看到父親的手臂在空中揮動時留下的軌跡像兩塊灼熱的馬蹄鐵一樣，凝固地懸在我與父親之間的牆壁上。

其實沒有牆。陽光射到父親身上，反射出一圈褐色的短促光線，父親像一件古老的法器燦爛輝煌。他臉上有一千條皺紋，每條皺紋裏都夾著汗水與泥土，如縱橫的河流，滋潤著古老的大地。家鄉的土地是黃褐色，深厚的土層下邊是古老的滄海，它淤積了多少萬年，我爺爺的爺爺也許知道。父親用古老的犁鏵耕耘著黃土地，在地上同時在臉上留下了深刻悲壯的痕跡。父親用臉來證明著我的該打。爹！我又叫了一聲爹，你不能這樣粗暴地對待我。我也是大人啦！爹說：比你爹還大嗎？你要是敢給我毀了他，我就打死你。我說：你以為我不想生個兒子嗎？可我已經生了一個女兒，已經領了獨生子女證。我是國家的幹部，能不帶頭響應國家的號召嗎？父親的嘴角沉重地垂下去，兩道混濁的淚水沖刷著落滿灰土的面頰。我們偷著生，不去報戶口，不行嗎？父親說。我說：這是生孩子，不是養個小狗小貓。再說，我們的領導已經知道了。父親說：你們領導是怎麼知道的？我說——我沒說這句話前心裏充滿了怒火，我沒說這句話前心裏先說：你們把我害苦了，當然，我也把你們害苦了。

大約二十年前，我剛剛上小學，留著齊額短髮。有一天，母親對我說：過來，把褲襠給你縫死吧。我說：不，撒尿不方便。母親說：你是有媳婦的人了，還穿開襠褲，不怕人家笑話？我說：什麼媳婦？母親說：你爹給你從北莊訂了一個媳婦。我說：什麼媳婦呀？母親說：給你做飯，縫衣裳，生小娃娃的媳婦。我說：我不要。母親把我的褲子扒下來，用一根長長的粗線把我的褲襠縫起來了。

後來，我一年年大起來，骨骼肌肉長破了一件件衣服，烏黑的鬍鬚蓋過了柔弱的茸毛，我終於懂了「媳婦」的重大使用價值。我見到了她，隔著很遠。那天，我們村請了一台戲，戲台子紮在乾枯的河裏，四鄉八村都來看。她扛著一條被幾輩人的屁股磨得烏黑發亮的板凳，跟在一群小女孩後邊。有人對我說：那個高個子是你媳婦，我慌忙跳開眼，見戲台上掛著一塊天藍色的大布，幾十領淡黃色的葦席托著天，鑼鼓家什打成一片響，台下的孩子喊爹叫娘。鑼鼓家什響一陣，停了，琴師嘎嘎吱吱的調弦聲響，鮮明地蓋了河道。我終究忍不住，一斜眼，就盯住了她。她身軀高大，因為是夏天，熟透了的胸脯把一件被汗水浸白了的對襟式紅褂子撐得開裂。她生一張通紅的大臉，頭髮烏黑。她把那條看著就知道沉重的凳子放下，一屁股坐下去，頭剛抬起來，胸還未挺直，人就突然彎曲歪斜著矮下去了。她站起來，臉側對著我，有三十米遠，眉眼看得清楚，腮幫有些凸，小皮球般飽脹。她從河沙裏把凳子拔出來，用腳把沙土踢到凳子腿釘出的眼裏，四個眼全填滿，又跳動著踩，她全身的肉跳，好一陣，又放好凳子，坐下。我看到那四條凳子腿在人腿縫裏又陷下去了，似乎嗞嗞如泥鰍鑽洞，陷了一會，停住了，她身後又接上了一片人，我牢牢地盯住她從人縫裏露給我的半邊身子，心裏一陣陣潮起潮落。胡琴鑽出鑼鼓。鑼鼓淹沒胡琴。浪潮吞沒沙灘，浪潮吐出沙灘，娘——你在哪兒？一個左手握玉米麵餅子右手提白根綠葉羊角蔥的女孩子站在戲臺上大聲喊。村裏那個人又戳我一下說：你媳婦那腚盤真夠寬廣的，你要惹她生了氣，她一下就把你蹾扁了。我說：去你娘的。戲台上出來一個李鐵梅，紅鞋，紅褲，紅襖，紅腮，兩眉之間點一個拇指大的紅胭脂，長辮子上紮著紅繩，手裏提著紅燈。村裏那個人說：又是《紅燈記》！我沒搭腔，眼睛總往人縫裏溜，看一眼，心一熱，又一涼，涼了又熱了，我不知是幸福還是痛苦。這年秋天我當了兵。假如我不去當兵，假如我當了兵沒提幹，假如提了幹沒上大學，假如上了大學沒住醫院，假如住了醫院沒碰上那位單眼皮大眼睛的女護士，就不會有一連串的煩惱發生，也不會有今天。父親沉重的巴掌打得我靈魂出竅，我的臉上熱辣辣的。一摸，摸到一根根胡蘿蔔般的凸起。

我的腦袋變成了空桶，蜜蜂的哼叫聲摻和著遠天的音爆聲在空桶裏碰撞回折，翻騰盤旋。你就別管了，反正我知道了。我沒說這句話之前心裏就充滿了怒火。爹說：你告訴我，是哪個狗娘養的告訴你的，我去跟他拚命。我說：是公社計畫生育委員會給我的信，我向領導彙報了，才趕快回來。父親懊喪地吼了一聲，他的手抖抖索索地舉起來，把胸膛上的一個牛虻打飛，又拂去十幾顆麥糠。那麼，那麼，孩子，你就忍心把咱這一門絕了？父親悲哀地看著我說。我不是有一個女兒嗎？我說，怎麼能算絕了呢？爹說，女兒不是兒，女人不算人。我說：印度總理、英國首相、丹麥女王、田副縣長，不都是女人嗎？你見了田副縣長連頭都不敢抬！爹說：這不是一碼事。我求求你啦，放了他的生吧！蹲監坐牢爹替你去。我說：不行！爹，不行！

我的情緒惡劣，我對父親巴掌的畏懼消失了。我就要三十歲了，父親打我前的激動和打我後的顫抖使我意識到我已把大部分身體擠進了中年人行列，決定與我有關的事情的權力在我手裏而不應該在父親手裏，父親打我，應該解釋成他交出權力之前的無可奈何的掙扎。我的心冰冷堅硬，不管怎麼說，也不能讓我投降。妻子瞞著我懷上的胎兒的留與流，甚至已不重要，重要的是我要自作主張。

父親轉過身，向著打麥場邊的矮牆走去。矮牆外，那棵被烈日灼傷了的小椿樹垂著所有的葉子，把一塊暗淡的影子掉進矮牆裏，造成一點點陰涼的感覺。父親立在椿樹斑駁的影子裏，褐色的肉體上漏上一些不規則的白得發綠的光斑，非常眩目，非常美麗。他摘下那頂似乎一口氣就能吹破的草帽，提在手裏，並不用它搧風。場上的麥秸在烈日下暴躁地響著，到處都在反射光線，所有的顏色都失去顏色，我的眼前一片白後是一片黑。一陣風吹過來，椿樹葉不得不動幾下，立刻又垂下頭，黏滯在混濁的空氣裏，像一簇簇硫磺火苗。父親面對著我站著，站得那麼遙遠寒冷，他的臉一團黑，疲乏地垂著兩條長臂，長臂好像禁不起大手的重量才被墜得這般長，血液好像流進了大手才使大手這樣大。父親的手上凝集著令世界悲痛而起敬的表情，這表情喚起我酸澀的感情，我的舌頭在嘴裏熟了。父親的手一隻在髖骨間垂著，一隻捏著草帽垂在髖骨間。那草帽令我吃驚害怕，我吃驚它怎麼還能做為草帽存在著，我害怕父親不小心捏碎了它。它一旦破碎，就會變成焦糊的粉末辛辣的粉末，飛散進黏滯的空氣裏，使重濁的夏天更重濁。在青翠的麥苗與金黃的麥浪之間，我的妻子懷孕了。

父親揮手打我時，我的心裏醞釀著毀滅一切的憤怒。新帳舊帳一起算！我看到在我們父子三十年的空間裏，飛動著鐵鏽色的灰塵，沒有溫情，沒有愛，沒有歡樂，沒有鮮花。但是我知道我的感覺是偏頗的。父親傴僂的腰背和遍身的泥土抗議我的偏頗。他的骨頭上刻著勞動的深痕，他的眼睛裏結著愁苦的車輪軋出的血紅的轍印。他站在疲乏的椿樹下好像一個犯人，在我面前，垂下了灰白的頭。我聽到從他的喉嚨裏發出一陣「喀啦喀啦」的聲音，隨著這聲音，父親聳著肩，慢慢地、慢慢地蹲下去。父親被我打敗了。我站在火熱的太陽下，表皮流汗，內裏涼冷，我的空殼裏，結著多姿多彩的霜花，還有一排排冰掛，狀如狼牙……

我是匆匆趕回來的，穿著都市裏通俗的衣褲。面對父親，這衣褲頓時生輝，顯示出高貴和奢侈，它有多餘的口袋和鈕扣，還有不必要的乾淨。打敗了父親，我感到深刻的罪疚：一個幾乎是赤身裸體的老頭子，七十歲了，蹲在他的衣冠整潔面孔白胖的兒子面前。陽光照著他們，照著夏天的打麥場。滿場鋪蓋著鍘掉根部的小麥，金黃中泛著銀白的麥秸和麥穗，尖銳的麥芒。麥芒上生著纖細的刺毛，陽光給它們動力，它們互相摩擦著，沙啦沙啦地響。偶有一兩個不成熟的綠麥穗，夾雜在金黃中，醒目得讓人難受。那綠麥穗上，有火紅色米粒大的小蜘蛛在爬動，好像電光火星。場外橫著一盤鍘刀，一條長凳，無言無語，一動不動，那兒留下雜亂的腳印和狼藉的麥根，宛若一個古戰場，向憑弔者透露著模糊的感情……妻子高抬著鍘刀等待著，父親彎著腰，把一個麥捆塞到鍘刀下，妻子一彎腰，鍘刀「嚓」一聲，麥捆一分為二。母親努力蹣跚著，用那杆桑木老杈把麥穗挑起來，挑到場上散開。我的女兒在麥場上打滾，她吃麥粒吃到嘴裏一根麥芒，麥芒子噌噌地往嗓子裏爬，她臉憋紫了，一邊哭一邊咳，妻子嚇出一臉冷汗……金黃的麥穗，平靜的勞動，芳香的汗水，鮮花般的女孩，健壯的少婦，樹根般的老人……一幅天下升平民樂年豐的優美圖畫，所有的色彩都服從一種安謐的情緒，沒有風，沒有浪，沒有雷，沒有雨，人的動作似蛤類的移動，強大的平靜潮水沖刷過的沙灘上，留下一行行千篇一律的足跡，如同圖畫、文字和歷史……

我確實感到深刻的罪疚。

我雖然每年回家履行丈夫的、爸爸的、兒子的職責，雖然自認為與這個偏僻的荒村聯繫密切好似胎兒與子宮，但還原了艱苦寧靜的勞動場面，心裏還是萬分驚愕。從人欲橫流的都市生活中，僅僅坐了一天一夜火車又兩小時汽車，就來到這裏。北京上海廣州天津的男男女女的急促的嘟嘟噥噥與飽含著雜質的歡笑被遠遠甩開，彷彿一個忘不了的夢。我在夢中飛行，飛機失事，人破機毀，飄然落地，睜眼一看，竟是我家的打麥場。

我站在麥場邊緣，像苦行僧一樣忍受著陽光的懲罰，類似的情景使我憶起二十年前，教師因我下河洗澡把我曬在炎陽下懺悔，我被曬暈了。為這事，父親端著一柄糞杈把我的滿臉粉刺的教師趕得跳牆逃命。父親是愛我的。父親為使我上學把一根鋤把子攥細了，就是就是，父親是愛我的，即便是打我，也是偉大父愛的一種折射，但是，我不能因為父親愛我就投降。還有一種，還有一種超過父愛超過母愛的力量，不是愛情，不是憂傷，是一種無法言喻的東西在左右著我的感情，它缺乏理智，從不考慮前因後果，它的本身就是目的，它不需要解釋，它就是我的獨立。固然你們為了愛我而干涉我的獨立，但我還是要恨這種干涉。固然你們在辛勤勞動，你們的辛勤勞動創造著人類的歷史，但我還是要憎恨。在父親們豐碑般的貢獻面前，兒子們顯得渺小，但歲月依舊，人世如河浪推擁。我向前走著，靠近了父親，我說：爹，您別難過。

父親按一下地，站起來，把草帽扣到頭上，僵硬地走幾步，彎腰拾起一杆杈，翻挑著場上的麥穗。褐色的父親，用長長的淡黃色木杈把金色麥穗挑起來——曬脫了殼的少量麥粒從杈縫裏輕快地掉在因挑走麥穗而暴露出來的灰綠色的場面上——又抖抖地放下去。場面平整光滑，麥粒在上面蹦跳。父親一杈杈翻著，原來在下邊的，現在請上邊來；原來在上邊的，現在請下邊去。滿場散著炒麵香，麥穗乾透，是打場的時候了。我走到父親身邊，去奪他手裏的木杈，父親緊緊地攥住杈杆，我抬起眼看他的臉，碰到他眼裏的陌生的冷淡神情，這神情一下子把我推出去，我鬆開了手。父親說：孩子，還是把他生下來吧，啊？把他生下來吧，你想想，一個孫女，一個孫子，都活蹦亂跳，在我和你娘身邊，像小狗小貓，跑著跳著叫著，該有多好……

父親畫出來的幸福圖感動了我。父親繼續說：誰跟誰結夫妻是天定的，你也不能怨爹娘。父親的話似乎不應停住，但停住了，他低著頭翻曬麥穗。我一側身，看到她從場北邊走過來了。她高大豐碩，一搖一晃地走，一邊走路一邊咬著一根水淋淋的大黃瓜。走到我面前，她把黃瓜趕緊嚥下去，唇邊沾著兩顆白色的黃瓜籽，她抬起袖子擦了一把嘴，急促地問：你回來幹什麼？我說：不幹什麼。她說：正好，幫我們打場。我說：別打場了，走吧，去公社衛生院做手術。她說：做什麼手術？我無病無災的！我說：流產手術。

我的話一出口她的臉就白了，呆呆地立著，有半分鐘，垂著兩隻通紅的大手。我說：還愣著幹什麼？回家去收拾收拾，快走。她大聲抽泣著，血液漸漸又上了臉，濕漉漉的眼睛裏噴吐著憤怒的火苗，我看著她的高大的身軀，心裏不由生出怕來。她腮上的肉一鼓一鼓的，我知道她發了怒。她說：你聽誰說我懷了孕？我說：你別管。她雙手捂著臉，發出一陣哽咽之聲，不知為什麼，我覺得她的哭泣充滿了濃厚的舞台氣。她是善於裝哭的。記得那一夜，我坐在炕下吸菸，直吸得燭淚滿窗台。她哭了，我看她一眼，眼裏乾巴巴的。我不看她，她還哭。我又看她一眼，眼上黏乎乎的，我認為那是唾沫。有一次我拉肚子住醫院，她去看我，隔著窗玻璃，我看到她往臉上抹唾沫……她的哭泣聲變成咕咕嚕嚕的低語，低語又變成清晰的詈罵：老不死的，閒得嘴癢癢，讓兒子斷了後你就舒坦了……走遍天下也找不到這樣的爹……

父親高舉著的雙臂僵在空中，片刻，又猝然落下，像中彈的鳥翅，連同木杈，連同麥穗。在短暫的瞬間，我看到父親的臉發生了那麼多的變化：初如一張白紙在火苗中燃燒著，捲曲著，颯颯作響，後來輕抖，定型，靜止，似怒非怒，似哀非哀。半島地區初夏的燦爛陽光照亮了父親那灰燼般的臉。我胸膛中都是心跳，全身肌肉緊縮，我叫：你胡說什麼！她昂起頭，雙目灼灼地逼視著我：天生的事兒，明擺著的事兒，全中國沒人知道我懷了孕，只有他和娘知道，娘不在這兒，就他在這兒，不是他告訴了你還能是誰告訴了你？我說：爹打了我兩巴掌，你看我的臉。她說：你們是演苦肉計給我看。我說：我警告你，你要是再敢欺負我的爹娘，我就和你算總帳，你不要以為我怕你。

父親的眼淚一下子掛滿了腮，他的嘴唇哆嗦著，把一張臉都帶活了。他又舉起木杈翻場，麥穗麥粒在杈下場上愉快地跳動著。

我說：走，別磨蹭，趕快流掉，拖一天難一天。

她在我面前第一次用眼裏的水而不是用口裏的水把臉濡濕了。她眼裏流出來的淚水淺薄透明，彷彿沒有重量，這張紅色大臉上掛著的淚水就像馬頭上生出的角一樣令我難以接受。

她的哭聲放大，淚水密集起來，顏色變深，質量變大，沉甸甸像稠而透明的膠水。我的眼睛火辣辣地發燙。我恨她對我的欺騙，我暗自慶幸及時得到了她懷孕的消息：這不能怨我，我讓你服藥，你說你戴著環。你自己找的，別怨我。

俺也沒怨你。她不哭了，大步走到場邊，把一根棕色的粗繩子背上肩——繩子後連結著一個一頭大一頭小的青石碌碡——好言好語地問父親：爹，能軋了吧？父親的臉上慌慌張張跑出笑容來，父親笑著說：豔豔她娘，你放下吧，我來拉。她說：我年輕，我來拉，您幹了一晌午頭，去樹蔭裏歇歇吧。父親感動了，說不出話，更緊張地揮杈翻場，一串串的麥穗，小金魚般跳躍著。她拉著碌碡繞場旋轉，長腿大臂，麥場顯得小。我有口難說話。這時，從場北邊那條小路上，母親走過來了。母親牽著一條小公牛。小公牛後跟著我四歲的女兒。

母親是小腳女人，一步步走得艱難。她老遠就看見我了，想走快一點，但牛走不動了。父親停住杈對我說：前天來了劁牛的，要錢少，手藝好，就劁了。

怎麼選這麼個忙時候劁牛？我問。

豔豔她娘要劁，父親說，這個人手藝好，要錢少。

牛劁了後，必須不停地遛，嚴防倒臥，但動過手術的牛，又千方百計地想趴下，因此，遛牛是艱苦的勞動，白天連著黑夜，黑夜連著白天，娘和牛，都遛成木頭了。我迎著娘走去，我看到娘興奮的枯臉，一陣熱風把她灰白的亂髮吹動，吹得更亂。女兒在娘的身後，提著一個綠色的長方形小收音機，畏畏縮縮地看著我。

母親說：豔豔，叫爸爸呀。

我說：娘……

母親說：你回來了？有什麼事？

我說：沒事。

母親的眼淚流出眼眶。

女兒躲在娘的背後，偷偷地看著我。我看著她那兩隻酷肖我的眼睛，彎腰把她抱起來。她很胖，沉甸甸地墜手；可能是去年的衣服吧，褲頭和汗衫之間有一段空白，露出了積滿灰垢的肚臍眼。我說：豔豔，我是誰？她輕輕地說：你是爸爸。我說：你怕我？她說：爸爸。

我答應了一聲。

二

我抓住她的袖子，拉她上河堤，又拉她下河堤。乾河裏的沙土冒出灰白的熱氣。她往後仰著身體，下巴翹起，口裏吐著一串串含混不清的話。我們走得黏澀，如氈上拖毛，洞裏拔蛇。河裏沒有路，泛鹼的鬆軟沙土嗞嗞響著，燙著我們的腳面。煩亂的蟬鳴在兩面河堤的柳樹上交叉著響起，一道蟬鳴一道絲線，飛竄著編成一面大網，罩住了枯河道。我抬頭看見天上布滿了魚鱗狀碎雲。正午時分，滿天都是強光，不知太陽在哪裏，蟬鳴聲擋住了河堤對面母親的低泣、父親的歎息和女兒手提小收音機的叫聲，空中一聲爆響壓住蟬鳴，空中響爆的蟬鳴像爆竹的碎片，爆竹碎片像雪花一樣紛紛揚揚地在半空中浮游。空軍基地的飛行訓練，還在繼續進行。我拽著妻子往河堤上走時，女兒睜大了眼，驚嚇得不敢哭。我惶恐得不敢看她。我拉著妻子橫過枯河，方向由北向南，目標公社衛生院，距離二千米。腳下的沙土乾澀地響著，令人牙磣，妻子不情願地跟著我走，我氣喘吁吁地回過頭，手仍然緊抓住她的袖管。你走不走啦？我陰沉沉地說。她不作聲，迷惘地看著我。

六年前，她牽著我的袖管——像我今天牽著她一樣——去公社登記。那天上午陽光明媚，美好的天氣猶如孔雀開屏，那時候河裏還有些潺潺的流水。我為了拖延時間，提議去走七里外的九孔橋，她說去你的吧，你今天聽我的。她脫了鞋，挽起褲腿，高高地露出濕沙色的小腿和乾沙色的大腿，說，我背你過河。她把鞋一下子塞到我懷裏，鞋旮旯子裏一股淤泥味撲進我的鼻孔。我說，我去走橋。她說，你走屁！四下無人，她在我面前蹲下，反胳膊摟住我的腿彎，我抱著她的鞋，趴在她的背上。她稀里呼隆下了河，腿蹚得水聲一片，我不敢低頭，平眼前望，見河灘地裏麥苗青青，笨重的斑鳩從河邊飛起，在麥壟上落下，劃出一道麻麻斑斑的拋物線。她用兩隻大手抓住我的大腿，我全部的感覺都集中到她的手掌上。她那時已經二十八歲，雖沒結婚但身體已經發胖。她的呼吸沉重，寬闊的背上散發著熱烘烘的大蔥氣味，我在溫暖的陽光下，在她體溫的圈子裏，瑟瑟地抖顫。她把我背過河，放下我，推我一把，拍我一掌，說：你別想跑。我迷迷糊糊地說：往哪裏跑？她說：往哪裏你也跑不了。她從我手裏奪過鞋，提著，赤腳踩著乾淨的路，一步一個清晰的腳印。幾十步，腳印淡了，肥肥的腳背上，蒙著一層黃塵土，兩個明亮的大腳趾甲，像兩隻警覺的眼睛。你看什麼？她臉上露出強悍的笑，催我快走。我恍然如赴刑場，把腰板挺得筆直，恰似一支箭杆。公社民政助理員是一個極漂亮的麻子，見人先笑。他嘩嘩地翻動著藍皮戶籍簿，翻到了一個，用筆桿點點，抄到白紙上；她放下一條褲腿，蓋住了一條腿。又翻到了一個，用筆桿點點；她蓋住了另一條腿。民政助理員打量著我們，她拍拍鞋子，穿到腳上。他問了幾句話，全是她對答，聲音大得像吵架。麻子寫好了一張紙，說：按指印。她蘸了一個鮮紅的手指頭，狠狠地按在麻子指點的地方。我雙手插進褲袋裏，磕磕絆絆往後退，向著門口的方向，你還想跑？她一把抓住我，喊：回來。麻子驚愕地看著我們，五官一定，接著擠鼻弄眼地邪笑：當心，小夥子，當心挨打！我說：不按。麻子說：按吧，不按不合法。她拉著我的胳膊用力一頓，我就站在了桌子邊。她有兩條烏黑的眉毛，嘴唇上汗毛很重；她胸脯豐滿，衣服上印著金黃色的葵花。她說：我等你快二十年啦，生是你的人，死是你的鬼，你憑什麼不按？麻子說：小夥子，別傻了！這樣的媳婦哪裏去找？人高馬大，山大柴廣，生個孩子也是大個的。我舉著手指，看著她那個大指紋，想起了河裏的戲台，她坐在台下看戲，把板凳坐得直往沙裏陷……

空中突然有強光交錯，耀得河沙像水銀。一架抿翅翹尾的飛機翻著筋斗往下掉，掉一會，又猛地豎起頭，斜刺著衝上去，衝去了之後，響聲才震動河道。飛行訓練，還在繼續進行。

妻子端坐在沙土上，用寬大結實的背對著我。她的脖子上沾著灰土，沾著一根淡紅色的麥芒和兩顆蛋黃色的麥殼，一顆大，一顆小。汗水溻透了她的衣服，皺邊的衣領上有發亮的油膩。我說：起來。她說：不。河沙鑽進涼鞋，燙著我的腳，暗藍色的光線嗞嗞叫著往上撲，撲得我兩眼落淚，我說：玉蘭，你難道要我給你下跪嗎？

我叫出「玉蘭」二字，心裏感到彆彆扭扭，結婚六年了，我沒叫過她一次名字，總有那麼一些極其簡單的方法讓她知道我在跟她講話。我不得不給她寫一封信的時候，總是用盡量潦草的字體寫她的名字，這個名字與它符號著的人相去甚遠，我感到慚愧。而她，在六年中寫給我的五封信裏，每次都把我的名字砍得缺胳膊少腿的躺在信封上，像三個疲乏的傷兵在沙漠中行軍。我叫了一聲「玉蘭」，她的臉一下化了，她不但回頭而且轉了一下身體，親切地望著我。我說：這麼熱的沙土，你也不嫌燙，快站起來。她溫順地站起來，說：她爸爸……真要流，我也依著你……剛才，我覺得就像李二嫂一樣，沒人痛沒人愛……你叫了我，我又覺得跟李二嫂不一樣了……

李二嫂在我女兒手提的那個綠色長方形小收音機裏哭哭啼啼唱起來：麥場上拉完碌碡再把場翻，滿肚子苦水能對誰言。這兩口唱震動得我們全家肅然默立，靜聽著陽光嗶嗶叭叭曬焦麥穗。樹葉子都蔫了。小公牛想趴下，母親用力上提著牠的鐵鼻環，牠嘴裏吐著白沫，尾巴彎彎曲曲痛成一條蛇形。沒有什麼好說的，我說，這個孩子堅決不能要，即便是要，也要等我幹出點事業來。娘說：什麼他娘的狗屁事業，有人才有世界。收音機說：郎咸芬在這兩句唱腔裏，充分發揮著傳統呂劇委婉淒切的風格，又吸收了河北梆子的高亢和黃梅戲的甜潤，完美地表現了青年寡婦李二嫂孤單寂寞痛苦不堪的心情，使人能從她對苦難生活的控訴中，聯想到她對男歡女愛的幸福生活的嚮往。請大家再來欣賞一遍這兩句唱腔。妻把嘴唇噘起來，臉上布滿烏雲。她把繩子抓起來——棕色繩子如一條死蛇——背上肩頭，弓腰探頸，大踏步走起來，青石碌碡吱吱啞啞響著，把麥穗軋得紛紛落粒。父親跟在碌碡後邊，把扎實的麥穗挑起來，抖鬆，雨點般的麥粒從杈縫中落地。小女兒退到矮牆投下的那道窄窄的陰影裏，袒著肚子，伸出兩條小肥腿，鞋子脫下來扔在兩邊，一隻離腿很近，一隻離腿很遠，收音機在兩條腿中夾著，嗚嗚哇哇地響。

麥場上拉完碌碡再把場翻，滿肚子苦水能對誰言。

妻子呼嚕呼嚕地哭著，一聲聲地緊。她步幅巨大，每一步都把麥穗揚起來，抬腳高高，像在泥濘中跋涉。

十七歲到李家挨打受罵，第二年丈夫死指望全斷，靠娘家並無有兄弟姊妹，靠婆家無丈夫孤孤單單。

妻子哭得酣暢，步子跌跌撞撞，青石碌碡跟著她左一頭右一頭地瞎碰亂撞。父親的腰傴僂得更厲害了，那頂破草帽隨時都會從頭上掉下來，但總也掉不下來。

在收音機絮絮叨叨的哭訴聲中，女兒一動不動，雙手搭在肚子上，眼望著麥場，眼皮落下去，抬起來，又落下去，又抬起來……女兒出生後三天，我從外地匆匆趕回來，她躺在妻子身邊，從一條小被子裏露出一張生著細毛的小臉，小臉，怎麼會這麼小？我又可憐她又厭惡她。她好像要表演給我看：把鼻子和眼睛擠在一起擠出一疙瘩皺紋，抽搐一會，突然打出一個響亮的噴嚏。我大吃一驚，料想不到這麼個小東西竟然會打噴嚏。打過噴嚏後，她放開臉，睜開眼，好像在看我，我覺得她的目光很短，並不能射到我的臉上。她哭了。妻子說：別哭，你看看誰來了？不認識，這就是你爹呀。我沉重地坐在方凳上，不敢相信自己已經是個爹了。妻子把女兒抱起來，解開懷，把一個與大乳房相比顯得很小的褐色乳頭觸到女兒嘴邊。她的嘴翕動著，像魚兒吞鉤一樣把與她的嘴相比顯得很大的乳頭吞下去。妻子用手往上提著不斷地壅住女孩鼻孔的乳房，面容莊嚴神祕，我看著她們，心中一片荒漠，見一個大人正向著那金子般輝煌的遠古走去。

妻子的爹做販賣豬皮生意，很能賺錢。他來看女兒，時間是寒冬臘月，風在河裏怒吼著，把黃沙揚過河堤，一把把撒在屋頂的枯草上，打出一片細聲。她的爹肥胖的臉上凍著一層油膩。他跟我的父親寒暄幾句，走進女兒房裏，看著我，沒說一句話，喝了一碗茶，站起來說：大嫚，我給你送來六個豬蹄子，讓你婆婆煮湯給你吃，吃豬蹄子發奶水。我送他到院子裏，他從車兜裏摸出豬蹄子，一個接一個扔在凍得裂紋的地上，有白的，有黑的，在地上蹦成一盤殘棋。我說：你不吃過飯再走？他說：不吃了，我要去趕集。他姊夫，你孬好也是個吃國庫糧的人，每月五十六十地掙著，咋就把家弄成這副窮酸樣子？三間東倒西歪屋，兩個半聾半瞎的爹娘，我閨女嫁到你家，是她窮鬼薄命。現如今坐月子的，吃的是雞鴨魚肉，睡的是綾羅綢緞，喝的是奶粉蜂蜜，你們家可倒好！我被他訓斥得啞口無言。的確，在這個家裏，是沒有多少幸福的成分的，我、她、爹、娘，還有這個剛剛出世的小災星，大家都感到委屈，都不仗義，可都得忍著，受著，這一切都是陰差陽錯，似乎命中注定，我送走岳父回來，見爹娘正瑟縮著肩膀，把豬蹄子收拾到屋裏去。娘和爹用寒冷的眼睛看著我，彷彿我是主人，他們是奴隸。娘在灶下點著火，灶裏搶出白色的濃煙，大力直衝房頂，又洶湧地折下來。爹和娘用襖袖子擦眼，把顴骨擦紅了，把襖袖子擦亮了。我說：去他媽的，我堂堂的……竟要被這個屠戶訓斥。我抓起凍得硬邦邦的豬蹄子，用力摔到院子裏，一顆接著一顆，好像投擲手榴彈，有一顆飛進嘎嘎作響的老杏樹裏，白蹄子在黑枝杈中碰撞著，好半天，才緩慢地落下來，驚飛一地麻雀。

你罵誰？妻子在屋裏說。

我說：罵你的混帳爹。

她說：你爹才混帳。

你要是委屈，就跟你爹走，我說。

她說：你想得好，我孩子都有了，你還想休了我？黨是怎麼教育你的？

父親彎著腰走出去，把我扔出的豬蹄子一顆顆撿回來。屋裏的煙壓得我彎了腰，凹凸的地面離我的臉很近。鍋裏的水沸沸地響起來，父親從牆角上拖過一塊木板，一個瓦盆，把豬蹄子放進盆裏，母親用一個缺口破瓢舀來開水，緩緩地澆到豬蹄子上，豬蹄子在盆裏吱吱叫著，翻滾著，浮起來又沉下去。瀰漫全屋的炊煙蒸氣漸漸淡薄，顯出烏黑的牆壁和老破的家具。父親試試探探地往盆裏伸手，黑手繚繞著白霧，虛實相濟，構成幻象。黑手從盆裏撈出一隻水淋淋的豬蹄子，不是扔也不是放，而是在運動中滑落，恰恰打著木板邊緣，濺出一圈水星，我看到父親的眼眨了一下又眨了一下。母親伸出兩隻手，一手按住豬爪子，一手往下撕毛。豬毛像腐爛的毛氈，一片片脫落，亮出白白紅紅的豬皮。爹和娘認真極了，連一根毛也不放過。撕淨了毛又涮鍋燒火，煮豬蹄，煮得香氣滿屋。妻子用了一天，就把豬蹄啃光，湯喝了大半。後來，妻子對鄰人說：俺娘家送來六個豬蹄子，全被兩個饞老給啃了。母親把妻子對鄰人說過鄰人又轉述給她的話學給我聽。我聽了，嗟訝良久……

這碌碡滾滾繞場旋轉，我的命和碌碡一般，轉過來轉過去何時算了，這樣的苦光景無頭無邊。

收音機感情充沛地唱著，好像成了專門替我拉碌碡的妻子配樂。她的哭聲變成了一條舒緩的河流，平平靜靜，不妨礙這一番控訴黑暗家庭感歎悲慘命運的大唱灌進我的耳朵。她也許把自己當成李二嫂了，善良懦弱，漂亮多情，惹人愛憐。她機械地牽引著碌碡繞場旋轉著，好像把這勞動變成了對我的譴責。我被李二嫂優美的歌唱動了心，被這騙人的戲劇感動得浮想聯翩。我感到自己非常不幸，悲劇是世界的基本形式，你，我，他，都是悲劇中人物。我妻子認為她和李二嫂一樣命苦，我認為我比她還要命苦，父母認為他們比我們還要苦。大家都被痛苦壓低了頭。只有我的小女兒倚在土牆上睡著了，她圓圓的頭顱歪在牆上，曬得火紅色的臉蛋上，畫著憂傷的圖畫……

妻子把肩上的繩子摔下，怒沖沖地說：我不幹啦！我給你們家當牛做馬，我受夠啦。我說：你想跟李二嫂一樣嗎？她說：噢，你想攆我改嫁？美得你。我知道你這兩年學會了照電影，天天跟那些大嫚在草地上打滾，有了新鞋就想脫舊鞋，你別作夢！我打不著鹿也不讓鹿吃草。我突然感到一種下墜般——自由落體般的快感，太陽像噪叫著的老鴰向我俯衝下來，金色的麥場像唱片般飛旋。

我的頭觸到了柔軟芳香灼熱的麥秸和麥糠，堅硬飽滿尖銳的麥粒和麥芒，再下一點，嘴唇沾滿了灰土。妻子像拖死狗一樣把我拖到樹蔭裏，亂拳捶打我的背，爹和娘站在我身邊，大聲呼叫我。娘說，黯黯她娘，你別把他毀了啊，他再不濟也是你的男人，要是真有個三長兩短，咱這一家人，可就散了班子啦……妻子憤怒地說：怨我？又怨我！唱丑都是我的，唱旦都是你們的，還不是讓俺爹打的，還虧得是親生的兒子，要不是親生兒子，這兩耳刮子，怕連頭也打扁了。我睜開眼，看到妻子眼裏的淚水，她是為我而哭嗎？是淚水呢還是唾沫呢？我噁心，想嘔吐。她爸爸，你把俺嚇死啦！要俺背你去醫院嗎？她俯身問我。我盯著她那張飽滿的大臉，急忙搖搖頭。這時，那頭對人類滿懷憤怒的小公牛，癱在了麥場邊緣上。母親、父親、妻子，一齊跑過去。我被冷在一邊，小女兒還在睡覺，收音機播放廣告，一個酸溜溜的女人向我推銷金銀花牌防治感冒牙膏。

我爬起來，走到牛邊。小公牛像一堆泥巴一樣坨在地上，母親用力提著牠的鼻子，父親惱怒地吼叫起來，眼睛嘴巴誇張地張著，那頂破草帽在他臉上擋出灰暗的影子。你是幹什麼吃的！你瞎了？死了？父親罵著母親。母親仰著浮腫的臉，亂髮如麻，不敢大聲說話，訥訥地低語：我……光顧了兒子啦……把牛忘了……父親說：你死了算啦！母親眼裏露一線驚恐和爭辯的神色。妻子冷冷地笑了一聲。父親臉上的骨頭都在跳，他抽了母親一巴掌。母親退行五步，用腳後跟搗著地，終於站不住，倒地無聲，彷彿身體是燈芯草。母親一生生養六胎，就活著我一個。我把娘扶了起來。娘的左邊鼻孔裏流出一道暗紅色的血。血流過人中，流進嘴裏，染紅了舌頭染紅了牙。母親喊：打！母親要打牛，牛正在彎曲著四條腿，企圖再次趴下去。娘及時地抓住了牛鼻繩，用力提著，牛無可奈何地把腿伸直。母親用悲涼的目光看看我，牽著牛，踏著斑駁的樹影，慢慢地挪去。

我用力把那杆木杈踢飛，木杈橫斜在陽光中翻了兩個滾，躺在麥秸中。我冷冷地說：走。妻子問：去哪兒？我說：衛生院，流產。她說：我不去。我雙手揪住自己的頭髮，用力撕扯著。我沒有權力打人，我有權力撕扯自己的頭髮，我有權力嚎叫，在這種瘋狂的發洩中，我流了非常混濁、包含多種物質的眼淚。爹，你不敢管他？妻子說，父親好像聾了，踉蹌著進了麥穗中，拾起那根死蛇般的棕繩子，背上肩，脖子像鵝一樣抻著，走，青石碌碡在他身後，乾澀地叫著，轉著……

妻子感激地看著我，因為我叫了她的名字。黃褐色的熱浪在枯河道裏滾動著。蟬鳴聲單調枯燥，讓耳朵發硬。我認為我已經被白日和白沙烤糊了，妻子也糊了，從我們身上發出一股濃重的焦炭味。我掏出一塊白得刺目的手絹，舉到眼前，我擦不動凝結在額頭上的汗，因為，妻子在緊盯著我。我用三個手指捏著手絹，在她臉上用力擦了一下，她的臉在手帕下繃成一片瓦樣。我抬起手帕，發現手帕已變色，她眯著眼，嘴唇半開，如離水的魚兒。肯定地她還在期待著我擦她。在某些時刻，她是一個極好的合作者，她總是極盡她的熱情，用她的方式來迎合我，這既令我感動，又令我悲哀；既使我滿足，又使我歉疚。我把手帕翻過來，輕一下重一下，橫一下豎一下，把她臉上的汗水和灰垢擦乾淨了。我說：玉蘭，你是我的好妻子，你一向是聽我的話的，你想，中國十億人，要是都生兩個，全中國怎麼辦？她把手伸過來，我握住她的手，她的手反過來握住我，用力捏著，好像怕我跑掉。我走，她跟著，走完枯河床，爬上綠河堤，我不敢回望，但還是感覺到河北的打麥場上，火樣的炎熱和冰樣的寒冷正匯合成一束恐怖的箭矢，一支接一支地射擊我的脊椎。

我和她在河堤上小站，散漫地看著堤坡上一棵棵刺槐，一叢叢紫穗槐，為了這虛假的幸福，我不把手從她手裏掙出來，不把臉上紙一樣蒼白的笑容撕破。一陣粗重的人吼聲使我們轉過身，我看到從枯河道上游，一簇人拉雜著跑過來。他們跑得沙塵瀰漫，前面的人腳揚起的沙塵打著後邊人粗糙的面孔，後邊的人閉著眼循著聲音跑。在人群前，有一匹火紅色的狗狀動物一躥一躥地跑著。牠在我們前面，跑上河堤，那群人蜂擁著追沒了。

她用力握著我的手。她手心裏的汗水又涼又黏。我們轉身。我轉了一個半圓，她繞我轉了一個半圓。我們小心翼翼地向前走，像一對恩愛夫妻。

公社衛生院那幾排紅房子，像火焰一樣燃燒著。

三

我和妻子走進婦產科時，婦產科醫生兼主任正在急如星火地吃包子。她是我爺爺的哥哥的女兒，四十九歲，面孔白皙，一雙手即使在夏天也冰涼徹骨。她用冰涼的手捏著一把亮晶晶的剪刀，剪刀上挑著一個熱氣騰騰的包子。咬包子時，她使勁兒閉著眼，舌頭在嘴裏唏溜唏溜地響；咬一口包子，她睜開眼，看得出舌頭還在嘴裏亂動。我說：姑。妻子說：姑。姑把包子嚥下去，伸出舌頭舐舐唇，說：你不是才走了不幾天嗎？又回來幹什麼？選演員還是選山水？我順水推舟地說：選演員。姑問：演什麼戲？我說：沒意思的故事。她說：沒意思誰還看，要弄就弄有意思的。我說：是。姑說你把我寫到電影裏沒有，我比陸文婷不差，接了一千多個孩子，人到中年，你姑父還在寧夏，調不回來。我說一定要寫個生孩子的戲，從頭到尾都是生孩子。姑笑問：你見過生孩子的嗎？我說沒見過。那你寫什麼生孩子？姑說，我看了你們那些演員在電影裏生孩子了，臉上噴口水，就是汗，咧咧嘴就是用力，手撕衣服就是痛，幾分鐘不到，孩子就哇哇叫了，沒那麼容易。我笑了笑。姑說：你要不要看生孩子的？要看今日就能看。我說不看。

姑又叉起一個包子，吃著問：有事嗎？我說：她懷孕啦。姑笑了。我說：要流產。姑說；生了吧，也許是個男孩呢！我說：我有一個女孩。姑說：女孩到底不行。我說：您也這樣說？姑說：只有我才有權力這樣說。姑可是闖社會的，女人本事再大也不行。生了吧。我說：不生啦。姑說：真要流？妻子點點頭。

姑從牆角的水缸裏舀出半盆水。嘩啦嘩啦地洗著手。提著兩隻水淋淋的手，她站起來說：你們要等，裏邊就一張產床，有個產婦佔著。等兩個小時，也許還要長。我說：等吧。姑說：要不你們就明天來。我說：不。姑說；也好，等著吧。

姑站在窗前擦手，用背對著我。狐狸！我聽到她說。

狐狸？

窗戶外邊，響起一陣雜聲，有腳步的踢踏，有人的吼叫，有狗的狂吠。我撲到窗前，果然見一匹狗狀動物從醫院前的綠草地飛快地滑過去，像一朵紅雲，三條狗緊追不捨，二十幾個男人跑在狗後，跑得遍地生煙。

狐狸？大平原上哪來的狐狸？我看到狗和人把狐狸追出草地，追進收割後的麥田，還是不敢相信那物就是狐狸。狐狸在黃色的麥茬地裏風似的向南飄，飄過東西向的公路，飄進路南那一片黑色玉米林。狐狸在玉米林邊像火苗樣閃了閃，便不見了。我收回目光，打量這間房子，這間房子的門口掛著好幾塊白漆紅字牌子，這間房子裏邊還有一間房子，四壁還算白，地面是劣質水泥，東牆上有扇門。門裏是產房：南牆上有個窗，姑和妻子趴在窗台上，臉貼著窗玻璃看狐狸。她們看得那麼專注。我少數服從多數，穿過玻璃往外看，醫院沒有圍牆，原野一覽無餘：綠草地。收割後的麥田。黑色公路。玉米林。飛行訓練繼續進行，飛機的銀影子在原野上滑來滑去。

在那片齊胸高的玉米林裏，二十幾個男人排成一個半圓，嗷嗷地叫著往南趕。能看到漂在綠色之上的男人脖子和頭，看不見狗，能聽到狗叫，狗叫聲空洞，透著恐懼。人走得紛亂，狗吵得熱鬧，並不見狐狸的動靜。我把吃進眼裏的景物慢慢往外吐，又看到窗玻璃，一隻蒼蠅在玻璃上吐著唾沫刷翅膀，窗框上綠漆發白，嵌玻璃的油泥子乾裂，綻開一道道豎紋。姑和妻子把臉從玻璃上揭下來，對望一下，同時發出遺憾的歎聲。是狐狸嗎？我並不希望誰來回答我，只是為了打破寂寞隨便問。妻子張皇地看著姑，姑的臉上有一層神祕的蠟色，她說：是狐狸！不是狗，狗尾巴翹著，狐狸尾巴拖拉著，像掃帚一樣。要是夜裏，能看到牠跑出一溜火光來。我笑了。你不信嗎？姑說，我也是黨員哩，黨員也得承認狐狸能發光。我說：您見過嗎？姑說：當然！前十幾年，咱這地方人煙稀少，孩子少得像星一樣，人只要少，邪魔鬼祟就多。那時候，我常常半夜三更去給人看病，遍野都是閃閃爍爍的鬼火。你大爺爺說，只要把鞋子倒穿著，就能追上鬼火，踩在腳下一看，不是一塊破布，就是一塊爛骨頭。還有狐狸。天漆黑一團，你迷了向，四面都是大崖坎，怎麼爬也爬不上去，這時候，狐狸就來救你了。你的眼前，跳出一盞小燈籠，影影綽綽地照著灰白的小路。你只管跟牠走，保險到家，你能聽到吱吱悠悠燈籠把子響，吧嗒吧嗒的腳步聲，到了村頭，燈籠跳幾下，像跟你點頭，你不及回答，就見那燈籠變成一溜火光去了。我說：您碰到過狐狸引路嗎？姑說：沒有，你大爺爺碰到過。我說：原來您也是聽說呀。姑說：你不信嗎？我沒碰到過狐狸引路，但碰到過狐狸煉丹。這可是千真萬確的——

姑一語未了，就聽到產房裏一連聲地響，一個白衣白帽的護士拉開門，衝出來。在開門的瞬間，我看到產房裏那張白鐵腿黑革墊的產床上，仰著一個白淨小女人。我急忙別過臉，往裏走幾步，眼睛往牆上看。女護士說：老師，她要生。姑抬起腕看錶，說：你別聽她說，不行，起碼還要半個小時。護士問：您進去看看？姑說：看不看都一樣。你要抽菸儘管抽，姑對我說，這裏不是協和醫院。姑跟女護士進了產房。女護士關門時，使勁兒看了我一眼。我立即掏出一支菸點燃。

妻子怯怯地問我：狐狸精真能變成媳婦？我想了想，說：也許吧。妻子說：你出門在外，可要當心。我點點頭。那隻蒼蠅正在奮力衝撞玻璃。

窗外的光線似乎暗淡一些，玉米林裏打圍的漢子們又從北面過來，看不清眉眼，只依稀分辨出一些長的頭或是圓的頭。人的喊叫聲有些疲乏，狗的叫聲卻比適才粗獷嘹亮。東西向的公路上，有一台灰綠色的手扶拖拉機噗噗地叫著瘋跑，朝天的煙筒裏噴吐著一圈圈白煙，開車的人面部忽喇忽喇地射出熾目的白光。又過了一輛馬牛車，一匹花馬拉著長套，一頭黑牛駕著轅，車上載著烏黑的東西，也許是煤；馬腚上亮亮地泛著光，也許是汗，也許是膘。馬蹄誇張地抬起很高，牛蹄不離地面，牛不是在走，而是在流動，憑著經驗，我看到了黑牛那兩支粗大結實的犄角。一輛鮮紅摩托車，騎著兩個人，一個男一個女，女的摟住男的腰，像兔子一樣在路上蹦跳，超了馬牛車，又超了手扶拖拉機，嗵嗵嗵嗵直勁兒響，把整個世界都震動了。

姑和那個女護士從產房裏出來。姑說：你翻開書看看吧，大概在五十八頁上，要不是我認識她公公，我就給她一頓臭罵。姑不知要罵誰。女護士走到我面前——她的臉粉嘟嘟的，委實嫩得靈活，一綹劉海蓋住額頭，連眉毛都看不見——我慌忙站起來，退到牆角上，讓出她的位子來，我說：對不起。她說：沒事，您只管坐著。我哪裏還好意思再坐，見女護士的手伸到我的眼下，拉開了一個抽屜。她的手小巧玲瓏，皮膚粗糙，指頭上爆著一圈圈的白皮。她的手努力表演著，緊張得顫抖。打狐狸呀！很遠的南方飄來喊聲。手紅了又白，白了又紅，我想像著她的臉，她的臉就印在手上。手在抽屜裏躲躲藏藏，像一隻小耗子。抽屜裏花花綠綠，書並不多，有兩顆翠綠色的玻璃球在骨碌碌滾動。女護士的胳膊上生著纖弱如絲的黃毛。打狐狸呀！她總算把一本書從抽屜裏提出來。書脊上貼著膠布，破碎的封面上也貼著膠布，我看到那是一本《婦產科教程》。姑說：也許是六十八頁，我記不清了，你翻開看看。女護士翻書，翻動書頁嘩嘩響。說：老師，跟您說的一樣。

喊打狐狸聲和狗叫聲沉默了幾分鐘，又忽然覺悟般地大響起來，二十幾個漢子散在玉米林裏，怎麼數也數不全。姑罵一聲，又問我：你信不信，我真的見過狐狸煉丹。妻子說：姑，你別說，俺害怕。姑說：怕什麼！妻子說：您說吧，俺不怕。姑說：也不過是十幾年前的事，十幾年前，人比現在少多了。三年困難，全公社生了七個孩子，死了四個。那會兒人少，荒地也多，路也少。有一天夜裏，我去王幹壩接生，接完生就是後半夜了，天黑得伸手不見五指。那個小夥子說：姑，我送你回家吧。我說：不用，你快回去照顧你媳婦。他還是要送我，我說：沒事，我走慣了夜路，什麼都不怕。那個小夥子回去了。一出村，我心裏就怯生生的，那個天，沒死沒活地黑，現在根本就沒有那麼黑的天。我摸索著路走，聽著路兩邊的高粱葉子嘩嘩地響，像有人搖的，一串串的腳步聲跟在我身後，還有哞嗤哞嗤的喘氣聲。路越走越不平坦，亂糟糟的細草纏著我的腿，毛絨絨的尾巴掃著我的臉。我的頭皮一乍一乍的，頭髮都支棱起來了。我知道毀了。碰上邪了。你大爺爺給我說過這種情景，我原來也不信，這下信了。我走不動了，癱在地上，聽著四面八方的風響，勾唧嘎唧的鳥叫，嘰嘰咕咕的人語，心裏想：今日算完了。坐了半天，又想，不就是個死嗎？半輩子人啦，活著沒味，死了也利索，想著想著膽就壯了，我大叫：邪魔鬼祟，有本事就使吧，你姑奶奶連死都不怕。我這一聲吼不打緊，眼見著遠遠地過來一道火光，停在離我幾十步遠的地方，叭嘎叭嘎地響一陣，就看到有一顆碗大的火球慢慢地升起來，升到五六米高的光景，在空中停停，又慢慢落下。連升三次，那火球就在空中舞起來，像兩個孩子在拋球，劃一道紅線，又一道紅線。那個球發出不刺眼的紅光，照清了我眼前的一片綠草……好久好久，火球沒了，我模模糊糊地看到一個狐狸露了一下相，緊接著一溜火線走了。這時，黑霧散了，我看到了滿天星星和遍地的墳頭，我被邪到老墓田裏了……從河對面傳來了你大爺爺喊我的聲音……你大爺爺那時還活著，我出去給人家看病，他就拄著拐棍在河堤上等我……你還不信嗎？我說：也許……您在神經極度緊張之後產生了錯覺。姑說：你給我滾到一邊去！我是醫生，還不知道什麼是錯覺？

我說希望能碰到次狐狸煉丹，也好開開眼，姑說絕對不可能了，現如今人太多了，鼻子裏眼裏都是人，人多地面窄，人多心眼黑，山貓野獸連個藏身的地方都沒有了，到哪裏去煉丹！

門嘎吱一聲響，進來的是女護士，她提著兩只熱水瓶，熱水瓶塞兒嗞嗞地叫。她什麼時候出去打開水我不知道，我光顧了聽姑講煉丹了。姑說：小安，這就是我那個當電影導演的侄子。安護士說：我早就認出來了。安護士用蛻皮的手端一杯水給我。我伸手接水時，禮貌地看著她，她說：我看過您的電影。您喜歡用慢鏡頭。姑說：你不是選演員嗎？看看小安怎麼樣？我說，我要帶走她，誰幫你接生？姑說：我一個人幹，扶植年輕一代嘛。

大家笑了一陣。安護士又給我妻子倒了一杯水。產婦的婆婆從產房裏衝出來，氣喘吁吁地說：露頭了……露頭了……。姑說：你就在外邊等著吧，產房裏地方小，轉不開人。產婦的婆婆諾諾連聲。這是個五十多歲的老娘們，留著二刀毛。一張大臉紅撲撲的，氣色好得如剛上市的小蘿蔔。安護士對我嫣然一笑，說：老師，您坐著。她叫我老師，我看到妻子臉上抽搐。安護士的臉嫩得像毛桃，眼睛開了一些，雙唇極富感情，紅潤得像熟櫻桃。

妻子戳我一下，說：她爸爸！

我打了一個驚悸，聽到牆上一聲爆響，見那個綠花格子鐵皮熱水瓶下滲出水來，水銀色破瓶膽嚓嚓響著，碎在地上。……

四

我坐在窗戶下安護士的辦公桌前，斜看著那扇上半截乳白下半截烏黑的門。妻子坐在姑那張辦公桌前，兩張桌子連在一起，妻子也就與我對面而坐。她的目光從我臉上飛向牆壁、飛向天花板，又從天花板滑到牆壁、滑到我臉上。她的胳膊肘撐在黑漆剝落的桌面上，兩隻大手玩弄著一支蘸水筆，藍墨水染藍了她七八個指頭肚子。產婦的婆婆坐在一張小方凳上，面對著產房門口。她不停地扭動身體，凳子在她臀下吱吱叫著，她臉上的焦慮像一點即著的煤油。產房裏悄然無聲，器械打在搪瓷上的聲音極其響亮，我感到寒冷從心裏往外擴散，那扇烏黑乳白的門陰森森地閉著。門裏突然飛出一聲慘叫，又一聲慘叫，我的毛孔陡然關閉，屁股微微離開凳子。

我飛快地點燃一支菸。

妻子鄙夷地對我說：她太不中用啦。我生豔豔那會，也沒哭，也沒叫，上了產床一袋菸工夫，就生下來了。你也不在，誰也不在。早晚都是自己的活兒，誰也替不了。

產婦婆婆的臉上汗水涔涔，雙手使勁抓著褲子，脖子伸向門，眼凸著，肚子一鼓鼓地喘氣。一個穿淺灰色制服的高大小夥子推門進來，問老太太：生了嗎？答：沒有。怎麼這麼慢？小夥子說著，瞅瞅房裏人，走到產房門口，側耳聽一陣，又拉開北邊的門，走出去。妻子跟蹤著他的背影，直到門碰回她的目光。妻子居高臨下地問老太太：這是你的兒嗎？老太太說：三兒。妻子說：看樣子也不是個吃莊戶飯的。老太太說：在供銷社開汽車。他二哥在國務院裏當祕書，他大哥在地委裏統戰。妻子說：您真好福氣。妻子說：俺家裏這個……

我轉臉對著窗戶。綠草地上色調已見出柔和來，十幾隻藍蜻蜓在草尖上停著。麥茬地裏黃光氾濫，偶有一點綠點綴其中，顯出生氣來。東西向公路上，瀝青化出一灣灣油，猶如一塊塊碎玻璃閃光。玉米林裏，那群追趕狐狸的男人們，把圈子縮小，幾十個頭低著，一點點往緊裏湊。狗不再叫。男人們動得艱澀，屏住呼吸，眼珠子一定瞪得發綠，流著酸水。有幾隻手按著緊張的狗。玉米葉子被緩緩地推搡著，久旱而生的黏蟲被曬死後，化成蜂蜜一樣的汁液，玉米葉子像塗了水膠，又黏又亮。葉片邊緣上的刺毛扎著裸露的皮膚，又痛又癢。狐狸的味道直衝鼻道，使那些人發昏，胃腸翻攪。四方八面往裏縮著，人越見密，玉米棵棵被擠出去，狐狸的味道愈濃，中間擠著一個狐狸。狗脖子上的毛豎起來，嗚嗚地發著威。我像一顆拉了弦的手榴彈。我聽到了千米之外咻咻的喘息，聞到了他們腋下的汗臭。在最後那一刻，幾十個人直起腰，棒硬如木樁，站成一道柵欄。狐狸完了！你真笨，有多少深山老林你不去，有多少荒漠大澤你不去。男人們大發一聲喊。狗叫聲似放槍。二十幾個男人一齊朝裏倒了，一大片玉米葉子翻轉。我知道狐狸完蛋了，這隻曾經煉過丹曾經跑起來一路火光的大仙落了運。我錯了，眾人七零八落的從翻滾的葉子裏冒出頭來，嘈雜地喊叫著，把一地玉米撞得前仰後合，亂滾滾上了路。我眼前的玻璃上通紅一亮，那條狐狸一溜火光從溝裏上了公路，由西向東跑。人們散漫一條羊屎隊伍，跟在幾條狗後，幾條狗短促沉悶地嚷著，跟在狐狸後面。那輛鮮紅的摩托車又竄回來，蹦蹦跳跳的從人群中穿過去，離弦箭般射向狗尾，車上坐著的女子一手摟著騎手的腰，一手舉著個塑膠娃娃之類的東西，屁股不時跳離車座，口裏發出猛禽鳴叫聲。狐狸跑成一團貼地飛行的紅火，一條花狗兩條黑狗一輛紅摩托等等窮追不捨。眼見著那狐狸跑得慢了，四條細腿點鈔般輕動，三條狗趁機縮小著與狐狸的距離，伸口就能咬住狐狸尾巴的樣子。我想這個狐狸完了。我又錯了。狐狸一個立正站住，尾巴略抬，那三條狗撲地而倒，有兩條打著滾下了溝，一條在公路上轉圈。摩托車鑽進狗隊，前輪壓住那條在路上轉圈的狗尾巴，狗轉著身子叫，女人也轉著身子叫。狐狸跳下公路，不知哪裏去了。摩托車緊隨著狗下了溝，溝裏竄起一股淡藍的白煙。

妻子和老太太看著我，紅臉上都似擦了鉛粉，黯淡生灰，我抬頭就看見我奇形怪狀的臉，在那面傾斜著掛在牆上的大鏡子裏，我的下巴拉得像根棒錘一樣，四隻眼睛在鏡子的邊上晃動。這是縣衛生局獎給婦產科的大鏡子，一排雞蛋大的紅字寫得分明。

拿不著的。老太太說。

這些人不得好死。我妻子說。

草地上起了一股小旋風，把幾塊紙片螺旋到天上去。從醫院後邊的河堤上飛來蟬鳴，我恍惚聽到女孩的哭聲，不敢說，故意咳嗽幾聲。抬腕看錶，已是下午三點，這個名目繁多的房間裏焦灼悶熱，妻子的胳膊把姑的黑漆桌面濕了兩大道。房門被輕輕推開，一個面上繡著蝴蝶斑的女人在門外探頭探腦，妻子大聲說：幹什麼？那個女人震了一下，小聲說：找醫生。妻子說：你幹什麼？女人說：查查胎。妻子說：醫生在接生。女人小心翼翼地走進來，說：還早？妻子說：等吧。

產房裏又熱鬧起來，產婦尖著嗓子叫娘。婆婆弓身向門，眼見著臉上滾汗。那個蝴蝶斑女人老得焦黃，躲躲閃閃地站在牆角，和妻子東一句西一句地扯著，產房裏的掙扎聲使她們心不在焉，使她們像兩隻躲在一根枯枝上面的蟬。

產婦的嗓子啞了，聲聲慢，聲聲淒慘。我彷彿聽到了肌肉撕裂的聲音。我聽到了肌肉撕裂的聲音。姑和護士催促著產婦用力。聽到產婦吭哧吭哧地憋氣，「哞哞哞哞」像牛的聲音。我的臉在鏡子裏變成面具，根本不像我了。房間拉成巨大，牆壁薄成透明膠片，人在膠片上跳躍，起始模糊，馬上鮮明。我透視著產房。那張白鐵腿黑革面可以推動可以升降的產床上，仰著裸體雪白的產婦，她小個子，像個紡錘，頭髮一圈一圈黏在床面上。她兩隻手死勁抓著床邊，指甲蓋紅的紅，紫的紫。脖子擰來擰去，乳房鬆弛成兩張餅，褐乳頭凸出，產婦肚子上青筋暴跳。姑戴的手套薄而透明，像沒戴手套。安護士用白牙咬著紅唇，戴著大口罩。他們手動嘴動，一點也不比產婦輕鬆。我恨不得變成胎兒，我看到我自己，不由得驚悸異常。

我推著重載的車輛登山，山道崎嶇，陡峭，我煞腰，蹬腿，腿上的肌肉像要炸開，雙手攥緊車把，閉著眼，咬緊牙，腮上綳起兩坨肉，一口氣憋在小腹裏，眼前白一陣黑一陣，頭髮梢上叭叭響，木頭車把往外長，太陽繞著我的頭旋轉，四周瀰漫著蟬鳴。飛機在我頭上逆著陽光飛，駕駛員是個小夥子，黑黑瘦瘦，嘴裏嚼著一顆奶糖，他把奶糖根吐出來，吐到玻璃上，吸引來三隻紅頭綠蒼蠅。車輪一寸寸地上行，挺住！用力！使勁！只差一點點，就爬上了山頂。山頂平坦如砥，綠草如茵，柔軟似綿，只要登上山頂我就可以躺在綠草上，看活潑伶俐的黃蝴蝶在我臉上飛來飛去，蝴蝶背負著深不可測的藍天，如幾片漂在水面的黃葉。用力！對！對！對！……哎喲……我不行了……

產婦又垮了。姑和安護士喘息著立在一旁，安護士把牙齒從唇上收回去，口罩蠕蠕地動了一下。我在安護士的桌面上按出十個鮮明的指印，指肚都擠扁了，離開桌面的瞬間它們是白的，明白地看到肌肉在鼓起，血也從根端汩汩地流過來，指尖脹得麻木不仁，我被陡峭的山路累得筋疲力盡，站在半山腰裏，想像著山頂的芳草地，既怕又嚮往。產婦婆婆踽踽到門口，雙手扶住門框，用力往裏看，像要看破門板。她身上肉一律下垂，形成上尖下寬形狀。妻子老練地說：到了這火候，咬牙瞪眼也要挺住。妻子不知是對我說話，還是對蝴蝶斑女人說話，蝴蝶斑女人掃我一眼，不知是對我妻子說話還是對我說話，她說：是個雛兒嗎？

那個穿灰制服的小夥子在草地上轉圈，腦袋耷拉在胸前，好像拉著碌碡轉圈。打麥場上，一定忙累著父親，他孤身一個人，放下掃帚拾起杈，落滿麥糠的身體，在薄薄的塵土中衝出一道道七歪八扭的胡同，但塵土立刻就重新填滿了胡同。父親像一條大魚，在澶漫的黃水中游泳。女兒跟在母親身後，寡淡地走著，海綿小鞋用力擦著地面，她不願把腳抬起來。父親頂風揚場，麥粒在空中亮起一面褐色翅膀，麥糠夾著灰土，疾速地向南飛，醫院上空飄著麥場上的塵土和味道。

姑在產房裏大聲訓斥著產婦：你打算怎麼著？要個死孩子還是要個活孩子？產婦好像死去一樣，一面孔灰黃和白汗。每當我想看產婦時，面對產婦的牆就像玻璃一樣透明，產房裏味道從玻璃裏透過來，刺激著我的鼻孔。產房裏的淺藍色的氣體像冰晶一樣，寒冷徹骨，我突然明白了姑為什麼要有一雙冰冷的手。她用冰冷的手摸著產婦潔白的皮膚，拭去一層層固體的汗珠，就像拭去冰蘿蔔上結著的霜花。安護士櫻桃紅唇上留下四個牙印，中間兩個深，兩邊兩個淺，我驚異地想那鮮嫩的汁液何以不流出，馬上又想到產房裏一切都結了冰，櫻桃也不例外，而結冰的櫻桃是固體，不會流淌。

姑提著雙手，走到窗前，看了一眼平放在窗台上的手錶，搖搖頭，說：小安，給她注射上幾支葡萄糖。安護士摘掉手套，用乾燥的小手拿起一個粗大的玻璃針管。針管裏裝著無色的液體，針頭伸出一段白色尼龍細管，尼龍管的結尾是一根亮晶晶的針。姑說：你聽著，你上了產床四小時了，再磨蹭孩子就死在肚裏了，再磨蹭我就要切了你。你想想看，是生出他來，還是讓我剝出他來？配合我，生出來，一輩子就這一回嘛！

產婦嗚嗚咽咽地哭起來，身體像大蠶一樣蠕動。我用拇指壓著太陽穴，聽產婦在破釜沉舟。我重新推車爬山，太陽繞著我車輪般旋轉。妻子半張著嘴，蝴蝶斑女人緊閉著嘴，張嘴的閉嘴的都屏著呼吸，緊張地用著力。我雖然沒見過妻子和那蝴蝶斑女人生孩子，但猜想到她們那時的表情跟現在差不多。蒼蠅狂熱地衝撞玻璃，發出沉悶如擂鼓的聲響。那忠誠的婆婆手把門框，像焊在門上的一個大鑄件。產婦的哭泣或是用力聲像連續的吐痰。我推車上山，每一條肌肉都像拉壞了的彈簧一樣鬆弛。我不是用肌肉發力，而是用筋骨，用牙齒，用濃稠如粥的意識，陡坡與山頂之間只有一點點距離了，薄得像一線刀刃，我通過車輪感覺到了平坦山頂的邊緣，聞到了野草雜花的腥香，遍體金茸毛的蜜蜂像呼嘯的子彈射擊著輕飄飄的蝴蝶……

好！姑大叫一聲。嬰兒被關卡壓迫得長而難看的頭沐浴在溫暖明亮的人間空氣裏，姑扯著嬰兒的膀子，嬰兒像一條圓滑的鰻魚緩緩地游出來，我感到淋漓盡致的厭惡和欣慰。我閉眼。剪刀咯嚓一聲響。我睜眼。產婦一動不動，腹部凹陷，她沒有呼吸，沒有心跳，沒有細胞分裂，血液也不循環，她像一條吐盡了絲的蠶。

山頂上金碧輝煌，綠草把我淹沒了。山下傳來我家那頭公牛悲愴的叫聲。

一個大胖小子！姑興奮地說。那個婆婆順著聲軟在門前，成了一堆肉。妻子和蝴蝶斑女人對望一眼，都長長地吐氣。姑提起嬰兒的兩條腿，安護士用兩隻小手用力拍打著嬰兒的背。嬰兒呱了一聲，又呱了一聲，像吐掉了一個堵嘴的塞子，下邊就咕呱連片，把產房叫成一個池塘……

男孩，那老女人從水泥地面上一躍而起，少見的敏捷動作由這樣臃腫的身體做出更是少見。男孩！男孩！老女人叫著，風一般扭出去，很快出現在草地上。三春，生啦，男孩！那個小夥子的腦袋像彈簧一樣跳起來，眼睛突然睜圓。我把臉從窗戶上移回來時，他已經站在產房門口，露出一臉蠢笑，搓搓手，搔搔脖子，聽著他兒子在產房裏哭。嬰兒每秒鐘都在進步，哭得已經熟練流利，像歌唱不像蛙鳴。我如見嬰兒腰纏白紗布，濕漉漉躺在磅秤上，四個爪爪朝著天，睜著眼哭。產婦身上蓋了一條花格床單，瞇縫著眼欣賞兒子，她的臉花紅柳綠，原來是一個精緻漂亮的小媳婦。姑用手指撥著磅秤上的刻度標卡，安護士皺著眉頭收拾戰場。八斤！姑說：弄出這麼個大孩子來，這個當爹的真該挨打！小夥子傻笑一聲，掏出一根超長的菸捲，遞到我面前，說：老師，請抽菸。他也叫我老師，我被捧得舒坦，接了菸，說：恭喜你！他說：造了個大孽！

產房門開，走出姑和安護士。姑對我點點頭，眼睛在口罩上笑。安護士眼睛在白帽下笑。我狼狽地對她們笑。安護士走出屋。姑對小夥子說：把你兒子抱走吧，半小時後，找輛車把你媳婦拉走，倒床用。

老女人蹦進產房，把嬰兒抱出來。嬰兒包在一條綠被子裏，攔腰捆著紅帶子，頭上蒙著紅綢子。妻子臉色煞白，跨一步，擋住老女人，說：大娘，讓我看看孩子。蝴蝶斑女人也湊過去。老女人把孩子往妻子面前送送，妻子伸手撊了嬰兒的蓋頭紅布，看著嬰兒的一頭黑髮，目光都直了。蝴蝶斑女人嘖嘖連聲，誇著：好孩子，真饞人！好孩子，真饞人。老女人急了，嚷：他嫂子，快蓋好，快蓋好！妻子如夢初醒，把嬰兒的頭用紅布蓋好、退了回來。老女人驕傲地打量了一圈，腳下似踩著輪子，溜溜地滑出去。

姑嘩嘩唧唧地洗手。困難地脫大褂。在那面歪曲所有形象的鏡子前攏攏頭髮。我看錶，四點三十分。

姑說：今日是生男孩的日子，上午接了兩個，也是男孩。

我飛快地點了一支菸。

姑一臉的遺憾，看看我，又看看妻子，說：非流掉不可？妻子頓時淚水盈眶，說：不流，我不流！她拉開門，急步走了。

我高喊：站住！

我追出婦產科，在走廊裏，與安護士險些相撞，她說：老師，對不起。

我說：你站住。

安護士被我嚇壞了，直著兩眼看我。

五

妻子雙腿併攏，乾淨利索地跪在梧桐樹下，雙手合十上舉，仰面看著我，闊大的梧桐樹葉縫隙裏篩下幾線瘦長的金色光輝把她的臉分割成幾塊，她的臉殘缺不全，莊嚴肅穆。她跑出走廊，拐上南北向貫通醫院通向河堤的煤渣路，不到幾十步，就被我一把抓住了肩膀，我一扳，她一搖晃，像小女孩發脾氣，我說：你發瘋了？她說：你才發瘋了。我把她揪到路邊梧桐樹下，狠狠地搡她一把，她就借著勁跪下了。

陽光不但照黃了她的臉，也照黃了她身邊纖弱如髮絲的野草，不叫的蟬翹著屁股，淋下幾點冰涼的分泌物，落在我的耳朵上，我擦一下耳朵，嗅一下手指，蟬尿無色無臭，十分潔淨。生有綠鏽的梧桐樹幹上，有一隻黃背白花斑的天牛在直線上升，優雅的斑節長鬚在方稜的頭上招展著，如京劇武生頭上的雉尾。四周安靜，枯河道裏溢出來短小精悍的風，一段一段間隔著吹到醫院，梧桐樹葉動一下，緊接著不動；響一下，緊接著不響。樹下孱弱的細草沉思著點頭，像為我唱讚歌，像為我奏哀樂。壓死了幾株瘦草的是一大團被雨水陽光改造過的慘白的紅紙，一隻昂揚的螞蟻在紙的高峰上站著。觸鬚抖動不止。喀喀唧——一隻灰羽藍尾的長鳥從梧桐樹上空滑翔過去，向著北方，向著河堤。河堤如長蛇般東西蜿蜒，柳樹都如畫在堤上的，色彩灰暗沉悶，不像因為炎陽曝曬倒像因為畫老了。枯河上空似有一道白光壁立，襯著綠樹，使綠樹都有重影，飄飄渺渺，一直到極目處才淡薄了。

我彎腰去拉妻子，她用那兩隻幼稚的大手，抱住我的腿，我聽到她喉嚨裏格格地響幾聲，見她嘴角下垂，好像要嘔吐，不是嘔吐，她悲傷地哭了，她真哭了。她說：她爸爸，你是鐵石的心腸嗎？你看看人家，生了八斤重的兒子。你不饞？我能給你生個十二斤的兒子，我不會像她那樣哼哼唧唧，你只管在外邊闖你的世界，白揀一個兒子，好不好？我用力托著她的胳膊，一股濕熱的氣體堵在胸口，使我出語凝滯。我說：玉蘭……你起來……她說：我不。我說：起來，讓人看見這像幹什麼。她說：我怕什麼？我沒有罪。我說：沒有罪才該起來。……

我鬆開她的胳膊，想飛快地點上一支菸，菸盒空了，我攥緊菸盒，扔在草間。我束手無策。狐狸！

她應聲跳起，站在我身後，緊緊地抓住我的胳膊。

狐狸沿著麥茬地疲憊不堪地跑過來了。牠不斷地回頭張望，那群人跟在牠身後約有二百米，全累得腳拖地面，好似橡皮擦紙。那三條狗在人前幾步遠，半死不活地跑，連叫也不敢。狐狸尾巴拖著地面，掃起一溜黃煙。牠越來越近了，身體漸大，毛色通紅，越像一團火。我看著狐狸跑進綠草地，紅毛狐狸綠青草，像一幅生氣蓬勃的宣言書。我為狐狸興奮擔憂。牠跑了幾個小時，還沒有擺脫這群人狗，這麼多人狗追了這麼長時間，還沒逮住牠。我想狐狸一定累昏了頭，牠竟然踏著煤渣路，直奔我和我妻子來了。她在我身後尖叫著，身體使勁地往我身上貼，彷彿要鑽進我的身體裏去。

這隻也許早就失去了煉丹走火本領的狐狸孑遺從我和妻子面前，流水落花般跑過，牠的秀麗的腳趾抓得我心臟緊縮。妻子的指甲掐得我肉痛。在跑動中，牠側著狹長的臉，用綠色的眼睛，鄙夷地瞄了我一眼。狐狸瞧我不起，牠高傲得可以，牠冷漠得要命。這隻偉大的狐狸，像一尊移動的紀念碑，從路上飄然而過，像一道紅色閃電，堅硬而滋潤。我無意中叫了一聲，長而恐怖，嘴巴張著不合，舌頭凍結，目光如線一樣黏在狐狸那條老練地道的雪尖尾巴上，狐狸跑到哪兒，就把線帶到哪兒。

狗和人雜沓地追來，狗無表情，人卻惡狠狠地罵我：你他媽的怎麼站著不動！你腿有毛病？他們不敢戀罵，撇下我不管，急如星火地追下去，人跑成狗樣，狗跑成人狀，狐狸躍上河堤，在那道壁立的白光上，投下一個邊緣朦朧的影子，狐狸的影子，使柳樹立刻綠得厲害。

這隻狐狸臉上的傲慢神情刺激著我的神經，牠蔑視我，牠使我把從前積累的關於狐狸的印象全部曝光。我在動物園見過鐵籠子裏一群紅狐狸，牠們臭氣熏天，懶洋洋地蹲在陰暗潮濕的石洞裏，尖削的下巴使牠們滿臉荒誕愚蠢。那次我跟那個單眼皮大眼睛的姑娘去看狐狸，奶油冰棍把她的嘴巴弄得黏乎乎的。她問：你為什麼像狐狸一樣陰沉？我說：我怕這鐵籠子。她吃驚地看著我憂傷的臉，我憂傷地看著她吃驚的臉。她說：遺憾嗎？我說：你聞得慣狐狸的味道嗎？她說：我有慢性鼻炎。我說：我們去看老虎吧。

狐狸翻過河堤，跳到枯燥滾燙的河沙上，宛若進了白色沙漠。牠柔軟的爪子踩出一朵朵梅花，天上的金光，沙上的白光，把牠夾成一個金銀狐狸。兩岸墨綠的垂柳排比而下，河堤的漫坡上一團團連續著荊條、紅柳、酸棗棵子，枯河之沙曲曲折折向前流著，沙子熱脹，摩擦有聲。狐狸在沙上跑，尾巴拖出一條痕跡。它鑽進叢生的灌木，不見了。那群漢子也下了河，低頭辨認著沙上的花紋。狗把鼻子觸到花紋上，可恥地對著人叫。三架飛機壓著狗頭飛過去。飛行訓練繼續進行。駕駛員都是面孔冷峻的小夥子，都不會眨眼睛。飛機有時飛得很高，有時飛得很低，飛低時，麥茬地裏它們金黃色的大影子像河水一樣流動，機翼激起的硬風把野草按倒，枝杆強硬、葉子邊緣上生滿硬刺可以做止血藥用的大薊在伏地的野草中昂揚著紫紅色的花朵。

安護士從牆角拐出來，我認為她是為我走得如此風姿綽約雄赳赳氣昂昂，像個燙髮的紅衛兵小將。飛機成排地低飛過去，巨大的轟鳴聲把梧桐葉子都震翻了。

安護士說：老師，老師讓我問問你們，是流還是不流？

我說：流，堅決流。

安護士響亮地笑起來，我看她，她立刻把笑容斂起來，說：其實，這不算什麼大事，我們每天都給人流產，半個小時就完事。她用眼斜看著我，嘴對我妻子說：大嫂，老師是搞藝術的，你應該支持他。

妻子說：什麼狗屁藝術，嫁給他是我前輩子幹了缺德事。

安護士說：哎喲我的大嫂！全縣裏的女人也比不上你幸福。

妻子說：你知道我遭了多少罪？等他等老了，和我一般大的女伴都兩三個孩子了我才結婚，還是我拉著他去登的記。

安護士說：拉郎配。

妻子說：他像個小孩一樣，能把人氣死。

我說：行了。

安護士說：大嫂你真該知足了，老師從這麼多人中選了你，你真該知足。我們院長的女兒何蘋，號稱十大美人之一，想嫁給一個演匪連長的，匪連長都不要，她只好嫁給飛行中隊長。老師是導演，導著演員呢！

妻子說：她爸爸，我聽你的，往後，你可得好好待我。我在你們家這麼多年，也不是容易熬的。

一片哭聲，從醫院的東北角那排房子裏傳出來。

安護士說：大概又有人死了。

這麼個小醫院還經常死人？我問。

安護士說：經常死。

我說：走吧。

妻子說：等等，看看死了一個什麼人。

那排房子前亂了一陣，見一行七八個人，幽靈般走過來。最前邊一個中年男人，面部無表情，彎腰駝背，拉著一輛平板車。車板上躺著一個面孔方正的小夥子，他瘦削臉，高鼻梁，臉色黝黑，嘴唇青紫，兩隻雪白的耳朵在披散下來的頭髮中隱顯著。他好像睡著了，嘴上還掛著一絲悠然的微笑。車後跟著一個老年婦女，哭得一臉模糊，破舊的藍布大褂上，沾著鼻涕眼淚。車後還有幾個男女，有架著老女人胳膊的，有拿著零碎東西的，都緊蹙著眉頭，踉踉蹌蹌地走。一個小姑娘，穿著一條好像用紅旗改成的裙子，一件又髒又破的汗衫紮在裙子裏。她脖子細長，腮上沾著圓珠筆油漬，腕上畫著一只手錶。她右手提著一雙舊拖鞋，左手托著一個鮮紅的蘋果，走一步她看一眼蘋果，蘋果紅得像一塊血，光滑得像一塊玉。她幾次把蘋果舉到嘴邊，嘴唇張開，露著兩排小小的牙齒。我嗅到了蘋果濃郁的香氣。女孩每次張開嘴唇，都乾巴巴地叫一聲：哥哥。她臉上連一滴淚珠也沒有，紅蘋果舉在她手裏，像暗夜中的燈籠火把。

紅蘋果把周圍暗淡的灰藍色全照淺了。小姑娘的紅裙子與紅蘋果上下輝映。小姑娘的叫聲很像夢中的囈語。最後，是一個老漢，他穿一件圓領大汗衫，曾經是白色的，汗衫的背部破了十幾個銅錢大小的洞。一條黑布褲子，一雙用廢舊輪胎做成的涼鞋。兩條彎曲著伸不直的胳膊。光禿禿的頭上掛著西斜的太陽。他一聲也不出，默默無語。他邁著緩慢的大步，駝著背，從我的面前經過，那灰白的眼色，使我感到徹骨的寒冷。他們過去了，車輪在破爛路面上顛簸著，車板喳咯喳咯地響，車在人的簇擁下，看看就遠了。我看到車輪與地面接觸的部位脹開一圈黃色氣體，緊接著我聽到一聲爆響。

妻子說：屋漏偏遭連陰天，黃鼠狼專咬病鴨子。

我無話可說。婦產科門前停著一輛小麵包車，那個穿灰制服的小夥子，雙手托著他勞苦功高的妻子，從走廊裏走出來。

六

臨進產房前，妻子臉色灰黃，鼻子上滲出一層汗。她直著眼看著我，說：我可是為了你才走這一步，你別忘了。我揮揮手。姑坐著，毫無興趣地喝著一杯水。姑說：小安，給她推上兩支葡萄糖吧。這種事我幹一回夠一回。剛才是送子觀音，現在是催命判官。妻子說：還要推葡萄糖嗎？這麼貴重的藥。姑說：計畫生育用藥，不要錢。

安護士舉著一管子透明藥水，對我妻子說：把袖子挽起來！

妻子坐下，挽起袖子，她吧嗒吧嗒地咂著嘴，好像品嘗什麼東西的味道，她的胳膊上凸起一層白色的雞皮疙瘩。

你冷嗎？安護士問。

妻子說：不冷。

注射完畢。安護士說：老師，開始嗎？

窗戶金碧輝煌。妻子在產房門口，擰著脖子看我一眼，她那張臉浮腫得像個大氣球，我不相信自己的眼睛，待要重新看時，產房的門刺耳地響著關上了。只有我一個人，站在這間房子裏，房子寬闊高大，天花板上吊著一個沾滿石灰的燈泡，高如天星。一個個牆角都深邃無邊。西牆角上有蛛網，東牆角上有斜陽投進來的淳厚凝滯的陽光。西牆面著我的背，東牆上那面鏡子裏我變形成一個外星來客。我數了，鏡子上寫著二十一個大小不等的字，鏡框上有一個木疤。西牆上掛著一排登記簿子，有流產登記簿，有放環登記簿，有子宮下垂登記簿，有獨生子女登記簿。

我不敢看那扇通往產房的門，因為它願意向我傳遞陰森恐怖的情緒。我也不敢拂去粉壁上的阻光物質，讓粉壁透明，更重要的我要把第三隻眼睛緊閉。我看了一陣蒼蠅，又回頭看牆上的登記簿子，我逐個地揭開它們，看到一行行花花綠綠的名字，從名字縫裏，浮現出一張鐵腿革面床，床上躺著一個女人，她有龐大的乳房，鬆弛的肚皮，肚皮上布滿了眼睛般的斑點。她眼睛的神情像被鋼刀威脅著的羔羊……我垂下手，簿子自動合起。

安護士挪動著鋼鐵機械發出沉悶的鈍響。牆上陽光燦燦。產房裏響起了噗哧噗哧的聲響，好像用氣筒往輪胎裏充氣。我盡力地不去想像，但那張床，床上躺著的我妻子，我妻子身下那些奇形怪狀的物件，不斷地在我的腦海閃現，好像多少年前的舊景重現。妻子的臉扭曲著，嘴角歪歪扭扭地亂動，一兩聲憋不住的呻吟從嘴角冒出來。我掙扎出來，像溺水的人扯住幾根垂到水面的樹枝。我面目猙獰，在鏡子裏，動一動一副面孔。安護士的腿一曲一伸，一曲一伸，咖啡色的膝蓋在白大褂下閃閃爍爍。那乾澀的噗哧聲從她腳下飛出，在她腳下編織成串，向我腦子裏爬動。我的腦袋像齒輪一樣轉著，把噗哧聲編織成的鏈帶全部絞進來，儲存起來，這些聲音如氣體般膨脹，我感到頭痛欲裂，腦殼等待著爆炸。

我張開嘴巴，噗哧聲從嘴巴裏鑽進來；我閉住嘴巴，噗哧聲從鼻孔裏爬進來。我索性拿開堵住耳朵的手指。一種難以名狀的焦慮感，電流般貫通我的全身。妻子在產房裏叫了一聲，這叫聲濕漉漉沉甸甸，像水漬濕的棍子一樣抽打著我，我沉重的心臟把我壓倒在凳子上。我想飛快地點一支菸，沒有菸，我捧起腮，又扔了腮。

在緊張的摸索中，我的手碰到了《婦產科教程》，《婦產科教程》碰到了我的手，我迫不及待地翻開它。它發出碘酒的味道，珍珠霜的味道。安護士用紅杠子藍杠子把一行行黑字托起來，還在書的空白處歪歪斜斜地加了註。婦產科專家寫道：世界上有識之士對迅速增長的人口表示了極大的憂慮，人口增長迅猛已使地球體系嚴重不穩定，人類正奔向「聚爆」的摧殘性結局……安護士批註道：劉曉慶，我多麼羨慕你呀！婦產科專家寫道：實行人工流產是貫徹計畫生育政策的一項有力措施。要消除廣大婦女對人工流產的恐怖心理，又要認識到人工流產不是小手術，施術者和受術者都不能掉以輕心。安護士註道：佐羅是個好小夥。安娜是個好姑娘。我一定要……

安護士還在用力踩那物件，把一連串噗哧聲製造出來。產房裏的情緒灰白迷濛，空氣乾澀。妻子的臉像一具蟬蛻，褐色透明，沒有絲毫活氣。我揉揉眼睛，合上這本見神見鬼的《婦產科教程》，站起來，看了一下錶，方知妻子進產房僅七分鐘。我懷疑錶停了，但秒針噠噠地追趕著數字，數字追趕著秒針，時間追趕著空間，空間與時間融為一體，人在茫茫時空中如同纖塵，來如風去如煙，有時極大，有時極小，噗哧聲還在繼續，像一條藏污納垢的河流，我整個身體都淹沒在河流裏，我用力掙扎，伸出頭來，手把住窗框，如撈住救命的船板，窗外金碧輝煌。

我一眼就看到了大如車輪的太陽，成熟的金橘般的太陽，流溢出半天彩霞，低低地壓著殘缺不全的地平線，芳草地上飛來飛去的蜻蜓，賊星般射過捕蜻蜓的麻雀。我的眼跳過那片溫暖的麥茬地，跳過河流般的公路，跳進蒼翠如海的玉米林裏，那些液化了的蚜蟲使玉米葉子像青銅的刀劍，它們在如水的陽光中又簇立了起來，裊裊的白氣沿著葉尖上升，我驀然想起了狐狸。玉米林裏這般平靜，不會讓人想起狐狸的故事，然而這平靜之前，確確鬧過狐狸。十幾年前，狐狸在這裏走火線煉仙丹，指引迷津，救我姑姑出黑暗，十幾年前的光景像閃電一樣消逝了。我把眼往回拉，眼前橫著那條如河的路，路邊的樹木投下長長的影子，把路面遮了，似遮著流動的河水，河水中，樹影動搖不定。我偶爾發現，從溝裏冒上來似的，那路南邊樹影下，蹲著一個蛋黃色的人。像從河裏流下來似的，從路的上游，擁來一群女人和孩子。我恍然明白，在路的上游，聚集著鄉政府和公社幹部們的家屬子女，那兒號稱幹部村。那些女人孩子們都端著什麼，跑著，童稚們發出飛越樹梢的歡呼。女人和孩子把那蛋黃色人圍起來，人圈阻住了道路。我起初只看見一些粗粗細細的腿，後來看到蛋黃色人坐著，身子前仰後合，有呱噠呱噠的聲響傳來，一個帶著長柄的圓物下，竄出比陽光更加溫柔的火焰來，女人的眼，孩子的眼，都被這火光映照得熾熾如金豆，投到那地雷狀圓物上。有幾個孩子往火中投薪，有一個孩子搖著把柄，讓那地雷狀圓物快速旋轉。

呱噠呱噠的聲音從窗縫裏擠進來，噗哧噗哧的聲音從門縫裏擠出來，碰撞在一起，濺滿五壁，如同兩個波浪同歸於盡……

柏油路上那些女人孩子紛紛跑開，有的躲在樹後，有的遠遠地側著身，眼睛都齊射到蛋黃色人身上。我看不見蛋黃色人的臉，只見到他手提長把圓物，跳跳蹦蹦似類人猿在開闢鴻蒙，蛋黃色的陽光塗到他身上，使他更加蛋黃不止，他把那物塞進一個長長的尖尖的小丑帽子一樣的柳條簍裏，身體停動，恰似演員亮相。一眨眼的工夫，他的身體跳離地面有二寸高，那簍子跳起有半尺高，落地後又跳幾下，從簍縫裏噴出幾十股乳白色氣體。這時窗玻璃抖動著，我聽到了公路上傳來的爆炸聲。

我妻子是輕易不會喊叫的，她生我女兒時都沒叫一聲，現在她叫了。我想起妻子臨進產房前看我那蒼涼悲壯的一眼。我說：蒼天保佑。天花板上那個塗滿石灰的燈泡，射出短短的黃光，這裏經常停電，現在來電了。燈泡懸掛在天花板上搖搖欲墜，妻子的叫聲黏膩冰涼，帶著潮濕的霉變氣息，我的耳朵在寒冷中痙攣著。窗外金碧輝煌。我起身走幾步，手拉燈繩，開關吧嗒一響，燈滅了。天還不黑，窗外金碧輝煌，太陽破了，草地柔和溫順，靜靜地躺著，草梢兒似動非動，任憑著蜻蜓撩撥。它使我深深地內疚。草地的中央，有一片草長得分外茂盛，像一個孤獨的浪頭，也像平靜海面上的一塊沐著光輝的礁石。有蚯蚓的叫聲在礁石後響起，極其清晰地把一聲與另一聲之間的距離斷開。這蚯蚓叫出了無線電信號，東北風把這信號向西南吹，吹向落日的方向，那兒有幾十株向日葵，向日葵正怒放，全都向著太陽，葵花葉上落著蜻蜓，蜻蜓翅膀像刀刃一樣鋒利。我目無目標，胡亂地看，看到妻子的叫聲在房間裏飛翔，看到那長柄的地雷狀物在孩子手下飛旋，我怕那沉悶的爆炸聲，怕妻子的叫聲。公路上的女人孩子又散開去，蛋黃色人從血紅的火焰中提出那物塞進簍裏，人跳簍跳白煙飛竄，我緩緩地按住耳朵，見窗玻璃莫名其妙地動。女人和孩子圍上去，蛋黃色人把簍子倒提著，倒出一串白花花的東西在一個女人雙手端著的盆狀器皿裏。玉米林裏刀劍上指，落塵有聲，誰也想不到那裏曾進過狐狸，出過狐狸。我鬆開堵耳的手指，聽到產房裏瓷器碰撞噹啷啷響。

父親來了。好像久別重逢，父親我認識，但感到陌生，父親比我上次見他時蒼老多了，他穿著一件破汗衫，穿一條黑褲子，穿一雙廢舊輪胎製成的涼鞋，戴著那頂灰燼般的草帽，站在了窗外。父親身上散發著的汗酸和炒麵香氣從我的眼睛裏進入我的意識，它使我鼻孔收縮，肌肉作神經質地彈跳。父親這樣瘦，汗衫的破洞裏露出一個黑豆大的乳頭，他無言默立，身後立著那頭石雕般的牛。父愛的眼穿過玻璃，看到了我。他的嘴動了一下，好像要說話，我搶在他說話之前說話：爹，你回去吧，馬上就好了……路上又爆炸了那黑色地雷狀物，父親雙肩聳起，牛也在父親身後一動。父親沒有回頭，我的目光越過父親和牛，我說：今天下午，幾十個人追趕一條狐狸，也沒有追上。父親不說話，站了一會，牽著牛走，牛背上搭著一條防寒的麻袋，後腿上的血痂烏黑，那個空皮囊腫得發亮。

父親走了，母親來了。母親牽著我的女兒。女兒穿一件夾襖，蓋住了圓滾滾的小肚子。她臉上帶著淚痕。娘和女兒在窗前站了一會，娘不說話，女兒不停地吹一個紅氣球，把臉憋得通紅，總也吹不大。我說：到屋裏來吧。

娘站在產房門口靜聽了一會，回頭問我：還活著嗎？

我說：怎麼會不活著呢？流個產，又不是什麼大手術，馬上就好。

整整一下午了。娘哭著說。

我說：整整一下午產床上都在生孩子，她剛剛進去。

妻子低沉地叫一聲。姑說：好了。

我坐在凳子上，乞求地說：娘，您回去吧，弄點飯給她吃，多煮些……雞蛋。

娘說：豔豔，走吧。

女兒扭扭身體，說：我要找俺娘……我要找俺娘……

我說：豔豔，你跟奶奶一起回去，爸爸和娘待會兒回去。

女兒哭著說：我要找俺娘……

我說：娘，你一個人先回吧。

娘走了。

女兒怯怯地看著我，說：我要找俺娘。

我說：你別哭，你會吹氣球嗎？來，吹給爸爸看。

女兒鼓起腮幫吹氣球，氣球膨脹起來。女兒一換氣，氣球隨著癟了。

我說：爸爸給你吹起來，好嗎？

她點點頭。

我從姑的抽屜裏找出一根線，把女兒的氣球含在嘴，用力吹一口，氣球脹大，又吹，又吹，氣球頂端變薄，變亮，紅色被吹淡了，吹白了。氣球脹到排球大時，我屏住氣，騰出手來，用線紮住了氣球嘴。我把氣球還給女兒。

我說：你怕爸爸嗎？你恨爸爸嗎？

女兒莫名其妙地看著我。產房的門開了。

產房門一開，女兒就高叫一聲娘，緊接著她在我懷裏掙扎著，用氣球敲著我的頭，敲得我的鼻子酸麻，敲得氣球嘭嘭地響。她哭叫著：娘……我要找俺娘……

女兒的娘還在產床上躺著，蒼白一團，安護士幫助她穿衣。女兒的氣球打得我嘭嘭響，在短暫的幾秒鐘裏，我看到了那些奇形怪狀的器械，竟與我想像的一模一樣。產房門大開著，妻子在產床上召喚女兒，她滿臉淚水。我放下女兒。女兒擎著紅氣球，撲到了妻子身邊。我在那面鏡子裏，看到了我的臉。我立即逃離我的臉。

窗外是一個紫紅色的世界。

那架通紅的大飛機無聲無息地從東邊撲了過來，直衝著醫院前這片草地，直對著我的頭。飛機像個醉漢。飛機的翅膀流著血一樣的光……

一九八五年六月春於魏公村

金髮嬰兒

夜色深沉。她大睜著兩眼坐在炕上，什麼也看不見。她披一件羊羔皮襖，倚著穀子殼枕頭，乾瘦的身體下墊著蓬鬆的褥子，身上蓋著暄騰騰的被子。兒媳婦剛拆洗過的被褥散發著清雅的肥皂味兒。——俺的兒媳婦名叫紫荊——紫荊嗓子略有點沙啞，語聲低低的，很甜，很迷人。——那天她對我說：娘，您摸摸看，我給你換了一條緞子被面。火紅的顏色，繡著遊龍戲鳳。紅緞子被面映得您滿臉通紅，像一朵五月裏的石榴花。我說：你是逗著我笑哩，一個瞎老婆子，還石榴花哩，石榴皮還差不離兒。真的，娘，我不騙你，你年輕了十歲——紫荊嘰嘰嘎嘎笑起來——俺兒媳婦就是愛笑——她的笑聲變化多端，有時像兩歲女孩被大人高舉到空中，又刺激，又驚奇，「咯咯咯咯」笑成一串，還倒嗝著嗓兒，氣都喘不過來。她一邊笑一邊用雙手拍打著腰身，身體起伏著，腰彎下去抬起來，抬起來彎下去，笑聲，拍打腰身聲，衣衫窸窣聲，連成一片，這一通笑可真是豐富多彩，熱鬧非凡，四周的空氣都被沖擾得亂紛紛流動。老太婆對兒媳說：紫荊呀，你這個傻閨女，女人家沒有你這種笑法的，女人家要笑不露齒。紫荊說：親娘，咬人的狗才不露齒呢。我的上嘴唇短，一笑就齜出牙來。說完又是一陣好笑。老太婆感到四面吹進春風來，白髮飄飄在頭上。她彷彿看到了在笑聲中東倒西歪的兒媳婦，忍不住也張開凹進去的嘴，發出一連串乾乾癟癟的笑聲。老太婆的笑聲如殘荷敗柳，兒媳婦的笑聲如同鮮花嫩草。——

紫荊有時也輕輕地笑，笑聲長長的，平平的，像一聲聲惆悵的歎息。兒媳婦的笑聲是情緒的晴雨表，老太婆從她的笑聲裏就看到了她臉上的表情，就看到了她的心。

她可不是一個平凡的老女人。——哎，我這一輩子呀——她歷盡了人世的酸辛。她知道女人最怕的是什麼，最想的是什麼，想起自己的往昔，她就完全聽懂了兒媳婦那一聲聲悲歎般的笑。紫荊嫁過來兩年啦，從沒聽她哭過一次。也許那些笑聲裏就飽含著淚水吧？老太婆看不見。——前年，鄉黨委書記的汽車軋斷了俺女婿的腿，書記不但不給俺女婿治傷，還踢了他兩腳，罵了他一頓，罵他是社會主義道路上的絆腳石，罵他螳螂胳膊擋車，真真不講理呀——老太婆的女兒回娘家找哥哥出主意。老太婆的兒子是解放軍的指導員，當時正好在家休假。女兒哭得呼天搶地，紫荊卻淡淡地輕輕地笑。女兒急啦，惱怒地說：嫂子，俺碰上這種事，你還笑，虧你笑得出來。紫荊說：妹妹，我盼望著你哥哥也軋斷腿哩！女兒頓時不哭啦，老太婆清楚地聽到了兩個年輕人粗重的呼吸，似乎還聽到六道目光相撞的聲音。原來是這樣！兒子說，我軋斷了腿對你有什麼好處？紫荊說：當然有好處，軋斷腿你就走不了啦，我就甭守活寡啦。她的嗓子啞啞的，話音裏透出一股憤憤的怨氣。女兒又高一聲低一聲地哭起來，紫荊繼續冷冷地笑，兒子沉重地踱著步。在這幾種聲音裏，老太婆同時感受到了寒冷和溫暖，黑暗和光明。

她是四年前突然瞎眼的，她的雙眼在年輕時不知道打中過多少青年男子漢；即便老了，也還是黑洞洞如同槍口，亮晶晶如同煤塊，就是這樣一雙眼睛竟活生生地瞎啦。那時兒子剛提了排長，正一片火熱的心兒奔前程，女兒急著要出嫁，家中無照應的人，兒子無奈，急匆匆娶過紫荊來。紫荊是一溜十八村的「茶壺蓋子」，媒婆誇她長得像尊活觀音。老太婆看不見這個兒媳婦，也不知她和兒子和睦不和睦。兒子前年在家待了一個月，很少和娘坐在一起聊聊。她寂寞極了，呼喚著兒子的名字：天球呀，天球，來和娘說回話兒呀！兒子來了，坐在她對面，劃火柴點菸，只有菸味兒辛辣沒有話。球呀，你說點什麼給娘聽吧——你想聽什麼——我也不知道想聽什麼——那我怎麼說——那就別說啦。老太婆歎了一口氣，忽然問：你媳婦待你好嗎？兒子說：什麼好不好的，就是那麼回事。老太婆說：她待我可是一百成哩。你常年不在家，她可是不容易，伺候著我，還要下坡種地。兒子說：要不是為了伺候你，我娶她幹什麼？老太婆說：這麼說是我累贅你了。兒子說：娘，別說這些啦，別說啦，生米做成熟飯啦，別說啦。兒子的話像鉛塊一樣沉重地打在老太婆的心上，她心裏突然湧起對兒子的陌生感，她感到一陣陣冷氣逼人，她不相信這個發著濃烈菸味，用冰冷的語言打人的男人就是那個忠厚老實、聰明俊秀的憨厚小夥子。院子裏響起了吱吱嘎嘎的水桶聲，紫荊挑水回來啦。

……她伸出手，撫摸著光滑的緞子被面，乾枯的手指摩擦得緞子被面嗞嗞啦啦地響。她的手非常敏感，指尖上好像生著明察秋毫的眼睛。她摸著被面上略略凸起的圖案，摸了鳳頭又摸龍尾，她摸呀摸呀，龍和鳳在她的手下獲得了生命，龍嘶嘶地吼著，鳳唧唧地鳴著，龍嘶嘶，鳳唧唧，唧唧嘶嘶合鳴著，在她眼前飛舞起來，上下翻騰，交頸纏足，羽毛五彩繽紛，麟甲閃閃發光，龍鳳嬉戲著，直飛到藍藍天上去，一片片金色的羽毛和綠色的麟片從空中雪花般飄落下來，把她的身體都掩埋住啦……

她睡了一小覺。自從失明以來，她就這樣沒白天沒黑夜斷斷續續地睡覺。視覺喪失了，聽覺便加倍靈敏起來。她現在能聽到人們聽到的所有聲音，還能聽到人們聽不到的聲音。她把那只擱在緞子被上凍得涼森森的胳膊縮回來，屏神靜氣，聽了一會，知道已是寅卯時分，兒媳房中的掛鐘連敲四響，陽春天氣，晝長夜短，辰時就要大亮，離天亮還有個把時辰，黑暗還是又濃又厚，伸手即可觸摸，彷彿觸摸天鵝絨。被褥暖烘烘的，很舒適。她看不到房子裏的、院子裏的、田野裏的、天地間的一切，但天地萬物全在她的耳中。她聽到神祕莫測，幽幽冥冥的夜色。夜的聲和諧優美，生機蓬勃，有時也嘈嘈切切，如同亂彈琴，鬧鬧哄哄如同狗搶屎。——也許是夜遊神在胡鬧哩。夜遊神應該是個邋邋遢遢的小夥子，面孔黑黝黝的，穿一襲玄色長袍，頭髮梳成一百條小辮，兩隻大眼散漫無神，左手提一把黑陶燒酒壺，壺裏裝著陳年老酒；右手搦一管大墨斗子筆，酒壺咂得「吱吱」地響，墨汁子甩得鋪天蓋地，如同黑色暴雨。醉三麻四，腳步踉蹌的夜遊神，就這麼懈里咣當頑皮搗蛋地整夜悠蕩著。老太婆伸出去兩個指頭，戳著夜遊神的額頭，罵他頑皮不長進。他嘻嘻地笑著，呼出的濃郁酒香把老太婆熏得輕飄飄的，酒香瀰漫天地，酒氣搖動著花草樹木，枝葉婆娑起舞，窸窸窣窣。藍汪汪的星星在天上動盪起來，悠逛起來，有時候，兩顆星撞在一起，訇然作響，火花飛濺，調皮的流星高叫著，嗤啦啦地撕破夜的黑袍。天上全亂了套，星星們聚在一起，喊喊喳喳，聚首又分手，各說各的理，誰也不讓誰。天河裏波浪翻滾，白色的河水沖刷著墨綠色的堤堰，眼見就要決口，浪頭嘩啦啦地響，黃牛哞哞地叫，孩子哇哇地哭，就這樣鬧了一陣，終於平靜下來。露水滴滴答答落下來，田野裏的禾苗和青草鑽出水面，芽兒或鮮紅或嫩綠，不分彼此，你追我趕，噌噌地往高裏躥，往壯裏長。晚出的芽苗把大塊的泥土掀起來，解放了的歡呼聲和失敗了的切齒聲融進夜聲裏，一齊撲進了老太婆的耳朵。

一隻蛤蟆在泥土裏呱呱地叫著。

一群蚯蚓把泥土翻出來。

一隻貓頭鷹在墳頭上大笑一聲。

老太婆心裏猛一哆嗦，鼻子裏滿是春天的氣息：青草的苦澀味兒和淺黃色迎春花淡淡的香氣。

一陣咯咯咯的笑聲從兒媳婦房裏傳出來。這是歡樂的笑聲，她分辨出來了。她知道紫荊在被窩裏作了什麼好夢。但這笑聲很短促，像一聲歡樂的喊叫，很快就沉寂了。接下去傳來的是不斷地翻身的聲音。她想像著那個年輕火熱的身體是怎樣在被窩裏煩亂地翻滾著。撩開被子的聲音也傳過來了。幾秒鐘後，她聞到了那股子年輕人特有的灼熱的氣味。終於一切又沉寂下去，紫荊輕輕地、長長地笑了一聲，這笑聲浸滿了悲哀和憂愁。老太婆不由地歎息一聲，手又下意識地伸出去，單單地摸著那只光滑的鳳。鳳呀！鳳呀！這是你的頭，這是你的尾，你活了，你身上有了溫度，你的羽毛全奓煞開，好像孔雀開了屏……

她又睡了一覺，醒來時聽到太陽正嘎嘎吱吱地響著，像一條老牛車一樣在爬著上坡路。紅光撞到雲霞時，吱溜吱溜叫著，村西頭響起一聲雞鳴。公雞叫聲很長，拖腔和回音都是百裏挑一。公雞一叫，窗外雞窩裏的母雞便焦躁不安了，一個個用頭撞擊堵窩的木板。養在廂房裏的那頭小母牛也哞哞地叫起來。

她聽到兒媳穿衣的聲音。房門響。雞出窩，雞翅膀撲稜稜地搧動空氣。點燃火柴，柴草嗶叭。刷鍋聲。

娘，起來了嗎？夜裏睡得好嗎？紫荊問著，把洗臉水放在老太婆面前，老太婆探出頭，紫荊一手卡著老太婆的脖子，一手拿著毛巾把老太婆的臉洗得噗嚕噗嚕響。她的動作很有力。但不粗魯，老人在她手下，像個溫順的孩子，幫婆婆穿衣時，紫荊用三個指頭捏住婆婆乾癟的乳房，嘻嘻地笑著說他就是叼著這個東西長大嗎？婆婆愣了愣，感慨地說：荊啊荊，你可真能呀，誰家的兒媳婦還跟婆婆說這種話。這怕什麼？紫荊說，那怕什麼？我想起他那麼個大小夥子，再看看您這個乾癟奶子，就覺得心一下子很遠很遠地移開啦。婆婆說：一輩一輩的，都是這麼著。女人的奶子是男人的耍物，孩子的乾糧，男人耍夠了，孩子長大了，它也就乾巴啦，像一朵花，敗了，蔫了，沒人看啦，也沒人要啦。老太婆感慨萬端地說著，紫荊呀，你到隊伍上去找他吧，男人的心是水上的浮萍，沒有根的草呀，離開的時間長了，恩情就淡了，心就涼啦，你去找他，有了孩子，就給他拴上了鼻繩，想跑也跑不了啦……

娘，您蓋被子怎麼這麼費呀。疊著被，紫荊說，您摸摸看，遊龍戲鳳都發了白，起了毛，難道您夜裏摸著它們睡覺嗎？——是的，是摸著它們，我摸著鳳就像摸著你，摸著龍就像摸著天球，摸著摸著就睡著了，睡著了就夢見你們倆一塊兒，高高興興地飛上了天。——娘呀，我是隻草窩裏的母雞，上不了天，這是您兒子說的——你去吧，去找他吧，別記掛著我，我摸索著也能照顧自己——我不去，我不去，娘，我捨不得離你哪。她笑了笑，很重地吸著鼻子。——孩子，你可別難受，你可別哭。老太婆把枯柴般的手指伸出來，在空中摸索著說，紫荊，碰上你這樣的兒媳婦，是我瞎老婆子的福氣，可是我連你什麼模樣都不知道。哪怕讓我看你一眼，讓我的眼亮那麼一霎霎，亮過了嘎崩一聲就死啦我也情願……

老太婆的喉嚨裏呼嚕呼嚕響起來。

哎喲，娘哎，看不見我是您的福氣呀！我這副模樣呀，三分像人，七分像鬼，一個人不敢看，兩個人帶著棍子看。你不信？真的，我才不會騙你哩。那年，俺娘家村裏來了一個照相的，照相的是個紫臉小青年，大家都去看，我想，到底也算來到這人世上一趟，照張相，美一回，也不枉活了一輩子。我就那麼往照相機前一站，只聽到機子裏喀嚓一聲響，那個紫臉小青年從黑布裏鑽出來，對我說，醜八怪，家去拿錢賠我的機子吧！我說，怎麼啦？他說，你長得太難看啦，連我的鏡頭都給蹩了。

老太婆開心地笑起來：紫荊呀，你是逗著我笑哩。東胡同裏你大娘說你眼睛大大的，鼻梁高高的，嘴唇肉肉的，讓人愛不夠哩——我長得不好，你別聽大娘瞎咧咧。說著話，紫荊感到一種沉重的東西壓住了胸口，話語低了下去，喉嚨發哽，她把頭低垂在老太婆胸前，雙膝跪在炕上，說：不信，那您就摸摸吧，您摸摸您這個兒媳婦是多麼醜，您兒子不喜歡她，見了她就翻白眼珠子……

老太婆枯柴棒一樣的手指在紫荊粉嘟嘟的臉上移動著。你可別哭，閨女，別哭啦。你的眼睫毛是這麼長，像麥芒子一樣。閨女，你也知道，兒子不由娘。你的眉毛就像那彎勾月兒一樣。他心裏想的什麼我都知道。你就走了吧，閨女，我不怨你。你滿臉的細皮嫩肉。你去給我買點吃了睡覺那種藥。閨女，你可不能哭，你一哭，就把我的心揉碎啦。這彎勾月兒一樣的眉毛，這一臉的細皮嫩肉，這麥芒子一樣的睫毛……

她對著他甜甜地笑著。她那兩隻充滿熱情的眼睛正灼熱地望著他。稍稍嫌大的嘴微張著，嘴唇微有點噘，像生氣又像撒嬌。我以前怎麼就沒發現她是一個迷人的姑娘呢？我怎麼會毫無理由地反感她呢？某市警備區七連指導員孫天球獨自枯坐在連部裏，用汗津津的手指撫摸著紫荊破碎的臉——照片是撕破過的，他認真端詳著，眼裏流露出惘然若失的深思熟慮的青藍色光輝。照片重新黏合後，臉上留下兩條瘢痕，頭髮也像梳開了一條深深的縫。前年探家時，妻子塞到他挎包裏一雙花鞋墊子，回來一看，鞋墊子中央夾著一張照片，他把鞋墊子塞進皮鞋，把照片撕成幾半，扔到抽屜裏。我為什麼要撕破她呢？我真有點糊塗……孫天球懊喪地捶打著腦袋，嗓子裏像要冒火。

連部牆上掛著兩面臨近小學校贈送的大鏡子，一面鏡子映出他的臉，一面鏡子映出他的背。他的臉瘦瘦的，下巴稍稍有點長。這稍長的下巴配上他藏在濃密眉毛下的一雙銳利的黑眼睛，面部表情顯得堅毅固執，甚至有些殘忍的成分在時隱時現。在警備區的十幾個指導員中，數著他才貌雙全，頭頭們很器重他。他的臉在鏡子裏晃動了幾下。連長洗澡回來啦。他低著頭，說：老肖——連長姓肖——我想探家。肖連長狡黠地擠擠眼，說：怎麼，禁欲主義者，想老婆啦？——是的，是想老婆啦，他有氣無力地說——對不起，老兄，連長從褲兜裏掏出一張揉成一團的紙，說，老兄，你把這碼子事辦完了再走。大旱三年，不差這點霧露。或者，寫封信讓弟妹來，讓大哥也沾點光。你甭瞪眼，僅僅是拆洗拆洗被子而已——他把連長投擲過來的紙團慢慢剝開，展平，看著，說：你不知道我母親雙目失明，癱瘓在炕上，我妻子離不開家嗎？——真該往報社寫篇稿子，表揚表揚模範老婆！兄弟，你真他媽的好福氣，娶著這樣的孝順老婆。弟妹長得怎麼樣？嘿，管她怎麼樣，憑著這點心靈美就夠意思啦。

在連長雜七拉八的話語聲中，他讀完了通知，抬起頭來，怔怔地望著連長。連長翻騰著衣服口袋，把紙頭、菸蒂、空彈殼、玻璃球擺了一桌子。看著我幹什麼？連長發現他兩眼發直地望著自己，便說，這種事兒你不是有興趣嗎？連長把換洗的衣服塞進一個綠色的塑膠小桶，幾步走過來，從他手裏奪過那張皺巴巴的紙片，用手指點著說：政治部裏這些老兄，吃飽了沒事幹就編發通知。「魚過千層網，網網都有魚」！聽聽，都是些什麼詞兒，有限的水平無限的高度，簡直是有點扯淡的幹活。一幫子當兵的，天天執勤訓練，上哨挺得像根棍，下哨累得像根棍，到哪裏去搞黃色圖片。連長發著牢騷，躺到床上，雙腳搭在床頭上，皮鞋底上不知何時踩進一顆圖釘，凸起的釘頭已磨得跟鞋底一樣平，在窗玻璃裏透進來的陽光裏，圖釘很亮地閃爍著。

讓查就查吧，查不出來是一回事，不查是一回事。今晚開個軍人大會，我動員一下。他懶洋洋地說。

連長躺在床上，打飽嗝似地笑了一聲。行啊，連長說，你看著辦辦就行了，弄完了你就回去鵲橋會。老孫，你這個傢伙，我還以為你是個太監呢。——什麼意思？他陰沉沉地問。——沒有意思。連長說著，一骨碌從床上翻下來，高聲喊叫通訊員。

通訊員是個挺挺拔拔的大小夥子，個頭在一米八十左右，膀闊腰圓，耳大面方，一身一號軍裝撐得繃繃緊，半截子通紅的手腕子露在外邊。連長讓通訊員給他洗衣服。通訊員冷冷地瞅了連長一眼，嘴唇猛地噘了起來。你噘什麼嘴？連長說，告訴你，噘嘴騾子不值匹驢錢。我也告訴你，連長，我是來當兵的，是來為祖國服務，不是來當你的老媽子，更不是騾子更不是驢。通訊員惡狠狠地說。他的氣派很大，把黑黑瘦瘦的連長比得猥瑣渺小，同樣是人，為什麼要我伺候你？星期天都要為你洗衣服，這是哪個條令上規定的？通訊員虎虎地質問著連長。你必須給我洗衣服，你還得給我打洗臉水，把牙膏給我擠到牙刷上，還得給我鋪被子疊被子，懂不懂？這是光榮傳統，內部條令。等你熬成連長時，你的通訊員也會這樣幹。連長訓斥著通訊員。通訊員輕蔑地歪了歪嘴，說：我才不當這倒楣連長哩。我回家去賣冰棍也比你這個破連長出息大。通訊員提起綠色塑膠桶，嘟嘟噥噥地走出門，在門口，他很響地喊了一句：簡直是活生生的第二十二條軍規！

連長笑咪咪地看著通訊員走了。他說：這個熊兵，別看他這麼頂頂撞撞的，我卻是越來越喜歡他。我就討厭那種像哈巴狗子一樣的通訊員，踢他一腳他就搖搖尾巴，連叫一聲都不敢——其實，他心裏恨不得咬死你哩，你說是不是，夥計？——也許吧！他很疲乏地搭理著連長——夥計，這清查的事，你就看著辦吧，牢騷歸牢騷，執行歸執行。究竟是什麼原因惹動了你的凡心？

他淡淡地對著連長笑了笑，什麼也不願說。他知道這種清查如同兒戲，如同水面上打棍子。他知道戰士們心裏想的是怎麼一回事，他知道人們都極力掩蓋著內心深處那一點點祕密，大家都互相知道，都心照不宣。

晚上的軍人大會上，他宣讀了上級的通知，然後講話，他又講了巴頓將軍用手杖打碎美人照片的故事。戰士們在下邊竊竊私語，有人佯裝打呼嚕。他笑了笑，說：各班回去討論一下，討論題有兩個：一是如何認識這次清查的重要意義，二是在這場清查運動中你持什麼態度。

第二天上午，各班班長彙集到連部。班長們一個個面色冷漠，從口袋裏掏出一疊疊的照片，很響地、像甩撲克牌一樣甩到桌子上，真是「魚過千層網，網網都有魚」！一個闊嘴大耳的班長半嘲諷半認真地說。孫天球拿起照片一看，滿臉頓時發了紅。班長們一齊望著他，看著針尖般大小的密密一層汗珠從他的鼻子上滲出來。照片上，他的戰士們擺出不同的姿式，在一個裸體美女身下，有的甜蜜地微笑，有的愁眉苦臉，有的局促忸怩，美女始終傲傲地笑著，端莊嫻靜，居高臨下，如同天神。他抬起頭，看到班長們眼裏都隱隱約約地閃爍著鬼火一樣的東西，這東西使他渾身發冷，他把照片劃拉到一起，第一次在戰士們面前口齒不清地說：你們回去吧，大家的態度很好，很有成績，回去吧。班長們面面相覷，一個個無聲無息地站起來，悄悄地退出去。他急匆匆地跑過去關住門，把那一大堆照片統統掃到抽屜裏。

去年春天，那個月牙狀的人工湖邊塑了一尊裸體女人像，有人說是個漁女，有人說是個村姑，反正這個女人肌肉豐滿，魅力很大，一時遍城轟動，遊人如蟻。待業青年在塑像前設了幾個照相點，照相的人排成很長的隊伍等候。塑像前的湖畔，紅男綠女成群結隊，照相機咔嚓咔嚓響成一片。

當時，他剛從政治學校學習回來。他記得他曾在軍人大會上宣布：幹部戰士一律不准在塑像前攝影留念，一律不准在塑像前逗留，因公路過時，不得歪頭仰視。規定一公布，戰士們議論紛紛，連長對這幾項規定也不以為然。月牙湖前那條三米寬的水泥路，是七連戰士去警戒目標值勤的必經之路。連長說：老孫，你這是瞎子點燈白費蠟！女人塑像就像吸鐵石，戰士們的脖子就像大頭釘，一吸就歪啦。我不敢說別人，我就想看，多美呀！你呢？老兄，你說良心話，你難道不想看嗎？——我不想看，我堅決不看，我也不能讓戰士們看——你能天天陪著他們上哨下哨嗎？——我相信戰士們的覺悟，只要幹部們以身作則，戰士們就會自覺遵守紀律。——好吧，我倒要看看你的本事。

那天，他挎上手槍，紮好腰帶——腰帶紮得很緊，連一個大拇指頭也插不進去——戴正軍帽，擦亮皮鞋，準備帶兵換哨。連長正在對著鑲嵌在牆上的小鏡子刮鬍子，滿嘴的肥皂沫子。連長對著他眨眨眼，說：夥計，走吧，我在家裏看著你。

四個戰士已經披掛整齊，站在門口等他。他說：同志們，這是對我們的一個考驗，誰要歪頭失態，誰就不是真正的男子漢。

戰士們被激得意志如鐵，對著指導員堅定地點點頭。他的一連串口令短促有力，暗含著殺機，戰士們感到一陣陣冷氣從腳底升起，脊椎骨好像通了電。

一走上水泥路，粉紅色的朝陽便把他的眼睛照亮了。他走在戰士們內側，按照條令要求邁步，擺臂，身體挺直，上體微微前傾，下頷微收，目光平視前方，陽光照著他鼻子尖上的汗珠，反射出彩虹的光芒，水泥路兩側的淡雅花香沁入心脾，還有更濃烈的混合香味不時地一股股撲過來。隨著這香味的，是高跟鞋擊打水泥路面的橐橐聲。女性的氣息比任何理論都深刻透徹，熱水澆雪般地深入到他的靈魂裏去。

水泥路拐了一個九十度的彎，他眼睛的餘光瞥見了粼粼的湖水上泛起的金色的虹彩。塑像離他們大約還有五十米的光景，就在水泥路右側的湖水中，他已聽到了男人女人的喧嚷聲，聽到了照相機的咔嚓聲。（嗲一點，嗲一點嘛！哎，好！控制住面部肌肉，別動——咔嚓——阿玲，親愛的阿玲，看著我，稍微有點表演，嘴張開一點，對，表現出對愛情的渴望，對，像六月天渴望喝冰鎮汽水，注意——咔嚓——）踢踢踏踏的腳步聲從他右邊傳來，戰士們的步伐全亂了。生活的熱浪從四面八方包圍過來，他的身體彷彿在下沉，思想卻在上升。四周全是那種混合的香氣，濃郁得化不開，熏得他頭發暈，腳發輕，心飄飄地往上衝。一個個花枝招展的倩影從他的面前滑過去，他感到自己彷彿在花叢中穿行。路的右側，湖裏泛起來的光芒更加明亮，他的右臉膛像被火爐烤著一樣灼熱。他確實感覺到右邊有一股強大的力量，這股力量不止是牽動著他的脖子，而且牽動著他的心，這股力量大得出奇，使人幾乎無法抵抗，好像他一個人單槍匹馬與一個班的戰士進行拔河比賽，儘管他立場堅定恨不得腳下生根，但即使有根也要被連根拔除，一綹綹洋黃色的根鬚像絲線一樣拖在地上。他不自覺地把脖子向左扭著，好像風中射擊的目標修正。——瞧那幾個大兵！——他聽到一個酸溜溜的女人在喊叫——瞧呀，好像五個木偶。——他怒不可遏，恨不得扭過頭去啐她一口。可是他不敢，他生怕一歪頭就看到那尊女裸，那樣，這夥小街痞子就會誤解他，更多的污言穢語就會噴到身上。他低低地說：保持姿態，別理睬他們。他稍稍放小步幅，把四個戰士讓到了右前方。一二一，一二一，一二三四五六七，那個女人又在右側叫起來。她的叫聲很響，具有一股臭豆腐的魅力。他看到，四個戰士竟在按著那個女人的口令走路。他們動作僵硬，腿和胳膊如同木棍，脖子一律向左歪著，好像四隻歪頭鵝。——正當梨花開遍天涯，湖上披著柔曼的輕紗。卡秋莎站在士兵們身旁，眼巴巴地把你們瞭望——姑娘在湖邊唱歌。大兵在行進。歌聲中，戰士們的動作慢慢地柔和自然起來，擰著的脖子也擰了回來。

那座要命的塑像終於被甩在身後，姑娘的歌唱聲也聽不到了。從湖裏吹過來的清風擦著他的臉，這時，他才覺察到自己滿臉的汗水。同志們，在交接哨的時候，他說，你們都是好樣的，你們為軍隊爭了光，讓那些小流氓們見識了軍人的志氣。四個戰士哭喪著臉，不知道說點什麼好。

……我為什麼那樣傻，撫摸著妻子的照片，他想。那天我一回到連部，連長就哈哈大笑，那雙漆黑的小眼睛笑成了一條縫。我的指導員！連長拍著我的肩頭說，真是絕妙的表演。我說：讓他們看看軍人的風度。連長說：：你別噁心我啦，簡直像耍猴。要是有錄相機，我錄下來讓你自己看，看完了你就會去上吊——百分之百地裝孫子。我說：連長，你說話客氣點好不好？軍人難道不應該這樣嗎？難道你讓戰士們目不轉睛地去盯那女人嗎？連長說：別「那女人」「那女人」的，那是個女人嗎？我沒進過什麼學校，肚裏沒學問，但憑著直覺，也知道你們一路歪著脖子佯作悲壯，還不如大大方方地看兩眼好。

連長把望遠鏡裝進皮盒，掛到牆上去，我瞥了一眼敞開著的玻璃窗，從窗裏望出去，看到月牙湖銀光閃閃，那尊潔白的不知是漁女還是村姑的女裸像也在湖裏放出耀眼的光輝。我看不清她身體的細部，只能看到一個模模糊糊的輪廓。一個念頭在我心裏突然一閃，但即刻就被壓了下去。太可恥了，我想，要求戰士做到的，幹部首先要做到。我用力把玻璃窗拉起來，震動得窗框上的塵土飛散起來。我說：連長，不管你施放什麼毒氣，我還是堅持自己的意見。我們連隊駐守鬧市幾十年，紅旗不倒，在我們的手裏，難道能讓紅旗沾上污泥濁水嗎？因此——連長打斷我的話頭，齜牙咧嘴地說：防微杜漸，還有，針鼻大的窟窿牛頭大的風，對不對？他抬起頭來。用輕蔑的目光看看我說，我建議，星期六下午黨團活動時，讓全連到塑像下玩一下午，願意怎麼看就怎麼看，看個夠看個飽，見多不怪，習慣成自然，蝨子多了不癢癢！我說我堅決反對。連長說：那麼就看你的本事啦，你能天天帶他們去換哨？你能給戰士們戴上眼罩？你能每個星期天在塑像前監視著？你不能，你不能，你沒有這麼大的本事，你一手遮不住月牙湖。再說，一個指導員不應把精力放在這些事情上，什麼是指導員的工作，你比我當然要清楚。

他再也沒有去帶隊換哨，他不願再受一次罪。後來，當他凝眸漁女或是村姑塑像時，不由地對自己的一些舉動感到莫名其妙，不可理解。

在一個風和日麗的上午，只因為片刻的動搖，便使他心中的防線徹底崩潰；他原先以為牢不可破的東西，原來單薄得如同蛋殼。連長到操場上去了，他獨自一人關在連部裏絞盡腦汁給政治處編寫一份材料。屋子裏悶熱，煙霧使空氣混濁，他推開窗戶，明亮的湖水和潔白的塑像又跳入他的眼簾。他看到有四塊綠色停在塑像前的空地上，心中猛然一驚。他從牆上摘下望遠鏡，跨到窗前。他把望遠鏡按到眼上，手調整著焦距，四個戰士一下子被拉到了眼前。他記住了他們的名字。他又轉動著鏡頭，搜索著周圍人們的反應。塑像前人來人往，大家都很忙，照相點的青年們忙著給人照相，小孩子在學步，老太太在賣奶油冰棍，清潔女工往鐵撮子裏掃冰棍紙。沒有人去注意四個戰士。戰士們仰望著塑像，好像葵花向著太陽，他們的神情是那麼專注，面容平靜如同吃奶的嬰兒。那個念頭又在他心頭一動，像有一條鞭子猛抽了脊背一下，他神經一樣緊張，咬著嘴唇，想：不，我絕不能這樣幹！他撤轉身，放好望遠鏡，在一張白紙上寫下了四個戰士的名字。那四個年輕的面孔像葵花向陽般仰著，是那樣專注和恬靜。那個念頭像烙鐵一樣燙著他。他坐立不安，窗外盛開的丁香花飛散出紫色的花粉，像毒藥一樣熏著他。他恍恍惚惚，用力拉上窗戶。他仰起臉看著天花板，天花板是雪白的，但從雪白中漸漸透出斑駁陸離的污漬來，有的如青蛙蹲在荷葉上，有的如雲團在膨脹、蜻蜓站在雲團上。他感到了從來沒有過的惆悵孤獨，魂兒像出了竅。朦朦朧朧中他又把望遠鏡取下來，關起門，插上銷，然後推開窗戶，胳膊肘支在窗台上，望遠鏡扣到了眼上。一片藍幽幽的水在他眼前晃動，一個巨大的白影子在他眼前晃動，這白影子燙著他的瞳孔，燙著他的心，一種火一樣的焦渴折磨著他。終於，他把望遠鏡定住了。潔白豐滿的漁女或是村姑，一絲不掛的漁民女或是村姑，走到了他的面前。他的心怦怦猛跳兩下，便再也不跳了。他聽到血液在體內發瘋般的循環著，遍體肌膚像被無數根通電的銀針刺激著。漁女或是村姑側面對著他，他看到了她的結實的小腿和粗壯的大腿，線條優美的臀部，優雅地彎曲著的腰，聳立的乳房，舉起的手背，手中托著的什麼東西。一切都是這樣近，他聽到了她的呼吸，嗅到了她的青春氣息，看到了血液在她潔白如雪的肌膚內流動著，看到了熱情和欲念在她年輕的軀體內騷動著……

連長的踢門聲把他驚醒了。他匆忙裝好望遠鏡，掛在牆壁上，然後，掏出手絹擦擦額頭，揉揉又酸又辣的眼睛，才去撥開門插鎖。

大白天插門幹什麼？連長不滿地嘟噥著，狐疑地看了他一眼。你是不是病了？連長驚詫地問。沒有，我很好。他嘴唇彷彿不得勁兒地說著，我沒事，很好。連長說：你的臉色灰白，像個死人。通訊員！連長大吼一聲。那個虎背狼腰的通訊員撞開門，橫兒八唧地走進來，不說話，直著兩眼望著連長。

去，叫衛生員來給指導員看病，連長說。連長，你這不是脫了褲子放屁找麻煩嗎？衛生員和我住在一起，你喊我時，他也聽得清清楚楚，你直接叫他不就得了？通訊員理直氣壯地指責著連長。連長怔了一怔，雙眼一瞪，虎虎有生氣，說：我就是要喊你，通訊員負責傳達連長的口令，這可是條令上規定的。你這是濫用職權教條主義！通訊員高聲吵嚷著走出門去，出門就大叫：衛生員，連長命令你給指導員看病。

衛生員習慣性地拿出溫度錶要往他的胳肢窩裏塞，他擺擺手說：有萬金油嗎？

這個熊兵，真是好樣的。連長解嘲地說。

娘，你不要想那麼多，紫荊把臉挪開，翻身坐在炕沿上。老太婆的手在空中懸著，一動不動老半天。咱娘倆湊到一塊也是緣分，紫荊說，其實也不能怨他，我沒能使他如意，所以他才不理我……她的嗓子突然啞了，兩汪亮晶晶的東西在睫毛下閃爍著。老太婆聽到兒媳婦不均勻的喘息聲。她困難地挪動了一下腿。紫荊把一條毯子蓋在她的腿上。她一把抓住了兒媳婦的手，兒媳婦的手背柔軟光滑，手掌堅硬粗糙，指頭根上的繭子一個個如棗核兒大。老太婆說：紫荊，你去給我買那種吃了睡覺的藥。紫荊說：您要是再說這種糊塗話，我就不理你。她戳了婆婆手背一下，說：其實呀，我才不在乎哩。我這個人是豬腦瓜子，一幹活統統全忘，您別瞎猜疑。今日又是個大晴天，去年冬天下了一場雪，把地裏的坷垃全泡酥啦，地暄得像發麵團，咱那三畝麥子，長得黑油油的，每畝地能打六百斤，夠咱娘倆吃的啦。那三畝春地，二畝種棉花，一畝種穀子，甭說他一年還往家寄幾個錢，他一個子兒不寄也斷不了咱的錢花，缺不了咱的糧吃。有錢花，有飯吃，娘，你還愁什麼？——不愁，什麼也不愁——前幾天有兩個燕子在屋簷下打著旋飛，看樣子要在咱家壘窩呢。你沒聽到牠們唧唧嘎嘎地叫嗎？

院門響。老太婆說。紫荊說：八成是黃毛來啦，說好了他今天來幫我耙地。今年地暄，要不早耙耙，春風一起就把肥土颳跑啦。老太婆說：早年間我聽你爹這麼說過。

紫荊嫂子！

進來吧。

一個細高條兒的小夥子輕手輕腳地進了屋，他懷裏抱著一隻紅毛大公雞。

你抱著隻公雞幹什麼？讓牠去拉犁耕地？燕子不進愁門，對不對？娘。

嫂子，你怎麼忘了呢？前幾天你不是讓我找個偏方給大娘治治眼睛嗎？

紫荊愉快地笑起來。我忘啦，我這人是屬耗子的，撂爪兒就忘。你用這隻公雞來給你大娘治眼睛？

嫂子，我聽了你的話，回家就把我爹那些書全翻騰了出來。我爹死後，那些書就被我娘捆成一捆吊到梁頭上去啦——你是誰家的孩子？老太婆舉起一隻手問——大娘，瞎娘，您聽不出來啦？我爹是西頭老扁呀！我是他的小四。——是老扁家那個黃頭髮小四？你不還是個孩子嗎？——瞎娘，我二十一啦，——你還是一頭黃發？——是，還是一頭黃毛。他的臉臊紅了。我那個闖青島的外甥女對我說，有一種染髮藥水，能把頭髮隨意染成什麼顏色，要白就白，要黑就黑，要紅就紅，要綠就綠——哪你怎麼不去染了呢？紫荊揶揄道。——我是想去染，可又一想，算啦，生成個什麼樣就是個什麼樣，天老爺塑造的。我外甥女說，小舅，你有點像外國人，金頭髮，白皮膚。我回家找了個鏡子一照，是挺好看的——真不害羞，自己誇自己漂亮——黃毛，你小時候不叫這個名，你好像叫「豐收」，叫著叫著就叫成黃毛啦，全村都這麼叫。你爹活著時可是個大能人，劁雞鬧狗，抽籤算卦，推推拿拿，沒有他不會的營生——瞎娘，我爹臨死前還嘮叨過你呢。我把俺爹的書從屋梁上拿下來，放在太陽底下抽乾淨灰塵，然後就翻來覆去地找，終於找到了一個偏方：不明原因眼瞎者，用雄雞冠子血滴鼻，每日一次，復明為止。我把俺家的大公雞抱來啦。

黃毛的臉皮很單薄，嘴唇紅得有點妖里妖氣；上唇上一層細軟的茸毛、平平坦坦的獅子鼻。他滿臉孩子氣，身體卻長得十分狼亢，長胳膊長腿，兩隻手很大。他抱著大公雞，不住嘴地跟老太婆說著話。那隻大公雞在他懷裏，時而一動不動，時而把頭轉動一下，血紅色的大肉冠子顫顫巍巍地抖動著。紫荊說，黃毛，你別來糊弄你瞎娘啦！瞎眼點鼻子，虧你想得出來——嫂子，你不懂科學。七竅相通，興許能點好哩。老柴那年眼裏出雲翳，我爹用劁雞刀子在他手心裏拉開一道口，滴進一滴雞冠子血，雲翳登時就褪啦。——是嗎？紫荊拖著長腔奚落黃毛。公雞在黃毛懷裏動了一下，脖子一歪，瞪著黃金般的眼睛瞅了紫荊一眼。這一眼如同一道電光，在紫荊的心上燙了一下。她的目光一下子被公雞吸引住了。這是一隻少見的漂亮大公雞，遍身火紅色的羽毛，像一團燃燒的火苗子。脖子上的細毛像剪開的絲綢條條，柔軟又順溜地垂下來。尾巴是一簇高挑著的綠翎毛。公雞望著她，使她的皮膚灼熱起來。她簡直不敢跟牠對視，牠金黃色的眼珠子中間有一個漆黑的亮點。公雞傲慢地歪著脖子看她，金色眼睛裏的神情既輕蔑又狡黠，意味深長，充滿神祕色彩。

瞎娘，我本來早就應該來看看你，來幫助紫荊嫂子幹點活，可村東村西住著，這麼遠，我也不知紫荊嫂子是個啥脾氣。那天我的手被鐮刀砍破了，我捂著手往家走，血從指縫裏往外流，正碰上嫂子，嫂子從地裏採來一把薊草，搓出汁水來，給我滴到傷口上止血。血止了，嫂子又給我把手包紮好。我這才知道紫荊嫂子是個好心人。瞎娘，你甭發愁，我有的是力氣，你們家有什麼沉活我全包了。

黃毛說的什麼話她已聽不到了。她被那隻公雞吸引住了。公雞美麗的羽毛令她心裏焦躁不安，她突然非常想抱一抱這隻公雞。黃毛，把公雞給我。她紅著臉說。——就給瞎娘治眼嗎？——她把上身探過去，把公雞接過來抱在懷裏，像抱著一個嬰孩。她用手撫摸著公雞羽毛，心跳得急一陣慢一陣。公雞羽毛蓬鬆柔軟，彈性豐富，充滿著力量。她摸著摸著，呼吸越來越急促，胳膊使勁往裏收。公雞拚命掙扎起來，尖利的腳趾蹬著她的胸脯，她感到又痛又愜意。後來，「嗤啦」一聲響，雞爪把她的褂子撕裂了，露出了她雙乳之間那道幽邃的暗影。她一鬆手，公雞跳下地，咯咯叫著穿過堂屋，跑到院子裏。她急步追到堂屋門口，望著在院子裏跑動著的公雞。公雞步伐很大，像一個一年級小學生。她疲乏無力地轉回身，一抬頭，正碰上黃毛激動不安的面孔。兩個人仇敵般地對視著，她發現他的頭髮像雞毛一樣灼目，目光也像雞眼一樣既誘人又可怕。她忽然惱怒地說：我恨死你啦！

我去抓住牠。

你別去管牠。

公雞在院子裏咯咯地叫著。

嫂子，他說，你那兒破啦。

她低頭看看胸脯上那道血印子，面孔冷冷地走回屋裏去，毫不顧忌地脫掉褂子，雪白的脊背在屋裏很亮地照著黃毛的眼。紫荊換了一件藕色新褂子。她說：

你把你家的牛牽來了嗎？

拴在門外柳樹上啦。

你從廂房裏把俺家的小黃牛牽出來。

老太婆聽到牛喝水的嗞嗞聲，又聽到那隻公雞站在陽光裏，抖擻著全身羽毛，撕肝裂膽地叫了一聲。

後來，在那個逢集日的上午，當七連指導員孫天球辦完了那件事情，精神恍惚地走出村，穿行在剛剛秀出穗的麥田裏的時候，他的臉上表現出一種瘋瘋癲癲的神情。麥穗子搖搖擺擺地拂動著他的大腿。故鄉四月的太陽像火爐子一樣烘烤著他滿身的冷汗，他聽到自己的心跳聲如同蛙鳴。麥田前方小河溝裏幾隻青蛙在淒楚地哀鳴著，那個孩子的臉像一個紅色的氣球在他眼前飄來飄去，從兩排咖啡色睫毛間露出來的那線眼白，射出兩道藍色的光芒，刺得他想大口嘔吐，大聲喊叫。他晃晃悠悠地走到河邊，坐在稀疏地生長著細瘦的菅草的河邊上，面對著銀灰色的河水和河灘上一層雪白的鹼土，臉上那種瘋癲的表情漸漸消褪了，一種沉思的表情像雲層後邊灰色的天空一樣出現在他的臉上。

……那天，衛生員把一盒萬金油放在他手裏，轉身便走啦。他擰開盒蓋子，用指甲挑出兩塊綠豆大小的油膏，揉在太陽穴上。他發現連長不時用探詢的目光打量著自己，突然感到十分惱怒，他把那張寫著四個戰士名字的紙條拍在連長面前，說：他們四個看那個女人啦。連長驚訝地看著他漲紅的面孔，劃火點菸，從唇間吐出一個滴溜溜的圓圈，圓圈在空中久久不散，如同太空飛碟。是嗎？好半天，連長才懶洋洋地問。我親眼看見的，我用望遠鏡看見的，就用這架望遠鏡。他伸出手指指著牆壁，辯論似的說：你知道不知道，在望遠鏡裏，塑像下的一切都看得清清楚楚，連他們臉上的表情我都看到了。連長說：你打算怎麼處理他們呢？你想給他們定個什麼罪名呢？他的兩眼使勁眨巴著，眼淚嘩嘩地流了出來。連長看著他眼淚婆娑的樣子，問：老孫，你是不是神經出了毛病？——你說誰的神經？說我嗎？流淚是因為萬金油。——我不是說萬金油。

從此之後一個月裏，連部裏靠近指導員辦公桌的那扇窗戶，幾乎每天都開著，窗台上明晃晃的，連一點灰塵也沒有。大個子通訊員每天早晨擦玻璃時，站在這個窗台前，總是要露出一臉鬥雞般的神情。

他舉著望遠鏡連續觀察了五天，全連的戰士名字幾乎全上了他的白紙，好像一張花名冊。但到了第六天，他卻把這張白紙揉成一團，扔在牆角的廢紙簍裏。他發現，戰士們上下崗路過塑像時，漸漸地表現出一種無動於衷、麻木不仁的表情，有人偶爾抬頭瞥一眼，那神色與看一個老太婆與看一棵白楊樹並沒有什麼兩樣。他感到戰士們在欺騙自己，在偽裝，他們一定知道我在窗口監視著他們，他想。他記得在政治學校時曾聽過一個老紅軍講政治工作光榮傳統，他聽了一上午只記住一句話，老紅軍說：同志們，政工幹部唯一的訣竅就是拿著自心比人心。他想，同志們，你們沒有必要欺騙我，你們看吧，隨便看吧，我們都是人。

他專注地研究這座塑像已累計數十小時，拿起望遠鏡把她捕捉過來，他感到時間凝滯不動，肋間生出翅羽。凌晨，日出前的她是冷峻的，但冷峻裏含著委婉的愁悵。他覺得她臉上帶著成熟女子孤獨的寂寞；日出時她是溫暖的，潔白的身體被朝暉映得通紅，遍體流動著玫瑰花的漿汁，這時刻她最動人，但這時刻很快就會消逝；日出後，她的顏色一般來說是由濃豔變化為透明，那種輕柔的、充斥著床笫氣息的情緒漸漸被一種蓬勃的狂熱情緒代替，這時她是灼熱的、撩人的。這一段時間持續得最長，從上午九點到下午四點，她始終放射著溫柔的熱流。這個塑像在他感情浪潮的衝擊下，似乎獲得了靈魂和生命，他覺得已經和她達成了一種默契，已經心心相印，只要一套進鏡頭，她的一切美就屬於他了。她面部表情豐富，那顯得非常結實的嘴唇裏正在吹出三鮮水餃的香味。從下午四點到暮色蒼茫這一段時間，她的外在的激情逐漸收斂，色調由明豔強烈漸變為柔和舒適。她的周圍，籠罩著草窩子莊稼地裏的溫情脈脈的氣氛。在太陽即將沉淪那一霎，湖上往往升起淡淡的薄霧，霧氣繚繞中，紫紅色的光暈像一片雲彩裹住了她的身體，洞房花燭照美人的香豔氣氛瀰漫湖畔。他如果把望遠鏡稍一低垂，湖畔的人影便映入他的鏡頭，暮色像一道紗簾，使湖畔的人物朦朧著。銀灰色的法國梧桐下，有兩個人在練鶴翔妝，一個白髮蒼蒼的老頭子，戴著一副大眼鏡，身穿一件中式蓖麻蠶布扣大褂；一個長髮披散到腰際的妙齡姑娘，面孔飽滿，像成熟的豆莢，左耳像只水餃，右耳像只餛飩。兩個人先是雙腿微曲，雙臂平伸，閉目凝神，如同塑像。片刻，他發現那姑娘大張開嘴，大睜開眼，雙手狂亂地拍打著胸膛，拍完了胸膛又拍屁股，又拍肩頭，身體扭曲成麻花形狀，長髮像馬尾一樣拂動著。最後，他看到那姑娘猛撲到樹上，張開嘴，咔嚓咔嚓啃著樹皮。那老頭子卻始終不見動靜，好像一個瓶裝動物標本。

四月一號這一天，原本是星期天，為避免湊熱鬧，部隊把星期六當成星期天過。連長去醫院割治雞眼去啦，連部裏就剩下他一個人。他急急忙忙起了床，心不在焉地跟值星排長聊了幾句。在伙房裏他匆匆忙忙地吃了一個饅頭。一個班長拉他去打撲克，他說有重要材料要寫，他那副神情把那個班長嚇了一大跳。

他走回連部時，與匆匆往外走的衛生員撞了一個滿懷，衛生員背後跟著通訊員。他用力瞪了衛生員一眼，大聲問：你們幹什麼？鬼鬼祟祟的！衛生員張口結舌，雙手急忙插進褲兜。通訊員把衛生員拉到一邊去，大大方方地說：指導員，我們來看看你有沒有事情要辦，我們想請假去新華書店買書。他說：去吧，你們快去吧，我什麼事情也沒有。你們上街要注意軍容風紀。他伸出兩個指頭，把通訊員的帽沿往下拉了拉。通訊員和衛生員走啦，他插上門，從抽屜裏摸出望遠鏡，又趴在窗台上。

太陽正在往外鑽，無數又厚又重的雲團在地平線上方等著它。它在雲與地的夾縫裏羞怯怯地待了五分鐘，流散出洶湧的霞光。她全身沐浴在光的浪潮裏，正眉目含情、艾艾怨怨地向他致以早晨的問候。雲下的太陽紅得像血，顫抖不止，這是壞天氣的先兆，他當時可沒有想到什麼天氣，他只是感覺到她的艾怨情緒要比往日濃重得多。她的臉上似乎還有露珠般的東西在滾動，那洋溢著青春活力的肌膚也像成熟的花瓣那樣，暗寓著凋零前的悲涼。

這天早晨，漁女或是村姑塑像的非凡表情觸發了他心中最隱祕的感情。他恍然覺得站在湖水中的是他早就熟識的一個女人。也是在一個早晨，他和衣躺在炕上，似睡非睡，陽光穿過窗櫺，斜照在牆壁上，又折射回來，在炕角上，直挺挺地立著一個女人，她遍體金黃，正用模糊的淚眼看著他。她手提著一件藕色褂子（褂子的顏色激起他一種生理上的厭惡），彷彿在說：你娶我幹什麼？娶我單單為了照顧你娘嗎？那你還不如花錢雇個老媽子……

塑像好像是從她妻子身上脫下的模子。怪不得，怪不得這樣，他很麻木地想著。他忽然記起曾把她的一張照片扔在抽屜裏，撕成了八塊，那些碎片不會丟失，除非抽屜裏跑進耗子。他不明白自己當初為什麼對妻子的艾怨無動於衷，記得當初相親時，她的容貌還令他滿意，後來她坐著毛驢來啦，毛驢背上搭著一條紅毯子，她兩腿在一邊，側坐在毛驢上，穿著一件藕色新褂子。她一下毛驢正踩在一汪泥水上，摔了一個大跟頭，從地上爬起來，她原先紅撲撲的臉就變得跟褂子一個顏色，這種顏色使她醜陋不堪。現在回想起來，那是一種多麼漂亮多麼柔和的顏色啊！

望遠鏡裏，她變成了那種令人心旌搖蕩的藕色。太陽鑽進了重雲，天色晦暗，他的心愁苦不堪，他多次陷入迷惘狀態。伸出手去想撫摸一下她，但每次都摸到虛空，從迷惘狀態中驚醒。

中午，他在玻璃板上拼湊著照片。他記得這是一張二寸照片，顯然是走鄉串巷的二把刀照相師的作品，她的臉暗淡蒼白。他看了一眼照片，便把她一撕兩半，疊起來又一撕，她成了四半。連長正好闖進來，問：老孫，撕什麼？他說：一張撲克牌。他把她的殘骸扔在一個盛雜物的抽屜裏。現在，從生鏽的圖釘和曲別針之間，他把她的殘骸一一揀出來。他先拿起她的一塊臉，用膠水固定在一張很白的紙上。這塊臉上有她一隻烏黑的眼睛，正陰鬱地盯著他。他又拿起另一塊臉拼湊上去，這時，她的額頭出現了，兩隻眼睛並列起來，那種陰鬱的神色減弱了。她的鼻子正中開了一道縫。他很快把她的嘴和下巴以及其他部位拼接到她的鼻子下。白紙上復原了她的半身像。她的臉上有兩道裂痕，交叉成一個十字形，裂痕處銜接不好，留下一些鋸齒狀的空間。她的臉變得很恐怖很殘酷，那兩隻黑眼睛裏有一種仇視他的神色。紫荊，他低低地叫她一聲，我真不該把你作踐成這般模樣。讓你掛在十字架上，還不如燒了你好。他點燃火柴後，又臨時改變了主意。他用三角板把照片壓平，取出了一盒金魚牌彩色繪畫筆，開始為妻子塗紅抹綠。他用黑筆把她的頭髮塗得漆黑發亮，又細細地勾勒出兩條吊梢的眉毛；他用黃筆把她的臉塗得像一個成熟的金橘；他用紅筆把她的雙唇塗得鮮紅。這樣，妻子就面如金橘，唇如櫻桃，目如葡萄，照片上洋溢著水果的氣味。那兩道交叉的裂紋變成了兩條淺淺的暗影，退到鮮豔的亮色後邊去了。

他又拿起望遠鏡時，已是下午兩點鐘光景，太陽從雲層中探出金色的柱腳，斜照著月牙湖水，也斜照著湖中的塑像。塑像也是面如金橘，唇如櫻桃，目如葡萄。看著塑像的臉想著妻子的臉他感動極了，這是事情的一個方面；看著塑像美妙的身軀想著妻子那短短的一截花格子布蓋著的胸脯，他懊惱極了，這是事情的另一方面，但這個缺憾不久就得到了彌補。在不久後的清查運動中，班長們繳上來一堆照片。那時他精神亢奮地把照片全撥拉到抽屜裏去。班長們走了之後，他看著那些照片，靈機發動，把戰士們照片上的塑像剪下身體，和妻子的照片頭黏接在一起，妻子和塑像合為一體，儘管妻子的頭大了一些，與塑像的身體不合比例，但他連續凝視了幾分鐘之後，所有不和諧的感覺都消失了，他感到妻子就是塑像，塑像就是妻子。

他更加渴望探家，但後來又發生了別的事情，耽誤了他的行程。這些事情，等他坐在故鄉的小河邊泛著白花鹼的灘塗上時，都會想到的。

黃毛扛著齒耙，紫荊扛著鍬和勾子，紫荊家的黃牛和黃毛家的黑牛馱著各自的挽具，一起出了村。土地包到戶後，天地好像一下子大多啦，黃毛說，從前地裏這裏那裏的都是一堆堆的人，現在見個人影就像見個鬼影一樣難哩。

現在幹農活的人少啦，跑買賣的多啦。紫荊說，你呢？你怎麼不去跑點買賣？

我笨得要命，啥也不會，跑買賣又不懂行市，不敢瞎折騰，安安穩穩種地，每年掙個千兒八百的，夠花的就行啦。

錢不是越多越好嗎？

誰都知道越多越好，但掙錢可不是容易事。

我給你出個主意，你去抽籤算命呀。

我不會。

你爹不是有書嗎？

我不學。

那麼你會劁雞閹狗嗎？

我才不去幹這些缺德事呢。

怎麼是缺德呢？

怎麼不缺德？好端端的，硬給劁了，閹了，公不公母不母，不缺德？

我不跟你說啦！紫荊不高興地垂下眼皮。

黃牛和黑牛在他們前頭不緊不忙地走著，堅硬的蹄瓣踩著被風吹打得光滑結實的土路，留下一些白白的花紋。路兩旁全是桑樹，桑枝上已放出銅錢大小的桑葉。桑樹下生著密密麻麻的蕎蓄嫩芽。

咱村的地離村真遠，黃毛說，我真不願意一個人到這麼遠的地裏來幹活，孤孤單單走一路，孤孤單單幹一天，想說話都找不到個人，只有和牛說，和天上的鳥兒說，從前在隊裏幹活，男男女女一大堆，比現在熱鬧。

光圖熱鬧，就把牙閒起來啦。

嫂子，你不感到孤單嗎？你不感到難受嗎？

吃飽了肚子我什麼都不想。

騙人吧，你不想天球哥？

你還有完沒有？不願幫我耙就滾你的。

我不說啦。他挺委屈地說，不過是順嘴問問，發什麼火。

他們走全了兩大段灰白的路，翻過一條小河，河灘上全是白花花的鹵鹼土，叢生著紅梗的蓬蓬菜。村莊被扔在八里路外。周圍一大片褐色的土地，四周望不到村莊。寂靜得沒有一點聲音。到底是熬到了。黃毛把沉重的鐵耙猛扔在地上，鐵耙齒深深地扎進鬆軟的土壤裏，他的肩膀上被耙框壓出了一道深深的印兒。他熟練地套好牛，黑牛和黃牛互相看了看，扛了扛膀子表示親熱。鳥兒在明晃晃的天空中嘹亮地叫著。很遠的地方，好像在太陽的正下方，有一個人也在使牛耙地，人和牛都顯得很小很小。

他和她互相對望著，莫名其妙地紅了臉的黃毛被紫荊的目光逼視得垂頭喪氣。他說：那麼，你就倒糞？那麼，我就耙地？

紫荊看著他披散下來遮住額頭的黃頭髮，突然感到他非常可憐。於是便柔聲說：你耙地去吧，去吧，我望著你哩。

她在地頭上的糞堆旁站定，先用勾子把糞刨下來，敲打成細末後，再用鐵鍬翻到一邊去。田野裏幾乎沒有風，陽光越來越輝煌，地平線在銀色的光芒中跳動不止，遠處那人那牛像螞蟻一樣移動著。黃毛踩著耙，像駕著一條船，漸漸離她而去。黃牛黑牛拉著耙，黃毛踩在耙上，劈開雙腿，身體有節奏地搖晃著，他把身體重心時而放在右腿上，時而放在左腿上，鐵耙在擺動中前進著，耙後的土地上留下波浪般的耙紋，優美平滑。黃毛手持兩根連結牛鼻子的細繩，一支短柄使牛鞭搭在肩上，這種鞭足有四米長，揮動起來猶如長蛇飛舞。鞭子從他背上順下來，拖在身後，在平整的土地上，蛇一樣蠕動著。有時留下痕跡，有時留不下痕跡。他迎著陽光耙過去，黃頭髮如同金絲線。他背著陽光耙回來，黃頭髮依然如金絲線。他的臉愁苦不堪。一直伸展進天地相接的帷幕中去的田野上好像只有他和她兩個人，泥土的腥氣撩人心弦，生命的搏動聲充斥天地。她機械地勞動著，身體慵倦無力，眼皮發沉，便坐下來，坐在河堤的漫坡上。漫坡上很乾燥，鬆軟的黑土和隔年的枯草被曬得暖烘烘的，她坐著，醉眼朦朧地望著平曠的田疇，雪白的蒸氣像鴿子一樣飛翔。黃毛抖顫著嗓子對兩頭牛發號施令——咦咧咧咧——嗚啦啦啦——喝哩哩哩——他的喊聲粗獷有力，但融進了遼闊的原野後，隨即顯得單薄無力，彷彿一個渾圓的東西被擠得很扁。溫熱的河堤太舒適了，她無力地仰下去，頭髮觸著乾枯的野草，也觸到了乾枯的野草下生出的蓬勃的新草芽。天是藍白夾雜的顏色，沒有雲，太陽很高很小，光線強烈，一會兒就照得她眼前發黑，黃毛和兩個牛變成了一大團暗紅色的影子。暗影遠遠近近地移動著，時大時小，她把雙肘支地，目送著暗影遠去，又目迎著暗影歸來。她看不清黃毛的臉，她只是感覺到黃毛那一頭金髮在陽光下閃爍如金箔，閃爍如同那隻大公雞的金色的羽毛。

忽然，從很近的地方響起黃毛很浪的歌唱聲。他的嗓音又黏又滑，吐字如吐湯圓，給人以水分飽滿的感覺。從西南方向颳來的熏風疲倦困乏，有乾青草垛的迷人氣息，土地上的植物和動物在加速分裂細胞，各種各樣的感情在成熟壯大，走向高潮和頂點

她把頭巾抖開，蒙在臉上，靜聽著黃毛唱。（有一個大姊二十八，男人闖外不在家。）陽光很快就把藍色的頭巾曬熱，她的臉在藍頭巾下感到了太陽的溫暖，呼出的氣流把頭巾吹得輕輕翕動，儘管她緊

閉著眼，還是感覺到無數個綠色的光點在藍頭巾上跳動。（那天她坐在窗下紡棉花，頭插一朵石榴花。）飛鳥在空中追逐嬉鬧的唧喳聲如亂箭一般射下來，空氣像蜜蜂一樣嗡嗡地叫著。（小蜜蜂飛來飛去總不落下，撩得大姊心亂如麻。）你叫吧，你叫吧，她的鼻子酸得要命，心中有架六弦琴，被貓爪子撩撥著，低弦抽噎哽咽，高弦尖聲嘶叫，她恨不得把衣服撕成縷縷條條，一把揚到空中，讓它們像秋風中的落葉一樣亂紛紛飄散。（蜜蜂，蜜蜂，要採花就採花，不採花就飛去吧。）她的兩隻手在大腿外側，先是像小獸一樣蜷伏著，這時卻猛然活動起來。她用力抓著大腿下的枯草，脖子扭來扭去。好長時間，她才平靜下來，淚水在頭巾下滾燙地流出，沿著鼻子旁的小溝，流到嘴裏去。

她聽到黃毛輕輕地喝住牲口，站在自己身旁。周圍的聲音全消逝啦，她感到大地在旋轉著飛升，自己的身體被拉成很長的細條。

黃毛站在紫荊腳下，目不轉睛地看著她。他先是看到她直挺挺的身體，又看到她那兩隻已經很平靜了的手。她的鼻梁在藍頭巾下聳著，下巴露出來，翹著，脖子上有兩道皺紋，藕色的褂子下像藏著兩個渾圓的饅頭。黃毛渾身發抖，不由自主地打著寒顫，一種巨大的恐懼感攫住了他。他困難地轉過身，走回耙邊。黃牛趴在地上，黑牛站著，都悠閒地反芻著。牛肚子裏不時響起飼草運動的咕嚕聲。黃牛用溫柔的藍眼睛瞥著他，一對雜毛斑鳩在耙過的土地上蹣跚著，把腳爪清晰地印在平坦鬆軟的泥土上。遠處那個耙地的人也休息了，人不知躲到哪個溝溝坎坎裏去啦，黃毛只看到兩頭小羊般大小的黃牛立在褐色的土地上。在他眼裏跳躍著銀色的光點，地裏的氣流搖搖擺擺地升騰著，升騰著並變幻出幽靈般的幻影。遠處傳來牛的叫聲。陽光愈來愈溫熱，他愈來愈哆嗦成一團，上下牙齒嗒嗒地撞擊著，心臟緊縮，上提到喉嚨。他咬著嘴唇，轉回身，急走幾步，雙膝跪在紫荊身旁，把兩隻大手猛按到她的胸脯上，淚水從他眼裏滲出，他斷斷續續地嗚嚕著：嫂子……好嫂子……紫荊的身體在他手掌下抽搐著，他聽到了她胸膛裏有小獸般的叫聲。她打了一個滾趴起來，胳膊交叉在臉下。她嗚嗚地哭著，身體扭來扭去，雙腳把一蓬蓬的枯草連根踹出來。黃毛撫摸著她的背，嘴裏還是叫著嫂子，不過聲音已不打顫，身體也不哆嗦了。他膽子越來越壯，手上漸漸地用力氣，紫荊哭了一陣，折身坐起來，淚痕縱橫的臉上怒氣沖沖，雙眼像錐子般地刺著黃毛，黃毛打了一個愣怔，手像燙著似的縮了回來。紫荊往前一探身，掄圓了胳膊，啪啪啪，連抽黃毛三個大嘴巴。黃毛捂著臉站了起來，臉色像七月的晚霞一樣變幻不止。

你們這些臭男人，沒有個好貨——嫂子，是我昏了頭，你把這事忘了吧——忘了？叫我怎能忘了你！我恨不得把心扒出來炒給你吃了，你連笑臉都不給我，你吃了我的心還嫌血腥氣，我在你眼裏不算個人，頂多是你的一件家什——嫂子，你冤死我啦——你現在還用得著我，我早就看出來啦，什麼時候你不用我啦，就把我像破笤帚疙瘩一樣扔到牆旮旯裏去啦——嫂子，老天爺做證，我黃毛可不是那種人。

四月一號晚上，連隊改善生活，包了八籠屜羊肉大包子。他出現在飯堂裏時，忽然發現戰士們和幾個排長眼神都不對，無論是黑臉上還是紅臉上都蒙上了一層怪誕的綠色，從這種荒唐的綠色中，滲出了各式各樣的笑容，先是通訊員笑了一聲，接著是衛生員笑了一聲，緊接著是哄堂大笑，一個戰士把一塊羊肉嗆進了氣管，拚命地咳嗽起來。他莫名其妙地看著戰士們，他臉上的文章像酵母一樣把笑聲的麵團發得膨脹起來。他大吼一聲：笑什麼？包子堵不住你們的嘴！值星排長捂著肚子來到他身邊，拉著他的胳膊說：指導員，你的眼睛……我的天，你的眼睛怎麼搞成這種樣子？

他摸摸眼睛，越加糊塗起來：我的眼睛怎麼啦？我連你臉上的汗毛都看得清清楚楚。

值星排長從口袋裏摸出一個小圓鏡子，遞給他說你自己照照吧。

他接過小鏡，眼看著值星排長那張白得像奶油般的面孔說：你搞的什麼鬼名堂！

飯堂裏的幹部戰士看到他們的指導員把小鏡子舉到面前，忽然怪叫一聲，好像白天見了鬼。他扔掉小鏡子，像扔掉一條毒蛇。小鏡子在飯桌上彈跳著，碰得戰士們的飯碗噹啷啷響，後來又蹦下地，在人們腳縫裏滾來滾去。戰士們全都嚇呆了，沒人再敢笑。他們的指導員轉身跑出了飯堂。在連部裏，對著連長鑲嵌在牆上的小鏡子，他發現自己臉色如紙，雙眼周圍，套著兩個非常標準的同樣大小的紫色圓圈。

通訊員端著一盆水走過來，他的臉上第一次流露出對連首長的真誠的關心表情，他說：指導員，洗臉吧。他接著，又從臉盆上抽下毛巾，浸到水中。

洗不掉的，我知道洗不掉的。

很好洗，指導員，一下就洗掉啦。

這是瘀血，水是洗不掉的。

不是瘀血是紫藥水。

通訊員撈出毛巾，對準指導員的眼眶子抹了一把，毛巾上沾滿了紫色。難道你還不信嗎？指導員？

通訊員說，是紫藥水。

你，你，是你們搞的？

通訊員和衛生員搔著脖子笑起來。

他氣得雙手發抖，什麼也沒說，就把臉浸到臉盆裏。他塗了滿臉肥皂，把一盆水洗得烏紫。

他的「窺像癖」被紫藥水治好了。他把連長的望遠鏡掛在牆上。清查工作和黏貼妻子的工作也都結束了。營裏批准了他的探家報告，就在他即將成行的時候，一件稀奇古怪的事情發生了。後來當他坐在故鄉的小河邊，面對著緩緩逝去的流水冥思苦想的時候，他認為一切都好像是命中注定，一切事情的發展，都按著早就設計好了的程式。

肖連長被選送到軍區步校進修，上級派來一個剛從軍校畢業的小夥子來代職。小夥子清秀俊雅，嘴裏鑲著一顆不銹鋼牙齒，他是個攝影愛好者，水平一般，總愛咔嚓。那天早晨，新來的連長心血來潮，想把照相機嫁接到望遠鏡上，然後給那個塑像拍一張照片。指導員很感興趣地望著他。他面前擺著螺絲刀子小扳手，鐵絲皮線蠟燭頭。他年輕的鼻子上掛著汗珠，鋼牙齜出來，嘴角抽動著。不知用了什麼方法，果真把照相機和望遠鏡連接在一起，端在手裏，很像一件新式武器。小連長把鏡頭遠遠地對準塑像時，牙痛似地哼了一聲。他回轉身，怒氣沖沖地說：指導員，你快來看，簡直是不可思議，簡直是滑稽飽和，簡直是創造奇蹟。他咔嚓咔嚓按著快門。給你，指導員，小連長把望遠鏡從照相機上摘下來，遞給他，身體退後一步，讓出了窗台。

他拿起了望遠鏡，掏出一條手絹擦了擦望遠鏡圈。太陽剛出來，湖上像燃燒著一個大火把，火把燒著她，如同燒著他的心。與他的妻子融為一體的塑像消失了。湖上立著一塊披著大紅布的白石頭。漁女或是村姑的頭從紅布中露出來，好像火爐上烤著的獻牲。那張一看到就令他心跳不止的臉在爐火的烤炙下變了模樣，變得猙獰可怖，輕佻淫蕩。這種感覺像根硬刺一樣扎在他的心臟上，使他時刻都不敢忘記。他感到怒不可遏，那塊大紅布像一帖狗皮膏藥牢牢地貼在他的感覺裏，使他的眼前不時地掠過鴉群般的暗影。小連長還在滔滔不絕地發著議論，語涉譏刺，充滿硝煙氣息。他的思緒像橡皮一樣被小連長的一個個衝擊波鼓動著，有時膨脹有時收縮，他感到自己所有的靈竅都被這塊紅布遮住了，思維能力麻木呆滯，好像陷身在紅色的淤泥裏。他搞不清楚自己為什麼對這塊紅布如此反感，即使他後來坐在故鄉小河邊冥思苦想時也沒搞清楚。

小連長罵罵咧咧地出去啦。他放下望遠鏡，把妻子那張照片拿出來一看，頓時驚愕得手腳發涼。她臉上的各種色塊全漶了，眉眼模糊成一團，原先那麼多情嫻靜的面孔竟變成一個調色碟子，那個潔白如玉的身體接在調色碟子上，產生出一種無法言喻的恐怖感。他把照片扔進抽屜，站起來，腦袋裏像裝進了一窩蜜蜂。他看到桌子和椅子全飄起來，水泥地面上爬動著成群結隊的螞蟻，月牙湖畔響起湖水般的喧嘩聲，不用望遠鏡他就看到湖邊五顏六色地站滿了人群，人們還繼續往那兒湧，還繼續往人團上焊接人，一直焊接到很遠的交通要道上，汽車被堵塞住了，排成幾條長龍，司機焦急地鳴著喇叭，整個城市都被震動了。

他煩躁不安地走進飯堂，那個一向謙恭和順的一排長正對著炊事班長大發脾氣，炊事班長把稀飯燒焦了，竹片籠屜著了火，饅頭們全都烏黑釉亮，好像優質陶瓷。

你是怎麼搞的？嗯？你的心呢？腦子呢？你這個炊事班長還想轉志願兵？轉了志願兵你會把伙房徹底炸平。一排長大聲訓斥著，炊事班長垂頭喪氣，雙手不停地撫摸著自己的大腿。

整整一天，七連彷彿在做噩夢，值勤點上那四個戰士還沒吃早飯，隔五分鐘就往連部搖一次電話，催人去換崗。值星排長說，已經派出十二個戰士去換崗，全都像石頭扔進了大海。最後，小連長親自帶隊出發。四十分鐘後，電話鈴聲響了，他拿起話筒，聽到了小連長的聲音。小連長說：指導員，我在醫院跟你通話，湖邊發生事故，好多人落水，我們的戰士們跳湖救人，耽誤了換哨。

那天晚上空氣潮濕，熄燈號吹後很長時間，他還絲毫沒有睡意，小連長打著很響的呼嚕，還不時迸出一句咬牙切齒的夢話。他翻來覆去地滾動著，想盡了各種各樣催眠的方法，但一閉上眼睛，那塊紅布就在眼前飄動，像火焰一樣灼著他的面頰。他的心裏一陣冷一陣熱，間歇性的無名惱怒折磨得他幾次想吼叫起來。最後，他把臉貼在枕頭上，強迫自己數枕頭下手錶走動的聲響。手錶機芯裏的齒輪轉動聲驚天動地，震動得他的耳膜痛，他知道，他必須要去幹那件事情了。那塊紅布，那團邪火，那帖狗皮膏藥，那根芒刺，是一切混亂現象的根本原因。他悄悄地穿衣下床，一縷月光射進窗戶，照著地板上小連長的皮鞋和拖鞋，皮鞋狀如軍艦，拖鞋形似舢舨，一起停泊在淺藍色的月光中。他紮好腰帶，挎上手槍，又從抽屜裏摸出一把鋒利的小刀子，便悄悄地出了門。營院門口的哨兵，向他行持槍注目禮，他聽到自己乾巴巴地說；我要去查哨。

很快地他便走上了那條通向湖邊也通向哨所的水泥路，路外側是一片法國梧桐，半圓的月亮在他右上方的天空上，天空是中庸的銀灰色，月光淺淺地照著，法國梧桐葉片閃爍著微弱的光芒，枝葉間不時有颯颯的響動。他走得很衝，在離塑像幾十米的時候，他便跳下水泥路，在疏密有致的樹木間穿行，他突然想起那個漂亮姑娘啃樹皮的情景和化石般的老人，但這些表象如同雷電，一閃即逝，閃電照亮了的是那塊紅布，那塊紅布忽明忽暗，但始終存在著，一刻也沒有從他的意識裏跑掉。

塑像立在離湖邊十幾米的一塊巨石上。十幾米粼粼的湖水把他和她隔離開來。月亮又升高了一些，光輝也似乎比剛才更明亮，湖水平靜如鏡，映出一個長長的朦朧的暗影。他凝望著塑像，那塊巨大的紅布在月光下是紫色的，一個青白色的頭顱浮在紫色的浪潮裏。他猛然想起了他在望遠鏡裏撫摸過無數遍的那個白玉般的身體，一股巨大的壓抑不住的衝動使他的嘴唇痙攣起來。他脫掉鞋襪，挽起褲腿走進了湖水，湖水不深，但淤泥很深，他往前走了三步，湖水便淹到了他的腹部，他慌忙把手槍摘下，高舉在頭頂，腳還在往下陷，淤泥好像脂油，直包到他的膝蓋，湖水淹到了他的胸脯，他聽到自己的心臟在水中撲通撲通地跳動，帶著重濁的水音。他困難地走動著，攪起的水花把月亮撞碎了，泛上來的淤泥散發著濃濃的腐敗氣息。爬上岩石後，烏黑的腳踩著冰冷的石頭，走一步就留下一個清晰的黑腳印。在塑像腳下，他仰起臉來，她的身體要比他高大粗壯得多，月光下她的臉上帶著凜然不可侵犯的高貴神情。他認為她之所以這樣冰冷，完全是因為這塊紅布。他試試探探地抓住紅布，布握在手裏柔弱鬆軟，彷彿使勁一捏就會從指縫裏流出來。他用力一扽，布很悶地響了一聲，但並不滑下來，他又扽又拽，甚至感覺到塑像都搖晃了，但那布還是不滑下來，僅僅是發出狗叫般的響聲。他正想爬上底座，用刀子把那布拉破的時候，水泥路上響起了腳步聲。他急忙轉到塑像背後，心像被獵狗追趕著的兔子一樣跳動著。

啪噠啪噠的腳步聲越來越近，在塑像正對著的湖邊，他聽到腳步聲停住，幾個年輕的聲音在說：為這塊破布險些鬧出人命——啼笑皆非——這可是塊猩紅色的高級天鵝絨，姑娘好福氣——不倫不類——應該給她戴上墨色眼鏡和口罩——這下我們指導員放了心啦——別提他啦——敢不敢把這塊天鵝絨偷回去做褥單——走吧，別誤了哨。

他緊貼在塑像後邊，偷眼看著他的四個戰士漸漸遠去。他知道下哨的戰士很快就要回來，不能再耽擱了。他扯著紅布，口叼著小刀子，攀上底座。他站在底座上，從口裏拿下刀子，月光下刀光一閃——其實沒等他動手，紅布就吐嚕一聲褪下去，漁女或是村姑通身頓時放出月亮一樣的光輝。他一下子驚呆了。他站在她的背後，目光正齊著那兩塊高舉物件而凸出的肩胛骨以及因此而變深了的脊溝……

從底座上下來，他用刀子把那塊天鵝絨戳上了好幾十個窟窿，在破裂的聲響中，他感到一種強烈的快感。後來，他舉著手槍和天鵝絨涉過湖水爬上岸，他用天鵝絨擦了擦腳上的淤泥，穿上鞋襪，一腳把天鵝絨踢下水，天鵝絨在水上漂著，並漸漸地散開，像一張骯髒的黃牛皮。他沿著樹縫往回走，衣服往下滴著水，鞋子裏滑膩膩的，一陣寒冷從腳下襲上來，他忍不住地打起哆嗦來。

第二天早晨，在飯堂裏，他發現了戰士們臉上那種掩飾不住的狂喜表情。炊事班長好像為了彌補昨天的過失，把稀飯熬出了水米之魂。饅頭又白又暄，拳頭大的饅頭只有一兩重。他換了一身嶄新的軍裝，皮鞋擦得鋥亮。

指導員，什麼時候走呀？一排長問他。他反問道：往哪走？一排長：探家呀！他說：再待一個星期吧，副指導員星期六回來，我把工作給他交代交代就走。

早飯後，他被市里的有關組織請了去，討論了天鵝絨被撕掉戳爛扔下湖的事。一個雍容大度的中年婦女在會上激昂慷慨地作了很長的發言。他第一次在開會的時候打起盹來，睏意像黏稠的膠水一樣從四面八方包圍著他。他看到主持會議的領導臉上流露出不滿情緒，但也無可奈何。

散會之後，他昏昏沉沉地走回部隊。一進連部，連鞋子都沒脫就倒在床上。等他醒來時，已是翌日上午九點多鐘，陽光燦爛地照著窗玻璃，一浪一浪的濃郁的丁香花的悶香撲進屋來，連空氣都變成了紫勾勾的顏色。他眯著眼躺了足有五分鐘，才猛然憶起昨天以及昨天以前的若干事情。他發現鞋子被誰脫了，身上蓋著被子，昨天泡在臉盆裏沒洗的衣服洗得乾乾淨淨疊得板板整整放在他的辦公桌上。衣服上放著一封信。他翻身下床，拿起信，信封髒得要命，沒有發信人地址。他滿腹狐疑地撕開信封，抽出一張散發著煤油味的信箋，看著看著，他的臉就變了顏色。

他在屋裏焦慮不安地走著，眼神都散了。後來，他推開窗戶，不用望遠鏡就看到，妻子赤身裸體地站在湖水中，任憑路人觀看。沉重的受辱感使他的胸脯裏充滿氣體。

聽到小連長的腳步聲，他及時地用毛巾擦了一把臉。

小皮（連長姓皮）我想借你的照相機用用——想給嫂子照相吧？——他尷尬地咧咧嘴——沒問題，我有兩架照相機，借你一架——那就謝謝啦。

他翻動著枱曆，發現五月二十一日這一天，是古曆的四月十五，是星期日，還是二十四節氣中的一節——小滿，時間是二十二時二十八分。

老太婆雖然依然看不見，但卻強烈地感覺到以往那種昏沉倦怠的生活發生了根本的變化。那隻據兒媳說是漂亮的金毛大公雞闖進了小院之後，真正的春天便開始了。大公雞每天都按著時辰啼叫，混沌成團的生活在洪亮的雞鳴聲中變得節奏分明。黃毛把公雞扔在這裏後再也沒有露面，她聽到雞叫時，一方面感到興高采烈，一方面感到憂心忡忡。公雞和母雞出窩了。她聽到公雞在窗前引頸長啼兩聲，接著便追著母雞滿院跑。老太婆聽到紫荊站在門口，專注地看著雞們嬉鬧。兒媳手裏端著一扇葫蘆瓢餵雞，瓢裏盛著玉米，兒媳抓一把玉米揚出去，玉米落地，如密集雨滴，雞群撲上來，雞吃玉米猶如颱旋風。

她問：那個黃毛怎麼不來啦？他不是要給我治眼嗎？

你別聽他胡說，哪有瞎了眼點鼻子的？

興許能好呢！老太婆充滿希望地說，偏方治大病。

那我就去跟他說說吧。紫荊乾巴巴地說。

第二天早晨，黃毛果然來啦，一進門他就高喊：瞎娘，前幾天我出去販了一趟虎皮鸚鵡，把給您治病的事忘啦。

你賺了嗎？老太婆問。

賺了兩隻鸚鵡。

賺了就好，別管多少。

是咧。黃毛回答著。他看到紫荊嘲諷地對著他笑。他說：瞎娘，從今日起，我就開始為您治病。

瞎娘就盼著能重見天日哩，哪怕一霎霎也好。

嫂子，公雞還在窩裏嗎？

在，你這個大大夫不來，俺怎麼敢放雞。你別醋溜人啦。嫂子，幫我抓雞吧。

老太婆聽到雞窩裏群雞驚叫。大公雞嗷嗷地反抗聲尖銳刺耳。

黃毛抱著公雞進了屋，公雞在他懷裏，立刻就安靜下來，又睜著那兩隻金黃色的眼睛，居高臨下地研究著人。他說：嫂子，你抱著雞。她哆嗦了一下，心裏一陣悸動，但還是伸出胳膊，把雞抱到懷裏，公雞歪著頭看著她。肉冠子憋得通紅。

抱緊，嫂子。黃毛說。他從口袋裏掏出一根四個棱的放血針和一個醬黃色的小瓶子，小瓶子裏放著酒精棉球，他用棉球把針擦了擦，一手提起雞冠子，迅即地刺了一下，公雞輕輕地哼了一聲，一滴暗紅的血從雞冠上滲出來，黃毛用一根火柴棒把雞血刮下來，雞血挑在火柴杆上，像一粒石榴籽兒。行了，嫂子，放走牠吧，黃毛說。紫荊把雞抱到院子裏，蹲下身，輕輕地放開，公雞回過頭，在她手指背上狠啄了一口，抖抖羽毛，大踏步地跑了。

黃毛說：瞎娘，把臉仰起來。老太婆順從地仰起臉，黃毛把那滴雞血滴進她的鼻孔，然後捏著她的鼻子揉了揉。好啦，瞎娘，他說著，按著老太婆的下巴，把她的頭按到原來的位置上去。

老太婆睜著兩隻明亮的眼睛望著黃毛，瞳仁裏水汪汪的，滿是夢幻的色彩。黃毛心裏顫了一下，他簡直不敢相信這雙眼睛竟然什麼也看不見。他甚至覺得老太婆這兩隻虎皮鸚鵡一般的眼睛把他內心深處的犄角旮旯全都照亮啦。他感到這兩隻眼睛深不可測，令人駭怕。瞎娘，他避開老太婆的目光，問，您有什麼感覺嗎？

老太婆正在用心體味著那滴雞血，從它熱呼呼地進入鼻孔後，她就感到全身的感覺在跟隨著這滴雞血。在仰著臉的時候，它蠕蠕運動到喉嚨，喉嚨裏和鼻孔裏都是一股子活鯽魚的腥氣。她說：熱呼呼，腥乎乎。

除了熱呼呼腥乎乎，您再沒有別的感覺嗎？黃毛小心翼翼地問。

鼻子有點酸——好，鼻子酸就要流淚——耳朵有點癢——耳道通著眼道——頭皮也有點癢。紫荊，我頭上是不是生了蝨子——這說明雞血在起作用，瞎娘，您別厭煩，我們每天堅持治療，保證讓您重見光明。

老太婆愉快地說：由著你吧，死馬當成活馬醫吧。不痛又不癢，只要你和紫荊不嫌麻煩就行啦。老太婆說著，自己先笑了。她的笑聲又尖又脆，像一個天真爛漫的小女孩。在她的笑聲中，黃毛和紫荊一起走到院子裏。站在院子裏那棵香椿樹下，黃毛難為情地說：你還生我的氣嗎？紫荊說：今年的棉花是不是要水種？黃毛不情願地回答著：要是這幾天能下一場雨，就不用水種啦，要是不下雨，怕是非要水種不可啦。不過你甭害怕，有我哩。我們在地裏掘一眼井，種棉花時耠開溝、澆上水、撒種、蓋糞、包壟，保證苗齊苗壯，無非是慢一點，累一點。紫荊很沉地看了他一眼，低低地說：那天是你自找著挨打。你不知道我心裏多麼難受。黃毛惶恐地點著頭。

雞血療法進行了一個星期，老太婆身上開始出現奇蹟。她感到渾身骨節隱隱發癢，院子裏歡騰的陽光吸引著她。這天早晨，黃毛來得比往日晚，老太婆焦急地等待著。兒媳婦在院子裏走來走去的腳步聲使她煩躁不安。她聽到那頭豬在圈裏又拚命地折騰起來——這頭豬已經養了兩年，買來時多大現在還是多大。那麼多飼料也不知餵到哪裏去了。

紫荊在院子裏輕悄悄地走著，雞還沒放，頭天晚上掃過的院子乾乾淨淨，夜露打濕了一層浮土，印下了她凌亂的腳印。每當她靠近豬圈時，豬就像狗一樣地吠叫。這頭豬體型矯健，四條腿粗壯有力，身體呈優雅的紡錘形。紫荊對這頭豬是敬而遠之。每次餵食時，牠總是用嘲弄的目光盯著她，飼料裏粗飼料稍多一點，牠就會把食槽掀翻，掀翻食槽後就在圈裏遊行示威，大吼大叫。有時候，半夜三更牠也發怒，聲音如同狼嗥，一蹦一米多高。現在牠隔著鐵柵門對紫荊發怒。紫荊手持皮鞭抽打牠。鞭梢反彈回來，把她自己的臉抽上一道血口。黃毛進來了。紫荊的兩顆淚珠明亮地滾出來。黃毛摸過一根木棒，對準豬嘴就是一棒。牠怪叫一聲，把嘴扎進泥土裏。

你怎麼才來？你幹什麼去啦？不是說好了今天打井嗎？紫荊委屈地說。

不著急哩，黃毛笑著說。今天中午我們帶著飯在地裏吃，半下午就掘出來啦，咱這地方水位高，挖上兩米就見水。

你手裏提著什麼？紫荊問。

這就是虎皮鸚鵡呀！他說著，把鳥籠子舉起來，兩隻色彩豔麗的鳥在籠子裏跳來跳去。牠們身上是黃綠黑三色相間，嘴巴像秤鉤一樣彎到毛裏去，兩隻眼睛漆黑發亮。狡黠地盯著人看。

你打算幹什麼？紫荊被這對鸚鵡迷得心神不定，模模糊糊地說，你要把牠放在這裏嗎？

黃毛用力點點頭。轉身走到房簷下，把鳥籠子掛在一個木橛子上。鸚鵡在鳥籠子裏愉快地搧動著美麗的翅膀。

他和她看著鸚鵡，忽然聽到眼前有輕微的聲音。紫荊驚叫一聲：娘，你怎麼出來啦？你的腿——老太婆在院子裏戰戰兢兢地走著，好像嬰孩學步。紫荊剛想上前去攙扶她，但馬上發現沒有這個必要，老太婆的步伐頃刻之間就變得穩健踏實，她奓煞著胳膊，在院子裏轉著圈。紫荊抱住老太婆，興奮地叫著：娘，您好啦！您的眼睛呢？眼睛也能看見了嗎？——眼睛還看不見，老太婆說，黃毛呢？給我接著治，我的眼珠子發熱，裏邊像有小蟲子在爬。

黃毛呆呆地站著，心裏說不出是高興還是害怕。他和紫荊一起把老太婆扶上炕。在虎皮鸚鵡吵架般的叫聲中，他又把兩大滴雞血滴進了老太婆的鼻孔。紫荊給老太婆蓋好腿，說：娘，我和黃毛去打井，午飯在地裏吃，您的飯熱在鍋裏，您能走啦，到時自己拿著吃就行啦。

黃毛扛著鐵鍬和拔水杆子即將走出院子時，那隻豬滿懷妒意的尖叫聲像針一樣刺著他的背。他忍無可忍地回過頭，見牠正後腿直立，兩條前腿搭在鐵柵門的橫檔上，像人一樣直立著。豬眼血紅，牙齒咬著鐵柵欄咯崩咯崩響。紫荊噭了一聲，退到黃毛身後，手使勁抓住了黃毛的背。她帶著哭腔說：這不是個豬，這是個妖怪！牠兩年沒長一錢肉，還用這樣的目光看著我，我受不了啦。黃毛，我受不了啦。

黃毛放下工具，手持早晨用過的那根木棍，慢條斯理地走到豬圈門口。他臉上帶著微微的笑容，輕蔑地看著豬，豬也輕蔑地看著他，粗大的鼻孔裏呼呼地噴著氣，喉嚨裏發出凶殘的嗜血動物的叫聲。黃毛掄起木棍，對準牠的鼻子打下去，木棒打在鐵柵欄上，斷了，指頭粗細的鋼筋被打彎成弧形，他的胳膊震得像通了電一樣麻木。豬仰倒在地，但打了一個滾就爬起來，對著鐵柵欄猛烈撞擊。柵欄搖晃著，訇然一聲倒下去，豬竄到院子裏，發瘋般地折騰著。院子裏的雞食鉢子和泔水缸全被牠踩碎撞破，不到五分鐘，遍地都留下了牠骯髒的蹄印。黃毛和紫荊手持鐵鍬和鞭子，也難以把牠重新轟進圈。牠就像馬戲團裏久經訓練的鑽圈狗一樣，優雅地，輕鬆地躲避著一下下致命的打擊。有幾次，黃毛已經把牠逼到牆角上了，但牠輕輕一躥，便從他的胳肢窩裏溜走了。牠的彈跳力那麼好，空中停留的時間足有三秒鐘，好像躍出海面的海豚。他和她氣喘吁吁，筋疲力盡，牠也口吐白沫，肚子一脹一癟地喘氣。虎皮鸚鵡喳喳地叫起來。太陽已近正午，他倆才想起打井的事。

在以後的十幾天裏，這頭豬一直在院子裏待著。牠在雞窩旁邊用鏟子般的嘴拱出了一個深深的洞做窩。黃毛和紫荊都很怕牠，根本不敢萌動把牠重新圈起來的念頭。牠一聽到他的腳步聲就從窩裏把頭探出來，喉嚨裏發出短促有力的吼聲。無論在什麼時候，只要一想到牠，他就坐立不安。後來，他突然想出了一個辦法。他從家裏帶來兩個泡了酒的饅頭，十分友好地放在了牠的面前，牠示威性地吼叫著，隨時準備從他腋下或雙腿間鑽出去，他的友好的囉囉聲穩住了牠。他把那兩個饅頭放在離牠嘴邊兩米遠的地方，便慢慢地退回到屋裏去。他躲在屋裏，從門縫裏看著牠的動靜。兩個饅頭就在牠面前，散發著濃郁的酒香，引誘得牠胃裏的酸汁一陣陣直衝喉嚨。牠到底沒能抵抗住誘惑，固然牠或許模模糊糊地意識到了這黃頭髮人的居心叵測，但那種動物的見利忘義、見餌忘命的弱點害了牠。牠吃了兩個饅頭，不一會兒就感到筋酥骨軟，醉倒在窩裏，很響的呼嚕從牠的鼻孔裏衝出來，吹動得窩邊的泥屑跳動不安。趁著這個機會，黃毛和紫荊一起跑出來，就在雞窩旁邊點燃了一把麻稈，麻稈火嗶剝作響，黃毛把一把大鐵勺子放在火上燎著，勺子裏兩塊雞蛋大小的蜂蠟嗞嗞啦啦地融化著，最後化成一勺蜂蜜一樣的汁液。黃毛一手持勺，一手把豬的右耳抖平撐開，把半勺蜂蠟灌了進去。豬哼了一聲。豬的左耳裏同樣灌進半勺蜂蠟。麻稈火滅了，牠還在沉沉大睡。黃毛和紫荊把豬抬進圈，用二號鐵絲把鐵柵欄固定在兩根粗大的木樁上——其實這完全是多餘，以後的事實證明，即使他們拆掉鐵柵門，這頭豬也不會離開圈半步。自從誤吃蒙汗饅頭被蜂蠟灌耳之後，牠就變得呆頭呆腦，眼裏原先具有的那種嘲諷目光一掃而光，換上了一種醉眼朦朧。它的行動也失去了往日的矯健，一天到晚，除了吃就是睡，體重以驚人的速度增長著。

那天上午，他和她被豬弄得六神無主，打井的事只好告吹。連續十幾天，這頭豬盤踞在雞窩門口，連給老太婆放雞血治眼的事也不能正常進行。這頭豬在院子裏的窮折騰也嚴重地影響了老太婆的情緒，所以，病情再也不見減輕。而這時，村裏家家戶戶都開始浸泡棉籽準備播種了。每到夜晚，西南風颳起來，村莊裏便瀰漫著劇毒農藥馬尿般的臊氣。連續十幾天，天空中時時刻刻都有雲團飄動，但一滴雨也不下，而且也很難看到近日內能夠下雨的徵兆。儘管去冬雨雪較大，但開春後滴水不落，持續不斷的西南風像火一樣把地殼表層的水都蒸發光了。春播必須水種似乎已成定局。土地承包之後，原先的水道和排灌機械全都煙消雲散，家家戶戶都在地裏挖井，準備用扁擔挑水播種了。

黃毛和紫荊把豬的耳朵封閉，解除了後顧之憂，打井的事當天就進行了。這天，天上的雲團比往日都多，但人們還是照舊挖井，誰也不敢指望老天下雨，縣廣播站那個公鴨嗓子女廣播員的聲音早晨在落滿灰塵的紙殼喇叭裏響起，她播講了縣氣象站的氣象預報，她說縣氣象站說今天有小到中雨，紫荊半信半疑。黃毛不屑一顧地說：聽兔子叫耽誤了種豆子。我知道，縣氣象站有四十多個人，養著一盆泥鰍，一盆蛤蟆。蛤蟆叫他們就說有小雨，泥鰍翻花他們就說有中雨，蛤蟆也叫泥鰍也翻花他們就說有小到中雨。他們四十多人加起來都不如我爹預報得準。我爹背上有塊疤，下雨之前，他背上的疤就發癢。

他倆走到地裏時，已是半上午光景，黃毛脫掉褂子，只穿一件灰不溜秋的白背心。他一身白肉，但看得出來這白肉很結實，彈性豐富，從他身上發出的那種小野獸的氣味使紫荊心裏突突亂跳。你先站到一邊歇著去吧。等我挖下去兩米，你再來舀水。黃毛說。紫荊說：我總不能閒著看吧？黃毛說：你就看吧。還沒有個女人看著我幹活哩。他深長地叫了一句嫂子。她痛苦地垂下頭。

黃毛腿長胳膊長。挖土掄鍬的動作大方舒展。他能夠左右開弓，巧妙地利用慣性。紫荊看著他幹活，在感受到幸福的時候同時感到蝕骨的痛苦。她遠遠地嗅著他那灼灼逼人的男子氣息，感到了男子漢的力量。這才是個活生生的男人，他能用偏方治大病，能販賣虎皮鸚鵡，還能治療豬的神經錯亂症。她彷彿看到他那黃毛覆蓋著的腦瓜子裏全是蜂窩一樣的格子，每個格子裏都藏著成千上萬個稀奇古怪的念頭，這些念頭既實用又有趣，按照他的念頭辦事就像藏貓貓，一點也不感到吃力。這個男人正日益深入地參加到她的生活中來，他的挺拔光潔的枝幹正誘惑著她青春的藤蘿往上攀附。這種力量執拗又瘋狂，理智的繩索捆綁不住它卻又捆綁著它。每當她的感情的浪潮猛烈地衝過來的時候，那個模模糊糊的暗影會突然異常清晰地帶著凜然的寒氣出現在她的面前。在這暗影的面前，她像中了麻藥一樣，儘管心裏恨不得倒海翻江，但手腳卻如同死去一般……

前些天她到集上去，碰到了當姑娘時的同伴雙兒。雙兒同男人一塊趕集。一個頭戴人造革皮帽子腳上穿著塑膠涼鞋的小男人騎在男人脖子上。雙兒懷裏抱著一個肉坨子一樣的女娃娃。見面後就是一大套家常話。她問：這兩個孩子都是你們的？雙兒說：是呀。她說：不是不准生二胎嗎？雙兒說：不准歸不准，生孩子歸生孩子。她說：那你們領不到獨生子女費啦。雙兒說：得了吧，別膈應人啦。一月六塊破錢，有它富不了，沒有它也窮不了。什麼年頭啦，錢毛得像大風天颳豆葉，誰還稀罕那六塊錢！告你說吧，俺這個嫚（她指指懷裏的女孩）是花兩千塊錢買來的（看著紫荊不解的神情，雙兒笑起來），不明白？罰款呀，生二胎罰款兩千元，不交錢不給落戶口，俺村裏呀，三胎四胎都有啦。轉過年，等這個娃下了地，我還要生一個，男孩女孩都不嫌，生一個賺一個，有人有世界。不就是幾千塊錢嗎？俺這個掌櫃的，騎著摩托販蝦醬，哪一個月也掙這個數（她伸出五個指頭，男人責備地瞪了她一眼）。你瞪什麼眼？紫荊姊又不是外人！（男人笨拙地笑起來）紫荊姊，你還空著懷？我說你呀，犯得哪門子傻！快生吧，女人要是二十五歲不生頭胎，往後出生的孩子，不是豁唇就是毛孩。李戈莊一個老姑娘三十二歲生頭胎，生出來孩子一看，天呀，兩頭一條腿！把醫生都嚇暈啦。姊姊，你們為什麼還不生？噢（她恍然大悟），你是軍官太太，覺悟高呀，不能跟我們這些莊戶老婆比呀（快走吧，囉嗦起來就沒完，男人說）。你著什麼急，俺姊妹好幾年不見啦，想多說幾句呢。（紫荊提著一罐蝦醬）雙兒說，紫荊姊，你提這罐蝦醬，沒準就是俺老頭子從北海販來的。（雙兒把嘴附到紫荊耳邊）紫荊姊，往後你千萬別到集上來買蝦醬，集上賣的蝦醬，摻鹽加水，騙人騙狠啦（走吧，男人惱怒地說）。走啦，紫荊姊，（雙兒拍著女孩的屁股說）叫大姨（女孩嗚嚕著，嘴裏含著一根粉紅色的指頭）。她提著那罐摻鹽加水的蝦醬，望著雙兒一家消融在熙熙攘攘的人流裏。

她不知道自己為什麼要想了一大篇雙兒的事。在她想著的時候，黃毛的身體漸漸下沉。猶如太陽慢慢落山，後來只剩下一片金黃的顏色，又後來連那片金黃的顏色也消逝了，只有一方一方豆腐塊般的泥土，從地平線下飛上來。

嫂子！她聽到他甕聲甕氣地喊。嫂子！他又喊。她惶恐不安地站起來，扯扯衣服下襬，一步步往前走。她聽到他的聲音是從地底下傳來的，她看不見他，翻上來的褐、黑、白三色泥土築起一圈土堰。向前走著，她感到正在一步步走向深淵。他繼續呼喚著她，呼喚聲牽拉著她往前走，她終於站在黃毛挖成的長方形大坑邊緣上往下看。黃毛也仰著面孔看她。她看到他生動的臉上滿是汗水，黃頭髮一綹綹地黏在額上。他那顆結實的喉結在繃緊的頸部肌膚之間明顯地凸著，他的破背心也脫了，赤裸的背上流動著汗水的小溪，雪白的肌膚上濺上一層褐色的泥點。他赤著腳，已經站在水裏。井裏的水是渾的，幾個指頭粗細的泉眼在渾水中明亮地噴著。他親切地看著她說：能行嗎？她說：行。她叉開腿站在他的面前，把頂端綁著水桶的杆子伸到水裏，一按杆，桶翻倒，裝滿水，提上來，傾倒，渾水涮涮地滲進乾燥的泥土裏，連點痕跡也不留。她面無表情地說：這地呀，乾壞了。黃毛深情地注視著她說：我來澆！

她也是一把勞動的好手。黃毛站在井裏，感動地看著她迅速準確地把一桶桶渾水提上去，看著她結實的腰肢在扭動，乳房在跳動，彷彿進入了夢境，她戽開了水，他往上挖泥。她在上邊喘著粗氣，也用夢一般的目光注視著他。後來，黃毛一鍬掏出了一個雞蛋粗的泉眼，水噴起兩拃多高。她伸下撥水杆子把他拽上來。他的腿凍得通紅，渾身上下沒有一塊乾地方。她說：我們都是傻瓜，我們幹麼要打這麼深的井？他傻乎乎地對著她笑著，渾身打著哆嗦，說：井深水才旺。她的心被他的笑容刺得很痛。她掏出一條手絹給他擦背，她的手在哆嗦，他的身體在她手下哆嗦得更厲害。

今晚上你在俺家吃飯。她說。

他們並肩回村時，天空布滿烏雲，夕陽淹在雲海裏，染出血樣的波濤。東北邊天際上，卻嘩啦啦地抖動著血紅色的閃電。

不久，面對著人民法院那個和藹的法官，黃毛如實地訴說了這個夜晚的經過，連一個細節也沒漏掉。後來，人們把他送到不知什麼地方去，他躺在一張窄窄的床上，翻來覆去地睡不著。他一點也不難過、一點也不後悔，他翻來覆去地咀嚼著逝去的甜蜜歲月……

那天他和她走進家門時，房子裏已是漆黑一團，烏雲壓得很低，如同煙霧翻滾，可以用手觸摸。豬在圈裏安靜地睡覺，虎皮鸚鵡在簷下睜著眼站著，大公雞率領一群母雞，不知發了什麼魔症，全都不進窩睡覺，飛到院牆上，排成一隊蹲著。紫荊點上兩盞燈。一盞在老太婆屋裏，照著黃毛激動不安的臉；一盞在堂屋裏，照著她洗韭菜切臘肉。天氣陰鬱，被褥返潮，老太太心情不好，嘴裏發出歎氣聲。紫荊說：你給你瞎娘說說話解悶，我剁餡包餃子，一會就好，你們別急。

在紫荊叮叮咚咚的剁餡聲中，黃毛把疲乏的身體倚在牆壁上，天南海北地給老太婆講開了。瞎娘，你聽沒聽說過，王戈莊有一個女人清晨起來打水，突然看到井裏有一朵蒲團大的紅荷花，紅荷花托著一個又白又胖的娃娃，女人被迷了本性，一頭栽下去，淹死啦——荷花娃娃是勾死鬼變的。老太婆說——有一天下大雨，八個泥瓦匠跑到一座破廟裏去避雨，那個雷呀，閃呀，連了片，成了蛋，火球在廟門前滾來滾去，廟裏的人都嚇得沒了魂。其中一個說，我們八個人中，不知誰辦過昧心事，不能讓一粒耗子屎壞了一鍋粥，誰有罪誰就出去。可是誰肯出去呢？於是你推我，我推你，混成一團，糾纏不清。

又一個人說，這樣吧，大夥兒都摘下斗笠來，從廟門往外扔，誰的斗笠被風颳出去，誰就出去受死。有一個人大著膽子拉開廟門，風呀雨呀呼啦啦地撲進來。大家輪流著往外扔斗笠，扔一個颳回一個，一直扔了七個，全都颳回來。只剩下一個人啦，他戰戰兢兢地拿起斗笠往外一扔，一陣邪風把斗笠捲跑了，那七個人說，說是你啦，出去吧。他哪裏肯出？七個人不由分說，抬起來就把他扔出去啦——怎麼樣呢？這個人給劈死了沒有？——瞎娘，你聽我說。那個人被扔出去後，跪在地上。磕頭如搗蒜，禱告著，老天呀，老天，您可不能冤枉好人啊！他正禱告著，聽到身後呼隆一聲響，那座破廟整個兒坍了，四面牆往裏倒，屋頂往下壓，七個人一個也沒逃出去，包了一個人餡大餃子——哎喲，竟會有這等事！老太婆連聲感歎著。陰鬱天氣帶給她的不快全都消失了。正當她興致勃勃地聽著黃毛講下一個故事時，紫荊把熱氣騰騰的餃子端上來了。老太太餘興未消，說好了讓黃毛吃過飯後接著給她講。紫荊端過一碗海蜇皮，一碟松花蛋，對著黃毛噘了噘嘴說：後窗洞裏有瓶酒。你喝兩口吧，解解乏。老太婆說：喝點吧，出了一天力。黃毛拿過酒來，咬開瓶蓋，連喝了三大口，酒勁很快上來，他的臉上泛出桃花般的豔紅。紫荊從他手裏把酒瓶奪過來，咕咚灌進一口，眼淚頓時盈了眶。黃毛的臉飄浮在裊裊的白色蒸氣裏，像個幻影一樣忽遠忽近。

吃過飯後，院子裏的水桶叮叮咚咚地響起來，樹枝和瓦簷都響起來。三個人都不敢出聲。還是老太婆說：下雨啦，紫荊去蓋上鹹菜缸，落進了雨水會生蛆。紫荊說：蓋好啦。黃毛說：這下不用水種棉花啦。今日白打了一口井。紫荊說；你先別高興，還不知道能不能下大呢。黃毛說：已經下大啦。你聽，已經下大啦。

在淅淅瀝瀝的雨聲中，老太太的情緒更好了，她催黃毛繼續講那些奇聞軼事。紫荊也用目光鼓勵著他，於是他就說：瞎娘，前屯一頭牛生了兩個犢，一頭五條腿，一頭三條腿，家主是個老頭，心裏難受得要命，兒子卻高興極了。他說，爹，你還難受，咱爺們的財運來了。他把牛趕到集上，賣票讓人看，一年就成了萬元戶。東北有一頭牛，天天跟老虎打架……黃毛講著，老太太打起了鼾。雨還在下，窗口吹進來一陣風，把兩盞燈全颳滅了。紫荊走出婆婆的房子，黃毛緊跟著。站在堂屋門口，望著灰白的雨夜，聽著成片的風聲雨聲，兩人都不說話。漸漸地，暗夜已經遮不住他們的眼睛，彼此都看著對方朦朧的面孔，彼此能聽到心跳聲。撩人的雨聲一陣密似一陣，從雨裏穿過來的風灌進堂屋，涼颼颼的，挾帶著很遠的田野裏的泥土味。她抱住膀子，他也抱住膀子，都感到對方像爐火一樣暖烘烘的，他們都想往前跨一步，但中間一個陰森森的暗影擋住了他們。他的心緊張得像要裂了，她的心痛得像要碎了。她哽咽著說：你走吧——要我走嗎——你走吧——我不走，我不願走……他猛撲過去，緊緊地摟住她，把她的骨節勒得格巴格巴響。她用力把他推開。他搖搖晃晃地朝外走，她跟在後邊送他。冰冷的雨點抽打著他和她裸露的肌膚，使他和她都感到徹骨的寒冷。在院門口，小小的門樓遮住了雨。這個門樓是這樣的小，亂紛紛的雨箭抽不著他們的上半身，卻把他們的下衣抽打得啪啪響。門口那株垂柳纖瘦的枝條不停地顫抖，冷滯的空氣也簌簌顫抖。無邊無際的紫雲在天地之間浮動著，到處都是令人心癢難挨的祕密。院牆上傳來一陣吱吱的呻吟聲，那一隊雞還蹲在院牆上，一動也不動。紫荊泣不成聲地說：黃毛，這道門檻，我邁不過去啦……她猛地關上門。淚珠密集地湧出來。她手扶著門站著。她知道他也在門外站著。她非常後悔，她覺得通向幸福的大門被關住了。她想：黃毛，你推開門進來吧……雨聲越加響亮和稠密，雞的呻吟聲變成了低低的哀鳴。她感到自己的心在一剎那間猝然破碎了，一種末日來臨的感覺攫住了她。她不知道是自己拉開了門還是他推開了門，兩個灼熱的胸膛緊貼在一起，他把她抱起來，她把臉伏在他的頸窩裏，貪婪地咬著他，聞著他身上那種熱烘烘的、在陰雨天氣越加濃重的熟羊皮味道。

四月十五這天夜裏，一輪巨大的月亮高掛在白花花的天空中，天上所有的星星都黯淡無光，若隱若現，明亮的月亮簡直像一個爽朗的太陽。地上所有樹木的影子都很淺，幾乎難以辨認。老太婆聽到簷子下籠子裏那兩隻鸚鵡發瘋般地噪叫著，燕子和蝙蝠在空中結伴飛翔。梨花開遍枝頭，蜜蜂傾巢出動，忙忙碌碌採集花粉。大公雞帶頭衝撞堵窩的木板，撞開一條縫，牠鑽出來，母雞們也跟著鑽出來。牠們在院子裏轉了一圈，便一齊飛上院牆，在牆頭上蹲起來。

連日來，黃毛給老太婆講了上百個稀奇古怪的故事，使她的心情特別舒暢。她甚至覺得這段生活比瞎眼前還愉快。她經常聽到兒媳婦歡喜的大笑，兒媳高興她也高興，但她聽出兒媳的笑聲裏有一種微妙的嘈雜之音，這聲音使她感到隱隱不安，但自從黃毛來走動之後，畢竟是歡樂的氣氛籠罩了這個陰沉沉的家庭。現在，她每天都在院子裏曬太陽、走動，對院子裏熟悉到了不需要眼睛的程度，當她在院子裏活動時，誰也看不出她是一個瞎子。

過分明澈的月光打亂了飛禽和昆蟲的生物鐘，也使老太婆保持了很長時間的愉快情緒遭到了破壞。這一夜裏，她看不到月亮，她感覺到了月亮，她覺得一輪紅月亮掛在兒媳婦的臉上，又大又圓。她又失眠了。這一夜裏，她聽到的聲音使她在以後的殘年裏經常像閃電般憶起，每每憶起這一夜裏發生的事，她就感覺到炙人的火焰飛快地齧咬著她生命的蠟燭頭。

黃毛是在掛鐘敲打九響的時候走的。她聽到紫荊出去送黃毛，大門開了又關上。開門聲和關門聲都帶著一種鬼鬼祟祟的雜音。她聽到紫荊回來了，紫荊好像故意跺著腳走路，極不自然地咳嗽著，好像要掩飾什麼似的。多年前的經驗被現在的生活突然照亮了，她驚懼地幾乎要背過氣去。在一陣急遽地顫抖之後，她終於平靜下來，悲哀壓倒了驚懼，老年人那種超然的生活態度使她平息了心中的波瀾。她想盡力地睡去，但越強制自己，耳朵就越靈敏，兒媳房中各種細微的聲響都一無遺漏地被她聽到了。她想欺騙自己也不行了，這件事情終於不可避免地發生了。她的手指又痙攣地撫摸起龍鳳圖案。她竭力想回憶起兒子的模樣，但怎麼也想不起來，兒子留給她的回憶是一團髒石灰一樣的影子，就連這團影子，也總是和那黃頭髮的孩子重疊在一起……

後來，有一團橘黃色的雲不知從哪兒冒出來，在無邊無際的空中追趕著月亮。那團黃雲毛茸茸的，形狀像隻長毛獅子狗。月亮不時被獅子狗吞沒，又不時從牠肚子裏鑽出來。這種殘酷的遊戲一直延續了兩個多小時，那天晚上出來走動的人都有幸看到了這場只有童話中才能出現的好戲，如果想像力豐富，完全可以聽到狗吞月亮時那種野性的咆哮和月亮匆匆逃跑的喘息，還可以看到幽藍的狗眼和鮮紅的狗舌，狗嘴裏的涎水像玻璃纖維一樣在空中飄舞。

狗狀烏雲和月亮搏鬥著，天地間時而明朗如寒冰，時而晦暗如濃蔭，開曠的原野和狹窄的土路，挺拔的樹木和瑟縮的小草，都在這場搏鬥中變幻形狀和顏色；萬物靈長和鱗芥小蟲，都能感覺到這變幻的世界。

他在那條鄉鎮通往村莊的土路上急匆匆地走著，暖洋洋的熱風送來小麥花的淡雅香氣。路旁的樹木枝條不時地拂動著他的腦袋與肩頭。月亮鑽出來時，他看到頭上的樹枝在幽冥中閃著銀子一樣的光芒，昆蟲在枝條上啼叫不休；月亮隱進雲裏時，灰色的道路變成深褐色，樹木懵懂似巨人，猙獰如怪獸，蟲子的叫聲也因天氣灰暗而變得陰沉凝滯。若干天後，他曾寫過一份很長的交代材料，在這份材料的一節裏，他寫了這一天的經歷。

我是下午三點鐘在鄉鎮汽車站下車的。這次回來，我進行了周密的計畫。我穿著便裝，戴著墨鏡，提著一個皮包。鄉鎮離我們村莊有十二華里路程，為了避人耳目，我不能在白天進村。我躲進鎮西頭一家小酒館裏。酒館臨著大街，街對面是一家掛馬掌的鋪子。一個肌肉發達的小夥子光著膀子，穿著褲頭，腰間圍著一塊破破爛爛的藍布，左臂攬著一條馬後腿，右臂操著一柄明晃晃的鏟狀馬蹄刀，非常迅疾地切削著馬蹄。一個面孔紅紅的老頭子，站在旁邊，用挑剔的目光看著小夥子。馬掌鋪的東邊是一家鐵匠鋪。西邊是一家修車鋪。買賣好像都很好。我走進小店，掌櫃的立即起來迎接我，這是個三十多歲的婦女，身體粗壯，四方大臉盤，說話高聲大嗓，熱情逼人。我要了一碟花生米，要了一碟雞脖子，要了一瓶葡萄酒，選了一個靠窗的位子坐下。小酒店裏總共有二十幾個位子，除了我之外，還有兩個花白鬍子的老頭坐在那兒喝閒酒。女掌櫃站在櫃枱裏，手拿著一個油膩的魔方翻來覆去的轉。我透過墨鏡發現她不時把目光投到我身上。我穿著黑衣黑鞋，黑皮包黑墨鏡，從頭黑到腳，難免有幾分怪誕。女掌櫃看著我時，胖臉上的肌肉在微微抽搐。我索性不去管她，枯燥無味地嚼著雞脖子，把目光投到街上去。小馬蹄匠旋風般的手腳令我驚歎不已。他的光背上汗水淋漓，肌肉像一隻隻小老鼠嗞溜溜地跑動。街上不時滑過一兩個熟悉的面孔，全都是神色冷漠，急匆匆趕路。他們根本想不到會有一個往日的熟人正透過髒乎乎的玻璃窗觀察著他們。一隻猖獗的蒼蠅在客堂裏飛行著，嗡叫聲刺耳，蒼蠅尋找著光明想衝出去，但一次次都被玻璃擋回來，最後一次，撞得暈頭轉向，跌落在窗台上，肚子朝天飛速旋轉，發出哭一樣的叫聲。對此，女掌櫃和兩個老頭子無動於衷，不視不見。我幾次想起身去把蒼蠅捻死，但稍一動作，女掌櫃的目光便像閃電般地亮起來。我對她這種目光非常反感，帶著報復的心理，我掄起筷子，把蒼蠅打成好幾段。我把沾著蒼蠅血肉的筷子猛擲在桌子上，手插進口袋裏，狠狠地盯著女掌櫃。女掌櫃的大臉立刻就變得煞白。她扔下魔方，拿起抹布走過來。她弄走死蒼蠅和髒筷子，又送過一雙筷子來，連聲道歉道：同志，咱這店條件差，請您多包涵著點，俺一個婦道人家，初次挑著門面做生意，年紀輕，諳事淺，全仗著黨的好政策撐腰和上級領導的關懷。她說著，那雙眼卻緊緊盯著我那只插進衣袋裏的手，好像我的手裏握著一枚炸彈似的。她說：您是從縣裏下來的吧？咱店裏有政府發的營業執照和衛生合格證，憑著良心做買賣，不坑人騙人，您多來幾次就知道啦。我掏出手絹擦擦嘴說：我是從省城來的。她的神色立即緩和了，問我：您還要點別的嗎？我說不要，她就款款地走了，走回到櫃枱裏繼續轉動她的魔方。

我在小酒館裏一直坐到暮色蒼茫。兩個老頭子走了，街上行人漸漸稀少，修車鋪和馬掌鋪收了攤，鐵匠爐不打鐵卻在炒菜，一股新鮮蒜苔炒豬肉的香味直撲進小店裏來。女掌櫃噘著嘴看著我，好像有話要說。我站起來，走到櫃枱前，說：算帳。她說：塊兒八毛的，算啦吧。我把一張大概是五元的票子扔在櫃枱上，抽身便走了。

在路上我故意走得很慢，十里路磨蹭了兩個小時，走到村頭時，抬腕看錶，已是九點多鐘。我走進一塊麥田，坐下來。麥子長得很好，麥穗兒又長又大，地上落著一層白茫茫的小麥花。我拽著兩根麥芒撕下兩顆麥粒，用牙齒把麥粒從糠皮中擠出來，麥粒很軟，像飴糖一樣香甜。節氣剛剛是小滿。這是成熟的前夕，收穫的季節就要到了，我選擇了這樣一個時機回家確實很巧妙，我知道假如我明天碰到村裏人，他們會說：天球，胖了呀！是回來幫紫荊收割麥子的吧？但我不是回來收割什麼麥子的。我是回來收割煩惱和污穢的。什麼事情只要開始幹，必然有結果。我是要使這件事情有結果的，這結果早就在我的腦子裏出現過，我牢牢地掌握著它，它是我網裏的魚，是脫逃不了的。

我在麥田裏吸了兩支菸，十點整，我拉開皮包，把照相機上好膠捲，掛在脖子上，把一支安了新電池的電筒裝進口袋。選擇了一個標誌，藏好黑皮包，便躡手躡腳潛進村莊。那團黃色的狗狀雲好像為了配合我，又一口把月亮吞掉了。月亮射穿狗肚皮，透出暗淡的黃光，天地萬物都變得瘋狂神祕。一排排尖脊草屋，一棵棵高樹或低樹，楊樹柳樹或者槐樹，槐花在漸漸滲透出來的朦朧月色下，像一群白蛾在翩翩地飛動。槐花的悶香像海水一樣瀰漫著，我感到透不過氣來啦……

風吹來，把香氣吹成帶狀。他是沿著村後的小路走的，他不願走大街。他穿行在香氣瀰漫的樹林裏，看到風動樹枝時，白花花的花瓣像雪花一樣沾著淺藍的月光飄落下來。槐花有的正在盛開，有的正在凋落，香氣來自盛開的花朵，凋謝的花朵發出的是無可奈何的枯萎氣息。樹下有兩團黑乎乎的東西在翻滾。月光猛烈地瀉下來，他看清是兩條狗在嬉耍，一陣不可名狀的憤怒使他彎下腰，摸起一塊坷垃，對著兩條狗打過去，狗悲慘地叫著，拖拖拉拉地跳到樹的暗影裏。

站在家門口時，他感到腦海裏是一片荒漠般的寧靜。小小的門樓，低矮的土牆，寒傖的草屋，全都依然如故。他不敢想像在這個小院裏能發生那種事情。他的手幾乎要舉起來敲打門板，讓自己的妻子來開門，然後他堂堂正正地登堂入室，但他的手抬不起來。他明知跳牆入院是深刻的諷刺，但還是要跳。他寧願一切都是假的，一切都沒有發生。如果是那樣，他就要跑到村頭，找到皮包，返回縣城，買上盡可能多的禮物，像一個孝順兒子多情丈夫一樣，正大光明地走進院子。眼下，他只能跳牆頭，像鼠竊狗偷，像山貓野獸。令他驚惶不安的是蹲在牆頭上那一隊雞。雞們一律頭衝外尾衝裏，當頭是一隻大公雞，羽毛燦燦地反射著月光，牠歪著頭，用挑戰的目光看著他。他尋找著雞隊的空隙想翻牆入院，可是雞隊在公雞的指揮下，在院牆上急速運動著，使他無法伸手上牆。他怒氣上沖，瞅準空子，一把攥住公雞脖子，用力一擰，雞脖子很脆地響了一聲。他一鬆手，公雞頭朝下栽在地上，兩條腿蹬著，翅膀撲稜著，轉了幾個圈，就一動不動了。母雞們膽怯地擠成一堆，再也不敢搗亂。他攀住牆頭，縱身跳進院子。他悄悄地向窗口靠近，簷下的虎皮鸚鵡唧唧嘎嘎地噪叫著。他踮起腳尖，摘下籠子，伸進手去，捏住一隻鸚鵡，用力一擠，那鳥兒的內臟全破裂了。他又攥住了另一隻鳥兒，鳥兒的心臟在他手裏可憐地跳動著，他的手脖子有點發軟，但還是用手把鳥兒捏死了。他屏住呼吸，走到那個熟識的窗戶前站定。窗紙被瑩瑩的月光照得像死人面孔一樣慘白。在很長的時間裏，他衝動得站立不穩，耳朵裏嗡嗡響，什麼也聽不見。猛烈的心跳聲和喘息聲連他自己都感到害怕。他咬住嘴唇，感到一股熱血順著牙縫滲進嘴裏。他終於穩住了自己，用舌尖在窗紙上慢慢舔出一個二分硬幣那麼大的洞。他把一隻眼睛貼在破洞上往屋裏看，屋裏的一切都是模糊的，什麼也看不清。他堅持著，堅持著，終於適應了屋裏的黑暗。他辨別清了懸在牆上的大鏡子和掛在牆上的鐘錶，看清了屋裏的箱、櫃、櫥桌，還有那條磨得溜光的紅木炕沿。掛鐘突然發了瘋，噹噹噹連響十二聲，嚇得他心臟緊縮。這時，他聽到了一個女人和一個男人的低語聲。他像野獸般呻吟著，他感到心臟像開花炸彈一樣迸然炸開，他依稀聽到自己胸膛裏發出一聲乾巴巴的嚎叫，格子木窗在一陣瘋狂的打擊下全部斷裂，窗戶像牆壁上豁開的一個大嘴。他沒有跳進屋去，他就那麼把踞著窗戶，撳亮了手電筒，月光和手電筒光一齊闖進屋去，光柱罩住了兩個年輕的軀體……

你們……你們幹的好事……他說，他的頭顫抖著，嘴唇哆嗦不聽使喚。

是你？紫荊捂著眼，遮掩著刺目的電光。

天球大哥，黃毛雙膝跪在炕上，哀求著，天球哥，饒了我們吧……

沒有他的事，是我招他來的。紫荊說。

你們這兩隻狗！他看著他的璀璨的黃髮和她光滑的黑髮，大聲罵。

天球大哥，既然你不喜歡紫荊嫂子，就成全了我們吧。瞎娘就是我的親娘，我一定把她老人家侍奉好，你無牽無掛地去闖世界……

放屁！他怒罵著。在手電筒光下，紫荊赤裸著的豐腴肉體更激起他滿腔怒火。他把手電筒固定在窗台上，舉起照相機，把一個膠捲全拍完。閃光燈噼啪閃著藍色的電火，照得他像春天裏的麥苗一樣碧綠。他跳上炕，狠狠地踢了黃毛一腳，喊道：滾你的！

他點亮油燈，把電筒熄掉，坐在凳子上，點燃了一支菸，月光一無遮攔地瀉進來，油燈火苗兒鬼火一樣跳動著，紫荊背對著他跪著，平靜安詳。

你說：是怎麼和他勾搭上的？從什麼時候開始？你聾啦？啞啦？

任憑他怎麼吼叫，紫荊一聲也不吭，他扳著她的肩頭轉過她的面來。那麻木冷漠猶如塑像的面孔使他悶得好像要窒息。他把菸頭按到她的胸膛上，聽著菸頭燒灼皮膚的欻啦聲，他覺得自己已經瘋了。

你說不說？

她眼裏湧出成串的淚珠。她撲在炕上，身體扭動著，像剛釣上水的銀鰻魚。銀色的月光塗了她一身，那麼白，那麼亮，那麼光滑。勝過那尊塑像一萬倍。他俯身把妻子抱住，說：紫荊，我原諒你，只要你改正錯誤，我會好好愛你。在他的撫摸下，紫荊的身體像離水多時的銀鰻魚一樣，漸漸地僵硬了。

老太婆在房子裏低低地嗚咽著。

這個皎潔的夜晚像一塊巨大的烙鐵，在老太婆心頭烙下了一塊傷。這塊傷在她剩餘的歲月裏一直沒有痊癒。她不敢回憶，卻偏偏要回憶，就像俗語所說的「牙痛長，腿痛短」一樣，十件愉快事一年就會忘記，一件傷心事一輩子難以忘卻。那天晚上，她嗚嗚咽咽地哭著，聽到兒子走過來叫娘。她說：球呀，你媳婦沒有錯，黃毛也沒有錯，錯都是我的，都是因為我這個老不死的拖累你們了。

兒子在家裏住了兩個月。黃毛再也不見蹤影，公雞死了，虎皮鸚鵡也死了，院子裏死氣沉沉，只有兒子在院子裏踱步的踢踏聲。雞血療法不得不停止了，老太婆的下肢又麻木不仁，不能行走了。她的目光日益混濁，聽力也一天不如一天，兒子歸隊時，撕裂嗓子跟她道別，她像牆壁一樣坐著，連一點反應都沒有。

第二年，第一樹桃花猝然開放那天，老太婆清晨起來就讓紫荊給她梳頭洗臉。紫荊侍奉著她，她笑了一聲，就咕咕嚕嚕地說起囈語來，若干年前的事情她還記得非常清楚。她說十八歲時被賣給一個五十多歲的布販子，布販子經常打她，折磨得她遍體傷痕。不久，布販子的侄子像從天上掉下來一樣突然出現在她的生活中。這個侄兒比她小一歲，是一個高高大大的小夥子，性格很靦腆，叫一聲嬸嬸，他臉紅她也臉紅。那年冬天，老頭子出遠門販布，侄兒帶著她跑啦。跑到這個土地寬闊人煙稀少的地方……老太婆的話把紫荊嚇得遍體流汗，她大聲叫著：娘，你醒醒，別說胡話了。

老太婆又笑起來，眼裏放出珍珠般的虹彩，她說：好啦，不說了。你把我抱出去吧，抱我去見見太陽。

紫荊在院子裏放了一個大笸籮，笸籮裏鋪上被子，她把婆婆像嬰兒一樣放進去。陽光照著老太婆千皺百褶的臉，老太太微笑著，好像入睡一樣，紫荊喊她她也不應聲。正午時分，柳絮像雪花一樣飄落下來，老太婆身上落滿了白雪……

他回家為母親辦喪事，順便發現妻子挺起了肚子。於是他拍電報續假。紫荊什麼也不對他說。他心裏疑慮不安，屢次去醫院請教醫生，醫生每次都很客氣地接待他。他跑進縣城，為紫荊買來衣服和補品，紫荊好像沒看見。婆婆死了，她感到更加孤單，婆婆臨死前的獨白使她驚心動魄。這個轉著圈討好的男人使她反感透了，聽了婆婆臨終一席話，她心裏那種犯罪感消失得乾乾淨淨。現在，當他用泥鰍般的手指撫摸她時，她往往厭惡得想嘔吐。

妻子的冷漠態度使他非常煩惱，連續十幾天，他一直躲在母親房裏看書，但字裏行間往往出神出鬼，攪得他心驚肉跳。他盼望嬰兒早日出生，嬰兒也許會成為溝通感情的橋樑。他對妻子的冷漠採取忍讓態度。有一次他曾試圖解釋，他說：紫荊，逮捕他我也不願意，可你要知道，王子犯法，一律同罪，法律是神聖不可侵犯的。沒等他說完，紫荊就把一個碗扔在地上，在瓦片的破碎聲中，他感到火冒三丈，但瞥見她那大肚子，他又連忙裝出笑臉，把瓦片拾出去扔到雞窩上。

這天傍晚，他正在院子裏瞅著香椿樹紫紅的嫩葉發呆，忽聽到紫荊發出壓抑不住的痛苦呻吟，他急忙衝進屋去，看到她正彎腰收拾著包袱，豆大的汗珠掛了滿臉。

公社衛生院就在他的村前三里遠的原野上，他匆匆忙忙找來一輛平板車，想把妻子拖到醫院去。紫荊堅決不坐車，她咬著牙，挺直腰，一步步往醫院挨，他拖著車跟在後邊，一副狼狽像。

公社衛生院只有十幾間房子，房子是東西方向，在最西頭，靠近廁所那個門口，掛著與婦女嬰兒有關的四塊白牌子。當他和妻子走進房子時，一個嬰兒正在布幔後邊呱呱地叫著，一個護士模樣的人穿著沾著血跡的衣服出來找剪刀。見到穿軍裝的他，她把沾滿鮮血的的雙手一揮，怒沖沖地說：男人出去。他只好退回去，房子裏還坐著兩個大肚子婦女，一個個咬牙瞪眼，驚恐不安。他確實是在退出房間那一霎真情地抓著紫荊的手，那兩個大肚子婦女驚恐不安的臉上表現出婦女特有的那種對恩愛夫妻的敬慕表情。紫荊掙脫手，背過臉，說：你走吧，走吧。

他無可奈何地退出這個偉大又殘酷的房間，在醫院前崎嶇不平的空地上徘徊。天黑了，又是一輪巨大的月亮低低地升起來，這月亮似曾相識，面對明月，他思緒紛紜。這時，路上飛奔來一輛馬拉的雙輪車，一個小夥子啪啪地鳴著鞭，催著馬，馬車停在那間房子門口。很快，一個頭頂棉被的婦女上了車，車上響起了嬰兒的哭聲。小夥子用手挽著馬嚼鐵，小心翼翼地，像拉著一車玻璃器皿。

一個陌生的聲音在他身後說：到屋裏來吧，到屋裏來吸菸。他回過頭，看到一個三十歲出頭的憨厚漢子站在門診室門口對他說話。漢子臉上的坦誠表情使他很感動，他順從地走進門診室。屋裏沒有醫生也沒有病人，連他是三個男子漢。憨厚漢子掏出菸給他，他接了。憨厚的漢子又把菸遞給那個蹲在椅子上的非常年輕的小夥子。他懷疑地看著小夥子生著一層柔軟茸毛的黃嘴巴，問：你也是——是，小夥子說，老婆生孩子，生孩子也要排隊挨號哩。他的話語中，透出一股強烈的當家做主的大男子漢的味道。他推開憨厚漢子遞過來的紙菸，說：這菸沒勁，不過癮，我還是抽這個。他從口袋裏掏出一個油膩發亮的菸荷包和一支假玉嘴湘妃竹竿的銅鍋菸袋，老練地吸起來。

他被這個小大人強烈地吸引住了，他專注地看著他，總感到這是一個假冒大人的惡作劇的頑童。門外傳來叫聲：陳老三，快點，你老婆生啦。這個一本正經的小大人收拾起菸荷包，不緊不慢地往外走。

他更沒想到這個小毛孩子竟叫「陳老三」，他感到這個小小陳老三身上隱藏著一種無法形容的氣質。他跟出去，看到陳老三把停在路邊的小馬車趕過來，熟練地吆著馬，掉轉了車頭，把鞭子插在後鞦上，提著一床被子進了那間屋。陳老三把被子包著的女人像搬麻袋一樣搬出來，粗手粗腳地扔在車上；又進去一趟，抱出了嬰兒。他聽到陳老三對車上的女人說：哎，接著娃娃，你挺起來，別出這個熊樣，人都是自己嬌慣自己，你看到馬下駒子牛下犢子了嗎？坐好，走嘍。車過門診室，陳老三對著他招招手，說：大哥，明年老婆生娃時再見。

半夜時分，憨厚漢子的老婆也生了。門診室裏只剩下他一個人。他在屋裏再也坐不住，便走出去，在房子前來回走動。月亮升到中天，四周寂然無聲。突然，紫荊撕肝裂膽般的哭叫聲從屋裏傳出來，他站在門口，雙手扶著冰冷的門框，全身上下有涼透了的感覺。紫荊的哭叫聲越來越高，他的淚水不知不覺流到腮上。他用力推門，門是插上的，他恍然覺得這不是間產房而是間屠宰房，他的妻子正被人宰殺著，發出那種垂死前的掙扎聲。後來，嘶叫聲變成有氣無力的呻吟，他心裏鬆了一口氣，他聚起全部的精神等待著那一聲聖潔的兒啼。但是沒有兒啼，屋裏傳出女人的低語聲——五百嗎——一千吧——紫荊，你是想要個死孩子呢，還是想要個活孩子？孩子已經窒息了，還有半小時，你好好配合，生他出來，我還能救活他，要是超過半小時，就沒希望了——讓她丈夫進來嗎？——不，不，不要他進來（這是紫荊的聲音）。

孩子，你出來吧！他默默地祝禱著。在這樣的關頭，他寧願天地間存在著無數助人為樂的神靈，而不願做一個唯物論者。孩子，你幹嘛不出來？難道你怕見爸爸嗎？

第二天早晨，太陽從東邊出，月亮在西邊落。東邊是血光，西邊是銀光。這時，他聽到紫荊慘叫一聲，便沒了聲息，他的心很沉地落下去，不祥的雲團一下子蒙住了他的眼。屋子裏傳來噼噼啪啪的拍打肉體的聲音。——哭呀——他聽到一個女人說——狠打，打這個狗小子，看他哭不哭。

他站在門口，惘然不知所措。一聲響亮的嬰啼，把他驚醒，他不敢相信這是真的，聽著嬰啼，他以為是長時間焦急等待引起的幻覺。

門往外推開了，他被推下台階。站定後，看到一個花白頭髮的女醫生正在脫血跡斑斑的白大褂，那個年輕的護士模樣的女人幫她扯下袖子。女醫生對著他點點頭，慈祥地說：年輕人，嶄新的爸爸，進來看看你的兒子吧。他如履薄冰般地進了屋，每一步都走得異常艱難，在焦慮等待的整整一夜裏沒出現的現象出現了，他雙膝發軟，心律紊亂，他恍然覺得，這個孩子生著一頭骯髒的黃髮。

這個小傢伙，懶得真可以，在娘肚裏待了少說也有三百五十天。護士模樣的女人說。

聽著護士的話，他差點沒癱在地上。

進去呀，護士搡了他一把，說，還怕羞呢，看看你製造的頭號炸彈。

他站在布幔裏，看著紫荊。她躺在產床上，肚子凹下去，臉色慘白，看不見呼吸。在產床旁的一張小床上，放著一個腰紮白綳帶的粉紅色的嬰兒。嬰兒正啃著皺皮的手，雙目活潑如黑豆，滴溜溜地四下逡巡。嬰兒頭上，沒有一根頭髮，光禿禿像個小瓢。

他坐在故鄉布滿白花花鹼土的小河床上，回想起了他與這個嬰兒持續了兩個多月的感情糾葛。他原想靠嬰兒連結起他和妻子之間的感情橋樑，可是，當他第一眼看到嬰兒那憤世嫉俗的目光時，他的心就涼啦。固然嬰兒頭上沒有毛，但他已從心理上排斥了這個小妖怪。

果然，在以後的日子裏，他感到自己像一個局外人一樣圍著這母子倆轉圈。紫荊把全部熱情都傾注到嬰兒身上，她坐在炕上，目不轉睛地盯著孩子的臉，他把飯菜送到她面前，她才把目光從嬰兒臉上移開，像陌路人一樣看他一眼。

一個月後，他第一次躺在她身邊，嬰兒拚命嚎哭，嗓子嘶啞得像病貓。她說：求求你，你別靠著我，娃娃怕你。他惱恨地披衣下炕。他一離開，嬰兒立刻銜住乳頭，咕咚咕咚嚥奶水的同時，還從鼻子裏發出蒙冤受屈的哼哼聲。躺在母親炕上，他通宵失眠，心中的怒火在時強時弱地燃燒著，但始終未熄滅，他腦子裏不時跳出嬰兒那兩隻烏溜溜的眼睛。他的手腕子扭動著，痙攣著，他覺得這個小東西什麼都懂，簡直是某個人的化身。

第二天晚上，他又躺在她身邊。嬰兒更加憤怒地哭起來。他的哭聲老練成熟，經驗豐富，絕對不像個把月的嬰孩的那種基於條件反射的哭聲，那種哭聲頂多和飢飽冷熱等純生理的感覺聯繫著，而這個嬰孩的哭聲裏，則豐富地表現出了某種極端的感情。他沒說一句話就從妻子身邊走掉啦。

要不，等他睡了你再過來。妻子用一種履行義務的麻木口吻對他說。

你給我滾到一邊待著去！他粗魯地罵著。

半夜時分，妻子來到他身邊，剛剛躺下，嬰兒又嚎哭起來。他說：由著他哭。

不，不能讓他哭。妻子抽身就走啦。

白天，他跑到衛生院找到那位女醫生，詳細地詢問了許多問題，女醫生困惑地看著他，但還是有問必答，不厭其煩。

有一天上午，妻子用一片鮮薑摩擦嬰兒光滑的頭皮。很快，嬰兒頭上就生出一層茂密的黃毛，這層黃毛使他無法平靜，每看一眼，都會引起一陣觸電般的顫動。

逢集日那天早晨，他說：我明天就走。這兩個月沒伺候好你，你多原諒吧。

紫荊歎了一口氣，把熟睡的嬰兒放在炕上蓋好，說：什麼也別說啦，咱們好說好散。你也不愁找不到個人，我等著黃毛出來。現在我還是你的老婆，想怎麼著都由你。

生過孩子後，她更加豐腴豔麗，身上洋溢著一股新鮮的奶水味道。他怔怔地望著她，頹喪地說：我早就原諒了你的錯誤。

那你就送人送到家，行好行到底，高抬貴手，成全了我吧。

他說：你不後悔嗎？

她笑了。她說：咱們到底是夫妻一場，你既然要走，我該給你送送行。我去集上割點肉，買點菜，你在家看著孩子，我借輛自行車騎著，半個小時就回來。

她轉身向外走去。他看著她運動中的結實的背影，心裏一陣陣發熱。

陽光照進來，鋪滿嬰兒的臉。那頭醜陋的黃髮令他心煩意亂。他手心裏滿是汗水，胸脯悶得透不過氣來。嬰孩忽然睜開眼，看著他扭歪的面孔，大聲嚎哭起來，嬰兒的五官擠成一團，淚水把眼睫毛浸得濕漉漉的。

他恍惚腳下踩著雲團，忽悠悠地飄起來，靈魂出了竅，支配他的肢體的不是他的靈魂而是另一個靈魂。他用虎口壓住了嬰兒的咽喉，嬰兒的哭聲消失了，小臉脹得通紅。他把虎口鬆了一下，孩子的哭聲又冒出來，這時的哭聲非常淒楚，令他毛髮直豎。他又把虎口壓下去，孩子又無聲無息了，小臉像個紫茄子。他又鬆了手，聽到嬰兒發出幾聲虎皮鸚鵡般的叫聲。他閉上眼，把虎口用力一緊，手指感覺到咽喉裏的破碎聲。破碎的是嬰孩的咽喉，但一股血腥味卻從他的喉嚨裏直衝上來，他哇哇地嘔吐起來。

孩子終於安靜了，不哭也不動。陽光照著他滿是細絨毛的臉，一道道的雲影從臉上飄過。他的臉色漸漸變淡，變白，從小小的鼻孔裏滲出兩縷鮮紅的血。他的眼半睜著，一線藍幽幽的目光溫柔地射出來。他的兩隻手又白又大，手指甲像透明的貝殼，透過指甲蓋，似乎能看到那尚未凝固的鮮血還在毛細血管裏運動。這真是個好孩子，這個孩子死啦。

這個孩子被我扼死後，直挺挺地躺在我的面前。他的額頭蒼白寬闊，雙腮飽滿，嘴唇微微張開，嘴角上還殘留著一縷若隱若現的嘲弄人的高貴表情。我非常後悔，我看到他的頭髮像一縷縷黃金拉成的細絲，每一根都閃耀著迷人的光輝……

一九八五年一月於高密平安莊

歡樂

離開蒼老疲憊的家門，像逃出一個恐怖的夢境，你，穿過了浮土噗噗的大街，貼著幾排紅色瓦房的牆根，晃過十幾個散發著腐敗氣味的隔年柴草垛，爬上綠水大灣子凸凸凹凹的堤崖，往南往前走了二百米，就進入了蓊蓊鬱鬱的秋天的原野。密集成群的莊稼陡然喚起了你心裏失群孤雁般的淒涼。你的心在有氣無力的飛行中發出絕望的嘹唳，宛如失群的孤雁。你知道一切都完了、晚了。強烈的綠色像扎眼的電焊火花刺激得你心腦灰白，口腔裏充滿苦澀清冷的青草味道。於是你的嘴裏彷彿塞滿了青草。於是你像騾馬驢牛一樣枯燥地咀嚼著青草，咯咯嘣嘣響著用力咀嚼的牙齒，下巴骨哆嗦著顫抖，胃裏發出烏鴉般的鳴叫，綠色的汁液沿著你的嘴角流出來。這時候你一轉臉，就看到了被古曆八月初下午和善的太陽照成橘黃色的大灣子水。灣水平靜，像一面鍍了淺金的銅鏡。在彎曲的水草和黑色的小魚上面，傾斜躺著你的倒影。你不願見他。你曾經多少次把自己想像成一個風流倜儻的在校大學生形象：**面如敷粉，唇若塗脂，鬢若刀裁，眉如墨畫**；洗得發了白的藍制服褂子口袋裏插著一支金星牌鋼筆，一支三色圓珠筆。灣水中的形象無情地粉碎著你臆想出的偶像。好像去年的那一天，哥哥在你的無肉的臉上用力搧了一巴掌。你看到了自己的駱駝般的長臉，像兩顆粗黑的豆莢般的短眉毛，嘴唇像**發情的公山羊**的唇一樣上翻著，露出了一排東北鄉人特有的漆黑牙齒。在上翻的唇上，稀稀疏疏生著幾十根黃黑間雜的髫鬚。

一隻黑色的大頭蟾蜍從你的臉影上游過，亂紛紛的如畫漣漪裏，你想到**豹眼燕頷**的生物教師說：神農架有一種長鬍子的蛤蟆，俗稱「角怪」。你的心裏頓時泛起一種又冷又膩的不良感覺，你感到不美好，十年前你站在池塘水邊看景時，有一隻三條腿的癩蛤蟆從你的倒影上滑過，你看著牠艱難地、頑強地爬到水邊，鑽進青青的水糝草叢裏去時，眼裏流出不知是恐怖還是同情的淚水。這隻蛤蟆歪著身子爬動時的形象像烙印般打在你的腦子裏。那時候你十四歲，現在二十四歲你還牢記著殘廢蛤蟆臉上孤獨憤怒的表情和牠灑在墨綠水糝上的焦黃的尿水。**發情的公山羊……長鬍鬚的角怪……三條腿的癩蛤蟆……**

你厭惡地正過臉，往南往前筆直地走。東北鄉廣闊的田地像斑爛的棋盤延伸到你的目光盡頭，你什麼都清楚。去年暑假裏，你在憤怒中低聲吼叫：

我不讚美土地，誰讚美土地誰就是我不共戴天的仇敵；我厭惡綠色，誰歌頌綠色誰就是殺人不留血痕的屠棍。

那時候你感到你的心像吃奶的牛犢一樣撞擊著你的肺，你的小腸像蛇一樣鑽著你的胃。現在原野上是繁茂的、不同層次的綠，像不同層次的感情和不同層次的感情需要，像一個偽君子的十幾副面孔。目光一接觸了綠色，你的心又像穿馬靴的腳一樣猛踩你的胃，你感到身體像被熱尿澆著的水蛭一樣縮成一團，縮成一個「a」，一個蝸牛，伸著兩隻膽戰心驚的觸角。**水蛭又名螞蟥，水蛭科螞蟥屬腔腸動物喜食水蝨孑孓焙乾研粉入藥主治赤白痢疾**……你感到被人讚美的綠色非常骯髒，綠色是溷濁的藏污納垢的大本營，是縣種豬站的精液儲藏桶。那個留著披肩長髮的姑娘戴著優質乳膠手套好像沒戴手套的手握著貯滿「巴克夏」精液的交配器，走到一頭年輕的「約克夏」母豬腚後，插了進去，像孩童玩竹節水槍般用力一推——「約克夏」愉快地哼哼著，配種姑娘嚴肅地咳嗽了一聲。燕頷虎鬍的生產教師激動不安地說：

「同學們……雜種優勢……同學們，五八年時，我們的老校友採集了山羊的精液，注射進家兔的生殖器，他們犯了什麼錯誤呢？我們的老校友把水稻嫁接到蘆葦上又是犯了什麼錯誤呢？」

你的耳朵裏彷彿有兩個蜂巢被捅了，同學們的回答聲都變成了馬蜂的嗡叫。強烈的金黃陽光照射在種豬場的一草一木上。在金黃的底色上，你看到那個穿白大褂的配種姑娘緊抿著生機蓬勃的嫣紅嘴唇，扭動著藏在沾滿精液的白大褂裏的豐滿的臀部，手持盛滿生命的利器，向另一頭黑色的「長白」豬走去。你永遠難忘在那一瞬間，表現在配種姑娘臉上的咬牙切齒的憤怒表情，你嗅到了從藏在透明乳膠手套裏的那些冰冷黏膩的泥鰍般的手指上，散發出來的熱呼呼的腥氣。後來在生物課的試卷上，你也嗅到了熱呼呼的腥氣，是從被秋陽曝曬了一天的灣水中泛上來的，是鑽營在灣底的骯髒淤泥裏的泥鰍們發出來的氣味。

你不願歪腦袋了，儘管那股溫暖的腥氣強烈的吸引著你，儘管你的身體像細軟的蠟燭向著右邊的灼熱傾斜。你很怕，你知道是那股泥鰍味兒毀了你去年的考試，你曾經產生過用開水燙殺天下所有泥鰍的念頭，這不可能，你知道這是一種精神病症狀，**不要癡心妄想**！你終於抵擋不住來自右邊的誘惑，**意志薄弱**！你的眼睛往前看，那些綠色一瞬間都成了黏稠的污泥，成千上萬條淺黃色的泥鰍吱吱叫著鑽來鑽去，鑽出了無數玲瓏剔透的洞穴。你向西歪了你的頭。大灣子裏明亮的水照著你灰白的眼睛，照著你腦袋裏那些羞於示人的隱祕欲望。為了逃避灣水中的自我厭惡的形影，你麻木不仁地把近視眼投到灣子中央那幾蓬已見黃萎的綠色蒲草上。棕色的蒲棒像蠟燭般高挑著，在蒲草的闊葉中央。你模模糊糊地看到蒲棒上閃爍著細弱的咖啡色光芒，很暖，也很孤獨。這時，在你的眼裏，一切景物和顏色，都浸透了悲涼和憂愁。五隻麻鴨和四隻白鵝從灣子對面的蔬菜地裏撲撲稜稜跳下水。在鵝和鴨的背後，追著一個山魈般的紫面老頭，他手揮著牛皮絞成的長鞭抽打著一隻受傷的鴨子，他打一鞭，那鴨子就翻一個筋斗。

鴨子掙扎著站起來，脖子像彈簧一樣抖動著，闊嘴裏發出雞鳴聲。老頭退兩步，揮起鞭子——鞭子像飛蛇一樣彎曲著，又猛然抻直——打在鴨脖上。顫抖的鴨脖子迅速折斷，像斷在利刃下的一莖麥穗。一兩片細小的鴨羽飛起來。你聽到了焦脆的鞭聲，你的心在鞭聲中裂成了兩半。隔著明亮的、泥鰍氣熏鼻子的灣水，紫面老頭高叫：

「是你的鴨子嗎?是你的我也不怕!你甭搭著眼罩往這看。牠吃我的菜，我就打死牠!誰吃我的菜我就打死誰!」

你驚慌失措地放下罩在眉毛上的手，立正站在灣崖上，看著那老人像匹老猿一樣暴跳著，你麻木，像一根糟朽的木樁。老人提起那隻死鴨——攥著折斷的鴨脖子——前後悠蕩幾下，死命撇過來。鴨子像失事的飛機，一頭扎在水裏，濺起的綠色灣水似一朵墨菊，開放在你的眼前。

「你不服?」老人說，「不服到鄉里告去吧!有理走遍天下，無理寸步難行!好漢做事好漢當，我叫王天賜，外號『天老爺』，你告去吧!」

你糊塗得頭都痛了，你看見那自稱「天老爺」的老頭，突然地停止了囂張的叫罵，將一隻胳膊舉起來，一條腿彈起來，像舞蹈演員打鏇子一樣，轉了一圈後，便一頭扎在地上，像一隻吃白菜的鴨。灣子裏鴨鵝在雜交，那隻麻鴨屁眼朝天漂浮著。那老頭趴在對岸菜地裏抽搐著，你像個殺人兇手一樣倉皇逃竄。灣子裏溫暖的氣息頓時冰涼冰涼，你再也不敢回頭。你對自己的計畫怕起來，沉甸甸的瓶子墜著你的褲兜，打著你的胯骨，你向前跑，向著死亡前進，竟像逃避驚懼。你險些撞到一頭黃牛彎曲的角上，黃牛很仁慈地歪了歪腦袋才沒讓你撞到牠的角上。牠牽扯著一輛很大很破的車，車上載著幾十捆早熟的穀子，穀穗耷拉到車轅外，像黃鼠狼的尾巴。車上坐著一男一女，從年齡上看像母子，從表情上看像夫妻。你又嗅到了泥鰍的氣味，但這氣味裏攙雜著一股甲魚的腥氣，你感到一陣噁心，一陣綠色的噁心，在喉嚨裏升降著。

「瞎眼了嗎？」車上的年輕男子齜著一嘴豬屎牙罵你。

你迷惘地看著他，他又說：

「永樂！」

他稱呼你的乳名，你感到受了很大的侮辱。

「永樂！你念書念成癡呆了，考大學？那麼容易，你爹的墳頭沒佔著好風水，考白了頭你也考不上！回家商量商量你娘，給你爹起骨遷墳吧！」

車上的女人格格地笑了一聲，笑得你寒毛根根直立，好像青天白日之下見了鬼魅。那年約五十的女人用一根手指戳戳車上的漢子的額頭，親昵地說：

「我的兒，說話怎麼無輕無重！」

車上漢子嘿嘿兩聲，伸出長鞭杆子撥拉了你一下，喊道：

「閃開道呀！好狗不站路中央！」

你機械地移到路旁，讓牛車和牛車上的穀穗從你胸前緩緩地擦過去。車上的男人已經把頭靠在那個全老徐娘的懷裏，女人用手拍打著他的臉。你忽然想起，適才看到，那個女人有一嘴比豬屎還要黑的牙齒，稀疏的頭髮溜光溜光，像狗舔過一樣。牛車搖搖晃晃地走遠了，你在心裏罵一句：

「建倉，我操你『老婆娘』。」

罵過了，你立刻後悔，你覺得這種骯髒的話與你的身分不相符合。這個臭名昭著的「老婆娘」，女兒原先是建倉的媳婦，女兒跟人跑了，她便來頂替了女兒的位置。她早些年裝神弄鬼，外號三仙姑——短小精幹的羅老師把課本一摔，嘴巴立即跳到右腮上，鼻子下只剩下一隻光滑的下巴：三仙姑才四十五歲麼，很年輕麼，為什麼就不能穿繡花鞋，穿鑲邊褲？為什麼就不能搽官粉，戴首飾？區長可以批評她干涉了小芹的婚姻自由，不應該批評她的服飾打扮。中國人老得快，四十五歲就老了嗎？就不能戀愛結婚了嗎？從這個角度來看，我認為三仙姑是解放區最少封建思想的婦女！……你和同學們緊盯著羅老師肥幫子上匆忙開合著的嘴，你們不知道從那裏流出來的是蜂王漿還是「敵百蟲」，是蜂王漿也罷是「敵百蟲」也罷，反正都湯水不漏地喝到肚子裏去了。你認為你和同學們都發出了淫邪的、惡作劇般的狂笑，笑聲一陣喧嘩著一陣，震動得破碎的玻璃瑟瑟發抖，對面高一二班和高二一班的學生們從虛無縹緲的數學公式和浩如煙海的歷史垃圾中掙扎出來，窗戶上貼著一層蒼白的臉，一個滿臉雀斑的女教師用教鞭捅開窗戶——教鞭前頭套著一顆亮晶晶的螺絲帽，窗玻璃發出痛苦的砰啪聲——憤怒地注視著嘴在腮上的羅老師，並用力咳嗽了一聲。羅老師用黨委書記般的堅定口吻說：應該給三仙姑平反！你們同意不同意？你用足了力氣高喊：同意！你把憋了十年的濁氣一古腦兒噴出來，在震盪房瓦的巨響裏，你知道，在「複習班」或曰「回爐班」的八十名學生當中，你的嗓音僅屬中等，你甚至連「冬妮婭」的嗓門都不如，從她小母雞一樣狹小的胸腔裏，竟能發出如此高精尖的聲音，好像玉米田裏生出一棵高粱，委實像個奇蹟。歷史學女教師漲紫了她的臉，無數雀斑好像燦爛的星斗灼灼逼人。今夜星光燦爛，你想起歷史學女教師因嫌碗裏少肉與食堂裏的楊麻子師傅吵架時的情景。她罵楊麻子的臉是「雞啄蘿蔔似極」，楊麻子說，你他媽的漂亮，天下第一美人，今夜星光燦爛。歷史學女教師捂著臉跑了，楊麻子敲著盆沿唱小曲兒。後來聽說女教師託人從天津買來了一箱子祛斑霜，還到化學試驗室弄了一瓶硫酸，準備在搽用祛斑霜無效的情況下，用硫酸把雀斑一個不漏地腐蝕掉。化學教師說：「今夜星光燦爛」，與「爛皮蘿蔔似極」孰美？據說歷史學女教師悵然良久，棄硫酸而去。她氣急敗壞地拉上窗戶，聲嘶力竭地訓斥學生。老態龍鍾的校黨總支書記從辦公室裏跑出來，六神無主地站在院子裏，丈二和尚摸不著頭腦，**盲人摸象**般走到教室門口，**聲色俱厲色厲內荏外強中乾嘴尖皮厚腹中空**地吼叫一聲：不許高聲喧嘩！然後**頭重腳輕根底淺**地走著，**急急如喪家之犬，忙忙如漏網之魚**。你想：不准高聲喧嘩，難道可以低聲喧嘩嗎？你翻開詞典時，下課鈴聲響了。

現在你清清楚楚地感覺到磨平了花紋的牛車膠皮軲轆碾軋雨天時車軲轆從轍印裏擠出來的彎曲乾泥片的細微聲響，幹硬的泥片破碎了，充氣過足的膠皮軲轆嘭嘭響著，那是富有彈性的、撥動空弦般的聲響，沉甸甸的穀穗子撩撥著粗壯的車輻條，不知道車輻條發癢不發癢，但是你卻感到渾身毛茸茸地發癢。搖搖晃晃的牛車，像一團黃色的暖雲，像一個暖的夢，像一碗黏稠的、半透明的發酵黃豆醬，漸漸離你而去，遠你而去，在你與牛車之間一點點延長著的土路上，漸漸升騰起一股五彩的迷霧，你恍然大悟般地聽到一曲遼遠的、蒼涼的歌聲，那時候你還沒有出生，到處是荊棘與鮮花，叢莽與沼澤，**恐龍**，**琥珀**，強烈的陽光曬得地球汗水淋漓，茂密的原始森林裏，瀰漫著濃烈的松脂香氣。一個美麗的**蒼蠅**正在用靈巧的腿沾著唾液撞刷自己的翅膀，一隻八條腿的蜘蛛正用一萬倍的耐心克制著一千倍的焦灼慢慢移向**蒼蠅**……原始森林裏燠烈濃郁的松脂香氣……你焦慮不安周身黏膩……在那一瞬間，一滴沉重的、滾燙的松樹的眼淚把謀殺者和被謀殺者、把最陰險的和最坦直的、把侮辱者和被侮辱者，固定在同等淒涼的位置。海水漫上來了，**滄海桑田**。一個赤腳孩子走在海灘上，感到腳掌被硌了一下。他彎腰撿起來了一滴古老的眼淚，給他的爹看。他的爹用衣襟擦擦眼淚上的沙土，舉起來，迎著太陽，古老的太陽。他爹說：孩子，這是琥珀，好好拿著，賣了錢你給你娘抓藥去。你學《琥珀》時跟那個赤腳孩子差不多大。不久又有一個面如團扇的大姑娘撿了一塊金剛石，得了三千元獎金並被招進工廠當了工人。你日夜夢想能撿到一塊金剛石，鋤豆時鋤刃啪嚓一響你的心都哆嗦了，懷著極大的希望你低頭彎腰，撿起來一塊粉紅色的鵝卵石。

牛車載著金黃的穀穗和豬屎牙建倉與建倉的超豬屎牙「老婆娘」蹣蹣跚跚地拐進村去，溫暖曖昧的源泉消失，五彩煙霓和松脂香味彷彿從來就沒有出現過。擺在你面前的是僵直的灰白土路，路東側骯髒的綠野，路西側腥臊的灣水，冰冷浸透了你的身心。灣子北頭，兩蓬紫穗槐下，有一扇罾網被拉起來。一個肥胖的白肉老頭在拉網。罾網出水時，網眼上都蒙著一層水的虹膜，虹膜噼噼破裂，綠水匯集到網的尖底，連環串珠般滴下去，滴下去。大大小小的魚兒在網的尖兜兜裏跳躍著。白肉老頭一隻手拉住網，另一隻手持一綁在細長竹竿上的葫蘆瓢，伸過去，彈一下網底，大魚小魚飛進瓢裏，爛銀般閃爍。你粗略地算了一下，一百一十個小時之前，你一言不發地蹲在那兩墩紫穗槐之間，白肉老頭右後側，看著他百無聊賴地罾魚。

「今年怎麼樣?永樂皇帝。連考五榜，榜榜落空?別著急，慢慢考，《三字經》上說，梁灝八十中狀元，你有多大?不到三十吧?」

你冷漠地看著這個退休的公社原黨委副書記白裏透著青的臉，想到學校食堂裏沒蒸熟的死面饅頭。**范進中舉，中了中了我中了，扔掉懷中準備出賣的雞**一路飛跑，蓬頭跣足，跌入泥坑……今天是考查課。精瘦如豺的章老師弓腰駝背倒背著手，脖子歪著，右肩像駝峰般高聳著，在墳磚壘成的講台上，邊走邊說，眼睛直盯著講台上的磚頭，好像搜索丟失在磚縫裏的硬幣。**珍妃井裏成千上萬枚硬幣，這個……女人。**……齊文棟！你在水中鎳幣灰黯的輝光裏，聽到語文教師用鴟鴞般的聲音，叫著你的名字。你下意識地站起來，眼前轉動著面值一分的、面值二分的、面值五分的鎳幣。《儒林外史》的作者是誰?語文教師像慈禧太后一樣追問著你。你潸然淚下，喃喃地說：珍妃……語文教師像寒冬臘月裏的一隻正在雪地裏提腿縮頸的雄雞，被劈頭蓋背地澆了一瓢滾水，那時候雄雞是什麼樣子這時候語文教師就是什麼樣子。語文教師的駝峰像雞頭一樣聳動著，肚子連著頭顱，像一隻受了重傷的翅膀。你的眼前硬幣滾盡，白楊樹的葉片把圓圓的硬幣般的陽光透過破舊的窗戶篩在你的斑駁的桌面上，同學們短促一笑，教室裏一片黑暗的死寂。蝙蝠把房梁上的灰掛撞下來，落在了坐在你左前方的馬白淨——「馬白腚」——的白脖子上。她的脖子上有一顆黑痦子，綠豆粒那麼大，你一直認為那是一隻蝨子王。窗外的樹葉嘩啦啦響一陣，光影子歡娛地滑動著。高年級的同學們在操場上上體育課，步伐訓練。農民在田野裏對牛發號施令。咿咧咧咧咧——向右轉——嗚啦啦啦啦——向左轉——。清脆的鞭聲傳到你的耳朵裏，你體驗到一種從未體驗過的、因過度壓迫和恐懼而產生的罪孽深重的快感。老師說：坐下吧，你，齊文棟先生！你在臨坐前贖罪般地：吳敬梓，……是吳敬梓——白肉的原公社黨委副書記站起來，渾身的肉一律下垂，多半臃在細牛皮腰帶上方，由三十二支紗青島產圓領汗衫兜著，顫顫抖抖，如一包袱涼粉。他抓著一把粗的麻繩子，用力拉網，網兜浮上水面，空空洞洞，一無所獲。網緣上掛著一莖翠綠的水草。他低聲嘟噥著，把網沉下水去。紫穗槐枝頭上，有一隻孤單的馬蜂搐動著粉紅色的肚子爬行。他用臘腸般的手指夾出一支香菸，按了一下電子打火機，氣嘴裏噴出嗤嗤作響的明亮火苗。他說：

「這是俺乾兒給我買的。俺乾兒您認識吧？叫金星。」

你想起了少年得志的曾經的同學金星。他已經大學畢業，你還在中學裏回爐。金星的乾爹把一口冒著青煙的黏痰吐到綠色的灣水裏，一條小魚來吞吃。

「俺乾兒分配到國務院當祕書！國務院！你聽說了嗎？他卡著國務院的大章子，像茶碗口那麼大！現在我要打官司沒有個打不贏！俺乾兒的老丈人是軍級幹部，家裏有一座小洋樓，光樓上的窗玻璃就有上千平方米。」

在白肉書記的乾兒頌中，你感到一種無名的惱怒和羞慚。村裏都流傳著，金星的娘是白肉書記的姘頭。白肉書記又拉了一網，空網，只有清水下滴，連個魚毛也沒有，那莖水草掛在原處，綠得扎眼。白肉書記臉上有了憤怒，他罵道：

「娘的，泥菩薩放屁——神氣！魚都到哪兒去了？」

你從他用力斜過來的眼睛上，知道該走了。你覺得這個當年魚肉鄉里的新惡霸落到了親自動手拉魚的地步已是農民的洪福，儘管他天天拉魚賣錢國家還要開給他每月近百元的工資。你痛感世道不公，過去你就這樣想，所以你要上大學。想到大學，你涼透了。這時候村裏支書來了。村支書已經被酒精燒紅了眼睛，舌頭也不太靈便了：

「老白豬！罾了多少？」

「連根魚毛沒罾著！」白肉書記說。

「鄉里來搞計畫生育，還等你的魚下鍋呢！」

「于大嘴來了嗎？老子的魚餵貓也不給他吃，這個大閨女養的王八蛋！」

「老白豬，別骨頭不硬嘴硬啦，你不是當公社書記的時候了，褪毛的鳳凰不如雞。虎落平川遭狗欺！」

「老子當公社書記時，他姓于的天天給我端茶倒水，你這個小雜種還吃雞屎呢！」

「我七四年就入黨了！」村支書說。

「誰不知道你娘脫褲子給你換了張黨票?!」白肉書記說，「老子入黨時把腦袋別在褲腰帶上，出生入死，老子的黨票是用命換來的。你的黨票是你娘解褲腰帶換來的！」

白肉書記拉起罾網，網裏有一隻黑蛤蟆，瞪著兩隻亮晶晶的眼睛看人。白肉書記把網繩一鬆，罾網傾斜著落在水裏。

「晦氣！噗！晦氣！噗噗！」白肉書記吐著唾沫說。

在那兩叢紫穗槐間，罾網裏的魚閃爍著爛銀般的活潑光芒。今天白肉書記一定是網網不空了，也許那天他的晦氣真是你帶給他的，他一頭栽到灣裏灌死才好！但立刻你的憤怒就平息，建倉和他的「老婆娘」用鞭杆和穀穗子撩起你的一串雜色的回憶戛然止住，你轉過身，往南往前，疾走三步後，又開始了夢遊。

現在暮色已經很沉重了，天地間氤氳著伸手即可觸摸的淡紫色的薄霧，從疏朗的黃麻空隙裏，你看到奄奄一息的太陽扁扁地坍塌在一抹峰巒般的綠雲中。你因為坐在這個孤零零的、乳峰般的姑娘墳上，才能看到破碎的太陽。黃昏時的秋蟲憂傷地鳴叫著，吱吱吱，唧唧唧，等等。你挖空枯腸也找不到能準確地摹仿秋蟲們歌喉的像聲詞了。你的腦子在發暈，輕微的眩暈，有一絲絲幸福感。包圍著墳頭也包圍著你的黃麻秀麗挺拔、鵝黃色的莖稈上，逐級升高地對生著鵝掌狀的層層綠葉，乳白色的五瓣薄花，均勻地綴在每一株黃麻的葉丫間，每株生花四五朵，花蕊豔紅，風吹黃麻翻動時，無數花朵翩然，宛如群蝶飛舞。你的四周都飛舞著溫柔寒冷如雪花般的粉蝶，粉蝶圍繞著你飛舞也是圍繞著黃草藍花的墳墓飛舞。你清楚地記起了已經埋葬在墳墓裏的她的模樣：兩隻藍色的又大又淒涼的眼睛，正頭頂上一小撮雪白的頭髮，也許有三五十根吧，其餘的頭髮黑得流油，村裏的男青年給她起了個外號：花頂小母牛。現在你想起她來，確實感到她像一頭小母牛一樣溫柔善良，她的藍色的眼睛裏，永遠放射著一種可憐巴巴的光芒。前年暑假裏，一個沉悶的傍晚，你從棉花地裏歸來，你是去剪除棉花瘋枝的，手裏提著一把生鏽的、彈簧失去彈性的「五蓮山」牌果樹修剪刀。在灣邊上，你碰到了她。她從灣子裏提上一桶水，灌在噴霧器裏，她在給棉花噴藥。你記得她很悲慘地對你一笑，問你：

「大學生，幹什麼去了？」

你通紅著臉，說：「你別諷刺我，我沒考上，我過了暑假再去回一年爐，我一定要考上了。」

她說：「對不起，我不知道，我只當是你今年就考上了。」

她低頭彎腰，一起一伏地往噴霧器裏打氣。氣筒子噗哧噗哧響著。

第二天早晨，你聽到嫂子大驚失色地說：

「翠嫚喝了藥啦！」

你當時正站在焦了梢的梧桐樹下，手提著英語課本閉著眼睛，嘰里咕嚕地背單詞——梯裏吐嚕放葡萄屁——這是嫂子隔牆辱罵你時的話。你很想做一個動作：一鬆手，半真半假地讓英語課本貼著大腿，滑過小腿，落到地上。但你沒有這樣做，因為你除了心臟停止勞動半分鐘外，並沒有其他痛苦。你的神志很清楚，你看到肥胖得如同母猩猩一樣的嫂子半是驚愕、半是興奮、半是幸災樂禍的表情青一塊綠一塊地塗抹在臉上。她的臉像一碟子臭氣噴鼻的醃辣菜。你討厭她肥胖得像豐滿的臀部一樣的臉上那兩隻緊靠在鼻梁兩側的混濁的眼睛，眼角上沾著豆青色的眼屎，薄如刀刃的唇護不住滿嘴細小的、碎碎的牙齒。

「枉可惜的，一個黃花大閨女！」嫂子意味深長地看著你說。

嫂子用混濁的眼睛盯著你，極想同你對話。你知道她並不是忘掉了對你的刻苦仇恨，她僅僅是想找人對話，想傾吐肚子裏的污穢不堪的同情和生了蛆蟲的憐憫。

娘從屋裏趺出來，灰髮飄拂，面如鍋底，滿嘴裏只剩下的一個孤獨的長牙，隨著說話時的氣流靈活地運動。

「誰？誰喝了藥了？」娘耳聾，說話好起高聲，她希望別人對她高聲說話首先就對別人高聲說話。

等價交換。禮尚往來。

「小翠。」嫂子說。

「誰?」娘往前靠了一步，用力仰起臉，像葵花向日般望著嫂子。娘手裏舉著一根烏黑的燒火棍子，燒火棍白煙裊裊，像一根熄滅了的或正要燃燒的火炬。嫂子表現了空前的好脾氣，第一次沒罵娘是「老聾×」，她提高了嗓門，說：

「小翠!魚生財家的閨女，喝藥死啦!真糊塗啊，這閨女，好死不如賴活著嘛!」

娘「噢」了一聲，揮舞著燒火棍，陀螺般轉動著。「這個好孩子!」娘高聲喊叫著，「這個好糊塗的孩子!前日過晌，還幫我挑了一擔水。我摘下一根黃瓜讓她吃，她說不吃，笑笑，就走了。」

嫂子橫眉立眼，怒吼一聲：

「啊!黃瓜!你從哪裏摘的黃瓜?」

母親停止旋轉，身體蜷縮著，雙手舉著，好像準備投降，又好像準備反抗。嫂子飛跑到她家院子裏——那裏種著三架黃瓜——又飛跑著回來，罵聲高亢嘹亮，辭彙豐富多彩：

「老白毛!老賊……架上就那麼一根黃瓜!我道是怎麼天天開黃花，不見結黃瓜，原來出了家賊!你吃了我的黃瓜，滿肚子生癌，癌死你這個老雜種!」

母親求饒道：

「娜妮她娘，別罵了，讓鄰牆隔家笑話。」

嫂子說：「啊呀呀呀!多新鮮!你還怕笑話?好漢做事好漢當，偷了黃瓜別怕笑話!」

母親說：「我沒吃，我摘給小翠吃，人家幫我挑水，我心裏不過意，就摘了你一根黃瓜，我年紀大了，挑不動，你和娜妮她爹又不給我挑。」

「出錢出糧，養著你們這些老祖宗小祖宗還不夠?考了三年啦，錢一把一把地花，」嫂子仇視地盯你一眼，「連個大學毛也沒沾上！俺娘家兄弟媳婦的兄弟，一年就考中了陶瓷學校，專門學著做茶壺茶碗花大盤。指望著兔子生駱駝？一歲長不成驢，到老是個驢駒子……」

英語課本擦著你的大腿，蹭著你的小腿，輕快地落在地上。梧桐樹被盼樹成材的母親用尿澆得半死不活，一片死葉絕望地落下來。你的身體動搖，迫切需要依靠，這樣，不是你想而是你的身體想，你就把背撞在梧桐樹幹上。樹幹皺裂的死皮擠進你的肉裏，你的所有的意識在一瞬間像帶幾束灰濛濛的光線黏在樹皮與你皮肉的交接處，那裏發出淫穢不堪的狎昵之聲。你咬緊牙關，晃動著頭顱，像落水狗甩動頭顱想把沾在頭上的泥水甩掉一樣晃著腦袋，想把雙耳裏的骯髒的聲音甩出來。你也確實把它們甩出來了，它們像鼻涕一樣，呱唧呱唧貼到生滿青苔的黃土牆上，黏黏稠稠地落在白露寒露濕漉漉的黑土地上。蒼蠅尚未飛來你就聽到了牠們嗡嗡的叫聲。又是幾片金黃的死葉婷婷嫋嫋地落下來。金黃死葉下落，灰白意識上升。幾抹濃豔的朝霞射在梧桐樹乾枯的樹梢上，枯枝塗金抹銀，宛若天國之物。你的鼻子又癢又酸，你想哭。又一片更加金黃的死葉羽毛般飄下來，好像安慰與溫存。你期待著它落在你貧窮落後的額頭上。上天顯靈。它端端正正地覆蓋了你的額頭並遮住了你的兩隻史前動物般的眼睛，你的眼前一片黑暗。你感覺到體內血聲喧嘩，黑暗下落，歡樂上升。你聽到又是一片死葉滴零零地落下來……「老賊！」，嫂子的罵聲。小翠、魚翠翠。鮮豔華麗的翠鳥的羽毛般的朝陽把一切都染遍了。母親拖著燒火棍，點頭哈腰地鑽進洞穴般的黑屋子裏去，嫂子還在詈罵，你嗚嗚地哭著，羞答答地轉了個身，把你的荒涼貧瘠的額頭抵在梧桐樹粗糙的樹皮上。母親又從洞穴裏鑽出來，左手持著半根蔫黃瓜，右手依然拖著燒火棍。

「還剩下半根，娜妮她娘，還給你吧。」母親說。

嫂子一把奪過黃瓜，眼淚汪汪地說：

「還渾身帶刺，正長著呢，讓你給摘了。」

母親說：「那半根我沒吃，叫娜妮吃了，我沒牙，想吃也咬不動。」

嫂子狠狠地吐了一口唾沫在地上，用穿著一雙斷帶的白塑膠涼鞋的腳使勁跺了幾下那口唾沫，緊攥著那半截黃瓜，罵不絕口地走了。

「永樂啊，」娘走到你身後，戰戰兢兢地用燒火棍戳戳你的背，「別難受了，立志吧，今年考不上，過年再去考，只要功夫深，棒槌磨成針。你哥你嫂也就是罵我幾句，罵去吧，我聾，聽不見，她不嫌累就罵，反正她不敢打我。別恨你哥，他怕老婆，莊戶人家討個老婆難，女人貴重，誰不怕也不行，怕婆子騎騾子。小翠真糊塗，怎麼就想不開呢？有人有世界，沒有過不去的河，有享不了的福，沒有受不了的罪。你腿快，拿兩毛錢，買一刀紙，送到她家去吧，不枉了好一場……」

後來，你果真涉過欲斷不斷的河流，爬過生滿蒺藜的河堤，到供銷社裏買了一刀紙。這種紙農村婦女生孩子使用，高級人員擦屁股使用，給死人燒紙錢也使用。紙有兩色，紅的，白的。你本想買一刀白的，售貨員非要賣給你紅的不行，你只好買紅的。你在買紙送紙的過程裏一直在費勁兒地揣摩著母親那句漫不經心的話：拿兩毛錢，買一刀紙，送到她家去吧，不枉好了一場。你想，難道我跟她好過一場嗎？跟她，魚翠翠，頂腦門上有一撮白髮的魚翠翠，一個比我大七歲的姑娘，好過嗎？難道那就算好過一場嗎？你踏進她的家門時竟有惶恐之感，好像為了贖罪才來為死者送紙錢。魚翠翠的娘早死了。她的爹端坐在院子一角的碎磚爛瓦上，面無活人表情。他敞著懷，袒著煤炭色的胸膛和肚腹，肚臍之上有一道鮮紅顏色蜈蚣形狀的疤痕。她的兩個枯木朽株般的哥哥，一個蹲著吧嗒吧嗒抽菸，一個站著吧嗒吧嗒抽菸。你走進院子，為了免除尷尬，誇張地把那刀紅紙舉到肚腹前，叫一聲爺爺，叫兩聲叔叔，你說：

「俺娘讓我給翠姑姑送刀冥錢……」

小翠的爹雙淚齊流，這麼個乾柴棍般的老頭，竟有如此大量的、清泉般的淚水，不由你不驚訝。

「翠呀！翠呀，你可把俺殺利索啦！」

老頭子哭得神魂顛倒，眼淚鼻涕，成行成串地滴到肚子上的刀疤上。蹲著的哥哥把菸袋鍋子往地上磕磕，罵道：

「這個混蛋！這個混蛋！」

站著的哥哥蹲下去雙手抱著花白的腦袋，一句話也不說。你把那捲草紙放在窗台上，從豁得稀爛的窗櫺間，看到了小翠脹鼓鼓的身體。她的臉青紫，像個經霜的茄子，頭頂上那撮白髮，散射著銀子般的光澤。你突然也感到萬念俱灰，生和死原來只隔著一層薄薄的窗戶紙，奮鬥，成功，不奮鬥，也不成功，都是同樣結局，到頭來都是一具直挺挺的僵屍，哪怕你機關算盡太聰明，哪怕你蠢笨如牛遭侮弄，死亡會使每一個人心平氣和。但你還是感到冰冷的恐怖，虎死如羊，人死如虎。你逃離了她家破敗的院落，跑上了大街，街上一群一絲不掛的男孩子正在打土仗。他們採來苘葉和蓖麻葉，包成一個個綠色的炸藥包，然後分成兩撥伏到布滿雞屎鴨糞的路溝裏，瘋狂地拋射。街上塵土飛揚，孩子們身上都落了銅錢厚的塵土，像金色的泥鰍。他們的眼珠像炭火一樣明亮，有一個苘葉包在一個小男孩的頭上爆炸了，沙土流到他的頭上，他晃晃腦袋，全然不顧，奮勇還擊著。你繞道走，躲過了戰火熾烈的街道。適才那個雖受重傷但繼續戰鬥的男孩尖嘴縮腮，無法判斷年齡，生命力頑強。寒冬臘月他也是光著屁股，冬天嗜食冰凌，皮膚上掛著一層鱗皮，與磚石摩擦時簌簌有聲。你知道這個男孩善長攀登，除了上不了月亮他哪兒也能上去。這孩子是兒童群裏的領袖，人人懼怕三分。你親眼見到過男孩脾氣暴躁的爹在男孩面前敗得落花流水。男孩的爹打了男孩一下，男孩就從地上抓一把沙土按到嘴裏，一連吞食了十幾把沙土，嗆得白眼青眼翻騰不迭。孩子的爹說：祖宗，你隨便吧，爹再也不管你啦！在那個漫長的暑假裏，你處在猶豫彷徨的痛苦之中，你在灰暗陰冷的魚翠翠和明亮灼熱的吞沙土男孩之間走著一條彎彎曲曲的、布滿陷阱的道路。那個暑假多雨而悶熱，雨水泡脹了泥土，從雲縫裏偶爾鑽出來的太陽又像撈本兒似的拚命地散發熱量，土地像醬缸一樣發了酵，陰鬱的蛤蟆和爽朗的青蛙晝夜歡唱。你睡在灼熱的火炕上，也感覺到生活在水澤中，逼人的濕氣使你的骨頭都生了鏽。棉花、黃麻、高粱都長瘋了，植物在悶熱多雨的反常氣候裏，患了一種癲狂症。症狀是生長生長不顧一切地生長。棉花躥了一人高還在上躥，瘋枝子鮮嫩如芹菜，像一叢叢白臘條，任何一個花蕾也休想長成一顆棉桃。黃麻就是從那一年開始開花，開花表示著優良的雜種優勢退化殆盡；那一年之前，人們還一直認為黃麻是從來不開花的。遍野美麗的黃麻花盛開，像一個巨大的不祥之兆像沉重的石頭壓迫著這群懦弱、愚昧的農民。還有高粱，你忘不了高粱莖上生滿了暗紅色的鬚根，此根嫩極，據說可炒食，但無人嘗試。那時你對綠色還是充滿好感的，後來你才發現綠色是那樣骯髒、無恥，你對它的反感不但有心理原因還有生理原因，而且，你也知道，誰也無法改變你對綠色的深惡痛絕。

在那個窗外雨聲闌珊、陰冷潮濕的中午，母親四肢蜷縮著，堆在牆壁旮旯裏的麥秸草裏，像老母雞一樣打盹，從她的嘴裏，咈咈地噴出節奏分明的冷氣，成群結隊的跳蚤在她身上跳著，跳蚤又肥又大，像一粒粒炒熟了的芝麻。牆上黏著密集的蒼蠅，遮得像掛了黑釉般的老牆壁斑駁陸離。你打了一個呵欠，腦子裏電石火花般一亮：要幹點什麼事情，是，有一個聲音在催促你。你的目光最終滯留在鼓鼓脹脹的書包上。就在那個中午連著下午，你寫出了一生中最富文采的文章，但你不知道自己幹了點什麼。很多年之後，終於有人發現了你的日記，就像那孩子在沙灘上發現那顆珍貴的琥珀一樣。

一九八四年八月十二日

雨

星期？

我煩悶。我壓抑。我痛苦。我仇恨。我嫉妒。我渾身發癢，胳膊上肚皮上布滿了跳蚤咬出來的紅色小疙瘩。

你咯嚓咯嚓地搔著胳膊和肚皮、大腿和屁股，一隻跳蚤在你手背上疾速地爬動著，當你剛要伸舌去舔住牠時，牠卻蹬足一蹦，落到你的珍藏了多年的筆記本潔白光滑的紙面上。你伸出沾了濕唾沫的手指，想把牠按住，但牠又蹦了。你的思維比跳蚤的動作要慢一秒。跳蚤在黑暗中像子彈射來射去，牆角像鬼火般閃爍著的是老鼠的眼睛，牠們把家裏除了瓷器和鐵器外的家什全都咬過了。一個老鼠從母親肚腹上爬過去，母親渾然不覺，老鼠無動於衷。我恍然覺得母親變成了一具木乃伊，沒有生命，沒有感覺，沒有一點點水分。窗外雨腳如麻，院子裏的向日葵東倒西歪，田野裏蛙聲如潮，此起彼伏。在蛙聲和雨聲混合成的浪潮中，我昏昏欲睡，冰涼的潮氣攙雜著青蛙肚皮下的腥味和泥水的腥味湧進屋子，我的頭腦灼熱身體卻在顫抖，跳蚤的身體灼熱頭腦冷靜，牠們的身體在冷熱不均勻的氣團中膨脹變大，芝麻——黃豆——棗核，膨脹到棗核大時便定型，跳躍，而且嚎叫，叫聲很尖厲，酷似陽春三月兒童們口中的柳笛和蘆哨。我感到臨界癲狂，因為跳蚤太冷靜。牠們叫著，跳著。牠們跳躍母親的身體時像跳躍舒緩的山脈。老鼠有一瞬間是僵持在母親的肚腹上不動的，牠輕鬆地抽動著尾巴梢子，把一串串的跳蚤拋出去，從牠尾巴上甩出去的跳蚤總是戀戀不捨地爬回老鼠的尾巴上去，好像遵照著人類的格言行動：在哪裏摔倒的，就在哪裏爬起來！老鼠像丘陵上的一片黑色的森林，跳蚤像森林中的成千上萬隻飛鳥。跳蚤像彈丸般射來射去：射到老鼠上，射到老鼠下，射到老鼠前，射到老鼠後；射到老鼠左，射到老鼠右。跳蚤在母親的紫色的肚皮上爬，爬！在母親積滿污垢的肚臍眼裏爬，爬！在母親的洩了氣的破氣球一樣的乳房上爬，爬！在母親的弓一樣的肋條上爬，爬！在母親的瘦脖子上爬，爬！在母親的尖下巴上、破爛不堪的嘴上爬，爬！母親嘴裏吹出來的綠色氣流使爬行的跳蚤站立不穩，腳步趔趄，步伐踉蹌；使飛行中的跳蚤夾著翅膀，翻著筋斗，有的偏離飛行方向，有的像飛機跌入氣渦，進入螺旋。跳蚤在母親的金紅色的陰毛中爬，爬！不是我褻瀆母親的神聖，是你們這些跳蚤要爬，爬！跳蚤不但在母親的陰毛中爬，跳蚤還在母親的生殖器官上爬，我毫不懷疑有幾隻跳蚤鑽進了母親的陰道，母親的陰道是我用頭顱走過的最早的、最坦蕩最曲折、最痛苦也最歡樂的漫長又短暫的道路。不是我褻瀆母親！不是我褻瀆母親!!不是我褻瀆母親!!是你們，你們這些跳蚤褻瀆了母親也侮辱了我！我痛恨人類般的跳蚤！寫到這裏，你渾身哆嗦像寒風中的枯葉，你的心胡亂跳動，筆尖在紙上胡亂劃動，紙上留下了奇形怪狀的線條，極像你的心靈運動的軌跡。顫抖過後，你感到全身疲憊，腹中十分飢餓，嘴裏洋溢著一股金子般的滋味。你又拿起了筆。我聽到了漲水的墨水河發出獅子吼叫般的聲音，我聞到了水蛇和燕子的腥氣，並為田野裏的野兔子、田鼠、刺蝟、獾、狐狸擔憂。寫到這裏時，你被一聲沉悶的響聲驚起，握著筆，你思索片刻，心緒平靜如初，便又伏下身去，你立刻想到的是，眾人把盛殮著魚翠翠的泥棺材吊下墓穴時，穴壁坍塌的沉悶聲響。

魚翠翠出殯那天，我也被拉去抬棺材，我猛然想到自己已經是二十二歲的男青年了。魚翠翠的棺材是用水泥製成的，據說是用了一個「行將入水泥」的老人的棺材，這個老人是她的爹。依著魚老大和魚老二的意見，這個給家庭帶來重大損失的喪門星根本不配用棺材，從炕上揭領破席，捲出去埋掉就是了。一定是老頭子堅持不許，魚翠翠才進了水泥棺。我被魚老二牽到他家院子裏，一進土門就聞到了出類拔萃的屍臭。怪不得把我拉來抬棺，原來是人們怕遭了邪氣不敢來。我深切地感覺到我有為她抬棺的必要。母親不是說：不枉好過一場嗎？也許是我真的跟她好過一場，那也就算是好了吧！

那年我十四歲，小學剛畢業。也是暑假。你立刻回到了大少年的時代，變成了一個乾瘦漆黑的孩子。魚翠翠那年二十一歲，她穿著一件一毛三分錢一尺的薄布製成的又瘦又短的半袖褂子。布的品質很差，半透明，有一些紅色的格子印在上邊。隊長分配我給她當助手，給全村的人服「脾寒藥」，是預防瘧疾的藥。我提著茶壺茶碗，她拿著藥瓶子，兩個藥瓶子，一個瓶裏裝著紅色小藥丸；另一個瓶裏裝著白色小藥片。我那時認為她身高馬大，後來她漸漸萎縮了。村裏人對這種「脾寒藥」畏之如虎，拒絕服用。隊長對我們說：一定要讓每一個人都吃，不許你們把藥扔掉。我們的任務很艱巨。最繁忙的時候是生產隊長在鐵鐘下派活時和晚上記工時，最順從服藥的是四類分子。有一天上午我們去給一個老太婆服藥。老太婆正在用她殘缺不全的牙齒咀嚼玉米餅子。她坐在樹蔭下一個草墩子上，地上鋪著一張黑狗皮，狗皮上躺著一個黃色的小男孩，狗皮前放著一個藍碟子，碟子裏放著一撮紅糖。大娘，你服脾寒藥吧。魚翠翠說。老太婆嚇得面如土色，連連擺手，嗚嚕嗚嚕地說：翠呀，你大娘沒病沒災的，服什麼脾寒藥，俺一輩子還不知道發脾寒是什麼滋味。小翠說：沒發脾寒才要服脾寒藥，發過了就不要服啦。老太婆忙說，我發過，發過，一年發一場。看來她是死活不會服啦。我望望魚翠翠。魚翠翠望望頑固不化的老太婆。老太婆吧咂著嘴唇說：小翠呀，你什麼時候出落成一個這麼俊的大閨女啦，才幾天啊，你還掛著兩條清鼻涕，唏溜唏溜的，像扒麵條一樣。小褂子也俊，看看你那懷，脹鼓鼓的，該出嫁了。魚翠翠羞答答地站起來，說：大娘，你對人可要說吃過脾寒藥啦。老太婆說：放心，放心。魚翠翠說：永樂，咱們走吧。老太婆在罵雞：臊×，浪到哪裏去啦，也不來家下蛋。

我跟著魚翠翠拐進了另一條胡同。這條胡同人稱絕戶胡同，幾家五保戶死掉後，無人敢來蓋屋。舊屋的廢墟上，種植著一片苘。苘葉大如蓮葉，遮住了陽光。魚翠翠說：進去歇歇吧。我跟著她鑽進苘地，見中間有一小片苘被糟蹋了，地上鋪著一層柔軟的苘葉。魚翠翠坐下了，我提著茶壺直棒棒地站著。她說：放下茶壺，坐下吧。苘頭上開放著小朵的黃花，苘地外槐樹上的蟬吱吱地鳴叫，天氣悶熱。

魚翠翠問我：你不熱嗎？我搖搖頭。她說：坐下吧。我坐在她對面。她問：我真的挺傻嗎？我抬起頭來，看著她紅色的臉龐上湛藍的眼睛，一陣寒顫滾過全身，我的牙齒頻繁撞擊著：傻……你傻……她問：你怎麼了？你也發脾寒了？我忽然有了勇氣，說：奶子……你的奶子……她的臉漲得要出血，抬起臂護住胸。但是，我適才從她的小褂子上那兩顆按扣之間折開的縫裏，看到半隻白色的乳房。她說：我還把你當成啥都不懂的小孩子呢，不敢跟你在一個被窩裏睏覺了。我羞愧地低下頭，但那奶子，白色的，膨脹的，就像罪惡一樣吸引著我。我非常想撫摸它一下，非常想。我說：翠姑，翠姑，讓我看看……讓我看看吧……她說：誰家好看姑的？……那，讓你看看吧……別跟人家說，誰都不能說啊……她撕開褂子，把那兩個白饅頭給我看。我看了一眼，心裏就生出罪感，一團無法解脫的犯過罪的陰雲，從此籠罩了我。我跑出茼地。從此之後，一看到她的影子，我便感到噁心，像懷裏揣著個蛤蟆一樣不舒服……

晚霞漫上來。黃麻花像掛在黃麻莖葉間休憩的彩色蝴蝶，天地寧靜，莊嚴神聖。你現在回憶起十年前茼地裏的奇遇，罪感消失了，你感到一絲撩之不去的蛛網般的遺憾，一點點甜甜蜜蜜的溫暖憂愁。兩年前你躲在家裏寫日記時的心情與現在大不相同。那時候一想到魚翠翠的胸就想起她的自殺，你感到痛惜，內疚，彷彿你參與了殺害魚翠翠的幫夥。現在，那兩坨你只瞟了一眼的肉的形象溫暖地浮過來又溫暖地浮過去，你渴望抓住它，就像抓住人世間最後兩點希望的把柄一樣。但你抓不住它們，它們滑溜溜的，像塗了一層油的玻璃球體。你坐在它們的主人的墳頭上，就像坐在她身上，是什麼力量把你吸引到這裏來的呢？你恍惚記得，下午，你是漫無目標地逃到野外來的，你只是想寧靜一點，也怕服毒之後污穢的嘔吐物玷污了母親的房屋。可是，當你一坐下來時，在那片刻的清醒狀態下，你發現自己站在兩年前喝農藥自殺的魚翠翠墳墓前。

她是喝了「一〇五九」身亡的。

你褲兜裏也裝著一小瓶劇毒的「一〇五九」。

於是你明白了，一切都是命中注定。十年前她向我顯示她那兩件寶貝時，就決定了今天，我就加入了她的同盟，你想。你想了很久，比較了很久，承認魚翠翠是惟一的、真正給過你一點溫暖的人。你想應該立份遺囑，讓活著的人們把自己的屍首埋在魚翠翠的墓穴裏。魚翠翠會答應嗎？她如果另有所愛呢？她一定另有所愛。那苘地裏的場所就是她與情人相會的安樂窩。她為你袒露胸懷在你看來是驚天動地的大事，你歷經十年還記憶猶新，可是她呢？她也許早就把這件事忘得乾乾淨淨了。你歎了一口氣，想站起來，但立不起來，遮遍魚翠翠的墳墓的藤蘿蔓子用最快的速度纏住了你的雙腿，最後一抹慘澹的血樣霞光消散在黃麻地裏，黃麻花變成了血蝴蝶。你從褲兜裏掏出那一小瓶農藥，「一〇五九」。沉甸甸地墜手。擰開藥瓶蓋時，你的心很平靜，你的手也準確有力，連半個哆嗦也沒打。一股濃烈的腐爛水果的香味從瓶裏溢出來，你的眼淚頓時盈滿了眶。

借著最後的霞光，你看到這股淺黃色的水果香味從瓶口裏裊裊上升著，在你的頭上二尺高處，形成了一個小小的華蓋。從歐洲飛來的肥大的黑蚊星星般跌落下來。這藥的毒性好大啊。你的手哆嗦起來了，握住藥瓶的手指火燙般痛苦。你舉瓶子，你的胳膊痠麻，像舉一塊千斤重石。你感到劇烈的頭暈和噁心，嘴唇剛剛靠近瓶口時，你的腦袋像被利刃劃開，灌進了清涼的風。**大青山上臥白雲，苦莫苦過人想人**。你透過濃重的毒氣，彷彿嗅到了「冬妮婭」額頭上經常抹的「萬金油」的清涼味道……「冬妮婭」是唯一的讀過你前年暑假裏寫下的漫長日記的人。日記前半部分追憶了與魚翠翠在苘地裏的準幽會過程，日記的後半部分更像一篇中學生慣做的記敘文。文章記敘了你參加殯葬魚翠翠的過程和圍繞著魚翠翠屍首發生的一些爭執。

為了抵禦魚翠翠屍體的惡臭，我們都把噴過燒酒的毛巾捂到嘴巴和鼻子上，又酸又辣的酒氣刺激得我鼻腔發癢，眼睛流淚。我看到前來抬棺材的人都眼淚汪汪。我知道我流眼淚並不是因為難過。棺材已經停放在泥濘的院子裏，魚翠翠的爹哈著腰在院子裏走，臉上肉都死了，沒有表情。魚家二兄弟沒用毛巾捂嘴，也沒有流眼淚。看看人到齊了，魚老大站在院當中，啞著嗓子說：

「諸位兄弟爺兒們，家門不幸，出了這麼個喪門星，幫著抬出去埋了吧，魚老大魚老二記你們一輩子！」

魚老大流出兩行淚。這也絕不是為魚翠翠之死流的淚。眾人說，快點招呼起來吧，廣播裏說午後還有雷陣雨。扁擔繩子都在牆角上堆著，七手八腳拿了來，左一道右一道地把棺材捆起來。串好杠子，王三爺說：

「都照量照量，站站位。」

一共八個人，四根杠子。大個吳元義對我說：

「大學生，站前頭吧，我讓你一只杠子。」

大家都站好了，王三爺說：

「起！」

我用力直腰，站起來了。

王三爺說：

「走！」

我搖搖晃晃，立足不穩。王三爺上來，援了我一隻胳膊，我才站穩了。小翠好重啊，你壓得我的骨頭格巴格巴響。走到街上，泥水淹沒腳面，我一隻鞋子被剝掉了，也不敢吱聲，咬著牙關挺著走。遠遠的有一些女人，站在牆邊、門口，沾不著泥水的地方，看著這冷冷清清的殯葬隊伍。走到半道上，大家都一齊喘息著。道路更加泥濘、狹窄，稍有不慎，就會滑到灣裏去。灣邊上生著蔥蔥綠草，水面上浮著一團團牛糞狀的漂浮物。王三爺說：

「歇歇吧。」

我迫不及待地想扔杠子，王三爺說：

「慢著點放，墊上木頭。」

魚家兄弟每人抱著一節木頭，放在前頭一塊，放在後頭一塊。放下棺材，大家都抻著脖子努力喘息。陽光射破重雲，照得半灣通亮。黑雲邊上鑲著銀邊。太陽一忽兒就沒了，天上打起血紅的閃電來，雷聲在很遠的地方響著。我怕極了，想想又不知道怕什麼。王三爺說：

「走吧，多歇無多力！」

大家站穩了腳跟，半蹲下身，憋足了氣，等著王三爺喊號子。王三爺一聲號令，就聽到叭喳一聲響。細看那棺材，從中間斷開了一條紋，魚翠翠的臭氣從那縫裏凶猛地鑽出來。大家面面相覷一陣，最後把目光集到王三爺臉上。王三爺用袖子捂著嘴，低頭察看棺材，抬起臉來說：

「不能抬了，這棺材沒用鋼筋，淨用些爛鐵條。不能抬了，再抬就斷成兩半截啦。」

魚老大慌成一團，哀求著：

「三叔，三叔，您老人家想個法子，天生不能把她擱在這兒。」

王三爺說：

「你們再去弄口棺材？」

魚老大說：

「三叔，到哪裏去弄棺材？一口水泥棺材也要好幾百元！」

魚老二打斷他哥的話，說：

王三爺立刻拉長了臉，不看魚老二卻看著魚老大，氣呼呼地問：

「嘮叨什麼！掀到灣裏去算啦！」

「老大，真要掀到灣裏去？」

魚老大怒罵幾聲魚老二，轉過來賠著硬擠出來的笑臉說：

「三叔，您別和他一般見識。入土為安，她也不配用兩口棺材，掀到灣裏臭一灣水。將就著這個破棺材，好歹糊弄到墳裏。」

王三爺哼了一聲，說：

「我以為著真要掀到灣裏去哩。」說完這句，狠狠地瞪了魚老二一眼，接著說：「家去找兩根木頭來，長一點的，直溜一點的，托著材底，用繩子攬著，興許能糊弄到。」

魚老大和魚老二飛跑著去了。大家為躲臭氣，全都扔了杠子，跑到上風頭裏，有一句沒一句地磨牙鬥嘴。眾人的話下流不堪，不記。魚家兄弟抱著兩根木頭，踉踉蹌蹌地跑過來。收拾停當，又打棺起行。道路艱難，我的另一隻鞋也掉了，赤腳踩泥，反而增添了保險係數。挖墓穴的人等急了，跑到路上來接應我們，于有慶鑽到杠子下，把我換了下來，我萬分感激地望著他寬闊的脊背，揉搓著肩頭，跟在棺材後頭走。墓穴挖在一塊黃豆地中央，是魚翠翠家的責任地。魚老大戰戰兢兢哀求著：

「兄弟爺們，小心著點豆子。」

抬棺的人正在泥裏水裏死命掙扎，哪裏還顧得上他的豆子？連綿不停的滂雨把土地都泡瀣糊了，肩上負重，泥沙陷到膝蓋，棺材底子貼著地面，一點點往前拖。上邊一片喘息聲，下邊一片噗哧聲。挖好的墓穴裏，早滲滿了半穴水。大家放下棺材，遠遠地繞著墓穴站著，好像怕陷進墓穴裏似的。王三爺看看魚老大，魚老大看看王三爺，彼此無言，片刻。魚老大長歎一聲，說：

「三叔，這也是命裏注定，沒法子的事。」

王三爺也也歎口氣，說：

「只得這麼著了！大傢伙兒靠前吧！」

撤了杠子，大家赤手攥著繩索，把棺舉起來，小心翼翼地往墓穴邊挪動，鬆軟的泥土漸漸往裏合著，墓穴漸漸縮小，渾黃的水幾乎滿了穴。魚翠翠的棺材是掉進墓穴裏去的，水花緩慢地濺起來，又緩緩地落下去。四散開的眾人又合攏上來時，棺材已沉到水底，水面上噗噗地冒著一串串緊張的泡沫。我抬頭觀察眾人，發現每一張面孔上都掛著輕鬆的表情，我的心也隨著釋然了。魚翠翠，曾經將你的珍寶般乳房示我的魚翠翠，你從水裏來，回到水裏去，**縱有千種風情，更與何人說**！安息吧！魚翠翠在水中。穴壁終於坍塌了，水聲響亮，穴裏的水漫上來，流到人們的小腿上。大家都騰跳著躲閃。開挖墓穴的男人們不避穢水，操起鐵鍬，把黑色的泥巴鏟進墓穴裏去。由於稀泥滑溜，到底難堆成一個墳頭。王三爺宣布收工，留下的工作只好等天涼地乾之後，由魚家兄弟來完成了。回來的路上，暴雨如注，雨柱如漂遊不定的柵欄，如密密麻麻的網。同行人個個緊縮脖頸，任冰冷的雨鞭子抽打頭顱。後來又發生了這樣的事：鄰村有一姓杜的青年，在魚翠翠落葬三天後，喝了半斤劇毒農藥「呋喃丹」，送到醫院，人早就死定了。檢查遺物時，發現兩封魚翠翠寫給他的信。杜家老人愛子心切，託人來魚家說媒結「陰親」，魚老大張口就要一千元，反覆講價，魚老大死不鬆口。杜家生活並不富裕，原想花個五十六十的，將魚翠翠屍身買過來，與兒子同棺合葬，也不枉了為人父母一場，哪知魚老大如此陰毒，杜家父母的熱心也就冷了。何況，暑熱天氣，屍首放了三天，那肚子就如氣球般鼓起來，看看要炸的樣子，於是草草收殮，抬出去埋了。一段好事，到底沒成。窗外還在下雨，魚翠翠已經爛成稀泥巴了。

走進這片美麗的黃麻地之前，你行走在一塊辣椒地裏。那時候陽光還好，藏在黑綠的葉片下的辣椒像一串串凝固的血淚，也像一串串**沉重的歎息**。成串的血淚，密密麻麻的歎息，把半個縣的土地都蓋遍了。學校雇用的個體戶大客車滿載著千奇百怪的考生飛馳在學校通縣城的公路上，路兩旁成片的辣椒源源不絕地退去，又源源不絕地流來。那時候辣椒頂部正開著白色的小花，辣椒底部懸掛著小公狗生殖器形狀的綠椒子。狗雞巴辣椒。村裏人用這個叫法區別這種可製顏料的椒和別種辣椒。辣椒地似乎永無盡頭，壟間彎腰鋤草的女人們直起腰來往路上望著。你不敢走神了，已經是第五次參加高考了，勝負在此一舉。**成者王侯敗者賊**！你坐在大客車盡後頭的座位上，你的身邊擠著四個呆鳥般的男同學，女同學像什麼呢？你不願胡思亂想，你要求自己**意守丹田**，收束住**心猿意馬**。大客車布滿塵土，渾身顫抖。學校為了省錢雇用個體戶的破車，個體戶為了賺錢購買公家淘汰的破車。車聲隆隆，篩糠一樣抖動，你感到小腹下墜，直腸緊張，有排便的感覺，其實無便，你知道患了「高考綜合症」，要想痊癒只有放棄高考。路上車輛很多，汽笛尖聲嘶叫，黑煙黃塵一古腦兒從車窗湧進來。車窗玻璃殘缺不全，機關生鏽，無法關閉。坐在你前邊的一個女同學塗滿髮蠟的腦袋上黏了一層金粉般的塵土，醜陋骯髒，招來蒼蠅，蒼蠅飛上去就黏住了，抖著翅膀掙扎。臨近縣城，路溝裏汪著從皮革廠裏和罐頭廠裏流出來的烏黑顏色、臭氣熏天的廢水，大家都掩了鼻子，高級的用乾淨的小手帕掩鼻，不高級的把嘴巴紮進袖筒裏。你自然把嘴巴紮進袖筒裏，好像要躲避嗆喉的寒風。道路忽然擁擠起來，客車起初還鳴著喇叭，搖搖晃晃地往前擠，後來乾脆就停了。前後左右車喇叭響成一片，同學們焦慮不安地嗡嗡叫著，靠車窗的都把腦袋從破玻璃伸出去，好像雞籠裏引頸就食的雞。司機拉上車閘，讓引擎不死不活地喘息著。拉開車門他跳下車去，兩隻黏滿油泥的白手套從車外飛到駕駛台上。學生們絕大多數蠕動起來，只有極少數冷血學生還穩穩地坐著，閉著眼，嘴裏咕咕嚕嚕地響，半像背書半像咀嚼食物。王強用力拍打著劉長安的屁股，著急地問：怎麼回事？怎麼回事？劉長安縮回頭來，說：交通堵塞。帶隊的方老師弓著腰站起來說：安靜，同學們，安靜，我們下午三點才參加考試，時間足夠，大家抓緊時間，想一想學過的知識，腦子裏過過電影。司機爬上車來，嘴裏罵罵咧咧，聽不清罵什麼。同學們見他上車，以為車要開動，禁不住要歡呼，呼聲還未衝到嘴唇，卻見司機一按機關，熄了火。方老師湊上去問：師傅，怎麼回事？司機擤了一把鼻子，鼻子立刻黑了。他說：前邊修路，誰知道是不是修路，也許撞了車，也許不知是哪裏的王八蛋在設卡子收買路錢呢！方教師抬腕看看錶，焦急地說：師傅，您知道，咱可耽擱不起啊。司機睜著大眼睛說：我有什麼辦法，等著吧。他點上一支菸，白色的煙霧圍繞著他的黑鼻子盤旋著。路上車輛越集越多，放屁般的拖拉機聲把天都震破了。你和同學們漸漸混沌起來，一張張臉都布滿褐色的雲。方老師頻頻看錶，臉上的冷汗像透明的露珠一樣，撲簌簌往下流。老師，再不走我們就趕不上啦。老師，我們往那兒跑吧，我認識路。同學們吵成一窩蜂，你沉默著，沉默呵，**沉默呵！不在沉默中爆發，就在沉默中滅亡**。方老師掏出潔白的手帕揩著臉上的清汗，可憐巴巴地問司機：師傅，什麼時候才能開出去！司機說：等著吧，陽曆年前保險就開出去了。方老師認真地想了一會兒，說：那不行，那不行，今日才是七月九號，到陽曆年還有四個多月。老師，等到陽曆年，大學生都放寒假啦！黃瓜菜都涼啦！豈止是涼了？都結冰啦！老師，我們要求跑步去縣城。耽誤了考試你要負責！你負不起責！司機一撳按扭，車門咯咯吱吱地開了。學生們蜂擁下去。方老師高喊著：同學們吶，注意安全！注意安全！同學們！你裹在洪流裏滾下了車，身不由己地往前跑。拖拉機。客車。地鱉子車。地鱉子車上坐著一個大肚子男人。地排子車。馬車。毛驢車。卡車。北京吉普車。掛斗卡車。小推車。自行車。麵包車。這輛麵包車也是用計畫生育罰款買的嗎？你的眼前晃動著各色的鐵甲板，大大小小的輪胎，赤裸的黑白脊樑；

你的耳朵裏混雜著各種各樣的機器聲和喇叭聲，牛叫馬嘶人罵娘等等也混雜在裏邊；你的鼻子裏充斥著髒水溝裏的污水味道、煤油汽油潤滑油的味道、各種汗的味道和各種屁的味道。**小姐出的是香汗，農民出的是臭汗**，高等人放的是香屁，低等人放的是臭屁，（「有錢人放了一個屁，雞蛋黃味鸚哥聲；馬瘦毛長耷拉鬃，窮人說話不中聽。」）臭汗香汗，香屁臭屁，混合成一股五彩繽紛的氣流，在你的身前身後頭上頭下蚪龍般蜿蜒。你知道要**毀了，踢蹬了，這是最後的鬥爭，電燈泡搗蒜，一錘子買賣**，發生在公路上的大堵塞，是每個進縣趕考的中學生的厄運。你的呼吸不暢，胸口憋悶，頭暈目眩，喉中有蛔蟲，急欲一吐為快。主啊！東山再起死灰復燃的耶穌教徒劉聖嬰拄著拐棍提著水罐子踮著那條被堅信無神論的共產黨員兒媳婦肖飛燕打瘸的腿，蒙難耶穌般地往家裏走，一邊走一邊唱：主耶穌，在天之父，速降法術，驅滅妖孽，阿門！你也在心中暗暗呼叫：**天啊！我的上帝！阿門！**第三天（？），**上帝說有光，於是就有了光**。上帝說交通堵塞於是就交通堵塞。狗娘養的上帝！婊子生的上帝！**上帝就是你自己！**你痛罵著上帝，緊隨著你的驚槍的野兔子般的同學們，鑽著空子往前躥。猶如一盤散沙，猶如一個茅坑，猶如一群羽毛未豐的雛雞。路邊聚集著的石灰被踢騰起來，灰煙迷眼嗆鼻，對面不見人，拖拉機的煙囪裏噴射著黃豆大的火星。你的同學在一堆土豆裏摔了一個狗搶屎，這就是**躐等躍進欲速則不達快就是慢**的可恥下場。他打了幾個滾，從土豆堆裏爬起來，不辨方位胡亂跑，與你撞個滿懷，他揉著被撞痛的胸脯你揉著被撞酸的鼻子，鬥雞般對視了數秒鐘。他媽的！你恨恨地罵，你並不是罵他，他卻惡狠狠地罵你：你媽的！你委屈地擺擺頭，繞過遍地翻滾的土豆，繼續往前跑。那輛五十五馬力的拖拉機掛斗擋板被撞破，成群的土豆爭先恐後地傾瀉下來。你繞過一輛摩托車，看到騎手戴著巨大的頭盔，外星人一樣笨拙地轉動著頭頸。一頭拉車的母牛在車轅裏劈腿撒尿，尿水濺到摩托車騎手的腳面上他卻渾然不覺，一輛裝潢漂亮的麵包車前半截下了路溝，車頭抵到一棵樹上，你看了一眼車尾巴上貼著斗大的紅喜字，咬著牙根暗罵一句：這棵該死的樹！一定是哪家達官顯貴的兒子結婚或女兒出嫁。新媳婦穿著奪目鮮豔的紅綢子襖，頭上珠光寶氣，臉上污泥濁水。你們跑，鑽，像煙一樣，像塵土一樣，像氣味一樣，用五十分鐘時間鑽出了三公里車輛陣，你們都像從梗阻住的腸道裏鑽出來的蛔蟲一樣，灰黃灰黃、沒有一點血色。大家都靠在路邊楊樹上喘氣，有手錶的同學抬抬腕，說：不急，剛十二點，還有三個小時。學校在旅館裏包了房間包了飯，咱們要等著方老師。有一部分同學不同意等，有一部分同學堅持要等，兩部分同學爭吵著。你手扶著樹幹，離水魚兒般困難地喘息著，心臟像顆乒乓球，噼噼啪啪撞著胸，汗透衣衫，虛弱，口乾舌燥，你第二次想到：**毀了！**這第五次高考，八成又要毀了！一想到失敗，巨大的恐懼襲來，你感到肛門括約肌抽搐幾下，一線熱呼呼的東西流了下來。痔瘡大發作，你是老痔瘡。四處無高稈作物，更無廁所，你無可奈何，用力夾緊大腿、不敢看人，好像同學們正在窺測著你的祕密。一隻瘦小的紅螞蟻拖著一隻比牠的身體大幾十倍的綠蟲子在樹幹上掙扎著，綠蟲子的屍體黏在楊樹皮上，螞蟻拖不動。你看到小螞蟻棄蟲而去，一邊爬一邊回首，觸鬚擺動，好像在說：好小子，你等著，等著吧，我回家找俺爹去。方老師從車縫裏擠出來了，潔白的額頭不知撞到了誰家漆未乾的汽車上，蔥綠一片，嚴肅得可怕。方老師喘息著，掏出花名冊，大聲點起名來。又一批車輛擁上來，焊接到堵塞車團的尾巴上，車聲喧嘩，淹沒了方老師的聲音。也不知少了誰，當然不會多了誰，跑啊！跑他娘的！有一個學生帶了頭，全體學生緊跟著，穿插著車輛縫隙，嚇得司機們面孔痙攣，趕緊拉閘。學生們像一個個螞蟻蛋，黑壓壓地往縣城滾去。你腿軟心慌，確實有點草雞，但只好咬著牙跟上，腸子像被牽著一樣痛。

你猛然發現，在同學們的腦子裏存在著一個共同的念頭，好像誰在這次越野賽中跑了第一名，誰就是高考總分第一名；誰最先跑到考場，就等於誰最先跑進大學校園。怪不得大家都像出膛的子彈離弦的箭，流星隕落，亡命脫兔。你第三次知道毀了。不毀了才怪，哥哥嫂子詈罵，母親恨我不爭氣，富貴者欺侮我，貧賤者嫉妒我，痔瘡折磨我，腸子痛我頭昏我，汗水流我腿軟我，喉嚨發癢上呃嘔吐我……**亂箭齊發，百病交加**，不毀了才是怪事！你一低頭，手捂住肚子，挪到路邊，哇哇地嘔吐起來，兩條彎彎曲曲的大蛔蟲在你的嘔吐物中蠕動著。又是一陣更加強烈的噁心泛上來，你大張開嘴巴，閉著眼睛，你感覺到成群的蛔蟲像滑溜的豌豆麵麵條一樣從嘴裏遊出來，你感到幸福輕鬆，沉屙消除般的愉悅和歡欣。吐完了，你低頭看去，還是那兩條蛔蟲在蠕動。你立刻感覺到受不了了。你彷彿看到了自己的胃和腸，成千條蛔蟲擁擠著、盤纏著，堵塞著腸道，就像成千輛車堵塞著身後的道路。你一屁股坐在了路上，怔怔地看著那兩條蛔蟲，發現牠們光滑的身軀上反射著金子般的光澤。**上帝！阿門！**齊文棟，怎麼啦？坐在這兒幹什麼？你回過頭，用絕望的眼睛看著呼喚自己的人。盧立志，男，十七歲，高二一班學生，成績優秀，破格參加高考。你知道，現在高二學生就趕完了高三的全部課程，進入高三，全年複習，師生團結一致，共同對付高考。盧立志高高大大，相貌英俊，是學校裏的驕子。你曾經聽人說過，盧立志口出狂言：盧立志要是考不上大學，全縣沒人能考上大學！他一定能考上大學，就像你一定考不上大學一樣。他爹媽生得他腦袋好，他的腦袋是化學腦袋反應快，瞬息萬變；你爹媽生得你天性愚鈍，你是花崗岩腦袋頑固不化。盧立志不上大學誰配上大學！他上前一步，說：你病了？他低頭看到你的嘔吐物，閃電般跳到一邊去，驚訝地說：你……你吐出了兩條……蚯蚓？另一個小巧玲瓏的女同學靠上來，用小手絹捂著鼻子說：你呀，真是個書呆子！這是蛔蟲，書上有過圖畫。你酸溜溜地望著這個女同學那兩隻毛茸茸的大眼睛，一時忘記了她的名字。她也是高二一班的優等生，破格參加高考。只有優等生才配做優等生的對象，你敏感地注意到她對盧立志說話時神情裏包著一罐蜂蜜樣的東西，你在心靈深處為他倆祝福。盧立志和毛眼子女同學架著你的胳膊把你從地上拖起來，你突然感到十分委屈，眼淚流到腮幫子上。他和她交換了一個眼神，你知道他們憐憫你，居高臨下對你進行幫助，你慚愧，忿恨，但沒有力量掙扎；你順從地掛在比你小七歲的盧立志和比你矮五公分的女同學臂膊裏，一句話也沒得說。盧立志說：跑什麼呢？跑得快就考得好嗎？高考不是田徑賽！剛剛十二點五十，時間綽綽有餘，慢慢走吧。毛眼女同學說：就是，慢慢走吧。你於是和他們一起走，說說笑笑，倒也自在。盧立志說：齊文棟，你今年一定會考中的。你膽怯地搖搖頭。你其實學習很好，基礎多牢啊！關鍵是臨場發揮，你別緊張，保證就考中了。是吧？南妮。對，別緊張。南妮說。你這才想起了她的名字。她的名字跟你嫂子的女兒娜妮幾乎一樣，你想起了娜妮，一個斜眼睛白皮膚的小姑娘。她是你的侄女嗎？你疑惑不安。瘦如猿猴的哥哥娶了胖如猩猩的嫂子，是家庭動亂的根本原因。好厲害的嫂子，你一想起她那條紫紅色的牛舌頭狀的大厚臉就腳軟。你聽到村裏的人跟嫂子吵架時，罵嫂子的話。那個女人牙床極端突出，上唇退縮到牙床丘陵的漫坡上。你不知道是什麼原因造就了家鄉這麼多性格乖戾、相貌醜得登峰造極、看一眼一輩子也難忘的女人，所以你厭惡這塊土地。你異想天開地要對故鄉的人種進行改良，雜交，一照鏡子你馬上發現自己也在改良之列。凸牙床女人像發情的母驢一樣嚼著泡沫，罵嫂子：養漢子×！你那個娜妮是小老杜的種！當我不知道！全世界都知道你**借種下田**。嫂子暴跳如雷，奓煞著胳膊向凸牙床女人撲去，兩個女人像兩條母狗一樣滾來滾去……南妮說：齊文棟，你估計著今年的作文能出什麼題目呢？你搖搖頭，說：猜不出，沒準又是看圖作文，臨渴掘井，畫雞畫蛋之類，南妮笑著說：你還有點幽默。你說：**黑色幽默**。有藍色幽默吧？你們複習班那個羅老師專門給學生灌輸些雜七拉八的知識，南妮說，我們任老師可不那樣，有利於高考的她講，不利於高考的絕不講。學生腦袋就那麼一點兒大，正經東西就塞滿了。盧立志說；有利就有弊，任何事物都是矛盾，羅老師講課生動極了……

穿行在辣椒地裏，你想起了這兩個好同學，他和南妮都穩穩地考中了。現在，他們一定在歡天喜地收拾行裝，準備到大學報到，你為他們祝福。那天，要不是他倆，你想我一定要坐在那兩條蛔蟲面前繼續發呆，連縣城也走不到，連考試也不能參加。在盧立志和南妮的幫助下你到了縣城，下午兩點整。離考試還有一小時。你跑進了廁所，出來時臉色更加灰黃。方老師擔憂地看著你的臉，問你能不能堅持，你說能。方老師帶你去吃飯，煎包子，每人一盤，同學們都吃完了跑進旅館休息去了。盧立志和南妮每人用手托著一塊糕點，站在旅館飯廳外的法國梧桐樹下，一邊吃一邊說話。你吃了一個油煎包，剛嚥下肚去就感到腹中亂成一團，你看到數千條蛔蟲鳴叫著，廝殺著，瘋狂爭奪一個油煎包。你又想嘔吐，沒嘔吐是因為你立刻用食指和拇指捏住了喉結上的皮膚。方老師用一個烏黑的白碗舀了一點水給你，要你喝你擺手示意不喝。方老師用一個酒精棉球擦著手指說：太不衛生，太不衛生，實在是太不衛生啦。你弓著腰站起來，方老師扶你到房間裏休息。兩點三十分。同學們都爬起來，跑到水龍頭那兒用涼水洗臉，排隊洗臉時，有幾個同學嘴裏還念念有詞，**臨陣磨槍，不快也光**。有兩個衣冠燦爛的同學在吸食「人參蜂王漿」，有三個同學在吞食「腦靈素」，有一個同學——他一定信奉基督教——正在怪模怪樣地當胸畫十字，畫完了還牛唇不對馬嘴地念一聲號：南無阿彌陀佛！沒人能夠笑出聲來，大家都不會笑了。**生死搏鬥！**考中了成人上人，**出有車，食有魚，食不厭精，膾不厭細，書中自有顏如玉，學而優則仕！**考不中進「人間地獄」，**面朝黃土背朝天**，找一個凸牙齒女人也如蜀道難，難於上青天。把佛教和基督教合二為一的小同學的滑稽動作僅僅使幾個人嘴邊泛起幾道悲苦的笑紋，頃刻又消失了。排隊洗過臉的同學們又排隊去廁所，你知道進廁所更多是心理需要而不是生理需要，你知道十個進廁所的同學有九個沒有尿，一個有尿的也不到緊張的程度。好一陣忙碌，你隨著隊伍到了考場。兩點五十分。進考場。對號入座。等待，焦慮，每分鐘長過一年。監場人虎視眈眈，手按腰際，好像按著一支上了頂門火的手槍。在你左前方，有一個胖乎乎的女同學發出一聲海鷗般的尖叫，腦袋摔在桌面上，咚咚一聲響，扶起來看時，滿臉慘白，竟是暈過去啦。你的手心腳心裏滿是汗水，肚裏蛔蟲鳴叫，像小鳥叫聲一樣悅耳。你攥著粗大的鋼筆桿，忽然看到自己的指甲蓋都像曬乾的豆腐皮一樣捲曲著。西元一千九百八十六年七月九日下午三點，那個老頭子放著電鈴不拉，晃響了那柄黃銅大鈴鐺。銅鈴鐺在白色的太陽下燦爛生輝，你和你的同學們都無法看到。你模模糊糊地感覺到，一份雪白的考卷，像一片美麗的大雪花，瀟瀟灑灑地飄到你的桌子上。

永樂！你的哥在牆西邊厲聲喝道：跟我去噴粉！試也考完了，躲在家裏幹什麼？別擺那少爺架子！等錄取通知書來了，你要幹活我也不讓你幹。哥說話時，你正在就著大蔥吃餅子，大蔥苦辣苦辣，你嚥不下去啦。你認為是這棵毒辣的大蔥刺激出了你的眼淚。娘擠著眼小聲對你說：我的兒，別不好受，都怨你爹死得早，吃吧，吃上那塊餅子，跟著你哥去幹活。你哥也是沒法子。你站起來，走到院子裏，隔著那道半人高的土牆，看著哥花白的頭頂。這道土牆是哥嫂與你分家時壘起來的。五間低矮的草屋，你和娘分了兩間，哥嫂分了三間。哥彎著腰攪拌豬食，發酵飼料的酸味一陣陣衝過來。兩頭黑色克郎豬，用牠們筒狀的長嘴撞擊著圈門。娜妮在屋外哭。哥的第二個孩子蘭妮在屋裏哭。哥的第三個孩子出生十天了，她在炕上哭。三個女孩，後邊兩個是超計畫生育，不知道要罰多少款呢。嫂子頭上包著一塊藍布，臉浮腫著，提著只水桶在壓水井上噗唧噗唧壓水。哥餵完豬轉過身，橫眉立目對你說：你直愣愣地站著幹什麼？還不快收拾噴粉器，去四老爺家借袋「六六六」粉，豆地裏招了「綠布袋」蟲子，再不治就吃成光稈啦。嫂子歪過頭來看看你，和顏悅色地說：兄弟，幫你哥幹點吧，你今年考得挺好是不？我聽魯連山家老三說你考得挺好，大專考不上，中專是綁上了。上了學能掙錢了別忘了你哥在家受的罪。你問自己：我是不是真考得不錯呀？老天保佑吧！你不去計較哥哥的蠻橫態度了，嫂子空前的溫柔使你感到一絲絲溫暖。你走出家門，去四老爺家借「六六六」。

拐進胡同時，聽到復員軍人高大同在他家的院子裏叫罵著：「他媽的！毀了！」一個大青年，沒有老婆，一個人住著四間大瓦房，孤獨毀了。要是有錢，買上電視機、錄音機、電唱機、收音機，哈哈地開著響，腦子不是好一點？是好一點。可是沒有，進來一個人，出去又是一個人，一人吃飽了全家不餓，連個說話的人都沒有，把個腦子硬給踢蹬了！毀了！那個修收音機的雜種，明明當時就能給我修好，可他偏偏不給我修，非要拿回家去修。黃鼠狼子給雞拜年，沒安好心腸！他一定想偷換我的收音機零件！這個狗雜種！你起初以為這個復員軍人兼共產黨員在跟什麼人發牢騷，但一直沒聽到那人回答。你心中納悶，放下「六六六」，躡手躡腳走到他家的大門口，從門縫裏偷覷見這個哈腰羅腿大眼睛的青年人正對著虛無說話。他手舞足蹈，表情豐富，好像一個出色的演員。看我幹什麼？他媽的！他憤怒地罵道。你嚇得幾乎要癱倒，正要張嘴解釋，那高大同卻嗚嗚地哭起來：誰是精神病？你他媽的才是神經病，老子南北轉戰，槍林彈雨都經過，沒有功勞還有苦勞沒有苦勞還有疲勞沒有疲勞還有牢騷。你們都不把我當人待，你們都用衛生球眼看我，你們都笑話我沒有老婆。我有過老婆，她跟人家睏覺被我抓住，我用鞭子抽她，用棍子擂她，用火鉗戳她，用烙鐵燙她，我給她灌辣椒水，上老虎凳，我使用了四十八套美國刑法，四十八套日本刑法，她寧死不屈！她才是真正的共產黨員！你們笑話我沒有老婆？那你們把女兒嫁給我我不就有老婆啦！你們怕了，走了，你們一聽到我要娶你們的女兒就像烏龜一樣把你們鱉頭縮進了進去！滾吧！都滾吧！回家摟著你們的女兒睏覺去吧！你們自產自銷了去吧！你們這些人面獸心的王八蛋！「說嘴叭叭的，尿床嘩嘩的」，一些騙子！你們這些蛤蟆種、兔子種、王八種、雜種配出來的害人蟲！你們這些驢頭大太子，花花驢屌日出來的牛鬼蛇神！你們不是有權嗎？我砍掉腦袋碗大個疤瘌，三十年後又是一條好漢天都不怕還怕你的權？哈哈哈！你怕我！哈哈，你怕我！你的手哆嗦了，（他舉著一根食指，像舉著手槍，對著無形的敵人。）你的腿也哆嗦了，嘴唇發紫了，眼睛發直了，淌虛汗了，褲子尿濕了。你還敢說你不怕我？哈哈哈哈哈哈！我現在知道了該怎樣對付你們這些利用權勢霸佔人家老婆的混帳鱉羔子了！你們這些穿新衣戴新帽的猴子！豬狗不如的東西！你是個什麼東西？你不用躲躲閃閃，長袍馬褂也遮掩不住你的狼心狗肺，你一肚子驢雜碎！就是你勾引導了我老婆，你給我老婆十塊錢。你想跑？你能跑到哪裏去，跑到耗子洞裏去我在洞口支上鐵夾子等著你，跑到豬耳朵裏去我用蜂蠟把豬耳朵眼封起來，哈哈哈哈哈……操你的媽！（〔他昂起頭，眼裏淌著混濁的眼淚，狂笑著，用力拍打著自己的屁股。〕你手扶著他的破爛大門，蛇蠍毒汁般的眼淚噴泉般湧出，你不知道為誰而哭）操你們的媽！軟的怕硬的，硬的怕愣的，愣的怕不要命的，老子就是不要命的！我，高大同，死都不怕還怕你們這群豬狗嗎？你們使用狼狗、使用傘兵刀、使用手榴彈、使用火焰噴射器、使用催淚彈、使用粉紅色炸彈、使用敵敵畏、使用「速滅殺丁」、使用驅蛔寶塔糖、使用無線電偵聽、使用莫爾斯電報機、使用結紮術、使用催眠術、使用恫嚇、使用香酥雞、使用誘姦法、使用沂蒙山啤酒、使用金絲邊眼鏡、使用你那個患相思病的老婆、使用你那個進妓院撈毛扛叉杆的破爹、使用金槍不倒迷魂藥、使用搜查和警察、電棒子和鐵手鐲、陰謀和詭計、花言和巧語、賭咒與發誓、收買和拉攏、妓女和嫖客、海參與燕窩、駝蹄與熊掌、黃瓜與茄子……也難動搖我的鋼鐵意志！君子報仇十年不晚！我來無影去無蹤光棍一條，殺一個夠本殺兩個賺一個！你還說不怕？瞧瞧瞧，你的屎湯子都流出來了！像你這種專門偷雞摸狗的臊狐狸都把狗命看得重如泰山，我高大同這種粗人莽漢把命看得輕如雞毛。東風吹，戰鼓擂，當前世界上究竟誰怕誰？你裝孫子啦？（他向前搶一步，對準假想中的仇敵，狠狠地搧了一巴掌。仇敵一定仰面跌翻，他自己也閃了一個踉蹌。）你滾吧，我不願意再動你。收起你的臭錢，你的錢太髒了。你們這些吸血鬼，你們吸男人的血，吸女人的血。你不是個人，你是什麼？你是妓院的一隻黑臭蟲！妓女的腚也比你那臉乾淨！……他的罵聲嘶啞了，身上散發出騰騰的熱氣。你的胳膊被一隻手撥拉了一下子，一張苦大仇深的紅臉對著你，那臉上鑲著的兩隻辣椒般的紅眼睛火辣辣地盯著你。看什麼？有什麼好看的？你惶恐無言，退到一旁，老頭一膀子把門撞開，搶進院子裏，對準高大同的腮幫子就是一巴掌。誰打我？誰敢打我？高大同轉動著脖子，眼珠子直愣愣地說。雜種！你這個瘋雜種！老頭子渾身哆嗦著，抓住高大同的破爛衣襟撕擄著，你罵什麼大街？瘋子，瘋子，你把人都得罪完了。高大同揮舞著胳膊反抗著，喊：放開我，放開我，你是我爹嗎？我不認你這種膽小如鼠的爹。不要讓他跑了，你站住，站住，我代表人民處決你。高大同舉起一個手指，做了個放槍的動作，嘴裏同時摹仿了一聲槍響：巴勾！前面一排瓦房的後窗嘩啦一聲被推開，窗口裏伸出一個粗短結實的頭顱，那人又凶又橫地說：高老四，把他送到瘋人院去！否則，出了事情你負責！高老四扭著瘋狂掙扎的兒子，滿面笑容地說：二叔，驚嚇您老啦！您大人不見小人的怪，別和瘋漢一般見識。高大同努力甩開他的爹，像生了翅膀樣飛起來，張牙舞爪，直撲窗台而去；我要殺的就是你——我要殺了你——他扒著窗台，一聳一聳地急遽跳動著。那隻伸出來的肉頭鬼叫一聲縮進去，窗戶猛地被拉上——只拉上一扇，另一扇晃動著，挨著高大同的拳頭打擊，玻璃嘭一聲響，隨即炸裂。高老四撈一根扁擔，撲上去，橫一扁擔，掄到兒子腰上，扁擔鉤子嘩啦嘩啦響著，兒子擰了擰腰；豎一扁擔，砸在兒子頭上，扁擔鉤子痛苦的響著，兒子猛一跳，離地有二尺多高，然後，像一隻中槍的野雞，緩緩地跌在地上……你看到高大同的耳朵裏流出藍墨水一樣的血，高老四眼睛裏流出了紅墨水一樣的眼淚……陽光燦爛極了，天藍色的雨燕電一般地在明朗的大氣裏飛翔。喳唧喳唧喳喳唧唧……唧……這是在飛行中進行交配的雨燕發出的殘酷的呻吟聲……還有什麼？什麼都沒有啦！最後一個英雄被打懵了，你看到天地間混亂地飛舞著傾斜的、彎曲的、黑色的太陽光線，一陣絕望的寒冷流遍了你的全身。你走了幾十步，又走回來，扛起了那袋子「六六六」藥粉，一步步挨向家門……

從藥瓶子裏衝出來的腐爛蘋果的香味越加濃烈，一群群蚊蟲飛來，一群群蚊蟲在腐爛蘋果香味裏流星般隕落，又一群群蚊蟲撲來。你把藥瓶子觸在唇邊上，眼前霍然亮起一大團混濁的金黃光暈，你清晰地看到了上帝枯槁的面容和蓬亂的長髮，魔鬼般的上帝背後立著明眸皓齒、青絲紅唇、衣袂燦然的死神。蚊蟲像火星一樣碰撞著你的面頰和單薄如紙的耳輪，你怦然心動，伸出舌尖咂了一下「一〇五九」的味道，舌尖奇痛如刀割，你猶豫了，胳膊垂下，眼前黃光消逝，滿天星斗灼灼，一鉤新月忸怩地從黃麻縫隙裏望著你，**如一彎似蹙非蹙柳葉眉，如一雙似喜非喜含情目，淚光點點，嬌喘微微**。你想天地間也許還有淒涼的溫暖，你挖空心思尋找那溫暖時，黃光消逝了，黯淡灰白的黃麻花白夜蛾般伏在森森然的黃麻莖葉間，給予了你模模糊糊的韶華難留的暗示。**好花不長開，好景不長在，撒手方得一身輕**。

黃麻花像舞台布景一樣黯然撤換。燦爛的陽光高掛天宇，燕聲啁啾。河裏濤聲澎湃。燠風如鑽，旋動著你肩頭扛著的紙袋裏的「六六六」藥粉，辛辣的煙塵鑽進你的鼻腔，你連聲打著噴嚏，一聲比一聲響亮。你打著噴嚏，眼前一明一暗，好像是在伸手不見手掌的暗夜、好像鼻腔和口腔是火鐮與火石、好像打噴嚏是打火、好像噴嚏聲是火星迸射。你的腦眼裏閃爍著高大同耳道裏藍色的血和高老四眼睛裏紅色的淚，高大同痛快淋漓的血罵像一條五彩繽紛的綢帶，在你心裏滑來滑去，熨著你心上深刻的傷口，在罵聲中你看到了人類世界上最後一點真誠，最後一線黯淡無神的人性光芒。**在這個污穢的鬧市裏，就是把金剛石的寶刀也要生鏽！**村裏的高音喇叭廣播完新聞又廣播刺耳的音樂，樂聲繃緊如彈簧，女人的歌唱聲中布滿欺騙和陷阱，早晨的空氣膨脹，好似充足氣的橡膠輪胎。你跑到哪裏去啦？去縣裏買也買回來啦！哥站在院子裏，怒氣沖沖地訓斥著你。你不想辯解，你連說一句話的欲望和力量都沒有。哥夾纏不清地嘮叨著，拆掉活動門檻，把獨輪車推出去，兩台噴粉器裝在車梁兩邊，你把「六六六」袋子放在車梁上。走吧！哥的氣順一些了，用恨鐵不成鋼的口吻對你說。你彎腰攥住車把，把獨輪車架起來，走了三五步，迎面一群人擋住了車輛。你認出了領頭的大個子是村民委員會主任，大個子旁邊一個大奶子女人是鄉政府專搞計畫生育的委員，後邊八個人，是村裏一夥專門鬥雞撵狗、聚眾鬧事的流氓惡棍，他們是你們村貫徹落實上級指示、維護村支書威權的中堅力量。這八個人是表兄表弟姊夫舅子連襟妹夫之類難以說清的關係，村裏人誰見了誰怕，誰要敢不怕，不是房後草垛起火，就是豬圈中肥豬中毒。一見到這群人，哥渾身篩糠，臉色蠟黃，手腳無所措。村主任說：齊文梁，聽說你老婆生了第三胎？哥說：沒……沒有……村主任一揮手，說：進去看看！哥張開胳膊，攔住道路，說：生了……村主任說，縣裏正抓破壞計畫生育的典型，你就當個典型吧。哥說：生三胎的也不是我一個，憑什麼讓我當典型？村主任說：這也不是我的意思，是鄉里的意思。大奶子女人不滿地斜了村主任一眼，說：齊文梁，沒得廢話多說啦，計畫生育是根本國策，提倡一胎，控制二胎，杜絕三胎。省裏指示要千方百計把人口增長率降下去。縣裏指示，什麼都有法，計畫生育沒有法，無論採取什麼措施，降低人口增長就是好措施。鄉里指示，生二胎罰款二千元，生三胎罰款三千元，並強制施行結紮手術。你們大隊裏還有什麼土政策我就不知道了。村主任說：齊文梁，你聽明白了沒有？這不是我不顧鄉親情面，上級有批示沒法子的事。你能交上三千元嗎？哥哭了：主任，你看看我這個樣，老婆有病，孩子又多，養著老娘，還得供給俺兄弟上學，掙一個花兩個，打死我也拿不出三千塊錢啊。村主任說：那就只好先拾掇你屋子的家具了，先放在村子押著，你湊齊了錢就贖回來。哥跪到地上，苦苦哀求：主任，你不能啊，你不能不讓我過日子啊……村主任同情地說：文梁，你這是幹什麼？起來起來起來！誰不讓你過日子啦？你以為我願意得罪人嗎？別說你兄弟眼見著就是大學生，將來不知熬成多大幹部，你就是個老絕戶頭子我也不敢得罪你，多一個仇人堵一條路，我也有老婆孩子。起來，起來！大德子，你領著人進去吧。大奶子女人說：先別忙抬家具，先弄著他去衛生院裏結紮吧。大德子走上前，把你哥拖起來，說：老哥兒們，走吧，去騙蛋子吧。哥嚇得面如土色，叫苦連天地說：不……我不去……我有病啊……有病啊……村主任說：你別哭，三十多歲的大漢子，怎麼像個老娘兒們一樣嚎天抹淚，你有病就紮你老婆。大奶子女人說：女紮比男紮更保險。哥說：她也不行，她也不行，她剛生了孩子，還沒出月子哪！大奶子女人說：不妨礙的，二指長的小刀口。門口正吵鬧著，院子裏雞驚飛，你看過去，見嫂子披頭散髮如起屍女鬼，搬著一條方凳衝到西牆邊，意欲跳牆逃走。村主任高呼：別讓她跑了。八個男人一窩蜂擁上去，扯腿的扯腿，拉腰的拉腰，把嫂子從牆頭上拽下來。凳子翻倒在地，絆著八條漢子的腿腳，嫂子點頭挺肚踢腿，沒命地嚎叫。娜妮一見親娘被擒，驚嚇之下哭音如高音竹笛，分明地從嘈雜聲中拔出一個尖。屋裏的兩個小女孩也不緊不鬆地哭著，院子裏亂成一團。哥血紅了眼睛，彎腰抻頭，憋足一口氣——哥憋氣前先高吼一聲：我不活啦——直對著村主任的小腹撞去。村主任猝不及防，被撞個正著，倒退一步，仰面跌倒。八條漢子中躥過四條來，四虎分羊般把哥拘禁起來，都咻咻地喘氣，嘴裏饞涎欲滴。村主任爬起來，面皮青紅，胸脯子鼓脹著，看起來是動了大怒。但過了片刻，面皮黃綠，一個寬大的笑容從黃綠色裏洇出來。他笑著說：文梁，你糊塗啊！你以為這是你大叔我的事嗎？這是黨的事，國家的事。你就是生他一個營，一個團，也吃不著我家碗裏一粒米。燒不著我家墳上一棵草。你就是一頭撞死我，也擋不住你老婆去結紮。共產黨什麼都怕，就是不怕硬。你能硬過鐵嗎？**民心似鐵，官法如爐！**小夥子，別碟子裏扎猛不知深淺啦。放開他，讓他好好想想。村主任對那四個莽漢揮揮手，寬宏大量地說。哥宛若木偶，站著，只顧大口喘氣。娘倒背著手，野鴨子凫水一樣走出來。她耳聾，便歪著頭，問哥：雜種，又闖下什麼禍了，你們這些雜種，什麼時候才能讓我不操心呢？嫂子一見娘，猶如見了救星一般，高聲大嗓地哭叫起來：娘啊！娘啊！救救我的命吧！這群強盜，要綁我去醫院結紮，娘啊，我還沒給您老人家生出來一個孫子，結了紮，可就斷了齊家的香火啦。娘聽清了嫂子的哭訴，顫顫巍巍走到村主任面前，叫著他的乳名罵：狗皮，你這個沒良心的東西，六親不認的東西，你的娘是我的叔伯姨，咱倆是表姊弟，我的孩子就是你的孩子是不是？村主任說：表姊，你別生氣，正因為咱是沾親帶故，我更要大公無私，要是我包庇親戚，怎麼去管別人。娘說：你甜言蜜語也騙不了我，你是想絕了我的後。村主任說：跟你老婆子有理也說不通，齊文梁，就是這麼塊形勢，明擺在眼前，你不要敬酒不吃吃罰酒。哥蹲下去雙手捂著頭，嗚嗚地哭起來。娘說：你們這群傷天害理的畜生，要結紮就結紮我吧，我替俺兒媳去。大奶子婦女掩口而笑：哎呀呀，這個老大娘，簡直是……簡直是……村支書對漢子們使個眼色，說：別囉嗦了！儘管嫂子死命掙扎，但在四個男人鐵鉗般的手爪裏，也只剩下叫罵嚎哭的本事。娘向前撲，被大德子只一搡，便如枯枝敗葉般萎落於地。你抓住大德子的手脖子，立刻感到自己的手萎靡不振，你說：不許你打俺娘！大德子眨動著杏黃色的眼珠子，陰沉沉地說：年小的，放開手！要動武的，你還是黃瓜妞子打老牛，嫩著點兒。要講文的，我講不過你。你膽怯地把手鬆開了，手指痠麻彎曲，久久伸不直。你好像求情般地問村主任：你們一點人道主義精神也不講嗎？村主任狐疑地看著你，約有五分鐘，才喘息般地說：你得了什麼病啦沒有？這是農村！村主任的話好似當頭一棒，使你徹底清醒了。四個大漢拖拉著嫂子遠去啦。還有四個大漢等待著村主任下達抬家具的命令。村主任看看你，果斷地說：一切由我承擔著，家具不抬了。文梁，那三千塊錢，你慢慢湊吧。老姊姊，你也不用哭啦。這是社會，誰頂誰倒楣，再說，能頂得住嗎？哥哥站起來，感動萬分，叫了一聲大叔。村主任說：齊文梁啊，跟著去看看吧，買隻雞，燉燉給你老婆吃，大小也是個手術，再說，她還是月子裏身體虛弱。哥諾諾連聲。村主任率著四個大漢，大漢們身後跟隨著那個大奶子女人。一行人搖搖晃晃地走了。娘去哥嫂的院裏照顧哭成一片的三個孩子。哥追著嫂子的叫囂聲跑去，跑了幾十步，又轉回頭，對著你喊：永樂，你自己去吧，去豆地噴粉，「綠布袋」，造橋蟲，趕快治……

你給黃綠色的豆子噴著粉，想著哥最後一轉臉時的表情，你想，男人們被結紮了輸精管，從手術床上站起來時，一定都是這副表情。哥沒被結紮，哥僅僅是去追趕即將被結紮的嫂子，臉上就已經是結紮後的表情了，哥沒結紮也跟結紮了差不多了……噴粉器。你用力攪動著噴粉器的搖柄，噴粉器像警報器一樣嗥叫著。浸透毒藥粉的背帶緊緊勒住你的瘦脖子，你無法不低頭。田野裏還有幾架噴粉器在響。你學著那幾個噴粉農人的樣子，為了防止衣服被毒藥污染，脫得只剩一條褲頭。赤腳，裸腿，肋骨根根清楚，光頭。圓桶狀的鐵噴粉器擠在你的肚子上。你左手握著把手，擎著長長的、前頭分出兩叉的噴粉管，右手搖動，製造著恐怖的音響。乾燥、滑膩的藥粉憤怒地噴出去，如煙，如霧，似壓抑經年的毒辣的情緒。你用力、發瘋般地搖動把柄，噴粉器發出要撕裂華麗天空的痙攣般的急叫聲，你感到一種空前的歡樂！歡樂！歡樂！一把粗的鐵管子在你手裏不安地抖動著，「六六六」藥粉從兩個小簸箕狀的分叉裏團團簇簇滾出來，焦慮，煩惱，鬱悶，衝撞得青綠的豆棵莖葉翻轉。星星點點的潔白豆花紛紛落地，綠色翡翠般的造橋蟲弓著腰、吐著明亮的白絲，哀鳴著跌落在地上。晨露未晞，藥粉沾在豆葉上，骯髒的綠色上塗了一層暗紅色的毒藥粉，顯得美麗無比。你跌跌撞撞地走著，多刺的豆稈擦著你的腿。「六六六」毒藥粉碰撞豆葉後，又疾烈翻捲，沖天而起，乳白色的蘑菇狀煙霧包圍了你。你走在自己製造的毒煙陣裏，不敢呼吸，不敢睜眼，你只顧搖動手柄，只顧踉踉蹌蹌前衝，帶著毀滅一切的願望。後來你的手又痠又麻，搖動手柄的頻率降低，步子也慢下來。汗水從毛孔裏滲出，立刻沾了藥粉，**戰戰兢兢，汗不敢出**。腐蝕性強烈的藥粉深刻滲入到你的肌膚之中，殺著你的神經，人心裏痛楚，肌膚也痛楚，與背帶摩擦的脖子、與鐵筒摩擦的肚皮、與豆葉豆稈摩擦的腿足，更是加倍地痛楚。鼻孔被藥粉堵塞了，呼吸窘急；你張開嘴巴輔助呼吸；藥粉乘虛而入，嗆閉了你的喉嚨。眼睛裏的淚水已把藥粉和成了藥泥，毒害了你的眼球。你生來睫毛稀疏！在周身針扎般的疼痛中，你還是感覺到了蝕骨的歡樂。歡樂！歡樂!!歡樂!!不在歡樂中爆發，就在歡樂中滅亡！你終於噴完了第一筒藥粉，這時你脫落掉輕飄飄的噴粉器，踉踉蹌蹌，走到青水如靛的引水大渠旁，你覺得自己很像一隻被活剝了皮、沾上麵粉和調料、在油鍋裏炸熟了的青蛙。你用力搓著眼睛，終於搓開一條眼縫，你困難地辨認了一下倒映在渠水裏的自己的形象，驚叫一聲，便頭朝下腳朝上扎進溫暖如乳的渠水中……你下沉，歡樂地下沉；周身如被刀割，刀割著般歡樂地下沉。你的頭觸到了渠底精神抖擻的水草，觸到了鬆軟如脂膏的淤泥。浮上來了，你。上浮時你又覺得自己很像一條龐大的造橋蟲，中了「六六六」毒害的造橋蟲。你在渠水中散漫地游泳，清亮的水珠在你撩起來的胳膊上活潑地流動著，水中游魚冒冒失失地碰撞著你的肚子和大腿，又是歡樂，你幸福地哭了，哭泣聲很大，你把頭埋在水裏，感覺到清涼的水溫存地沖涮著你的口腔，感覺到哭聲衝上水面，變成了一串串咕嚕嚕響著的水泡泡……後來，你站在渠畔上，望著無風無浪的田野，綠色似乎稍微乾淨了一點，大氣透明，有淡淡的藍色，雲雀在高空中盤旋著，發出婉轉的呼哨聲。那三個噴粉的農人一直沒有休歇，他們不緊不慢地操作著，由於是遠離的緣故吧，他們的噴粉器發出的聲音不像尖厲的嘶叫倒像輕柔舒緩的音樂，他們赤裸的身體上遍披藥粉，豔陽照耀下熠熠生輝，他們不歡樂也就不痛苦，你無限欽敬地注視著他們雍容的態度，心中萬分慚愧。你低下了頭。你抬起頭來時，看到那三架噴粉器噴出的藥粉，在農人身後，膨脹成美麗的粉紅色雲團，如山丘，如高原，如春花，如秋樹……並繼續著無窮無盡的變化。從「六六六」的濃密的煙霧裏衝出來，你歎了一口氣。冰涼的露水已經打濕了你的頭髮，村子裏大概亮開了燈火了吧？在正北方三里處，一台粉碎機轟轟地叫著，那是支書家的磨房抓緊難得來一次電的時機，為鄉親們加工著玉米和小麥。支書的老婆孩子齊上陣，過磅的過磅，倒袋的倒袋，她們勞動，她們就賺錢。今晚村裏是難得的光明，十年碰上個閏臘月。農村用電緊張，你們這個鄉尤其緊張。你聽人家說，春節期間為供電局送禮時，你們鄉里土老帽兒一樣的鄉長派人送去一車豬下貨，當場被供電局的幹部們轟了出來。鄰近你們鄉的那個鄉的鄉長文化水準高，有城市人派頭，派用計畫生育罰款購買的豐田牌小麵包車拉去兩麻袋海米，受到隆重接待。所以你們鄉空有電燈總不亮，供電局不給你們鄉送電。供電局給海米鄉送電不給豬下貨鄉送電。你們鄉里人用煤油燈照著沾滿蒼蠅屎的電燈泡吃飯，電來了，人們都驚喜地瞇著眼，二十五瓦的燈泡像光芒萬丈的太陽，照到哪裏哪裏亮，照得人心亮堂堂。噗，一張牙齒殘缺的嘴噴出一股地獄裏的冷風，吹滅了如豆的煤油燈火。電走了！一口冷風不但把煤油燈吹滅了而且把電燈也吹滅了。被電燈光調戲過的眼睛拒絕了工作。空前的漆黑，人人都是瞎子。**第三天（？），上帝說有光，於是就有了光**。被兒媳打瘸腿的基督教徒拖著病體，到處傳播來自天堂的、上帝的聲音，經常有三五成群的禿頭昏眼的老太婆圍著他的聖壇聽他布道傳教。他拤著一根煮得半生不熟的老玉米，坐在生牛皮編成的馬札子上，啃一口玉米，講一句上帝要他代轉的話，玉米粒太老了，他的牙也太老了，他頑強地咀嚼著，用後槽的牙，玉米粒都集中在腮幫子上，乾枯的臉皮鼓得老高，像一隻飽食的雞嗉子。於是他歪著嘴，流著乳白的口涎，說：上帝造完日月星辰有了光，心裏還覺得缺樣什麼東西，缺什麼呢？上帝和了一塊泥巴，捏出了兩個小孩，一個小，一個嫚，長大了，就讓他們結了婚。這樣就有了人。他嚥下一口老玉米，抻抻脖子，咽喉裏咕嚕一聲響，好像騾馬飲水的聲音。他伸出一個手指在胸口前畫個十字，呼號一聲，**阿門**。那幾個聽講的老太太也趕緊當胸畫十字，嘬口出阿門，阿門！你不止一次地看到這個上帝的忠誠的兒子含辛茹苦地工作著，就像上帝開闢鴻蒙時一樣艱難。他的阿門聲在大街小巷上、陰溝角落裏鴨鳴鵝叫般迴響著，他的身後跟隨著一批信徒，他儼然成為村子裏又一個領袖。據說他的兒媳婦——共產黨員肖飛燕再也不敢用棍子擂他的腿了。而且，令人瞠目結舌的是，復員軍人、共產黨員高大同公開宣布，脫離共產黨，皈依耶穌教。這是今年春天的事。事情不大，但驚動了縣委宣傳部、組織部，組織部派出一個年輕人，坐著北京牌吉普車來村裏了解情況，找高大同談話。吉普車一進村頭就陷進一個爛泥潭裏，車輪子飛速旋轉，空轉，黑色的泥點冰雹般迸射。戴著白手套的司機鑽出車來，一跳，落進了泥裏，布底鞋蒙上了黑泥面。他跺著腳罵上帝。組織部的年輕人找到村支書，村支書牽來自家的大犍子牛，套上牛套，用鐵掛鉤鉤著吉普車的保險杠，司機鑽進車去握著方向盤，村支書在牛腚上拍了一掌，牛一展腰，把吉普車拖出了泥坑。你聽村裏人傳說，組織部來的那個年輕人見了高大同的第一句話就說：同志，我要把你拉出泥坑！高大同在胸口畫了個十字，說：**耶路撒冷八格牙魯阿門**！組織部的年輕人說：請你說中國話！高大同的胸口畫了個十字，說：**八格牙魯耶路撒冷阿門**！組織部的年輕人說：同志，嚴肅點，我代表上級黨組織同你談話！高大同在胸口畫了十字說：耶路——沒等到高大同從**耶路**通向**阿門**，組織部的年輕人就逃走了。他對村支書說高大同鬼迷心竅不可救藥應該立刻清除出黨……你又一次想：生在這樣的村莊裏，**就是把金剛石的寶刀也要生鏽**，你禁不住又歎一口氣。黃麻花朦朦朧朧，仍然像只可意會不可言傳的暗示。這時你聽到了火車的尖叫聲，聽到了沉重的鋼鐵巨輪撞擊鐵橋上的鋼軌時發出的咔咔嚓嚓空空洞洞的巨響；你還聽到老虎和獅子從荒野裏發出來的叫聲；鯨魚在溫暖的海洋裏發出來的孩童般的夢囈。人們可以隨便找出兩張褪色的嬰兒照片，對著每一個在唐山地震中苟活下來的嬰兒說：這個是你的父親，這個是你的母親。人們指著在池塘上方縈繞著的鵝叫聲對你說：這是上帝的聲音！你也曾經深信不疑。你噴過「六六六」藥粉的第三天，在胡同裏碰到頭上縛著紗布的高大同，你用複雜的目光盯著他看，他也用複雜的目光盯著你看。他的臉上的皺紋忽然間長得縱橫交錯，**蠶熟一時，麥熟一晌，人老一天，伍子胥一夜白了少年頭，空悲切**。那些皺紋像煞一道道複雜多變、頭緒繁多、布滿牢籠和陷阱的的解析幾何，你動用了假設、反證法、正證法，方程式、花邊思維法，也沒尋找到正確的答案。你們對望了足足有五分鐘，你腋下微微出汗。他說：你看到過老虎嗎？看到過獅子嗎？你吃過男人的陰莖嗎？

你說！你未曾開言，就感覺到有一股無法抵禦的陰暗力量像毒汁般滲入了你的骨髓，緊接著控制了你的神經，麻醉了你的大腦皮層，你分明知道自己是在替另一個人說話：你見過老虎，但是你聽到過虎的叫聲嗎？你吃過男人的陰莖，但是你喝過女人的月經嗎？他鄙夷地歪歪嘴，唇邊在一瞬間出現了淺淺的月影般的狡獪的微笑，他說：你聽過老虎的叫聲，但你能從老虎的叫聲裏分辨出老虎的公母嗎？你聽過獅子的叫聲，但你能從獅子的叫聲裏分辨出獅子的公母嗎？你喝過女人的月經，但你能從月經的味道裏判別出處女和蕩婦嗎？在他凶狠的、連珠炮般的窮追猛打下，控制你的陰暗力量倏然消逝，你感到理屈詞窮，無法突破他的鋼鐵般的邏輯力量，你面紅耳赤，腋下汗下如注，你張口結舌，木木訥訥地說：你……你……太下流了……高大同仰著脖子冷笑著說：下流？哈哈哈哈哈，你們這些喝月經喝肥了的吸血鬼不下流嗎？滾回家去看看吧，你和別人的老婆睏覺時，你的老婆正在吞食別人的陰莖！哈哈哈哈哈。高大同眼中無物，瘸著一條腿，仍然趾高氣揚地向著槐蔭匝地的河堤走去。你孤零零地站在原地不動，看著漸漸離去的那顆花白的頭髮蓋著的年輕的頭顱，納悶著這個瘋人的腦袋裏怎麼能夠冒出這麼多稀奇古怪的、半是天才半是混蛋的思想。你走回家，一頭栽到炕上，腦袋漲得如柳斗般大，四肢麻木，好像死去一樣，跳蚤、臭蟲把牠們鑿刀般的利喙釘進你的血管裏，發瘋般的吮吸著你的腥甜的熱血，你動不了，能動了你也不想動，你發誓要用熱血脹死這些結幫成夥的害人蟲。娘走攏來，用雞爪般的枯瘦黑手指，摸摸你的頭，關切的問：樂兒，你怎麼啦？哪裏不舒坦？你看看娘老狗一樣混濁慈祥的眼睛，臉上高燒迸發，娘也是個女人，娘曾經也是年輕的女人，沒準……沒準也曾是一個風流蕩婦那自己就是蕩婦的兒子，一生下來就頭頂著污穢……啊咦……你怪叫一聲閉上了眼睛。人類的骯髒僅僅被高大同揭開了一個邊角，從那邊角縫隙裏僅僅逸漏出一絲香氣撲鼻的齷齪臭氣，你就受不了了，你就如同遭了瘟疫的豬狗中了霍亂的雞鴨霜打了的茄子出水的魚蝦。你這塊窩囊廢！娘罵了你一句，又在你背上擂了一笤帚疙瘩，起來，頭痛腦熱的，出去溜達溜達就好了。東胡同裏魯連山家的老三約你一塊去學校看分數，你去不去？娘出去了一會回來後問你。你一骨碌從炕上跳下來，心中如擂鼓，你說：讓他等我一會兒，我去。娘說：我去把人家叫來家吧。你匆匆忙忙地換了一件唯一的襯衣，用笤帚掃掃褲子，儘管知道掃不掃都一樣，掃不掃都是條破褲子。魯連山家的三小子進來了。這是個短小精幹的小夥子，與你一樣二十三歲，與你一樣是連續高考四年的「回爐生」。他的臉上帶著與你同樣凄苦的表情。哥弓著腰走過來，哥沒結紮也像結紮後一樣弓著腰，沒結紮也帶著滿臉結紮後的斬斷生命根芽般的痛苦表情。來了？哥與魯連山的三兒子打著招呼。你考得聽說挺好？魯連山的三兒子噘著腫脹的上唇說：考得不好，咱不行，天生的笨腦子，能糊弄上個中專就磕頭不歇息啦。哥說：管它中專、大專，考中了就跳出了這個死莊戶地，到城鎮裏去掏大糞也比下莊戶地光彩。莊戶孫，莊戶孫，不知是哪個皇帝爺封的。你們想想，哪還有莊戶人的好？種一畝地要交五十元提留。修路要莊戶人出錢，省裏蓋體育館要莊戶人出錢，縣裏蓋火車站要莊戶人出錢，鄉里辦學校要莊戶人出錢，村裏幹部喝酒也要莊戶人出錢……羊毛出在羊身上，莊戶孫！你們考中了是你們的福氣，父母親人也跟著沾光。魯家三小子悲愴地點著那顆扁扁的頭，表示完全贊同你哥的意見……你比魯連山的兒子少考了十分！你沒上分數線，他恰好在分數線上。哥聽你說完就賞了你一個響亮的耳光。你哭了。你在回家的路上就哭了，魯連山家的三兒子好像比你還難過。僅差十分，他成了上等人。你還在下等人的泥潭裏掙扎。他安慰你：文棟，其實你比我學得好，回家跟你哥好好說說，再去回一年爐吧，明年你保證能考中……你哭著說：我不想考好嗎？我願意看你們那副長臉子嗎？哥更火了，罵：混蛋！你還犟嘴，就那麼幾本書，四年了，一個月背一本也早背熟幾遍啦！就是塊石頭蛋子也漚出芽來啦！娘長歎一聲又長歎一聲：永樂啊永樂！你這個不出材料的東西！你這個沒出息的東西！……嫂子因結紮傷痛無法下炕，但她的罵聲早已透過間壁牆，一字不漏地送到你的耳朵裏。嫂子密不透風的罵聲裏，攙雜著大侄女天真的歌唱二侄女咿呀的學語聲三侄女氣息奄奄的短促僵直的哭聲……魯連山當天晚上就來了，他極力裝著平靜，極力掩飾著沖天火柱般的歡樂。老頭子喝了酒，滿面赤紅，像一朵盛開的老牡丹。他頭上尚有一撮白毛，在電燈光下閃爍著銀子般的光澤。他瞇著眼，沒話找話地說：今晚上是什麼風颳得供電局裏昏了頭，竟送來電……娘說：他大叔，坐吧。娘搬來一個吱喲喲叫喚的杌子，讓魯連山坐下。魯連山把腋下夾著的方方正正的包袱放在鍋台上，拘拘束束地坐著，好像老佃戶見東家，嘴唇乾抖說不出話來。哥遞過菸笸蘿去，說：大叔，抽菸吧。魯連山猛然站起來，老手伸向破口袋。不，老大，我這兒有菸捲兒。他摸出一盒紙菸，好不容易開了封，抽出一支，遞給哥，又抽出一支，袖在胸前，問你：老二，你也抽一支？哥憤憤地說：他還有臉抽菸？吃飯都吃瞎了。魯連山又哆哆嗦嗦地坐下了。娘說：他大叔，您家老三考上了？魯連山哆嗦得更厲害了，雙眼淚汪汪的，雙手高舉到頭上，好像感謝上蒼：老嫂子，你說，這不是做夢吧？咱的孩子還能考上大專？考上了，考上了，前些天，我去他爺爺塋上看，見塋上的土潮潤潤的，塋頂上熱氣騰騰，我就知道，風水使勁了，就像那漚到了的醬，發起來了。我估摸著差不多了，今年該發科了。果不其然中了。他去學堂裏看分數，一進院子就哭，哭得那個屈啊，鼻涕一把淚一把。他娘不忍心啦，過去勸他，他娘說：兒啊兒！別哭了！考不上就考不上吧，人的命啊天管定，胡思亂想不中用。該吃哪碗飯，閻王爺早就給安排好了，命裏有想躲都躲不過，命裏沒有莫強求。別哭了，幹什麼還不是幹，攢幾個錢，娶個媳婦，爹娘也就完了心事啦。他還是抽搭。他娘又跟我商量：他爹，咋後晌阮大嘴來說，孫大保家的閨女要尋人，那個嫚就是瘸了一條腿，別的什麼毛病也沒有，生兒育女是沒有問題的……好小子，這時候他才蹦起來，用袖子揩一把眼淚，說：爹！娘！我考上了！把他娘歡氣的，羅鍋羅鍋就坐在地上了……魯連山用手背子擦著眼睛，嗓子裏嘎勾嘎勾地響。娘說：他大叔，您好福氣啊，等著兒子上出大學來，大把大把地掙錢，您老兩口子就淨等著享福吧。魯連山說：早哩，早哩，還在雲彩影裏照著的事呢，只怕上出學來，就不認他的爹娘啦！娘說：不會的，您家老三生來厚道，變不了。哥站起來，欲走不走的樣子。魯連山也站起來，慌慌張張地解開包袱，把一堆書抖落到鍋台上。這是俺老三讓我送來的，他自己不好意思來，怕刺激您家老二傷心，他說這些書都用不著了，留給老二用吧。哥嗤了一聲鼻子，說：拿回去吧，他也用不著啦！魯連山驚愕地問：老二不考啦？年輕輕的趴在黑土地裏有什麼前途？哥說：你不是說「命裏沒有莫強求」嗎？魯連山說：那是他娘說的，老娘兒們的話，顛三倒四，沒有個準頭。俺老三說您家老二明年一定能考中……哥說，不考了，回來幹活吧！魯連山尷尷尬尬地笑著，退出門口去。娘歎氣。哥生氣。你迷惘地看著鍋台上的書籍，心亂如麻。哥說：睡吧，明日還得去給豆子噴粉，你上次怎麼噴的？蟲子沒死多少，豆子被你踩倒了不少。哥轉身欲走，娘說：老大，再讓永樂去學一年吧，沒準就考上了……哥懊惱地說：一年一年又一年，再去一年就是五年啦！人家跟他同班的大學都畢業啦！娘說：再去一年，最後一年，不中就拉倒，你這個當哥的也算盡到了心。哥說：你就不替我想想，真是天下爺娘偏小兒！他上學，你什麼都不能幹，雖說是分了家，可你們兩人的地還是我種著，裏裏外外都靠我，累死了我你就不心痛？八成我不是你親生的。娘說：你爹臨死囑咐你什麼啦？你爹要你可著勁供給永樂上學！哥說：你讓永樂自己說，他上了多少年啦？二十三啦，早該頂家過日子啦！你說：哥，甭生氣了，我不上了……娘說：沒出息的東西，沒有你說的話！娘氣勢洶洶地提著哥的乳名說：永祥，你和永樂都是我皮裏出的，一樣的遭罪一樣的痛！我偏他什麼啦？我讓他再撞撞運氣，考上了他好你也好，他光彩你當哥的不光彩？他混好了還能忘了你這個一母同胞的親哥？人家要欺負你也得想想你有個上大學的弟弟，下手也留三分情。要是他趴在莊戶地裏，就他那模樣，只怕連個老婆也討不上。你那邊老婆孩子一大群，他這邊光棍一條，鄰親百家不笑話你？你臉上光彩？娜妮她娘也結了紮，眼見了你絕了，永樂要是光棍了，咱老齊家可不就嘎嘣一聲絕了種了嗎？娘感情發動，傷心地哭起來。哥流了淚，你也流了淚。嫂子扶著腰走進來，冷冷地說：媳婦不是婆婆養的，您兒跟著您受罪我不跟著受罪。永樂上學不上學隨便，您倆人的地孬好俺再代種一年，其他的花銷俺一概不管，他當了省長俺也不沾他的光！你說：嫂子，我欠你多少將來就還你多少！嫂子雙手拍著屁股說：好啊好啊！你能還才好，哼，好像再去一年就篤定能考上一樣！我早說了，一歲長不成驢，到老是個驢駒子！考白了毛你也考不上。娘淚眼婆娑地說：永樂啊永樂！你就沒有一點志氣？你就不能賭口氣，立立志，考上大學堵堵她的嘴！你熱血沸騰，感到自己已經怒髮衝了冠，你吼著：我要考！我要考！我要考上大學！你們不管我我去賣血換錢交學費也要考！**不成功，就成仁！**哥有氣無力地說：那你就再去漚一年吧，能考上最好。嫂子說：哼！說兩句大話壯壯膽吧，吹牛不要貼印花，你能考上，我頭朝下走三年！哥晃晃蕩蕩地走了，嫂子歪歪扭扭地走了。停電，黑暗包圍了你，你被黑暗擠成一張薄餅，在電燈光下發過誓，電燈一滅你就完勁了。你什麼也不想了，你只是感到極度的疲倦。這一夜你輾轉反側難以入睡。貓頭鷹在村東公墓裏的黑松樹上一聲聲叫得緊，田野裏的老鼠匆匆忙忙地搬運著糧草，房子裏的老鼠咯咯吱吱啃著箱櫃的邊角，蟋蟀們在熱烘烘的鍋台上此起彼伏地歡唱著。後半夜時，一道銀白的清冽月光從破紙的窗櫺上瀉進來，照明了母親的臉。母親在酣睡，一股股陰風從她噘起的嘴巴裏咈咈地吹出來，那顆孤獨的長牙在氣流中索索顫抖；你毛髮悚立，盡力蜷縮著身體。母親的睡相已令你慘不忍睹，母親的吹氣聲更讓你不敢卒聞。你努力諦聽從墓地裏傳來的貓頭鷹的叫聲，你聞到了墓中屍骨的腐爛氣息，黑暗四合，似棺木包圍著你，月亮鑽進了陰雲。貓頭鷹飛到了頭上，你聽到了牠振動羽翼的滑溜聲響，黑暗中，牠的銳利的綠眼睛像兩把錐子深深地刺進了你布滿灰垢的肚臍。你恐怖地叫了一聲，娘用冰涼的手摸著你，一邊摸一邊問：永樂，永樂，你是被魔狐子魔住了嗎？……貓頭鷹又叫得一聲比一聲緊了，好像催命的符咒，你遍身涼透了，你的腿已被瘋狂生長的葛藤牢牢盤纏住了。你舉起藥瓶子，耳邊突然響起了喜慶勝利的嗩吶聲和鞭炮聲，一顆顆紅色的電光鞭炮在半空中炸裂，紅白兩色的紙屑紛紛揚揚地落在魯連山花白的頭顱上。魯家三小子明日就要啟程了，去東北黃金專科學校報到。村主任提著酒去魯家賀喜，魯老三，穿著一套新縫的藍布制服，脖領子上夾著兩顆曲別針，口袋裏插著兩支鋼筆，剃了一個嶄新的小平頭，腳上是一雙白色回力球鞋，這個將要去學著挖金子的專科學生，雙手捧著茶壺，恭恭敬敬地給村主任倒茶水，村主任滿臉堆笑，雙手捧著茶碗接水，嘴裏誇著：老三，這一下出息大了，挖出狗頭金來，帶回來讓你大叔開開眼界……這些情景你並沒有親眼看到，魯連山家為兒子舉行慶功筵宴時，你正在公墓裏爹的墳前徘徊。走到爹的墳墓前之前，你先去參拜了魯老三爺爺的墳墓。那墳墓實在也稀鬆平常，有草，並不繁茂，稀疏的幾株驢尾巴蒿子下，有兩個深不可測的耗子洞，墓前水泥製成的墓碑上，淋遍了麻雀與鴿子的黑屎白尿。哪裏能見到魯連山所說的那種熱騰騰的蜃氣？這難道是黃金專科學校學生的祖墳嗎？你恨不得對準那兩個耗子洞撒一泡又黃又臊的老尿！但你知道不能撒尿了，你應該把尿憋足，憋得像高壓水龍頭一樣，滋到一個你認為最骯髒別人認為最神聖的地方。爹的墳墓上綠草葳蕤，紫色的野菊花夾雜在綠草叢中，好似從雲層中透出來警世的星光。你嗅著星星的淡雅香氣苦苦思索，為什麼這樣生機蓬勃的墳墓倒不如那樣猥瑣凋敝的墳墓祚佑兒孫呢？如果先人的墳墓色彩決定後人的發達與榮華，那麼，應該是我進入黃金專科學校而不應該是魯老三先入黃金專科學校。夕陽。松林。叢塚。歸鴉。薄月。粉紅色的夕陽照耀著黑色的松林；歸鴉的翅膀上氾濫著翠綠的丹霞；墳塚騷亂不安，擁擁擠擠，好像死人的世界裏也存在你死我活的生存競爭。**大魚吃小魚，小魚吃蝦，蝦吃沙**。在遍天厚重的流光溢彩的黏稠的高粱麵粥樣的暮色裏，漂浮著半輪淡薄如紙的蒼白月亮。你不知道你的臉像月亮一樣蒼白，因為你看到父親的墳墓裏——也許是繁茂的草叢中爬出來一條黑底白花的大蛇，你的臉是被嚇白的。你一見到蛇就把全身的寒毛支稜了起來，全身僵硬你不會動，鼻子裏充滿蛇身上放出來的隔夜蒜泥般的味道。蛇有鐮把粗細，一尺多長，尾巴很短，不是如一般草蛇那樣逐漸細下來，而是很粗的棍子般的身體，突然變細，生成一個一拃多長的小尾巴。蛇身上似乎有鱗片，映著血紅陽光，顯出一種高貴的華麗色彩。見到你牠略停爬動突然對著你舉起頭，永不旋轉的蛇眼陰鷙地盯著你，好像要徹底洞察你心中的祕密。你欲飛身而去，筋麻骨軟，早已不能動彈。蛇看夠了你，溫柔地對你點點頭，然後放平身體，緣著墓間青草，飛也似的去了。青草在蛇身後豁然分開，草葉翻捲，嘶啦啦地響，好像平地起了一陣風……你不知是吉是凶，也許這條蛇就是爹的亡靈顯聖？對我點頭是告訴我明年能考中？龍蛇同類，飛龍在天，爬蛇在地，此蛇已能興風驚草，**此蛇非凡蛇也**。你帶著陰冷潮濕的吉祥預兆回家，剛出松林，就見魯連山帶著他的三兒子來了。你慌忙躲在一棵松樹後，看著魯家父子在祖墳前點上一刀紙燒起來，紙火明亮，照著魯家父子虔誠的臉。灰燼飛升起來了，像黑色的蝴蝶，這時那半輪月亮已放出了些許短促的淺淡金光，迷迷濛濛地罩著天地萬物，魯家父子跪在祖墳前，高翹著屁股叩了三個頭。你想笑，笑不出來；想哭，哭不出來。你那時的表情就像你現在的表情一模一樣。

開學之前，娘跑了十里路，請來了一個風水先生，是一個黑鬍子的老頭，七十多歲，腰板筆直，像門板一樣。老頭是從黑龍江回家看兒子的，娘去請他之前就跟你說過，這個老頭號稱「半仙」，在黑龍江半個省都有名。現在你坐在魚翠翠尖尖的墳頭上好像撫摸著她你在少年時期就撫摸過的燙手的乳房想起你去年秋天又一次滿面愧疚地進入複習班門破窗殘的教室羞答答坐在最後一排最外邊一個位子上的情景。上課鈴聲一響，課堂裏嗡嗡亂響，誰也聽不清自己說什麼也不知道別人說什麼，大家互相撞擊著互相摩擦著像一個籠裏的雞一樣互相啄理著羽毛。走進來的是校長。校長站在講台上氣宇軒昂，他是一個中年人，面黃無鬚，人中漫長，下巴短促。他向前一傾身，雙手按住講台，頭探得很往前，像一匹在槽中吃草料的黃驃馬。同學們好，他語調親切，表情麻木地說。教室裏騷動一陣，你看到前排的考場老手「冬妮婭」用豐滿的背使勁蹭著你的課桌的邊緣，好像她的背上生了蝨子，好像牛在槽邊上蹭癢，你厭惡地看了一眼她的鵝一樣的長脖子。同學們，歡迎大家再一次回校複習，儘管上級三令五申停辦複習班，但我們還在辦。我們的理由很簡單：一、各校都在辦複習班，我們不辦我們的升學率就要下降，我們的學校聲譽就要受損，就說明我們的教學質量低。二、這一條最重要，是歪倒磨砸在碾上的大實話，你們都是農民的孩子，要想跳出農村，只有升學這一條路，當然當農民照樣幹革命，但革命性質不同是嗎？（校長自嘲地微笑）當然我們也是為了不埋沒人材，由於諸多原因，許多好同學第一次高考落選，辦複習班是為了這些同學不埋沒。事實證明辦複習班是成績很大的，譬如，今年我校升入大專院校的學生總共三十六名，複習班學生就有二十八名。（校長如數家珍，報出一串比率）一句話，複習班不能停辦。要來複習的同學很多，我們只能擇優錄取，讓那些確因某種原因發揮不好、考分離錄取分數線很近的同學來參加複習。當然啦，也有某些特殊情況（校長伸出舌頭咂了一下嘴唇，校園裏響起汽車的嗡嗡聲，一輛杏黃色的轎車從栽滿向日葵的沙石路上駛到校長辦公室前），我們校舍緊張，每個班都超員，尤以複習班超員最重，大家看，齊文棟同學半邊身體都坐到門外去了。（一陣桌凳響，同學們都回頭看你）因此，從今天起，就是玉皇大帝送他兒子來插班複習也拒絕接受。（學校的文書——一個燙著捲毛的姑娘在門口衝著校長打手勢，校長不理睬）由於複習班是「黑班」，沒有經費，所以每個前來參加複習的同學要交一百二十元複習費。我們不是向錢看，是沒有辦法。如果是向錢看，那些學生可以交二百元複習費，但我們不要，我們只招收你們這些大有希望的同學來複習。大家不要顧慮，好好複習，迎接明年高考，在你們的檔案上，你們永遠是應屆畢業生。捲毛女文書又一次出現在教室門外，齜牙咧嘴地對著校長做手勢，從她窘急的神態上，你猜出那個坐著杏黃轎車的胖子（老師們稱這類胖子為「大肚子」）一定是個要員，他如果不是送親戚子女來複習、插班，就是前來檢查工作。同學們都歪著頭，看著女文書擠鼻子弄眼的滑稽相。校長抬腕看看錶，說，同學們，我要說的就是這些啦，大家都不是小孩子啦，啞巴吃餃子心裏有數，好好學，是為你們自己學的，是為你們的家長學的，並不是為老師和校長學的，還有五分鐘，大家嘀咕一下，怎樣度過這來之不易的一年，沒交複習費的同學別忘了催催家長，趕快交上來。校長一走，教室裏一片嘈雜，有笑聲也有抽泣聲。你木然地看著校園，看著對面的教室，看著在兩排教室之間茁壯生長的銀白楊樹……**銀白楊樹，樹姿優美，抗病蟲害，能活三百歲到六百歲。它樹冠寬闊，葉片呈多角形，風吹葉片沙沙作響，人們戲稱「鬼拍手」，「房前鑽天柳，房後鬼拍手」**……的銀灰色的葉子在陽光中翩翩翻動，閃閃發光。食堂裏麻子師傅「雞啄蘿蔔似極」騎著一輛紅鏽斑斑的自行車嘩啦啦衝進校園，他的自行車把上掛著十幾隻當年生長的、羽毛燦爛的黃腿小公雞，這些可憐的小公雞不知要進誰的胃袋……食堂的打菜窗口前排著漫長的隊伍，學生們用飯勺子敲打飯碗，敲出一片噹噹嗒嗒的暴雨抽打鐵皮桶般的聲響。你很少站在這條隊伍裏，你的佐餐是二分錢的紅鹹菜。你即便偶爾站在這條隊伍裏時，也從不用鐵勺子敲打搪瓷碗沿。你怕敲掉碗沿上的搪瓷，在你們中學成千的搪瓷碗裏只有你的碗沿沒缺瓷。麻子師傅把鐵勺子用力扣到你的碗裏，一聲脆響，你的心一陣悸動，當你接出碗時，發現在十幾塊蜂蜜色的蘿蔔菜上，沾著從碗沿上爆裂下來的一片片黑白相間的搪瓷。第二天，你搜出一毛錢菜金，又一次站到打菜窗口前漫長的隊伍裏，你發瘋般地敲打碗沿，比任何一個人敲得都凶。等到你挨近窗口時，碗沿上點瓷不存，碗底裏積著一堆瓷渣子。你用手抹掉瓷渣子，把碗伸進窗口：一毛錢蘿蔔！鐵碗又是一聲脆響，你坦然地接住碗，見那十幾片蜂蜜色的蘿蔔片上，沾著幾個炒糊的蔥花，沒有了硌牙的搪瓷碎片，你很高興，並且立即明白了為什麼同學們一站到排隊打菜的行列裏就不可遏止地敲打碗和盆。後來你去排隊時，似乎並不是為了那幾片蘿蔔或土豆，而是為了敲碗沿，你在這種神經質的敲打中，感受到一種揚眉吐氣的歡樂……第二節課是數學。還是那個胖乎乎的、戴著一副紅邊眼鏡的王老師。他倒背著手，神色冷淡，好像這並不是開學第一節課，而是一次枯燥無味的、千篇一律的進飯或出恭。他掃了一眼眾學生，你知道他誰也沒有看他把誰也看了。你想在枯燥的數學教師眼裏每一個學生的臉都跟一團枯燥的粉筆末子差不多。請同學們合上書本，他說，兩個平面相交有什麼性質？誰來回答？教室裏安靜極了，你看到八十多個紅白相間的腦子在抽搐蠕動著，無數的平面像窗玻璃一樣在虛空裏碰撞著、交叉著，生出了無數的直線、角、定理和定律、革命的和反革命的、道德的和非道德的、留蘭香型的和水果香型的、牙膏、肥皂、洗衣粉、泡沫聚乙烯塑料……冬妮婭，請你回答，數學教師咬著牙根，字字清晰地說，兩個平面相交有什麼性質。「冬妮婭」站起來，把手背到身後，從她的手裏，射出了一道寒冷的光線，正大光明地照在你的額頭上，你感覺到了，那是「冬妮婭」的袖珍小鏡子反射的太陽光。「冬妮婭」忸忸怩怩地扭動著腰肢，黃色的長脖上漸漸掛上了暗紅，她吐字不清地說：兩個平面相交……兩個平面相交……她哇啦一聲，好像是哭了，你看不見她的臉，所以你猜想到她是哭了。有幾聲幸災樂禍的、也許不是幸災樂禍的冷笑從密如蜂巢的座位上發出。數學教師痛苦地搖搖頭，拍拍手，說：請坐吧，誰能回答這個問題？左前方一個魚刺般的學生舉起一隻枯木朽株般的手臂。數學教師說：王天聖，你來回答。王天聖站起來，雖然哈著腰仍然如鶴立雞群般高拔，他像個學者般老練地用中指往上托托滑到鼻子上的眼鏡，用好似傷風患者的重濁鼻音背誦了兩個平面相交的性質。背誦完了，他直立著，看著數學教師，好像期待著表揚，也像等待著批評。請坐！數學教師說，同學們，王天聖回答的對不對？教室裏沉默片刻，便響起一陣含含糊糊的喊叫。你沒參加這種喊叫，你的眼被爬行在「冬妮婭」背上的一隻蒼蠅吸引住了。她穿著薄如蟬翼的短袖襯衫，你想到那蒼蠅在她襯衫上爬行幾乎等於在她肉體上爬行，你猜想她一定皮膚發癢，藍色的乳罩帶子鮮明地凸現在襯衫中段，中斷襯衫，那個圓圓的黑鈕扣正正地壓在她的第五節脊椎上，蒼蠅有時沿著乳罩帶子哧溜哧溜爬行，好像在微波蕩漾的湖水上凸出的一條藍色堤壩上疾步行走的遊客。這時候數學教師用粉筆在黑板上潦草地寫著平面相交的性質，含有雜質的粉筆摩擦著褪色的黑板，吱扭吱扭、沙澀又油滑地響著，這響聲使你耳膜發癢發酥，一陣陣酸溜溜的涎水從舌底冒出來。這瘆人的聲響還使你的眼球震顫，兩點綠色的眼屎唧唧噥噥地冒出來。你擦掉了眼屎。左前方一個留著寸頭的男同學打了一個呵欠，左手摘下眼鏡，右手揉了一下紫紅的鼻梁便鬆開，然後把腦門平放到裂縫的桌面上。他的頭前擺放著城牆般的教科書，擋住了他的頭，但他的左手還懸在空中，舉著悠來蕩去的眼鏡，他乏透了。你的桌子上也擺放著城牆般的教科書，每個人的斑駁陸離、布滿墨水污漬和刀刻瘢痕的桌面上都壘成一道新的長城，大家都伏在這城牆後，抵抗著老師的進攻。那隻蒼蠅爬到「冬妮婭」胳膊上去了，爬行在她臂上的暗藍色的血管子上。你很想伸出食指去按一下那根蔥葉狀的血管，但你知道這是犯罪。你立刻想起母親正在費盡艱辛地籌措那一百二十元複習費了，你恨自己，於是你用力把凝滯的目光從「冬妮婭」的背上揭下來，雙手支頤，聚精會神地去看黑板上出現的一串又一串吐魯番葡萄的數學公式……「冬妮婭」的襯衫乍看很白，但其實並不乾淨，尤其是脖領處與頭髮相接的地方，分明可見黑乎乎的灰垢，她的脖子於是又長又稀鬆，讓你有一種微微的、油膩膩的噁心感。**過A的直線，進B的洞穴**，你恍惚地從滿黑板模糊不清的公式中看到了這樣的字語，頭腦一陣咔嚓嚓運轉，極力演繹和附會**B的洞穴的**朦朧的暗示性，你心猿意馬，走火入魔，強力支撐，精神猶如一個滑溜的圓球，難以在黑板上停留，它輕浮地滾動著，帶著一種墮落般的力量，要進**B的洞穴**。你嚇壞了，意識到自己已確實不適合坐在中學課堂上聽講了……

下午的政治課教師是你們的班主任，女，姓紀，未婚，很胖，很白，下牙不太整齊，但比整齊還要美。

她親切地、好像故意炫耀地齜出不太整齊的牙齒對著你們微笑著。她等著你們起立後又坐下，然後說：同學們好，這節課我們複習辯證唯物主義的最大的也是最重要的範疇——她捏起一支粉筆，轉身，抬臂，在黑板正中，寫了兩個排球般的大字：**物質**。在她抬臂書寫時，你看到她那釘著兩顆銀光閃閃的紐扣的襯衫短袖往下一褪，一撮一定非常柔軟滑溜的金黃色的腋毛露了出來……你頭暈目眩，班主任腋下那撮像火苗一樣燃燒著的腋毛燙著你的心，於是你的心痙攣、抽搐、急一陣慢一陣地跳動。你拚命嗥叫著從萬丈懸崖上往下墜落著，**重力加速度，自由落體。物質的運動。物質是一種不以人的意志為轉移的客觀實在性**。班主任用她嘹亮的歌喉朗聲宣講著課本上的那些個最基本的、最重要的定律，她不知道任何定律也抵擋不住她金黃的腋毛對你的誘惑，你盼望著她再次抬臂書寫，在盼望時你又切齒咒罵自己，一種亂倫般的罪惡感沉重地壓制著你那熊熊燃燒的欲望，兩種力量，一種是金黃的灼熱的，一種是灰白的陰冷的，在你的腦子裏在你的血液裏，熾熱地絞殺著……**物質是運動的，運動都是物質的運動**……**人不能踏入同一條河流**……**它是一團熊熊燃燒永不熄滅的活火**……你用力擰住自己的大腿肌肉，聽到毛細血管在手指的捻壓下啪啪破裂的聲音。**物質不滅。方生方死，方死方生。從物理運動到化學運動**……特級化學教師像隻凶猛的豹子，立在講台上，目光如電，橫掃著你們八十四張枯枝敗葉般的蒼黃面孔，秋風蕭瑟，你們的臉伴著銀白楊枯萎的黃葉索索落落地響。特級化學教師具有統帥般的雍容大度和八面威風，他站在講台上形成的強大威懾力使學生們腰杆挺直，目光不敢顧盼。他不看黑板，側著身，隨手一畫，黑板上出現了O^{16}_{8}。李高潮！李高潮惶悚地站起來。李高潮眼睛細長，眉梢下垂。這是什麼符號？原子符號。就這樣回答對嗎？李高潮臉上出現大便般的幸福表情。氧原子符號。就這樣嗎？李高潮身體晃動起來。你看到李高潮的下唇像搶鍋鏟子一樣伸出去，伸出去，伸出去。坐下。這是表示質量16質子8的氧原子符號！……最後一節晚自習，你睏得眼皮沉重，呵欠連天，演算習題的筆自動地畫出一些不規則的圖形。窗外的寒意襲來，你打一個顫。房梁上吊下的橘黃色電燈泡周圍曲曲折折地飛舞著幾隻撲稜蛾子，依然是秋天，不過是深秋罷了。夜空中雁聲嘹唳，落葉窸窣有聲。蝙蝠在房梁間靈活機動地飛行著。你盼望著鐘聲。鐘聲。蜂一樣湧出教室前桌椅板凳噼啪亂響，「冬妮婭」仔細地鎖好抽屜。向廁所進攻。站在小便池前你聽到女同學們嘩嘩的小便聲。上床。熄燈。立刻就有鼾聲。由於聽到女同學的便溺聲你失眠了，你認為這一學期之所以心緒不寧就是因為坐在了「冬妮婭」身後，上課時你曾經偷偷地看到她在小鏡子裏偷偷看你。吳天化把頭藏在城牆後偷偷翻閱《飛狐外傳》，你明明看到李老師發現了吳天化的鬼畫符，但李老師只顧講他的達爾文進化論，生存競爭適者生存從野雞到家雞，由**蘇北到山東，通通單餅捲大蔥！**宿舍裏一股鞋旮旯子味，五顏六色的尼龍襪子們一齊施放惡臭。地上汪著尿液般的洗臉水，上鋪的床咯咯吱吱響，下鋪的支架是根鮮柳木，生長出嫩綠的黃芽，大鞋小鞋皮鞋膠鞋密集成行，放屁聲夢囈聲磨牙聲此起彼伏持續不絕。你想到「冬妮婭」在小鏡子裏的深情的眼睛。你安慰自己，我已經二十三歲啦。你被失眠困擾著才發現中學生宿舍是豐富多彩的。老鼠在床下急促地跑動，一個同學夢中揮拳打人，拳頭正掄到另一個同學嘴上，這個同學捧住拳頭啃了一口。你為什麼咬人？你為什麼打人？我夢中打人。我夢中啃豬蹄。躺在你身旁的「神槍手」——一個左目有殘疾好像永遠在瞄準的小個子同學——香甜地吧咂著嘴，喉嚨裏還呼嚕呼嚕響。上鋪姓孫的同學抽抽搭搭哭起來，不知是夢見了傷心事還是根本沒睡著。你爬起來，坐著，膨脹的腦袋像熱氣球，**我欲乘風歸去**，脖頸不放你行。化學方程式、數學公式、物理定律、生物進化、英文單詞、形式邏輯、商品價值、「冬妮婭」背上的蒼蠅、腋毛、乳房、大學通知書、鞭炮……你頭痛欲裂，大腦被分割成了無數鋼珠般的球，這些球骨碌碌地轉動著、摩擦著、碰撞著，發出一陣又一陣缺少潤滑油但飛速運轉的機器聲。雙耳裏響徹如寒風中嗚嗚作響的電話線的聲音。你堵住耳朵，響聲深入到腦子裏，像兩束箭齊射。你說：我是刺蝟。我是光。我是一棵葡萄樹……你知道你要瘋了，精神分裂症……你穿著褲頭背心站在滿天星光下，你嗅到了校長辦公室前花圃裏盛開的黃色千頭菊花幽幽的香氣。食堂裏豢養的那條雜毛公狗對著流星、對著在夜空中飛行的鴻雁狂吠。你學著基督教徒劉聖嬰的樣子，在瘦骨伶仃的胸脯上畫了一個十字，喃喃地說：阿門！起來解手的班長發現了你，他關切地問：齊文棟，怎麼啦？小心感冒！你說：我完了我完了我睡不著啦……他說：你等等。他急匆匆跑去，又急匆匆跑回。他問：你有什麼心事？你說：腦子全亂了……好像一匹跑熱了蹄子的馬，收攏不住啦……他說：我有安眠藥，你吃嗎？你說：吃！吃！他說：你跟我來，輕聲點，別把同學們驚醒。班長從枕頭下摸出一個小瓶，擰開塞子，問你：吃幾片？你說：十片！班長噓了一聲，說：開什麼玩笑，十片吃下你可就昏睡百年啦。給你兩片吧。班長遞給你兩片安眠藥他說沒有水，你一仰脖子吞了藥說不要水。班長，給我兩片吧……從班長身後伸過一隻失眠的手，可憐巴巴地說。李四清，怎麼你也失眠啦？班長問。嗯哪。看不清李四清的臉，只看到李四清的手在哆嗦。給你兩片吧，班長說。班長……從上鋪上伸下一隻毛茸茸的手，班長，也給我兩片吧……班長慌忙把小藥瓶塞進枕頭下，雙手按住了枕頭，急如星火地說：沒有啦沒有啦，我自己還要吃呢……吃過安眠藥後你的眼睛更加明亮，自以為極像兩隻銳利的貓眼，能於暗夜中辨別出老鼠的雌雄，**你能辨別出老鼠的雌雄**，那麼你能說出**世界上有多少隻不雄不雌的「陰陽鼠」**嗎？世界如此廣大，你知道的還不如一隻老鼠知道得多，**老鼠能預報地震**，**你能嗎**？你把自己和在梁間飛躍騰挪的老鼠做比較，立刻感到萬分羞慚，人不如鼠！上鋪的一個同學驚叫起來，一隻從梁頭上失足的懷孕的大老鼠跌到他的鼻梁上，老鼠在倉皇中啃了他一口才從容地跑走。那同學用手電筒照著沾在手指上的血。他又摸了一下臉，手指上血更多啦。他閉了手電筒，嘟囔幾聲，拉起被單蒙上了頭繼續睡覺。你想**亡羊補牢猶未晚**，蒙頭防鼠，不算怯懦。你拉起被子蒙住了頭，腳立刻露在外邊，縮進腳來。黑暗，憋悶，嗅著自己身上的污垢濁氣和被自己的汗水浸濕過的被子的酸臭氣。宋豐年的咬牙聲尖銳鋒利，穿透鐵甲般的被子鑽著你的耳朵眼子，宋豐年一定肚子裏有蛔蟲，他的牙齒磨得又短又小，但他還是咬、磨，天長地久，夜夜堅持，好像他的憤怒無邊無沿，永遠不到盡頭。你幻想著製造一種奇特掛鉤，一鉤鉤住宋的下顎，一鉤鉤住宋的上顎，下鉤的連線拴到北窗框上，上鉤的連線拴在南床腿上，**兩條直線平行永不相交**。幾何定理。這個恨不得咬碎鋼牙——不知是恨爹娘還是恨欺詐的宋豐年還是個業餘美術家呢！學校青年團的牆報上，期期都有他的作品。你認為他的最優秀的作品是他趁著中秋節之夜之前幾天的皎皎月光畫在黑板上的一幅漫畫。一個頭如頑石的學生坐在一張極度瘦弱的板凳上，手捧著書本，**猶抱琵琶半遮面**，一個滿面猙獰的老師，左手一鐵鑿，右手持一鐵捶，正在努力開鑿著學生如花崗岩般頑固不化的腦袋。學生的腦袋上飛濺著拳頭大的火花（旁註：知識的火花！）漫畫上方，通欄十個螃蟹般的潦草大字：慶祝教師節，老師辛苦啦！你因為失眠起來夜遊看到宋豐年鬼鬼祟祟地創造著他的才華橫溢的傑作。你看到他面對著自己的作品啞然失笑，舉手掩口有扼止噴飯狀。第一節早自習，五點半，太陽還沒醒，夜倉皇出走，白天剛誕生。你看到同學們都傻不愣登地瞅著黑板上的漫畫，都下意識地緊縮著脖子，好像有人在高喊：小心腦袋！宋豐年大模大樣地坐在牆壁邊上，腦袋晃來晃去，好像在背誦什麼，他的腦袋碰得掛在牆上的碗袋噹啷噹啷響，在眾多的頭顱當中，只有他的腦袋是安全的。物理教師一進教室就懵了，他咧著嘴，嘿嘿了兩聲，轉身就走。弓腰的教導主任夾著一本書跟隨著物理教師走來，你半邊身子在門外，清楚地看到物理教師怒火滿腔的臉龐和教導主任憂鬱寡淡的臉。反了！物理教師說：教書教出罪來了，喝粉筆末子喝了三十年，肺都爛了，賺了個什麼？你去看看，孫主任。孫主任倒背著手站在黑板前，像軍事家研究地理圖一樣研究著漫畫。物理老師的眼睛時而像激光一樣掃射著學生，彷彿要洞察每個學生心中的祕密；時而羊羔般地瞅著不動聲色的教導主任，好像在尋求正義和公道。教導主任停住原地倒動的腳，轉過身，噗哧一聲笑了。很好嘛！同學們，畫得很好嘛！你們終於理解了老師的辛苦。老師們的工作確實像開鑿花崗岩一樣艱難困苦。這是哪位同學畫的？畫得很好，很形象，很幽默，很有創造性。是哪位同學畫的？噢，不好意思，不好意思就別說了。同學們，把你們的腦袋弄開一條縫吧，讓老師們少費一點勁兒，把知識給你們灌進去！教導主任抄起黑板擦子，一點一點地擦著。擦高處那行字時，他用力抬脖子，腰依然彎著，姿勢催人鼻酸。擦完黑板他說：馬老師，請上課吧。馬老師站在講台前，喪聲喪氣地說：上課！同學們用空前迅速的動作站起，腰也都是空前的直溜。馬教師點了一個長長的頭，示意同學們坐下，馬老師冷冷地說：我是老師，不是石匠，希望你們不要開這種玩笑。今天複習電磁定律。馬老師拿起粉筆，黑板上那堅固的學生頭還隱約可見。馬老師把一個「電」字狠狠地戳到那學生頭上。那天，他的一招一式，舉手投足，都帶著開鑿山石的凶狠和果斷，從他嘴裏吐出的每一個字，也都像鐵鑿子一樣打到你們的頭頂上。你看到滿教室飛舞著綠色的大火星子，學生們的頭上都發出鏗鏗鏘鏘的巨響，教室宛如採石工地。臨下課前，馬教師一陣急咳，黑眼球減少，白眼球增多，臉色如紙，你看到馬老師如巨風中的枯樹，搖擺幾下，仆地便倒。同學們都立了起來，女同學哭著喊——馬老師——前排的同學跑到講台上，後排的同學也擠過去，板凳倒了，桌子翻了，書本壘成的城牆倒塌，數不清的數學物理化學生物政治語文英語愛情小說武俠小說落在地上，牆壁上的碗袋砰砰啪啪地響著，搖晃著，五顏六色的學生把馬老師圍在核心。你站在最裏層，用兩隻手架著馬老師一隻胳膊。你是從教室外跑上講台的。馬老師像一個溫順的嬰兒靠在你和班長的臂膊裏。馬老師……老師……同學們臉上毫無疑問地掛著晶瑩的淚珠。老師……醒醒呀……馬老師嘴裏流出一線嫣紅的血，鮮豔得好似成熟櫻桃的顏色。你剛舉起衣袖要為老師揩嘴，一個女同學敏捷地把一方手紙觸到了老師嘴上。同學們……馬老師眨巴眨巴眼，兩顆很大的、混濁不清的眼淚噗嗒、噗嗒掉下來……謝謝同學們。是誰畫的漫畫？班長怒吼。宋豐年從人縫裏擠進來，哇啦一聲哭了：老師，是我畫的……我錯了……我再也不畫了……揍他！一個學生在圈外吼叫。馬老師說：宋豐年……不怨你……同學們，與宋豐年沒有關係……校醫跑來了，黨支部書記跑來了，下課鈴聲響了，同學們和老師們跑來了。馬老師的朋友和馬老師的仇人都跑來了。兩個月後，在縣教育局鋪著大理石地面的會議廳裏，為馬老師舉行了隆重的追悼會。學校裏的領導都參加了。聽到馬老師死訊那天，班長跑到講台上，高舉起一隻拳頭，堅定地說：同學們，讓我們發揚古人「頭懸梁、錐刺股」的治學精神，不考上大學，誓不罷休！讓我們用一張張鮮紅的錄取通知書告慰馬老師的靈魂吧。複習班全體同學放聲大哭。**座中泣下誰最多**？宋家豐年藍衫濕！你淚水滿面，熱血沸騰；你知道在班長舉起拳頭那一瞬間，全班同學都是淚水滿面，熱血沸騰。但是，**墨寫的謊言遮不住血染的事實**，一接觸到課本，你知道，起碼有一半同學與你一樣，沸騰的熱血逐漸降溫，最後停留在冰點上徘徊。**人貴有自知之明**，春節，寒假。那時候你就知道什麼都玩完了。母親把一塊肥肉夾到你碗裏，眼睜睜地看著你，看著你把肥肉嚥到肚子裏，然後滿懷信心地點著她的頭。今年過年，咱豁出去少吃點，也多買幾刀紙燒燒，多做幾個菜供供，等你上了考場，你爹不會看著你不管。房山上，我埋上了一盤石磨，什麼樣的邪氣也侵犯不了啦……那個在黑龍江半個省都有名的風水先生穿著一條掃腿單褲，一件黑呢子中山式大褂，拄著一根生滿硬刺的花椒木拐杖，繞著你家的房子轉了三個圈子，你和娘在他身後。你聽著他連連打嗝你嗅著了打嗝打出來的你家那隻老母雞的肉味，你既恨他又敬畏他。他用拐棍戳戳房後的地，用拐棍敲敲寫著宣傳一胎好石灰大字的牆壁，最後，雙手扶拐，身體前傾，站在房山前，說：毛病就在這裏啦！看著沒有，那條路，直衝著這兒，這是大忌諱，「路箭」，你們這孤兒寡母的，哪裏頂得住射？娘虔誠地問：先生，可有化解？風水先生面有難色，支吾了一會兒，忽然響亮地說：看著你們娘倆可憐，豁出我減兩年陽壽，洩露點天機吧！家裏有石頭嗎?娘搖頭說沒有。有別的石頭器物嗎?娘說有一盤石磨，現如今用電磨，石磨無用處啦。先生猛掌擊額，說:頂好頂好。抬出來，埋在這房山上，半截在土裏，半截在土外，一年之後定見功效，要是不靈就到黑龍江省熊瞎子溝找我。大年初一，滿天瑞雪紛飛。大年初二，雪霽日出。初三化雪。初四遍地泥濘。初五魯連山家三小子來看你。他穿了一件時髦的滑雪衫，頭凍得像根胡蘿蔔一樣，說了一會兒話，你聽出他的口音已有很大變化。他要走，你送他到房山處。他讓你留步。你留步。你看著他蹦蹦躂躂地走了。你聽到結滿冰掛的柳枝子在頭上乒乒乓乓地響著。你看到一隻遍身死毛的花狗屁顛屁顛地走過來，停在石磨處，機靈地翹起一條狗腿，欻啦欻啦地撒起尿來，你把一聲怒罵嚥進喉嚨裏，麻木不仁地站著，看著花狗怎樣把尿撒完。花狗走了很久，你才回家。

……春天到了，燕子飛回來了。教室前那幾株高大的銀白楊的細枝上，懸掛著一條條絲線流蘇般的、毛毛蟲般的花絮。坐在你面前的「冬妮婭」是第一個脫掉棉衣換上春裝的。她在班裏始終領導著服裝新潮流。你清楚地記住了她的春裝紅得像一團燃燒的火，她的背上並排釘著四個核桃大的紐扣。你缺少過渡性的衣服，你是全班最後一個脫棉衣的人。你認為中學生都是抗寒的種子，虛榮好勝的冠軍。大家幾乎是在一夜之間變了模樣，看到同學們飄飄欲飛的樣子，你想其實他們會很冷，因為你穿著棉衣都感覺到冷。那些日子裏你顯得老態龍鍾。有一天你在學校門口碰到一個學生家長問你:大哥，知道高一二班的劉玲玲住在哪兒嗎?那家長是三十多歲的中年婦女，推著一輛纏得花裏胡梢的自行車，自行車貨架子上載著一袋子小麥。你怔了半天，才明白自己就是她的「大哥」。你滿面赤紅心裏淒涼，什麼話也沒說就跑進了校門。你知道她一定在大門口望著你的背影，她也許把你當做一個啞巴。銀白楊樹上遷來一對喜鵲，那些天裏牠們飛來飛去，叼著樹枝和草棍，在白楊樹冠中心裏建築牠們的巢。牠們經常駐足在樹梢上，**鵲踏枝**，隨著悠悠蕩蕩的春風愉快地聒噪。物理課，接替馬老師的蘇老師，男性，卻起了一個婦人味很足的名字：蘇淑芳。他年輕漂亮，脾氣暴躁，經常的口頭禪是：**何其笨也**！你認為小蘇老師是典型的石匠風度，在他的物理課上，教室裏始終響著錘子打擊鑿子和鑿子開掘天靈蓋的聲音。你為什麼還不脫掉棉衣？「冬妮婭」擲到你腳下的小紙條上寫著這樣的問訊。她把小紙條搓成一個小紙團擲到你的腳下，趁著小蘇老師用粉筆鑿黑板時她一歪頭，努了努她的嘴。你目不轉睛地看著黑板，手臂一拖，把一塊橡皮蹭到桌子下。你彎腰撿橡皮時把紙團撿了起來。從桌子下邊，你看到「冬妮婭」穿著紅皮鞋的腳輕輕抖著。你展開條後，怒火填胸膛。你感到自尊心受了傷害。你想這個**資產階級臭小姐在嘲笑農民的兒子**，就像冬妮婭嘲笑保爾•柯察金一樣。我怕冷！你管得著嗎？中華人民共和國憲法上有不准穿棉衣的條款嗎？我穿皮大衣、披被子與你有關係嗎——換下棉衣！你身上有一股熱烘烘的味道熏我！——你身上有一股比大糞還臭的氣味也在熏我！——你頭暈嗎？我有「風油精」。——多謝！留著自己用吧！——我有兩瓶。——你想幹什麼？——請你換下棉衣，不要像個老頭子！——回家教訓你父親去吧！——我父親去世啦。——對不起——你父親還健康嗎？——死去十年啦。——我們同病相憐，是嗎？——不是！我們不屬於一個階級。——社會主義國家裏階級消滅啦！——你是錦衣玉食的小姐，我是窮光蛋。——窮則思變。——停止！——為什麼？——不為什麼！——下個星期天是「大休」日，你幹什麼？——不幹什麼。——回家背糧食嗎？——不背。——我的生日，你願意去玩嗎？——對不起，沒空。——我很孤獨也很寂寞。——吃飽飯撐的。——注意禮貌用語！我家裏只有一個媽媽，她退休了。她很會做菜，很平易近人，沒有老幹部架子。——想把我當做展覽品嗎？人窮志不窮！——你不要胡說！我沒有朋友，想和你交個朋友。——你要拿我開心嗎？——你很老成，不壞。——你錯了！——我會觀察人。——不要太自信。——星期日上午九點，我在鎮中心「美你照相館」門前等你！……你把幾十張紙條的內容牢記在心中，至今未忘。你想起和「冬妮婭」的擔驚受怕的

「交談」，**紙上談兵**，五分鐘內可說完的話，你們用了八節正課三節晚自習。你口袋裏塞著幾十張紙條，她的口袋裏也塞著幾十張紙條。你一個人躲在廁所裏翻閱著她寫的紙條，心裏有一種戰戰兢兢的幸福感。難道這就是**戀愛**嗎?你立刻想起不久前高三級開除了一對**戀人**。據說他和她躲在牆角上**親嘴**被校長看見了。你認為與你相比他們還是毛孩子。「冬妮婭」多大歲數啦你不知道，她的爹是怎麼死的她的娘是哪一級的**老幹部**你不知道。她主動給你遞紙條是什麼意圖你更不知道。你只知道她學習不好，愛照鏡子，愛領導服裝新潮流。你忽然疑慮重重，覺得這是一場冒險，是一個迷人的危險圈套。儘管你猶豫不決，**進退維谷**，還是在遞過紙條後的第二天就脫下了生滿蝨子的棉襖棉褲。你上身穿著一個破背心，一件破襯衣——這兩件已在身上穿了一冬天，蝨子大部抓淨，但布滿蝨子的死卵——外套一件嶄新的藍色滌卡軍便裝；下身穿一件褲頭、一條灰色的半新襯褲——這兩件已在身上穿了一冬天，蝨子大部抓淨，但布滿蝨子的死卵——外套一條嶄新的「的確良」軍裝，黃色的真軍褲。你剛換下了冬裝就碰上了一個小小的倒春寒，陰沉沉的東北風從破窗裏灌進教室，同學們都泰然得很，你卻冷得直打寒顫。你沒有毛衣毛褲毛背心之類所以你冷得發抖。發抖你也不敢抖，因為「冬妮婭」經常在小鏡子裏悄悄地研究你，在她的小鏡子裏你發現自己滿臉皺紋，嘴唇青紫，你才知道那個學生家長呼你為「大哥」並不是出於禮貌和尊敬。你還痛苦地發現自己的牙齒又黑又骯髒，你痛恨家鄉的含氟水，它毀了你的牙齒。你記得一年前去趕集，集上有一個巧舌如簧的青年人在聲嘶力竭地賣「白牙藥粉」。哎鄉親們鄉親們鄉親們！白牙藥粉白牙藥粉白牙藥粉！採用國際先進配方、國內外最新工藝製成白牙藥粉專治各種黑牙黃牙斑釉牙經國內外著名專家鑑定白牙藥粉無味無毒無副作用長期使用有效率達到百分之百！本品行銷五大洲八大洋飲譽全球請用白牙藥粉。黑牙黃牙影響美觀妨礙小青年找媳婦大姑娘找婆家請用白牙藥粉它使你的牙齒潔白如玉就像我的牙齒一樣大家都來看我的牙齒大家都來買潔齒白牙藥粉！小夥子的確有一嘴潔白整齊的好牙齒。那小夥子發了財。連你都為之所動，剜肉般地拿出五毛錢，買了兩袋白牙藥粉。你用白牙藥粉擦了牙，擦得牙齦出血，滿嘴魚蝦味道，黑牙依然是黑牙。你沒有抵擋住「冬妮婭」的誘惑。早晨刷了兩遍牙，用洗衣粉洗了一遍臉又用肥皂洗了一遍臉。宿舍的門上有一塊完整的玻璃，你站在玻璃前端詳著自己的臉。齊文棟，好漂亮！相親去嗎？一個騎著自行車從門前飛馳而過的同學喊。你狼狽地跳到一邊，用手托著腮幫子說：噢呀，牙痛死我啦！那學生並沒聽見你的話，他一路按著車鈴，早飛到校園外邊的煤渣路上去啦。你尋思著借輛自行車騎著也許能夠風光一點，但不好意思張口，同學們都在忙忙碌碌地收拾，每個月有四個星期天而你們只能休息一天。這一天是讓你們回家去搬運糧草，其實並非休息。上個星期天哥趕著牛車去縣裏運化肥，給你順便捎過來一口袋小麥。哥的牛車停在教室前，那頭黃色的老牛拴在銀白楊上，不拴牠也不會走一步。黃牛疲憊不堪地回嚼著胃裏倒上來的草，嘴裏滴答著泡沫，嗓子裏呼嚕嚕地響。哥扛著糧食口袋，跟在你後邊，走進你們的宿舍。同學們都在教室裏自習，宿舍裏空空蕩蕩。你從哥肩上接下口袋，說：歇歇吧，哥。哥哼了一聲，坐在葦席與木棍支撐綁紮起來的大通舖上，掏出菸荷包捲菸紙熟練地捲起菸來。捲好，抽著，冷漠淒涼地看著你，問：考試了沒有？你老老實實地回答：考了。問：考了個第幾名？你不老實地回答：還沒批出卷子來。噢，哥說：上個集日裏，阮大嘴到家裏找著咱娘，給你說媒。你吸了一口冷氣。好像吸進了絕望和絕望中的一線希望，你看著哥。哥說：還是孫大保家那個瘸腿閨女，上次要說給魯連山家老三，人家老三考上了黃金學校，肯定是不要她嘍。你想起孫大保家那個老大閨女滿嘴的黑牙和一歪一斜的走相，心裏泛起厭惡，你說：我也不要！哥說：娘當時沒把話說死，用活口話把阮大嘴打發走了。娘跟我商量，是應還是不應。我跟你嫂子一合計，你嫂子說：她小叔要是能考上大學，即便是關著門，媳婦從牆頭上也就爬來家了，要是考不上大學，只怕連瘸腿瞎眼的也找不到。你嫂子平日裏昏，這件事她說得不差，你自己掂量掂量。要是自覺著有把握考上大學，就讓娘回絕阮大嘴，別耽誤人家閨女找主，要是覺著沒把握，就不妨先跟孫家把親訂下。秋天，收了棉花，淘弄點錢，修修房子，置辦點衣裳，就給你成親。管她是瘸是瞎，咱兄弟倆一個葫蘆照根錢，娘也就完了心事，爹在地下也就閉了眼啦……哥說得淒惶，眼圈兒都紅啦。你嗓子啞啞地說：哥……反正……怎麼跟你說呢……我不要她……哥說……這種事要靠你自己拿主意，哥不會逼你，娘也不會逼你。你二十四啦，漸漸入了大歲，心裏該有點數啦。你嫂子脾氣不好，哥只好忍氣吞聲，哥不是怕老婆，碰上了這樣的板筋肉，有什麼法子？考了這一年，不管中不中，哥的意思是你就死了心吧，打破頭咱也是親兄奶弟，不會不望著你往高枝上攀……你哽咽著說：哥，別說啦……我什麼都明白啦……哥站起來，從舖上拿起那根趕牛的小鞭子，說：我就走了，你去上課吧。你把哥送到大門外，哥回頭看你一眼，什麼也沒說，就跑到車杆後坐著了。你聽到他在牛腚上抽了一鞭，你看到牛車慢慢悠悠地在煤渣路上晃……哥走後你確實感到自己很荒唐，很不爭氣，很沒出息，很對不起哥，也對不起娘，甚至對不起凶如虎狼的嫂子。其實嫂子也未必就是個壞蛋，她顯得壞，其實不過把潛藏在別的女人身上的毛病淋漓盡致地表現出來罷了。你想到，人哪個不是下眼皮腫？哪個不是吃飽了才會唱高調？哪個不是嘴上抹蜂蜜肚子裏藏刀子？就連親爹親娘也是偏心著能多掙錢給他們花的孩子。你很沮喪，心裏千頭萬緒，理不清楚，乾脆就將亂就亂亂亂亂反而不亂了。你對哥撒了謊：其中考試分數早已公布，你在複習班八十個學生中，總分名列三十九。考中大學的希望越加渺茫啦。你盼望著出現奇蹟，你不無虔誠地想著從父親墳墓中爬出來的斑斕彩蛇和母親埋在房山上的擋箭石磨。奇蹟出現了。「冬妮婭」給你遞紙條，你知道傳遞紙條是中學生談戀愛的主要方式。那些日子裏，「冬妮婭」像灼目的閃電一樣在你面前展現了她的妙齡女子的風姿。你明知道她與你未遞紙條之前，你認為她長得很一般，而且這看法無疑是客觀的、公正的。遞給紙條之後僅僅幾天，她的缺點都具有了美的魅力。你想見她。她坐在你的前排你坐在她的後排時，你心中有一種如飲醇醪般的陶醉感。從她脖頸深處散發出來的女孩子的、不，女人的氣味像病毒一樣深入到你的腦髓裏，麻醉著你的腦神經。你終日恍恍惚惚，不知在雲裏還是在霧裏。哥愁苦的臉、娘**祥林嫂**樣的臉、嫂子牛舌狀的臉，都被「冬妮婭」明月般的臉龐擠到一邊變成了奇形怪狀的暗淡星辰。你才能厚著臉皮，湊到班長面前。班長把一堆髒衣服塞進網兜裏，掛在車把上，準備開路。班長……你吞吞吐吐地說。班長抬起頭，盯著你的雙眼，他的目光銳利：唔，什麼事?齊文棟。你說：班長……班長說：你這個人幹嘛老是這樣黏黏糊糊的，麥糠擦腚不利索!你說：班長，我借你錶戴戴，只戴半天，下午還你……我想去趟我姨家……掌握掌握時間……班長說：這點破事，你幹嘛囉裏囉嗦!班長捋下手錶，塞到你手裏。你戴著班長的「寶石花」牌手錶，走在人流如蟻群的大街上。鎮上逢集，你很慶幸，在陌生的人群裏，你感到安全舒適，形體解放。叫賣聲和著豐富多彩的味道如雲霞般蒸起，眼前繚繞著使你周身刺癢的顏色，顏色的源泉是太陽，是女人和男人的衣裳，是具有**使用價值和價值**包含著**抽象勞動和具體勞動**、涵養著**資本主義生產的一切基本因素的商品**。「寶石花」手錶在你腕上發射著賊亮的光束。你感到手腕上很沉重，手腕子成了商品的奴隸。你到達照相館門前時，舉腕看錶，八點半，帶著小紅點的秒針噠噠地飛跑著，你的心臟怦怦地狂跳著，秒針和心臟都用高速度慶賀你的第一次約會。你發現每一個人都用詫異的目光瞟著你，你在手足失措當中看到人流中有你一個女同學，你趕緊低了頭。你的頭碰到了兩道陰森森的目光，那是個中年人，手提著一個沉重的皮夾子。你斷定他不是小偷就是便衣警察，是小偷他一定把你當成可發展成同夥的對象，是警察他一定把你當成可跟蹤擒拿的可疑對象。你躲到照相館對面一個賣泥塑玩具的老頭背後蹲下來。老頭兒可能會把你當成一個百無聊賴的看客，別的人可能把你當成老頭的兒子……或是兄弟。秒針追趕著分針，分針追趕著時針；秒針時針分針咔咔嚓嚓剪鉸著時間，你的心臟像一柄捶子噹啷噹啷地敲打著你的破臉盆般的胸膛，好像為你敲打著喪鐘。你看看手錶，當然不到九點。你只好去看「美你照相館」門前的廣告牌，一個大大的美女頭顱，眼睛像鴨蛋般長，睫毛如麥芒般大，她咧著血紅的大嘴對你笑著，笑得你毛骨悚然。一群穿紅著綠的姑娘們擠進了照相館，她們的臉飽滿得都如熟透的豆莢。「冬妮婭」還沒來，你心裏滋生了一點恨，沒到九點，你恨得沒道理。賣泥塑的老人偶爾側目看你一眼，並不十分在意，他充滿信心地吹著一個泥塑小公雞尾部的叫子，吹得吱吱地響。集市上人來人往，但無人買老人的泥塑，甚至無人看一眼老人擺在木板上的、色彩鮮豔的商品。老人吹小雞吹出經驗來了，那叫子不像雞叫其實非常像畫眉叫聲。老人把泥公雞從嘴上摘下來，嘴唇上沾滿了慘白的石灰，他的眼睛也像兩團髒石灰一樣，污濁又昏暗，閃爍著熱愛生活的微弱光芒。老人又拿起一隻泥老虎，一手握虎頭，一手握虎腚，前後促動著，那泥虎就咕嘎咕嘎地叫起來。九點整。「美你照相館」門前美女如雲，唯獨不見「冬妮婭」的影子。你有一種上當受騙的預感。但你根本沒想到要回去。你站起來，轉到老人的貨攤前面，又蹲下去，面對著那一排泥娃娃微笑如飴的臉。它們性別模糊，像人又不像人，同等高低同般模樣是一個模子裏塑出來的。它們都盤腿而坐，懷抱鮮豔紅荷花弓腰金鯉魚，面孔都如佛家子弟，天庭飽滿，地閣方圓，眉眼間凝固著一種超然的微笑。你忽然想到應該為「冬妮婭」買一件有意義的禮物。「冬妮婭」的臉很像這些孩子的臉。你問：老大爺，這些孩子，多少錢一個？老人喜笑顏開地回答：你看看這些好孩子，不哭，不淘氣，不吃你的飯，不喝你的水，只要你三毛錢，就買一個和氣生財，富貴有餘，買一個孩子經年累月對著你笑……老人擠出一臉哭樣的笑容向你推銷著他的孩子。你的手在口袋裏捻動著那兩張毛票兩枚五分的硬幣。你恰好只有三毛錢，你懷疑這老頭有巫術或有特異功能。我只有兩毛五分錢，我要買個孩子，你賭氣一樣地對老人說，老人抓起一個孩子來，指點著好處：大兄弟，你看這孩子多俊，眉眼多清楚，顏色多新鮮，釉子多光明……你把兩張毛票和一枚硬幣放在老人的貨攤上，伸手抓住一個孩子的頭，下意識地死勁兒捏著，你說：我只有兩毛五分錢，我要這個孩子。老人搖搖頭，歎一聲，說：好吧。賣給你啦，用手托著他，小心捏碎了他的頭。你拎著孩子再去看「美你照相館」時，只見一團蘋果綠色閃到了水泥線杆後，你分撥著南來北往的行人，跨越過老母雞和雞蛋，在大水泥線杆後見到了手姿綽約的「冬妮婭」。她抬起手腕，對你噘嘴巴。你看到她手脖上有只杏核大的小手錶又明又亮。你僵直地把戴著手錶的手脖子抬起來，說：我……八點半就到……生怕誤點……我借了班長的錶……她嬌嗔道：你跑到哪裏去啦？她似怒非怒的表情異常動人，你從未見到過這樣的含情脈脈的歸你一人所有的表情，你感到驚心動魄的溫暖，身心都浸泡在糖漿和美酒的幸福浪潮之中，你感到寒冷，心房震顫，腮上肌肉痙攣，連成句的話都說不出來了。我……我給你買了個孩子……她臉色赤紅，說什麼呀，你！你說：孩子，泥捏的。你用亂七八糟的手指去解書包繫帶。她用食指戳了一下你的胳膊，小聲說：哎，走吧，回家再看。你順從地跟在「冬妮婭」身後，邯鄲學步，你感到雙腿極不靈便，你盼望著早些走到她的家，因為你認為有一些心懷叵測的老太太在挑剔地看著你；你盼望著晚些走到她的家，就像醜媳婦見公婆一樣，明知遲早要見，但還是得磨蹭就磨蹭。你問：冬……妮婭。我怎麼稱呼你母親？「冬妮婭」回眸一笑，狡猾地說：你想怎麼稱呼呢？你窘急地說：問你吶。她說：隨你的便，我不相信你連這麼點聰明都沒有。你把一大堆稱呼抖落出來比較著，叫「姑姑」太牽強，叫「阿姨」太洋氣，叫「嬸嬸」太親近，叫「媽媽」是妄想，她是退休老幹部，叫「首長」太馬屁……叫什麼呢？你一橫心，車到山前必有路，船遇頂風也能開，就半是乜乜斜斜半是戰戰兢兢地跟著「冬妮婭」進了她的家門。四間紅磚瓦房，花格子折疊式的鐵門，滿院子花盆，一架爬牆梅花開得如火如荼。玻璃窗裏半捲著蔥綠色窗簾。你如劉姥姥一進大觀園。「冬妮婭」的媽媽是個高大的婦女，面色微紅，頭上留著八路軍時就時興的「二刀毛」。你什麼也沒稱呼，為她鞠了一躬，說：您好！

她很熱情，讓你到屋裏坐，為你倒了一杯茶，端過一個鐵盒子請你吃糖，坐著，與你攀談了幾句，你發現她那兩隻老辣的眼睛有意無意地掃描著你，使你局促不安，使你身上的蝨子蠕蠕爬動，你生怕蝨子爬出來丟你的臉，你有了強烈的尿迫感，你聽到自己流汗、蝨子們被汗水刺激得歡喜欲狂。牆上的掛鐘無情地轟鳴著，你不知道自己說了些什麼樣的鬼話。再有一分鐘這個老退休幹部如果還是這樣菩薩般坐在你面前、鷙一般的目光繼續研究著你的皮相肉相和骨相，你即便不拉在褲子裏也要尿在褲子裏。「冬妮婭」救了你。「冬妮婭」嬌滴滴地說：媽，忙你的去吧。你把我的同學嚇壞啦！老幹部笑笑。說：好好好。你們玩，你們玩。「冬妮婭」把你拉進她的閨房裏，你被滿牆電影明星看得遍體是眼。「冬妮婭」脫掉外衣，把那件緊緊裹住腰肢的水紅色毛衣給你看，你在她的紅光裏，忘記了她媽媽的威嚴，隔著窗玻璃你看到老幹部提著一把噴壺，緩慢地澆著花卉，隔著一層透明的屏障，你認為她變成了關在籠子裏的老虎。「冬妮婭」按了一下錄音機的按鍵。機器沙沙運轉著，一個女人很不高興地唱起來。「冬妮婭」扭了幾下豐滿結實的尼股，問你：會跳舞嗎？你搖搖頭，你認為這如同問你，你會不會開航天飛機差不多。看「冬妮婭」屁股上的功力，你知道她一定是個舞星。你想不到世界上還有人這樣浪漫地活著，如同上帝，如同美夢。你不熱嗎？她說，把褂子脫掉吧，這是我的世界，就跟你的世界一樣，你不要拘束。你很熱，但熱死也不能脫掉外衣，你知道自己是地瓜乾子燒餅大包皮。連領扣都不敢解。那些熱毀了的蝨子在那兒等待著呢，一解領扣，它們正好乘機爬出。「冬妮婭」坐在你對面，問你：你們男生宿舍裏有蝨子嗎？你羞愧得無地自容，認為一定有蝨了從身上爬出被她看到了，於是感到脖子上和臉上都癢，都似有物在蠕蠕爬動。你坦率地說：有。冬妮婭說：我猜著就不會沒有，連我們女生宿舍都有，我拚命換洗衣服也生了蝨子。「冬妮婭」竟然也生蝨子，這使你吃驚不淺，驚訝過後，你頓時覺得和她拉近了距離，你輕鬆起來，活潑起來，大腦開始正常運轉，你想起泥孩子。忘了送你禮物啦，你說著，從書包裏摸出泥孩子，雙手遞給她。她抱著泥孩子突然親了一口它的臉，緊接著她笑啦，你認為她的笑容跟泥孩的笑容一模一樣。有媽的孩子像個寶，無媽的孩子像棵草。錄音機裏唱。院子裏傳來老幹部的說話聲，「冬妮婭」把錄音機的音量調得很小，你清楚地聽到了母親的聲音，你認為這很像做夢，很像幻想，但確鑿地傳來了母親的說話聲：大妹妹，行行好，給俺一塊乾糧吧，給俺一毛錢更好……老幹部的聲音：現在農民都富了，怎麼還有要飯的呢？你是哪個鄉的？這麼大年紀了還出來討飯？母親的聲音：富是富了，糧食夠吃了。老幹部的聲音：夠吃了還要飯幹什麼？母親的聲音：同志，說了也不怕您笑話，都怪俺養了個不爭氣的兒子，考大學，考了四年沒考上，今年又來複習，學校要收一百二十塊錢，剛交上六十，學校裏說那六十塊就不要啦。俺一想，誰的便宜都能佔，就不能佔國家的便宜。我一個老婆子，幹什麼都不行啦，一想，現如今生活好了，到了誰家門上誰家不給點？我反正也老啦，人老臉皮厚，古來討飯不丟人，權當著串門走親戚吧。老幹部：沒見你要到多少呀！母親：不瞞你說，大妹子，要得不少，都賣了，賣給養豬的戶啦。老幹部：賣了不少錢了吧？母親：出來三天啦，賣了三十八塊多錢啦。老幹部：高工資噢！母親：大家富了，叫化子也跟著沾光。要是六〇年那陣，跑一百家也要不到半斤糧。老幹部：這很有意思。母親：大妹子，看您這樣也是公家的人，公家人吃工資，錢活泛，你就給我點錢吧，別給我乾糧，省了我挎著老沉。老幹部：老太婆，你很可以哪！我的日子也不寬裕，給你一塊錢，別嫌少。母親：不少，不少，多謝啦。多謝了。「冬妮婭」敲著玻璃喊：媽，你可真大方！聽她胡言亂語一頓，就慷慨解囊。你的頭一直低垂著，你終於把抬起來，「冬妮婭」的臉漲得很大，但依然像誘人的香瓜。你抓起書包，衝出掛滿明星的房間，衝出水紅色毛衣的誘惑，衝出擺滿花盆的院子，衝出鷲一般的眼睛。你在胡同拐彎處碰上了娘，娘坐在一棵梧桐樹下，鋪開一條破手絹兒，仔細地數著一堆沾滿大腸桿菌、痢疾桿菌、痲瘋病毒、肝炎病毒……的紙票和硬幣。你氣急敗壞叫一聲娘。娘嚇了一跳，雙手下意識地捂住錢，瞇著眼看你，誰要你出來要飯的？太丟人啦！你流了淚。娘不緊不忙地把手絹包好，掖進腰裏，拄著棍子站起來。娘上身穿著油垢閃亮的破棉襖，下身穿一條黑單褲，襪子褪下去，蓋住尖尖的腳背，兩節布滿鱗片的乾腿露出來。永樂，我丟了你的人啦？狗雜種！娘掄起打狗棍，對準你的屁股，毫不留情地擂了一棍。

你趁著嫂子去挑水的工夫溜進哥的家，趟著味道從窗上拿下一瓶子德國造劇毒農藥「一〇五九」，擰開鐵蓋，把杏黃色的藥液倒進了你預先準備好的四兩小瓶子。你不願意為哥浪費，農藥太貴了，四兩足夠了。你覺得瓶子上畫著的骷髏挺親切地對著你笑。你走到胡同裏時正撞上挑水回來的嫂子，嫂子連用白眼都不願意看你，你還是對她微笑著，你希望留給她一個比較好的最後印象。娘不知到哪裏串門去了，娘聽人家說馬集中學複習班水準高，正跟哥嫂商量著讓你再去馬集複習一年哩。你只是苦笑，什麼也不想說了。昨天你在地裏下死勁勞動了一天，土地殘酷無情你恨透了它。覆蓋著土地的綠色更使你痛不欲生。早晨你挑了一缸水，掃了院子，上午你寫了兩封信，一封給東北黃金學校的魯貴福，一封給冬妮婭，她已在縣供銷社就了業。裝著藥瓶子，你跑了大灣子崖，一直向南走進田野，穿過了豆地、玉米地、甜菜地、辣椒地、葵花地、地瓜地、穀子地，最後來到魚家的黃麻地，坐在舊日相好魚翠翠的土墳尖上。天地光明時，無邊無涯的綠色像海洋一樣包圍著你，你掙扎著，呼喊著，但衝出一片綠，又是一片綠，綠壓迫你，綠毒害你，你手碰著綠，眼見著綠，綠的味道使你窒息，綠的聲音使你發瘋。你怕綠，恨綠，厭惡綠。嘔吐出綠色的膽汁，嘔吐出你的臉。黑暗四合時，綠隱藏在黑暗中，你感到了巨大的恐懼，坐在魚翠翠的墳頭上，你嗅著一陣比一陣濃烈的綠的味道，你感到無數支綠的毒水槍像噴射著「巴克夏」種豬的精液一樣向你噴射著綠色的污穢，綠要強迫你同流合污。你努力睜眼，尋找非綠的顏色。這時魚翠翠站在你的面前對你微笑了。她的臉像一朵花瓣重疊的紫紅色的西番蓮，濃郁得化不開。

她站在千朵萬朵聖潔的黃麻花裏，時而像個虛幻的精靈，時而像可觸可摸的實體。你對著她點點頭，她慢慢地解開那件紅格子襯衫的扣子，一隻手托著一個金黃色的乳房向你微笑。金光燦爛，你興奮地叫了一聲，向著明亮溫暖的金色撲去。魚翠翠飄然而逝，黃麻花花影搖曳，白色的聖潔的花，黃麻葉綷縩有聲，陰鬱骯髒的綠葉，你認為是她分麻拂花而去留下的蹤跡。夜晚已涼透，那彎淺金色的如眉新月略露芳容便悄然遁去，地裏的秋蟲叫得累了，休憩了發音器官，蟈蟈卻在黃麻梢頭亢奮地歡唱，這音樂為你而發，你從蟈蟈的叫聲裏辨別出了蟈蟈的淒涼，原來這歡唱是悲秋的輓歌，是獻給死亡的歌聲。天上星星都如泡在臭烘烘綠水中的寶石，銀河橫斷天穹，流隕華彩四溢，白露如水如飴。你聽到了遙遠的村子裏傳來的猖狂的鵝叫，也許那真的就是上帝的聲音。你又一次聽到老虎和獅子的叫聲，並且分辨出了老虎和獅子的雌雄；你第一次嗅到了月經的味道，你無情地剝掉了自己的假面，坦率地對著那個想知道女人身上一切祕密的正人君子說：味道不壞，有點腥，有點甜，處子的乾淨，純正；蕩婦的骯髒、邪穢、攙雜著男人們的豬狗般的臭氣。你即便是在這種出神入化的思維狀態下，還是知道，從你腦皮的溝回裏流出來的大量的語言和思想，絕大部分不屬於你因此也就不可理解——也似乎可以理解。貓頭鷹好寂寞啊，牠又在墓地裏叫起來了。聲聲急，聲聲淒厲，聲聲抽泣。貓頭鷹的叫聲裏流動著死亡的味道……你終於把那瓶農藥觸到唇邊，不，你仰起脖子，大張著嘴巴，讓那四兩德國造劇毒農藥流暢地（幾乎沒污染口腔）從喉管爬進胃袋。這芳香的、滋潤的珍貴液體，在你的胃裏迅速地漫開，塗滿了你的胃壁，並繼續下行。四個小時後，它們流進小腸；八個小時後，它們流進大腸；十二個小時後，它們進入升結腸並灌滿盲腸；十六個小時後，它們進入直腸；二十個小時後，它們聚集在肛門附近，強烈刺激肛門括約肌，要求重見天日。很快你又用生理衛生知識補充了上述流程，它們包含的大量水分，將有半數被胃腸析離，滲入腎臟和膀胱，通過管道重見天日，還有很少一部分將在血管中循環，進入心臟，再壓縮到每一根毛細血管直至頭髮梢子。你把瓶口放在牙齒上磕碰了幾下（你生怕浪費掉一滴藥液）然後一鬆手，讓空瓶子垂直掉進墓下的綠草叢中。你略略感到有幾分遺憾，原以為多麼了不起的事情，真要幹起來其實簡單得不得了。半分鐘內，你並無感覺；一分鐘後，你感到胃腸中有一千個興奮的思想在碰撞。你突然明白了這是蛔蟲們的思想，它們一定在搶食著芳香的藥液，你想到這些寄生蟲的命運一般來說都是這樣。能與寄主共存亡，應該是高尚的寄生蟲。蛔蟲具有相當多數的人不具有的道德風範。你欲為蛔蟲高唱讚歌的念頭剛一轉動，一陣巨大的痛苦扼住了你的咽喉。你無法知道你的一聲呼叫是多麼淒厲，在這寧靜的夜晚裏這呼聲傳得是多麼遙遠。緊接著咽喉的痛楚，一團熊熊的烈火在你的胃裏翻滾起來，你聽到自己的頭髮梢子像燃燒的豆秸一樣噼噼叭叭地響著，腐爛蘋果的香氣像浪潮一樣湧來湧去，你從魚翠翠的墳頭上滾下來，腳牽著葛藤，手扶著麻莖，眼望著繁星，滿耳的雷鳴。但痛苦很快就消逝了，你大汗淋漓，四肢柔軟，瞳孔緊密收縮，終於縮得比針尖還小，黑暗如鍋底般罩下來……你恍惚覺得有一隻手牽著你走，那隻手很大很柔軟，那人身上有一股熟皮子的味道……爹！我又見到你啦，爹！

……自從確診為肝癌之後，父親就放下手中的鋤頭，休息了。父親在痛苦中掙扎。娘打聽到一個偏方：用瓦盆燉白米癩蛤蟆，不許放鹽。娘去買了一斤大白米，讓你到田野裏去找七隻癩蛤蟆。越老越大越好。你提著一個瓦罐下了田。那時你十四歲。沿著一條淺水渾濁、叢生著臭蒲棵子野蘆葦的小溝你往前走。你左手提著瓦罐，右手持著一根枝條。你自小怕蛇怕蛤蟆，但為爹的命，你什麼都不怕了。你赤著腳，你感到腳在臭蒲窠子裏極不安全。你抽打著野草，抽打著臭蒲劍一樣的葉子啪啪響。彎曲的爬蛇驚惶地逃竄，你周身冰涼，彷彿蛇在你身上爬動。癩蛤蟆是蛇的敵手也是蛇的近鄰。一隻背生豆粒大的癩疙瘩的老蛤蟆噗噗嗒一聲跳到你的腳背上，你驚叫一聲，跳到一邊；跳到一條蛇背上，蛇疾速地扭回頭，對著你吐出鮮紅的叉舌。你飛到溝上收割過的麥田裏，跌坐在地上，你只想逃，你感到到處都是陰冷和滑膩。一條蜥蜴貼地飛竄著，從你面前。你也怕牠，但比較而言，牠一點都刺不動你的神經啦。那時你還是一個天大的孝子，為了爹，你一閉眼，又跳進了溝裏。那隻老蛤蟆不慌不忙地爬著，牠差不多有一只碗口大，闊嘴，大眼，唇邊還有一片米粒大的小紅點。牠爬著，沉重的肚子擦得草葉響：嘶啦——嘶啦——嘶啦——你覺得牠好像在你肚子上爬行，牠的濕漉漉的肚皮摩擦著你的濕漉漉的肚皮。牠停在兩棵臭蒲之間，抬起一隻前爪，搔了一下牠的臉。你舉起枝條——又放下來。母親告誡你一定要活捉，不能打，一打，流了酥，就沒用了。老蛤蟆冷冷地打量著你。你把牙咬緊，對著牠彎腰，牠吐了一下舌頭。你眼睛酸酸的。這一定是個蛤蟆精啦。你把上牙咬進下唇裏，猛一伸手把牠抓住，牠的背又滑又澀又冷又熱，牠抬起一隻爪子搔你的手——你從此知道了癩蛤蟆也生有指甲——牠沉甸甸地墜手，牠「呱」了一聲，又沉悶又潮濕，這聲音不是你的耳朵聽到的，你認為是你的手聽到的。你把牠扔進瓦罐裏。牠在瓦罐裏憤怒地爬動著，牠的腳趾甲劃得罐壁嘶嘶響。如果不怕了，效率很高。你抓夠了七隻大蛤蟆，滿滿一罐子。你發現了一隻三條腿的蛤蟆。牠十分艱難地爬行著，休歇的時候，牠缺腿的一邊身體就歪在地上。你跟在牠身後走了很久，健全的蛤蟆和笨拙的爬蛇全被擠到意識之外，你什麼也不想，只是跟著牠走。從此牠的形象就儲藏在你的記憶庫裏。母親找了兩個大瓦盆，把米放進一只盆裏，添上一瓢水。看著滿罐子眨巴眼吧咂嘴的蛤蟆，母親不敢動手。母親說：永樂，你，把牠們抓到盆裏去吧。你搬起罐子，把蛤蟆們倒進瓦盆。蛤蟆在瓦盆裏跳躍，游泳。娘趕緊把另一只瓦盆扣上去，這只瓦盆稍小，扣得大盆嚴絲合縫。鍋裏早添好了水，你把兩只瓦盆——自然連同蛤蟆白米端進鍋裏，娘蓋上鍋蓋，鍋蓋上壓了一塊捶布石。娘坐在鍋前，燒起火來，先是急火，後是文火，燒了整整一個下午。你聞到瀰漫全屋的蒸氣裏有一股奇異的味道，不是香，不是臭，不是酸，不是辣，不是苦，不是甜……那只能是白米清燉癩蛤蟆的味道……揭開瓦盆時，你看到那七隻蛤蟆生龍活虎般蹲在臥在仰在跑在瓦盆裏，每一粒大米都碧綠碧綠，也是天下難找的米飯啦……爹夾起一隻熟透了的蛤蟆，張嘴就咬……你掉頭就跑，你跑到門外，把苦膽汁子都吐出來了……爹，你是被癩蛤蟆毒死的吧？那隻拉著你的大手鬆開了，你感覺身體猶如一枚銀色的硬幣，在井水中搖搖曳曳地下落。一瞬間你又看到光明了。第一次見到光明是二十四年前的事情了。第二次的光明和第一次的光明像兩道強烈的燈光，遙相呼應著，照亮了一條幽暗的隧道，隧道穹頂上懸掛著無數晶亮的水珠，水珠逐漸拉長，迅速地中斷，垂直地落下，懸在穹頂上的水珠根急遽收縮一下，又緩緩地變圓，下垂，中斷，下落。水聲叮咚，震動空壁回音。地下污泥濁水上漂著驢馬的糞團，散著撲鼻的惡臭。你就是從這條隧道裏走出來的，你就是從這根陰暗的管道裏鑽出來的。鑽出來之前你就痛苦。母親的強韌的子宮壁開始頻繁擠壓你，你在透明的羊水裏不敢睜眼，你拳打腳踢，抗拒著擠壓。你聽到了胎盤與子宮剝離的聲音，噼噼啪啪的，像爆炒黃豆一樣。你聞到滲入羊水中的血腥味。子宮壁痙攣收縮，像直腸排洩大便一樣排洩你。你盡力抗拒，但世界狹窄，無所措手足。你痛苦地感覺到自己在蠕動，管道狹小，卡著你的頭，你的頭像塊熱蠟一樣變了形狀。後來，一道強光射來，你稍一睜眼，便感到光明襲來的痛苦，牆縫裏刮進來的冷風像刀子一樣割著你嬌嫩的肉體，你張開沾著血的嘴哭起來，你感覺到人世間極端寒冷。你不停地啼哭著，詛咒著割人肌膚的寒冷。你感到一根粗糙的手指擦去了你的眼淚，你聽到有人驚訝地說：小孩子還有眼淚？你惱怒地睜開眼，看到了一張張綠色的臉，你立即閉了眼，你伴隨著波波作響的窗紙又繼續慟哭下去。第二次見到光明你有些許的歡樂，光明外溢，隧道沉入黑暗，響亮的滴水聲隱隱猶在耳，但漸去漸遠。成千上萬朵黃麻花蝶群遷徙般飛舞著，它們像一條寬大的彩帶在奇光異彩中飄蕩著。你感到氣悶，肺葉裏充滿氣體，肺葉膨脹成笨拙的羽翼，你喘息，掙扎著起飛，跟著黃麻花飛升，進入閃光的蝶的河流。你的喘息是你搧動羽翼的聲音。追著彩蝶，追著光，追著魚翠翠那兩朵豐滿的乳房。你隨著蝶的流，忽高忽低，忽上忽下，忽快忽慢，忽急忽緩，風從你身上流過去，梳理著你光滑的羽毛。你俯瞰著大地，雲朵也在你身下，蘑菇狀的、樹冠狀的、森林起落般的雲層在你身下飄移著，你透過雲的眼看到大地；村莊與河流；樹木與沙丘；有兩個孩子手拉著手，站在黃沙灘上，看著灰色的河水緩緩地流淌；一個婦女抱著一個小孩子，在田間小路上飛跑著，一個男子追在她的身後；一輛騾車陷在窪地裏，騾子臥在地上，嘴巴扎在泥裏，承受著馭手凶狠的鞭打……你飛翔著，盤旋著，在上不著天下不著地的空間裏，你感到輕鬆自由、無拘無束，肉體不痛苦，靈魂不痛苦，你寧靜，無欲無念，你說：歡樂呵，歡樂！我再也不要看你這遍披著綠膿血和綠糞便的綠軀體、生滿了綠鏽和綠蛆蟲的靈魂，我歡樂的眼！再也不要嗅你這個撲鼻的綠屍臭、陰涼的綠銅臭，我歡樂的鼻！再也不聽你綠色的海誓山盟，你綠色嘴巴裏噴出的綠色謊言，我歡樂的耳！永遠逃避了綠色我歡樂的靈魂！現在你看到了一群赭紅色的孩子在渾黃的河水中嬉鬧，潔白水花飛濺到你黃金般的臉上；你聽到了棗紅騾馬咀嚼杏黃草料的聲音，你嗅到了不生綠葉的豔紅的野薔薇濃郁的香氣……你在蝶的河裏游著泳，蝶一樣的黃麻花團團簇簇地包圍著你，滿眼輝煌，觸目無綠，你歡樂！從地上傳來驚雷般的詢問聲：什麼是歡樂？哪裏有歡樂？歡樂的本質是什麼？歡樂的源頭在哪裏？……請你回答！

篇外篇：中學生作文選

〈我的母親和她的小雞〉（節錄）

……每年的初夏，麥子黃熟的時候，昌邑縣賒小雞的漢子們就用大扁擔挑著分成多層的大雞籠來了。雞籠裏裝著密密匝匝的小雛雞。老遠裏就能聽到漢子們唱聲：「賒小雞嘍——賒小雞嘍——小雞嘍賒小雞——」賒雞漢們買賣最興隆的時候是中午飯後，那是一天裏最熱的時候，人們都在大樹陰影裏乘涼。賒雞漢子挑著雞籠來了，他們的扁擔又寬又薄，溜光溜光的，暗紅色。他們的扁擔彈性好極了，一千隻小雞壓在他們肩上好像沒有分量似的。

母親今年賒了老韓的雞。

老韓年年都來賒雞，胡同裏的人們都認識他了。老韓是個紅臉漢子，個頭很大，耳朵上贅生一塊肉，像個奶頭一樣，老韓自己說那是個拴馬樁，主福主貴的。

老韓挑著兩籠雞來了。他把雞籠放在我家房山的陰影裏，撩著藍色大披布擦臉上的汗。

一群女人們坐在樹下納鞋底子。老韓對著她們喊：「嫂子們，賒雞，今年是美國雞種，長得快，下蛋多。」

女人們正寂寞著，老韓不叫也會圍上來的。

母親說：「老韓，一年沒見，又顯老啦！」

老韓說：「一年不是一年嘍，老嫂子！」

母親問：「渴不渴？」

老韓說：「給碗涼茶吧！」

母親提出一瓦罐白開水，瓦罐上扣著一個藍瓷大花碗。

老韓喝了兩碗水，含著一大口，往一袋子小米上噴噴。然後揭開籠蓋，揚撒著小米餵雞，小雞唧唧地叫著搶米粒吃，好看極了。

有才家媳婦問：「老韓，這些小雞出殼幾天啦？」

老韓說：「三天啦。」

「牠們一出殼你就挑著來了？」

老韓說：「可不，一天一百五十里路。」

「你真是飛毛腿。」

老韓抬抬局促著團團靜脈的腿，說：「好漢趕不上挑擔的。」

我想起來了，賒雞漢子們走快了時，扁擔連著雞籠忽閃，就像老鷂子起飛一樣。

女人們都選雞，由於是秋後交錢，大家都敢抓。只要能養活三分之一就夠本。

都想選母雞。

老韓是能認出雛雞雌雄的，但他不幫任何人選。女人們把選好的雞拿給他看。問幾個公，幾個母，他笑著說：「除了公，就是母，老韓不賒二尾子雞。」

「死老韓！」

「你們這些女人哪，生孩子盼男孩，抓雞就盼母雞。」

母親賒了十隻小雞，五隻白的，五隻黑的。兩個月後，小雞能分出公母來了，五隻母的，二隻公的；一隻還難分雌雄。那兩隻被老鼠咬死了。母親說：「可惡的耗子！」

中秋節快要到了，我家那兩隻小公雞開始學習打鳴了。母親說：「過了中秋節，老韓就該來收雞錢啦！」

母親今年養的雞成活率高，出母雞也多，賒十隻雞兩元，一隻小雞起碼賣六元，五六三十元，不算那兩隻公雞和那隻遲遲難分雌雄綠色的二尾子雞就賺了。

樂極生悲。母親用磷化砷拌了一捧麥粒毒老鼠。夜裏放在草垛後，早晨忘了收，八隻小雞把毒麥搶著吃了。

雞中了毒，都坐在垛邊打盹，嗉子脹得像氣球一樣。那隻二尾子雞彎勾著脖子，怪模怪樣，我真厭惡牠！

母親捶著自己的頭，難受極了。

母親跑去找醫生。醫生當然不管這事，村裏那麼多病號，光人就夠他治的了。

母親坐在門檻上，看著那些剛才還活蹦亂跳的雞，吧嗒吧嗒流眼淚。

我說：「娘。要是能切開雞嗉子，把毒麥粒擠出來就好了。」

母親說：「只好這樣試試啦。」

母親找出一把父親用過的剃頭刀子，磨去了鏽；又找了八根針，引上八條線。針、線、刀子都用燒酒洗了，消了毒。

我扯著雞腿，按著雞翅膀，幫母親為雞動手術。

母親先拿那隻綠色二尾子雞開刀——誰讓牠公不公，母不母地討人厭呢。

母親把雞嗉子切開，擠出毒麥料，再一針一線地把刀口縫起來。

為八隻雞開完刀，母親累得滿臉是汗。

母親又用蒜臼子搗了些綠豆，調成糊狀，給每隻雞嘴裏灌進去一些。

雞們蔫了兩天後，第三天就照樣吃食、追逐，跟沒中毒前一模一樣了。那隻綠雞該死也不死。

母親布滿皺紋的臉上，出現了我從沒見過的幸福的微笑。

過了中秋節，賒雞的老韓就該來收雞錢啦。

你的行為使我們恐懼

一　那玩意兒是什麼

我們齊集在你的門外，「老婆」拍打著門板，「羊」用小指摳著鼻孔，「黃頭」斜倚著門框……你二十年前的同學，我們，站在你的門前呼叫著。

「騾子——驢騾子——呂樂之——開門——開門喲——」

但是你不開門，大名鼎鼎的「騾子」把自己關在屋子裏，你一聲不吭。你不想見我們。你以為我們是來羞辱你、嘲笑你嗎？錯了錯了，你是我們的同學，我們就是你的兄弟，大家想來安慰你。你不響應我們的呼喚。你噴吐出的煙霧從門縫裏鑽出來，我們呼吸著那株懸在空中花盆裏的月季花散發出的淡雅香氣。我們心裏都很淒涼。你把自己的那個玩意割掉了。聽到這個消息，我們受到了沉重打擊，就像把我們的頭顱砍掉一樣。我們無頭的身體正戳在你的門前受苦受難。

二　「狼」的學生

那時候我們每個人都有諢名。

二十年過去了，古老的呂家祠堂改造成的小學校已經東倒西歪，黑色的房瓦上積滿麻雀和雞的糞便，一根鏽得通紅的鐵煙囪從房頂上歪歪扭扭地鑽出來。它曾經冒過一個月煙。「大金牙」在發展村辦工業的浪潮中從銀行貸款五萬元把曾經是我們校舍的呂家祠堂改造成了一家生產特效避孕藥的工廠。工廠早已倒閉，負債累累的「大金牙」逃得無影無蹤，工廠也被憤怒的鄉親們搗得破破爛爛。現在祠堂裏有許多破缸爛盆和塗滿瓦片與牆壁的綠色的糊狀物，它們一年到頭散發著怪異的惡臭。只有那煙囪還可憐地在房頂上戳著，它是「大金牙」發展村辦工業的紀念塔，是同學們共同的恥辱柱。「老婆」家的雞每天都飛到房頂上去，翹著屁股往我們的恥辱柱上塗一種東西。你沉思著，望著煙囪旁邊的雞。我們並不知道你在想什麼。你穿著那麼漂亮的西服，那麼亮的皮鞋，在兩年前的一個日子裏，站在我們的母校的廢墟裏。「大金牙」把母校糟蹋成這模樣真令我們難堪，這裏曾走出去一個著名民歌演唱家，他的聲音在全世界迴響，使我們感到驕傲。

「騾子——騾子——」我們拍打著你的門板，但著名的民歌演唱家躲在房子裏不出來。

現在，小學校遷到了鎮政府後邊去了。那是一個四四方方的大院，有八間一排總共六排瓦房，一色的紅磚紅瓦，大開扇玻璃門窗，房梁上吊著電燈泡，晚上雪白一片光亮，好像天堂一樣。「耗子」的兒子們、「黃頭」的女兒、「大金牙」的兒子、「老婆」的兒子……我們的孩子們在天堂裏念書，沒有你的孩子，也沒有「小蟹子」的孩子，這是永遠的缺憾。你為什麼要把製造孩子的玩意兒切掉？我們敲打著你的門板，考慮著這可怕問題，你不出來見我們，更不回答。

「小蟹子」是我們的「班花」，叫「校花」也行。她住進了精神病院，她曾經是你的上帝，你的上精神錯亂，我們想流眼淚，但眼睛枯澀。傳說你抱著一大捆鮮花去醫院看過她，我們不知真假。這些年有關你的傳聞實在是太多太多了。你的風流故事像你的歌聲一樣，幾乎敲穿了我們的耳膜。你還能記得並去看望往昔的小戀人嗎？我們無法知道真相，但我們牢記著你追逐「小蟹子」時表現出來的瘋狂。

「小蟹子」家住在勞改農場幹部宿舍區裏。她的家離我們的校舍八里路。究竟有多少次我們看到你驅趕著你家那兩隻綿羊沿著墨水河蜿蜒如龍的堤壩向勞改農場幹部宿舍區飛跑？在夏日的下午放學後的五分鐘。你家距呂家祠堂足有半里路，我的天，你真如騾子般善跑。倒楣的是那兩隻綿羊。河堤兩邊生滿了油汪汪的綠草和星星般的紫豌豆花。野豌豆花以它的顏色點綴了你的初戀。所以，當我們從收音機裏聽到你用迷人的嗓子唱《野豌豆花》時，我們絲毫沒感到驚訝，我們被你的歌拉回少年，那畢竟是一個多夢的黃金時代。那兩隻羊倒了大楣，最終成了你初戀的犧牲。

夏日天長，下午放學後太陽還相當高地掛在西南方向的天空，離黃昏還有三竿子。在下課鈴敲響前二十分鐘，你就煩躁不安起來；煩躁不安通過你扭屁股、搖脖子、頭皮上流汗等一系列行為和現象表現出來。你的座位在我的前面；「小蟹子」的座位在你的前面。我密切地關注著你的變化；你密切地關注著「小蟹子」的一切。有一次我在你背上畫了一隻烏龜；你伸長脖子偷嗅著她辮子上的味道。你和她全都不知身後發生了什麼。烏龜伸頭探腦，辮子香氣撲鼻嗎？

我們給班主任起的諢名是「獁虎」，「黃頭」說他爺爺說獁虎就是狼，於是我們的班主任就成了「狼」。聽說你出了名後去看過「狼」，「狼」可是你的仇敵呀，也許是真的，按照一般的規律，少年仇，長大忘，老師畢竟是老師。

「狼」發出下課的口令後，你總是第一個胡亂地把書本塞進書包，第一個弓起腰，像弓一樣，像撲鼠的貓一樣。你比任何人都焦急地注視著「狼」慢吞吞地踱出教室。待到「狼」的身影消失在門外時，我們看到你抓起書包，像箭一般地射出教室。當我們也跑出教室時，你已經跑到了油葫蘆家的院子外，正彎著腰鑽那道墨綠色的、生滿了硬刺的臭杞樹籬笆。

鑽過臭杞樹籬笆，你少跑了五十米路，節約了十秒鐘。然後你腳不點地躥過牛醫生家的菜園子，不惜踩壞菜苗，被牛家的黑狗追著翻過土牆，扒得牆頭土落，跌到袁家胡同裏。這時你無捷徑可抄，不得不沿著胡同往北飛跑，驚嚇得胡同裏的雞咯咯叫。你穿越第二生產隊飼養棚前的空場，踩著牛糞和馬糞，鑽進方家胡同，你飛跑，跳過四米寬的圍子溝，從紫穗槐裏鑽出來，衝進第一生產隊的打穀場，繞過一個麥草垛，貼著勞改犯中能人們幫助設計修建的大糧倉的牆根，最後一躥，「騾子」就放下書包站在自家院子裏解開拴綿羊的麻繮繩了。

你的年過八十的老奶奶坐在杏樹下的蒲團上，半閉著眼睛念著咒語，對你的行為不聞不問。那兩隻倒楣的綿羊一公一母，本來是兄妹，後來成了夫妻。牠們的細捲兒毛每到夏天必被「騾子」的娘和姊姊用剪刀剪光，可憐的羊被捆住四蹄，放倒在地上，聽憑著那兩個女人拾掇，咔哧咔哧咔哧，一片片羊毛從羊身上滾下來，顯得那麼輕鬆。羊也許是因為舒適哼哧著。牠忽然扭動起來，你姊姊下剪太深，剪去了羊身上一塊肉。你怎麼這樣手下沒數？你娘訓斥你姊姊，你姊姊不服氣地嘟噥著：誰也不是故意的。——不是故意的就有了理？——我沒說有理，我是說不是故意的！——你存心要氣死我——你還要氣死我呢！娘把剪刀摔在地上，氣憤地站起來。姊姊也毫不示弱地摔掉剪刀。正摔在娘的剪刀上，兩把剪刀相撞擊，自然發出了鋼鐵的聲音。

「兩個女人愛一個男人，像兩把剪刀剪一隻羊的毛，千萬千萬別讓她們碰在一起⋯⋯」你的歌聲伴隨著電流的沙沙聲，層層疊疊地從收音機裏湧出來。我們看不到你的臉和你的嘴，但我們聞到了你身上那股子公綿羊的膻氣。月光如銀，從蘋果花的縫隙裏漏出來，照耀著我們臉上會意的微笑，使開辦避孕藥製造廠之前的「大金牙」嘴裏的銅牙閃爍著柔和而溫暖的金色光芒，又細又微弱。

「女人的敵人是女人，母和女也不行……」他唱道。

你的歌聲讓我們看到你娘和你姊姊的鬥爭。在前邊那個剪羊毛的下午裏，你焦急地站在旁邊看著娘和姊姊剪羊毛，另一隻被剪光了毛的羊站在你旁邊看著躺在地上的同伴和自己身上被剪下的骯髒的毛。它們在一般的詩歌裏應該像一團團雪白的雲，但實際上卻像被狗尿澆過的爛氈片一樣。娘和姊姊繼續吵著，四隻眼睛都往外凸，兩條紅舌靈活得如同蠟燭的火苗。你看到那些細小的銀星星般的唾沫在陽光裏優美地飛行著，令我們也入迷。你聽到娘和姊姊嗓音那麼洪亮和婉轉，宛若最迷人的歌聲，令我們也神往。我們認為，你後來的成功極大地得力於聆聽娘和姊姊的吵架。

「他娘和他姊姊罵起人來都像唱歌一樣，他唱歌不好聽才是活見了鬼！」「黃頭」轉動著黃色的眼球，用非常權威的口氣評論著，我們默默不語，等於同意了「黃頭」的看法。那天晚上滿天遊走著大團的烏雲，使我們產生星星和月亮在飛快滑行的錯覺，錯誤有時比真理更美麗，我們不願糾正。我們還說起了在縣音像服務公司專賣盒式磁帶的「小蟹子」和她丈夫「鷺鷥」鬧離婚的事。「鷺鷥」也是我們的同學。他是你的情敵，在綿羊倒楣的時光裏。

那隻被剪光了毛的羊是公羊，自然，躺在地上正被剪毛的羊是母羊。姊姊的剪刀在牠身上弄出的傷口不停地流著一種液體，染紅了牠的肚皮和牠的毛，牠「咩咩」地叫著，好像向你求愛一樣，理解為向你求救也完全可以。羊的叫聲是淒涼民歌的源泉之一條，你後來那般輝煌應該有羊的一份功勞。我們的同學裏有一位諢號叫「羊」的，他沒有羊的歌喉沒有羊的溫柔沒有羊的氣味，但我們不按規律辦事硬要叫他「羊」，「羊」無可奈何，被叫了一輩子「羊」。羊今天下午死啦，頭朝下腳朝上，上不著天下不著地，倒懸在狹窄的廢機井裏，眼珠子像勒死的耗子一樣凸了出來，鼻孔裏耳朵裏都凝結著黑血。他死得真慘。還有更慘的呢！只是沒被你們看到，「大金牙」的八叔面帶不善之意在一旁說。這老東西早年幹過還鄉團創造發明過一百零八種殺人方法，令人發麻。我的天哪，看來我們這一班同學們都不會有好下場，本來你已成了人上之人，但你把自己那傳宗接代的玩意兒切下來了。「小蟹子」發了瘋，「大金牙」負債逃竄，「羊」自尋了短見……你的同學們戰戰兢兢。

那隻可憐的母羊的眼睛是天藍色的，你在廣播電台歌唱過生著天藍色眼睛的美麗姑娘，那姑娘曾使我們每一個人想入非非，她是我們少年時期集體的戀人，固然大家都知道「小蟹子」的眼睛一般情況下呈現出的是一種草綠色，像解放軍的褂子的顏色，但我們都知道你歌唱的是她。想起她你加倍焦急起來，便不去管顧繼續用美妙的歌喉吵架的娘和姊姊，悄悄地蹲下。一個十三歲的男孩子，他的大名呂樂之諢名驢騾子，他就是你。你匆匆忙忙地解著捆綁羊腿的麻繩子。繩子漬了羊血，又黏又滑，非常難解。你正要用剪刀去剪斷繩子，娘在你身後發出一聲響亮的怒吼：「你要作死，小雜種！」

你還是非常尊重母親的，固然她並非良母，但你還是尊重她。當你壓抑著滿腹的瘋狂向娘解釋必須立即去放羊之後，娘便悠然入室，端出一個鐵皮盒子，來到羊前揭開盒蓋，倒出乾石灰，為羊敷傷口。乾石灰是農家用來消炎止血的良藥，它刺鼻的氣味喚起我們很多回憶。「黃頭」的頭被第三生產隊那匹尖嘴黑叫驢啃破之後，用半公斤乾石灰止住了血，石灰和血凝成堅硬的痂，像鋼盔一樣箍在他的頭上足足一年。娘為羊敷傷口的過程中並不忘記用歌喉罵人，姊姊卻打開門揚長而去，她從此再沒有回來。

你終於把兩隻羊趕到大街上，羊不能跳牆，所以你必須趕著羊跑大街。多少年過去了，老呂家的兒子放學後鞭打著兩隻綿羊沿著大街向東飛跑的情景，村裏的人們還記憶猶新。那是幸福的年代和愛情的季節，懶洋洋的社員跟隨隊長到田野裏去幹活，好像一個犯人頭目率領著一群勞改犯。奇怪的是距我們村莊八里遠的勞改農場裏的勞改犯去上工時，倒很像我們觀念中的人民公社社員。駱駝的故鄉在沙漠裏，但是牠竟被賣到我們這雨水充沛、氣候溫暖、美麗的河流有三條曲彎交叉著、植物繁多、野花如雲鋪滿每一塊草地、草地裏有無數鳥兒和螞蚱水蛇等動物的高密東北鄉里來，幹起了黃牛的活兒。這是個誤會也是個奇跡。看駱駝去。看駱駝去！

看駱駝去！頭上箍著石灰和血凝結成的硬殼的「黃頭」在教室裏高呼著。我們一窩蜂躥出來。第一生產隊買回來一匹駱駝。自從盤古開天地，三皇五帝到如今，高密東北鄉還沒來過駱駝。省委書記到了我們村也不會令我們那般興奮。

那是一匹公駱駝。

去，去看駱駝——去去，去看駱駝——村裏來了一匹大駱駝——拴在拴馬樁上——駱駝說我難過——我感冒了，牠哭著說。

這個狗娘養的簡直是個天才！什麼東西也能編到他的歌裏去，這個混蛋。——我們罵你是因為我們愛你，世上沒有無緣無故的愛，我們一起去看過駱駝，他，我，「羊」，「大金牙」，「黃頭」，「小蟹子」……我們向第一生產隊的飼養棚飛跑，好像一群被狼追趕的兔子。「騾子」跑得最快，「小蟹子」跑得最慢。

遠遠地就望見駱駝高昂著的頭顱了，周圍有一群人遮掩住駱駝的大部分身體。我們從大人們的縫隙裏擠進裏圈，大家額頭上都汪著汗。一眼就看見「黃頭」的八叔名叫八老萬者，站在駱駝旁邊口吐白沫指手畫腳地講解著駱駝的習性並極力渲染著購買駱駝的艱難歷程。

我們的同學「黃頭」不時瞥我們一眼，好像駱駝就是他的爹一樣。我們知道他那點鬼心思，他無非是在想：駱駝是我們第一生產隊的！買回駱駝的人是我八叔八老萬！他叔叔八老萬是生產隊的保管員，一個專門舔支書屁眼兒的狗雜種。他有什麼神氣的。駱駝眯縫著眼，眼裏噙著淚；駱駝嚼咬著嘴，嘴角吐著白沫。八老萬說：我一眼就看中這傢伙，只值頭牛錢，個頭卻有兩頭牛大。那些蒙古老頭兒說駱駝比牛馬都要強，能吃苦，能耐苦，瞧這兩個峰——他踮著腳拍著駝峰說——這裏邊全是板油，像女人奶子一樣，十天半個月不吃不喝也餓不死牠，牠慢慢地消化著這裏的板油呢——這峰通著腸胃嗎？有人問——是的，一個通著腸子，一個通著胃，你要是不餵牠草料，那板油就順著峰底下兩個細眼兒，嗞溜嗞溜地往腸胃裏流，像鑽泥的蛐蟮一樣。八老萬說，這一趟內蒙可把我給累熊了。從出了娘肚那天起，還是頭一遭受這樣的罪……人群忽然恭敬地裂開一條縫，一股股的涼風扎著我們的背，地球咚咚地響著，黨支部書記腆著大肚子來了。劉大肚子高聲打著哈哈：哈哈！哈哈！哈哈！八老萬你這個狗雜種，幹得好事！——我們眼見著八老萬的頭皮就冒出了汗球。他滿臉堆著笑說：劉書記，來不及請示您啦，這便宜貨，硬讓我給搶回來啦——便宜沒好貨，好貨不便宜。劉書記說。八老萬又是一番神說，劉書記才罵他：雜種，怕是什麼也不能幹——能能能，太能了，拉車，耕田，馱東西，樣樣能，還能讓您騎上去呢！那蒙古老頭兒對我說，他們自治區的黨委書記進京開全國大會都是騎駱駝去——劉書記斜著眼，打量著那兩柱充斥著板油的駝峰，說：大概會很舒坦，這貨，兩個肉瘤子把人一夾，保險掉不下來。

從此我們就經常看到肥劉書記騎著駱駝在村莊的每個角落轉悠了。這駱駝到底是個有福的，牠僅僅拉過一次犁，就是母羊被剪傷的那天，牠拖著鐵犁在街上發了瘋，扶犁的是個戴帽的右派，北京體育學院賽跑系的優秀生，因為攻擊毛澤東主席沒有鬍子，被趕回了他的故鄉我們的太平莊，他曾經是我們太平莊的驕傲。駱駝一上大街就瘋了，牠的脖子上套著馬的輓具，顯得不倫不類，讓我們耳目一新，小小的鐵步犁拖在牠身後像個玩具一樣。沒人敢扶這駱駝犁，貧下中農老大爺們都貪生怕死，只好讓戴帽右派去出風頭。駱駝犁田簡直是我們村的一次隆重典禮，所有的人都來看。看那右派怎樣巧妙地把輓具給駱駝套上，看駱駝怎樣半閉著眼睛裝糊塗。

一上大街駱駝就瘋了。牠先是大踏步前進，然後蹦了一個高兒，因為王乾巴家那隻小癩皮狗衝著牠一陣狂吠，駱駝在街上飛跑著，高揚著牠永遠高揚著的脖子。我們誰也記不清楚了：那天牠飛跑時蛇一樣的細尾巴是像尖棍子一樣直直地伸著呢，還是緊緊地夾在屁股溝裏。鐵步犁的犁尖豁起塵土，煙土騰起，宛若一連串不斷膨脹著的灌木，那情景千載難逢，真令人感動。賽跑系的右派緊緊地攥著犁把子不鬆手，也只有他跟得上駱駝的速度。那滿街的塵煙好久才散。劉書記踢了面色灰黃的八老萬一腳，罵道：犁田，犁你娘的腚！

不久駱駝就成了劉書記的坐騎了，牠兩峰之間搭著一條大紅綢子被面，脖子下面掛著一簇銅鈴，牠的威風將逐漸呈現出來。

劉書記問八老萬駱駝是公還是母，八老萬說是公的。這時我們的班主任「狼」來了。「狼」伸長脖子，研究著駱駝的脖子。他本來是來抓我們回教室上課的，但一見駱駝他也入了迷，如果對動物不入迷，就不是純粹的高密東北鄉人。

你為什麼不買匹母的？你這個糊塗蟲！劉書記批評八老萬。八老萬諾諾連聲。買匹母的可以讓牠生小駱駝，劉書記說。那也要用公駱駝配呀！

讓牠配母驢、母馬、母牛！你用你們家祖傳的高嗓門高喊起來。他們先是愣愣，接著便哈哈地笑起來。

這是誰家的小雜種？劉書記高興地說，真他娘天生的科學家，可以試試嘛！看能生出什麼來。

這時，駱駝把頭一低，從嘴裏噴出一些黏稠的草漿，臭烘烘地弄了「狼」一臉。「狼」發了怒，把我們轟回了教室。

在你趕羊跑街的過程中，最倒楣的是兩隻綿羊。牠們倒了很多次楣，數這次倒得最嚴重：公羊光禿禿的一身灰皮，被剪了毛的公羊顯得頭特別大。母羊半邊身子光禿禿、血糊糊，半邊身子披散著骯髒的長毛，走起路來似乎偏沉，隨時都會向有毛的那邊歪倒。你高舉著皮鞭毫不留情地抽打著這兩隻倒楣的綿羊的脊梁。一是因為被母親和姊姊的吵架耽誤了一些時間，你心情特別焦急，所以使用鞭子比往常的下午要頻繁；二是羊因為剪了毛渾身輕鬆，負荷減輕；三是因為綿羊沒了毛，那鞭子抽到背上要比往常有毛時疼痛加劇無數倍。所以，那天下午你和你的兩隻綿羊幾乎像三顆流星一樣滑出了大街。你和羊的身後自然也拖著一道三合一的黃煙。

你和綿羊出現在被野豌豆花裝扮得美麗無比的墨水河大堤上時，西邊的太陽流出蒼老的金黃色來，河水自然也被金黃感染，生成幽深的玫瑰紅，青蛙因為鳴叫而鼓起的兩個氣泡在兩腮後多麼像兩個淡紫色的小氣球。這些在你的歌裏都有反映。你的記性真不錯，還能記得那麼多種野草的名字和它們的顏色：碧綠的「掐不齊」、灰綠的「貓耳朵」、暗紅的「酸麻酒」、金黃的「西瓜頭」……河的兩邊遼遠地伸展出去的肥沃土地上波動著稼禾的綠浪，蓬勃生長著的綠色植物分泌出來的混合味道使你醺醺欲醉，這自然也是我們的感覺。

也許因為羊兒被剪了毛，往常的瀟灑沒有了。你今天無論如何也浪漫不起來。羊的光背上鞭痕累累，顯示出愛情的殘酷無情，這還是少年的初戀呢！那匹老公羊還能勉強行走，那匹半邊有毛的母羊走得歪歪斜斜，隨時都有可能滾到墨水河中去。但是你仍然毫不留情地抽打著牠們。

綿羊們的真正仇敵應該是紮著一對大辮子的「小蟹子」。她長著兩條小短腿，跑起來宛若一匹靈活的小哈巴狗。她最迷人的部位是兩隻眼。那兩隻眼會隨著光線的強弱改變顏色。所以，我們知道你在都市燈火輝煌的大舞台上歌唱著的那些藍眼黑眼金眼紫眼青眼……戳穿了都是「小蟹子」的眼。現在我們回想起「小蟹子」能在漆黑的夜裏寫日記的優秀表演，就自然地把「特異功能者」的帽子扣在了她的頭上。當玫瑰色陽光照耀墨水河的時候，它們呈現出了什麼樣的光彩？這個問題在你的所有的磁帶和唱片裏我們都沒找到答案。但我們知道，你注視過在那特定時刻裏的「小蟹子」的眼；你的心裏有一幅迄今為止最完整的「蟹眼變化圖」。

「小蟹子」的嘴天生咕嘟著，用美好的話來形容：它像一顆鮮紅的山楂果兒；用噁心的話來形容：它像一朵鮮花的骨朵兒。二者必居其一。

與我們同學的第二年春天，棉衣被單衣代替之後，我們便不約而同地發現，「蟹子」的胸脯上鼓起了兩個雞蛋那般大的瘤子。我們當中連弱智的「老婆」都知道那倆東西不是瘤子而是兩個好寶貝。從此之後，「蟹子」的胸脯上便印滿了男孩們的眼光。後來，我們都產生了摸一下那倆寶貝的美好願望。它們長得真快呀，像兩隻天天餵豆餅、麩皮、新鮮野菜的小白兔一樣。我們都把這很流氓的念頭深深埋葬在心窩裏，沒有人敢付諸實踐。據說只有你、也只有你才敢在它們處於雞蛋和鴨蛋之間時摸過了其中一個。當時我們都認為你非常流氓，都恨不得把你那隻流氓的狗爪子剁下來送給「狼」。後來，當它們像八磅的鉛球那般大時「鷺鷥」這兔崽子每晚都摸著它們睡覺。鉛球變成足球時「鷺鷥」跟她鬧起離婚來了。這幅「蟹乳變化圖」你心裏有嗎？

綿羊的喘氣聲早就像哨子一樣了。堤上的紫花綠草牠們不能吃，河裏的腥甜清水牠們不能喝，你的鞭子啪啪地狠狠地打在牠們身上，牠們只能跑，牠們不敢不跑。誰也不願做一隻小羊讓你用鞭梢抽打脊梁。其次，從你迷上「小蟹子」時這兩隻羊就被判處了死刑。

昨天這時候，你和羊已經尾隨在「蟹子」背後，羊吃草，你唱民歌，用你那尖上拔尖的歌喉。合轍押韻的歌兒像溫暖的花生油一樣從你的嘴裏流出來，把墨水河都快灌滿了。「蟹子」有時回頭看著你，輕媚一笑，簡直流氓！有時她倒退著看你，臉上紅光閃閃，眼裏兩朵向日葵。「鷺鷥」對「狼」說你們簡直流氓到無以復加的程度了。

河邊的水草中，立著兩隻紅頭頂的仙鶴，還有一群用綠嘴巴在淺水中呱呱唧唧找小魚吃的鷺鷥。那兩隻鶴卻是挺直了脖子，傲慢地望著微微泛紫的萬頃藍天，一動也不動，昨天綿羊還有毛，基本上是白色，牠們吃著草走在河堤上，聽著你唱歌，讓你的鞭梢輕輕地抽打著牠們的脊梁，應該說一切都不錯。

今天，「蟹子」在五里外，看上去像個彩色小皮球兒。這是羊們倒楣的最直接原因。從呂家祠堂到「蟹子」的家只有八里路，跑吧，「騾子」！

在七里半處發生了這樣的事：

公羊把四條腿兒一羅圈癱在了地上。母羊因為那半邊毛兒的重量滾到河裏去了。他忘了羊，提著鞭子，喘著粗氣，直盯著「蟹子」看。

「哎喲，呂樂之，你家的羊掉河裏啦！」

他四下裏看看，向前走兩步，伸手摸了一下「蟹子」胸前的那東西，同時他說：「咱倆……做兩口子吧……」他自己在歌裏告訴我們：那一瞬間他感到渾身發冷，上下牙止不住地碰撞。他的心像雞啄米一樣迅速地跳著。你說她那坨硬硬的、涼涼的肉像一塊燒黑的鐵一樣燙傷了你的指尖。

「蟹子」非常麻利地搧了你一個耳光，罵了聲：「流氓！」

你基本上是個死屍。殘存的感覺告訴你，「蟹子」捂著臉哭著跑走了。勞改農場幹部宿舍區裏那些瓦房和樹木，在夕陽裏像被塗了一層黏稠的血。

夏天的每個下午幾乎都一樣：強烈的陽光蒸發著水溝裏的雨水，楊樹的葉子上彷彿塗著一層油，蟬在樹葉上鳴。黑洞洞的祠堂裏洋溢著潮氣，有一股濕爛木頭的朽味從我們使用的桌子和板凳上發出。屋子裏還應該有強烈的汗味、腳臭味，但我們聞不到。

我們的「狼」哈著腰走進教室，他的身體又細又長，脖子異常苗條，雙腿呈長方形，常常在幽暗裏放出碧綠的磷光。他的磷光使我們恐懼，更使我們恐懼的是他那支百發百中的彈弓。「狼」是神彈弓手。

「狼」站在高高的土講台上，像一棵黑色的樹，像一股凝固的黑煙，把泛白的黑板一遮為二。有時候我們能看到「狼」的白牙閃爍寒光。我們總認為「狼」在明處我們在暗處，任我們在底下搞什麼鬼名堂他都看不到，但事實上我們每次惡作劇都難以逃脫懲罰。只有他、我們的領袖「驢騾子」能偶爾逃脫懲罰。「狼」用百發百中的彈弓懲罰我們。「狼」的面前有一個碎磚頭壘成的案台，案台上擺著兩個紙盒，一個盒裏盛著粉筆，另一個盒裏盛著泥球。像葡萄粒兒那般大小那般圓滑的泥球，「狼」取之不盡用之不竭，我們不相信「狼」肯親自動手去精心製造這些打人的泥丸。雖然我們的年齡都在十三歲與十五歲之間，但也知道「狼」的第一職業是到祠堂後邊那棟草房裏去跟浪得可怕的馬金蓮睡覺，第二職業才是教我們念書。「狼」沒有時間更沒有精力去搓泥球兒。我們之中，必有一個叛徒，他不僅為「狼」提供打我們的泥球，而且，極有可能他還向「狼」密告我們的一切違法行為。要不為什麼我們星期日下午偷襲了生產隊的西瓜地，星期一上午「狼」就用彈弓發射泥丸打擊我們的頭顱呢？我們偷了幾個西瓜，在什麼地方吃掉，西瓜中有幾個熟的，「狼」全知道。

「狼」進教室前總是先咳嗽一聲。一聽到「狼」的咳嗽聲我們就像聽到號令的士兵一樣亂紛紛竄回到自己的座位，好一陣噼哩啪啦響。那一年「小蟹子」是班長——「狼」喜歡女生——她喊：起立——我們稀里嘩啦起來。在我們彎彎曲曲的起立中，「狼」的脖子一伸一縮，宛若一隻大鳥，走上講台。站在講台上「狼」又咳嗽一聲。「小蟹子」接著他的咳嗽聲喊：坐下——我們稀湯薄泥般坐下。就在坐下的工夫，我看到「騾子」扯了一下「蟹子」的辮子——這當然是累死羊之前的事。「狼」摸出彈弓放在案台上，然後從腋下抽出課本，啪啪啪抽幾下，好像要抽打掉其實沒有的灰塵。

那支彈弓是我們的仇敵。它的柄是從柳樹上截下來的標準的Y形木杈，用碎玻璃刮去皮，用碎砂紙打磨光滑，再塗上一層杏黃色的清油。兩根彈性很好的橡皮條是從報廢的人力車內胎上剪下來的。柔韌的猴皮筋把橡皮條、彈兜、Y型木杈緊密地聯繫在一起。它每節課都靜靜地蹲在案台上，比「狼」還要可怕地監視著我們。我們曾在茂密的高粱地裏精心制定過偷竊它的計畫。

足智多謀的「耗子」說：「同學們，我們一定要想辦法偷來它，毀掉它，毀掉它就等於敲掉了狼的牙齒。」

「放到火裏燒了它！」

「用菜刀剁碎它！」

「把它扔進廁所，用尿滋！」

……

我們努力發洩著對「狼」的牙齒的深仇大恨。在那個現在回想起來妙趣橫生的年代裏，我們感受到一種非人的壓迫，這壓迫並不僅僅來自「狼」。

我們還是熊熊的學生。

狐狸也是我們的老師。

還有豪豬。

我看到「狼」用長長的手指翻起語文課本，他狡猾地說：「今天學習〈半夜雞叫〉。」

「狼」的臉永恆地掛著令我們小便失禁的狡猾表情。大家都說過，二十多年來，「狼」那狡猾表情經常進入我們的夢境，印象比當年還要鮮明。「狼」說：「〈半夜雞叫〉是一部小說的節選。這篇課文揭露了地主階級對農民的殘酷剝削。歌頌了農民階級的智慧……」這時，「老婆」把臉放在課桌上打起了呼嚕。

「狼」臉上的表情突然十分生動起來，他把課本輕輕地放在案台上，右手摸起了彈弓，左手從紙盒摸出一顆泥丸。

我說過「狼」是神彈弓手，他打彈弓從不瞄準，他拉開彈弓，教室裏很靜，我們看到皮條被拉長了，皮條被拉得很長，我們的身體卻縮得很短很短。皮條上積蓄了一股力量，我們聽到一隻孤獨的蒼蠅在頭上嗡嗡地鳴叫著飛行，它把凝固的空氣劃開一道道縫隙，教室裏的空氣宛若黏稠的蜂蜜，透明又混沌，緩緩地轉動著，像一塊方糕。我們甜蜜地顫慄著，在顫慄中等待著。在「狼」的彈弓下，每一顆頭顱都不安全。為了讓我們看得更清楚，一縷雪白的陽光穿透蜂蜜，照耀著「老婆」的頭臉。「老婆」的頭上不時滑過被光線放大了的蒼蠅的陰影。他歪了一下頭，被我們看到擠扁了的腮，擠裂縫的嘴，嘴唇蜷曲著，露出細小的白牙，一絲冰凌般的垂涎把他的嘴角和桌面聯繫在一起，蒼蠅的陰影飛進他的嘴裏，他閉上嘴，蒼蠅的陰影黏在他的鼻子上。他打著很不均勻的呼嚕。該發射了，「狼」別折磨我們了。

固然我們對彈子擊中皮肉時發出的響聲已經很熟悉，但依然感到緊張。我們都成了被「狼」的胳膊抻長的橡皮條。他把我們抻長抻長無窮地抻長，緊張緊張緊張得夠嗆，緊張隨著抻長增長，終於，一聲呼嘯，彈丸打在「老婆」的腦袋上。

我們立刻鬆懈了，懶洋洋地，教室裏迴旋著我們悠長的吐氣聲，蜂蜜般的空氣開始稀薄並因為稀薄而流動。倒楣的冠軍是「老婆」。他的頭髮裏非常迅速地鼓起了一個核桃大的腫塊，細細的血絲滲出來，即使看不到我們也知道。

「老婆」從板凳上蹦起來，捂著頭上的腫塊哭起來。

「你還好意思哭！」「狼」又拉起了彈弓，「老婆」叫了一聲娘，捂著頭鑽到桌子底下去了。

「狼」一鬆臂，嗖溜一聲，把那隻龐大的蒼蠅打落在「小蟹子」的課桌上。在這樣神手面前，我們的頭顱如何能安全？

「狼」提著一根臘木杆刮削成的堅韌教鞭走下講台。教鞭是「狼」的第二件法寶，他揮舞著它，像騎兵揮舞馬刀，空氣嗖嗖急響，我們脊背冰涼。是誰幫助「狼」刮削了這件凶器？「狼」的空閒時間全部消磨在那個女人身上，是誰選擇了這種彈性最好、打人最疼的臘木杆為「狼」製成了教鞭，為「狼」增添的利爪？難道那彈弓還不夠我們消受的嗎？一定還是那個暗藏在我們隊伍裏的內奸。我們決定，揪出這個內奸後，決不心慈手軟。

「我知道他是誰！」詭計多端的「耗子」眨巴著小眼睛說。

你立即逼住「耗子」，用你那壓低了的美麗歌喉問：「他是誰?!你說！」

「耗子」支支吾吾地，眼睛裏跳躍著恐怖的光點，「耗子」不敢說。

你舉起你的鞭子——我們星期天一早去田野割青草時，你的腰裏一定別著那支皮鞭子，不管綿羊在不在身邊。「耗子」說：「我不知道他是誰……我是說著玩的……」

你把鞭子往下一揮，把一棵玉米一側的四個大葉片抽斷落地，簡直像一把刀。要是「狼」的腰裏有朝一日也掛上騾子式的皮鞭，我們就沒有活路了。

「知道你是瞎猜！」「騾子」把鞭子掛在腰上，淡淡地說，「我們不能冤枉一個好人，也不能放掉一個壞人。」那時候村裏開始了清查階級敵人的運動，社會形勢緊張，我們經常聽到東邊的勞改農場裏響起槍斃階級敵人的槍聲。

你比我們早熟，所以你去追趕「小蟹子」，我們不去。你個子比我們大，皮膚比我們白，一塊跳進墨水河游泳時，我們羞恥地發現你的那兒生長出毛兒。

「狼」提著教鞭在桌椅板凳間穿行著。有時他穿著漿洗得雪白的硬領襯衣，襯衣的白顏色刺著我們昏暗中的眼睛。「狼」身上有一股十分令我們不愉快的香肥皂的味道。我們厭惡他的衛生，他可能更加厭惡我們的髒，所以他的身體經常觸近「蟹子」的時候，你很有所謂。「狼」伸長脖子對「蟹子」進行個別輔導時，你便把桌子搖得嘎吱吱響，或是誇張地咳嗽。「狼」抬起頭，警惕地看著你。突然，「狼」的教鞭抽在你的背上。你站起來。「狼」怒吼。

「滾出去！」

你卻坐下了。

所以，沒有人懷疑為「狼」製造教鞭的是你。誰敢跟「狼」作對誰就是我們的領袖，誰挨了「狼」的鞭打不哭不鬧誰就是英雄。

上〈半夜雞叫〉那天，「狼」讀到地主被長工們痛打那一節，我們歡呼起來，「狼」得意洋洋，以為是他出色的朗讀感動了我們，這個蠢狼。

我們的歡呼聲把「狐狸」驚動了。「狐狸」是我們的教導主任，有時給我們上堂政治課，講一些戰鬥故事什麼的。「狐狸」比「狼」還壞，「狐狸」給你記過處分，因為你自編自唱反革命歌曲。「文化大革命」中，我們把「狐狸」打回了老家，聽說去年秋天他掉到井裏淹死了。他不死也該六十歲了吧。

「熊」是我們的校長，「豪豬」是「熊」的老婆，我們不去想他們啦。騾子！騾子！你開門呀，老同學們想跟你喝幾瓶燒酒呀。

你把自己關在房子裏，不做聲，更不開門。

重複地描寫在「狼」的白色恐怖和高壓政策下的生活，並不是愉快的事情。但他逼迫我們回憶，這大概就是偉大人物和平庸百姓的區別吧，這大概就是天才與庸才的區別吧。不是你親自逼我們回憶，是你的力量轉移到他人身上，他們來逼我們回憶。

三 輝煌的「騾子」

《藝術報》的女記者把她的名片一一分發給我們，然後就打開了她那架照相機，啪啪地拍照著我們。你看你看，禿子跟著月亮走，總是光好沾，是不是，她才不會用她的膠捲為我們照相。她有張很長的臉，鼻梁也顯得特別長，雙眼很大，起碼有四層眼皮。用咱莊稼人的眼光來看，這姑娘是個優良品種，如果她再嫁個四層眼皮的丈夫，生出個孩子難道不會有八層眼皮？我們坐在「耗子」家的粉條作坊裏，抽著那善心的女記者分給我們的帶把兒的美國菸，接受她的採訪。這是前年秋天的事兒，跟我們第一次看到他那已經很不小的玩意兒根根上生了毛兒是一個季節。

高粱通紅，一片連一片，在墨水河的南岸；棉花雪白，一片連一片，在墨水河的北岸。我們的鐮刀和草筐子扔在河堤上，衣服扔在草筐子上。赤裸裸一群男孩子站在河邊的淺水裏，那就是我們。其中一個最高最白的就是你。那時候鬼都想不到你將來是個跳到河裏救小孩的英雄。你的嗓門兒不錯我們知道。女記者告訴我們：「對。騾子，這名字很親切，我可以這樣寫嗎？他少年時的朋友們都親切地叫他

『騾子』。他的同班同學們都自豪地說：我們的『騾子』。」「你願意怎麼寫就怎麼寫吧，誰管。」老了更機靈的「耗子」眨巴著眼說：「這大姊，我們的『騾子』真是匹好騾子。」「耗子」諂媚地笑著，那被紅薯澱粉弄得黏糊糊的手指卻悄悄地伸向了女記者放在土炕上的菸盒。

「碗得福兒！啊歐吃米也五歐！」女記者嘟嚕了幾句洋文。

真了不起！長著四層眼皮就夠分了，還會說洋文，我們真開了眼。大家互相看著，又看女記者。我們的騾子竟能支使著這樣的高級女人到咱東北鄉這偏僻地方來為他寫家譜，真替我們添了威風。

那女記者慷慨大方又一次散菸給我們抽，她自己也叼上一支。那根雪白的菸捲兒插在她那紅紅的小嘴裏，活活就是一幅畫，像從電影上挖下來的一樣。

「他在京城裏成天幹什麼？」「老婆」問。

「他是著名的歌唱家呀！每天晚上演出，」女記者有些失望地問，「你們沒看過他的演出？」

我們沒有看過他的演出。

「你們聽過他的歌聲吧，從收音機裏。」女記者拿出一個蒙著皮套的錄音機，說，「我這裏有他的磁帶。」

「他的歌，聽過。」「耗子」摩娑著那個沾滿了油膩的塑料殼收音機說，「他唱的那些事我們都知道，駱駝啦，羊啦，花兒草兒什麼的，他從小就有好嗓子。」

女記者興奮起來，嘴裏又流出彎彎勾勾的幾句洋文。她說洋文時那舌頭彷彿打了六十四個捲兒。這四層眼皮的女人，舌頭能打六十四個捲兒，真真是識字班脫褲子——不見蛋（簡單）。「大金牙」後來說。

「說呀！說！」她打開錄音機，我們看到機器在轉動，「我就喜歡聽他小時候的事兒。」

「他不就是會唱幾首歌嗎?」「羊」說,「我們這兒誰也能哼哼幾句。」

女記者更高興了,她又要聽我們唱歌,都是「羊」這傢伙招來的事。女記者說「騾子」不但是個著名的歌唱家,還是個不怕淹死自己跳到河裏救人的英雄。

「羊」又說:「這算什麼事?我去年一年就跳到井裏兩次,頭一次撈上來一個小孩,第二次撈上來一個老太太。那老太太還罵我多管閒事。」

我們恨死了這頭「羊」。「羊」不會抽菸。

我們答應把你小時候的事情說給她聽。

淤泥、野蘆葦、狗蛋子草、青蛙、黃鱔、癩蛤蟆、水蛇、螃蟹、鯽魚、泥鰍、黃鱔、蟈蟈、魚狗、燕子、野韭菜、香附草、水浮蓮、浮萍,年復一年地在我們二十年前洗過澡的地方繁衍著,生長著,你卻再也不去那地方,去了也不會像當年那樣脫得一絲不掛。那時候你對我們驕傲地顯示著你那幾根毛毛兒,現在你還炫耀什麼?都傳說你自己動手把那玩意兒割掉了,你連一個兒子都沒留下就切掉了它。消息傳來時,我們一致認為:你是個徹頭徹尾的混蛋。

那時候,這混蛋直挺挺地立在淺水裏,讓我們看他身體的變化。我們感到羞恥、神祕、惴惴不安,你用那幾根毛兒把我們超越了。下午的太陽是多麼樣的明媚啊!墨水河清澈見底,沙質的河底上淤著一層發亮的油泥,河蟹的腳印密密麻麻,堤外傳過來摘棉花女人們的歌聲。您不知道,京城來的同志,我們這兒的女人,結了婚後就不管三七二十一啦,什麼樣的髒話都敢說,什麼樣的風流事都能幹,她們唱那些歌兒呀呀呀,實在是不好對您學,您還是個閨女吧?

摘棉花女人的歌兒太流氓了,開頭幾句還像那麼回事,三唱兩唱就唱到褲襠裏去了……你非要聽？好吧，周瑜打黃蓋，你願挨就行。譬如：大姊身下一條溝，一年四季水長流，不見大和尚來挑水，只見小和尚來洗頭……

那京城來的女人臉上沒有一絲紅，聽得有滋有味兒。到底是大地方來的人，我們讚歎不已。

女人的歌聲在秋天的潔淨的空氣裏，有震動銅鑼的嗡嗡聲。你的心別別地跳，感到腳底下的沙土在偷偷流走，流動的細沙使我們腳心發癢。我們的身體在傾斜。你的腰漸漸彎了，我們親眼看到了它突然昂起了高貴的頭！流氓，太流氓了，流氓的歌聲狠狠地打擊著我們。你猛地往前撲去，像一條躍起的大魚。你的肚皮打擊得河水沉悶一響，我們尾隨著你撲向河水。河裏水花四濺，我們手腳打水，滿河都是嚎叫。

補充說明一點。老人們說，立了秋後就不能下河洗澡了，河裏的涼氣會通過肚臍進入腸子。立秋之後非要下河洗澡，必須用熱尿洗洗肚臍，我們每次都這樣做。

這些陳茄子爛芝麻的破爛事兒對您有用嗎？有用，有用，太有用啦。你們儘管說，她說，我對他的一切都感興趣。

對不起您，天就黑了，我們要做粉絲了，要幹到後半夜。您回鎮裏去？

女記者不回鎮裏去，她要看我們做粉絲。她說她吃過粉絲但從沒見過做粉絲。我們看到她又從那只白皮包裏摸出一盒菸，大家心裏既感動又高興，到底是京城來的人，出手大方，還有四層眼皮。

距離「大金牙」貸到五萬元人民幣還有三個月，他的曇花兒一現的好運氣還沒來到。人走時運馬走膘，兔子落運遭老雕，這話千真萬確。我們怎麼敢想像三個月後「大金牙」就嘴裏叼著洋菸捲兒，脖子上紮著紅領帶兒，黑皮包掛在手脖子上，成了高密東北鄉開天闢地以來的第一位廠長呢？他現在的活兒是在咱們的「耗子」掛著帥的粉絲作坊裏拉風箱，最沒有技術最沉重最下等的活兒，但灶膛裏熊熊燃燒的火焰總是照耀著他的臉，使他的那兩顆銅牙像金子一樣放光，還有他的額頭也放光，像一扇火紅色的葫蘆瓢兒。

我們把紅薯粉碎，從大盆裏倒進大缸裏，再從大缸裏舀到小盆裏，再從小盆裏倒進大盆裏，倒來倒去，我們就把澱粉倒弄出來了。澱粉白裏透出幽藍，像乾淨的積雪。

我們把水加進澱粉裏，再把澱粉加進水裏，再把水倒進鍋裏，三倒兩倒，我們就把粉絲倒弄出來了。

灶裏火焰很旺，火舌舔著鍋底，水在鍋裏沸騰。火舌使我們的臉上出汗，在騰騰升起的蒸氣裏，那女記者的臉蛋兒像花瓣兒一樣。有一個這般美麗的女人看著我們幹活令人多麼愉快。我們忘不了這好運氣是誰帶給我們的。「耗子」用他的小拳頭飛快地打擊著漏勺裏的澱粉糊兒，幾百條又細又長似乎永遠斷不了頭的粉絲落在沸水滾滾的大鍋裏，然後又如一縷銀絲滑進盛滿冷水的大盆裏。「老婆」蹲在盆邊，挽著滑溜溜的粉絲，挽到一定長度時，他便探出嘴去，把粉絲咬斷。每次在咬斷粉絲時，他總是不忘記在咬斷同時吞食它們。

「吃多了肚子會下墜的！」「耗子」說。

「我沒有吃。」「老婆」說。

「沒有吃你幹麼要吧唧嘴？」

「吧唧嘴我也沒有吃。」

我們知道他吃了，每截斷一次粉絲他就吃一大口。他死不承認，誰也沒有辦法。於是我們希望他的肚子能疼痛下墜，但是他既不疼痛也不下墜。好在我們是同學，不願太認真。

後來，半夜了，作坊外的黑暗因為作坊內的灶火而加倍濃重。女記者吃了一碗沒油沒鹽的粉條兒，我們還想讓她吃第二碗。她吃了第二碗我們還想讓她吃第三碗，但是她任我們怎麼勸說都不吃了。她說她吃飽了，吃得太飽了，說著說著她就打了一個飽嗝。

粉絲都晾起來了，今夜的活兒完了。汽燈有些黯淡了，「大金牙」蹲下去，噗哧哧響，他抽拉著打氣杆兒給汽燈充氣，嘶嘶聲強烈起來，汽燈放出刺眼的白光。女記者瞇縫著眼說汽燈比電燈還亮。她沒有回鎮政府睡覺的意思，我們自然願意陪著她坐下去。

「耗子」眨著永遠鬼鬼祟祟的眼睛問女記者：「您見過他嗎?跟他熟嗎?」

女記者說：「太熟了。」

「聽說他在京城裏有好多個老婆?」

「噢，這倒沒聽說過。」女記者挺平淡地說。

「你別說外行話了，人家那不叫老婆，是相好的!」「大金牙」糾正著「老婆」。

女記者說：「他在家鄉時有過相好的嗎?」

我們互相看著，都不願回答女記者。

「他在家鄉時是不是就很風流?」女記者問。

「不，不，」我們一齊回答，「他很規矩。」

那時候我們從「狼」的白色恐怖中逃脫出來了。沒有中學好上，我們一齊成了社員。他因為身體發育得早，已進入了準整勞力的行列，幹上了推車扛梁的大活兒，而我們還在放牛割草的半拉子勞力的隊伍中逍遙。

「他的爹娘沒給他找老婆嗎?」那天夜裏，在粉坊裏，她問我們，「農村不是時興早婚嗎?」

她的眼在汽燈的強光照耀下，黑得發藍。她使我們想起「小蟹子」。我們告訴她：他的爹娘在我們不是「狼」的學生後三月，突然失蹤了，就像他的姊姊突然失蹤時一樣。

也是在粉條作坊裏，也是一個很黑的夜晚，也是深秋季節，天氣有些涼但不是冷，我們村的粉條作坊開張了。下午在收穫後的紅薯地裏放豬時，我們就知道了這消息，大家都很興奮。「老婆」家那頭花豬鼻子極靈，東嗅嗅，西嗅嗅，簡直勝過一條警犬。它是「老婆」的驕傲。太陽要落山時，路邊槐樹上，金黃的枯葉在陽光中顫抖，我們被夜晚粉坊的美景即將來臨興奮得顫抖。插種小麥的男女社員們收工了，疲憊的牛和疲憊的社員們沿著土路走過來了，我們也召喚著豬，讓牠們停止尋找殘存在泥土中的紅薯，跟我們一起回家。囉囉囉，囉囉囉，是我們對豬的呼喚。「老婆」家的花豬在一座墳墓後的暄土裏拚命拱，用齊頭的嘴巴。一邊拱牠一邊叫，像狗一樣。豬叫出狗聲，的確有些怪異，我們便圍攏上去看。「老婆」家的花豬戧立著背上的鬃毛，好像很激動。我們家的豬和我們一起看著「老婆」家的豬把地拱出一個大坑。

「這裏可能埋著一罈金子。」「耗子」說。

「老婆」的臉上立刻就放出金子般的光芒。

「幹什麼你們？怎麼還不回家？」隊長在路上喊我們。

「老婆」家的花豬渾身哆嗦著，叼著一個黑乎乎、圓溜溜的東西從土坑裏跑上來。

我們發了呆了，呆了一分鐘，便一齊怪叫著，炸到四邊去。

「老婆」家的花豬從土坑裏叼上來一顆人頭。一顆披散著長髮的女人頭。女人頭還很新鮮，白慘慘的，沒有臭味沒有香味，有一股冷氣，使我們的脊背發緊，頭髮一根根支棱起來。

在路上疲憊移動的大人們飛跑過來，全過來了，路上只餘了些拖著犁耙的牛，牠們不理睬讓牠們站住的口令，繼續踢踢踏踏地往村子裏走。

大人們來了，我們膽壯起來，重新圍起圓圈，把「老婆」和他家的花豬以及花豬拱出來的人頭圍在中央。那女人頭還半睜著眼，頭髮爛糟糟的，花豬好像要向「老婆」報功一樣，跟著「老婆」哼哼著，「老婆」被花豬嚇得鬼哭狼嚎。

到底還是隊長膽大，他從墳頭上揪了一把黃草，蹲到人頭前，小心翼翼地揩著那張死臉上的土，一邊揩一邊咕噥：「怪俊一個女人，真可惜了……」揩完後他站起來，轉著圈兒端詳。落日的餘暉塗在我們臉上，也塗在人頭上，使它紅光閃閃，宛若無價之寶。我們都像木偶一樣待了好久好久。

隊長忽然說：「你們看她像誰？」

我們認真地看看她，也看不出她像誰。

隊長說：「我看有點像桂珍。」

桂珍是「騾子」的姊姊。

我們再看那頭，果然就有些像桂珍了。不等我們去尋找「騾子」時，他先叫起來了：「不是我姊姊，才不是我姊姊呢！」

他哭喪著臉，繼續喊叫：「我姊姊的頭是長的，這個頭是圓的。我姊姊頭髮是黑的，這個頭髮是黃的……」

「你也別犟，」隊長說，「長頭也能壓成圓頭，黑毛也能染成黃毛，沒準就是你姊姊的頭哩！」

「騾子」哭了，他又舉出了幾十個根據來證明那顆頭不是他姊姊的頭，搞得我們也有些不耐煩起來，隊長也高了嗓門，說：「『騾子』，你也甭吵吵啦，去叫劉書記吧，他老人家眼光尖銳，他老人家要說這頭是你姊姊的頭就是你姊姊的頭，他老人家要說這頭不是你姊姊的頭你想賴成你姊姊的頭也不行。」

張三、李四、王二麻子……隊長點了一大片人名，讓他們回家吃飯，吃了飯好去粉坊加夜班，順便把劉書記喊來驗頭，但人們都不想挪步。隊長無奈，只得吩咐大家好生看守著人頭，別出差錯。此時太陽已完全下山，但天還沒黑，有幾隻烏鴉在我們頭上很高的地方呱呱地叫，遠望村莊，已被盤旋的炊煙弄得一團模糊。

人們圍著人頭，都如磁石吸住的鐵釘一般，誰也不動，也沒人說什麼。眼見著那天就混沌起來，農曆十六日的大月亮放出軟綿綿的紅光來，照在我們的臉上和背上，也照在那女人頭上。那女人頭上跳動著一些碧綠的光點兒，我們目不轉睛地看著。人是如此了，那些豬們卻在月光下撒起歡兒來，一個個都把鬃毛倒豎，你追牠趕著，喉嚨深處發出吠叫，汪汪汪一片。我們不去管牠們。

「這不是我姊姊的頭！我姊姊跟著勞改農場一個勞改犯跑了，這不是我姊姊的頭！」他的嚎叫淹沒在月光中，竟似受傷的鯽魚往水底沉落一般，沒有人理睬他。

遠遠的一盞紅燈從村口飄過來，飄飄搖搖，搖搖飄飄，不似人間的燈火。大家都知道劉書記來了，在水一樣的波動著的月光下，流過來清脆的駝鈴聲。紅燈剛由村口出現時，我們感覺到它流動得很慢，似乎老半天都不動地方；漸漸逼近時，才發現它流動得很快，宛若一支拖著紅尾巴的箭。

人圈又是非常自動地裂開一條縫，大家都把目光從人頭上移開，看著身軀肥大的劉書記手裏擎著一盞紙糊的紅燈籠，從駱駝背上輕捷地跳下來。據「黃頭」的叔叔八老萬說，內蒙的駱駝是跪倒前腿，降低高度，讓夾在牠的雙峰之間的騎者安全地跳下來，我們這頭駱駝卻從不下跪，劉書記腿腳矯健，也用不著牠下跪。

「人頭在哪裏？」劉書記的嗓音像銅鐘一樣。

沒人回答，但卻自動地把通往人頭的縫隙閃得更寬了。大家的目光隨著大搖大擺的劉書記往前移動。最後都停在被紅燈籠照明了的人頭上。這時，隊長才氣喘吁吁地跑來了，與隊長同時跑來的還有民兵連長（他是劉書記的親侄）和兩個基幹民兵。民兵連長背著一支老掉牙的日本造三八大蓋兒步槍，槍口上套著賊長的刺刀，刺刀尖上銀光閃閃，照耀著歷史，使我們猜想到了戰爭年代的情景。那兩位基幹民兵都是貧農的兒子，他們每人扛著一支鐵紮槍，槍頭後三寸處綁著絨線纓兒，在月光下抖動。他們腰裏分左右各別著兩顆木把手榴彈，也不知是什麼年代製造的，更不知臭了沒有。

劉書記把紅燈籠交給此時已氣喘吁吁地站在他背後的民兵連長擎著，民兵連長的另一隻手緊緊地抓著三八槍的皮帶。燈籠火下，出現了一條條重疊著的大影子。

「我怎麼看怎麼覺得這頭像桂珍的頭……」隊長對劉書記說。

劉書記不待他說完就破口大罵起來：「放你娘的狗臭屁！」

隊長的腰立刻就彎曲了。隊長彎著腰退到我們中間，再也不說一句話。

劉書記張望了一下眾人，怒沖沖地說：「你們還圍在這兒幹什麼？一顆死人頭有什麼好看的？誰稀罕？誰稀罕誰提回家去吧！」

誰也不稀罕，大家就驚惶惶地四散回家了。

我們的豬給我們製造了相當多的麻煩，牠們玩瘋了，在月光地裏，活像一群惡狼。

我們終於把豬趕上了回家的大路，但我們難以忘卻那顆女人的頭。劉書記的紅燈籠也一直照耀著我們的思維，我們站在粉坊外偷看著屋裏的情景時，心裏還亮著那盞紅燈。

這一夜，粉坊沒有開工。

拖了七天粉坊又要開工。要開工那天傍晚，劉書記吩咐民兵連長放兩顆手榴彈以示慶祝。這無疑又是一件激動人心的大事，全村都傳遍了，大人小孩都想看。

放手榴彈的地點選擇在村東頭的大葦灣裏，葦灣西側是第五生產隊的打穀場，場邊上有一道半人高的土牆，恰好成了觀眾的掩體。灣邊有一棵非常粗的大柳樹，有一年這樹枯死了，村裏人恐慌得要命，八老萬買來駱駝那年，樹又活了，大家照舊恐慌得要命。村裏人說這樹成了精，說誰要敢動這樹一根枝兒，非全家死絕了不行。剛吃完晚飯我們就腳墊著磚頭將下巴擱在牆頭上等著看好景了。待了一會兒，大人們陸續來了，這季節村裏人全吃紅薯，大家都消化著滿肚子紅薯吞嚥著泛上來的酸水焦急地等待著。

終於等來了駝鈴聲。貫穿村莊的大街上，來了駱駝劉書記和民兵連長一行。劉書記上身筆直，端坐在駝峰之間，恰似一尊神像，那天晚上我們看見了紙糊的紅燈籠高懸在駱駝背上，民兵連長背著上了刺刀的三八大蓋子槍，兩位基幹民兵找著紅纓槍，腰裏別著手榴彈。

在場上，駱駝停住，跳下劉書記，猶如燕子落地般輕巧，無聲無息。

民兵連長大聲吆喝著，不准眾人的腦袋高出場邊土牆，否則誰被彈片崩死誰活該倒楣。民兵連長正吆喝著，就聽到那株成了精的大柳樹上咯吱吱一陣響，一個黑乎乎的大東西從樹上跌下來。

我們的魂兒都要嚇掉了，因為紅燈籠照出的光明裏出現了一具沒有頭的女屍。也許由於沒有了頭，她的脖子顯得特別長。她身上赤裸裸一絲不掛，一副非常流氓的樣子。

眾人剛要圍成圓圈，就聽到劉書記不高興地說：「回去吧，回去吧，一具無頭女屍有什麼好看的？誰稀罕？誰稀罕就把她扛回家去吧！」

誰也不稀罕，於是大家便懶洋洋地走散了。

又拖了七天，民兵連長站在村中央那個用圓木搭成的高架子上，用鐵皮捲成的喇叭筒子喊話，他告訴我們，晚上粉坊開始製作粉絲，先放四顆手榴彈慶祝，放手榴彈的地點還是在村東頭的大葦灣裏。

傍晚，我們消化著肚子裏的紅薯趴在牆頭上，一會兒，駱駝一行來了。然後一切照舊，唯有樹上沒往下掉什麼怪物。民兵連長站在紅燈籠下，滿臉嚴肅。我們看到他擰掉手榴彈木柄上的鐵蓋子，又用小指頭從木柄裏小心翼翼地勾出了環兒。他看了一眼劉書記，劉書記點點頭。他猛地把手榴彈扔到葦灣裏去了。手榴彈出手的同時民兵連長臥倒在地，我們也跟著趴下去。我們等候著那一聲驚天動地的巨響。等啊等啊，巨響總不來，大家不耐煩起來，但誰也不敢先站起來。

駱駝打了個響鼻，劉書記站起來，質問民兵連長：「你拉弦了沒有？」

民兵連長把掛在小手指上的弦給劉書記看。劉書記說：「臭火了，再扔個試試。」

民兵連長又扔了一顆，不響。

又扔了一顆，不響。

又一顆不響。

劉書記憤怒地蹦起來，劉書記說他娘的這些破武器怎麼能打敵人，下灣去給我撿上來，點上火，燒這些狗雜種，看它們還敢不響。

沒有人願意到灣裏去撿手榴彈，民兵連長喊來治保主任，治保主任押來了全村的四類分子：地主分子劉恩光和他老婆、富農分子聶家材和他兒子、偽保長大頭于、反革命分子張二林、右派分子孫兔子等等。民兵連長命令道：下灣去把那四顆手榴彈摸上來，摸不上來就槍斃了你們這些狗雜種！

灣裏水深及胸，半枯的蘆葦還沒收割，看上去挺嚇人。四類分子不敢畏懼，稀里呼隆下了灣，像一群鴨子。蘆葦頓時嘩啦啦響了，水被攪渾，涼氣和淤泥味兒一齊氾濫上來，凍著我們臭著我們。地主劉恩光的老婆是個小腳女人，一下灣就陷進淤泥裏動彈不得，老地主也不敢去救她。

總算摸上來三顆手榴彈，還差一顆沒摸上來，劉書記說：「算了，算了，就燒這三顆吧！」

第五生產隊打穀場上有一垛豆秸，書記令人一齊去抱，抱了一大堆在場中央。書記親自點上火，民兵連長把手榴彈扔到火堆裏，轉身就跑。劉書記也騎在駱駝上跑了。

跑了足有半里路，劉書記說：「停住吧，別跑了，三顆手榴彈炸不了多遠，又不是三顆原子彈，跑什麼?怕什麼?」

經他這麼一說，我們都定了心。全村百姓圍繞著駱駝站著，遠遠地望著第五生產隊打穀場上熊熊的火光，等待著天崩地裂。豆秸是好柴禾，殘存在豆莢中的豆粒兒噼噼啪啪地響著，隔著半里路也能清清楚楚地聽到。火大生風，火苗兒波波地抖著，像風中的紅旗。火照得半個村子通紅，那株成精老樹的古怪枝杈像生鐵鑄成的，有點猙獰。巨響始終不來。

突然，我們看到一個通紅的女人撲進火堆裏。她張著胳膊，像一隻通紅的大蝴蝶撲進火堆裏。她也許根本不像蝴蝶頂多像一隻老母雞撲進火堆裏。她撲進火堆裏那一瞬間火堆暗了許多，但立即又亮了起來，亮得發了白。一會兒，我們就聞到了一股香噴噴的雞肉味。

那巨響還不響，無人敢上去添柴的火堆漸漸暗淡了，終於成了一堆不太鮮明的灰燼。劉書記騎在駱駝上發洩著對手榴彈的不滿。此時天上出現了半塊白月亮，已經後半夜了，我們四肢麻木，肩背痠痛，衣服上沾滿冰涼的露水。

又拖了七天，我們躲在黑暗裏觀察著被汽燈照得雪白的粉條兒作坊。粉坊是村莊的第一項副業，又是開工頭一晚，所以劉書記端坐在正中一張蒙著狗皮的太師椅上。他的駱駝拴在門前一棵桂花樹上。我們看不清駱駝，但能聞到牠嘴巴裏噴出來的熱烘烘的腐草味兒。

作坊裏的情景你也很熟悉。那時候他已經十六歲，跟我們差不多，他把頭伸到我們頭上往作坊裏張望著，我們辨別出了他的味道。

「『騾子』，你是大人啦，怎麼不到裏邊去吃粉條兒？」「耗子」問。

滿屋裏流動著滑溜的粉條，我們沒有資格進去，他有資格進卻不進。「耗子」對女記者說：「他從花豬拱出人頭的第二天起，就交了好運，劉書記讓他住到自家的廂房裏，專門飼養那匹寶貝駱駝。從此之後，村裏幾百口人裏，只有兩個人有資格騎駱駝，一個是劉書記，一個是他。」

「你那時好神氣啊！」大家都說劉書記收你做了他的乾兒子。你穿著一身綠色的上衣，上衣口袋裏插著一支金筆，小臉兒白白胖胖。有時你騎著駱駝從我們身邊路過，我們感到很不如你。有一次我親眼看到「狼」對他點頭哈腰，「大金牙」說，「騾子」總是高我們幾個頭。

現在你算慘透了，兄弟，為了什麼事兒你竟敢把它割下來，你爹可就你一個兒子。

後邊的事我們本不願意對女記者說，但是她老把美國菸捲給我們抽，她還生著四層眼皮，我們便說了。這些事其實我們也弄不十分明白。

據說，「騾子」和劉書記那個三十歲剛出頭的老婆勾搭上了，第一次好事就成功在他把頭伸到我們頭上的夜晚。我們是看熱鬧的，他是看門道。他看劉書記坐在狗皮椅子上精神抖擻地指揮著生產，一時半晌不會回家，便跑了回去，摟住了他的浪乾娘。傳說劉書記那個玩意兒一九四七年被還鄉團割去了半截，剩下半截自然不順手，他還偏偏娶了個比他小二十歲的女人，所以，這事兒也就不奇怪了。為什麼偏偏有這樣的好事被「騾子」碰上呢？那我們就弄不明白了啦。「騾子」那傢伙我們是見過的，啊哈，怪不得叫他「騾子」。他大概也把那浪娘們給打發舒坦了。得意忘形，「騾子」倒了楣。

「騾子」被吊在村子中間那棟灰瓦房裏挨揍的情景我們親眼目睹了，「騾子」光著屁股懸在房梁上，劉書記端坐在狗皮椅子上，指揮著民兵連長和兩個基幹民兵動手。

他可是真耐揍，打死他也不吭聲。

後來劉書記拿著一把殺豬刀子要把他那個作孽的玩意兒割下來時他才告了饒。

「他怎麼告饒？」毫無倦意的女記者逼問著我們。

他苦苦哀求著：乾爹，親爹，開恩饒了我吧，你砍斷我一條腿，也別害掉我的……俺爹就我一個兒子，你不能斷了老呂家的香火啊……

「後來呢？」女記者又點燃一支菸。

後來我們就不知道了。因為我把墊腳的磚坯蹬倒了，民兵連長在屋裏大喊：誰在外邊？嚇得我們一溜煙兒竄了。

後來我們就不知道他的音信了，前年才聽說他在京城成了大氣候。

四　時代英雄

有一個人身穿黑西服，脖纏紅領帶，嘴叼洋菸捲，鼻架變色鏡，斜挎黑皮包，左手戴一塊黑色電子錶，右手戴一塊黃色電子錶，腳蹬高腰塑料雨鞋。他是誰？他是繼「騾子」之後我們同學中出現的第二位英雄——「大金牙」。當時，他的頭銜是：中華人民共和國高密東北鄉環球計畫生育用品開發總公司總經理兼高密東北鄉避孕藥製造廠廠長。一年半前的那個下午，「大金牙」就是如此威風堂堂地闖進了我們粉絲作坊。

大家看著他，如目睹天神下凡，一時都成了呆木瓜。他一張嘴吐出了一串摻雜著地瓜味兒的京腔：

「我代表毛主席看你們大家來啦！」

我們一時被唬住了，怔怔地望著他，不知眼前是個什麼人物。他齜牙一笑，露出馬腳。「黃頭」衝上去，一巴掌搧掉了他的變色鏡，罵道：「大金牙，你這個驢日的也敢糊弄我們！」

「大金牙」急急忙忙撿起變色鏡，仔細察看著，說：「開什麼玩笑，這個值一百多塊錢呢！」

「屁！」「黃頭」罵道：「你也猴子戴禮帽，充起人物來了。」

「大金牙」嚴肅地說：「人靠衣裳馬靠鞍，穿差了人家瞧不起咱。我現在是農民企業家了，自然跟你們不一樣。」

農民企業家「大金牙」從口袋裏摸出一把名片，分給我們每個人一張。拿著，好生拿著，會有用處的，他囑咐我們，今後進城去，要碰到有人欺負你，你就把名片拿出來唬他。

「大金牙」吃了兩碗粉條，脫下雨鞋，坐在炕沿上，搓著腳丫泥，給我們講他這次進京的奇遇。他的雨鞋裏散出一股比屎還難聞的味道，外邊大晴的天兒，這英雄卻偏要穿高腰雨鞋。

「大金牙」告訴我們，他這次進京城，是去採購機器設備和原料的，避孕藥可不是粉條，隨便搗鼓就能搗鼓出來的，當然當然，我們連忙說。避孕藥是尖端化學，他說，要有技術，你們知道嗎？我們知道。你們不要小瞧我，哼，還記得給「狼」當學生那年頭嗎？那時候吾即是大才子！門門功課總是考百分，縣裏把吾當典型宣傳。我們實在記不起他考過百分，更不知道何年何月縣裏宣傳過他。所以他說：「吾即是大才子」時，「黃頭」說：你是狗雞巴！罵他狗雞巴他也不惱，他撇著京腔繼續說：因故輟學後，吾發憤自學，學完中學大學的全部課程，吾省吃儉用，節約了錢購買專業書籍和實驗器材，當你們整天為了幾個工分賣命時，我已研究成功了一種特效避孕藥……怪不得你老婆不生孩子，八成是吃了避孕藥了。對對，我這種藥吃一片管十年，一個女人一輩子只要三片就夠了，而且沒有任何副作用，京城裏那麼多反動權威花費了成千上萬的金錢才研究出了那種越吃生孩子越多的避孕藥，還有那麼大的副作用，吃了後頭暈眼花，大便祕結，小便帶血，四肢麻木，口舌生瘡，頭髮脫落，牙齦膿腫……我這藥沒孕避孕，有孕打胎，兼治月經不調，子宮下垂，跌打損傷，口臭狐臭……夠了夠了，大金牙，金牙廠長，別耍貧嘴了，我們早就讓馬醫生劁了，「老婆」沒劁但「老婆」的老婆劁了，誰也不會買你的避孕藥……但是，他們全都不理我，我去國家專利局申請專利，剛一進大門就被警衛抓起來，他們踢了我三腳搧了我兩耳光，還說我是騙子。「活該！」「老婆」說。

「大金牙」說他流落在京城街頭，口袋裏一個子兒也沒有，身上生了蝨子，遍體瘙癢，肚中飢餓，好像只有死路一條。他忽然神祕地說：夥計們，我跟你們說，天無絕人之路！你們猜我碰到了誰？

難道你碰到了他？

不假。吾流落街頭，正是虎落平川遭犬欺。忽然看到一男一女兩個漂亮青年——那女的比四層眼皮女記者還漂亮——男的提著一桶漿糊，女的夾著一沓海報。他們逢牆就貼。那海報上寫著：著名青年歌唱家呂樂之今晚將在首都體育館演出！良機千載難逢！切莫錯過。「騾子」！吾大喝一聲，「騾子」，那一男一女氣洶洶走上來，男的問：他媽的，你罵誰是「騾子」，女的說：打這個丫挺的！他們說打就打，打得吾眉頭一皺，計上心來。我從口袋裏掏出吾的名片，說：別打吾！吾是高密東北鄉特效避孕藥製造廠廠長，呂樂之是吾的同學。他們一聽這話，立刻就不打吾了，反而滿臉帶笑向吾打聽「騾子」的情況，吾說「騾子」身上有幾個疤吾都知道，吾正要找他呢！吾要他們帶吾去找他，他們說見他可不容易，他忙著呢！吾靈機一動計上心來，吾說他家的舊房基上挖出了一罈金元寶，讓他回去處理呢！吾略施小計，把那兩個人騙得屁顛屁顛地把我帶去見「騾子」。

「你見到『騾子』啦？」我們一齊問。「騾子」的大名早已震動了高密東北鄉，但是他不回來。

「你瞎吹吧！」「耗子」說。

「誰瞎吹？」

「大金牙」一著急嘴裏噴出了粉條渣渣，他說，「誰瞎吹誰不是女人生的，誰瞎吹誰是駱駝生的。」

「他還是給劉書記養駱駝時那模樣吧？」

不，絕不，他活像個大人物，他已經就是個大人物對不對？那兩個貼海報的帶著吾坐了大車坐小車，七拐八拐，大街小巷，大花園小花園，到處都是冬青樹和花草，紅的黃的粉的藍的，什麼顏色的都有，京城好漂亮，比咱高密東北鄉漂亮一萬倍！吾都要轉頭暈了，才轉到他的家。那兩個年輕人吩咐我站住，他們去敲門，他的門上裝著電鈕，根本不用敲，輕輕一按屋裏就唱歌。待了好久，門開了，露出了一張又白又瘦的臉，吾一眼就認出了他的眼。這傢伙，兩隻眼還是那樣賊溜溜的。那兩個青年人點頭哈腰地說：呂老師，來了一個你的鄉親。「騾子」把眼移到我這邊來了，吾忙上前兩步，大喊：「『騾子』！『騾子』！好你個騷騾子，半輩子沒見你了！」他冷冰冰地問：「你是誰？」吾忙說：「我是你的同學大金牙呀！」他搖搖頭說：「你找錯人啦，我不認識你！」吾正要分辯，他早不理我了，他訓那兩個年輕人：「以後不要給我添麻煩！」那兩個年輕人連連道著歉，門砰一聲關了。

「這小子，連鄉親都不認了？」我們感到憤怒。

聽我說，聽吾說，那倆年輕人惡狠狠地轉過臉去，三拳兩腳就把我打得滿地摸草，那女的踢人比那男人還狠，她的鞋頭又尖又硬，像犍子牛的犄角兒。要是再敢騙人就把你送到派出所裏去！那女人說。吾趴在樓梯上不敢動彈，裝死吧，好漢不打裝死的。吾聽到他們咯咯噔噔地走遠了，才敢扶著樓梯站起來。「騍子」！這個王八蛋！吾心裏很難受，止不住的眼淚往下流。這時，聽到頭上一聲門響，「騍子」的門開了。他站在門口說：「金牙」大哥，請留步。

「大金牙」故意停頓，瞇著眼看我們。

他把吾請進他的家。他說離家鄉多年，記不清了我的模樣，不是有意疏遠同學。他說經常有人去敲詐他。他的家裏鋪著半尺厚的地毯，一腳踏上去，陷沒了踝子骨。屋裏牆上掛滿了字畫兒，那些箱兒櫃兒的，油汪汪的亮，天知道刷了什麼油漆。人家「騍子」拉屎都不用出屋兒。人家喝的是法國酒，抽的是美國菸，褲子上的縫兒像刀刃兒一樣。他還是滿記掛我們東北鄉的，問這問那，打聽了若干。

問我們了嗎？

問遍了！一邊問一邊說著「狼」打學生的事兒。他說「狼」的教鞭是他削的，「狼」打彈弓用的泥球兒也是他搓的。

啊呀！這傢伙！

他還問「小蟹子」和「鷺鷥」了。他還記得到「蟹子」家窗前唱情歌兒，被「蟹子」的爹差點逮住的事兒。

只可惜「小蟹子」住進了精神病院。

我們正說得熱乎著呢，有人按門上的電鈕兒，屋裏唱小曲兒。「騍子」讓我坐著，他起身去開門，吾聽到他在門口和一個女人嘀咕了半天，後來那女人闖了進來。你們猜她是誰？

是那個四層眼皮的女記者呀！她進門就脫衣裳，沒脫光，她說大金牙，你還認識我嗎？我說認識認識怎麼能不認識呢？她支派「騍子」給她倒酒。「騍子」忙不迭地給她倒，紅酒，盛在透明的玻璃杯子裏，像血一樣。那女人也把你們全問遍了。

後來，屋裏又唱小曲兒，又有人按門上的電鈕兒，「騾子」坐著不動，那小曲兒一個勁地唱。四層眼皮不懷好意地說：去開門呀！怕什麼？「騾子」苦笑著，坐著不動。女記者從沙發上蹦起來，說：你不敢去我去。「騾子」耷拉著頭，像吃了毒藥的雞。女記者開了門，氣呼呼地進來，她身後又跟來一個女人。這女人一頭好頭髮，像鋼絲刷子一樣支棱著，薄薄的嘴唇上塗著紅顏色，像剛吃了一個小孩，一看就知道不是個善茬子。她也是一進屋就脫衣裳，也沒脫光。「騾子」說：這是我的鄉親。那女妖精哼了一聲，算是跟我打了招呼。她也是讓「騾子」給她倒酒，「騾子」起身給她倒，紅酒，盛在透明的玻璃杯子裏，像血一樣。那女人喝著酒，拿兩隻藍眼睛瞪著四層眼皮的記者；四層眼皮的記者也喝著酒，拿兩隻綠眼瞪著紅嘴女人。就那麼瞪著瞪著，四隻眼睛裏都噗噗嚕嚕地滾出淚水來。「騾子」給夾在中間，對這個笑笑，對那個笑笑，像孫子一樣。

吾不是傻瓜，對不對，咱知趣，吾說：「騾子」，吾走了，抽個空兒去趟高密東北鄉吧，鄉親們想你！「騾子」站起來，說：也好，你住在什麼地方？趕明兒我去看你。不待吾回答，四層眼皮就躥起來，扯著嗓子喊：別走，呂騾子，你這個臭流氓，當著你的鄉親的面把你的醜事兒抖摟抖摟吧。你騙了我，又找了一個女妖精，那女妖精更不省事，端起酒杯就把酒潑到女記者臉上了。兩個女人哇地一聲叫，打成一堆，互相揪頭髮，互相抓臉皮，互相搧耳光，打成了一堆，在地上滾，幸虧有地毯，跌不壞。「騾子」喊著：夠了！夠了！你們饒了我吧！

兩個女人打累了，從地毯上爬起來，臉上都是血道子，頭髮都披散著，衣裳都撕了，都露了肉，都哭著罵罵著哭。哭夠了罵夠了，女記者拎起衣裳，說：大金牙，回高密東北鄉去好好宣傳他！她還對那女妖精說：告訴你吧！別得意，他從小就是流氓，你早晚也要被他涮了！女記者走了。女妖精也拎起衣裳，說：告訴你，我懷孕兩個月了，你別想讓我去流產！你連想都別想！

兩個女人走了。「騾子」雙手抱著頭，好久好久不動，好久好久不吭氣。我看著他那樣子心裏好不難過，原來他也不容易。我想勸勸他，又狗吃泰山無處下嘴。我說：「騾子」，回家鄉去看看吧，劉書記前年就死了，駱駝也死了，在家時你還是個小毛孩子，小毛孩子誰不幹點荒唐事？現在你給家鄉爭了光彩，大家都盼著你回去呢！

他嗚嗚地哭起來，雙手抱著頭，像個小孩兒一樣。他哭了半天，不哭了，他說：我真不該唱什麼鬼歌，真恨爹娘生了我個男人身，我是個男人所以我連連倒楣，總有一天……

他說：你們聽過我唱的歌嗎？我說：聽過聽過，大人小孩都聽過。他說：縣裏領導來信請我回去唱歌，我要回去，馬上就回去。他說：「金牙」，今晚的事你回去千萬別跟同學們說。我說：不說不說。他說：回去後我要到劇場裏演唱，到時你們都去給我捧場。

「騾子」馬上就要回來了。

一輛紅白兩色的麵包車把我們拉進了縣城，麵包車跑得沙沙沙一溜黃風，坐墊兒軟得屁股不安寧。「大金牙」、「黃頭」、「耗子」、「老婆」、「乾巴」……「狼」的學生擠滿了車。一個留著小平頭的幹部說：「呂樂之同志委託我來接你們看他演出，他正陪著縣長和副市長吃飯。他說請你們原諒他。」我們想，你也太客氣了。你現在是何等人物，請我們坐麵包車已經讓我們心裏蹦跳不安，怎麼敢勞動你親自來接我們。車裏有收音機或是錄音機，機器開放著，滿車裏都是你的歌聲，灌得我們暈暈糊糊，半癡半醉。

車快得連路邊的樹都倒了，差一點撞死一條白花狗。他的歌聲在車裏盤旋——十八的大姊把兵當——這歌兒流傳在高密東北鄉大人小孩都會唱。我們一起騎在牛上唱過——當兵就吃糧——大米乾飯白菜湯——饞也麼饞得慌——又差點壓死一隻蘆花老母雞，牠叫著飛上了樹——當兵先鉸成二刀毛

——過腚的大辮子咔嚓剪掉了——腰紮牛皮帶——肩扛三八槍——身披黃大氅——車頭碰死一隻麻雀——當兵去打仗打仗不怕死——兩個營的八路埋伏在大橋西——正晌午時接了火——打死了小日本一百還要多——撇下了一百多盡是好傢伙——戰鬥勝利了——同志們好快活——車進縣城，滿街都是車，十分熱鬧——同志們好快活——拐進了一個大院子，那留平頭的幹部說到了縣政府了——同志們好快活——同志們好快活。

我們軟著腿下了車，就看到瘦瘦高高的「騾子」陪著兩個大幹部向我們走過來。

我們坐在好極了的位置上，前邊緣是市裏和縣裏的大幹部。劇場裏全是燈，不知道浪費了多少電。那道暗紅的大幕沉重地懸掛著，嚇得我們夠嗆。劇場的門廳裏，擺著一幅巨大的廣告牌，牌上畫著一個大姑娘，面帶著微笑，手舉著一個大瓶子，她說：請吃高密東北鄉特效避孕藥。大金牙滿臉的得意都流到下巴上去了，他不時地抬起西服的袖子擦著下巴。

他怎麼還不出來呢？別著急，好戲都要磨台。你看，幕動了！大幕果然裂開一條縫，一個全身通紅的女人鑽出來。她的兩個耳朵垂上掛著兩個雞蛋那麼大的銅鈴鐺，一動腦袋鈴兒響叮噹，讓我們想起劉書記的駱駝。她說：劇場重地，請勿吸菸，請勿吃帶殼的東西！說完了她就鑽到大幕裏去了。

大幕終於拉開了，我們頭頂上的燈滅了很多，台上的燈亮了好多。台上早擺好了一大溜蒙著白布的桌子，桌子後邊坐著一排人，一個人扛著機器，給坐在桌子後邊的人照相，一個人拖著黑電線，還有一個，高舉著一個四四方方的東西，那東西突然射出了一道雪白的光芒，把桌子後邊的人都照得不敢睜眼。「騾子」坐在正中央，只有他睜著眼，好像看著我們。又出來一個全身碧綠的女人，裙子裏安裝著幾十個明明滅滅的小燈泡。稀奇稀奇真稀奇。她背上背著什麼？「黃頭」悄聲問。「大金牙」說：背著乾電池唄！她說了一大通話，緊接著縣長講話，緊接著「騾子」講話，後來，大幕關閉了。

大幕又開了時，台上的桌子撤走了。縣長他們下了台，在我們前排就了座。那個綠女人說：演出現在開始！台下一片歡呼。她說第一支歌是：高密東北鄉，我可愛的家鄉。

「騾子」穿著一身白得讓人不敢睜眼的西服，手裏握著一個喇叭筒子，說了些客氣話嗚裏哇啦，然後開始唱：

我的家鄉真美麗——

這小子，真會裝模作樣，美麗？美麗在哪裏？

黑水河從我的心上流過——

我們忘不了你在河裏洗澡時的惡作劇——

到處是大豆高粱紅紅綠綠黃黃遍地是牛羊——

純屬胡唱，胡唱——

百花齊放春風浩蕩蜜蜂採花把蜜釀……

你唱得實在不精采，著名民歌演唱家，不過是扯著喉嚨瞎嚷嚷。

為了老同學，我們使勁拍巴掌。

那個穿紅衣裳的女人把一把塑料花塞他懷裏，演出到此結束。我們連連打著哈欠，等著他來接見我們。

他跟我們一一握手，還送給我們每人一個電子打火機。

麵包車把我們卸在村口就跑了。滿天都是星星，河裏一片蛤蟆叫，空氣潮漉漉的，露水落下來，我們啪啪地打著電子打火機，你照照我的臉，我照照你的臉，「大金牙」神祕地說：

「夥計們，你們猜他跟我要什麼東西？」

「你有什麼稀罕東西值得他要！」

「你們猜嘛！」

「鬼才去猜！」

「我告訴你們吧——可別瞎傳播——他跟我要那種特效避孕藥！」

「噢——你那鬼藥靈不靈呀！」

「靈靈靈，絕對靈，我這藥有孕墮胎，沒孕避孕，兼治經血不調，胸脅脹滿……」

「去你的吧！」

五　「大金牙」折騰記

「大金牙」的爹就是個人物。我們沒見過他的爹，他死得很早，也有人說他成了仙。我們聽我們的爹娘說，「大金牙」的爹本是個老實巴交的莊戶人。說有一天他到南大窪裏去鋤高粱，碰見了一個白鬍子老頭，送他一本天書，那天書上寫滿了蝌蚪文，沒有人會念，只有「大金牙」的爹會念。天書上寫著煉仙丹的方法，只要煉出仙丹，誰吃了誰成仙。他天天煉，在屋裏安了一個銅爐子，銅爐子下插著劈柴。他煉丹用的材料稀奇古怪，什麼磚頭面兒，磕頭蟲兒，屎克郎兒、麻雀蛋，蝙蝠屎，長蟲皮……全村都能聞到從煉丹爐裏跑出來的味兒。他天天煉，煉了好幾年，有時他上街，人們問他：煉出來了沒有？他小聲說：要想個法子，要想個法子。每當我要開爐出丹時，狐狸精就把丹給盜了，大家都笑他。他最後想了個好法子：開爐取丹時，讓一個正來例假的女人站在爐邊，狐狸精怕女人血，就不敢來盜仙丹了。說他出丹那天，「大金牙」的娘站在爐邊，一開爐門，果然白氣衝起，差點沒把屋蓋掀跑，他的臉在白氣中隱現著，赤紅赤紅，宛若一塊爐中鋼。白氣漸漸散去，低頭看爐中，果然有一粒像櫻桃那般圓潤像櫻桃那般鮮豔的仙丹在爐底閃閃發光，空中伸下一串串毛茸茸的大尾巴，房頂上傳下來狐狸精焦急的吼叫。他命令女人解開褲腰，放出穢氣，狐狸們退了。他抓起仙丹一口吞了，把「大金牙」的娘氣得夠嗆，他吃了仙丹後，滿臉是喜氣，雙眼放著神光。他抱出一堆黃表紙，放在院子裏，然後坐在紙前，點燃了紙，對老婆說：我要上天了。他老婆納著鞋底子看著他的升天儀式。火焰高漲起來，紙灰滿院子飛舞。一會兒火熄了，他還坐在那兒，閉著眼。「大金牙」的娘上去，踢他一腳，說：神仙，該吃飯了。竟然沒有回聲，仔細看時，人已經沒了氣息。「大金牙」的娘嚎哭起來，引來村裏人看熱鬧。一個白鬍子老頭說：你哭什麼?他已經脫了凡胎，成了神仙，你哭什麼？「大金牙」的娘擦著眼說：這個沒良心的，煉出仙丹來只顧自己吃，他成仙上天，俺娘兒們還得留在人間受罪。

「大金牙」的避孕藥廠開工那天，村子裏的老人把「大金牙」的爹煉仙丹的事兒講給好多人聽。

開工那天，呂家祠堂擠滿了人。村長和村黨支部書記名操一把大剪刀，剪斷了把我們當年的教室的「狼」當年的辦公室聯結在一起的紅綢子。紅綢落地，鞭炮響起，紛紛揚揚的紙屑和淡藍色的青煙一起扎進我們的眼睛。然後是書記講話，村長講話，「大金牙」講話。他說他要造福鄉梓，降低出生率，提高人口品質等等。他私下裏對我們說過，「騾子」很欣賞這工廠。他說「騾子」說中國所有的事情就壞在人口多上，人類的所有苦痛都建立在性交之後可能懷孕這一嚴酷的事實上。所以他才幫我的忙，在京城裏。「大金牙」在粉坊裏對我們說。所以「大金牙」說他的工廠得到著名歌唱家的贊助，為表感謝，他請「騾子」擔任避孕藥廠廠長。今後，我們生產的每一盒藥的盒子上，都要印上「騾子」的頭像和「騾子」的大名。

——這就是轟動一時的騾子牌避孕藥的來由。祠堂裏的罈罈罐罐就不說了，還有那些五顏六色、怪味撲鼻的配料也不說了。

「大金牙」的工廠冒煙之後，整座村子都被那怪味充斥了。聞了那怪味我們都感到不舒服。起初僅僅是不舒服，後來就噁心伴隨嘔吐，腹痛伴隨腹瀉。還有很多症狀，不能一一例述。我們並沒想到這是被「大金牙」折騰的。後來，連雞都不下蛋了，雞都蹲在牆旮旯裏吐酸水。又後來，村裏所有的男人都無法跟女人睡覺了，女人更徹底，據她們回憶道：自從聞了從呂家祠堂裏飄出來的味道後，她們都沒了例假，而且一見了男人的影子就想上吊。

「大金牙」研製的這種藥太厲害了。

據說他發出去了一批藥。

很快，有消息傳來，說「大金牙」製造毒藥，損害了人民健康，公安局要來抓他。我們把這消息告訴了他。當天夜裏他就失了蹤。也有人說他藏在自家的一個地洞裏。

「大金牙」辦工廠時除了從信用社貸款外，還借了村裏好多人的錢。他一失蹤，債主們紛紛找上門去。他老婆裝死狗，說要錢沒有，要命有一條，債主們無奈，只得爭先恐後往呂家祠堂跑，想看看那裏有沒有可以抵債的東西。信用社主任想獨家把工廠接管了，債主們紅了眼，一窩蜂擁進工廠裏去。

那天我們都在場，鐵皮煙囪都還冒著一種鮮豔的紅煙，十幾個戴著防毒面具的雇傭工人還在按照「大金牙」指導的程式製藥。一個大爐裏有通紅的火，廟裏的空氣刺鼻子扎眼。大家打量著「設備」，都失望得要命。於是村長喊：別幹了，「大金牙」跑了，我們都被他騙了。

工人們停下手中的活，傻不愣登地看著我們。眾人的怨氣無處發洩，便一齊動手，把那些罈罈罐罐搗得稀巴爛，然後捂著鼻子跑了。

那股怪味兒在我們村子裏飄漾了一年多，現在才淡了些。

六　人頭菊花

這件事情僅僅是傳說。據說有一個人佯裝走了，實則趴在道路旁邊的溝裏藏了起來。我們至今還記得，溝裏填滿了一大團一大團的紅薯秧子，趴在上面會很舒服。我們猜測那個人是「騾子」，但他堅決不承認，「耗子」曾經問過他。

傳說那個人看到劉書記、民兵連長和兩個基幹民兵待到大隊的人走遠後，就坐在一塊抽菸。抽夠了菸，就點了一把火，把紅纓槍挑了人頭，放在火上燎，燎得吱啦啦冒煙才停。還說有好幾條狼在火堆的光明外一個勁兒嚎叫。兩個民兵中的一個有點害怕，劉書記批判他：怕什麼怕？不是有槍嗎？

他們沒有對著狼開槍。

回憶一下，在趕豬回家的路上我們也許聽到過槍響，如果有槍聲，也一定是勞改農場裏士兵追趕逃犯時放的。

潛伏者說，民兵連長從駱駝背上拿了一條麻袋把人頭裝了。劉書記騎上駱駝，民兵連長等人尾隨著，向村子裏走。

傳說劉書記把人頭埋在一個大花盆裏，花盆裏栽著一墩菊花，然後澆上三碗清水。劉書記家院子裏的確有一盆菊花，這不是傳說。第二年秋天劉書記那盆菊花開放了，這也不是傳說。

你那時已經是劉書記的駱駝飼養員。你除了精心飼養駱駝外，還必須精心侍弄這盆菊花。你為它澆水，抓蟲子，趕蒼蠅。傳說這盆菊花只開了一朵花，花朵肥大，大如人頭，顏色是黑得透紅或紅得發黑，花朵放出奇香。說歸說，我們沒看過這盆名菊。

我們親眼看到那盆菊花是他逃跑後（用失蹤更準確些）的那些日子裏，那盆菊花在劉書記懷裏，劉書記在駱駝的兩個駝峰之間。那是個中午，太陽很大，街上的塵土都放出光彩。劉書記抱著菊花坐在駱駝上，駱駝閉著眼慢騰騰地走著，那兩座駝峰中的一座軟癟癟地倒了，劉書記和駱駝都像夢境中的東西，唯有菊花奪目，放出黑色的亮光和陽光作對。算一算這事情過去二十多年了。

他在收音機裏唱：有一個美麗的傳說，少女的頭上，開放了黑色的花朵……

也許這不是傳說。算了算了，管它是傳說還不是傳說呢。

七　巨響

至於是否有大蝴蝶般的女人撲進了熊熊燃燒的火堆，也只能當傳說聽。那晚上我們太累了，太累了就容易產生幻覺，另外火光外站著的人也容易產生幻覺。還有前邊所說的好多事兒都可能是幻覺，連傳說也有可能是幻覺。幻覺本身更容易成為幻覺。因為把一切都推給幻覺我們感到很輕鬆，有點像從噩夢中醒來的滋味。他真的把傳家的寶貝割下來了？我們是否真的站在他的門外呼喚過他？都不確定。

巨響的幻覺性也很大。那天晚上，火堆裏埋了三顆手榴彈，劉書記的意思是要燒得它們爆炸，但火堆快要把最後一點紅燼消失掉時它們還不炸。如果不是幻覺，那麼，我們就慢慢地圍上去了，每個人都小心翼翼，一邊小步前進一邊準備隨時臥倒，其實，它們真想爆炸，我們根本來不及臥倒。

「黃頭」很有些軍事常識，他說手榴彈放到火裏燒都不炸是不正常的，它們遲早會爆炸，我們每前進一步，就離著爆炸近一步。一般地說三顆手榴彈會同時爆炸，同時爆炸就會產生一聲巨響。彈片有殺傷力，更大的殺傷力來自爆炸時產生的熱氣浪。它能隔著肚皮把你的腸子撕成香蕉那樣長的一段一段又一段。

八　情深時想起爹娘夜撈羊

我們堅信我們的真誠會使你感動，你會敞開你的門，放我們進去，讓我們安慰你，我們絕不會主動問你為什麼要割掉自己的下體，雞吃石頭子兒自有雞的道理，你自有你的道理。你必定是感到非割掉它不可了時才把它割掉的，我們打聽到一個辦法，可以讓它再生出來。也不是我們打聽到了什麼辦法，是失蹤的「大金牙」不知從什麼地方寄給我們一封信，他說吾驚悉「騾子」自己毀了自己，吾想他一定是一時激動，這太簡單了，就像貓兒爬上樹也必然能從樹上爬下來一樣。吾想只要「騾子」肯把他唱歌掙來的五十萬塊錢借給吾五萬塊，吾就還他一個男人身子，五萬元買個金剛鑽兒，不貴吧？說到這裏還得補充幾句：不是說「大金牙」發出去一批藥嗎，那批藥被京都裏一些人吃了，男人女人都吃，吃了後都想自殺，於是一級一級查下來，聽說公安局夜裏摸進村莊來逮捕「大金牙」，沒逮著。他的藥太峻烈了。我們真擔心「騾子」花了五萬元買來一根可怕的。

你皺著眉頭對我們說：「滾！全都滾！」

「騾子」，我們好心好意來看你，沒有一丁點兒惡意，為什麼要我們滾呢？你走紅運的時候我們並沒有去找你，你現在正倒楣，倒楣的人需要友誼是不是？

「你們根本理解不了我！」你滿面紅光地說，「我好得很！」

「就算你好得很，也該把你的菸拿出來，讓老同學們過過癮，那四層眼皮的女記者還把她的美國菸捲扔在炕上，讓我們隨便抽來著。」

你的臉陰沉起來。好，我們不提那女記者啦，她要是再敢到我們村裏來刺探你的情報，我們就劁了她的蛋子兒。她說你跳到護城河裏救上了一個小孩真有這事嗎？

你擺擺手，把菸撒給我們抽。

這恐怕又是幻覺的繼續。

他說：你們不理解我，你們只理解肚子和牙。

他在門裏，我們在門外，我們聽到他的聲音，如同一條小溪裏的流水聲：

……市精神病醫院你們去過嗎？你們去看過「小蟹子」嗎？沒有，我們沒有時間去。她在縣百貨公司站櫃枱賣彩氣球時「大金牙」見過她一面，「大金牙」說她胖得很厲害，一張大臉白白的，眼睛比她少年時小了許多，「大金牙」說她可能是浮腫。對對對，她原先是賣過磁帶什麼的，後來「大金牙」說她又去賣氣球了。她一手攥著一把氣球的線兒，頭上飄著兩大簇五顏六色，嘭嘭地響。市精神病醫院門前有一棵大槐樹，槐樹上有窩老鴰，見人到樹下牠們就呱呱地叫。你們猜不到我為什麼要去看她。醫生不讓我進去，說她很狂躁，打人咬人什麼的。後來我拿出了我的名片給醫生，醫生說：你就是那個唱歌的呀，你非要見她？那你趕快到街上去買兩把氣球兒，必須彩色的……

我舉著兩把氣球兒，像舉著兩把鮮花，走進了她的病房，她坐在椅子上，手捂著臉，正在那兒嘰裏咕嚕的罵人。醫生喊了一聲，她把手從臉上拿下來，兩眼凶光，好像要跟人拚命。但是她的眼立即柔和了，她看見了氣球。她喃喃著，像個小孩子一樣偎上來。給我……給我吧……我給了她，她舉著氣球跳起來……

現在，你們可以走了吧？

滾，都滾，不要惹我發火！

「耗子」神祕地對我們說，那天你們走了以後，我又回去了。我站在他的門外只敲了一下門，他就把門打開了。他一團和氣，穿得整整齊齊，先讓我喝了盅滿口都香的茶，又讓我抽美國菸。我仔細（當然是偷偷地）打量了一下他的那地方，鼓鼓膗膗的，並不像少點兒什麼，那事兒怕又是造他的謠言。他對我說這次回來是體驗生活，搜集民歌民謠，找了我們幾次都找不到，他還說你們有意疏遠他。他說你回去跟「黃頭」他們說：「騾子」永遠變不成馬，唱歌的事兒本沒有什麼了不起，是個人就能。他說在外邊混飯吃不能太老實，太老實了就要受欺負，他說回鄉後可得老老實實，一就是一二就是二，騙子就怕老鄉親嘛！他問了好多好多事，他說壓根兒就沒見過「大金牙」，「大金牙」去京城那些日子，他正在日本國演出呢。他說他很想去看看「小蟹子」，只是不知道精神病醫院在什麼地方。他還說「鷺鷥」這傢伙太過分了，怎麼可以打老婆呢？「小蟹子」大概是世界上最優秀的女人了，可現在竟被他折騰瘋了。

「耗子」說，我還問了他一些早年的事，譬如說摸「小蟹子」的胸脯的事兒，夜裏撈羊的事兒。他有些傷感情地說：光陰似箭，轉眼就是二十年啦。他說那純粹是小孩子胡鬧，根本算不上戀愛的，「鷺鷥」如果連這都不能原諒，那可實在太糟糕了。我是摸了她一下，她跑了，我可嚇得沒了脈，棍子一樣戳在河堤上，只想跳河自殺。第二天上學時，我生怕她告訴了「狼」，「狼」要是知道了我敢摸女生的胸脯，非把我打死不可，她沒有告訴「狼」，我心裏感謝她，感謝極了。從此之後我再也不趕著羊追她了，也沒有羊好趕啦，那隻母羊掉到河裏淹死了，那隻公羊累癱了。說到這裏他和我都哈哈大笑起來。

「耗子」還說，他說他摸「蟹子」時肯定被「鷺鷥」看到了，當時他就恍惚看到一個瘦長的影子在高粱地裏晃動。他說他呆立在河堤上，不知過去了多長時間。爹娘的聲音伴隨著一盞紅燈越來越近，一直逼到他的眼前。他不動，準備豁出皮肉挨揍了，奇怪的是那晚上爹和娘都變成了菩薩心腸，不打他也不罵他，只是輕輕地問他那隻母羊哪裏去了。他說母羊滾到河裏去了。於是，爹和娘便脫掉外邊的長衣服下河去撈羊，爹高舉著紅燈籠，生怕被水浸濕了，河裏嘩啦嘩啦響著，爹和娘的身體被燈籠火照得朦朦朧朧，顯得很大很大。突然聽到娘說：摸到了摸到了！爹舉著燈籠湊上去。突然又聽到爹和娘的怪叫聲一拖很長，燈籠掉在河裏，隨水漂去，爹和娘掙命般撲騰著爬到岸上來，渾身流著水。黑暗中看不到他們的眼睛，但能感覺到他們在顫抖。爹扛起癱在地上的公羊，娘拖著我，飛快地往回跑，直跑得上氣不接下氣，直跑得爹與羊一樣摔倒在地，才停住喘息。娘說：我的親娘，嚇煞我啦！我還以為是咱們的羊呢？誰知道竟是——爹低聲說：「少說話，『路邊說話，草窠裏有人』！」娘不敢吱聲啦。

「耗子」說得滿嘴白沫，我們也聽累了。你別說了，既然他不嫌棄我們莊戶人，咱們明兒個一塊去看他吧。好！明兒去看他。

九　汽車尾燈的光芒

「騾子」，「騾子」，開門吧，我們拍打著你的門板，我們呼喚著你的名字，你不開門也不回答，昨天「耗子」不是騙我們就是他產生了幻覺。我們很失望地往回走，太陽高升，空氣清新，你應該出來走一走，現在田裏的活兒不忙，我們願意與你一起散步，看看我們的墨水河，看看我們的勞改農場新建成的飛碟式大樓。一群剃著光頭、穿著藍帆布工作服的囚犯們在大豆地裏噴灑農藥，風裏有不難聞的馬拉硫磷味道。勞改犯裏藏龍臥虎，你還記得我們村那棟紅色大糧倉嗎？那是一個六十年代的老囚犯設計的。那時候我們經常跑到勞改農場的大片土地裏去割牛草，一邊割草一邊看那些老老小小的犯人。警衛戰士抱著馬步槍騎在膘肥體壯的戰馬上，沿著田間小徑來回巡邏。馬上的戰士很悠閒，馬兒也很悠閒。戰士噘著嘴唇吹著響亮的口哨，馬兒伸出嘴巴去啃小徑上的草梢。我們最喜歡看女犯人。她們也都穿著一色的勞動布工作服，或鋤地或割草或摘花。有一個女犯人特別好看，嗓子也好聽。她們摘棉花時總要唱歌兒。碧藍的天上游走著大團的白雲，好多鳥兒尖聲啼叫。也有戰士騎著馬在小徑上巡邏，但他不吹口哨，他的馬步槍大背著，他手裏握著一根樹條兒，無聊地抽打著棉花的被霜打紅了的葉子，犯人們很歡樂，一邊摘棉花一邊唱歌。她們的歌聲至今還在我們耳邊上嗡嗡著，你在收音機裏唱過她們唱過的歌。我們無論如何也要把你請出來，讓你跟我們一起去看犯人幹活去，犯人們在勞動時都高唱著你的歌曲。

在墨水河邊徜徉
騎紅馬的戰士愛上她
從脖子上摘下了馬步槍

失蹤好久的「大金牙」突然出現在我們的粉坊裏。電燈的光芒把粉坊變得比汽燈時代更白亮。在電燈的光輝下，我們才明白那個四層眼皮記者所說的「汽燈比電燈還要亮」的話是騙我們玩的。「大金牙」好像從來就沒逃跑過，他穿得更闊了，京腔更濃了，腳上的塑料雨靴換成了高腰牛皮靴。一進粉坊他就說：

「夥計們，不要問我從哪裏來。」

然後他分給我們每人一張名片，每人一支香菸。他再也不脫鞋搓腳丫子泥了，他連坐都不坐，嫌髒啊，小子。他說：真正的好漢是打不倒的，打倒了他也要爬起來。誰是真正的好漢呢，「騾子」算一條！吾算一條！

他說他籌到一筆鉅款，準備興建一個比上次那個大十倍的工廠。這家新工廠除了繼續生產特效避孕藥之外，還要生產一種強種強國的新藥。這種藥要使男人像男人女人像女人。除了生產這種藥之外，還要生產一種更加寶貴的藥品，這種藥雖說不能使人萬壽無疆，但起碼可使人活到三百五十歲左右。

當我們詢問他是否見到「騾子」時，他說：見過，太見過了，在京城我們倆經常去酒館喝酒。我們一齊搖頭。「大金牙」你過分啦，「騾子」回家鄉把自己關在屋子裏已經好久啦，你不是還寫過一封信向他借錢嗎？

「大金牙」臉上的驚愕無法偽裝出來，他瞪著眼說：「你們說什麼胡話？發燒燒出幻覺了吧？」

他逐個地摸著我們的額頭，更加驚訝地說：「腦門兒涼森森的，你們誰也沒有發燒呀！」

「老婆」說：「你摸摸自己發沒發燒！」

「大金牙」說：「讓我發燒比登天還難！」

該介紹一下「老婆」的由來了。「老婆」本名張可碧，現年三十八歲，男性，十五年前娶一女人為妻，生了一男一女，為計畫生育，其妻於一九八四年去鎮醫院切除了子宮和卵巢。本來女性絕育手術只須結紮輸卵管，但「老婆」的老婆的子宮和卵巢都生了瘤子，只得全部切除。為什麼我們要把「老婆」這外號送給張可碧呢？只因張可碧父母生了六個女兒後才得到這個寶貝兒子，為了好養，所以可碧從小就穿花衣服，抹胭脂。父母不把他當男孩，他就跟著姊姊們學女孩的說話腔調，學女孩的表情、動作。等他長到和我們同學時，他的父母不准他穿花衣服了，但他的那套女人腔、女人步、女人屁股扭卻無法改變了，所以我們就叫他「老婆」。

他的老婆切除了子宮卵巢後，嘴上長出了一些不黃不黑的鬍子，嗓子變得不粗不細，走路大踏步，幹活一溜風，三分像女七分像男。在這樣的女人面前，「老婆」真成了他老婆的「老婆」了。

「大金牙」說：「騍子」富貴不忘鄉親，是個好樣的，當然吾也不是一般人物，吾名氣沒他大，但腦袋裏的化學知識比他多。我們被他給打懵了，聽著他胡說，想著我們是不是真的去敲過「騍子」的門？「騍子」是不是真的回到家鄉？

「大金牙」說：京城裏有一家全世界最高級的紅星大飯店，吾和「騍子」在那裏邊住了三個月。一天多少房錢？不說也罷，說出來嚇你們一跳兩跳連三跳。「騍子」活得比我們要艱難得多！是啊，像他這樣的人怎麼會艱難呢？又有名，又有利，吃香的喝辣的，漂亮女人三五成群地跟著。吾原先也這麼說。可是「騾子」說：「大金牙」老哥，你光看到狼吃肉沒看狼受罪！名啊名，利啊利，女人啊女人！都是好東西也都是壞東西。就說名吧，成了名，名就壓你，追你，聽眾就要求你一天唱一支新歌，不但要新而且要好。不新不好他們就哄你、罵你，對著你吹口哨，往你臉上扔臭襪子。還有那些同行們，他們恨不得你出門就被車撞死。還有那些音樂評論家們，他們要說你好能把你說得一身都是花，他們要說你壞能把你糊得全身都是屎……他說：我真想回家跟你們一起做粉條兒……

他真能回來嗎？我們用眼睛問「大金牙」。

「大金牙」說：吾勸他千萬別回來，寧在天子腳下吃谷糠，也不到荒村僻鄉守米倉。他咕咚灌下去一盅酒，眼圈子通紅，咬牙切齒地說：我不會回去的！我當年就是為了爭口氣才來這兒的。如果不成功，回去也無用。吾對他說：「『騾子』，你已經夠份了，何必那麼好勝，能唱就唱，不能唱就幹別的。」他又喝了一杯酒，狠狠地說：不！那天晚上他喝醉了，吐了我一身，你們看我這套純羊毛西服上的污跡就是他吐的。我像拖死狗一樣把他拖進房間，他躺在地板上打滾，一邊打滾一邊唱歌，那歌兒不好聽，像驢叫一樣。後來總算把他撫弄睡了，他在夢裏還叨咕：金牙大哥……我還有一個絕招……等我……讓那些狗雜種瞧瞧……

他要幹什麼？我用眼睛問「大金牙」。

「大金牙」說：他千不該萬不該得罪那個女記者。

女記者怎麼啦？

「大金牙」說：他的票賣不出去了。他的磁帶也賣不出去啦。現在走紅的是一些比他古怪的人，嗓子越啞、越破越走紅……

這些都與我們沒關係，我們只是想知道，他為什麼要把自己的……割掉？我們用眼睛問「大金牙」。

「大金牙」說：你們別幻覺啦。

「老婆」說：俺是聽俺老婆說他回來了。他那舊房子不是早由村裏給他翻修好了嗎？俺老婆說那天黑夜裏起碼有一個排的人往他家搬東西，一箱箱的肉，一罈罈的酒，一袋袋的麵，好像他要在裏邊住一輩子似的。過了幾天，俺老婆說：你那個同學把那玩意兒自己割掉了。俺問她是怎麼知道的，她說是聽街上人說的。你們說這事可能是真的嗎？

「大金牙」又跑到粉坊裏來了。他說吾剛從「騾子」那裏回來。「騾子」拿出最好的酒讓吾喝，他說他這次回來之所以不見人，是為了鍛鍊一種新的發聲方法。一旦這種發聲方法成功了，中國的音樂就會翻開新的一頁。他充滿了信心。他還說呆些日子要親自來粉坊看望大家。

他還對你說了些什麼？我們用眼睛問「大金牙」。

「大金牙」說：他還對吾說了汽車尾燈光芒的事。他說有一天夜晚，他獨自在馬路上徘徊，大雨嘩啦啦，像天河漏了底兒。街上的水有膝蓋那麼深。所有的路燈都變成了黃黃的一點，公共汽車全停了，等車的人縮在車站的遮陽棚下顫抖。起初還有幾個人撐著傘在雨中疾跑，後來連撐傘的人也沒有了。他說他半閉著眼，漫無目的地在寬闊的馬路中央走著，忽而左傾忽而右傾的雨的鞭子猛烈地抽打著他的身體，他說我的心臟在全身僅存的那拳頭大小的溫暖區域裏疲乏地跳動，除此之外都涼透了，我親切地感覺到眼球的冰涼，一點冷的感覺也沒有，本來應該是震耳欲聾的雨打地上萬物的轟鳴，變得又輕柔又遙遠，像撫摸靈魂的音樂——什麼叫「撫摸靈魂的音樂」呢？你這傢伙——吾怎麼能知道什麼叫「撫摸靈魂的音樂」呢！吾要是知道了什麼叫「撫摸靈魂的音樂」吾不也成了音樂家了嗎！「大金牙」的敘述被我們打斷，他顯得有些心煩意亂。你們都是俗人，怎麼能理解得了他的感情！吾只能理解他的感情的一半。他說他在雨中就那樣走啊走啊，不知走了幾個小時，突然，一輛烏黑的小轎車鬼鬼祟祟地迎面而來，它時走時停，像在收穫後的紅薯地裏尋找食物的豬。它的鼻子伸得很長很長，嗅著大雨中的味道。他說他有點膽怯，便站在一棵粗大的梧桐樹邊不動。它身上迸濺著四散的水花，從他的面前馳過去，就是這時候，他看到汽車尾燈的光芒，它像一條紅綢飄帶在雨中飄啊飄啊，一直飄到他臉上。後來，他恍恍惚惚地感覺到那輛狡猾動物般的小轎車又馳了回來，在瓢潑大雨中它要尋找什麼呢？雨中飛舞著紅綢般的汽車尾燈的光芒，他說他如醉如癡。汽車在行進過程中，車門突然打開了，有一個通紅的大影子在雨中一閃。汽車飛快地跑走了。他看到雨中臥著一個人。他猶豫了一陣，走上前彎腰察看，原來是長髮凌亂的女人。他問她：你怎麼了？她不回答。他再問：你病了嗎？她不回答。他伸手去拉她時，她卻突然躍起來，用十個尖利的指爪，把他褲襠裏那個「把柄」緊緊地抓住了。你們知道不知道被抓住了「把柄」的滋味？那可是難忍難熬。他說他昏過去了。等他醒來時，發現自己已被人剝得赤身裸體。如紅綢飄帶般的汽車尾燈的光芒在雨中繼續飄動。只有雨，街上一個活物也沒有，他說他光著屁股跑回家。站在門口他哆嗦著，衣服已被剝光，鑰匙自然丟了，沒等他想更多，眼前的門輕輕地開了，開門的人竟有點像那個在雨中夢一般出現又夢一般消失的女人。

十　撫摸靈魂的音樂

把六個澱粉團子做完後，夜已經很深了。作坊裏的所有支架上都晾上了在電燈下呈現蛋青色的粉絲。我們感到非常累。「耗子」心情很好，從炕頭櫃裏摸出了一包好茶葉，用暖壺裏的水泡了，倒到兩只大碗裏大家輪流喝。村子裏時有狗叫，聲音黏黏糊糊的，催人犯睏。「耗子」撥弄著他那個破收音機，收音機裏沙沙響。「老婆」說：別撥弄了，城裏人早就睡了。「耗子」說：你簡直是個呆瓜，城裏人睡得晚，果然收音機裏有一陣陣的掌聲和嗷嗷的喊叫聲。有一個女人在收音機裏說：親愛的聽眾們，在今天的晚間節目裏，我們將為您播放著名現代流行歌曲演唱家呂樂之音樂晚會的實況錄音片段……

我們高高地豎起了我們的耳朵，聽那女人說：呂樂之早在數年前就以他那充滿鄉土氣息的民歌博得了廣大聽眾的熱烈歡迎，近年來，他發憤努力，艱苦訓練，成功地將民歌演唱法和西洋花腔女高音唱法天衣無縫地融合在一起，創造出一種世界上從來沒出現過的新唱法……他的演唱使近年來走紅的流行歌手們相形見絀，他用自己的艱苦勞動和得天獨厚的喉嚨重新贏得了廣大音樂愛好者的愛戴。世界著名的聲樂大師帕華洛帝聽了呂樂之的演唱後，眼含著熱淚對記者們說：這是人類世界裏從沒出現過的聲音，這是撫摸靈魂的音樂……

在一陣陣的瘋狂叫囂中，他唱了起來。他的聲音讓我們頭皮陣陣發麻，眼前出現幻影。他的聲音不男不女，不陰不陽，跟「老婆」的切除了子宮和卵巢的老婆罵「老婆」的聲音一模一樣。

勞改農場那邊又響起了也許是槍斃罪犯的槍聲。我們是不是站在你家門前敲過門板呢？也許真是幻覺，即便在真幻覺裏，我們也感到恐懼。

懷抱鮮花的女人

一

海軍某部上尉王四回家結婚。他的未婚妻是縣城百貨大樓鐘錶專櫃的售貨員。她的家與王四的家都是離縣城四十里的馬莊鄉，王四家住李家莊，她家住橋頭堡。原說她要到部隊去與王四結婚，後來又讓王四回來結婚，理由是老人年紀大了，想在家結婚熱熱鬧鬧讓老人高高興興。

王四下了火車就直奔百貨大樓，到鐘錶專櫃一問，說她已告假回家了。幾個女售貨員嬉皮笑臉地問：「你就是燕萍的那個吧？」他說：「就算是那個吧！」王四出了百貨大樓往公共汽車站走。走了一半路程，天開始下雨，起初很小，後來漸大。距汽車站還有不近的一段路，他擔心淋壞了包裹的東西，便尋找避雨的地方，抬頭看到了鐵路立交橋，緊走幾步，鑽了進去。

雨水在天地間拉開了灰白的巨網，往常交通繁忙的立交橋下，此刻竟冷冷清清。這裏地勢低窪，立交橋下既是車輛與行人的通道，也是洪水的通道。馬路上的雨水嘩嘩地洩進來，橋下明晃晃一片。王四站在水裏，尋找比較乾燥的地方，這樣他就站在了那幾根既把立交橋下的空間分割成兩半又支撐了立交橋的粗大鋼筋水泥支柱之間。他放下行李，從口袋裏摸出手絹擦乾臉上和脖子裏的雨水，然後掏出菸、打火機。打火時，一條狗在他背後恐怖地叫了幾聲。他的打火機噴出的火苗可能把狗嚇了一跳，狗的叫聲把他真正地嚇了一跳。他抬眼去尋找那條狗時，猛然發現，在對面那根支柱旁邊，站著一個身穿墨綠色長裙的女人。

他又一次點燃打火機，在背後那條狗的叫聲中，仔細地觀看這個距自己只有三米遠的女人。

她穿著一條質地非常好的墨綠色長裙，肩上披著一條網眼很大的白色披肩。披肩已經很髒，流蘇糾纏在一起，成了團兒。她腳上穿著一雙棕色小皮鞋，儘管鞋上沾滿污泥，但依然可以看出這鞋子質地優良，既古樸又華貴，彷彿是托爾斯泰筆下那些貴族女人穿過的。她看起來還很年輕，頂多不會超過二十五歲。她生長著一張瘦長而清秀的蒼白臉龐，兩隻既憂傷又深邃的灰色大眼睛，鼻子高瘦，鼻頭略呈方形，人中很短，下面是一隻紅潤的長嘴。她的頭髮是淺藍色的，濕漉漉地，披散在肩膀上。其實，上述這些，王四當時並沒真正看清楚。當時，在打火機微弱光芒的照耀下，最先映入王四眼簾並使他感到突然襲來了莫名興奮的，是女人懷裏抱著的那束鮮花。

那束花葉子碧綠，花朵肥碩，顏色紫紅，葉與花都水靈靈的，好像剛從露水中剪下來的一樣。王四沒有太多的花卉方面的知識，從花枝上生長著的粉紅色的硬刺上，他猜測那束花是月季或者薔薇。

那束花約有十餘枝，挑著七八個成人拳頭般大小的花朵和三五個半開的、雞蛋大小的花苞。她用雙手摟著花束，因裙袖肥大而褪出來的雪白胳膊上，有一些紅色的劃痕，分明是花枝上的硬刺所致。花朵團團簇簇地擁著她的下巴，花瓣兒鮮嫩出生命、紫紅出妖冶，彷彿不是一束植物而是一束生物。

火光映照著那些花朵也映照著她的臉，她的眼睛裏射出善良而溫柔的光彩。好像花兒漸漸開放——她的臉上漸漸展開了一個嫵媚而迷人的微笑，並且露出了兩排晶亮如瓷的牙齒。她的牙齒白裏透出淺藍色，非常清澈，沒有一點瑕疵。

王四的心緊起來，持續燃燒的打火機突然燙了他的手。他晃滅打火機。一時感到六神無主。橋洞裏黑幽幽的，洞外雨霧漫漫，洞口垂掛著一道雨水的青白簾幕，水從他的腳下響亮地流過去。他並不感到恐懼只是感到思維遲鈍，女人在鮮花叢中綻開的笑臉像一束黃色的火焰在他的腦海裏燃燒著。

他不由自主地又一次打著打火機，藍色的火苗跳躍起來。女人保持著適才的姿勢，連一丁點兒也沒移動。在他手中光明的照耀下，女人又綻開了迷人的微笑。王四覺得自己的整個精神都被那花朵中的笑容俘虜了。他再也不願熄滅手中的火焰，好像打火機一熄滅，自己就要從美夢中驚醒一樣，但耗盡氣體的打火機還是毫不客氣地熄滅了。他掰著灼手的齒輪打火，噼嚓噼嚓噼嚓，除了有一些細小的火星從打火機中濺出外，火苗兒再也無法噴出了。他懊惱地將這個燙手的小玩意兒扔到面前的水中。他聽到了打火機灼熱的金屬部分在冷水中發出了「嘶」的一聲。

女人無聲的笑容像一道燦爛的閃電，隨著打火機的熄滅而熄滅了。這時，暴雨中響起了沉悶的雷聲，遙遠的閃電把微弱的藍光抖動著投射到立交橋下，彷彿引燃了女人頭上淺藍色的頭髮，一大團幽藍的光模模糊糊地輝映著她蒼白的臉和那些紫色深重的花朵。一列火車冒著大雨從橋上通過，車輪壓迫鋼軌的聲音、汽笛撕裂潮濕空氣的聲音在空曠的橋洞裏被放大了，彷彿即刻就要天崩地裂一樣。

王四在這巨大的轟鳴聲中，思維突然清晰起來。他感到被雨淋濕的衣服冰涼地黏在身上，寒意從內臟裏生發出來，涼透了四肢和體表。一股熱烘烘的、類似騾馬在陰雨天氣裏發出的那種濃稠的腐草味兒撲進了他的鼻道和口腔，而這種味道，竟是從那懷抱鮮花的女人身上發散出來。儘管他也嗅到了從陰暗地溝中滾滾流過的雨水的腥味和那束鮮花清冷的植物氣味，但都壓不住女人身上的味道。王四的老爹曾當過生產隊的飼養員，飼養棚裏有一鋪熱炕，王四考進高中前一直跟著爹在這鋪熱炕上睡。每逢陰雨天氣，牲口身上的腐草味道像一只溫暖的搖籃、像一首甜蜜的催眠曲使他沉沉大睡。現在他聞到這味道，感到這個陌生女人與自己之間建立了一種親密的聯繫，他產生了與她對話的欲望。

「你在這裏避雨嗎？」話一出口，他就覺得這句話既枯燥乏味又淺薄無聊，但他的確又找不到別的什麼話好說了。

幽暗中的女人沒有說話，憑著一種古怪的感覺，不是用眼睛，而是用心靈，他感受到了女人臉上再次綻開了那燦爛的微笑。

女人沒說話，那條一直躲在柱子後邊的狗卻汪汪地叫起來，好像牠是女人的代言人。王四感到這條狗的存在非常多餘，轉念一想，又覺得牠的存在非常必要。

「你不是本地人吧？」王四說，「我感到你肯定不是本地人。」

女人似乎在那兒動了一下，因為王四聽到了花葉的窸窣聲。

暗處的狗再次接著王四的話頭吠叫。

「你有什麼困難需要我幫助嗎？」王四說：「你不要怕，我是解放軍。」

他感到女人在暗中微笑，聽到狗在暗中狂叫。

他開始討厭這條狗，但也沒有轉到柱子後邊驅逐牠的念頭。

這時有一輛載重卡車大開著車燈從上坡路上衝下來，雪亮的燈光照耀著被油煙熏黑的洞頂和附著在洞壁上的幾蓬嫩黃的草，車輪濺起來的水花直飛到燈光裏去，宛若一簇簇秋菊。車上好像拉著許多鐵籠子，籠裏關著的動物可能是鴨子，他聽到呷呷的叫聲，自然他沒忘記借助光明觀察面前的女人。王四覺得她始終在對著自己微笑。她的目光專注，沒有去看汽車，更沒有看洞壁。

雨聲漸小，洞口的水簾破裂，先變成幾根水線，一會兒就只餘下淅淅瀝瀝的滴水了。一道陽光照進來，在洞裏他還看到了東南方向的天際上掛起了一道彩虹。王四又問了那女人幾句無關痛癢的話，依然只有那條狗回應著。似乎再也沒有理由待下去了。他提起行包，蹚著淹及腳踝的水，走出了立交橋。這時，那條一直沒有露面的狗竟閃電般從後邊竄出來，在他的腳脖上咬了一口。

王四腳上一陣奇痛，扔掉行李，口出哎喲之聲，猛回了頭，看到那條黑色的瘦狗電一般地竄回立交橋的幽暗之中，隨即消逝，無影無蹤，無聲無息，宛若魚兒鑽進了深潭。清涼的穿堂風從橋洞裏吹出來，振動著他的衣角。他彎腰查看腳踝，發現狗牙僅僅在踝骨上留下兩個紫紅的斑點，既沒有破皮，更沒有出血。察看完傷勢，越覺得那種奇痛不可思議。他做出進洞的決定前猶豫了一會兒。他知道那條黑得像抹了焦油的狗如果再次發起突襲，自己仍然是猝不及防。被狗咬破皮肉完全有可能感染上狂犬病。據說縣供銷百貨大樓鐘錶部那個專賣小鬧鐘的男售貨員就是被狗咬傷得了瘋狗症死掉的，他的未婚妻就接替了那人的位置。橋洞中的巨大誘惑無法抵抗，他小心翼翼地走了進去。

那條狗躲在柱子背後吠著。牠的叫聲裏似乎並無特別的惡意。狗的比較友善的叫聲在潮濕的洞壁上碰撞著，好像幾隻潔白的乒乓球來回彈射。洞裏的光線明亮了許多倍，彩虹的一部分被洞裏積存的雨水反射上來，更增添了洞中的柔和氣氛。王四非常清楚，自己再次進洞的目的並不是為了打狗報仇。

她還站在原地，彷彿連一毫米都沒有移動。現在不必借助打火機的火焰他就清楚地看到了她的一切。她的鞋她的裙她的鮮花她的臉。當然那種濃郁的腐草味兒更重新包裹了他的身心。

王四問：「小姐，這條狗是你養的嗎？」他對著發出吠叫的地方指了指，又接著說：「牠咬傷了我的腿。」

女人把懷中的鮮花用右臂摟住，騰出左手，捂住嘴巴，吃吃地笑起來。她笑出的聲音不大，但因笑而引起的身體活動幅度卻很大。她身體前傾後仰著，那塊骯髒的披肩像一塊灰白的雲片，沿著肩背滑落在地上。她的半個潔白如玉的嫩綠肩膀突然刺進了王四的心臟。他呼吸急促，眼睛像兩隻羽翼豐滿的家燕飛出巢穴附著在她的肩膀上。她的鎖骨與脖子之間那個藍幽幽的燕窩狀的渦渦，恰好依偎得下一對家燕。他的眼睛涼森森的，心中卻有熊熊的黃色火焰燃燒起來。

他用激動得發著顫的聲音說：「好啊……你這個調皮鬼……小壞蛋……支使你的狗咬了我，你還笑，看我怎麼治你……」

你知道自己心中充滿了邪念，但卻用一種彷彿純粹玩笑的外衣把邪念遮掩起來。他不知道自己是邁著什麼樣的步伐撲到了她的身邊，並且用灼熱的嘴吻了她光滑的肩頭和那軟綿綿的燕窩。她的皮膚涼森森的，有一股淡淡的青草味道，使他的嘴唇和鼻子都感到極其舒適。他吻她肩膀時，她笑得渾身顫抖，彷彿那兒就是她身上最敏感的部位。

「你還笑？我讓你笑！」王四得寸進尺地把嘴印到她的脖子上、面頰上，一瞬間他感到花枝上的硬刺扎破了他的上衣，刺痛了他胸前的肌膚，花朵上的水珠也弄濕了他的下巴。但當他的嘴緊密地黏到了她的嘴上後，花朵和花枝便不存在了。她的嘴唇厚墩墩的，彈性很好。從她嘴裏噴出來的那股熱烘烘的類似穀草與焦豆混合成的騾馬草料的味道幾乎毫無洩漏地注入他的身體並主宰了他的全部器官。王四昏沉沉地感覺到陰雨天氣裏生產隊飼養室裏那滾燙的熱炕頭，灶旁蟋蟀的鳴叫聲、石槽旁騾馬咀嚼草料的嘎叭聲、騾馬打響鼻的嘟嚕聲、鐵嚼鏈與石槽相碰的鋃鐺聲……都在他的感覺裏響起來。女人嘴裏的味道源源不斷地輸送出來，像給打火機充氣一樣，注滿了王四身體內的所有空間。後來王四回憶起來，與其說自己的嘴巴湊到了她的嘴巴上，毋寧說她的嘴巴撲到了自己的嘴上。

他們的吻應該持續了相當長的時間……

後來，他感到筋疲力盡，小肚子卻一陣陣上抽著隱痛。女人的笑比剛才要露骨多了，那種像隱沒在紗幕之後的神祕之美被他的嘴撕破了。他感到與這個女人的距離突然逼近。她原本如同一個路人，與王四毫無牽連，王四想理她就理她不想理她就可以抽身走開，但經過這一吻，王四覺得自己欠了這女人許多債，當然他也可以抽身跑掉，但他發覺自己的良心不安。

通過立交橋的車輛多了起來，他感到那些司機都在好奇地打量著自己。於是他決定，無論如何也要離開了。他盡量淡化著與女人接觸的印象，為自己開脫著：她的狗咬了我，我在她臉上輕輕地咬了一下，我根本不欠她什麼，是的，什麼也不欠。他說：「你還敢不敢調皮了？小丫頭，快回家去吧！」

說完那句話，他故作輕鬆地離開橋洞，提起扔在路邊的行包，慢慢走到拐彎處，然後，就像要逃脫警察追捕的逃犯，在那條通往公共汽車站的小斜路上跨開了大步。疾走了大約有十幾分鐘，他感到提著行包的雙臂又痠又麻，額頭上、腋窩裏沁出了熱汗。雨後的毒日頭很快把濕漉漉的地面曬熱。他在一家賣五金材料的小店鋪外堆滿了鋼筋的法國梧桐樹下放下手中的東西。鋼筋上長滿紅鏽。那棵法國梧桐只有茶碗口粗，樹冠蓬著，如一支火炬，在地上投下一團暗淡的陰影。樹幹上用刀子深刻著四個莫名其妙的字：「明根沐法」，他看了不解其意。路上有幾條狗在懶洋洋地散步，幾個蒼老得好像有幾百歲的老人在烈日下合夥編織著一塊巨大的葦箔。他感到如釋重負地歎了一口氣。

上尉還沒來得及第二次從頭至尾地回憶橋洞裏的豔遇，就嗅到自己的背後洋溢開了那綠裙女人嘴中的氣息。他驚詫萬分地跳起來，回頭就看到她果然亭亭玉立地站在自己背後，中間只隔著那堆鋼筋。那條極其油滑的黑狗蹲在女人的身後，雙眼瞇縫著。冰涼的汗水在一分鐘之內就布滿了他的面孔。汗水浸眼，他抬起衣袖擦了一把。面對著好像一直就站在自己身後的女人和那條知不知道是她的黑狗，上尉張口結舌，腦子裏一片空白。

他終於從這種狼狽狀態中清醒過來，心中如燒如烤，臉上卻盡量表現出冷靜。他打量著站在明媚陽光下的女人，心中那種大禍降臨的感覺竟然減輕了許多。這女人的確不同凡響。陽光把她的墨綠色長裙照耀得泛出鵝黃色，那鞋那髮那肩窩那胸脯都光輝奪目。當然，那束紫紅色的鮮花是她身上的畫龍點睛之筆，好像如果沒了這束花，一切都不存在一樣。他嗅到花朵的若有若無的清新味道，看到那些紫紅的肥厚花瓣上掛著一層淡薄的白霜。

她自始至終對著上尉微笑。她的嘴巴微張，噴吐著草料香氣；牙齒半露，閃爍著珠璣之光；嘴唇顫抖，表示著接吻的熱望，上尉差一點又心猿意馬起來，但已經西斜的太陽向他提出了警告：兩天之後，將是他與那個鬧鐘姑娘舉行婚禮的日子。想到此，儘管面對著這個幾乎落入嘴中的熟透的鮮桃，他也不敢再動嘴了。

那間小五金商店的窗玻璃上，似乎貼上了幾張扁平的臉。那邊編織著葦箔的老頭們也把頭顱向這裏轉動。上尉低頭看看自己引人注目的軍服，又看女人、鮮花和黑狗，恍然覺得自己置身於一幅圖畫中。既是圖畫，就無法不讓人欣賞。於是他便倉惶著要逃出圖畫了。

他從上衣口袋裏摸出一張面額五十元的人民幣——上尉知道這樣做很不光彩——用兩個指頭夾著遞到女人面前，說：「對不起，算我冒犯了你——如果不是你的狗咬了我，我也絕對不會再回到橋洞裏去……跟你開那些玩笑……請收下，算我對你的賠償。」

女人的眼睛始終沒有離開過上尉的臉。她雙手摟著鮮花，臉上的笑容永遠。上尉隱隱約約地感覺到這個女人將給自己的生活帶來巨大的麻煩，她不理睬這五十元臭錢是完全正常的。他抱著一線希望，忍痛又摸出一張五十元，兩張同時遞給她，說：「再加五十行了吧？」

他發現把錢遞到這女人面前如同把錢遞到牛面前一樣，牛盼望有人遞給牠一把鮮嫩的青草，她盼望什麼呢？

上尉有些惱怒上來，提高了聲音說：「你打算幹什麼？告訴你，你這種女人我見過，就算『打你一炮』，也不過五十元錢，你高貴，一百元總可以了！」

話一說出口，上尉感到很後悔，他覺得這種髒話不僅褻瀆了女人也褻瀆了自己。雖然他看到過在港口周圍晃動的那種女人，但也就是看看罷了，「五十元一炮」，聽人說過的。

「我真誠地向您道歉，」他對著女人鞠了一躬，「請您不要跟我這種下作的人一般見識，高抬貴手，放我一馬！」

道歉完畢，他覺得自己鼻子發酸，連眼淚都快流出來了。他提起鋼筋上的行包，垂著頭，不敢看女人和黑狗，膽戰心驚地往前走。

上尉多麼希望懷抱鮮花的女人就此放了自己，領著她的黑狗回到她的橋洞或者到別的什麼地方去，只求她不要像幽靈一樣跟隨著自己，但事與願違。他始終被女人的味道包圍著。無論他怎樣疾走，也逃不出這氣味的追逐。女人的腳步聲細碎而輕曼，那條黑狗更是悄無聲息，彷彿一股油在地上流淌。他不用回頭就看到了女人懷中鮮花的紅光，她離自己只有一步之遙。黑狗距她也是一步之遙。路過那個積著水的小池溏時，在碧綠浮萍的間隙裏，他看到了上尉、女人和黑狗的充滿濃郁詩意的倒影。他知道再拐一個小彎兒公共汽車站就會突然出現在面前，在那裏他很可能會碰到熟人，因此無論如何也要在這裏把她和她的狗甩掉。

上尉站住腳，把行包扔在地上，咬牙切齒、使自己發起狠來，他虛張聲勢地壓低了喉嚨說：「如果你膽敢繼續跟蹤我，我就把你推到池溏裏去淹死！」

他滿以為女人會對這句話有所反應，即便不表示出恐懼表示出憤怒也好，他此時最懼怕的就是她那種似癡似迷、高深莫測的微笑。

女人在微笑。

上尉惱怒地說：「你不要以為我是嚇唬你！現在我喊數，當我數到三時，你如果還不轉身，我就用刀子先捅了你，然後再把你沉到池溏裏去！」他從腰間皮帶上摘下一把大號的水果刀，打開刀子，對著她的胸脯比劃著。他喊道：「一——二——三——」她依然在微笑。

池溏裏出現了三隻潔白的鴨子，呷呷地叫著，悠閒地游動。牠們粉紅的腳掌在透明的水中像槳一樣划動著，撩亂了水上的浮萍，也攪動了他們的倒影。

上尉暴怒起來，但她的絕對友善的微笑使他不能發狠。這時他看到了那隻實為罪魁禍首的黑狗。上尉的惱怒終於有了發洩口。他攥著刀子朝黑狗撲去。

黑狗不齜牙也不咆哮，機警地一閃，就讓氣勢洶洶，頭重腳輕的上尉撲了空。他差不點兒就跌到池溏裏去，皮涼鞋上沾滿了紫色的淤泥。他回過頭來，看到黑狗已經蹲在適才他站著的地方，而他站著的位置，恰是適才黑狗蹲踞過的。上尉的凶猛一撲，起到的作用是人與狗交換了位置，並且還使女人將身體旋轉了九十度。她那可怕的微笑在臉上綻開著。上尉又向黑狗撲去，黑狗還是悄無聲息地機警一閃，女人輕俏地旋轉九十度，人與狗又一次交換位置。緊接下來上尉連續發起的十幾次凶猛進攻，結果都是一樣。他氣喘吁吁地站著，女人和狗卻都是呼吸平穩，沒有絲毫的恐慌和緊張。

上尉握刀子的手緊張地痙攣起來。現在，女人的微笑對他再也不是瓊漿玉液，而是致命的毒藥。他感到眼前全是那微笑化成的赤紅的火焰，而那十幾朵鮮花則是火焰中央最熾烈的部分，女人身上那條綠裙子也像綠色的火苗在抖動。他覺得自己伸出去的手臂和刀子正在火焰中熔化著。

上尉大聲抽泣著說：「小姐，求求你，饒了我吧！我從今之後保證改過，無論在何時何地，再也不敢佔便宜了……」

淚水沿著上尉的面頰流進了上尉的嘴裏，他嘗到自己的淚水竟然也是一股腐草味道了。

女人在微笑。

路上已經站了十幾個紅男綠女。一邊觀看，一邊議論著。

上尉拎起行包，大步流星地朝汽車站竄去。他知道女人和狗在後邊追趕。但似乎拉開了五六步的距離。

公共汽車站門口的路兩側，排開了兩列販賣花生、瓜子、水果、點心之類的小攤販，只要想進汽車站的售票和候車大廳，就必須從攤販造成的夾道中通行。上尉進入夾道，一個扁臉的女攤販伸手就抓住了他的左臂，非要把瓜子賣給他不可。他掙扎著想逃走，女攤販死抓著他不放。上尉想騰出右手對準那張扁臉捅一拳。但此刻他的右臂也被右側一個女攤販死死地拽住了。右側的女攤販嘴唇上生著一層瘡，說起話來鼻子嘟嘟噥噥的。

上尉拚命掙扎著，女人們的手卻像鐵箍子一樣難以掙脫。當然他真正掙脫的並不是這兩個女攤販。危險來自後方。他像隻小鳥一樣竄跳著，最後竟大聲叫罵起來。

周圍的攤販們一個個嬉皮涎臉地笑起來了。

這時，飽含著騾馬草料味道的溫暖氣流又從後邊吹拂著他的耳朵了。

上尉的叫罵變成了哭喊：「放開我，放開我，我買還不行嗎？」

那條黑狗閃電般跳起來，咬了左側女攤販的手脖子。隨即牠又一個騰躍，咬了右側女攤販的手指。兩個比攔路搶劫的強盜還要霸蠻的女攤販怪叫著鬆開了手。

上尉提著行包，不敢回頭也不敢旁顧，在震耳的嘈雜聲中，穿過攤販夾道，跳了十八層台階，撲進了公共汽車站售票與候車兼用的大樓的彈簧大門。

他聽到彈簧門在身後響亮地合上了，心中略感寬鬆。售票廳裏人如蟻群，你擠進來，我擠出去，好像每一個人都在鑽來鑽去。上尉野蠻地用手中的行李碰撞著阻攔他的人，似乎招來了許多的閒言冷語，他知道這些閒言冷語都正確得要命，要說不對是上尉的不對，但他根本不在乎了。

上尉鑽到一個人群最稠密的角落蹲了下來，這裏有一堆垃圾，放著兩個骯髒到極點的破墩布。素愛清潔的上尉連絲毫猶豫都沒有，就把脊背靠在了牆角上，現在他的背後再也不會有女人的微笑了，他的面前則是無數條移動的或不移動的腿。他機警地摘掉大蓋帽，抽掉了支撐帽子圈的蛇皮彈力架，將鬆鬆垮垮的帽子與蛇皮彈力架塞進旅行包。隨後他又脫掉上衣，照樣往旅行包裏塞。旅行包太滿，他毫不猶豫地拽出兩盒糖果，騰出空間，把軍裝塞了進去。

上尉吐了一口氣，心裏感到輕鬆無比，而感到全身鬆鬆垮垮，好像骨頭架子散了。

他的眼前移動著各種各樣的腿，粗的細的生毛的不生毛的黑毛的黃毛的光滑的粗糙的白的黑的沾著泥土的糊著牛糞的布滿疤痕的靜脈曲張的……藍褲子黑褲子黃褲子綠褲子白褲子紅褲子……各色裙子沒有墨綠色裙子，他舒了一口氣……各種各樣的腳……各種各樣的鞋襪沒有半高跟半高腰古樸華貴的棕色小牛皮鞋，他舒了一口氣。他的周圍浪潮般湧動著各種味道，沒有那種別具一格的騾馬草料味道，他舒了一口氣。

持久的蹲踞姿勢使上尉的腿不由自主地顫抖起來，他一咬牙，屁股坐在了那幾塊濕漉漉的、黏糊糊的破墩布上。血液立即在全身順暢地循環起來，他感到了從未有過的舒適，宛若躺在隨著輕浪起伏的甲板上沐浴陽光或是仰望明月與繁星。他的目光抬高了一點，看到了頻繁移動著的人們的臀部之下的部分。他發現其實通過觀察人們臀下的部分，就基本可以了解一個人的出身、地位、性格甚至臉上的表情。那個腿肚子上布滿盤結蚯蚓一樣的曲張靜脈、腳上的破膠鞋上沾著乾牛屎的人絕對是個五十歲左右的農民。那條白皙但滯重的，腿肚子發達的腿的主人應該是紡織廠的一個中年女工。那個屁股在牛仔褲裏緊繃著上翹著腳上穿著冒牌運動鞋的是個年齡不超過二十三歲的姑娘應該是個爬杆比猴子還要快的女電工。那個屁股上的褲子被木板凳蹭得發了亮腳上穿一雙比較乾淨的布鞋的男人應該是某家工廠的一個中年會計員。那條沾滿柴油的綠軍褲的主人是個復員兵、拖拉機手。那個屁股肥大的毛料褲子是個鄉鎮的小幹部，絕對不是鄉鎮的主要領導。那條在紅裙子中輕輕踮動的白腿花襪高跟涼鞋是個胸脯乾癟的基層供銷社女售貨員。那紮著的褲管下兩隻套在黑布鞋裏的尖腳是哪個村的一位老大娘，她有一個女兒嫁到了縣城。那挽著的黑褲管下裸露著的瘦腿趿著車輪胎縫成的簡易涼鞋、腳趾甲裏積滿黑垢的是像我父親一樣的老農，上尉有點心酸地想。他覺得人的思想歲月都在腿上腳上充分地表現出來了，屁股上的表情基本上也就是臉上的表情。

他猛然想起，應該買一張去馬莊的汽車票。看看腕上的錶，已是下午四點，正好還有一趟五點的車。他讓一條百褶的白裙從眼前晃過，那趾高氣揚的白塑料涼鞋說明這是一個滾刀肉一樣難纏的女人。他放過一條灰的確涼褲子褲縫如刀不知天高地厚的小幹部子弟。他抓住了那只沾有藍墨水的褲角，遞上去一張十元人民幣，懇求著：「老師，我的腿壞了，勞駕您代我買一張去馬莊的票，五點的。」說著，他把那兩盒包裝精美的糖果舉上去，說：「這兩盒糖，送給您的小孩吃。」

「這怎麼好意思……」上邊客氣著。

「拿著吧。」

「要不……我拿一盒……」

「真的別客氣。」

「這……真不好意思，舉手之勞……」手還是拿了糖，說：「您等著，我幫您去擠。」

藍墨水的褲腳消逝在腿的密林裏，上尉一點都不擔心藍墨水褲腳會拐款潛逃，儘管他根本沒抬頭看他的臉。在嗡嗡的人聲裏，幾十隻蒼蠅圍繞著他飛舞。上尉眼皮黏澀昏昏欲睡，他果然就打起了瞌睡。

「同志，同志。」藍墨水褲角用食指戳著他的肩頭說，「同志，您的票，馬莊一張，票價一元四角，餘款八元六角，請查收。」

上尉接了票，連聲道謝。

藍墨水褲腳關切地問：「同志，您的臉色很難看，是不是病了？」

上尉忙說：「沒有，沒有，我很好，謝謝您的關心。」

藍墨水褲腳善意地嘟囔了一句什麼，擠到腿林中去了。

上尉看看票上標著檢票時間距現在只有二十多分鐘，他仔細地把面前的腿腳辨別一番，確信沒有危險了，便整理好行包，想站起來擠到候車室裏去。然而就在這一瞬間，他看到那條狡猾的黑狗像泥鰍一樣從腿的縫隙中游刃自如地鑽過來。

上尉痛苦地把身體踡縮起來，腦袋深深地埋在雙膝間。但隨即他就意識到，即便鑽到垃圾堆裏去，也難以逃脫這條狗的跟蹤，而擺脫不了這條狗，也就擺脫不了那個女人。於是他抬起了頭，攥緊了拳頭，牙齒錯得格格響，腿弓起，做躍躍欲試狀，他想那狗一旦鑽到面前，便像獵犬一樣撲上去，扼住牠的咽喉，咬斷牠的喉管。但那件綠裙子已經從天而降般地擋住了他的視線，黑狗毫無疑問地蹲在了她的背後。她的味道逼退了所有的味道，把上尉籠罩起來。他喪失了抬頭看她臉上微笑的勇氣。她的綠裙如一瀉瀑布，到小腿肚中央時突然中止。然後是肉色絲襪，然後是托爾斯泰的女人們穿過的華貴皮靴。上尉不得不看到女人修長得令人驚訝的雙腿，這是應該令人愛慕的兩條腿，但在上尉的心裏，更多的是對這兩條腿的恐怖。

上尉想起了許多驚險電影中擺脫跟蹤的辦法，但一個也不能用。他又想與其坐以待斃不如活動起來。活動創造機會。

他提著包站直身體，臉幾乎擦著了她胸前的花束。女人的微笑和渴望一如既往。她吸引了無數的目光。因為她站在這骯髒的售票大廳裏如同孔雀站在家雞群中一樣顯眼。那無數面孔中似乎有許多似曾相識。上尉側著身子繞過女人。在他的眼前竟然閃出了一條狹窄的甬道。他立刻明白了女人和她的狗緊緊地跟隨著自己，這道路正是為她所讓。上尉想自己正扮演了《狐假虎威》中那隻狐狸，形式上類似，但心境不大一樣。售票廳與候車室之間有一個過道，過道兩側有兩間雜貨鋪，還有兩間廁所。上尉眉頭一皺，計上心來。他緊走幾步，鑽進了男廁所，上尉進了廁所，提著包打量著牆壁、窗戶、塑膠天花板。牆壁無門，天花板無縫，窗戶上釘著比大拇指還粗的鋼筋。正在廁所裏解決問題的人好奇的看著他。而此刻，門響，女人像一片綠色的雲閃了進來。她視一切若無物，其實她什麼也不看，只要一找到上尉的臉，她的視線和臉上的表情便凝固了。男人闖進女廁所問題嚴重複雜，一個懷抱鮮花的美人闖入男廁所竟沒人吭氣。他跑出了男廁，聽到裏面幾個男人把女人摟抱了起來，黑狗竟然沒有動靜。

上尉分明看到牠跟進了廁所，這是他難能再逢的脫身良機了。他急匆匆跑了幾步，但難以忍受的巨大痛楚使他再也挪不動半步，女人燦爛的微笑、潔白的肩膀、柔軟的長嘴、豐滿的乳房，還有綠色長裙、奪目鮮花、修長雙腿以及那醉人的氣味突然湧進他的腦海。他聽到廁所裏的掙扎聲。他扔掉行包，撞開男廁所的門，看到男人們幾乎就要把她按倒在汪著尿水的地面上了。上尉正要衝上去，那條黑狗已經聳著肩上的毛，像幾道縱橫交錯的黑色閃電，把幾個男人咬翻在地。

女人的臉上掛著幾滴晶瑩的淚水。看到上尉她立即破涕為笑，然後對著上尉撲上來。上尉在一瞬間冷靜了。他伸出手握住了她的腕子，沒容許她像顆肉彈一樣撲進自己懷中。

經過這番磨難，上尉覺得自己與女人疏遠了的情感又突然被拉近了。他看到了她的淚水，知道她不僅僅會微笑。她是會哭又會笑的女人，不是妖精。上尉對自己的英雄行為感到滿意，對女人的欠債感消逝了。現在，他感到自己像一個心胸正直的大哥哥，而女人則是一個傻乎乎的小妹妹。他用手指梳順了她的長髮，整理了她懷中的鮮花，拉平了她的裙裾。在這個過程中，他感到自己的心裏泛著淡淡的憂傷。女人笑著，睫毛上挑著幾點水珠。

上尉無可奈何地歎了一口氣，然後說：「小妹妹，你不要跟著我啦，我後天就要結婚，你這樣跟著我，將給我帶來無法收拾的後果，你聽明白我的意思了嗎？」

女人微微地點著頭，臉上掛著微笑。

上尉說：「帶著你的狗回家去吧，世上壞人太多。」

說到狗，一個疑團在上尉心中升起：為什麼這條狗只有當我返回廁所時才跳起襲擊正對牠的女主人施暴的男人們，而在這之前，牠好像一直在觀望。牠的襲擊好像是專門做給我看的，或者，牠是故意讓女人的掙扎聲拖我回去……想到此，上尉心中緊張，這條狗簡直是一個深刻的陰謀家。牠蹲在女人身後，瞇縫著眼睛。一條平凡的黑狗，並無任何驚人之處。

這時，懸在牆上的喇叭催促去馬莊的旅客趕快檢票上車，說汽車即將開走。

上尉握了一下她的手腕，說：「求求你，好姑娘，快回家去吧！」

他拎起包，匆匆跑向去馬莊的檢票口。從兜裏摸出車票時，他無限欣慰地想到，女人和她的狗沒有車票，站口的檢票員會攔住她，等她買來車票——看樣子她身上也不會有錢——況且也不會允許黑狗登車——那時我已坐在汽車上，疾速地遠離了這個女人同時也疾速地逼近了那個鬧鐘姑娘。

檢票口的鐵柵欄內已經沒有旅客，只有一位身穿藍制服、滿臉蝴蝶斑、神色倦怠的女售票員倚在門邊。

上尉遞過票，她接了，略看一眼，吧嗒剪了一鉗子，說：「馬莊，快點，要開車了。」而這時那條黑狗擦著檢票員的褲腳溜了進去，她竟然毫無知覺。上尉看到售票員臉上閃出了驚愕的神情，他知道這神情是為了她而不是為了自己。他想說什麼。售票員反掌在他背上推了一把，他已經進了站。

上尉跳上空空蕩蕩的汽車，揀了一個位置坐下。他看到司機趴在方向盤上打瞌睡。那條黑狗無影無蹤。他知道牠絕對在車上。他想如果售票員攔住她，單獨一條狗跟到馬莊就變成了好事，幹掉牠，剝牠的皮，吃牠的肉。他回頭，透過車後的玻璃，看著檢票口。她懷抱著鮮花，面帶著微笑走了出來。美女從來不買票。

她上了車，選了個座位坐下。她側著身子，把微笑和鮮花獻給上尉。

喇叭放出了為汽車送行的音樂，司機抬起頭來，掃了一眼車內的旅客，一腳蹬開發動機，拉了一下氣動門的開關，呱嗟一聲響，門關上了。汽車緩緩爬行，上尉閉上眼睛。

二

公共汽車到達馬莊。紅日西沉。王四下了車，女人也下了車。那條黑狗在他們後邊跳下來。這裏離王四的家還有三里路。一下車王四就遇到了小學時期的同學馬開國。馬開國現在是鎮供銷社的經理。馬開國說這不是王四兄嗎?王四說是我。馬開國說你怎麼弄成這副模樣?像剛從垃圾堆裏鑽出來的一樣。王四說夥計，一言難盡!馬開國的目光已經被站在王四身後的女人吸引去了。王四說馬開國!馬開國!馬開國羨慕地說王四兄，這位就是四嫂子吧?王四說我正為這事犯愁呢，夥計。馬開國說老兄真有兩下子把洋妞兒弄回來了!什麼時候請我們喝喜酒呀!你這小子，也不替咱介紹介紹。王四說你他媽的住嘴聽我說，我根本不認識她！馬開國說你這小子搗什麼鬼！王四說我真不認識她。她跟著我非跟著我不行。馬開國哈哈大笑著說行了行了你看看嫂子在笑你呢！

王四一回頭，女人的微笑依舊。

馬開國說：「四兄，四嫂子，再見！」

王四拉住他，懇求道：「馬兄，幫幫我，把她帶到你們供銷社飯店住一夜。」

馬開國說：「別假正經了。改天我去看你們。嫂子，再見。」

馬開國蹁腿上了自行車，在車上笑著回頭說：「四兄，真有你的！」

「馬開國你別走！」王四喊著。

王四絕望地看著馬開國被夕陽照紅了的背影消失在一條巷道裏，很多的人在路上走動。他生怕再碰上熟悉人，便轉身下了公路，爬上了一道河堤，望見了他的老家李家莊和與李家莊毗連著的他未婚妻鬧鐘姑娘的老家橋頭堡。

王四不想引人注目地站在這裏，他下了河堤，沿著泥濘的河灘行走。河灘上生長著一些細弱的高粱，還有茂盛的雜草，再往裏去，則是一大片與河水相連的高大茂密的墨綠色蘆葦。女人緊緊地跟著他，裙子的下襬在野草的梢頭擺動。黑狗在雜草裏一聳一聳地躥跳著。

王四漸漸地進入了蘆葦叢。柔軟的葦梢在他的身體和手中的行包的碰撞下焦躁地晃動著，並且發出嘩嘩啦啦的聲響。葦葉邊緣上的鋸齒狀硬刺在他的臉和耳朵上拉出了一道道血口子。他感到那些傷口火辣辣地發著燙，但沒有絲毫痛楚。血紅的夕陽灑在部分葦葉和葦稈上，渲染出一種類似悲壯的氣氛。王四自認為很像一條胡碰亂撞的野狗，但回頭看到那墨綠長裙與蘆葦渾然一色、一束鮮花嬌豔、滿臉微笑燦爛的女人和那條泥鰍般滑溜地在粗壯的葦稈間鑽來鑽去的黑狗時，他立刻修正了前邊的假設，認為自己更像一匹被獵人和他的獵犬追逐著的狐狸。猛回頭時，一柄蘆葦的劍葉鋒利地鋸了他的眼睛，呆鈍的劇痛使他的腦袋突然膨大許多，黏稠的熱淚凸出眼眶。他不由自主地呻吟起來，手中的行包跌落在地，雙手捂住了眼睛。鈍痛由眼睛進入鼻腔、進入雙耳，他感到自己正在體驗著比導致痛哭的痛苦還要痛苦若干倍的痛苦。黏稠的液體沾滿了手指，他懼怕地想到：壞了，眼球破了！黑暗的濃重陰雲爬上了他的心頭。他感到自己十分悲慘，非常可憐。他放下捂住眼睛的手，困難地睜眼睛。眼皮異常沉重，但終於在憂慮重重中開了一條縫。一道強烈的光線像箭一樣刺進眼球，眼皮又疾速地合攏了，眼淚又洶洶湧出。既然還能感受到光線，說明眼睛還沒瞎。這個驚喜的念頭明亮地驅逐了他心頭的黑暗。因為眼睛遭受的苦痛他感到了一種還清債務般的輕鬆。他粗野地轉身，身體誇張地推搡著蘆葦，睜開絕對紅腫了的眼睛，大聲地吼叫著：「我的眼睛瞎了！瞎了！你現在總該滿意了吧？」

橙黃色的陽光還是那麼強烈地刺激著他受傷的眼睛，淚水不絕，酸麻脹悶的感覺持續著。他確鑿地知道自己的眼睛沒有瞎，但是他又一次吼叫著、特別地強調著：「我的眼睛瞎了！」

他的眼睛沒有瞎，但視物模糊。無邊的蘆葦瀰漫成一道幽藍的高牆，那女人竟如同一塊鑲嵌在牆上的浮雕，狗蹲在她身體右側，輪廓模糊，只有兩隻狗眼紅紅的，像綠牆壁上的兩顆紅光斑。

後來那道壁立的綠障漸漸渙散了，橙黃的陽光如同一股股輕清的煙霧、一道道明亮的洪水，在蘆葦間流淌著、遊蕩著。那些蘆葦棵棵筆挺、荷劍肩戟，彷彿一群群散亂的、密集的士兵。

女人臉上掛著兩行藍色的淚珠，鮮花燦爛，鮮花枝葉燦爛，彷彿用金箔、銀片、貝殼鑲嵌拚貼而成。狗是一匹黑色的冰涼玻璃狗。她的嘴唇哆嗦著，好像要說什麼似的，但她終究沒開口。王四意識到，要想讓這個女人開口是比登天還難的事情。他說：「我警告你，你如果繼續跟蹤我，我真要殺死你了！你不要以為我是嚇唬你，」他指劃著左右前後，繼續說：「這裏前不靠村，後不靠店，打死你，然後把你扔到河裏，沒有人會知道！」

女人入迷地盯著他的嘴唇，笑容綻開，味道放出，頓挫了王四的囂張氣焰。他清楚地知道自己絕對不是那種能夠對女人下狠手的男人，尤其是對面前這個女人。他無可奈何地打量著周遭的蘆葦，越來越重的暮氣、被蘆葦分割了的緩緩流動的河水、河中的水腥味兒、蘆葦的微辛味道在黃昏時分格外濃重。這時他看到在女人和狗的後方，在蘆葦叢中，有一團暗紅的蓬鬆亂毛在微微抖顫著，他辨別出那是一隻紅毛狐狸並隨即嗅到了狐狸的臊氣。他本能地把狐狸和女人聯繫在一起，把神話與現實聯繫在一起。一切的關於女人的令人困惑不解之處，似乎都可以從狐狸身上找到答案：這女人是狐狸變成的。她是一匹狐狸精。王四想起自己當水手時在艦船的潮濕艙房裏躺在那狹小的鐵床上搖搖晃晃地閱讀《聊齋誌異》的情景，那時多麼希望有一位美麗溫柔的狐女來到自己的身邊。現在，狐女近在咫尺，如影隨形般地跟著自己，理想變成現實，結果卻是如此痛苦。王四自我解嘲地想：我是他媽的真正的「葉公好龍」！他有些膽怯，但並不恐懼，甚至又一次感到輕鬆。王四被一個女人跟蹤是醜事，但王四被狐狸精跟蹤著卻是奇談、是美談，不但不必掩飾，甚至可以大肆地自我宣揚。被狐狸精迷過的男人是有仙氣、有靈氣的男人。輿論不譴責這種男人。紀律不制裁這種男人。王四感到自己真正地輕鬆了。他的視力在輕鬆心情下飛快地恢復了。他看清了狐狸那優美的線條，那狹長的鼻梁和彎曲在身後的笤帚尾巴。他尤其感到狐狸的眼神與女人的眼神完全一致。他感到自己一天來的狼狽逃竄是一場虛驚，問題早就應該如此解決：他從旅行包中摸出了一節用火雞肉製成的大火腿腸，撕掉纏裹的油紙，炫耀似的對著女人晃了晃，他笑著說：「我現在才明白你為什麼要跟著我了。我知道你是狐狸，但我不怕你。給。」他把火腿腸扔到狐狸眼前。狐狸驚恐地跳起來，用那小巧的藍鼻子去嗅火腿。王四心中十分得意，但情況突變，把他的得意撕得粉碎：一直蹲踞在女人身側的黑狗凶猛地跳起來，一口就咬翻了狐狸。狗晃動著頭顱，聳動著頸上的毛，喉嚨裏發出低沉的嗚嚕聲，狐狸發出淒厲的鳴叫，在狗的嘴底滾動著，像一個火紅的繡球。一股極其難聞的味道突然揮發出來，熏得他想嘔吐。黑狗鬆了嘴，團團旋轉，狐狸叼起火腿腸，一溜紅光，消逝在蘆葦叢中。

潮濕的泥地上，留下了幾撮金黃的狐狸毛。女人姿態依舊，對適才發生的一切彷彿沒有看見。王四悲哀地想：狐狸就是狐狸，女人就是女人。想憑藉鬼狐故事解救自己出困境的幻想徹底破滅了。

天色越暗，有一些水鳥在草叢中鳴叫。他抬眼望望在晚風中波浪般翻滾的蘆葦，想起了八路軍打游擊的若干故事。憑藉著青紗帳的掩護，他自信一定能夠把這女人甩掉。主意拿定，他盯著女人的臉，緩緩蹲下身去，悄悄地抓起兩把泥土，又慢慢地站起來。他高叫一聲：「看好！」然後猛揚起左右手，把兩把泥土打在女人的臉上。

王四彎著腰，用張開的手掩護著眼睛，用頭顱開道，在蘆葦叢中疾速地穿行著。他感到蘆葦柔軟的稈兒在自己的身體四周彎曲著讓開道路，又隨即合攏。他感到腳下的泥土越來越黏稠，如果不是鞋帶緊繫，鞋子早就被泥巴吸掉了。他看到了河水，並且看到了水中那些絢麗的晚霞倒影。在大口的喘息中，他想起了泥土在女人臉上炸開的情景，他感到水中冰涼，開始為自己的殘忍後悔。當然這後悔也僅僅是活躍在一閃念間，因為身後的蘆葦響聲向他表明：女人和狗隨後就到。

他懼怕回頭，但無法不回頭。女人滿臉污泥，顯得既可憐又可憎。一股狠勁在王四心中蠢蠢欲動，他的雙手因緊張而痙攣起來。女人一笑，臉上的泥往下脫落。王四咬牙切齒地說：「我掐死你這個狗娘養的吧！」

王四撲上去，雙手準確無誤地掐住了女人的脖頸。女人嘴巴張開，像一個藍幽幽的洞穴，一聲青蛙鳴叫般的叫聲伴隨著強烈的腐草味道從洞穴中衝出來，直撲他的面頰，刺激得他的眼睛酸麻，淚水浸出。這時他的雙手的虎口部拉異常敏銳地感覺到了女人脖頸上的滑膩和溫暖。他產生了手捧著初生絨毛的鳥雛的感覺，溫柔、善良、惻隱、法律、道德……千頭萬緒湧上了他的心。他鬆了手，看著女人頸上的紅痕，悲涼之霧從他身後的河水中蒸騰起來。他歎息一聲，轉身，一個魚躍，鑽進了河水中。

王四是帶著自絕的念頭跳進河水中的。在身體下沉的過程中，他的手腳併攏，沒做絲毫的掙扎。緩緩流動的河水輕輕地衝擊著他的身體，使他感到舒適。這種衝擊類似一種愛撫。在下沉的過程中他一直流著淚。越往下沉水越涼，沉到河底時，他昏沉沉的頭腦在冷水的刺激下清醒起來。他睜開眼，先看到黃澄澄、霧濛濛的一片，耳朵裏隆隆地響著，繼而則出現幽藍的水底顏色，十五年的水上生活培養了他對水的適應性和在水底察言觀色、辨別方位、冷靜思索的能力。他看到有幾匹犁鏵般的大鯽魚在幾蓬水草間游動著，吐著一串串扶搖上升的水泡泡。他趴在河底，雙手穿透淺薄的淤泥，插在沙土中。他想到了水上那豐富的生活，感到投水自盡是很愚蠢的行為。天無絕人之路，既然連死都不怕，還怕什麼呢？他感到胸口發悶，知道血液中的氧氣已經不足。一條彎彎曲曲的水蛇在他頭上游動著，他打算浮出水面了。他把固定身體的雙手從沙土中抽出來，身體立即在移動中上浮，這時，一個驚喜的計謀突然產生了。逃犯之所以難逃法網，多半是因為氣味被狗鼻子追循。聰明的逃犯常常借助河水消滅氣味，擺脫狗的追蹤。王四之所以甩不掉女人，吃虧就吃在那條黑狗身上。這真正是歪打正著的一個妙招。王四大口地喝了兩口腥苦的河水，屏住呼吸，施展水底工夫，箭一般向下游竄去，這是順水行舟，毫不費力，逃脫追蹤的強烈願望鼓舞著他盡可能地往遠裏游，盡可能長地在水下潛行。一直堅持到胸口脹滿、耳膜壓痛時，他才靠在水邊，手把著兩株蘆葦，把腦袋慢慢地伸出水面。他做得很好，幾乎沒發出任何聲響。清新、濃郁、無比珍貴的空氣從他張開的嘴巴和鼻孔中撲入他的身體，他頓時感到輕鬆了。

王四抹掉障眼的河水，滿懷希望地掃視著金光閃閃的河面。他希望水平如鏡，果然是水平如鏡。這次脫險像電影故事一樣漂亮，他輕鬆地想，十幾年的海軍沒有白當。河上細波如鱗，狗在蘆葦叢中鳴叫。王四提高警惕，把身體盡量地往下沉，又撕了一把水草，頂在頭上，只露出眼睛觀察，只留下鼻孔喘氣，他感到河邊的水熱乎乎的，身下的淤泥滑溜溜的，這樣潛伏著甚至是一種幸福。

王四的幸福總是來得快去得也快，他最不希望發生的事情眼見著發生了：那個女人，突然出現在他的視野裏，就在河的上游方才他躍入水中的地方，身著綠裙、懷抱鮮花的女人徑直向河中走去。她全身籠罩在金黃的暮色裏，顯得莊嚴神聖。河水淹沒了她的膝蓋後，綠色長裙便在水面上漂浮起來，黑狗也開始鳴叫，牠躲在蘆葦叢中，王四只能聽到牠的叫聲但看不到牠的身影。越往河心走，綠裙浮起越大，終於成了一團大蓮葉。水淹沒了她的腰，裙裾緩緩地轉到了她的左側，隨著流水的走向，搖曳成一束寬大的海帶形狀。漸漸地淹至胸脯了，王四的心捽了起來。她的鮮花好像植根在她的胸膛上，不上升，不下垂，水無法改變它們的形狀。滿河金黃流水，半截碧綠女人，一束豔麗鮮花，背景如煙似霧，構成一幅油畫，很美很輝煌。她繼續前行，河水使她的身體晃動了，披肩長髮漂起來，狗叫聲裏有了焦急的情緒，河水淹沒了女人的頭顱。

王四又一次流了淚，他知道自己的潛伏已經沒有了意義。女人在河中心沉浮著，時而露出一朵花，時而舉起一隻手。他爬到蘆葦與河水的交界處，呆呆地看著，一切似乎都解決了。女人與河水一起流著，一寸寸地流到他的面前，狗叫聲也漸漸地響到了他的眼前。他突然大聲嗚咽起來，因為他已下定決心讓女人從自己面前漂過去。看起來女人是自己走進河中，實際上是我引她到了河中。她在水中掙扎著，她在生與死的分界線上浮沉著。世上難道還有比見死不救更可鄙的嗎？何況不單純是見死不救。王四動搖起來。他感到這女人的精神太可貴了，太難得了。她為了我勇敢地選擇了死亡。我要麼自殺，要麼救她。

女人漂到了王四面前，狗站在他的身旁對著河水鳴叫。狗眼裏有閃閃的水花，說明連狗都哭了。好像為了響應狗的召喚似的，女人的一隻手突然伸出了水面。粉紅的手，金黃的手，宛若一枝蘭花。她的手指間好像生著一層透明的薄膜。

王四沒有再猶豫，他奮力一躍，久經訓練的身段瀟灑俊美，拖著綢帶一樣美麗的光弧，刺入了水中。這條河不寬，幾下子他就到了河心。那隻手又高擎起來，他經驗豐富地從反面攥住了她的手脖子，讓她的手指無法抓住自己。藉著這股勁兒，女人的身體像一條大魚，打著挺竄出水面。王四提防著她用另一隻手抓撈自己——這是一般的規律——許多救人者因此而與落水者同歸於盡——一旦如此，他準備照慣例對準她的太陽穴輕擊一拳，讓她暫時昏厥，然後拖著她的頭髮，拖她上岸。但女人的另一隻手死死地摟著那束花，沒有絲毫放棄的意思，王四鬆開拳頭，歎息一聲。他不忍心去揪她的頭髮了，只攥住她的手脖子，奮力地踩著水，藉著流水的勁兒，向灘塗靠攏。在水裏，他頭腦清醒，四肢靈活，儼然一個英雄。他再次感到了軍人的驕傲和光榮。這時，那條一直在蘆葦中哀鳴的黑狗，竟然也奮勇地跳入河水，向他和她游過來。王四看到，牠的跳水姿勢不錯，但游泳技術實在糟糕。要不人們為什麼把初通游水者的笨拙泳姿叫做「狗刨」呢，他想著，幾乎要笑起來，狗只露著鼻頭和眼睛，脊背成了一條線，尾巴淹在水裏，像一張簡筆畫。王四罵道：「他媽的，我不跳下來，你也不跳；看到我跳下來，你也跳下來。學英雄也不是你這種學法！」

狗游到她身邊。張嘴咬住她的裙裾，立即餟了水。牠吐掉裙裾，啪啪地打著響鼻。王四鄙夷地看著牠那張狗臉，啐了一口。他加緊動作，只幾下，腳就觸到了河底的淤泥。他站直身體，一手攬著女人的頸，一手托著她的腿彎子，把她平托到岸上。他感到自己的腿在淤泥裏陷得很深，幾乎不能自拔。

走到比較乾燥的地方，他放下女人，感到腰痠腿軟。試試女人的鼻孔，有氣息噴出，他放了心。女人還昏迷著，綠裙長髮鮮花，凌亂在地。她的腹部膨大，他知道原因何在。這時黑狗狼狽地靠過來，毛兒貼在身上，尾巴拖著，可憐又可厭。王四狠狠地踢出一腳，黑狗猝不及防，翻了一個滾，嗚叫著，滾起來，抖擻身體，甩出幾百滴水。此時王四感到自己的精神上絕對優越，壓倒了女人，更壓倒了這條落水狗。

王四揹起女人，讓她的腹部壓在自己肩上，顛動著向前走。走了十幾步，一股清水，從她的嘴裏噴出來。因為她的頭顱垂在他的胸前，她的頭髮有的黏連糾纏在她的脖子上，有的直垂掛到他的膝蓋處，所以那些水一半吐在他的肚腹上，一半吐在她自己的頭髮上，淅淅瀝瀝地落了他兩腳。

他揹著她走了十分鐘，女人噴了三次水。他感到她的肚子癟了下去。女人身體豐滿，比較沉重，王四奔波一天，身體疲倦，兩方面的因素，使他氣喘吁吁，難以支持。他把她仰放到蘆葦間。自己也一屁股坐在她旁邊。女人呻喚幾聲，睜開了眼睛。她的那幾乎永恆的迷人（有時也是可怕的）微笑綻開了，王四感到很溫暖。

已是垂老的黃昏了，金黃滿世界。女人的裙子緊緊地貼在肉上。裙裾凌亂，露出了她雪白的一條大腿和另一條大腿的內側。一股熱血翻騰著沖上他的腦袋，他感到自己的頭變成了一把沸騰著熱水的帶響哨的壺，發出吱吱的鳴叫，噴著灼人的蒸氣。他忍不住地往她身體上看去，所有的苦難都淡忘了。他的手顫抖著觸到了她的光滑的大腿。如果不是落水狗在他面前又一次抖擻身體，把冰涼的水點甩到他發燒的臉上，王四就要犯嚴重的錯誤了。

他的手彷彿被火燙著似的從她的腿上跳開，他看了一眼濕漉漉的黑狗，扯開裙子，把她的腿蓋住了。

王四搖搖晃晃地站起來，他感到極端疲倦，又頭暈又噁心，心臟和腸胃一陣陣地痙攣、絞痛。他特別想抽一支菸。他打開旅行包，從盡底下找出了那個金光閃閃的、原準備送給大舅子的強力防風打火機，又拆開一包硬盒「萬寶路」，啪，按火機，在嘶嘶的藍色火苗中點著菸，貪婪地吸著。他漸漸地安定了。

王四不看女人看著蘆葦，哀傷地說：「好姑娘，咱倆前世無怨。我招惹了你，也救過你兩次，將功折罪，你放了我吧！」

他收拾好行包，站起來，往前走。腦子裏晃動著綠裙裏的風光。他心裏矛盾重重，走出蘆葦地，無法不回頭，回頭看到狗和女人也走出了蘆葦地。

三

他在通往李家莊的那道黑色的石橋邊站定了，夕陽如血，映照著哀愁的河水，狹窄的高粱葉子憂悒地低垂著，螻蛄在泥土中淒涼地鳴叫。上尉感到無限的辛酸湧上心頭，淚水流到頰上。他用手抓住她冰冷的肩頭，晃動著她的身體，說：「姑娘，你是啞巴嗎？你是聾子嗎？你如果不是啞巴也不是聾子，就請你告訴我，你叫什麼名字？你家住哪裏？你為什麼一個人站在橋洞裏？你這樣死死的追著我，究竟要達到什麼目的；你告訴我！你告訴我！」

上尉粗暴地推搡著她，對著她吼叫。她的嘴唇顫抖著，眼眶裏盈滿淚水。她那副溫順可憐的樣子喚起了上尉心中的柔情，他鬆開了她的肩膀，說：「我知道，你也許是個好人，但你知道，我後天就要結婚，如果我把你這樣一個身分不明的女人帶回家中，結果會怎樣？求求你一千遍地求你，帶著你的狗，回去吧！」

女人的淚水撲簌簌地滴到濕漉漉的花朵上。上尉說：「求你了，小姐！」他轉身走上橋頭。暮氣沉重，河上閃爍著暗紅色的光輝，他看到自己的影子長長地倒在河裏。沒有女人的影子，也沒有黑狗的影子。一種類似孤獨的滋味爬上他的心頭。他罵著自己：混蛋，你不能再去招惹她了！你為她度過了一生中最悲慘的一個下午。年久失修的小橋在他的腳下晃動起來。他每前進一步就感到莫名的痛苦加重了一分。走到橋頭上，他無法控制自己，回過頭去。她站在橋的那頭，身旁是那片瘦弱發黃的高粱，好像一片鵝黃的雲。那花那人那狗都如塗了一層釉，閃閃地放著光彩，河面上升騰起一團團霧氣，血紅的大月亮宛若一匹紅馬駒，從廣闊的地平線上跳躍出來，河上立刻出現了月亮長長的紅影子。上尉心中的溫情又惡性膨脹了，女人那無法言表的妙處又一次湧上他的心頭。他感到自己是個卑鄙無恥的小人，不是一個敢愛敢恨的男人。多少浪漫故事在他的腦海裏浮現，勇氣在他心中陡然翻騰起來，他邁步向橋走去。

上尉僅僅走了兩步，那條靜靜地蹲踞著的黑狗就蹦跳著歡呼起來。狗為先導，女人緊跟著，飛上了黑色的小石橋。她的綠裙的後襬飄揚起來、她的那些淺藍的頭髮也飄揚起來。這是他的幻覺，其實她的頭髮濕黏在頸肩上，她的裙子則糾纏在雙腿間。她張著雙臂，高擎著鮮花，朝上尉飛來。一瞬間上尉熱血澎湃，把功名利祿拋到腦後，竟然也張開雙臂，撲向飛來的女人。他與她在橋中央那塊搖搖晃晃的橋石上相遇，四臂交叉，嘴唇相接。他感到女人的身體無處不跳動，好像她身上生著一百顆心臟。她的嘴貪婪得可怕，上尉覺得自己嘴裏漾開了淡淡的血腥味。灰白的恐怖感又從他腦後漸漸擴散，他感到自己的熱情之火漸漸熄滅了。他試圖掙脫出來，但女人緊緊地貼在他的身上。他又後悔了。月亮已脫離了河面，懸在那些高粱的梢頭，銀色的光輝灑在河中，也灑在他們身上。上尉覺得身上發冷，他用力把女人推開，說：「行啦，姑娘，咱倆相識，算是冤家聚頭。咱們的關係到此為止。我後天就要結婚，今晚上你就到馬莊鎮飯店住宿，明天該回哪裏就回哪裏吧。」

女人癡迷地站著，懷中的花朵瓣瓣如玉片雕成。黑狗靜靜地蹲著，宛若一尊雕像。

上尉跑回橋頭，提著行包進了村，街道上悄無人跡，村子裏千家燈火，間或有孩子的哭聲和狗的叫聲從這家屋裏那家院裏傳出來。

上尉的腦子裏好像釘上了一幅畫：一輪明月當空照耀，月下的小石橋，橋上懷抱鮮花的女人和黑色的狗。

他暗暗地罵著自己：你是個無賴！懦夫！狗都不如的東西！

靠近家門一步，對自己的痛恨和對女人連同那條黑狗的擔憂就增強一分。

上尉跨進了家門。

迎接他的是他父親的一記耳光！

上尉被搧得頭昏腦脹，他大聲地、外強中乾地爭辯著：「為什麼打我？」

他的父親鐵青著臉說：「混帳東西，你幹的好事！」

儘管他早就考慮到事情可能會暴露，但沒想到會如此迅速。

四

王四費盡了口舌，也無法把事情向他的父親、母親解釋清楚。坐在粉刷一新、貼滿了剪紙、擺著四個鬧鐘、掛著六塊電子鐘的洞房裏，他感到飢寒交迫，頭暈眼花。他的父親還在罵：「黨白白教育了你！無病鬼上身？你不去招惹她她會跟上你？天大的一個縣，比你俊的青年成千上萬，她不跟著別人為什麼偏偏跟著你？」

他的患有肺病的母親喘息著、嘮叨著：「孽障，你這不知道深淺的東西！好事不出門，醜事傳千里。話沒有腿跑得比馬還快！半過晌就有人把話傳回來了，說你在汽車站上勾搭上了一個女妖精，還有一條黑狗！作死吧你……」

父親說：『橋頭堡上怕是早知道了，這年頭人心奸怪，誰不想看熱鬧？誰肯把話爛在肚子裏？要是人家知道了，這婚也就甭結了，這門親事也要散了！」

「散了就散了吧！」王四煩惱地說。

「你吃了燈草灰！」父親憤怒地說，「說得輕巧，花了多少錢就別去說了，這醜名要頂幾輩子？走到哪兒都讓人戳脊梁骨，這人還怎麼活？」

「行啦，我求求你們饒了我吧！」王四用拳頭死命地捶打著自己的頭顱說，「就算我犯了死罪，橫豎也不過一個槍子，你們也不能這樣折磨我！」

母親嚶嚶地哭起來。

父親走到院子裏，喀喀地吐痰。

王四像堵牆壁一樣倒在炕上，感覺到房子在團團旋轉。十隻鐘錶步伐凌亂地跑著。清冷的月光照進窗戶。王四拉過一床被子蒙住腦袋，他感到自己正向無底的黑暗深淵墜落。

五

黎明時分，昏昏沉沉的上尉被一陣雨點般的棍棒打醒。他睜開眵眼，看到手持棍棒的父親和顫成一團喘成一堆的母親。

「孩子呀……快起來吧……了不得了……那個妖精堵了咱的門口了……」母親哆嗦著、喘息著說。

父親又一次舉起了棍棒，劈頭蓋臉打下來。有一棍子恰好打在上尉鼻梁上。他感到鼻子酸痛，兩行熱淚，兩股鼻血，平行著淌出來。上尉從炕上躍到地下，一把奪過父親手中的棍棒，憤怒地擲之於地，說：「你沒有權力這樣打我！我是國家幹部，犯了罪自有國法處置，要槍崩我也輪不到你動手！」

父親臉色蒼白，坐在了地上。

上尉用手捂著鼻子，走到大門口。

懷抱鮮花的女人懷抱著那束鮮花站在大門口那株刺槐樹下，黑狗蹲在她身旁。朝霞萬道，上射雲天，太陽正在噴薄，門外的水溝裏和溝外的田野裏氤氳著裊裊白霧。女人渾身上下都被露水打濕，鮮花不例外，黑狗也不例外。

上尉此時沒有了懼怕，女人的不屈不撓的精神雖然給他帶來了無窮的麻煩但也確實讓他感動。他把手從鼻子上放下來，鼻血又洶湧地竄出來。

女人眼裏的清明淚珠滾滾地湧出來。她撲上來，伸出舌頭，一下下地舔舐著上尉的鼻血。他感觸到了她溫暖的彷彿生著細刺的舌頭和冰涼的嘴唇，並且當然也嗅到了那股從她口腔裏湧出來的騾馬草料的味道。

黑狗低沉地嗚嗚著，好像一個男孩在哭泣。

父親的毒打激發了上尉的仇恨，仇恨在女人口腔中味道的催化下，又變成了勇氣。他拉住她的手腕，一直把她牽引到那間有十隻鐘錶的新房裏，黑狗寸步不離地跟隨著。

他感到她的手像冰塊一樣。

母親淚眼婆娑地說：「閨女呀，你快走吧，你不能把俺一家子都毀了啊！」

上尉說：「問題沒那麼嚴重！」他對女人說：「你坐著，我搞點東西吃。」

他從飯櫥裏找出一把掛麵，放到鍋台上，從水缸裏舀了兩瓢水倒進鍋裏，蓋上鍋蓋，蹲在灶前燒火。

母親說：「好閨女，吃點飯你就快走吧，俺兒明日就結婚，他媳婦一會兒就要過來看他，你要是不走，俺的日子就過不下去了！」

父親憤怒地說：「你跟她囉嗦什麼？正經人家的閨女哪能有這樣的？不是婊子，也是娼妓！」

上尉從灶前站起來，鐵青著臉說：「爹，你不要胡說！」

「我胡說？」父親尖厲地笑著，「我胡說？我怎麼能養了你這麼個逆子？」

上尉說：「事情是我做下的，該殺該剮由我一人承擔！」

父親怒罵著走出了家門。

女人和狗來到灶旁蹲下，時而看著灶裏跳動不止的火苗，時而看看上尉沾滿鼻血的面孔。她時而微笑時而流淚，狗也一樣。她顫抖不止，狗也一樣。

母親哀求著：「兒啊，你快點把水燒開，煮熟了麵條，讓她吃了，就打發她走，再晚就來不及了。你媳婦一來，就塌了天陷了地了。」

上尉說：「娘，你甭操心啦，砍頭不過碗大個疤，我豁出去了。」

母親說：「你豁出去可以，但這名聲可就臭大了！你媳婦的叔叔是你哥的領導，你要和人家散了，又是為這種事散了，你哥的日子可怎麼過喲！閨女，這些話也是說給你聽的，你怎麼不說話？該不是個啞巴？兒呀，你是被糊塗油蒙了心，放著那伶牙俐齒的媳婦不要，竟跟個啞巴勾搭連環……」

上尉心中一動，覺得母親的話也有道理，他說：「娘，其實我跟她並沒有什麼真事，她只是我的一個好朋友，燕萍來了，我向她解釋就是。」

母親說：「糊塗兒啊，只怕你渾身是嘴也說不清楚喲。」

上尉看著女人，心中也猶豫了。

這時，父親帶著一個穿警服的人闖進來。

這是一個高個子青年，黑眉虎眼，很是威嚴。上尉認出他是自己那位在鎮派出所當副所長的堂弟。

上尉站起來，女人和狗也站起來。

堂弟冷笑一聲，嘲弄地說：「好一個上尉四哥，真有本事，一個四嫂子還不行，又勾來一個二房？」

上尉惱怒地說：「你胡說什麼！」

堂弟道：「別生氣！俺大伯把什麼都告訴我了，你還狡辯什麼！這就是那個女流氓？」堂弟從腰裏摸出一副亮晶晶的手銬，向女人逼過去。

上尉挺身擋住女人，說：「你要幹什麼？」

堂弟一伸胳膊，把上尉推到一邊，說：「幹什麼？我要銬起她來！」

上尉撲上去，抓住了堂弟的手。兩個人廝扯著，都累得氣喘吁吁。

堂弟說：「四哥，你鬆手！」

上尉說：「你把手銬收起來。」

堂弟說：「好，我收起來。」

堂弟收好銬子，說：「四哥，你哪裏出了毛病？你堂堂的海軍上尉，怎麼能幹這種丟人現眼的事？你看看這個女人，像個正經東西嗎？不定是哪兒流竄來賣淫的呢？」

上尉說：「你給我滾！」

堂弟說：「大伯，俺四哥護著她，我也沒有辦法啦！」

父親啊啊地哭起來。

看著老人蒼白的頭顱，上尉心中難過。

堂弟說：「四哥，你簡直是個混蛋，要不是你比我大，我非搧你的嘴巴不可！」

上尉說：「爹您甭哭了，我跟她並沒有什麼了不起的事，待會兒讓她走就是。」

堂弟說：「四哥，你的心太慈了，對這樣的女流氓還客氣什麼！」

堂弟虎虎地逼住女人，大聲問：「你叫什麼名字？從哪裏流竄來的？」

女人抖抖顫顫地向後退著，一直退到牆角上。

堂弟拍了一下腰上懸掛的手銬，說：「說！不說我銬起你來！」

女人雙手摟著那束鮮花，求救地望著上尉。那條黑狗躲在她的綠裙下顫抖。

上尉心如刀絞，上前拉住堂弟的手，說：「你不要這樣嚇唬她，她沒有罪！」

「四哥！」堂弟甩開上尉的手，說：「你是不是打算跟她結婚啊？真要這樣我就不管了，我犯不上得罪我四嫂子呀！」

「我的事不要你管了！」上尉擋住女人，伸出雙手，說，「請吧！」

堂弟說：「大伯，大娘，恭喜你們了，雙喜臨門，外帶一條黑狗！」

堂弟冷笑著走了。

上尉蹲下燒火，女人和狗又圍上來。他苦笑著說：「姑娘，吃過飯你必須走了！」

她的眼裏又湧出淚水。

爹提著一把鎬頭闖進來，掀掉鍋蓋，掄圓鎬頭，砸進了鍋裏。鐵鍋破了，半開的水飛濺出來，燙了上尉的手和臉。灶裏的火被水浸滅，白色的煙灰和水汽一直衝上房頂。

母親跪在了女人面前，哭著說：「求求你，走吧，求求你，走吧！」

上尉拉著女人的手站起來，說：「你必須走了。」

女人定定地望著他，臉上又是那種微笑。

上尉說：「你都看到了，為了你我已經狼狽透頂，你再不走就沒有道理了。」

女人微笑著，狗蹲在身旁。

六

已是中午時分，來看熱鬧的村人走了一撥又來一撥，孩子們則始終擠在院子裏。女人現在跟上尉是寸步不離。那條狗與她寸步不離，上尉走動她跟著走動，上尉止步她對著上尉微笑。狗跟著她走動，或是蹲踞在她身旁。

上尉的父親已經離家出走。上尉的母親已昏倒在地。上尉把母親抱到炕上，她站在上尉身後，狗蹲在她腿邊。

上尉走到院子裏，她跟著，狗跟著。上尉憤怒地對看熱鬧的村人說：「都走都走！王四勾搭了一個女妖精，有什麼好看的！」村人們竊竊私語著，並不離去，好像上尉、女人和狗是鐵籠中的猛獸，儘管齜牙咧嘴吼叫，但並不能傷害參觀者。上尉甚至追打那些頑童們，她跟著他跑，狗跟著她跑，那些孩子像猴子一樣靈活，跳來跳去跟他周旋著，院子裏的人們發出嘰嘰嘎嘎的怪笑聲。

上尉回到那間洞房，她跟著，狗跟著。頑童們也擁進屋子。有一個男孩用木棍子捅黑狗，黑狗嘤嘤地叫著，把頭藏進她的裙裾。

對女人的憐愛、好感逐漸地減弱了。上尉簡單地回顧了這二十多個小時的經歷，痛感到這是一生中最悲慘的一段時光，所謂的黑暗地獄也不過如此了。遭此煉獄般煎熬的根本原因是自己的荒唐。他想自己不應該去吻她，不應該去廁所救她，應該把她從河中救上來，但不應該在橋頭鬼迷心竅般地回首，更不應該趕走前來搭救自己的堂弟。現在他側著臉閉著眼對她說：「小姐，你已經差不多把我搞得家破人亡，對一個男人最重要的懲罰也不過如此了，你應該走了，帶著你這條可惡的狗！」

女人卻把臉來對著他的臉，並伸出舌頭舔他的嘴。

上尉趁著自己還沒被她口腔中的草料香氣弄得昏頭脹腦時，將頭扭到一邊，並迅速抬手，抽了女人一個耳光。

黑狗在女人裙下哀鳴起來。

女人低沉地呻吟一聲，眼裏盈出淚水，臉上竟然還掛著微笑。

上尉心裏又可憐起她來了。她的潔白的腮上凸起了四根紅紅的指痕。巴掌打在女人臉上，卻痛在上尉心裏。他強忍住想去撫慰她臉上傷痕的熱望，大聲吼著：「滾滾滾！統統給我滾！」

七

傍晚時分，鬧鐘姑娘在兩個強健男人的護衛下來到上尉的家。她面色如鐵，一聲不吭，走進洞房，把十隻鐘錶收進一只提包，然後對著上尉、女人和黑狗啐了一口，轉身就走了。兩個男人一左一右保護著她。

收盡了鐘錶的房間突然變得十分安靜，上尉哀傷地看到清冷的月光又一次照在窗戶上。

幾個男人把他的奄奄一息的父親從不知什麼地方抬進來，放在鍋灶旁的柴草上，然後悄悄地走掉了。

看熱鬧的人也散盡了，院子裏靜悄悄的。夏末秋初的涼風從田野裏源源不斷地刮來，院子裏的扁豆架上，響亮著一片蟲鳴。

精力耗盡的上尉坐在洞房的炕沿上，藉著月光，專注地看著女人。女人也在看著他。上尉覺得她的眼裏一會兒射出溫柔可人的愛之光，一會兒又噴吐著磷光閃閃的地獄之火。那束怪異的鮮花不知在什麼時候已經枯萎了，女人仍然死死地抱著它。

上尉想起了那條在這場悲劇中扮演了重要角色的黑狗，用眼睛去女人裙邊尋找，卻沒有發現牠的蹤影。他的臉上露出了一種古怪的微笑。他有氣無力地說：「我們被牠給玩弄了。」

女人放下枯萎的花束，在月光下緩慢地脫下了綠裙，赤身裸體站在他的面前。她身上磷光閃閃，寒氣逼人，宛若一條冰河中的青鯉。上尉的心臟猛烈地跳動起來，一股腥冷的味道包圍了他。他莫名其妙地想到了初登艦艇時的情景：一個身材高大的、姓崔的炮手抱著一顆金光閃閃的大炮彈、狡猾地說：「小心著點，滑手必炸！」那個大個子炮手青銅一樣的臉色竟與女人身上的顏色極其相似。他知道自己已對女人毫無興趣，但他還是很急地走上前去，摟抱了她赤裸的身體。女人的舌頭冷冰冰地伸進了上尉嘴中。上尉感到血液凍結了。他疲倦地隨著女人倒下去。在最後那一刻，他模模糊糊地聽到一條狗在黑暗中悲鳴不止。第二天，村人發現上尉和女人緊緊摟在一起死去了。為了分開屍體，人們不得不十分殘忍地弄壞了他們的口舌，折斷了他們的手指。

夢境與雜種

一尊塑像是一件藝術品，而一個裸體女人則根本不是，莫洛亞先生嘴裏叼著黃楊木菸斗對我的父親說，愛情只能存在於我們的夢境中，一切將拉回到真實的領域的東西，一切使人的官能得到滿足的東西，都使愛情毀滅。正午的陽光傾斜到我們家的院落裏，在稀疏的杏樹葉子造出的淡薄陰影裏，我父親坐在自己的鞋子上，似懂非懂地聽著來自不知何國的莫洛亞先生用蹩腳的漢語表達出來的思想。你明白了沒有？莫洛亞先生問。我父親垂著頭，瞅著擺在他眼下的那十個青色的腳趾甲，考慮了幾分鐘，然後用猶豫不決的腔調說：照您的看法，孩子是必須送進學堂裏，之後才可能有出息了？莫洛亞堅決地說：是的，毫無疑問是這樣的。

莫洛亞先生吃過了晚飯，帶著我母親烙出來的十幾張大餅和一捆大蔥走了。我們一家人把他一直送到河堤上。他是背對著十五的月光走的。他的腿很長，走路的姿式顯得笨拙難看，彷彿一隻生病的馬，漸漸地消逝在月光昏迷的暗夜裏。他走了，就像他永遠不再出現在我們生活中，就像我們永遠不能與他共進辛辣的晚餐一樣，但他腋下散發出的那股野狐狸的腥臊之氣卻在我們的村莊裏，在我的記憶裏久久翻騰。

莫洛亞的話不會錯的，父親對祖母和祖父說，既然連莫洛亞都勸我們把孩子送去學堂，我們有什麼理由不把孩子送進學堂，莫洛亞可是有地位的洋人哎，他的話不能不聽，爹，娘。我父親耐心地對我祖父母說。

我看到月光從天上灑下來，照耀著祖母手中的牛骨紡錘。那東西在祖母的手上，帶著一根羊毛線，做著杏黃色的旋轉。她的臉模糊不清，很難看見她對我父親的話的反應。我祖父呼吸很重，看樣子在生悶氣。我聽到父親又說：既然爹和娘沒有意見，那麼明天我就送樹根去上學了。

祖父終於發言了：上學，學什麼？我沒上過學，不也照樣地吃飯穿衣睡大覺嗎？

祖母立即幫腔：你讓他去上學，那兩隻綿羊讓誰去放？這個洋鬼子，麻袋一樣的肚皮，吃了還不算，還要帶了走。

父親說：既然連莫洛亞都說了，咱不能不顧忌一點面子，那兩隻羊，就委屈一點，讓樹根早起割草餵牠們，放學後再去放牧牠們。一天到晚在野地裏竄跑的羊兒，肥得並不快。

祖父母不吭聲了，成群的蚊蟲從四面八方圍上來，發出嗡嗡的狂叫聲，祖父手裏的蒲扇啪啪地揮動著，無疑是在借此發洩對父親、對我、也對那位在村西教堂裏任職的莫洛亞的不滿。

第二天清早，父親送我去學堂。走出大門時，我看到那兩隻拴在牆邊木樁上，被祖父母視為掌上明珠的白綿羊正在吃一堆沾著露水的青草。牠們抬起頭，用陰沉的藍眼睛看著我。牠們身上的毛剛剛被祖母用剪刀剪過，裸露著粉紅色的皮膚，但牠們頭上的毛、腿上的毛、尾巴上的毛都沒剪，所以顯出了難看和古怪。兩隻羊一公一母，原本是同胞兄妹，但牠們幹亂倫的事已經很久，幸虧是羊，如果是人，怕早被村民們用磚頭砸死了。於是我立刻便想起了薛家家族中的尊長把本族中一對亂了倫常的男女身上綁上古磨盤沉入青草湖中的情景。那對男女一言不發，怒氣沖沖，兩副視死如歸的面孔。餵羊的青草一定是我母親起大早割回來的，因為我看到母親的褲腿上和鞋子上沾滿了泥水。

走上河堤後，我一眼就看到祖父站在河邊，用一扇大兜網，一下一下地掃蕩著河邊水草繁茂的水面。我知道祖父在撈蝦子。撈那種青色的小蝦子。那種蝦子經熱水一燙，立即就變成桔紅的顏色，味道十分鮮美。我沒有資格吃祖父捕撈的蝦子。他撈的蝦子只供他自己享用。但我經常利用祖母疏忽的機會，偷食祖父的蝦子。蝦子的尖嘴和鬚毛摩擦著我的口腔時，那種由此引發的快樂無法形容。有一次我食蝦子被祖母當場抓獲，祖母毫不客氣地扼住了我的喉嚨，逼我把口中的蝦子吐出來。她的猙獰的面孔正對著我的臉，她的聲嘶力竭的恫嚇震動著我的耳膜，她的冰涼的手指卡著我的食管。但我下決心不把進口的蝦子吐出來。她甚至把一根手指伸到我的嘴裏去摳那些蝦子，我輕輕地咬了一下她的手指，給了她一個警告。然後，趁著她手指鬆動那一瞬間，我把口腔中的蝦子嚥進了肚子。我清楚地感覺到我的正在發育的身體和我的正在擴大體積、加深溝面的大腦需要蛋白質和其他營養。我感到每吃一捧蝦子我的體內便產生一陣熱烘烘的暖流，這是生命膨脹的感覺，細胞分裂增殖的聲音如雨打亂草一般刷刷拉拉地響著。每吃一蝦子，我便增長一蝦子肉體，增加一蝦子智慧。在蝦子的滋養下，我的做夢的本領更加成熟了。

大概在我五歲左右的時候，在一個炎熱的夏天的中午，我躺在熱如煎餅鏊子的炕上睡覺。睡夢中我看到院子裏的水缸無聲無息地碎了，缸裏的水洶湧地四處奔流，缸中養著的兩隻綠毛大螃蟹隨水湧出，在潮濕的泥土中爬動，也是在缸中養著的那兩條青背鯽魚在泥巴水中彈跳，一隻紅色的公雞奓著羽毛、歪著頭、啄鯽魚的眼睛。我一骨碌從炕上爬起來，衝到院子裏，我的快速行動把正在堂屋裏用艾蒿薰蚊蠅的母親嚇了一跳。母親大喊：樹根，你幹什麼去？

我說：水缸破了。

我一語未了，院裏的水缸隨即破了。所有的景象與我夢中的景象相同。

母親驚愕地看著這一切。她拾起一塊碎缸片看看，目光中流出狐疑和迷惘。祖父和祖母也聞聲而至，都鐵板著臉，責我打破水缸的罪過。母親為我辯解。但她的辯解碰到祖父母鐵一樣的邏輯上，顯得軟弱無力。祖母氣洶洶地指點著我母親的額頭說：不碰它它如何會破！護孩子不是這個護法，俗話說得好：慣子如殺子！

母親只好忍氣吞聲了。我剛想替母親也替我自己辯解，父親好像從天而降，插在了兩個陣營之間，在祖母的陰險的煽動下，他賞了我一腳一巴掌，又賞了母親一腳。母親捂著臉哭了，我沒有哭，我感到心中燃起了怒火，我咬牙切齒地罵道：總有一天我要向你們討還血債，千刀萬剮了你們這些壞傢伙。

我的話罵出口，母親竟然也賞給我幾巴掌，不是裝模作樣的打，而是真打。我分明地感到她的手骨被我的頭骨反彈回去。我心中百感交集，一時不知道究竟誰是我的敵人誰又是我的朋友。

當天夜裏，在點燃的蒿子散發出的煙霧中，我蜷縮在炕角上，咬著牙根恨人。我聽到母親歎息一聲，並隨即感到母親布滿繭子的手伸到我的頭上。她的手摩擦著我的頭皮嚓嚓響。於是，母親退出了我的敵人的陣線，與我站在了一邊。母親說：

樹根，我的兒，再也不要瞎說。他們是你的祖父母，你要孝敬他們，否則，天要用雷電轟你。

可是，母親，您是親眼看到的，那水缸並不是我打破的呀。

你果真在夢中看到了那水缸破裂的情景？

母親，我沒有騙你。

母親不說話了。我雖然閉著眼，也能看到母親在黑暗中盯著黑暗沉思。

母親說：兒啊，你幫娘夢一夢，看看去年我們家丟失那五個餑餑被誰偷去了。你記得不，為那五個餑餑，我承受了多大的委屈。你祖母至今還咬定那五個餑餑被我偷吃了。

好，我答應了母親。我將用自己的夢為母親洗刷清白。

這夜裏我果然夢到了那五個餑餑，它們是被一隻黃鼠狼弄到院子正南靠著杏樹的那個陳草垛裏了。黃鼠狼用尖尖的嘴巴拱著團團旋轉的餑餑，四條粗短的小腿笨拙又麻利地挪動著。我把夢中情景對母親講述了一遍，母親說：

樹根，這事兒你對誰也不要提起。

幾天後，母親對祖母說：那垛陳草，該倒一倒了。要不就爛掉了。

祖母不滿地說：你早就該倒，我天天聞著那爛草的味道，但強忍著不說，省了得罪你。好像這日子是為我過的一樣，我能活幾年？一撒手一閉眼，一個銅板也帶不到陰曹地府，所以呀，糟蹋了也是你們的，積攢了也是你們的，從今之後，我不與你們積惡為仇，也免得讓你那寶貝兒子成了大氣候回來將我千刀萬剮。

母親連聲賠不是，說樹根小孩子，不知從什麼野孩子那裏學來幾句匪語，胡亂運用，其實他並不知道這些話的意思。

祖母卻說：好了，倒草去吧！任你是巧嘴的鸚鵡，也說不破我心中的潼關！我心裏像明鏡一樣。

祖母狠狠地斜了我一眼，我感受到了她對我的刻骨仇恨。

母親揭掉草垛上那腐朽的苫片，一股股的蒸汽冒出來。那些陳年的麥草結成了個，一塊塊，宛若破氈。

果然，母親從草垛的中央翻出了一堆長了綠毛的餑餑。其中一個還完整著，其餘的已被那小獸的牙齒啃嚼得七零八碎。母親立即驚呼起來：

婆婆呀，你快來看。

祖母極不情願地走過去，還問：

讓我看什麼？

她隨即便看到了。然後陰沉著臉，一聲不吭地回屋裏去了。

我看到母親臉上飛揚著神采，眼睛裏飽盈著淚花。我心中也跳躍著歡欣鼓舞的情緒，我終於為母親平反了冤案，靠了我做夢的奇異。但願這奇異永遠伴隨著我。但我的祖母又如一股黑旋風從屋子裏轉出來，她用令人難以忍受的嘲諷口吻說：

誰又能保證不是賊偷了藏在這裏的呢？

這無疑是直指母親是賊了，我憤怒地說：

我夢見了，是黃鼠狼偷的！

好大一個黃鼠狼！祖母說：我活了七十年，還沒見過兩條腿的黃鼠狼呢！

簡直就如夢話一樣，母親面前的亂草拱動起來，一匹碩大的黃鼠狼鑽了出來，似乎對著祖母點了點頭，然後一溜煙地沿著牆根走了。

祖母一屁股坐在地上，嘴裏叨咕著：

黃大仙恕罪，黃大仙恕罪。

母親趕緊扔掉手中的草，用一雙黑手，把祖母架起來，扶到屋裏去。我原本以為母親會對祖母展開猛烈反擊，殺殺她的威風，讓她在鐵一樣確鑿的事實面前低下頭去。但想不到母親的態度較之從前更加謙恭，好像受冤屈的不是她而是祖母一樣。這令我感到困惑也感到失望。

母親對我說：兒啊，你還小，不懂事。

在黃鼠狼出走之後的一段日子裏，我感覺到祖父母對我的態度有了些許改變。尤其是祖母，再也不敢肆無忌憚地欺負我了。也像我是一個通曉巫術的小妖精一樣。我想我也是在這種有利的形勢下，父親才為我爭取到了進學堂念書的機會。

祖父站在河邊撈蝦子，從他的背上，我知道他已經看到了我們，父親拽著我跌跌撞撞地走下河堤的漫坡，站在濕漉漉的沙地上，說：

父親，我送樹根上學去了。

祖父唔了一聲，胳膊一努力，將那張大肚兜子的撈蝦網逆著水流的方向掄了半圈。網後水草搖動，泛起一股渾濁的泥漿。我看到網兜裏，紛紛跳動著一些青得透明的蝦子。蹦蹦跳跳的感覺在我口腔裏活躍起來。

父親又必敬必恭地重複了一遍送我上學的話。

祖父慢條斯理地將網中的蝦子倒出來，裝進他腳邊的一只蒲草包裏，然後，不得不回頭似的回過頭來看了我一眼，說：

上就上去吧！不過人的命由天定，胡思亂想不中用。

父親說：漚他一年半載看看，也算盡了心，天開眼讓他有一星半點子出息，也不枉您疼他一場。

祖父不耐煩地揮揮手，說：

去吧去吧，別耽擱我幹活。

我十分留戀地看著蒲包中那些跳躍不止的蝦子，喉嚨癢癢，恨不得伸手過去，抓一把活蝦子，生吞下去。祖父彷彿看透了我的心思似的，拎起蒲包，伸到我面前，他用力猛烈，蒲包幾乎撞到了我鼻尖，祖父冷冷地說：

要吃就吃吧！

我不想去看祖父的臉色也不想去看父親的臉色，我只顧念著蒲包中的蝦子，祖父和父親對我的蔑視、嘲弄與蝦子相比，實在算不了什麼。只要有蝦子吃，就是做狗也無妨。

我毫不客氣地把手伸進爺爺的蒲包，抓了一把蹦蹦跳跳在手中，迅速地掩到嘴巴中，奇妙的感覺迅速傳遍我的全身。我又伸手抓了一把，急不可耐地要往口腔裏塞，這時父親緊緊地攥住了我的胳膊，把我拖上了河堤。

你為什麼要吃生蝦子呢？父親不解地問我。

現在回憶起來父親的問話我感到他十分愚蠢，吃蝦子難道還要分生熟，吃蝦子難道還要問個為什麼？

當時我因為嘴裏塞滿蝦子，沒有辦法回答父親的問話。父親推搡著我，讓我趕快把嘴裏的那些玩意兒嚥下去。不知不覺中，我跟隨著父親到了村西頭教堂。在堤上我早就看到了教堂的房頂上那個高高豎起的十字架了，這個特殊的標誌物使我們這個蒼老的村莊增添了許多生氣蓬勃的感覺。我們對它熟視無睹，但外人一見到它，就要駐足仰望，且面上露出訝異之色。

在教堂門口，父親用食指在胸口劃了一個十字，口宣一聲「阿門」。他是村裏最虔誠的耶穌教徒之一，也是傳教士莫洛亞的好朋友。

莫洛亞站在教堂的門口，用一臉愚蠢的笑容迎接我們，也高興地拍拍我的腦門，說：

樹根，我和你媽媽睡覺的，幸福的羔羊，終於來了。

我以牙還牙地說：

莫洛亞，我和你奶奶睡覺的，你這個幸福的老山羊。

莫洛亞怔怔，隨即撫掌大笑起來，那兩撇八字鬍尖兒在他的笑聲中顫抖，父親跟隨著嘿嘿地傻笑。

莫洛亞把我送到學堂裏，所謂學堂，就是教堂西側那兩間廂房。原來裏邊盛放過什麼我不知道，現在是收拾乾淨了，擺了十幾張木板子桌椅，頂頭的牆上掛了一塊用鍋底灰塗黑了的木板。已經有六七個與我差不多大的孩子在裏邊了，門口站著一位長頭髮的、面色蒼白的青年迎接我們。莫洛亞說：這是你們的老師，上海聖約翰大學畢業的高材生。

接下來舉行了開學典禮，出席者有小學名譽校長莫洛亞，有村中名人薛財主薛大爺，狗肉鋪子的掌櫃胡思念。莫洛亞讓我父親到教堂大門口去放了一掛鞭炮，招徠了前來看熱鬧的鄉民，鄉民中小孩子很多，但多半都背上馱著弟弟或是妹妹。與他們相比，我感到了自豪。

鞭炮過後，莫洛亞莊嚴宣布，瑪麗亞小學正式成立並開學了。第一項議程是一齊起來唱讚頌上帝的歌曲，莫洛亞他們都熱淚盈眶地唱著，好像那個身上滴著血的老頭子果然就懸在我們頭上傾聽著他們的歌聲似的。

典禮完畢，莫洛亞與村裏頭面人物到正廳裏去了，剩下我們幾個頑童與那位長髮白面先生。他未說話之前先捂著嘴巴咳一陣，然後把手掌攤開給我們看。我們看到他的掌心裏有一些腥紅的血。他說：你們都看清楚了沒有？我是帶著沉重的疾病來向你們傳授知識的，你們如果不能努力學習，實在是對不起我。

我的心中產生了一種溫暖的感情。可旁顧那幾位同學，他們的臉卻都如木頭一般，沒有絲毫表情。那位後來當了縣稅務局長的李棟材放了一個屁，引起了一陣笑聲。教師的臉上立刻就表現出痛苦不堪的表情。我覺得李棟材的行為不好，但那小子身高馬大，手爪子凶狠，幹起架來我不是他的對手，否則我必會奮勇地撲上去，揪住他的頭髮，打他個鼻青眼綠，然後剝下他的褲子來，挖一團泥巴，糊住他的屁眼，藉以報答教師吐到掌心裏那口鮮血。

同學們安靜。陳老師平息了騷亂，拿起一截黃顏色的粉筆，在黑板上寫了三個大字：陳聖嬰。

教師指著那三個大字說：這就是我的名字。陳、聖、嬰，意思是說，我是姓陳的上帝的嬰孩。你們都進過教堂望過彌撒吧？在主的上方，有幾個長著翅膀的小男孩。那就是我。

同學中有人冷笑。教師說：不要笑，這是真的，我昨天夜裏夢到我在上帝身邊飛翔。

教師讓我們各報名字。於是李棟材張立身王阿寶郭進財一陣亂紛紛。我說我叫樹根。

教師笑著說：就你的名字別緻。你是什麼樹根？

我說：柳樹根。

教師說：妙哉！

妙哉完後，長著肉翅膀的聖嬰陳教師開講，莊嚴的表情和神祕的話語被他的咳聲和血跡污染得蒼蠅飛來飛去，教室裏瀰漫著甜絲絲的血腥味兒。我們慢慢地厭倦起來，蒼蠅的翅膀上的金光閃閃的斑點眩暈了我們的頭腦。我陷入夢境中，看到肉翅膀的小孩子站在十字架上撒尿。莫洛亞先生蹲在他的奶羊身後擠羊奶。陳聖嬰一陣激烈的大咳振奮了我們的精神，我看到他的臉像黃金一樣，嗅到了他的黑洞洞的嘴巴裏洩露出來的銅銹的腥味。他用一隻手捂著胸，一隻手無力地揮動，說：走吧，都走吧，放學了，都回家吃飯去吧。他的臉上有一種煩透了我們的表情。我們比你更煩，於是便一擁而出，嘴裏嗷嗷叫囂。

在教室的牆外，果然看到身材高大的莫洛亞先生蹲在他的奶山羊的身後，左手端著一個洋瓷缸子，右手擠著奶羊的腫脹了似的淡黃色大乳頭。白得有些發藍的奶汁嗤嗤響著，一股股射到缸子裏去。這老洋鬼子幹得聚精會神，連頭也不回。燦爛的陽光照著他的背和頭頸。一些黑色的汗水洇濕了他脊背上的麻布長衫，他頭上彎曲的白毛亮晶晶的，脖子赤紅，呼哧呼哧的喘息聲從他的頭裏發出來。那匹奶羊叉著兩條細長的後腿，弓著腰，翹著三角形的尾巴，暴露著粉紅的臍子，牠的頭側著，用陰森森的、老女人一樣的目光看著莫洛亞先生，有時牠還略微抬高一下眼睛，看一下我們，似乎傳達一種對我們不屑一顧的蔑視。缸子裏的奶漸漸多起來，奶汁射入空洞缸子時發出的那種響亮刺耳的聲音聽不到了。奶汁射入奶汁中形成一個黏稠的小漩渦。那腫脹飽滿的乳頭漸漸乾癟了，變成了一張抽搐的皮。莫洛亞先生困難地站起來。他站起來時使空氣流通加速，一股熱烘烘的膻氣撲進我們的鼻孔。他轉過身，對著強烈的光線眯縫起眼睛，打了一個響亮的噴嚏，缸子中的羊奶蕩出來，積掛在他粗大的白色手指上。他把盛奶的缸子倒在另一隻手裏，伸出鮮紅肥厚的舌頭，靈巧地舔乾淨手指。然後他和顏悅色地說：

感謝上帝吧，孩子們。上帝賜給我們陽光、空氣，還有這新鮮的羊奶。亞門！孩子們。

他用濕漉漉的手指在胸前劃了個十字。

我們也對他「阿門」。

他端著缸子，踉踉蹌蹌地走了。我一抬頭，看到那高聳在教堂頂端的那個銀灰色的十字架上，蹲著一匹漆黑的烏鴉。

在我家的飯桌前，祖母不懷好意地問我第一課學到了什麼經邦治國的道理。我饞涎欲滴地看著祖父眼前那青花碗裏盛著的桔紅色的熟蝦子，心不在焉地答道：

陳老師說上帝抽下一條肋巴骨，造成了人。

祖母憤怒地說：放狗屁！我跟你說過多少次？沒有十次也有九次，人是女媧娘娘用黃泥巴捏出來的。用肋巴骨能造人。如何能分出公母來？

我對這個人類起源問題絲毫不感興趣，在我的心裏，只有蝦子在跳躍。

祖父咀嚼著蝦子，說：去這樣的學校念書，什麼孩子也給糟蹋了。

父親在胸前劃個十字，嘟噥著：主啊，寬恕我們吧！

祖父用白眼斜著父親，賭氣般地把一堆蝦子戳到他那深淵一樣的嘴裏。這時，梁頭上一陣騷亂，抬頭看時，一隻青色的燕子從巢中翹出屁股來，把一攤白色的熱屎屙下來，恰好落在祖母青筋暴凸的手背上。

祖母啐了口唾沫，站起來，去洗手，嘴裏嘮叨著：吃過飯我就捅了你們。人心不古，燕子也越來越壞了，三皇五帝到如今，燕子從不把屎屙下來，這是怎麼說的。

趁著祖父仰臉看梁上燕巢時，我的筷子飛快地伸向那只盛蝦子的青花瓷碗。但祖父的動作更快，沒容我夾住一隻蝦子，他的筷子已經準確有力地抽在了我的手骨上。

夜裏，母親拍打著我的頭說：樹根，我的兒，你什麼時候才能不饞了呢？

誰也無法理解我對蝦子那種親近的感情，連母親也不理解。這是我心中的祕密，我像藏匿罪過一樣藏匿著它。

……第二天一早我就去了學校，未到校門就碰上了一日同學趙忠良。他慌慌張張地說：快回家去吧柳樹根，陳先生陳聖嬰夜裏死了。

我不信，跑到教堂院裏去看，果然看到陳聖嬰直挺挺地躺在牆邊一棵槐樹下，臉上蒙著一張白紙，成群的紅頭蒼蠅在他的四周飛動。

莫洛亞先生一見我，急火火地說：樹根，快回家找你父親來，就說陳老師死了，讓他召集些人來辦理後事。

……樹根，樹根，醒醒，該去上學了。

我看到母親站在炕前，輕聲地呼喚我。母親身上散發著清新的露水味兒和苦澀的青草味兒。我知道母親把羊草割回來了。我搓著眼睛，驚恐不安地回憶著夢中的情景。我把嘴附到母親耳邊，悄悄地說：

我夢見陳老師死了，躺在教堂院子裏的槐樹底下，臉上蒙著一張白紙，紅頭蒼蠅在他身上飛。

母親的臉色變了，嚴厲地說：胡說什麼，你一睜眼就胡說。

我也希望這是胡說。如果這個夢也應了驗，我的上學生涯不就結束了嗎？那樣我又得整日牽著那兩隻羊在草地上混，那樣我出頭成龍的日子永遠也不會到來，那樣我就要永遠忍受著祖父母的壓迫。

懷著忐忑不安的心情我沿著昨天走過的道路往學校走去。在河堤上又看到如風景般的祖父立在水邊，裸著兩條鶴式長腿，一下又一下，機械地揮動著他的大兜子網。那些青得透明的小蝦子在我眼前跳動著。但是我今天壓抑了生吃蝦子的欲望，我不敢讓我的大腿繼續發達下去了。昨天那兩大把活蝦子，立竿見影地提高了我做夢的清晰度，而且還使我的夢有與物事本色的顏色。草是綠的，花是紅的，各種味道在夢醒後尚在唇邊繚繞。與我的夢境相比，青天白日的真實生活反倒顯得朦朦朧朧地不真實起來。

未進校門我就碰上了一日同學趙忠良，他慌慌張張地，幾乎與我撞個滿懷，他用衣袖揩一把鼻涕說：

快回家去吧柳樹根，陳老師夜裏死了。

我進了院子，看到陳老師直挺挺地躺在槐樹下，紅頭蒼蠅在他的四周飛行，他的臉上蒙著一張白紙。

莫洛亞先生一見我，急火火地說：

柳樹根，快跑回家叫你父親，說陳聖嬰老師死了，讓你父親召集人來商量辦後事。

村裏人——主要是教徒們，在父親的率領下，來到院子裏，圍著陳聖嬰的屍體，群嘴阿門，都在胸口劃著十字。父親說：昨天不是還好好的嗎？怎麼說死就死呢？莫洛亞先生眼淚汪汪地說：他到上帝身邊享受永恆的幸福去了，那裏是我們每個人的歸宿。

七嘴八舌地議論了一會兒，太陽毒辣起來，陳先生的屍體馬上就有了難聞的氣味，眾多的蒼蠅從田野裏飛來，造成一種令人心驚膽戰的氣氛。

不能再拖了，父親說，大家湊幾個錢吧，去買口薄棺材，裝斂起來，抬到村西老墓田裏埋了吧。

李棟材的父親反對道：一個陌生人，用什麼棺材，買一領葦席，捲巴捲巴抬出去算了。

父親同意了李棟材父親的建議，指派人去買葦席。然後，往陳聖嬰的屍體噴了一些酒，暫時鎮壓住臭味，幾個人皺著眉上前捲了起來，捲緊後，用繩子捆紮住。串上杠子抬起來，往老墓田抬，蒼蠅們戀戀不捨地跟著，往活人臉上撲，轟都轟不散。葦席有些短，陳老師的頭髮垂下來，上面綴滿蒼蠅。

陳聖嬰的葬禮簡單樸素，中西合璧。莫洛亞先生為他念了耶酥經，幾位村裏的老人為他念了超生咒。墳墓合攏後，父親吩咐我：樹根，跪下，給陳老師磕個頭。

我皺著眉頭表示不情願，我與他無親無故，對他也沒有什麼好感，他的暴死讓我不快，憑什麼我給他磕頭？父親說：磕吧，一日為師，終身為父。

於是我便跪下磕了一個頭。跪在這座新起的墳墓前，我嗅到了新鮮的黃土味道。蒼蠅們追逐別處的臭氣去了，潮濕的風從草地深處吹來，藍天上鳥的叫聲令人肌肉震顫。眾人肅立在墳前，宛若一株株古老的槐樹，獨有莫洛亞先生如同一株老白楊。父親說：

神甫先生，是不是再去請個先生，既然學校已經辦起來了。

莫洛亞先生為難地扭曲著臉，吭哧了一會兒，竟莫名其妙地說：

主啊，仁慈的主，拯救這些被罪惡毒化的靈魂吧。

說完話，他搖搖擺擺地一個人走了。眾人望著他的背影，齊聲歎氣。方家二大爺說：都散了吧，這天下怕又要不太平了，聖母的眼裏又流淚了。

眾人無言地散去，父親緊緊地攥著我的手，生怕我跑走似的。

瑪利亞小學就此關門，據說莫洛亞先生已把他那頭老奶羊拴在教室裏飼養。我們的教室已成了羊圈。父親說，那西廂房原本就是莫洛亞先生的羊圈。我的生活又恢復到原來的狀態，上午放羊下午還放羊。我的那幾位同學，有放羊的，有放牛的，都在村子南邊那一大片無主的低窪草地上。草肥水美，野花密匝匝地散布在綠草中，有白的，有黃的，有藍的，散發著或濃或淡的香味兒。草地中有一些水窪子，裏邊有螃蟹、黃鱔，沒有那種青得透明的蝦子。

有一天，我們正在草地上鬥草，我們的牛羊散漫在草地上，揀最可口的草吃。遠遠地一個高大的白人牽著一隻羊走過來。誰也知道是莫洛亞先生來了。莫洛亞先生的羊原來是有專門的僕役為他割草餵養的，那僕役在陳老師死後就無影無蹤地消逝了，我在夢中見過那僕役現在生活的情景，但我沒對任何人說，說了他們也不會相信。

莫洛亞先生身上的膻味兒順著風兒颳過來，膻味愈濃烈他離我們愈近，但當他在我們面前時，膻味兒反而沒有了。莫洛亞先生笑著說：

樹根，讓我的羊跟你們的羊一塊吃草怎麼樣？

他回頭指指那隻羊，並試圖把牠拉上前一點。但那羊四蹄用力，身體死勁往後坐，分明是不願意。

李棟材說：犟羊，犟羊，你越拽牠牠越擰勁，不信你撒了牠的繮繩，牠自個兒會到我們的羊群裏去了。

莫洛亞先生鬆了繮繩，那頭奶羊果然畏畏懦懦地靠到我家的羊跟前。我家的羊對奶羊表示了冷淡，莫洛亞先生的奶羊便自我解嘲地叫兩聲，尖著嘴，專揀著那星星般鑲在草叢中的天藍色小花兒吃起來。

我們對莫洛亞先生表示了足夠的尊重，但他卻像一個惹人討厭的大孩子一樣，不斷地招惹我們。他捏我們，摸我們，用草纓子撓我們的耳朵，我惱怒地說：老胡羊，夠了。

第二天，莫洛亞又來跟我們放羊，他繼續鬧我們。我們忍無可忍，一擁而上，拉胳膊扯腿，把他按在青草地上。後來當了大官的李棟材提議玩莫洛亞一個「老頭看瓜」，大家齊聲贊同。於是我們把他的褲襠鬆開，將那顆生著白捲毛的大頭硬塞到他自己的褲襠裏。莫洛亞的褲襠較之中國褲襠狹窄，塞起來比較費勁，但我們還是克服困難把他的頭塞了進去。可憐的莫洛亞先生喘著粗氣在草地上滾動著，我們在一旁拍著巴掌歡笑。李棟材還用羊鞭抽打莫洛亞先生緊綳綳的屁股。莫洛亞先生的嘴在褲襠裏發出嗚嚕嚕的怪聲。李棟材又一鞭打下去，那褲縫裂開一條縫，一隻通紅的大鼻子從縫裏鑽出來，這樣實在古怪，我們笑得屁滾尿流。我忽發奇想折一根草棍兒，去撥弄那鼻孔中的毛兒，那鼻子可憐地抽搐著，一聲啊啾，褲襠更大地破了，莫洛亞先生的頭鑽出來。他的臉脹成紫紅色，他的眼裏飽含淚水。

後來我父親來了，一見草地上的情景，他的臉都煞白了。不知天高地厚的小畜牲們！他罵著，彎下腰去，慌忙把莫洛亞先生充滿智慧的頭顱從褲襠中徹底解救出來。然後憤怒地呵斥著我們，並追查滔天罪行的主謀人。莫洛亞先生直挺挺地躺在草地上，平靜得像死人一樣。我看到他的脹成紫紅的面孔慢慢地恢復了白皙，呼吸也平穩得像沒有了呼吸一樣。

父親擰著我的耳朵讓我交代罪魁，我不說，父親就用膝蓋頂我的屁股，我依然不說。這時莫洛亞先生爬起來，把父親拉開，笑嘻嘻地說：

老柳，不要這樣，我們鬧著玩，很愉快的。

父親放了我，說：你們不要欺負莫洛亞先生。莫洛亞先生不遠萬里來到中國，向我們傳播上帝的福音，保佑我們五穀豐登六畜興旺，你們怎能玩他「老頭看瓜」！

莫洛亞先生說：老柳，你不懂，「老頭看瓜」很好，就在剛才我「老頭看瓜」時候，我看到了上帝。

後來莫洛亞的話在村子裏傳開，幾個流氓無產者嬉笑著道：「老頭看瓜」時見到了上帝，那上帝成了什麼？你們想想看，上帝成了什麼？

聽話的人都會意地笑起來。

莫洛亞先生好像不是一個好神甫，據說他初來我們村時，確實很賣力地宣傳過上帝的教諭，但很快便懈怠了。創辦瑪利亞小學是他來到我們村後所幹的最偉大的業績，但這業績也因為陳老師的暴死而迅速崩潰。他再也沒去聘請教師，整日裏和我們這些頑童混在一起，我們跟他玩出了感情，而他那隻奶羊也與我家的公綿羊有了感情，有一天，我家的公綿羊終於跨到了奶羊的背上，至於能生出什麼樣的小羊羔，還要等幾個月才能知道。

我家的公羊跨上莫洛亞先生的奶羊時，孩子們都興奮地歡呼起來。公綿羊從奶羊背上滑下來後，我們的歡呼聲又持續了一分鐘。莫洛亞也很興奮，他拍著掌說：好極，好極，這是上帝的旨意。

也許是羊的行為啟發了莫洛亞先生的靈感了吧？莫洛亞先生找到我的父親，把他嘴巴經常叼著的那只黃楊木菸斗和一鐵盒上等菸絲遞給我父親，說：

老柳，我把這些給你，你幫我找個妻子。

我父親很驚訝地問：莫神甫，您不是說您這樣的人永遠不結婚嗎？

莫洛亞先生說：不，不，羊都能結婚，人更能結婚，我要結婚，這是上帝的旨意。

我父親說，既是主的意旨，我不敢違背，不知莫洛亞先生要找個什麼樣的妻子？

莫洛亞先生指指正在灶下忙碌著的我母親說：就要你的妻子一個樣的。

我母親顯然聽到了我父親與莫洛亞先生的對話，我看到她的臉像熟蝦子一樣紅了。

莫洛亞先生走了，父親用莫洛亞先生的菸斗裝了一斗菸絲，引火點燃，裝模作樣地吸著，對祖父母說：這個洋鬼子，整個是一個上帝的叛徒。

祖父說：他要和中國女人結婚，這不是欺負我們中華民族嗎？中國的女人，怎麼能讓洋鬼子去睡？我看這事兒使不得，你不要給他保媒，以免招來大禍！

我祖母卻出人意料地對這事表示了一種寬容態度：這也不是件大事，古來就有過的，昭君出了塞，文成公主和了番，不都是把中國女人給了洋鬼子嗎？

祖父說：這是兩回事。

祖母說：你乾脆給他找個女人，省了他一天到晚瞪著兩隻賊溜溜眼，滿村子亂轉。

父親說：誰願意嫁給一個洋鬼子呢？

祖母說：插起招兵旗，還怕招不來兵？

母親說：何不把村東頭那個回回女人嫁給他？回回差不多也是外國人了。

祖母想了想，說：這事十有八九能成，那回回孤身一個女人，帶著兩個孩子，正愁找不到個男人拉套呢。

第二天就去探那回回女人的口風，竟然很爽快地答應了。父親又去跟莫洛亞說，莫洛亞也很爽快地答應了。父親說：只可惜那女人帶著兩個孩子。莫洛亞說，孩子好，我喜歡小孩子。

這一年的九月初九日，村裏人為莫洛亞和回回女人辦婚事。父親帶著一夥人在教堂裏與莫洛亞喝酒，母親帶著幾個婦女將回回女人打扮起來。回回女人那兩個孩子暫時交給我們一群孩子。她的大孩子是個男孩，年齡與我們相仿，鼻眼口唇與我們漢族孩子差不多，她的小孩子是個女孩，有四、五歲光景，黑皮膚，特大的眼睛，特長的睫毛，比漢族小女孩的五官鮮明生動許多。

這兩個孩子與我們不合群，平常的日子裏我們幾乎看不到他們的身影。李棟材問那男孩：

你們是從什麼地方來的？

男孩子搖搖頭說不知道。

李棟材又問那男孩姓什麼，男孩說不知道。又問他們的父親哪裏去了，男孩搖頭說不知道。

跟兩個一問三不知的傻瓜對話十分無趣，於是我們擁到教堂裏，看莫洛亞先生和回回女人的婚禮。教堂的正廳裏點燃了十幾根蠟燭，明亮的光芒照耀著喝得醉醺醺的莫洛亞先生紅彤彤的臉膛。那個回回女人被我們的母親們洗刷乾淨後，像一件古老的銅器，煥發出了素樸又溫暖的光輝。

一年之後，我夢到莫洛亞先生死了。

莫洛亞先生死了。父親們把莫洛亞先生埋在教堂前一片空地上，堆了個很大的墳頭，墳前栽了一棵松樹。

不久後我夢到回回女人下身沾滿了鮮血，半張著死亡的嘴，一個粉紅色的肉蛋子在她身下的血泊中哇哇啼哭。

回回女人死了，她遺下的那個與莫洛亞先生的混血女兒，吸食著我母親的乳汁活了下來。而我的那個比這個混血兒大一個月的妹妹，卻早早地被上帝召去了。

回回女人的前兩個孩子，原說定由吳保長收養著，可能是不堪虐待吧？他們很快便逃離吳家，不知流落到什麼地方去了。吳保長的老婆還逢人就說那兩個孩子是兩個忘恩負義的賊，臨走時偷走了她家一只粗瓷大碗。

做夢一般就到了一九五二年，我十四歲。吃著我母親奶汁長大的莫洛亞先生與回回女人的遺孤七歲。我們給她起了個名字叫樹葉。在她的身上，雜種的優勢瘋狂地表現出來。我比她大了七歲，但她的身高竟與我差不多，說我只比她大一歲也沒有人不相信。雖然我許久沒有生吃活蝦了，但我的奇夢神技依然存在。我已經很討厭這令人煩惱的特能，所以即使我夢見了什麼也不再對人訴說，連對我的母親也不訴說，許多人便以為我喪失了夢的能力，許多人也就漸漸淡忘了幾年前曾有一個大腦袋的男孩夢見什麼就是什麼。有一顆與身體相比大得不成比例的腦袋是我的最引人注目的特徵。而栗色的頭髮、高聳的鼻梁、深陷的眼窩則是樹葉的特徵。這時候樹葉還不知道她自己的身世，我們就像一對同胞兄妹一樣親密地生活著。

秋天的一個傍晚，有一們留著短髮、圓臉、矮個子的年輕女人推開了我家的柴門。我認為幾年來沒發生絲毫變化的祖父母和父母親用狐疑的目光迎接著這個女人。這幾年的日子過得地覆天翻，我們這個比較富裕的家庭也接待了很多次共產黨的形形色色的工作隊員吃飯。看這女人的模樣，似乎又是一個什麼工作隊的隊員。她用柔軟得像紅綢子一樣的嗓音自我介紹起來：

大爺，大娘，大哥，大嫂，我是新來的教師，姓俞，來動員你家的孩子上學。

祖父立即不懷好意地看著我，這幾乎等於逼著我回憶我前幾年去莫洛亞先生的學校上學的情景。

父親說：我們家窮，供不起。

俞老師說：這學校是人民政府辦的，免費。

父親又說：莊戶人家的孩子，上什麼學。

俞老師前進一步，拍拍我的頭顱說：

你看，大哥，你這個兒子生了這麼大個的腦袋，上學一定聰明。

俞老師又拍拍樹葉的頭顱——樹葉的雜種優勢顯然把她震撼了——我聽到俞老師呀了一聲，彎下腰去，捧住樹葉的臉端詳著，一會兒，她感歎地說：

太美麗了，想不到在這樣偏僻的鄉村裏，竟然藏著這樣美麗的孩子。大哥，大嫂，大爺，大娘，不把你們家這兩個孩子動員出去上學，我就站在這兒不走了。

俞老師果真就垂下了雙手，一動不動地站在我家院子裏。我父親急忙說：老師，您回去吧，我讓這兩個孩子上學就是了。

俞老師走了，祖父說：明日上學，只怕後日老師又死了。

父親說：您老人家今後說話要注意一點，現在解放了，思想要跟上形勢。

祖父不以為然地搖搖頭。其實我們家那兩隻羊早已死亡，所以他沒有像上次那樣提出由誰來放羊的問題。

第二天我與樹葉一起去上學。我們背著母親剪破了一件士林布褂子連夜改成的兩個小書包去學校。學校的地址還在教堂，我們走得很熟。書包裏空空蕩蕩，什麼都沒有。走到河堤上沒看到祖父像河邊的風景一樣站在水邊捕撈蝦子，卻看到一隻狗不知為了什麼原因站在水邊對著水上的波紋狂吠。

樹葉問我：哥呀，上學學什麼呀？

我說：不知道。

可祖母說你上過一次學了呀。

你別聽她的，她跟我有仇。

在河堤上我們碰到了一個屁股上挎著盒子炮的瘸腿男人，我認識他，知道他名叫王瘸子，是區裏的公安員。我曾看到過他一槍把宋麻子的頭打揭了蓋。這個人身上有威風，我們離老遠就感到他身上的涼氣侵入。

他打量著我們，說：你們要去幹什麼？

樹葉踴躍地說：我們上學去。

他說：你們這些小雜種也配上學？

樹葉說：俞老師讓我們去上學。

他哼了一聲，搖搖晃晃地走了。

樹葉說：哥，他為什麼叫我們「小雜種」。

我說：他爹才是小雜種呢。

很多的孩子已集中在教堂的院子裏，我們加入到其中去。

教堂裏的上帝形象已被拆除，填到河裏去。庇蔭過陳聖嬰老師的那棵槐樹長粗了許多，樹杈上懸掛著一口鐘，這是當年教堂的鐘，在很早的歲月裏這口鐘一天三遍被敲響，彷彿在提醒著教徒們不要忘記上帝。但自從莫洛亞被我們玩了「老頭看瓜」後，這口鐘就再沒有被敲響過。新換的雪白鐘繩在鐘下懸掛著，為了使這根新繩子不捲曲上去，鐘的下端，拴上了一塊拳頭大的石頭。石頭在風中微微悠蕩。

俞老師拉動鐘繩，使鐵鐘發出震憾人心的紅鏽斑斑的聲音，我們都立住了腳，傾聽鐘聲，觀察敲鐘人。

俞老師和褚老師把我們趕到教室裏，第一個項目是點名，俞老師教導我們：聽到呼喚你的名字時，你應該站起來，答到。

褚老師戴一副近視眼鏡，羅鍋著腰，是鄰村人。每年春節時，我們都看到他蹲在集上賣對聯。據大人們說，褚羅鍋的毛筆字寫得相當不壞。

俞老師點完了名。

俞老師發給我們每人兩本書，一本《語文》一本《算術》。還發給我們每人一塊鑲在木框裏的石板和三枝石筆。

俞老師給我們上第一課，課文是：我是新中國的兒童，我愛中國共產黨。

褚老師給我們上第二課，課文是：1＋1＝2。

快吃晌午飯的時候俞老師說：放學了，下午早些來。

我們站起來，都如弦上的箭。俞老師卻把手掌往下壓壓，說：坐下坐下，還有話呢。我們坐下，她說：教堂裏的神被我們請到河裏去了。可是房頂上那個鐵十字架，依然鎮壓著我們，誰有能耐爬上去，把它敲下來？

沒人吭氣。樹葉說：我上去敲。

我說：樹葉，別逞能。

俞老師微笑道：你們這些男生，一個個俱是怕死鬼，還不如一個小姑娘！

男生被激，紛紛站起，都說要上房。

俞老師說：晚了，這任務給柳樹葉。

到了院子裏，俞老師招呼褚老師搬來一架木梯子，豎在房檐與院牆交接處。

樹葉攀著梯子，小猴一樣翻上房檐，向十字架奔去，踩得一片瓦響。我喊：樹葉，小心！樹葉不睬我，跑到十字架下，用胳膊攬住安裝十字架的木棍子，使勁搖撼，十字架紋絲不動。她喊：老師，撼不動。老師用手掌在眉上避著光，仰臉往上看，喊：我們扔斧頭給你，你等著。俞老師叫褚老師去找斧頭。褚老師弓著腰去了。好大一會兒，褚老師哭喪著臉回來，說：沒有斧頭，聽說砍十字架，誰也不借。俞老師說：你比較笨，為什麼要說砍十字架呢？你再去借，就說劈木柴。褚老師又走了。樹葉說：

老師，我想撒尿。俞老師說：你別下來好不容易上去了，這樣，男生們，都轉回頭去。樹葉，你就在房上撒吧。樹葉蹲下。俞老師說：柳樹根，你為什麼不轉過頭去。我不高興地說：她是我妹妹。俞老師一笑，說：也對，你可以不回頭。樹葉在房上說：哥呀，你往後退幾步。我退了一步。一股水沿著瓦往下流，瓦上起一層霧。褚老師弓著腰回來了，空著手。怎麼，還沒借著？俞老師不滿地說。褚說：借不著。人家都說做孽呢。俞說：胡說。樹葉你下來吧。改天再上去砍它。

轉眼間冬天開始了。枯燥的學校生活讓我感到了厭煩，而那時樹葉還沒有形成自己的對問題的看法，她百依百順地服從著我，所以當我對學校生活表示厭倦時，她也皺著眉頭說：哥呀，我也煩死了。那麼大的李寶、張東奎，都快二十歲了，竟然也跟我們一起上一年級，他們一上課就放屁，臭得我頭暈、噁心，哥哥呀，我也煩死啦。哥呀，咱跟父母說說吧，不去上這個破學了。她那時已變得很饒舌，無論是什麼話，只要一開了頭，都能喋喋不休地說下去，而且基本上不重複。我沒有意識到聽少女說話是一種幸福，沒有注意到那嬌聲嬌氣的雜種聲音是那麼清脆悅耳。我搖搖頭，嚴厲地制止了她的嘮叨，告訴她，向父母提出退學的要求是不明智的，由於俞老師在家訪時對我們的高度誇獎，在我父母親的思想深處，已經建立了兩座輝煌的榮耀碑，那兩座碑，一座屬於我，一座屬於樹葉。父母親指望著我好好學習，上完小學上中學再上大學，然後當大官，耀祖光宗呢。

耀個狗屁！美麗的小雜種惡狠狠地說。這種語言是她從我嘴裏學會的，但我還是批評她：

你一個女孩子，怎麼也敢說這種話。

她毫不退讓地與我爭辯：

男孩子能說，女孩子為什麼就不能說？

她的反駁令我結舌。

一會兒，她討好我說：哥呀，你別生氣，我翻幾個跟頭給你看。

她不管我願不願看，將書包往我的脖子上一掛，便緊緊褲腰帶，在平坦的河堤上，一連地打起側身跟頭來。她的身體靈巧得如同飛燕，翩翩欲飛。我與她從小形影不離地長大，竟不知道她於何時何地跟著何人學會了這身本領。我入神地看著她那連串翻滾的身影。看到她每次將身體短暫地倒立著時，那短小的紅棉襖便褪向兩肩和頭頸，露出白白的肚皮和圓圓的肚臍眼，於是我的心中便洋溢開蜜樣的甘甜，這小雜種真是個可愛的小傢伙。

翻完了跟頭，她氣喘吁吁站定，在衣襟上擦拭著手掌上的泥土。她的白臉上透出紅潤來，宛若一顆生著細絨毛的熟桃子，有一層小汗珠密集在她高高的鼻子上，喘息微微，牙齒雪白。

你什麼時候練成了這身功夫？我問。

哥呀，你不生我的氣了吧？你允許我罵狗屁了吧？她狡猾地看著我。

我說：允許，隨便你怎麼罵，狗屁，狗屁，狗雞巴。

她大聲重複著狗身上的器官和狗的排泄物，並把這些好東西變成修飾學校的定語。

罵完了，我們一起哈哈大笑。

我說：樹葉，我夜裏夢到劉四山家的母驢今日生騾子，好看極了。

哥呀，你的夢不是早就不靈了嗎？

我騙他們呢？我的夢靈得很，你可要替我保密。

她莊嚴地點點頭。

我們決定逃學，去看劉四山家的母驢生騾子。

劉四山的家在村子的盡南頭，一出他家大門便能看到荒草如煙的田野。按照著夢中的記憶，我們順利地找到了劉四山的家。果然有十幾個人在劉家的院子裏嚷嚷著，並圍成一個圈子。我拉著樹葉的手從人的腿縫裏擠進去，看到那匹黑色的老母驢側著身子躺著，驢的後邊鋪墊著一堆麥草，有一些血染紅了麥草。

小孩子，亂擠什麼！有一個巴掌拍到了我的腦袋上。

黑驢大睜著眼，大耳朵豎起來垂下去，垂下去又豎起來，汗水把驢脖子上的毛濕成了深深的藍色。驢的肚腹起伏著。一個禿頭的男人彎著腰，擠壓著驢的肚子。

老二，不能那樣硬擠，你輕輕地按摩。一個老頭子教訓禿頭。

老頭子說：人畜是一個道理。馬配驢，九死一生。你們想，馬大驢小，駒子隨馬。所以一般人家都用公驢配母馬。圖的是下駒順暢。除了老劉家這樣的大母驢，誰家的驢敢懷上馬的種子？

劉四山說：只要能把騾駒子產下來，死了這老驢，我也不痛惜了。

禿頭的頭上汪著一層油汁，他直起腰，說：累死我了，我看這老傢伙多半是不中用了，乾脆剖了牠的肚子，把小駒抱出來，用米湯水也能餵活的。

老頭說：簡直是放屁！不從產道出來的畜牲，幾個能活？這道鬼門關，皇帝老子也要過，何況一匹騾駒子。你少廢話，加緊著按摩。

禿頭又彎下腰去，極不情願地用那兩隻熊掌一樣的肥胖爪子，按摩著母驢高高鼓起的肚子。

老頭子彎下腰，看看母驢流血的後邊，搖搖頭，問：家裏有生豆油嗎？灌牠兩斤，如果這法也不靈，我就沒有別的辦法了。說一千道一萬，你們不該用馬來配牠，更不該用那匹像山一樣的東洋種馬配牠。牠實在是太老了……

劉四山的女人舀出一碗暗紅色的生豆油，幾個人抬起母驢的頭，將一個鐵漏斗硬塞到牠的嘴裏，牠的嘴唇被掀翻開，露出幾乎磨平了溝槽的黃牙，一股腐草的味道熱烘烘地噴出來。老頭子用一柄生鋁勺子，舀著豆油，一勺勺地倒進漏斗裏去。驢唇上沾滿了黏糊糊的豆油。

劉四山的老婆眼淚汪汪地說：驢啊，再使使勁吧，使使勁就生出來了，你又不是頭胎生養。

老頭兒不滿地指指母驢高隆起的肚子，說：你難道看不出牠肚裏這個雜種究竟有多大個？

也許是灌下去的生油給了母驢力量，也許是劉四山女人的求告鼓起了老母驢的勇氣，在一陣死一樣的寂靜過後，牠突然發了瘋樣地把身體抽搐起來，那隆起的肚子宛若一個風鼓子劇烈地起伏著。一股熱烘烘的渾水混雜著黑血流出來。那扇生命之門像曇花般開放了，一個油光光的長方形頭顱鑽了出來，隨即彎曲著游出了蜷曲的身體。

生出來了！

人群一陣歡呼。母驢的身體僵死了，那隆起的肚子塌陷下去。

老頭子不顧污穢，摳出了小騾駒嘴巴和鼻孔裏的黏稠液體，又用堅硬的指甲掐掉了牠四隻蹄子上那些乳白色的柔軟組織。又要了一塊乾布，擦著牠身上的液體。幾分鐘後，這個葬送了母親生命的小傢伙四肢打著顫站起，摔倒了又站起來，終於站定了，終於搖搖晃晃地邁開了第一步。

緊接著有一位大腚的娘兒們跑到劉家院落中來了。我認出了她。她是村貧協文主任麻子雙的老婆，在村裏出了名的浪，出了名的潑。據說她曾在煙台的窯子裏工作過，所以不能生養了。又據說她為了騙麻子雙，便謊報情況，說懷了孕，並且每天一清早就手撫著門框裝模作樣地嘔吐，騙吃了很多的雞鴨魚肉和精美點心。幾個月後，她往尿罐裏加了紅顏色，又弄來一隻死耗子，剝掉皮、剁掉尾巴，扔進尿罐裏，騙麻子雙說流產了。不曾想被麻子雙識破，把她吊起來，打了個皮開肉綻。

那大腚的娘兒們一進院就拔高了嗓門要「明騾衣」。所謂「明騾衣」就是白天生產的騾子的胎盤。

劉四山的一家正為母驢的死亡而難過，不理她。禿頭問她要明騾衣幹啥用，她說：咦，明騾衣專治婦女經血不調。我要調理調理，好給貧協主任傳下個種子呀。

禿頭說：你這騾子，把這匹母驢吃了也生不出個什麼來。

那女人頓時急了，一伸掌，就在禿頭上留下四道血痕。院裏亂了套，我和樹葉看了一會那匹骨頭漸漸堅硬起來的小騾子，便溜出劉家院落，往學校走去。

儘管我頭天夜裏夢到第二天下午我和樹葉要在學校裏出醜，但我們還是按著夢的指引，在中午的時候，偷出了祖父的撈蝦網，跑到河邊祖父撈蝦的位置上，一網網地撈起蝦子來。這種愉快的、每網都有收穫的勞動遊戲使我們忘記了下午上學的事兒，也許我們一開始就打定主意逃學。

河水渾濁，因為頭天夜裏下了大雨。水位漲了約有一尺，我們慣常踏著洗臉的那塊青石已被水淹沒，只有在那個位置上的一簇簇浪花標誌著它的存在。

我模仿著祖父當年撈蝦的瀟灑姿態，將雙臂撐直，雙手緊攥住木杆子，把網子盡量地往身體的左右側擺動。然後，逆著水流的方向，讓網子沉入水，緩慢地往身體的左後側移動，更加渾濁的水在網後翻騰起。兜網拖著滿滿網眼的水的薄膜離開水面，在網底的那個尖尖的兜兜裏，我看到幾十隻青色的透明蝦子在蹦跳。興奮的感情在我的心中翻騰著。樹葉也驚呼起來：哥呀，有好多的蝦子呢！

我將第一網的收穫抓在手裏，往自己嘴裏塞了一半，剩下的賞給樹葉，她毫不猶豫地仿照著我的樣子，把那一撮活蝦子填進嘴巴。

我們臉上都煥發出如夢如癡的表情，連問都不用問了，樹葉也一定迷醉在活蝦子在口腔裏蹦蹦跳跳所帶來的快樂之中。

口腔裏含著美妙的感受，我身體上的力氣也彷彿增加了許多，每一次將網挑出水面時，樹葉就發出一聲歡呼。她吃生蝦的本領一點不比我弱，她的身體得到蝦子的滋養，一點點的，以肉眼能見的速度增長著，而我增長著的只有頭顱。

瘦高身材、滿臉粉刺的馬老師的出現沒有使我們感到驚恐，因為這一切是早就決定了的，我們沒法逃避。學校的規模已經擴大，俞老師擔任了校長，政府又另外派來了兩名教師，這位生著一張馬臉的馬老師就是其中之一。

他小心翼翼地走下河堤，站在我們面前，歪著嘴巴冷笑著。他的身上散發著一股嗆鼻子的脂粉味兒，他的襯衣白得耀眼，他的塗滿油的茂密頭髮在我們上方閃閃發光。

馬迅疾地用屈起的手指關節敲打了我的頭顱。他的手指關節緊硬得如同一顆顆鐵皮核桃，打得我的腦袋裏發生了蜜蜂的轟鳴。一些稀奇古怪的畫面在我的腦海裏層層疊疊地摩擦著，並且發出了嚓嚓啦啦的聲響。

樹葉像一匹小狼，向馬撲去，她的頭顱撞在馬的大腿上，使馬不由自主地倒退了幾步，馬腳上的雪白的回力球鞋踩在一個水坑裏，沾上了骯髒的東西。馬一低頭，看到鞋子的情景，抬起頭來時怒火便燒紅了他的臉，那些白頭的粉刺變成了紫紅色，鑲嵌在他的紅臉上。馬一腳就把樹葉踢倒了，馬第二腳把我踢倒了。馬破壞了我祖父的撈蝦網，並命令我扛著被破壞的撈蝦網，往學校的方向走。我們逃跑的企圖都被馬的長而敏捷的腿給粉碎了。

馬把我和樹葉安置在學校的鐵鐘下罰站，祖父的撈蝦網可憐地橫陳在我們面前。同學們在課間休息的時候圍觀著我們。我感到自尊心受到了損傷。樹葉卻不斷地對同學們扮著鬼臉，低聲地對他們說一些關於馬的壞話，樹葉說：

馬的老婆是一匹黑母驢，他的兒子是一匹騾子。

放學了。馬依然不解除對我們的處罰。他倒背著手圍繞著我們轉圈圈，一邊轉圈一邊冷笑。

暮色四合時，俞校長從外邊回來。她詢問了情況，批評了我們幾句，便解除禁令，放我們回家去吃飯。

這件現在看來甚至是令人愉快的事情竟然成了我在學校生活期間一件難以忘卻的大事，究竟是由於什麼原因？無論怎麼樣地挖空心思來解釋，這件事情也不具備文學性，不應該寫進小說中充當細節。想到此我的文學信心就要土崩瓦解了。我甚至不想再把這篇所謂的小說寫下去，但我必須違背自己的意志往下寫，儘管接下來發生的事情更加瑣碎和無趣。

先是馬和俞校長成了夫妻，緊接著開始了一九五八年的大躍進，大煉鋼鐵，大放衛星。我們跟隨著馬去馬戈莊車站砸礦石，每人提著一把鐵錘子。秋天的原野裏，隨處可見豐產的莊稼，因為無人收割採摘，所以鮮紅的高粱萎靡在地，高粱穗子上生長出密集的嫩綠芽苗。一團團的棉花掛在落盡葉子的棉柴上，一群群大雁往南飛翔。狹窄的道路上經常走來走去一隊灰塵撲撲的、疲憊不堪的、莫名其妙的百姓，人們彼此不打招呼，誰也不想知道別人去幹什麼。

馬率領著我們六年級的學生走了一整天，傍晚時，馬指著前方一個黑色的村鎮，說馬戈莊到了。我們看到鎮子裏濃煙滾滾，濃煙裏夾帶著奮勇上升的耀眼的火星子。一列烏黑發亮的火車高鳴著汽笛從我們面前冷酷無情地滑過去，我感到腳下的地皮在打哆嗦。

過了鐵路我們走到一個荒涼的貨場上，那裏堆著一些褐色的石頭，馬興奮地說：同學們，這就是鐵礦石。

馬讓我們坐在這兒等著，他去找找有關領導聯絡。馬在一些破房子間隙裏三拐兩拐便沒了蹤影。我們很累了，便坐在礦石上，礦石硌屁股，又轉移到灰土上。暮色沉重，濃煙中的火星顯得更亮，鐵路外邊的遼闊原野上，東一簇西一簇地有火焰在燃燒，我們知道那是土高爐的火光。大家都有點餓了，可是馬沒有回來。班裏的一位大個子同學罵罵咧咧地站起來，說要去找馬，讓他給同學們弄飯吃，另外幾個大個子學生說願意跟他一起去，於是他們就去了，他們走了後也沒有回來。鎮子深處不時響著響亮的鋼鐵撞擊聲，燃燒草木的味道一陣陣撲來。幾位女同學哭起來。我勸她們不要哭。這時我已經二十歲了，雖然我個頭矮，但本質上已經是一個青年。我妹妹樹葉十三歲，躥了個一米六的大個了，身材已發育得像模像樣，班裏演節目時，她每次都演幸福的蘇聯集體農莊的姑娘。她也知道了自己的身世，她為此感到很恥辱，這樣的出身像一塊黑暗的石頭壓著她，使她有美妙的歌喉不能歌唱，有智慧的詩才不能吟誦。根紅苗正無上榮光的觀念直到今天也沒完全消除。她神情憂悒地坐在灰土裏，遠處的火光照在她的沾滿灰塵的乾涸了的汗跡的臉上。

大約是半夜時分，正當秋夜的冷風把我們全身都吹麻木了的時候，羅鍋腰子褚老師鬼鬼祟祟地過來了。我們問：褚老師，你不是留在學校看門嗎？他擺擺手，示意我們住嘴。他在礦石中間扒拉一陣，似乎在尋找什麼東西。也不知找到沒有，他又鍋著腰走了。他剛走，陳聖嬰老師就來了，他那身古舊的長袍上沾滿黃色的泥土，好像剛從墳墓中鑽出來一樣。他很親切地向我打聽莫洛亞先生的情況，我說莫洛亞先生死了，而這個小姑娘，我指指樹葉，就是他老人家的親生女兒。陳聖嬰激動萬分的樣子，咳了一陣，沒吐血，臉金黃，說，姑娘，姑娘，你父親的奶羊還在嗎？樹葉扭過臉去，不理他。我說，你快走吧，別打擾我們。他走了，馬回來了。馬一臉沮喪的表情，嘴裏嘟噥著一些含糊不清的話語，昔日的尊嚴師表全然喪失。他從書包裏掏出幾個沾著泥巴的生紅薯，分給我們吃。我們顧不得擦淨紅薯上的泥巴就咔咔嚓嚓地吃起來。樹葉潔白的牙齒在微弱的光線下閃爍著銀光。

第二天我們開始工作：用錘子把那些褐色的鐵礦石砸碎成核桃大的小塊。鐵礦石十分堅硬，把平滑、堅硬的錘子硌出了一些深坑。一上午我們砸碎的礦石裝不滿一籮筐。正午時分，夜裏失蹤的那幾位大個子同學回來了，他們用一根新鮮的柳木棍子抬著一只鐵皮桶，桶裏盛著熱氣騰騰的大包子。同學們歡呼雀躍。馬臉上表現出感激不盡的神情。大家擁上去搶包子吃。包子餡是白菜粉條，美味異常。

我們正吃著包子，一個手持螺紋鋼棍的黑臉漢子氣洶洶地跑過來。他嚴厲地詢問著我們的來歷，馬認真地回答。黑臉人對我們的工作很不滿意，他像開玩笑一樣，把那根鋼棍掄起來，橫著抽在馬的腰上。馬哀鳴一聲，身體像被打折了似的，跌倒在地上。同學們噤若寒蟬，目送著黑衣人走去。

大家把馬扶起來，馬的一貫凶氣逼人的眼睛裏滾出了淚水。

這個狗養的，怎麼能隨便打人！

一句話竟使馬嚎啕大哭起來。同學們像哄孩子一樣哄著馬。馬不聽哄，越哭越凶。我們幾乎手足無措了。樹葉從桶裏拿來一個涼透了的包子遞給馬，逼他吃。馬擦擦眼，擤擤鼻子，嗚嗚嚕嚕地吃起包子來。他的腮上的肌肉抽搐著，吃相十分醜陋。突然，他叫了一聲，我們看著他，不知他叫什麼。他吐出嚼得很噁心的包子，又把一塊東西吐到掌心裏，讓我們看。在耀眼的天光下，我們看到一個人的指甲在他的掌心裏像貝殼一樣閃爍珠光。他捧著指甲，轉著圈、如一隻被打蒙的雞，說：這是怎麼回事呢？這是怎麼回事呢？李棟材說：一定是炊事員不小心把指甲剁下來了，難道還能是別的不成！對，他說，對對對。但他還是嘔吐了，他的嘔吐讓我們也翻腸攪肚。

下午，與鐵路平行著的公路上有一輛馬車驚了，車夫是一個老頭子，他起初還死死地扯著轅馬的韁繩，聲嘶力竭地嚎叫著。他的雙腿幾乎不點地皮，身體極像一個彈跳不止的皮球。梢馬昂著頭，飛揚著鬃毛，圓睜的眼睛閃閃發光。終於把老車夫甩掉了，一閃而過馬車。車夫在滾滾塵煙中打著滾，由快至慢，最後靜靜地趴在地上，像睡去了又像一堆土。這時轅馬也昂起了頭。梢馬是青色轅馬是紅色，像一團烈火追逐著一團青煙，滾滾向前，我聯想到革命的車輪，不可阻擋。車上的一些圓溜溜的、金黃色的東西蹦蹦跳跳地跌下來，落地後還不安穩。馬車飛過去後，路上的煙塵久久不散。我們躥過鐵路往公路上跑。在我們身側有一個女孩子慘叫了一聲，原來是同學李素娥被枕木絆倒，磕掉了兩顆門牙。有人把她扶起來。我們跑上公路，看那老車夫，一臉鬍子，面目有些熟識。叫他不答應，有經驗的去摸他心臟，說心臟已經停止了跳動。那些從車上跌落下來的東西，原來是些窩窩頭，軟乎乎的，還冒熱氣呢。當下都放到嘴邊啃。撿一大堆。李素娥手捧著門牙，嗚嗚地哭。馬說：

別哭了，回去鑲上兩顆鋼的吧。

李素娥就不哭了，把門牙珍惜地裝進衣兜裏，捧起一顆窩窩頭，用邊上的牙齒咬著吃。

傍晚時，馬說：同學們，你們結伴回家去吧，這裏的事我頂著。

可是礦石還沒砸完呀，有人問。

砸什麼，淨糊弄自己，馬說，你們走吧，誰去跟俞校長說說，讓她別惦念我。

我們摸著黑往家走。走到半夜時腳上都磨起了泡，走不動了，找了個村子投宿。在一間破屋裏，十幾個人擠在一堆麥秸草上。一邊是男一邊是女。我左邊是樹葉。我和樹葉是男女的分界線。但後來聽說，夜裏還是發生過風流事，這主要是那幾個大年齡的學生幹的。雖說只是小學六年級，但最大的郭寶發已是二十四歲的青年，掉了門牙的李素娥，也是二十歲的大姑娘了。又後來郭與李結了婚，生了群小孩，六〇年餓死了兩個。

第二天上午我們回到家，家裏正在用一個瓦罐煮地瓜。祖母不時地低下頭去吹火，潮濕的槐樹枝子冒出的黑煙把她的雙眼熏得紅紅的，像隻老家兔。我笑了，樹葉也跟著笑。父親拿著一把斧子從外邊走進來，沒頭沒尾地說：鐵打的脖頸也架不住斧劈。爺爺逆著他的話說：什麼呀，崩了你的斧刃。馬老師一步闖過來，大聲嚷著：你們在煮什麼東西？嗯？煮什麼有這樣的香氣？然後他說：大喜了，你們家。

瘦成了竹竿的馬給我和樹葉送來了縣初級中學的錄取通知書。砸礦石的苦役結束後，我們與馬之間的仇恨消解了。馬的老婆俞校長生孩子時，我和樹葉還送過去一條遍身白花的狗魚。這條狗魚是祖父釣的，養在盆裏捨不得吃。我和樹葉用五斤黑豆換了老頭子的魚，黑豆是我們從田鼠的洞裏挖來的。

這時生活已經相當困難，祖母的臉因為吃野菜太多中了毒，腫得如一只吹足氣的黃氣球。祖父因為善逮水族，身體還可以，當然較之從前也不行。

馬老師坐在我家的門檻上，唉聲歎氣地向我們訴說他的滿腹憂愁。祖父插話道：

這人民公社，兔子尾巴長不了！

這惡毒的詛咒嚇得我父親面色焦黃。父親說：爹，親爹，給您的孫子孫女留條生路吧。

祖父哼幾聲就拿著鱉叉走了，他有一隻神眼，叉鱉一叉一個準。

母親為生產隊裏拉磨磨麵，因為隊裏的驢騾都餓死了。

祖母坐在炕上，一聲不吭。她已經沒有心思對我們是否去讀中學的事發表看法。

父親送走了馬老師，回來對我們說：在家裏也是挨餓，乾脆就去上吧，考上中學不容易。

樹葉說：爹爹，讓樹根哥一人去吧，我在家割野菜，撈魚蝦，幫襯著度荒年。

父親看看她，說：樹葉，我不讓樹根去也要讓你去，否則怎能對得起莫洛亞先生。

樹葉說：樹根哥是男的，又生了個大頭，他比我出息大。

父親不吭氣了。

離中學開學還有一些日子，我和樹葉去荒草甸子裏挖茅草根，這東西曬乾研碎後可以烙草餅吃。饑饉並不妨礙天空晴朗，饑饉的是人類也不是鳥類，田園荒蕪，餓殍遍地甚至是鳥類的幸福歲月。荒年螞蚱多，人走在草中，驚起的萬頭綠螞蚱如同彈片四處飛濺，牠們的粉紅色的內翅在飛行時閃現出來，醒目扎眼。李棟材的老爹提著葫蘆頭抓螞蚱。村裏只有他一個人能受得了這美味。我們也吃過，但吃後腹瀉，差點送命，便不敢再吃。李棟材的爹的腸胃有本事，能消化了這種營養一定不差的昆蟲。所以當村人們餓得半死不活時，這老頭子卻面孔油光光的，心情舒暢，小曲兒常在嘴邊掛。我們說：李家大伯，您捉了幾斤螞蚱了？他瞪了我們一眼，飛一般伸出手，把一隻伏在草梢上的黃色螞蚱捏住，撕下牠連著一根黑屎和白色絲絡的頭顱，把牠的身體塞進葫蘆。莫洛亞先生從草叢中哈著腰鑽出來，向李討要螞蚱，李不滿意地說：你難道沒長手嗎？但他還是把一個挺肥的螞蚱給了莫洛亞，莫把螞蚱填到嘴裏，咯吱咯吱地咀嚼著。

風吹動草梢，如浪翻滾。樹葉與我向前走，去尋找茅草，她嘴裏叼著一朵小黃花，忽然吐掉花問我：

哥呀，聽說我爹跟咱的母親相好過？

我感到受了巨大的侮辱，紅著臉說：

你休要聽他們放狗屁！

樹葉說：看把你氣的，如果真是這樣，那咱們不是更親近了嗎？

我不理她，扔下筐子，用叉子掘開土地，把白茅草根兒扯出來。

哥呀，她說：你別生氣啦，反正我遲早要給你做老婆的，你生我的氣幹什麼。

誰說你遲早要給我做老婆？我看著她說。我發現她更俊了。

咱娘說的唄，她平靜地說。

遠處響了槍，我們抬眼望，看到那個瘸腿幹部在用手槍打野鴨子。

掘了一會草，樹葉說：哥，我夜裏做了一個夢。

你夢到什麼啦？

我夢到咱母親偷黃豆被王麻子抓住了，王麻子罰母親下跪，很多人圍著看。

你的夢也靈驗？

不靈驗才好呢。

事實證明，樹葉的夢也靈驗。我們不掘茅草了，急匆匆往生產隊的磨房跑去。

磨房建在劉財主家的院子裏，王麻子坐在大門口。看我們來了，他站起來，警惕地問：

你們來幹什麼？

來看看俺娘，樹葉說。

不行，磨房重地，閒人免進。

看俺娘還不行嗎？

誰敢擔保你們不進去偷糧吃呢？誰敢保證你們進去不往麵粉裏下毒呢？

我們是考上中學的了，我哥馬上就要去上中學。

王麻子不滿地哼一聲，他的苦大仇深的臉上表現出對我們的仇恨，他說：這革命是怎麼搞的，舊社會你們吃香的喝辣的，新社會你們又上中學，這是不公平。

樹葉挺著胸膛說：狗走遍天下吃屎，狼走遍天下吃肉，氣死你個雜種。

還不知道誰是雜種呢！王麻子擊著巴掌說：雜種們，人無千日好，花無百日紅，有你們倒楣的時候，咱們走著瞧。

樹葉扯著我的胳膊，一挺胸，把王麻子逼到一邊去。

我們進了磨房，磨房裏光線很弱，我們嗅到了一股與霉爛味道混合在一起的新鮮麵粉的味道。我們聽到磨聲隆隆，看到十幾條灰色的影子轉繞著那兩盤紅殷殷的大石磨，緩慢地移動著。一個粗啞的聲音說：喲，大嫂子，你家的童男童女來了。

樹葉誇張地往前探著腦袋，問：

王家大娘，俺娘呢？

你娘鑽耗子洞裏去了。還是王家大娘啞著嗓子說。

樹葉說：你這個啞嗓子老驢。

一片笑聲裏，我母親說：該打的，怎麼能跟你大娘這樣說話。

這時我們的眼睛適應了黑暗。我們看到母親們都弓著腰，推著磨棍，白著頭髮，灰著臉，使石磨旋轉。女人們誇著樹葉的美貌也誇著我的聰明，母親卻說：只怕都是小姐的身軀丫環的命。

我們一直等到母親們收工，我們陪著母親走，想讓夢境粉碎。

我悄悄地問母親：娘，你身上有糧食嗎？你今日千萬不要在身上藏糧食。

母親白了我一眼，說：住嘴吧，你。

王麻子堵在大門口，挨個搜索著女人們的身體。看出來他對前頭的那些女人的搜索是睜眼閉眼的，但輪到母親時，他的眼裏凶光如電。我知道事糟透了。

王麻子從母親的褲腿裏抖出兩捧黃豆，母親面色如土，悄聲說：大兄弟，嫂子與你遠日無仇近日無冤……

王麻子看看我和樹葉，說：我與你們家遠日有仇近日也有冤，你給我跪下吧。

後來村裏的官來了，宣布罰我們家十斤糧食。母親哭了。回家後，祖母把滿腔怒火發洩到母親身上。樹葉憤憤不平地說：祖母你好沒道理，往常俺娘帶回來的糧食你也沒少吃。

祖母說：可這一下子就罰了十斤糧食，蝕了大本啦。

父親很惱怒，說：早就不讓你們去幹這種事，寧願餓死，也不能丟了面子。

樹葉說：大家都在偷嘛。

父親說：你小孩子不要插嘴。

樹葉說：我偏要插嘴。

祖母說：你是個什麼東西，也敢在我們家耀武揚威。你要知道，如果我們當初不收留你，你早就成了鬼。

樹葉說：我知道，根本不是你要收留我，是俺娘收留了我。

父親說：別吵了別吵了。

祖父也說：別吵了，不是冤家不聚頭！

祖母還在囉嗦，祖父抄起一根棍子，像投擲標槍一樣對著她投去。祖母一側身閃躲過，閉著嘴不吭氣了。

母親去推磨，被王麻子趕回來了。她紅著眼睛坐在炕沿上發呆。樹葉說，娘，我去。從此樹葉便代替母親在磨房裏推磨。十天后我去縣初級中學報到，一進校門就碰到咳嗽著的陳聖嬰陳老師。我向他鞠了一躬，他很冷淡地把沾滿血跡的手對我舉了舉，轉身就走了。隨後我又見了些面黃肌瘦的同學和同樣面黃肌瘦的老師。上課時老師說話聲細弱，學生昏昏欲睡。體育課取消了，說要保存熱量。老師們不顧尊嚴，跟學生討要菜餅子吃。我從家裏捎來的菜餅子是含有糧食的，惹得同學和老師垂涎，單老師說：柳樹根，你爹一定是糧食保管員，我搖頭否定。單老師說：這就奇了，如果你爹不是糧食保管員，你的菜餅子裏如何會有糧食。我便對他們說：我有一個妹妹，她在村裏的磨房裏推磨，她聰明透頂，創造了一種鬼難拿的盜糧方法。那些與她一起推磨的女人們都往褲腰裏、襪筒裏裝糧食，都難脫王麻子的法眼。我妹妹每天下工前，在黑暗中，把大把的糧食囫圇著吞到胃裏，然後大搖大擺地回家。回到家，她端出一個盛滿清水的盆，找一根筷子捅喉嚨，把胃裏的糧食吐出來。每次能吐出幾斤，有時是豌豆。有時是玉米，有時是高粱，吐出的糧食淘洗一遍，用蒜臼子搗爛，和到菜裏蒸。我妹妹的咽喉被捅壞了，吐出來的糧食上沾著血絲。同學們，老師們，你們說，這是一種什麼精神？老師說，很感人，但不是蘇維埃精神。這完全能寫成一部戲、一部讓人流淚的戲。什麼時候讓我們認識一下你妹妹。一個同學說。我說，她明天就來給我送吃的。她背著一兜子摻了少量麵粉的野菜餅子來了，我早就夢到她要來。在校門口，她喜笑顏開地說：哥，我夢到你站在這裏，你們學校的樣子與我夢見的一模一樣。她有些瘦，但光彩依舊。我說：樹葉，今後你不要那樣了，那樣就把胃搞壞了。她說你怎麼知道我那樣？我拍拍腦袋說：你忘了我會夢了嗎。她笑了，說，我不願意要這種本領了，好事夢不見，盡夢見壞事，又不能改變，等於受兩茬罪。她說：我昨天夢到我的親爹娘了，他們的樣子很嚇人。我說，我也不願做夢了，夢來夢去，弄得不知什麼是真什麼是假了。同學們聽說我妹妹來了，都跑來看，都說要見識一下這位雖不是蘇維埃分子但卻有真實情感的女性。我看到他們在我妹妹的光輝照耀下一個個灰頭垢面，連句成形的話也說不出。吃過我很多菜餅子教俄文的蘇老師也來看，他一見我妹妹就啊了一聲，嘴張著，眼直著，一副傻相。我有些反感他這副破壞了師道尊嚴的樣子。我捅捅他，說，蘇老師，您坐下吧。蘇老師說，天老爺人家，活脫脫一個冬妮亞。他指著我妹妹說，你應該走在莫斯科的大街上吸引青年們的目光呀。簡直是不可思議。蘇老師是哈爾濱人，跟白俄女人的女兒有過戀愛關係，為此把他打成右派，但他惡習難改，怪不得人家說學外語的都比較流氓。然後蘇老師就黏著我妹妹，問她為什麼不上學。我妹妹不理他。我說我妹妹為了讓我上學自己做了犧牲。這一下蘇老師更感慨了。摘下眼鏡擦著鏡片上的霧氣，說，水晶心，水晶一樣透明的心靈。後來又來了一些女同學看我妹妹，相形見醜了她們，是鳳凰與野雞的差別，都沒幾句話說。說將來生活好了，我妹妹應該去演電影。她一上銀幕，什麼白楊秦怡王丹鳳都會黯然無光。吃過了中午飯，學校的主任宋大嘴來了，他用一根草棍剔著牙，說柳樹根讓你妹妹趕快走，這是中學，不是花街柳巷。我妹妹說：我操你老祖宗你這不是把我比喻成青樓女子嗎？我妹妹的大膽語言把宋大嘴給罵呆了，聽到這句罵的同學們都齜牙咧嘴。我們都恨這個宋大嘴，這傢伙是個惡棍，揩學生的伙食油，踢同學的腿彎子，在我們心目中國民黨的軍統特務就應該是宋大嘴的樣子。宋大嘴怳惚了幾分鐘才說：你這個女特務，滾。蘇老師憤怒地說：主任，你過分了。宋大嘴說：我看你也像特務。我送妹妹出去，妹妹說，哥呀，我覺得你們這學校不好。我說是不好。妹妹說：祖父新結了一貨罾網，網眼密得像蚊帳，專為拿蝦子結的。你還想生吃蝦子嗎？蝦子的活蹦亂跳又在我口腔裏了。我說：想吃，但我絕不吃了。我想讓我的做夢的本領消失掉。妹妹說王痲子搜我身時不懷好意，被我罵過了，我自己覺著也長大了，女人的事我都懂，你星期天回來咱乾脆結婚吧。我說不行不行你才十六歲呀。她說我比那二十歲的女人都大。我說再等幾年吧，等我考上大學再說。她搖著頭，淒然道：那還需多少年，到了那時候，你就不要我了。我說怎麼會呢，咱倆是青梅竹馬，又是吃了一個人的奶長大的。她說我下次來弄點蝦子給你吃。我說千萬別弄，我絕不再吃了。我送她到大路上，說：你不要再吞吐糧食了，太殘酷了。我回到宿舍時蘇老師說柳樹根你真是洪福齊天，他知道了。這時李金傘來說北村的我們的同學台建國吃豆餅脹死了。李說，他不該把二斤乾豆餅一頓吃了，吃了又喝了太多的水，肚子脹得像水罐一樣。大家都淒然淚下。蘇老師說同學們都節哀吧，今天我們為台建國哭泣，明天也許有人為我們哭泣呢。人怎麼能被活活地餓死呢？這麼富饒的土地，如此滋潤的氣候，怎麼能沒有糧食吃呢？怎麼能忍心讓如花兒一般嬌嫩的少女像鴿子一樣把吃進去的糧食再嘔出來呢？我們都可以餓死，但柳樹根不能死，你死了就太辜負了你那妹妹的深情厚意了。蘇老師唏噓起來，門外有人吼：睡覺了！

……暑假到了，我回家鄉去。祖父嘲弄我：呀哈，洋學生回來了。祖父扛著他那張密眼罾網正要走出家門，他赤著膊，皮膚黑得像煤炭一樣。更加豐滿了的樹葉直撲上來，抓住我的胳膊，搖晃著玩，哥呀，你放假了。今日我不去推磨，我陪你去河裏網蝦子吧。我說我早就發誓再也不吃蝦子了。樹葉說，就這一次嘛，我也不再吃蝦子了。祖父說，狗不吃屎我相信，你們這兩個饞貓不吃蝦子我不相信。我說爺爺你不要把人瞧扁了。樹葉說，老頭兒，行行好，把你這網借我們用一天。祖父說，不行，死活不行。樹葉說，你把網借我們用一天，我送你一塊銅管。樹葉從牆縫裏抽出一根約有一尺長的黃銅管子，用嘴一吹嗚嗚響。她說，這銅管值很多錢，做菸袋杆再合適也沒有了，你要不要。祖父接過銅管，放到眼前，對著太陽照照，說，便宜你們了。他把銅管掖在腰裏，把纏在竹竿上的網放下，說：你們仔細著，要是撕了我的網我可饒不了你們。樹葉說：放心吧，要是撕了你的網，我把俺親爹傳給我那套銀盤子銀碗給你。祖父說：那樣我巴望著你們把魚網撕出十二個大窟窿呢。樹葉說：哥呀，你說咱這爺爺多麼貪心多麼壞吧。我笑著說：人老奸，驢老滑，兔子老了鷹難拿。母親說：剛剛有口飯吃了，你們就老不像老小不像小了。祖父說：都是讓莫洛亞這個老洋鬼子的陰魂給攪的。這些天來，一閉上眼，他就站在我面前，把那些膻羊奶往我臉上倒，拿他沒法，想正經也正經不起來。我說：你聽到了沒有，樹葉，祖父也做起夢來了，但他的夢是注定不靈驗的，因為莫洛亞先生再也不可能復活。樹葉道：這些天我也老夢到他，他牽著一頭瘦成骨頭架子的老奶羊，在河堤上走來走去。還有我的娘，站在草地裏喊我的名字。我說這都是白天思念的原因。可見你的夢也並不總是靈驗。因為我們沒有你那樣一個大頭呀，樹葉說。連你也笑話我頭大嗎？我說。我哪敢笑話你呢，走吧，哥，咱快去網蝦子吧，今日蝦子多，適才我在河邊站，看到蝦子把河水都攪混了。祖母蹲在水缸邊上，用一柄小鐵鏟掘土，好像要栽種什麼東西。我想上前問問，樹葉說，你千萬別招惹她，這幾天她脾氣特別大，無論對她說什麼，她都啐你，罵你，這老東西情緒不正常。我們扛著網往河邊跑。胡同裏煙霧滾滾，好像有人在燒什麼東西。我剛想問樹葉，樹葉就說：哥，你別說話，這是孫家姑奶奶在熬一種仙丹呢，你一說話，就給人家把專門盜仙丹的狐狸給招來了。河堤上不知被誰潑了許多水，滑得站不住腳，我們費力地往上爬，剛爬到能望到河水的地方，腳下一滑，哧溜就滑到底，就這樣爬上去滑下來滑下來又爬上去，不知折騰了多少次，終於爬上了河堤。下河堤時我們蹲下，像在冰上滑行一樣，一下子就到了底，這時我感到水邊的沙子很涼。我們想把網抖擻開，可那網糾纏成一團，越抖擻越亂，氣得我一聲聲罵祖父故意整我們。樹葉說，你別扯動，你是男人，解不開網扣的，你看我的吧，你閉上眼吧。我說好吧我閉上眼。我再睜眼時，看到那扇巨大的罾網已在燦爛的陽光中伸展開了，河裏的蝦子踴躍地跳躍著，宛若密集的雨點把河水打亂。我誇獎了樹葉一句，她說，誰要你誇，只要你能娶我做你的媳婦，讓我幹什麼我都願意。我說讓你學狗叫你也學嗎？她說，當然，你聽著。她立刻就瞪圓眼睛，豎起耳朵，噘起嘴，汪汪地叫起來，河堤上有一匹小狗跟著她叫，真狗的叫聲經她的叫聲一比，反而像假狗叫聲一樣。我佩服地拍拍她的屁股，她說，急什麼，有你拍的時候。說著話，她就把那扇大網慢慢地沉到河水中去了。她雙手拉著繩子，身子往後仰著，動作熟練、準確、優美，好像專幹這一行的。網沉下去很深，水面上露著撐開網兜的那四根細竹。我說，拉吧，拉起來吧，我要吃蝦子啦。她說，你等著，今日讓你吃個夠，你饞蝦子饞了半輩子了，一次也沒吃個夠，也真是可憐，其實，撈幾網蝦子，是簡單極了的事情。她拉著繩子，腳蹬住那根粗大的吊杆，身體往後仰，一把把地捯著繩子，漸漸地網露出來了，細密的網眼上，水膜叭叭地破裂著。我看到網的兜兜裏像開了鍋一樣，無數的青蝦子亂成一團。我的口腔裏癢得不得了，甚至連食道、胃都發起癢來。我說你快點拉呀。網越起越高，終於完全脫離水面，那些蝦子竟然隨著水，漏到網下去了。網裏什麼都沒有，連一隻蝦子毛也沒有。我驚訝得不行，明明有無數的蝦子在網裏嘛，怎麼一下子就漏光了呢？樹葉說，道理很簡單，網眼太大了。那祖父是怎麼網住蝦子的。樹葉有些不高興地說：你問我，我去問誰去！我說，你想個辦法嘛。她說，有什麼辦法好想，這樣吧，你去拔些青草，扔到網兜裏，興許就擋住蝦子了呢。我一轉身就把手伸到草叢裏，把那些汁液碧綠的草拔出來，草根上沾著一些白色的螞蟻卵，成群結隊的螞蟻在草窩裏爬動著，有很多螞蟻爬到我的腳上、腿上、胳膊上，我抖著手腳，想把螞蟻抖掉，愈抖愈多，令人難過。我說怎麼辦呀樹葉，你看這些該死的螞蟻，牠們想把我吃掉呢！樹葉說，你快跑，你把手裏的青草扔到網裏去就跑到河堤上，迎著太陽吐唾沫，吹口哨，螞蟻就不會纏你了。我遵照樹葉的命令把青草扔網裏跑上河堤對太陽吐唾沫吹口哨，果然螞蟻沒了。回頭看到樹葉又一次把網沉到河水中去了。如果這一網還拉不上來一隻蝦子我就不幹了，我要回家去復習功課了。她哄著我，一臉成熟婦人的表情，彷彿我是她的兒子一樣。她說好樹根你下來，我對你打保票這一網能拉上來許多蝦子如果這一網還拉不上蝦子來我就跳到河裏去淹死。我說瞧你說的，就算拉不上蝦子來我也不允許你跳到河裏去淹死，你淹死了我一個人活著還有什麼意義呢？我對你說句悄悄話你千萬別生氣：咱倆要是結了婚，生出來的孩子保證又聰明又漂亮，你的雜種優勢與我的大頭相結合，保證孩子又聰明又漂亮。她格格地笑起來，說：雜交水稻高產，雜交人漂亮。她笑著就把網拉起來了，依然是滿網沸騰，網完全出水後，我看到無數的青蝦子附著在網底那些青草上，青草的顏色都看不到了，撐網的杆彎曲如弓，隨時都會斷裂似的。她在我的歡呼聲中把網轉到河堤與水面之間的平坦沙地上，我對著網中的青蝦子撲過去，迫不及待地抓起一把，沉甸甸地、活潑潑地塞到口腔裏。天，幸福得索索亂響、千鉤百足的抓撓在我的口腔裏在我的頭腦裏，我頭上那些柔軟的黃毛都像通了電流一樣嗶嗶地響著直豎起來。我一把把地吞嚥著蝦子，眼睛裏溢出了淚水。我問她吃不吃，她眼淚汪汪地看著我。我說你也吃吧樹葉，她不吃，我抓起一把活蝦子硬塞到她嘴裏去，她一彎腰，哇啦一聲，竟把那些美食吐出來，沾著血絲的蝦子掉在河水中，僵一秒鐘，發瘋一般地逃竄了，蝦子逃竄時激起成群結隊的小水珠兒。我說你怎麼啦，她說，自從我用嘔吐的方法偷盜糧食後，任何食物都不能在我的胃裏停留了。現在我再也不需要用筷子探喉嚨催吐，只要我一低頭一張嘴，胃裏的東西就會奔湧而出。我心裏很難過，這可怎麼辦，你這樣不是要餓死嗎？我一哭，胃裏也翻騰起來，那些活蝦子抓撓著我的胃壁，使我噁心。我一低頭，嘴巴不由自主的張開，依然活潑的蝦子連成串兒從我嘴裏噴出來，落到河水中，也夾雜著血絲，也是先在水裏僵一秒鐘，然後瘋狂逃竄。我不由自主地嘔吐著，把今天吃的蝦子，把過去吃的蝦子，全部吐了出來，為什麼說過去的蝦子呢？因為我看到了我吐出了一些被開水燙過的桔紅色的蝦子。牠們落入河水中，立刻變成了魚兒的美食。嘔吐停止了，我感到身體輕飄飄的，頭腦空蕩蕩，隨時都有被風吹走的可能。這時，樹葉說，哥呀，咱回家吧。於是我們便扔掉祖父的罾網，挽著胳膊，風一樣輕快地往前走，樹木、房屋在我們身邊一閃而過，家門口也一閃而過，母親在我們身後呼叫著我們，但我們無法停止。我們緊緊地摟抱在一起，我身體的每一部位都感受到了她的涼爽的肌膚。她嘴巴裏的苦澀、清新的草味兒讓我想起了無數往事，逝去的往事又一次無比清晰地在我面前重演，就像重演一場戲一樣，與我配戲的演員們任何一處失誤——哪怕是錯了一個台步、顛倒了一句台詞、不準確了一個眼神——都無法逃避我的眼睛和耳朵，都引起我對他們的極度不滿……

晨讀的鐘聲響了，我爬起來，聽著頭上二層鋪上的咯吱聲，心中茫然若失，伸手至腿間，感覺一大片冰涼黏膩。

我沒有向任何人告別，就背起書包離開了學校，與和樹葉結婚比起來，別的一切都是無所謂的小事情。

河堤上圍著一堆人，人群裏傳出母親響亮的哭聲，好像一隻羊在鳴叫。我擠進去，看到平躺在一塊苫片上、被河水泡脹了的樹葉的屍體。

一個女人說：看這樣起碼有三個月了。

一九九二年於北京

幽默與趣味

第一章　幽默

一個炎熱的星期日的中午，住在筒子樓第六層的某大學中文系教師王三正伏身在小方桌上為《中國詩歌大辭典》的「詩歌風格卷」撰寫一些條目。這是應朋友之邀寫的，可以撈點稿費。他寫完了「雄奇」，又開始寫「詭異」。詭異可以解釋為奇異、怪誕。這是古典詩歌中比較少見的一種風格。這種風格的詩，多表現離奇、荒誕和超現實內容……這時，有一隻黏膩膩的手在他的脖子上拍了一下。他吃了一驚，跳起來，碰翻了桌上的墨水瓶，藍色的墨水沿著桌子腿流到地上。房子只有十二平方米，裏邊安置著一張雙人床，一台電冰箱，一台電視機，一張長沙發，一張嬰兒床，一張小書桌，一只大衣櫃，還有一些兒童玩具之類的東西。擠到不能再擠，所以那道藍墨水很快就爬到雜物中去。拍他脖頸的人是他的妻子。王三是個瘦小的蘇北人，他的妻子卻是個肥胖高大的山東人。他的妻子是個退役的排球運動員，退役前只高不肥，退役後，尤其是生了孩子後，身體可怕地膨脹起來，那張破舊的彈簧床每天夜裏都在她的壓迫下痛苦地呻吟著。因為當初是大學生王三沒命地追求排球運動員，所以現在大學教師王三對業餘體校教師依然敬畏如虎。每當他與妻子對面而立時，他就感到自己猥瑣得像隻猴子，腿打彎，胳膊下垂，總有雙腿站立不如四肢著地穩當的感覺。適才這件事，公道地說錯不在王三，但是他卻一個勁兒地哆嗦，背弓得像魚鉤，抬臉仰望著妻子兩隻大如排球的乳房和那張通紅的滿月大臉。他定睛在妻子唇上那些既像汗毛更像鬍鬚的東西上，怯怯地說：「你拍我幹什麼？」

妻子說：「我本想讓你跟我去廁所替我搓搓背——算了，去買個拖把吧！」

王三小心地跳過藍墨水，從妻子的身邊擠過去。

「過馬路時小心點，別讓車撞死你！」

他聽到妻子在身後叮囑自己，心裏感到很涼爽。一瞬間他想起排球運動員當年的英姿，不由地搖了搖頭。

他們家住在筒子樓的盡裏頭，走到樓梯口要穿越一道道的障礙。這些障礙由煤氣罐、碗櫥、破爛紙箱等構成。蔥味蒜味爛西紅柿的味道瀰漫在走廊裏。孩子哭老婆叫收音機唱的聲音喧鬧在走廊裏。燈光昏黃在走廊裏。大白天裏開著燈這條走廊也像一條幽暗的隧道。走了六十道台階，拐了六次彎，王三站在了馬路的邊緣上。強烈的陽光刺得他睜不開眼睛。他用手掌橫在眼鏡上方，借這點肉的陰影，睜開眼睛，尋找斑馬線。

這打眼罩遠望的習慣是在農村時養成的，認識排球運動員後，她多次譏笑他這個動作像《西遊記》裏的孫猴子，並要求他改掉這習慣，他也試圖改正，但總也改不掉。

打眼罩遠望時，他的腿羅圈著，背弓著，脖子前伸，下巴上揚，確實像隻猴子。

找到斑馬線後，他左右望了望，似乎沒有車輛，便怯生生地往前走。剛走了三五步，就聽到崗樓附近爆發了一聲怒吼：

「站住！」

他不由自主地打了一個哆嗦，猛不丁地立住腳，慣性使他的腦袋十分誇張地往前探出去，很像一匹想伸頭偷食草料的瘦馬。一輛插著小紅旗的三輪摩托車載著兩位白衣警察從他面前飛馳而過。他摸摸胸口，感到心跳得很快，像一隻被獵狗追趕著的野兔。他想趕快穿越斑馬線，到馬路對面去，尋找那家雜貨鋪，完成妻子交給的任務，才跨了一大步，又聽到後邊吼叫：

「站住！」

他趕緊把邁出去的腿收回來，身體盡量挺直，向高裏發展，以免妨礙交通。崗樓那兒喊著：

「說你哪，那個戴眼鏡的！」

他摸摸臉上的眼鏡，驚惶不安地轉過身去向崗樓那兒張望。一個黑臉的彪形員警大聲嚷叫著什麼，戴著雪白手套的手揮舞著，似乎在招呼他過去。他的雙腿禁不住顫抖起來。

他眼睛直直地望著那位招手的員警，不敢不走地對著警察忸忸怩怩地挪過去。挪動了兩步，就聽到耳邊猶如炸了雷似地響了一聲斷喝：

「站住！戴眼鏡的，說你哪！」

他立即又停住腳步，看到一輛咬著一輛的豪華轎車大隊高速度地從面前馳過。嗡——一輛皇冠——嗡——一輛賓士——嗡——一輛奧迪——嗡——一輛尼桑——嗡——一輛紅旗——五顏六色的車子像閃電一樣從他眼前飛過，逼得他連思索的時間都沒有。汽車輪子捲起的旋風強烈地吸引著他，灼熱的氣流裏充斥著燃燒瀝青的味道和烤糊橡膠的味道，還有燃燒不盡的汽油味道，熏得他頭暈噁心。每馳過一輛車他就感到自己被刮掉一層皮，漸漸地他感到自己的身體變成了一張單薄的紙，怎麼也立不穩，怎麼也挺不直，時而彎向前，時而弓向後，在灼熱的廢氣流中噼噼啪啪地抖索著。車輛甩起的黑砂子像密集的子彈打在紙上。他感到自己如紙的身體隨時都有可能被吸引到車輪下，被碾成團兒，被搓成捲兒。越是這樣想著身體薄如一張白紙的感覺越是強烈，越是感到站不穩立不直，腳下沒有一點根基，地球沒有一點吸引力。他特別想找點東西扶一下，一棵樹，一堵牆，一個人的肩膀，甚至是一棵比較粗壯的草。但是他眼前只有飛馳的豪華轎車洪流。嗡——一團綠——嗡——一團紅——嗡——一團黑——嗡——一團藍——嗡嗡嗡嗡嗡嗡嗡，赤橙黃綠青藍紫，五彩繽紛顏色，由一股股黑白氣流連綴著，變成了一條令人齒寒的惡龍，甭說走，只怕插翅也難飛越它。

強烈的陽光照耀在賊亮的、快速移動的車殼上，反射出一束束銳利的光芒，刺著他的眼睛刺著他的身體，使他的眼睛瞎了，使他如紙的軀體上千瘡百孔。他感到汗水泡軟了紙片，隨時都會癱倒，似乎連一秒鐘也支持不下去了。他絕望地閉上眼睛。閉上眼睛身體更加輕飄飄了。彩色的車龍此時彷彿在圍繞著自己團團旋轉，彩色的氣流團團旋轉，那張紙——他的身體在車流與氣流中的巨大漩渦裏扭曲成一股細繩，扭呀扭，越扭越熱，終於扭斷，終於燃燒，變成一股蒸氣，變成一縷白煙。大學中文系教師王三哀鳴著：「我蒸發了！我燃燒了！」

後來他感到自己的思想已經脫離軀殼，而軀殼則變成一坨半乾的牛糞，緊貼在馬路中央的一根斑馬線上。他的思想飄浮在車流上空三米處，同樣團團旋轉著，俯視著旋轉的車、旋轉的氣體。旋轉的車與旋轉的氣體混成一個旋轉的光環，沒有一處破綻，要想突破比登天還難。

他的思想在半空中突然想起了一個簡短的故事：說一個小孩子在田野裏打死了一條小蛇，一群大蛇發現了，便追小孩，小孩跑回家，對媽媽說了危險，媽媽急中生智，將孩子倒扣在一口大缸裏。蛇群追進家門，圍著大缸轉了幾圈，便爬走了。小孩的媽媽揭開大缸一看，發現孩子已變成一堆枯骨。

他甚至已經看到自己的軀體變成了一堆白骨，絕望和恐懼使他大叫了一聲。他的屁股沉重地跌在了馬路上。這一跌竟使那些幻覺消失了，但真實的情景——那條飛馳著的豪華車龍，也足以讓他膽戰心驚了。

終於過去了一輛殿後的大轎車，綠燈亮起，積壓良久的行人像潮水一樣從他對面湧過來。他發現自己狼狽地坐在馬路上，慌忙站起來，雙腿抖得難以自持。他感到大腿間濕漉漉的，一時竟弄不清是什麼原因。

他腦子裏迷迷糊糊，竟忘記了自己為什麼要站在馬路中央，抬頭前望，發現那位適才對著自己招過手的黑面警察還在對著自己招手。警察的臉上，似乎掛著一層溶化瀝青似的微笑，這使得王三灼熱的精神涼爽起來，他有些迫不及待地向員警走去。

他的腿一移動，就像從水裏突然把腦袋伸出來一樣，巨雷般的吼叫與嘈雜的喧鬧聲猛然地闖進他的耳鼓，他聽到那位警察喊叫：

「戴眼鏡的，過來！」

他像一隻猴子一樣在人的軀體間鑽動著，終於站在了黑面警察對面。警察腰裏懸掛著一根長及腿彎的像咽喉管子一樣形狀的黑色警棍。在相當於盲腸的部位上，還懸掛著一個赭紅色的皮革槍套。站在警察面前的感覺竟然跟站在妻子面前的感覺有類似之處，於是，他就像慣常對付妻子一樣，傻乎乎地笑起來。黑面警察伸出手，捏住了大學教師長長的蒜錘子形狀的下巴，把他的傻笑撕裂了。

下巴上的痛苦使他立即意識到警察與妻子的鮮明區別，他感到警察的手像鐵鉗一樣堅硬。

警察把他捏到崗樓後邊，一棵葉片肥大的法國梧桐樹下，鬆了手，憤怒地問：

「你是不是活夠了！」

他非常真誠地回答：「沒有，還沒有，我想把我的兒子撫養成人後再死。」

警察很可能把大學教師這真誠的回答錯認為是玩世不恭，是對自己的嘲弄，所以，他半握著拳頭，在王三的肩頭上輕輕地砸了一下，便砸得王三身體傾斜，齜牙咧嘴，語調裏帶出哭腔來：「真的呀，我沒說假話，我現在真不想死，到國慶日時我才滿四十歲，我兒子剛六歲，我怎麼能死呢？」

警察臉上表現出哭笑不得的神情，悻悻地問：

「既然不想死，為什麼闖紅燈？」

「我老婆趕我去買拖把……」

「我沒問你老婆！」

「她原先是排球隊員，現在是業餘體校的教練……」

「我問你為什麼闖紅燈！」警察幾乎是怒吼了。

「我……我色盲……」大學教師狡猾地撒了謊。

「你是幹什麼的？」警察問。

「我是大學教師，教古典文學的，我正在家寫書，我老婆拍了我一掌，我一起身，把墨水瓶撞翻了，我老婆……」

「你老婆揍了你一頓，然後趕你出來買拖把！」警察打斷他的話頭，嘲諷道，「買回拖把你還要擦地板，對不對？」

「對，」他說，「希望你不要罰我的款。」

警察揮揮手，不耐煩地說：「去去去，看不清紅綠燈，跟著別人走！」

他必敬必恭地對著警察鞠了一躬，警察已經轉過身去。他膽怯地扯了一下警察的衣角，警察迅速轉回身來，嚴厲地問：

「你想幹什麼？」

他又鞠了一躬，怯怯地問：「我可以走了嗎？」

警察笑得像哭一樣，大聲地但充滿同情心地說：

「難道還要我把你背到馬路對面去嗎?!」

他連連點頭哈腰，說：「不敢當，不敢當，我自己能過去，我自己能過去。」

警察又說：「真是個寶貝！」說完就像逃避蛇蠍般匆匆走了。他目送著警察走遠，心裏洋溢著勝利感、自豪感和對這個同情自己的高大警察的滿腔感激，轉身回到馬路邊。

他又站在人行橫道的邊緣了，那些白色的斑馬線似乎是一道道難以逾越的障礙，橫在他的面前。他注視著路對面的信號燈，果然就分不清紅綠了。難道撒了一個謊就真的成了色盲？他揉著眼睛，安慰著自己：可能是陽光把眼睛刺激麻痹了，暫時分不清紅綠；或者是信號燈失靈了；或者是停了電；不可能是警察睡了覺，因為這兒的信號燈是自動控制，崗樓裏沒有人。他左盼右顧著，發現路上沒有車輛後，又隨即發現一個穿著粉紅色連衣裙的、大腿修長的、腰細如馬蜂的、戴著米黃色草帽的、皮膚很白嫩的、臀部很發達很誘人的——有些大學生甚至把「臀」字讀成「殿」字，他鄙夷地想——穿著高跟皮涼鞋、肉色連腚絲襪的、走起路來屁股一扭一扭的、身體一聳一聳——儘管我沒看到她的正面，但她一定很美麗——的美麗姑娘，尾巴一樣的頭髮撅兒撅兒在腦後的美麗姑娘，大搖大擺地邁著小碎步兒，「格登格登」地從他的身旁走進了斑馬線裏。他想起了黑面警察的教導：「看不清紅綠燈，可以跟著行人走。」我可不是追姑娘！他急匆匆地追著那喚起他心中若干非分之想的粉紅姑娘跑進了斑馬線。一聲尖利的煞車聲在他的耳畔響起，他一側臉，看到一輛紫紅色的「桑塔納」牌轎車停在離他身體只有半米遠的地方。他的頭「嗡」的一聲響，他感到自己的頭在一秒鐘的光景裏像只氣球一樣膨脹起來，飄飄冉冉欲拔頸升騰而去，腦子裏一片空白。車輛與路面急劇摩擦冒出的黑煙和焦糊的橡膠臭氣飄到他的眼前。他感到這尖利的煞車聲像一把利刃把自己的思想劃破了。他看到車門緩緩打開，一個身穿黑西服、留著寸頭的精壯司機從車裏鑽出來。他本能地向後退著，退著。臉色蒼白的司機向前逼著，逼著。他看到司機的步伐淩亂，身體有些搖晃。他的腳後跟碰到馬路牙子上，腿彎子一打軟，順勢就癱坐在馬路上了。司機伸出手，揪住了他的襯衣領子，把他提了起來。他感到脖子勒住了，呼吸不暢。司機的手痙攣著，猛地往前一推，他一屁股跌在水泥墩子鋪成的人行道上，尾骨一陣尖銳的痛楚，一直上升到脖頸。他看到司機咬牙切齒地說：

「他媽的，今日要是壓死你，怨誰？」

王三的眼淚一下子湧出來，他哭著說：「師傅，好師傅，怨我，怨我，壓死我活該，活該！」

司機長出了一口氣，神情複雜地看了王三一分鐘，然後，走回到他的車邊，鑽進汽車，緩緩地把車開走了。王三滿懷悲哀地目送著紫紅轎車，發現它跑得很慢，好像一條挨了沉重打擊的狗。

王三從人行道上爬起來，找了一棵法國梧桐當靠山，先是站著，後來背沿著樹往下滑，慢慢地就坐在樹根上了。他身上冷汗淋漓，畏畏縮縮地去看那斑馬線，一看到那兩道烏黑的輪胎擦痕，他就像被電擊了一樣全身抽搐起來。他深刻地體會到了：真正的恐怖不是死，而是死裏逃生後的後怕。他想方才要是司機的反應稍微慢一點，自己就葬身車輪之下了。他彷彿看到了自己血肉模糊的屍體，擠出的腸子、塗在斑馬線上的腦漿。他眼淚又一次湧出來。恐怖與自卑一起折磨著他。我怎麼這樣笨？我怎麼這般窩囊？他想，這個大城市太可怕了。蘇北一望無際的原野出現在他的眼前，那平坦的鄉間土路上，行走著悠閒的黃牛。田野裏風動著碧綠的稼禾，彎曲的河道裏緩慢流動著清明的水，水邊生長著茂密的蘆葦，鳥兒鳴叫，牧歌響亮。他想起了昨天寫過的條目「閒適」：閒適是一種恬適、雅靜的詩歌風格。追求舒適、閒靜，原是古代封建文人的一種生活情緒，是統治階級享樂主義的一種表現形式，帶有明顯的階級烙印。他想這樣的解釋純屬胡說八道。他準備回家後立即重寫「閒適」條目。又有幾個中學生模樣的大男孩騎著自行車從斑馬線上橫穿過去，來往的汽車都為他們減速。他開始痛恨自己，勇氣緩慢地生長起來。你是堂堂的大學教師，在這個城市裏有正式的戶口，你是這城市的一個光明正大的市民，難道連條馬路都過不去嗎？他站起來，四下裏望望，並沒發現有誰在注意自己。他拍拍褲子上的土，整整衣服，挺起胸膛，他下決心像那粉紅姑娘一樣，大搖大擺地橫穿斑馬線，他鼓勵著自己，你沒有任何理由自卑！你一定能安全地穿過馬路！不是人怕汽車，而是汽車怕人。

他三次站在人行橫道的邊緣上，那兩道烏黑的擦痕又一次讓他的腦袋膨脹，剛剛鼓舞起來的勇氣又差不多消耗殆盡了。他想：索性回家去吧，對妻子撒個謊，就說雜貨店裏的拖把賣光了。

這時，一個好機會降臨了。他先是聽到身後傳來一陣嘰嘰喳喳的叫聲，繼而就看到某幼稚園的幾十名孩子，由兩位阿姨領著，向人行橫道走過來。兩位阿姨，一在隊伍的前頭，一在隊伍的後頭，她們兩位扯起一根長長的紅繩子，孩子們的手腕都套在繩子扣上彷彿紅枝條上結著一串果實。

他聽到前頭的阿姨說：「抓好繩子，過馬路了。」

他非常想伸手抓住那紅繩子。

孩子的隊伍慢慢地穿過馬路，來往的車輛都停了下來。這情景感動得王三鼻子酸溜溜的，他感到這個城市裏美好的東西確實不少。

他在幼兒隊伍的掩護下，跨越了斑馬線。

王三擠進了雜品商店，尋找賣拖把的櫃枱。找到了。有兩位穿著白制服、胸脯上別著號碼牌的女售貨員正在詭祕地談論著什麼。他猥猥瑣瑣地靠到櫃枱前，他看到售貨員用蔑視和厭惡的目光看著自己。他立即感到自慚形穢。他彷彿聞到了自己身體正在散發著動物園中的動物身上那種腐臭的味道，他簡直不敢前進一步了。兩個女售貨員，一個很年輕，另一個很老。老的臉上有一塊月牙形的明亮疤痕，年輕的一臉雀斑。她們醜陋的容貌使他的自卑感消失了不少。他想我是大學教師，你們倆不過是兩個站櫃枱的，有什麼了不起！這樣想著他靠到了櫃枱前，並且用雙手按住了櫃枱上的玻璃。這時他聞到了狐狸的味道。他想這兩個女人中必有一個有狐臭，或者兩個都有狐臭。他的腰筆直地挺起來。他說：

「同志，我買個拖把。」

臉上有疤的老女人看了他一眼，用手掌搧著鼻子前的空氣說：

「什麼味道？」

他感到她的眼睛盯著自己。臉上有雀斑的小女人也用手搧著風說：「真臭！」

王三感到臉皮燥熱起來。他降低了聲音說：

「師傅，我買根拖把。」

老女人從背後抽出一根藍紅兩色布條紮成的拖把遞過來，惡聲惡氣地說：

「六塊四毛九！」

王三更喜歡那根用白布條結紮成的拖把，但他不敢麻煩女售貨員。慌慌張張地從兜裏往外掏錢，卻發現口袋裏空空蕩蕩。汗水一下子滿了臉。他記起自己出門時忘了拿錢。他臉上流汗是因為空麻煩了售貨員。

王三結結巴巴地說：

「對不起，我的錢、我的錢丟了……」

他又一次撒了謊。

老售貨員仇視著他，把拖把從櫃枱上拿起，狠狠地扔到身後的拖把堆裏。

「對不起……」王三連連道歉著，「實在是對不起……」

雀斑臉售貨員又跟疤臉售貨員詭祕地交談起來，好像王三的道歉連放屁都不如。

王三悲憤交加地走出雜品商店。

斑馬線又橫在了他的眼前。

有兩位腰紮皮帶、臂帶紅袖標的老年婦女正在橫過馬路，王三立刻跟上了她們。他知道這些蹣跚著「解放腳」的老太太都是業餘警察。她們上管國家大事，下管雞毛蒜皮，權力大得無邊無沿，連警察都怕三分，跟著她們過馬路萬無一失。

跨越了約有四五條斑馬線時，王三一眼看到了那兩條烏黑的輪胎擦痕，他的心一下子抖了起來。——也是該著出事，這時恰好又響起一聲尖利的煞車聲，王三像隻被熱水猛潑著的雞一樣，條件反射地撲到一個老太太胸前尋求保護——也許他的手碰到了那老太太的乳房了吧？——老太尖叫一聲，伸出五根尖銳的手指，在大學教師的瘦臉上抓了一把。他感到臉上火辣辣的。看到那兩個老太太虎視眈眈地逼上來，他倉皇地後退著，甚至忘了躲避車輛。他聽到老太太罵：

「流氓！竟敢占老娘的便宜！」

「不不不，」他舉著雙手辯解著，「我不是故意的……我是大學教師，知識分子……」

「哼！中國的事壞就壞在你們這些知識分子手裏！」老太太罵著，把雙手舉到王三面前，那十根彎曲的手指像老鷹的爪子一樣，閃爍著鋼鐵一樣的光芒。王三一陣膽寒，顧不上辯解。忘了車輛，掉轉身子，踩著斑馬線，往馬路對過竄去。

他聽到身前身後身左身右都響起「嘎唧嘎唧」的緊急煞車聲，他感到自己的腦袋像氣球一樣炸裂了。他跑上人行道，看到那些諸如「抓流氓」、「抓小偷」、「抓壞人」的時代熟語像一根根雪白的木棍子，在他的頭上縱橫交錯地飛舞著，逃生的念頭鼓舞著他的雙腿。他感到自己跑得空前的快。

大學教師在人行道上飛跑著，迎面駛來的許多自行車躲躲閃閃地給他讓著路。他看到自行車上那些紅男綠女們驚訝的、興奮的神情。他沒有一絲一毫的疲倦感，卻感到一種因為衣服急劇摩擦皮膚而產生的微弱快感，為了增強這快感他加速地奔跑，後來他感到自己整個人都浸泡在幸福的潮水裏了。他感到四肢矯健靈活，猶如森林中的猿猴；身體渾圓滑溜，宛如淤泥中的泥鰍。他宛轉自如地在自行車的密林中遊動著，無數次的，都是當急速衝來的自行車即將撞上自己的身體時而自己身體一側就迴避了。路邊的樹木刷著白石灰的樹幹像一排等距排列的士兵，一個砸著另一個，連綿不斷地撲倒在地。體育場的綠色鐵柵欄像剪刀一樣剪著他的身影。他感到這次奔跑正是二十年前在故鄉河邊那次狂奔的繼續。那次他是追趕愛情，那次他與同班女生汪小梅看完了《鋼鐵是怎樣煉成的》，被保爾•柯察金與林務官女兒冬妮婭的愛情深深地麻醉著，他們嘗試著接了一次枯燥無味的吻之後便開始追逐，摹仿著保爾和冬妮婭的追逐。汪小梅是學校裏的田徑明星，正好扮演著善跑的冬妮婭。王三那時是個滿頭亂毛的野小子，恰好符合了保爾的身分。他們在河邊上，踩著柔軟的綠草飛跑，在奔跑的過程中因為衣服摩擦皮膚王三的快感產生了，在追逐汪小梅的狂奔中王三進入了青春期。那時河邊的蘆葦如輕浪一浪一浪追逐著，那時河中的流水像一匹明晃晃的綢緞，那時在狂奔結束時汪小梅按照書上所描寫的程式把後背靠在王三的胸膛上，那時王三突破了書上的程式發展了保爾•柯察金膽怯地用手按住了汪小梅的小青蘋果一樣的堅硬乳房，那時汪小梅回頭捅了王三一拳又踢了王三一腳，紅著臉罵王三流氓說王三不照著《鋼鐵是怎樣煉成的》這本青年教科書去做。那時王三還想狡辯那時汪小梅說保爾根本沒摸過冬妮婭。那時王三說肯定摸了只不過作者怕羞把這細節省略了。那時兩個人為這問題爭論不休，那時王三只好說我錯了我今後一定改正，那時他嘴裏認著錯眼睛卻著了魔般地盯著那兩個青香蕉般小蘋果盯得汪小梅滿臉掛彩。那時他又按捺不住地伸出手去撫摸蘋果，他想像著那蘋果上還掛著一層白粉霜呢。那時汪小梅半推半就是一朵「豆蔻開花二月初」滿面的嬌羞，那時王三霸蠻強硬。那時汪小梅咕嘟著小嘴像個花骨朵兒說不讓你摸不讓你摸男人摸了長得快長得大俺姊說男人手中有酵母一摸就發了饅頭。那時王三根本不聽她的鶯歌燕語硬摸了，她一聲呻吟少女時代結束了。那時他們又接了一次吻這一次跟上一次感覺大不一樣，他感到她的身體燙得像感冒病人一樣，她的呻吟像一個成熟的婦人了。那時他就模模糊糊地意識到愛情是一種發展迅速的病毒。那時他與汪小梅好得如膠似漆，那時他的酵母使汪小梅如雨後春筍一般茁壯拔高，很快就高出了王三一個頭，兩個頭，後來汪小梅被選拔到省裏當了排球運動員。現在王三自己感覺到跑得比那次還要瀟灑，他甚至忘記了自己為什麼狂奔，好像他不是一個被追逐的「流氓」而是一個追逐逝去青春與愛情的健將。噹！一聲破鑼響；咚咚咚，一陣亂鼓鳴；他從迷醉中驚醒了。

氣喘吁吁、筋疲力盡的大學教師王三從浪漫的少年夢中解脫出來，滿身冒著熱汗，跌在了這個腐臭城市的人行道上。在一排綠色的鐵皮垃圾桶旁，他踩著一塊西瓜皮，像無聊的滑稽劇中的丑角一樣，誇張地揮舞著手臂，滑行了數米，然後沉重地跌在垃圾桶之間。他的身體像一枚炸彈，轟起了成群結隊的蒼蠅。他想乾脆就死在這裏罷了，但遠遠地看到由那兩位紅袖標老大娘率領著的追捕大軍正吶喊著逼近。巨大的恐怖動員起大學教師最後的氣力，他跳起來，繼續往前跑。這時又一聲破裂的鑼響在他的耳畔炸開，緊隨著鑼聲還有咚咚的擂鼓聲。他歪了一下臉，看到毒辣的陽光底下，擺著一張方桌，桌上擺著一盆開敗了的君子蘭花，桌周站著幾位老太太，插著幾面油膩的彩旗，旗在陽光中垂著頭，老太太們則敲著鑼打著鼓，滿臉油汗閃光，神情極為生動。一個癟嘴的老大娘顫悠悠地喊：開展全民滅鼠運動——人人有責哪——咣，咚咚咣——王三被這些業餘警官們嚇破了苦膽，繞著她們向一條窄街竄去。他聽到後邊那倆老太太在喊：老姊妹們，截住那個流氓呀！王三一回頭，看到正在進行滅鼠宣傳的那幾位老太太停止了敲鑼打鼓，眼睛瞪得溜圓，藍光閃爍，像狸貓的眼睛一樣，像正要對老鼠發起突襲的狸貓一樣。她們的尖利的長指甲像慈禧太后的長指甲一樣，表現出法律的威嚴，一下就能挖出人的眼球。只看了他們一眼王三就嚇得屁滾尿流。他放著精神性的響屁抱頭鼠竄，他知道落到這群老女人手裏絕沒有好下場，不被她們咬死也要被她們罵死。在逃跑時他恍惚記起了自己的家，智力在絕望中誕生，這樣奔跑下去難以逃脫貓的追捕，急中生智他想起了家，家是避難所，「街上有驚濤駭浪，家是平靜的港灣」。於是他在奔跑中辨別環境，這條斜街很陌生，倉皇的逃竄已使他失掉了方位感，在這座迷宮般的城市裏他幾乎從來就沒有分清過東西南北。何況在逃命的過程中，唯一的出路是沿著斜街奔路，跑，一條斜街裏躥出的貓嚇了他一跳，也使他發現了一條小胡同。他一拐彎進了小胡同，穿胡同而過，竟然迎面看到了一幅巨大的廣告牌，廣告牌向人們廣告著罐裝獼猴桃飲料的豐富營養，豐富營養通過那綠毛青臉的大猴子表現出來，牠津津有味地喝著獼猴桃飲料。看到了這廣告王三激動無比，因為這廣告牌後面就是他家所在的那棟樓房，他曾經無數次地站在這廣告牌下注視那隻猴子，好像和牠交流思想感情。猴子的眼睛是用一種能夠在暗夜裏放光芒的新型顏料所畫，王三在夜晚時趴在窗台上就能看到這灼灼的猴眼。他是個喜歡耽溺在沉思中自娛的男人，每當受到了生氣的女排運動員的痛打後，便從注視猴眼中得到安慰。他幻想著自己變成猴子，在茂密的叢林中上躥下跳著，渴了飲山澗清冽的泉水，餓了吃樹上新鮮的果實。不久前的一天，妻子騎著他的背，用大巴掌搧著他的屁股，他忍痛不住，一句妙語湧到嘴邊：你再欺負我，我就變成猴子。當時他的妻子笑出了聲，他趁機從她的胯下鑽出來，非常嚴肅地說：我不是跟你開玩笑，他指著窗外邊那廣告牌上閃閃放光的綠毛大猴子，說，牠已經給了我信息，你再打我我就變成一隻猴子。說完這話他看到妻子癡癡地看那隻正在夕陽裏喝飲料的猴子，臉上漸漸變了色。這件事王三本已忘記，現在竟清晰地浮上心頭。是啊，他向著那廣告牌跑著，想，我為什麼不變成一隻猴子呢？為什麼不呢？這個念頭執拗地糾纏著他，使他感到一種麻醉的安全。他現在是輕車熟路地往自己的家奔去，他幾乎不怕那些追捕者了，他鑽進門洞，跳躍著樓梯，想，我不怕你們，我一回到家立即變成一隻猴子，讓你們永遠再也無法找到我。他已經體驗到一種類似猿猴的快樂，他感到腿腳空前的靈活，每次跳躍都富有彈性，一跳就是二級台階，甚至跳四級，奮力一跳竟然可達五級。就這樣他飄飄欲猴地跳完六十級台階，跑完幽暗而深邃的走廊，然後努力撞開自家的那扇唯一的門。他感到眼前白光閃閃，定眼看到閃爍白光的是自己高大肥胖的妻子。她正在用一條黑乎乎的毛巾蘸著髒水在背上來回「拉鋸」。她幾乎是赤身裸體。房門洞開，她尖叫一聲，一個魚躍跳到門後。她的反應十分敏銳但身體的動作卻很笨拙。這是發了福的體育人才的共同特徵。她推上門，回頭大罵：王三，我打死你這個流氓！

她高高地舉起拳頭，衝著王三的腦袋擼下去。在她的拳頭下落的過程中，她發現丈夫的身體萎縮了。發生在她眼前的事情令人難以置信：大學教師王三在一分鐘內，變成了一隻瑟瑟發抖的綠毛青臉的雄性猿猴。

第二章　與

這位高高地舉著大拳頭的高大女人正是當年的汪小梅。無情的歲月是如何把一個天真活潑、身段苗條的少女變成了一個性情暴戾、身體膨脹的女人的？心中悲傷的作者在這裏不想敘述。作者是汪小梅和王三的同鄉又是好友，少時在同一所學校念書，長大又在同一座城市混飯，他當然有能力把汪小梅的變化過程描述清楚，但是他不願意。王三由大學教師變成猴子，這變化比汪小梅的變化重要得多，這變化使汪小梅的變化顯得不值一提。聽到王三變成猴子的消息後，作者並沒有過分吃驚，因為他曾經多次開玩笑說王三像隻猴子。後來又聽說汪小梅和王三雙雙失蹤了，他也沒怎麼吃驚，他知道中國的知識分子是籠中的鳥兒，關在籠子裏時，天天唧唧喳喳，甚至還用頭去撞籠子的鐵條，但真放他們飛，用不了幾天就會飛回來。所以當王三和汪小梅的學校派人來調查時，他卻打保票說他們會回來的。後來果然就回來了。回來後王三還當他的大學教師，汪小梅還當她的體校教員，好像什麼事情也沒有發生一樣。作者曾問過王三變成猴子的感覺，王三說沒什麼感覺，變成猴子之後的事他全部不記得，變成猴子之前的事還記著。作者也採訪過汪小梅，汪小梅很簡略地說了一些王三變成猴子之後她的生活過程。本文的第一部分根據王三的談話編寫，第三部分根據汪小梅的談話編寫。王三參與編寫的《詩歌大辭典》最近出版了，他賺了一些稿費，嘗到了甜頭，現在又在寫一篇研究卡夫卡《變形記》的文章，這文章研究角度獨特，水平不低。汪小梅對待王三的態度大有好轉，她正在服食一種叫做「月見草油」的減肥劑，有些效果。他們倆口子一般不願跟人談變猴子的事，對朋友可以例外，所以如有研究生物的遺傳與變異的朋友對此事感興趣，可以透過我與王三和汪小梅聯繫。因為這件看起來很荒誕的事情裏，肯定潛藏著一柄解開人類世界大奧祕的鑰匙。解開這奧祕的人，將比達爾文還要偉大。當然這研究將冒很大的風險，這是個飛蛾撲火的差事，「姜太公釣魚——願者上鉤！」

第三章　趣味

她高舉著的拳頭僵在了半空。她的怒罵斷絕在喉嚨中，好像一塊卡住了的黏痰。她看到丈夫只有流露著恐懼的眼睛沒有變化，其他的部位都在迅速地抽搐著、萎縮著，在抽搐中萎縮在萎縮中抽搐著。他的腰背佝僂了，四肢彎曲了，衣服滑落，眼鏡跌落，嘴唇縮進，牙床凸出，耳朵變薄，脖子變短，拇指變長。綠色的細毛突然迸出來，像皮膚上爆起雞皮疙瘩一樣迅速。最可怕的是：一條粗大油滑的尾巴，從牠的兩腿間緩慢地長出來，一直觸到地面上。適才還站立著她丈夫的那個角落裏，現在站著一隻真正的猢猻。牠生著一身碧綠的毛，一張青色的面孔，雙腿變曲著，身體在發著抖，只有那兩隻可憐的眼睛裏放射出的光芒還是屬於丈夫的。她的驚愕無以言表。她感到一股團團旋轉的小北風纏住了裸露的肉體，適才還悶熱的房間突然變得寒氣砭骨。她感到在一瞬間周身的血液停止了循環、心臟停止了跳動、肺葉停止了翕合、腸胃停止了蠕動。當這些器官恢復正常時，她感到有一陣劇烈的悲傷情緒襲來，鹹滋滋的眼淚盈眶而出，黏稠的冷汗濕了她的全身，她感到了空前的驚懼、困惑和憂慮，胳膊像中槍的鳥翅一樣垂掛下來，從她的大張開的嘴巴裏，發出了馬嘶一樣的哭聲。「不，不，這不會是真的！」她尖利地鳴叫著，用手背揉著眼睛，仔細地看著那隻猴子，猴子也用求饒的、可憐的眼睛看著她。她絕望地看到，丈夫的骯髒的襯衣、長褲，連同那條遮不住鳥的褲衩，一團破布似的萎靡在猿猴的腳下，好像某些動物蛻下來的舊皮。那只黃了框的眼鏡跌在地上，斷了一條腿。鐵打的事實擺在她的面前，自己的身為大學教師的丈夫，已經變成了猴子。這時，她突然想起了丈夫不久前說過的話：你要是再敢打我，我就變成猴子！

她感到非常後悔，王三任勞任怨的勞動精神和逆來順受的寶貴品格突然閃爍出耀眼的光芒。她情不自禁地向猴子撲了過去，嘴裏大叫著：三啊三，是我錯了啊……

她本想把猴子抱在懷裏，用自己的溫柔的肉感化牠，但變成猴子的丈夫果然也就具有了猴子的敏銳，他從她的胳肢窩裏油滑地鑽過去，等她轉過身來，發現牠已蹲在冰箱的頂上，狡猾地眨動著黑眼睛，又短又薄的嘴唇往後咧著，齜出兩排雪白的牙，模樣十分猙獰——也許是頑皮——也許是抗議——要準確地判斷牠的表情還需要時間。尤其讓汪小梅難以接受的是：一條綠油油的長尾巴，從她的丈夫——從猴子的雙腿間垂下來。

她胸中澎湃的激情冷卻了許多，但她還是試圖靠近牠，儘管事實如鐵一樣堅硬，但她的感情上還是難以接受這事實。她往冰箱前靠了一步，猴子把身體聳聳，背緊緊地貼在了冰箱後的牆壁上，牠的兩條後腿支起來，積蓄著力量，準備跳躍。牠的牙齜得更加突出，並發出了吱吱的鳴叫聲。這叫聲已經是純粹的猴子的聲音了。

她站在猴子面前，因為借助了冰箱的高度，她與它的目光可以平視，居高臨下十幾年的優勢陡然消除之後，她感到精神空虛，心靈內疚。她抽泣著，讓一滴滴的清淚打在膨脹如球的雙乳上，她自己認為這種姿態是最有魅力的召喚丈夫的姿態。她呼嚕呼嚕地哭著說：

「三啊三，是我不對，是我不好，我不該打你，不該欺負你，看在咱倆夫妻十幾年的份上你變回來吧，看在咱倆青梅竹馬的份上你變回來吧，看在保爾•柯察金和冬妮婭的份上你變回來吧……」

她的訴說差不多接近了字字血、聲聲淚的程度，猴子齜著嘴，眼睛滴溜溜轉。她看著牠那兩隻單薄地從綠毛中聳出來的粉紅色的大耳朵，繼續訴說：

「三啊三，我的話你難道聽不見？常言道『一日夫妻百日恩』，我即便有千錯萬錯，到底也與你同床共枕十餘年，還為你生了個兒子，『不看僧面看佛面』，看在咱們兒子的面子上，你也要變回來。你一變倒輕鬆了，撇下我和兒子怎麼辦？我沒有了丈夫怨我自作自受，可兒子不能沒有爸爸呀。你要是遭了車禍，得了急症，挨了槍崩。橫死豎死，也有個講說，可你變成猴子，有人問起兒子說你爸爸呢？你讓他怎麼回答？你讓他說：我爸爸變成了猴子？三啊三，我承認我不對了，人生在世，誰還能沒點錯誤？誰還能沒點缺點？『人無完人，金無足赤』，連毛主席他老人家都說過：有缺點錯誤不要緊，只要改正了就是好同志。三啊三，只要你變回來，我保證痛改前非，像當年在河邊追逐時那樣敬你愛你，你的衣服我來洗，你的飯我來做，兒子的事情我來管，一切的一切我負責，我一定全力以赴地當好後勤，支持你幹事業，我這輩子就這麼著了。我願為了你犧牲，讓你踩著我的高大肩頭，攀登到事業的珠穆朗瑪峰上去。到了那時候，咱也就有了兩室一廳的單元，甚至裝上了電話，甚至在廁所裏安裝上了熱水器，每天你都能洗個熱水澡。三啊三，幸福的生活在向我們招手，求求你，變回來吧，趁著兒子不在家你快變回來吧……」

儘管她說得天花亂墜，猴子依然是猴子。但事情並不是沒有轉機，她興奮地發現，當提到兒子時，猴子的眼裏湧出了淚水。這說明它人性未泯。它的身體雖然變成了猴子，但它的思想還是大學中文系教師王三。她抓住這時機，鼓動如簧之舌，繼續勸說。汪小梅原本是慣用拳頭代替語言的妻子，能連篇累牘地演說，連她自己都感到驚異。她試圖往前靠近，她想只要能把猴子抱在懷裏，只要能把那顆猴頭夾在自己的雙乳之間，天大的冤仇也會化解，猴子就會變成王三。她說：

「三啊三，我的親人，你難道不知道，我打你罵你其實是痛你愛你的表現嗎？有時我出手重了些，但這並不是我的本意，你知道我當過女排的主攻手，人送外號『鐵巴掌』，有時我只想輕輕地拍你一下，可能就把你拍得齜牙咧嘴，請你原諒吧。你是個男子漢大丈夫，不要和我婦道人家一般見識，今後我連一指頭也不戳你就是，三啊三，變回來吧，變吧，你要是怕羞，我就轉回頭，閉上眼？或者，你更願意在我懷裏變？來吧，三，我願意，來，摟著我你來變，我閉上眼……」

她張開胳膊，閉上眼睛，等待著猴子撲進懷中來。但這時房門被猛烈地敲響了。

她惱怒地睜開眼，看到猴子從冰箱上縱身一躍，躍到窗框上方那兩根暖氣管子上懸掛起來。她憤怒萬分地拉開房門，幾乎赤身裸體地擋住了門口，面對著那些扁著地瓜腳，瘦著皺皮嘴，蓬著花白毛，戴著紅袖標（這一點至關重要，即便是流浪漢只要戴上紅袖標好人也害怕），提著鑼，夾著白木棍子，操著南腔北調的代表著法律和道德的老太太們。

「你們幹什麼？」體校女教員氣勢洶洶地問。

她滿身的肉光晃得老太太們昏花了眼，一個個把手掌罩在眼眉上方，往屋裏張望。

一個滿口膠東話的老太太說：「有一個流氓跑到你屋裏來了！」

另一個滿口京腔的老太太說：「瘦得像猴一樣，戴著一副眼鏡。」

兩個老太太說著就要往屋裏擠，體校教員不由地怒火中燒，雙臂一伸，就如銅牆鐵壁。她紅著眼問：「誰給你們的權力讓你們搜查民宅？」

膠東口音老太太一拍胸脯，指指紅袖標，理直氣壯地說：「人民給俺的權力！」

體校教員感到有一股熾熱的火焰在胸膛中燃燒，她很客氣地伸出大手，捏住了老太太尖尖的鼻子。老太太的鼻子似乎塗了一層蒼蠅屎之類的東西，又黏又膩，令體校教員心中生出極端的厭惡，她鬆了手指，攥成拳頭，對準老太太的腦袋，像當年在運動場上擊打排球那樣，猛擊了一下。老太太像一條裝滿了沙土的髒口袋，一聲不吭地歪倒在走廊裏，歪倒的過程中她的胳膊打翻了對門人家擺在煤氣灶上的鋼精鍋子，讓半鍋子稀飯潑灑了出來，潑灑到她的同夥們身上，更多地潑灑在她自己身上，鋼精鍋子在她胸膛上打了一個滾，然後清脆地響著跌在水泥地上。老太太們呼著：「打死人啦，打死人啦！」亂紛紛往外撤，擺滿雜物的狹窄走廊裏，響起一片碰撞之聲，走廊兩側的住家們，都拿起簡易的防護武器，守住了門口，看著這群業餘警察狼狽不堪地逃竄過去。體校教員看著那躺在地上呼呼喘粗氣的老太太，心中只有仇恨沒有害怕，她惡狠狠地說：「你願意躺在這裏就躺在這裏好了。」她從自家的煤氣罐旁，提起一把熱水瓶，拔了塞子，讓一線熱水慢慢地往老女人裸露的肌膚上流。老太太鬼叫著爬起來，呼喚著逃走的姊妹們，自己也一歪一扭地跑，一邊跑一邊罵著：「操×，你等著！」她花白頭髮零亂如麻，滿身髒泥，看著怪可憐的。

體校教員關上門，插住了插銷。背靠到門上，裸露的肌膚感受到了門上那些涼森森的鐵器件。馬路上的熱風把沾滿了塵土，印著椰子樹圖案的綠色窗簾布吹起來，透過殘破的紗網她看到了窗外白楊樹的樹冠，聽到了樹上葉片被風吹動發出的嘩啦啦的響聲。蟬在樹冠中間枯燥地鳴叫著。她還看到了被樹冠遮住了部分的獼猴桃飲料廣告牌，巨大的猴頭在明亮的陽光中宛若活物一樣。體校教員不敢與它對視。她從門後橫拉起的鐵絲上扯下一條毛巾，擦了擦眼，然後，抑制不住地大聲抽泣起來。她哭著說：「三，你的仇我已替你報了，我的錯我也認了，你如果還不變回來，你就太不像話了……」

她哭著，仰起臉來，看到猴子蹲在暖氣管子上，那條尾巴更加突出而明顯地垂掛在窗框上方的明亮光線裏。她衝著它哭，它卻對著她齜牙咧嘴。體校教員心中漸漸生出憤怒來，她走到窗下，一個立地拔蔥，想揪住它的尾巴，但她的如意算盤落了空，她的意圖太明顯了，她的身體太笨拙了，猴子的反應太敏捷了。她的手指尖剛觸到它毛茸茸的尾巴梢，猴子便從她的頭上一個飛躍，滑稽而輕鬆地跳到了衣櫃的頂上。它的尾巴掃起櫃頂的灰塵，迷了她的眼睛。

她說：「你可以不管我，但你總不能不管你的兒子吧？我這就去接他回來，希望你能給兒子留下個好印象。變不變由你決定吧！」

她匆匆穿上衣服，走出房門，在外邊把門鎖了。她從門的縫隙裏盯著猴子，看到它坐在櫃子頂上，圓圓的黑眼睛裏閃爍著憂鬱的光芒。它好像在沉思。

體校教員從自己的堂叔家把六歲的兒子王小三接回來，這是個六歲的小傢伙，秋天準備上學。因為兒子與堂叔的小孫子一塊去了動物園，所以她坐等了很長時間。坐在堂叔家裏，她心神不定，坐立不安。她的堂嬸說你如果有事就先回去吧。待會兒讓你叔把小三送回去就是。她說：不。她一直等到傍晚，堂叔才領著孩子回來。她牽著兒子的手返回時，沉沉西下的紅日把街道的樹木照射得金燦燦的，顯得很溫柔又很淒涼。

她帶著兒子坐了三站路的電車，下車後拐進了王三奔逃過的那條斜街。她也看到了那些敲鑼打鼓地宣傳滅鼠的老太太們。她想起了挨了皮拳的那位老太太，她想此事也許會有些麻煩，但無論什麼麻煩也比不上丈夫變成猴子麻煩。她牽著兒子的手，問：「小三，去動物園看了什麼？」

小三大聲說：「看了猴子！」

她心頭一震，心裏泛起一股難以言狀的滋味。她別有用心地問：「兒子，告訴媽媽，猴子好嗎？」

小三說：「好，猴子好玩。」

她問：「小三，要是你爸爸變成猴子，你怕嗎？」

小傢伙歡呼起來：「好呀，好呀，爸爸變成猴子啦！」

她拉著兒子的手，不再說話，一步步往家裏挪。她期望著中午所見到的是個夢境，她期望著一推開家門，就會看到瘦如猴子的王三伏案編寫著詩歌大辭典。她既想回家又怕回家。如果丈夫已變回來，她想回家，如果丈夫依然是隻猴子呢？

在那塊迎面撲來的巨大廣告牌前，她驚悚地停住腳。看到廣告牌上猴子雙眼灼灼，充滿靈感，她深信丈夫變形與這幅廣告有絕對的關係。

「媽媽，你看猴子嗎？」王小三扯著她的手指問。

她感到無法回答這個問題。她轉過頭去，望著掩映在白楊樹冠裏的自家那個油漆剝落的窗戶。窗戶裏漆黑一團，白楊樹冠上葉子千片萬片，光閃閃的，宛若懸掛了一樹金幣。

「媽媽，回家吧，我餓了。」王小三說。

她想，事情已經發生了，躲也躲不過。她彎腰把兒子抱起來，僥倖地想：但願這是一場噩夢。

爬完樓梯，拐進此時已亮了昏黃燈光的走廊，家家戶戶都在烹飪，油煙濃烈，油鍋吱啦啦地響著。正在做飯的人都衣衫不整，蓬頭垢面。走廊裏的煤氣味兒幾乎到達了令人無法呼吸的程度。她像往常一樣不跟任何人打招呼，躲躲閃閃地走著。她感到這些人的目光都鬼鬼祟祟的，彷彿都知道了她家裏的事。

她受刑般地走完走廊，回到自家門口。站在門口掏鑰匙時，她真誠地乞求上帝：上帝啊，保佑我丈夫變回人形吧！將鑰匙插進鎖眼，用力一別，這一瞬間她感到眼前直冒綠星星。屋裏黑咕隆咚的。她把兒子搡進屋子，急速地把門頂住。她閉著眼睛拉開了燈繩，光明驟然塞滿了整個房間。當然，猴子依然是猴子，牠蹲在冰箱上，正在打瞌睡，燈光一亮，牠受了驚嚇，一個躥跳上了衣櫃頂。

體校教員軟綿綿地跌坐在地上。她此時的內心裏有一點百感交集的意思。兒子王小三驚喜萬分地大聲嚷叫起來：「猴子！媽媽，猴子，媽媽，咱家有一隻猴子！」

猴子在櫃子頂上吱吱地叫起來。王小三緊張地抱住體校教員的腿。他見過鐵柵欄裏的猴子，但沒見過房間裏的猴子，所以他有點害怕。

體校教員抱起兒子，強壓住嗚咽，讓淚水滿面湧流。她對著猴子說：「王三，你這個畜牲！我恨你！」

王小三問：「媽媽，你怎麼又罵爸爸？爸爸哪裏去了？」

她咬著牙根說：「你爸爸……到外地出差去了。」

王小三很矯情地拍著手，說：「好啊，爸爸出差去給我買了隻猴子，爸爸讓小猴子跟我做伴，是不是媽媽？」

體校教員無言可對。她抬頭看看猴子，低頭看看兒子，低聲咕噥著：「王三，你要是還有一點點人味，就想法變回來。」

「媽媽，你說什麼？」王小三問。

她拍拍兒子的頭，嚴肅地說：「小三，咱家有一隻猴子的事，千萬不要對別人說，知道嗎？」

王小三不解地問：「為什麼？」

她說：「這猴子是爸爸從森林裏好不容易捉來的，萬一被別人知道了，動物園裏的叔叔阿姨就會把牠弄到動物園裏去，那樣，你就不能和牠玩了。」

「告訴李東東也不行嗎？」王小三問。

「誰也不能告訴，這事兒只能你和媽媽知道。」她緊緊地抓住兒子的肩膀，叮囑道：「媽媽的話，你記住了沒有？」

王小三認真地點點頭。

「你在房子裏別動，我出去做飯給你吃。」

「不給小猴子吃嗎？」

「牠想吃就吃吧！」她無可奈何地說。

她把該用的東西一次端出去，然後隨手帶上門。她感到走廊裏的人又在看自己，便低了頭，匆匆幹活。在油鍋吱吱啦啦的響聲裏，她聽到兒子在屋子裏歡樂地笑著，吆喝著。

等她把飯菜端回屋裏時，看到兒子正與猴子在屋子裏撒歡兒。猴子從櫃上跳到冰箱上，又從冰箱跳到床上，再從床上跳到窗台上……真正地上躥下跳。兒子追逐著牠。牠故意地去逗引兒子。

「媽媽，小猴子真好玩！」王小三吆喝著。

體校教員鼻子一陣酸。她把飯菜擺在小方桌上，說：「兒子，吃飯吧。」

她安排兒子坐下，然後冷冷對著猴子說：「不想與你的兒子同桌進餐嗎？」

王小三警惕地問：「媽媽，您跟猴子說話？」

體校教員沒有吱聲。按照慣例，她擺開了三套碗筷。丈夫的位置在那兒。

「媽媽，爸爸真的出差去了？」王小三問。

「真的。」

「爸爸到哪兒出差？」

「到很遠很遠的地方。」

「再遠也得有個名字呀！」

「對，再遠也得有名字。」

「花果山」，她竟然用嘲諷的口吻說，「水簾洞。」

王小三拍著手，用這個城市裏的兒童慣用的嬌嗲嗲的口吻說：「嘿！媽媽真逗，把爸爸送到孫悟空家裏去了。」

「吃飯吧！」她大聲地命令著兒子，自己也端起了飯碗，胡亂塞進一口飯，咀嚼時，淚水竟滴進碗裏。

這時，猴子輕悄地從窗台上躍下來，用兩條後腿支著身體，熟練但十分笨拙地走過來。它的步態蹣跚，像一個剛學步的嬰兒。

她辛酸地注視著牠，牠也直直地注視著她。從牠的眼睛裏，她又看到了丈夫。她始終存在著丈夫突然變回人形的幻想，就像他突然變為猴子那樣變化。這變化的契機處處存在，也許牠一坐在熟悉的飯桌前，就會突然變化。於是她對著牠，用手指著牠平常坐慣了的那只小木凳。猴子受到鼓勵，挪到飯桌前，裝模作樣地坐了下來。她聞到牠身上散發出一股酸溜溜的臭氣，看到幾隻粉紅的跳蚤在牠的青色的肚皮上爬動。她感到有些反胃。這百分之百的是一隻猴子，沒有半點丈夫的蹤影，於是她想白天發生的一切，包括現在正在持續著的情景都是一場大夢的組成部分。也許丈夫果真是到外地去了，這猴子也許是從動物園裏逃竄出來，流落到了民間。猴子伸出一隻青色的趾爪彎曲的手，搔耳朵後邊的毛。王小三遞給牠一雙筷子，牠接過去，放到胳肢窩裏夾住。王小三夾給牠半條鹹魚，牠接魚時讓筷子落在地上。牠用一隻前爪把魚按到嘴邊。開始了齜牙咧嘴眨巴眼睛的進食過程。可能是鹹魚太鹹了，也可能是魚刺扎了它的嘴，它扔掉嚼得黏糊糊的帶魚，抓耳撓腮，嘴裏發出怪叫聲。王小三恐怖地將身體靠到體校教員的腿邊。他悲哀地叫了一聲：「媽媽！」體校教員緊緊地摟住兒子，定定地，用含意複雜的眼神看著猴子的眼睛。然後她歎了一口氣，慢悠悠地伸出筷子，在牠的肚皮上戳了一下，猴子一聲尖叫，跳了起來，幾個連環騰跳，牠又懸掛在暖氣管子上，像一個碩大的果實。

吃過晚飯後，王小三鬧著要看電視。星期日晚上有《動物世界》。她心灰意冷地為兒子開了電視，然後麻木地坐在床沿上，看到各色的化妝品塗抹著一張張妖冶的女人的臉龐，聽著那些女人們虛情假意的既推銷化妝品又推銷自己的矯揉造作的聲音。兒子幾乎與電視同步地複述著廣告中那些無聊的話語：著名影星××為什麼能夠永葆青春？我用珍珠增白粉蜜！三九胃泰，夠威夠力。醫生我得了乳腺增生，請用特製新藥「乳癖消」。廣告連篇累牘，長得彷彿萬里長城。終於到達了嘉峪關。電視螢幕上一片昏暗之後，趙忠祥那鼻音濃重的解說聲響起，好像預先安排好似的，這晚上的動物世界的主人公們竟破了天荒的是中國特產：黃山猴子。黃山的猴子比亞馬遜河畔茂密的熱帶雨林裏的猴子和爪哇島的猴子更具有親切性，更具有鮮明的民族特色，更令體校教員驚悚萬分。難道事情僅僅是偶然地碰到一起嗎？她不由地偷偷觀察蹲在暖氣管子上的猴子，發現牠也像兒子一樣，聚精會神地盯著螢幕。螢幕上出現黃山秀麗奇特的山峰，出現了那棵飽受屈辱的迎客松。她記得丈夫曾說過：黃山的迎客松是個受侮辱與受損害的形象，它是一頭暴怒的雄獅，鬃毛怒張，恨不得把所有的客人撕成碎片，何迎之有？她記得丈夫還寫過一首「詩」：我是迎客松這是你送給我的名字／你們沒問我同意不同意／我生長在懸崖邊／根扎在石頭裏／可憐已長了數百年／才長成這形狀／有了人我就倒楣／人吃得越飽我越倒楣／我無權拒絕人的撫摸與攀折／我連最下等的妓女都不如／妓女還可以拒絕接客／我無權拒絕／妓女僅僅接受男人的欺凌／妓女還能得到錢／我全不能夠我忍受男人更得忍受女人／不論是醜還是美／是無恥文人還是流氓政客／都擁著我拽著我／摟著我抱著我／把我的形象留在他們身邊／掛在各種各樣的場所／做為他們的光榮歷程之一頁／我被剝掉了千萬層皮／血管都裸露了出來／我每日每夜都在風裏顫抖／在雨裏流淚／在雷電中怒吼／人我痛恨你們／你們不要把肉麻當有趣／我盼望著早日跌到懸崖下粉身碎骨／讓你們聽到風在山澗中滾動／那是憤怒的老樹精靈根的哀鳴／體校教員文藝細胞不多，憑直覺覺得這首詩彷彿不錯，那時他們新婚不久，生活裏還有點點蜂蜜的味道，她記得王三朗誦這首〈迎客松〉時那種神采飛揚的樣子。她勸他拿去發表，第一換點錢第二出出名。她記得王三非常嚴肅地說：「不行不行，這首詩太尖銳了，一旦發表，會震動千家萬戶甚至驚動黨和國家的領導人。」他說要把這首詩「藏之抽屜，以傳後世」。將近十年過去，她想起了這首詩，不由地看了看抽屜。詩句在他的腦海裏顛來倒去著，她記得很牢。像布哈林的小妻子背熟了布哈林的遺書一樣她當時在王三的敦促下背熟了這首詩。竟然十年不忘，可見自己的記憶力依然不錯。如果不是幹上了體育沒準也能當個女作家女詩人什麼的。在胡思亂想中黃山的猴群跳躍在森林裏，攝像機不時地把一隻隻猴子的特寫鏡頭拉到螢幕上，讓他們對著觀眾齜牙咧嘴，吱哇亂叫。趙忠祥說這是一個內部等級森嚴的家長式社會，有首領就有爭權奪位因而猴群裏就有政治戰爭與和平。用擬人化的語言介紹牠們聽來很有趣，這也是慣用的「幽默」伎倆。趙忠祥說動物學家給這群猴子裏的每一隻猴子都命了名。如「破耳朵」、「缺指頭」、「藍面孔」之類，這些都是根據各位「該猴」的生理特徵命的名，並不十分有趣；有趣的命名是給那隻曾經擔任過最高領導後被趕下台的老猴子的，因為牠經常一個猴坐在岩石上沉思默想，有點像決策中的政治家，可能是叫「政治家」太刺激了，趙忠祥說動物學家稱這隻老猴子為「思想家」。「思想家」呆呆地蹲在一棵樹杈上，看著群猴在牠面前玩著各種把戲；追逐的，打鞦韆的，梳毛的，捉蝨子的。攝像機鏡頭對準了猴群的新領袖，有兩隻曾經伺候過「思想家」的母猴子正在給新領袖梳毛捉蝨子。這情景應該像刀子一樣戳著「思想家」的心吧？牠憂傷的眼神說明了這一點。後來又出現了猴子們交尾的畫面，儘管是遮遮掩掩地一閃而過，但王小三還是驚喜地喊叫著：

「媽媽，快看！」

「看什麼？」她反問著。

王小三畏畏縮縮地說：「不看什麼。」

「不看什麼你窮吆喝什麼！」她說。

王小三突然說：「媽媽，電視上的猴子都有名字，咱們也給我們家的猴子起個名字吧。」

她想名字是十分現成的，可以叫牠「王三」，因為牠是王三變成的；也可以叫牠「大學教師」，因為王三是大學教師。

一種惡作劇的情緒在她心裏產生了，她說：「叫牠『王三』怎麼樣？」

兒子激烈地反對：「媽媽壞，媽媽壞透了！爸爸才是王三呢，猴子怎麼會是王三？」

「那就叫牠『大學教師』吧！」她平淡地說著，惡作劇的情緒已經消逝了。

「也不行！」兒子說，「爸爸才是大學教師！」

她說：「媽媽沒文化，你來起吧！」

王小三搖晃著圓溜溜的小猴頭，咬著嘴唇看樣子是在搜腸刮肚。趙忠祥正在解釋猴子的表情和動作所代表的內心感情：齜牙咧嘴表示歡樂，拍打肚腹表示憤怒，等等，她想這倒是很有用處的一課，看情況自己必須熟悉這種動物的一切，才能適應目前的家庭狀況，這時王小三叫起來：

「媽媽，我們叫它劉慧芳怎麼樣？」

體校教員看過幾集《渴望》，知道劉慧芳是《渴望》的女主人公，在她身上集中了東方女性所有的美德，但她由衷地討厭這個人物，可能是因為她自己太不賢慧了，所以才厭惡特別賢慧的女性吧？她惡聲惡氣地說：

「不好！」

兒子的積極性受到沉重的打擊，他沉吟著說：「叫劉慧芳不好，那能叫什麼呢？」

「劉慧芳是個女人，猴子是公的！」她像是要證明自己的否決完全正確一樣，大聲說，儘管她自己清楚她的否定並不原因於猴子和劉慧芳的性別。

兒子的積極性又膨脹起來，他說：

「有了，媽媽，咱叫牠宋大成吧！」

她搖搖頭說：「也不好，宋大成太胖了。」

兒子失望地說：「那只好叫王滬生了。但是我不喜歡王滬生」

她拍了一下兒子的頭顱，說：「王滬生好，就叫牠王滬生吧。」

兒子彆彆扭扭地說：「好吧，就叫王滬生吧！」他緊接著補充了一句：「媽媽你忒像徐月娟。」

她無可奈何地歎了一口氣。

電視螢幕上的猴子攀附著樹枝，漸漸隱去，《動物世界》結束了。

她關掉電視，督促兒子上床睡覺。兒子求告著：「媽媽，讓我跟『王滬生』玩一會兒再睡，好媽媽，行嗎？」

她抬起頭來，仰望著那齜牙咧嘴的猴子，根據趙忠祥的解說，牠齜牙咧嘴，表示的是一種歡樂的感情。你歡樂什麼呢？今後的日子可怎麼過，她憂慮忡忡，感到極端的絕望。她聽到兒子喊：

「『王滬生』，下來，陪我玩一會兒！」

「王滬生」果然一躍而下，落在了床鋪上。兒子歡笑著撲上去。猴子與兒子折騰起來，狹小的房間裏頓時響起了噼哩啪啦的聲音。她呆呆地看著牠們，心中一片迷濛。

整整一個夜晚，汪小梅沒敢合眼睛。擾亂著她的心緒讓她無法入睡的不是恐懼也不是憤怒而是一種焦慮。她感到坐著不舒服，躺著不舒服，只有走動著比較舒服。兒子帶著甜蜜而滿足的笑容在他的小床上睡了。這小床已經明顯地短了，她本來是想等丈夫的稿費來了後給兒子買張新床的。丈夫的稿紙和筆凌亂地擺在那張小桌子上，丈夫卻變成了猴子蹲在暖氣管子上打盹。這詩歌大辭典的條目怕是永遠也寫不完了，她悲哀地想。她不停地走動導致腿腳沉重，腿肚子裏彷彿灌進了鉛水。大約是凌晨一點的光景，她坐在床上，脫掉了衣服，仰在床上，腦子倒海翻江地折騰了幾十個小時，已經處於混亂狀態。她仰著，本想伸手拉滅燈，但看到那猴子滿身青翠的絲毛，就索性讓燈亮著。後來她想還是把燈滅掉好，也許在黑暗中猴子會變成丈夫。她迷迷糊糊地說：「王三，這是你最後的機會了。」說完，她一伸胳膊，啪噠一聲將燈拉滅了。

滅燈後她沉入黑暗之中，想起暖氣管子上蹲著的那個毛茸茸的東西，她感到有些膽怯，她克制著自己沒有開燈。路燈的微弱光芒射到房間裏來，所有的物體都有些朦朧，她偷偷地觀察著猴子。它蹲在那裏一動不動，兩隻猴眼卻漸漸地放出幽藍的光芒來。後半夜了，灼熱的城市冷卻下來，清涼的夜風穿透窗戶上的紗網，一絲一縷地鑽進房間，撫摸著她裸露的肌膚她感到很舒服。躺在床上她能夠看到被路燈青藍的光芒照亮了的綠油油的白楊葉片，而無法看到的楊樹後邊的畫著大猴子的廣告牌卻突然佔據了她的腦海。這時她感到丈夫的變形是這隻猴子的一個傑作，變形後的丈夫必須接受廣告牌上猴子的支配。她的恐懼產生的原因是丈夫猴子背後站著一隻滿懷陰謀的猴子。如果是王三一人變化，即便他變成一隻鱷魚，體校教員也不會怕，因為他雖然變了外形但靈魂無法變化。一瞬間她就要折身起來拉燈繩了，但這時卻有一團毛茸茸的東西壓在了她的胸脯上。她頭腦異乎尋常地清楚，肉體卻如僵死了一般。她拚命地掙扎也無濟於事。她更加明白了，做祟的不是猴子丈夫而是廣告牌上那隻大猴子。她看到了猴子丈夫輕捷地從暖氣管子上躍了下來。牠的身體在空中劃出一道綠油油的美麗弧線。她聽到了牠落在地上時的輕微聲響。她竭盡全力掙扎著，連她自己都聽到了自己的喉嚨裏發出沉悶的吼叫聲。她聽到了兒子均勻的鼾聲。一個古老的故事湧上她的心：她聽說有一種猴精是專門吸食嬰兒腦髓的。難道王三要吸食王小三的腦髓?他難道會如此沒有人性嗎?一個變成猴子的父親還會有人性?她更加焦急了。她想自己關燈上床是一個嚴重的錯誤。窗外的樹葉子嘩啦啦地響起來，後來這嘩啦啦的聲響與一個令人頭皮發緊的冷笑混合在一起。她絕望地看到猴子在房間裏慢騰騰地活動著，時而兩腿站立行走，時而四肢著地爬行。牠躍上衣櫃躍上書桌躍上冰箱……牠充分利用著空間。牠拍了兒子的小床，甚至用彎曲的爪子去撫摸兒子的面龐。體校教員感到悲劇將產生，她幾乎要昏過去了。但悲劇的事情沒有發生，猴子似乎沒有惡意。牠蹣跚著走到冰箱邊，令人驚訝地用兩隻前肢拉開了冰箱的門，冰箱裏的燈光撲到猴子的臉上，使牠的面孔顯得異常生動。牠伸出爪子去戳了戳一塊凍得硬邦邦的肥膘肉。冰箱裏的味道撲出來充滿在房間裏。牠拉開了冰箱的最下邊一格，抓出了一個皺了皮的蘋果，咔嚓咔嚓地啃起來。牠吃得滿有滋味呢。看到牠吃蘋果的樣子體校教員對牠能否再變成王三已經徹底絕望了。牠已經與動物園裏的猴子沒有任何區別了。在痛苦掙扎中她想也許應該去為牠買一些水果了。

後來牠又蹦到窗台上去泚啦啦地撒了一泡極臊的猴尿，幸好牠是對準了紗網撒尿，尿水一股股地落到白楊樹冠裏去了。體校教員想到了牠的排泄問題，不可能讓牠去廁所，不可能在房間裏挖廁所，只能在房間裏擺一個盛著乾沙土的舊臉盆，必須訓練牠把屎尿排泄在臉盆裏。她曾經看到過朋友家養的貓就是排泄在裝著乾沙的舊臉盆裏。她想猴子是靈長類動物，是人類的表兄弟，訓練起來可能比貓容易。

再後來她看到猴子一步步走到床邊，走到她的面前。她感到猴子冰涼的、但十分溫柔的爪子開始撫摸她的肉體，摸得她渾身爆發出雞皮疙瘩。她聞到了猴子身上的味道。她不知道接下來猴子還將幹什麼事情。她非常恐怖地想到自己正處在排卵時期。她甚至看到自己已經生出了一隻毛茸茸的小猴子。她怪叫一聲，這一聲怪叫衝出了喉嚨，衝開了壓迫著她的部分神經的夢魘。她周身冷汗，半死不活地躺著，聽著自己的怪叫的餘音在房間裏嫋嫋地飄蕩著。

她拉開燈。猴子電一般地躥到櫃子上去了。她一直坐到天亮。

第二天一早，她把兒子送到幼稚園裏去。兒子迷戀猴子，哭了足有十分鐘。然後她到公用電話亭給自己的單位和丈夫的學校打了電話，撒了一通彌天大謊，說丈夫和兒子一起發了高燒。

走出電話亭，她覺得自己倒真正有些發燒。正是上班時間，每一條街上都流淌著車水馬龍，有一台灑水車不合時宜地在斜街上灑水，惹得群眾罵街。噴水車噴灑出的水線被陽光嬉戲著，折射出許多絢麗的好看顏色。她聽到一個被水淋濕了褲子的小夥子罵這個世界上的人都他媽的有病了。她感到頭暈眼花，渾身無力，六神無主。她盲目地在街上遊蕩著，一直到了上午九點多鐘。後來她清醒過來，想無論如何也要活下去，頭痛欲裂，先看病吧。她們單位的合同醫院離此地不遠，她走到這家醫院門口又心血來潮地跳上一輛公共汽車，坐了十幾站路，在一所大醫院門前下了車。

她掛了一個內科的號，買了一張病歷，找到內科的門口，坐在走廊裏的凳子上等叫。不知等了多久，她被叫了進去，一個戴眼鏡的中年男醫生示意她坐下。她坐下。醫生問她怎麼啦，她張口結舌地說不出話來。醫生用狐疑的目光盯著她，她感到醫生的眼睛把自己的心事看透了。醫生又問了一句什麼話，她沒有聽清楚。她說：大夫，你說該怎麼辦？醫生說什麼該怎麼辦？她說我丈夫的事該怎麼辦？醫生看看病歷和掛號單又看看她的臉，說你丈夫怎麼了？她說你不是都知道了嗎？醫生紅著臉說我知道什麼？她說你知道我丈夫變成猴子啦你能不能想個辦法讓他變回來？醫生吃驚地跳起來說你掛錯了號了重新掛號去吧掛精神科！她對醫生的態度不滿意，說：我丈夫真的變成了一隻猴子你不要以為我在撒謊！醫生說去吧去吧重新掛號去吧先去看你自己的病然後再說你丈夫的事。她說我丈夫比我重要他是大學教師他正在寫文章還要給學生上課你想法把他變回來吧。醫生起身跑出去了，一會兒帶著幾個穿白大褂的女人回來了，她看到這幾個女人都很粗壯結實也像改行的運動員。一個女的很野蠻地問你是哪個單位的？她不高興地說你管我是哪個單位的幹什麼。幾個女的一齊上來說你快走不要在這搗亂再搗亂我們用電電你。她說你們憑什麼用電電我！一個女人說你有精神病！她說你才有精神病我丈夫變成了猴子千真萬確你們不想法治療還污蔑我醫德何在。一個女人說把你丈夫送動物園裏去就行了治什麼！她很衝動地撲上去想打那個出言不遜的女人，胳膊卻被擰住了，這幾個女人都很有力氣連拉加拽地把她拖出了內科診室。她掙扎著罵她們，她們把她拖到二樓上去果真用一根電棒子觸了她一下，她一下子就暈了過去。一會兒她醒過來，一個女人拿著電棍子說你走不走不走還電你！她感到怒火滿胸膛，但確實怕那電棍子的厲害，無奈，只得強壓怒火，罵幾句髒話，衝出了醫院門診大樓。

在大街上她徘徊了許久，然後坐上公共汽車，她記得自己好像要去一個專治精神病的醫院，卻鬼使神差地在自然博物館前下了車。然後她買了一張門票進入展廳。這地方她很熟悉，幾乎每隔一個星期就要來一次。頻繁地到這裏來並不是她對這裏感興趣，她對這裏不感興趣她兒子對這裏特別感興趣，一進去就拽不出來。什麼恐龍呀、猿人呀，兒子一邊看一邊像個飽學的老頭子一樣嘴裏嘀嘀咕咕。她曾經把這現象告訴過王三，王三說這是好現象。她進入展廳後第一次感到這裏的一切令人怵目驚心。過去被忽視的東西現在十分鮮明地凸出來。這個展廳雄辯地證明著一個熟透了的理論：人是由猿猴進化而來！像一道輝煌而猙獰的九龍壁橫在了她的面前。每一個字就是一條張牙舞爪的狂龍。站在那些圖畫和模擬塑像面前，她意識到自己拐彎抹角來到這裏並不是鬼使神差。一切都跟丈夫變成猴子有關。她是來尋找例證的。既然猴子能夠變成人（儘管是極其緩慢的），那麼人變成猴子就不是完全徹底的荒誕。這是雖然荒誕但有根據的變化。她記得與王三談戀愛時，這個大學中文系的學生曾經十分耐心地給她講過很多文學，有古代的有現代的，有中國的有外國的。現在她回憶起古今中外的文學中講了許多人與動物之間互相變化的故事，譬如狐狸變人、人變甲蟲等等。當時她是左耳聽右耳冒，現在竟然還能再現那些十分清楚的印象。她又一次意識到自己的記憶力非常之好。她站在一排裝著人類胚胎發育各階段標本的大玻璃瓶子前，突然發現，人在母腹中的短短九個月，實際上是人由獸變為人的縮影。在最初階段，人的胚胎與猴子胚胎幾乎沒有區別，這就說明，每個人的身上都隱藏著一種變成猴子的因素，只要機會合適，每個人都可以變化。每個人都有可能變成猴子。她想，這不是倒退嗎？但她立即又想到，在學校裏聽老師講馬克思主義時，老師說任何事物的變化發展都呈一種螺旋狀。猴子變成人，人變成猴子，然後再由猴子變成人。如此循環往復以至無窮。教師說這種循環不是簡單的重複，而是在原來基礎上的提高。想到此她鬱悶的胸膛裏襲進了一股清風，昏昏沉沉的頭腦清醒了許多。生活果然如天上的彩霞一樣絢麗與地下的亂麻一樣複雜：適才還是絕路一條，現在忽然大有希望。她想按照政治教師的理論，丈夫的這次變化僅僅是一次對王三的否定——猴子否定了王三——隨後而來的應該是王三再否定猴子。但否定了猴子的王三已經不是原來的王三，而是在更高層次上的王三了。她一直對王三的碌碌無為不滿意，這下好了，完成了否定之否定發展變化過程的王三必將以卓越的頭腦創造出輝煌業績。對未來的美好前景的憧憬使體校教員心情極好。她腿腳輕飄飄地走出了自然博物館。上了汽車後她還回望著這所有些破舊了的建築物，對它充滿了感激之情。

在臨近家門的水果攤上，她買了一包水果。有鴨梨，有蘋果，有香蕉。她想起了獼猴桃。找到了獼猴桃，這種毛茸茸的形似狗卵的東西，價格昂貴，她猶豫半天，最後還是咬牙買了四顆。

轉眼到了星期六，下午必須到幼稚園把全托的王小三接回來。

這六天在體校教員的感覺裏，幾乎長過了六年。她在企盼與焦慮中過日子，她在恐懼與憤怒中過日子。她企盼猴子盡快變化成王三；她焦慮著猴子越來越像猴子；她恐懼猴子趁自己睡熟時在自己身上做出什麼事來還恐懼丈夫變成猴子的消息傳播出去；她憤怒猴子在本就小的空間裏不停地上躥下跳。胡拉亂尿搞得她一刻也不得安寧。

她一直沒去上班，業餘體校是個紀律鬆弛的單位，沒人過問。丈夫的大學可是名牌大學，星期三即來電話催問。電話是要到走廊裏公用電話那兒，一個曾在市動物園飼養過河馬和海豹的退休老職工來敲門傳呼。在開門的瞬間，她看到眼窩深凹進去、動作太怪的老頭滿懷鬼胎地往屋裏掃了一眼。這一眼掃得她心慌意亂。她看到他敏感地抽搐著鼻子，他像在嗅什麼味道。她想他一定嗅到了猴子的味道。在電話裏，她又對丈夫的領導撒了謊，說王三上吐下瀉，病得起不了床。

下午她鎖好門走下樓梯，準備去幼稚園接王小三。走到半路上，忽然又想起了鎖門時似乎沒聽到鎖舌彈入鎖口時那咔嗒一聲響。如果沒鎖住門——肯定沒鎖住門——無法收拾的情景在她眼前晃動起來：猴子跑了出來在走廊裏躥跳鄰居衝進了房間觀看猴子。於是她急匆匆返路回家，上樓時，幾乎與那個河馬飼養員撞了個滿懷。河馬飼養員用河馬般陰沉的目光逼視著她，她沒有道歉她開始怕這個恨這個老傢伙她大步流星地穿過走廊，到達自家房間的門口。門口一團漆黑。她推了推門，門鎖得很牢。她感到自己的神經確實出了毛病。她摸出鑰匙擰開了門，看到猴子蹲在枕頭上，手裏捧著一本像磚頭那麼厚的字典在觀看。一見到她進來，牠扔掉字典，尖叫著，按照牠既定的登高路線，由床頭到冰箱由冰箱到衣櫃由衣櫃到暖氣管子。它蹲在房間的制高點上，用不愉快的眼神看著她。她看看跌在床下的字典，看看居高臨下的猴子，心中陡然翻騰起熱浪：這是王三變成猴子之後第一次接觸書本！猴子原本是王三與文化之間的障礙，現在牠拿起了書本，變成了王三通向文化的中介。就像多數中介都必將消解在兩個終端事物之間一樣，猴子的消解也是必然的，甚至可以說已經開始。有一股酸酸的感覺壓在她的鼻梁上，使她的鼻腔發酸，熱熱的清液從她的眼睛裏沁出。她激動得嗓子打著顫抖對猴子說：「三啊三，我的好孩子，你別怕，看到你看書你不知道我的心裏是何等的高興，看吧，你大膽地看吧，你最好到你的書桌前寫你的文章……」

她替猴子拉亮了燈，鎖好了門。反覆推拉證明確實鎖好了門，她滿懷希望地走，走著，走著，走到了兒子的幼稚園。

她看到兒子瘦了許多，瘦出了一些猴模樣。她問：「兒子，你怎麼啦？」

王小三眼淚汪汪地說：「媽媽，我想猴子。」

不愉快的情緒立刻又氾濫起來，但她還是強裝著笑臉說：「猴子在家裏，一會兒你就可以看到它了。」

她拉著兒子的手正要走，幼稚園大班的肥胖范小姐叫住了她。范小姐與體校教員私交很好，當初全托王小三時就是走了她的後門。

范小姐問：「大姊，你們家弄了一隻猴子？」

體校教員大吃一驚，忙說：「沒有沒有，我們家又不是動物園，弄隻猴子幹什麼？」

「就是麼，你們家又不是動物園，養猴子幹什麼。」體校教員認為范小姐用別有用意的口吻說，「可你們的兒子這一周吃飯不好好吃，睡覺不好好睡，哭著嚷著要回家看猴子。」

范小姐用細長的眼睛盯著體校教員，體校教員掩飾道：「他爸爸給他買了一個猴子玩具。」

范小姐說：「怪不得呢。」

體校教員抱著兒子走出幼稚園大門。對兒子的洩密行為她很惱火。走到一個僻靜處，她嚴肅地問兒子：「小三，你為什麼不聽我的話把我們家的機密洩漏給人？」

王小三夾著兩眼淚花說：「媽媽，我錯了，你打我吧……」

體校教員看著兒子這副小可憐的樣子，無可奈何地歎了一口氣，說：「反正已經洩露了打你有什麼用。」

一進家門，王小三一聲歡呼，猴子一聲尖叫，人和猴就鬧到一堆去了。體校教員絕望地看到：那本大字典已經被猴子撕得粉碎，床上，地下都是字典的屍骸。

第二天上午，體校教員坐在床邊麻木不仁地看著兒子和猴子廝鬧，這時房門被敲響了。她警覺地站走來，問：「誰？」

門外有一個熟悉的男子聲音響起：「大嫂，是我。」

「你是誰？」體校教員問。

「我是小許呀，王三老師的同事。」

「你來幹什麼？」她毫無禮貌地問。

門外的人似乎愣了一下，然後說：「聽說王老師病了，我來看看他。」

「他不在家。」

「大嫂，我把王老師的工資帶來了，還有一些他的信件。另外，系領導讓我跟王老師談一些事情。」

體校教員認識這位小許，他是王三的好朋友。即便王三不在家也沒有理由把人家拒之門外。她很著急地看著孩子，發現猴子已經豎起耳朵聽門外的動靜。牠的眼神裏還具有明顯的王三特徵。她的目光在房間裏轉動，非常自然地她看到了衣櫃。她對著門外說：「你等一等。」

她附著兒子的耳朵叮囑了許多話，然後，開了衣櫃門，一把揪住猴子的脖子，將牠塞進了衣櫃。這是她第一次接觸猴子的皮毛。猴子咧著嘴，發出吱吱哇哇的叫聲。她顧不了許多，迅速地關好櫃門，並上了鎖。她略為收拾了一下凌亂不堪的房間，再次叮嚀了兒子幾句，然後，拔掉門上的插銷，拉開了門。

她看到模樣清秀的小許一進門就皺起了鼻子，知道他嗅到了猴子的味道。她冷冷地說：「對不起，家裏有孩子，亂糟糟的。」

小許說：「沒什麼，沒什麼，我家比你家還要亂。」

「坐吧。」她依然冷冷地說。

小許在王三坐慣了的那把椅子上坐下，眼睛鬼鬼祟祟地東張西望。

體校教員說：「王三出去了，要晚上才回來。」

「沒事，沒事，我坐幾分鐘就走。」小許說，「這是小三吧，半年不見，長高了不少。」

小許說完就對著小三招手，說：「小三，還記得我是誰吧？」

小三瞪著眼看著他，一臉的不高興。
體校教員說：「這孩子，越長越不懂事！這不是你許叔叔麼，快叫！」
小三的眼睛早轉到衣櫃那兒去了。體校教員伸手把他扯過來，說：「不是讓你叫許叔叔嗎？」
小許擺著手說：「不用了不用了，小男孩一般都嘴懶。」
體校教員說：「跟他老子一模一樣，三腳踢不出個響屁來。」
小許笑了幾聲，問：「聽說王老師病得不輕？」
體校教員說：「也沒什麼大病。」
小許從書包裏掏出一個信袋，說：「這是王老師的工資，您點點數。」
體校教員說：「點什麼，錯不了的。」
小許說：「還是點點好。」
這時大衣櫃裏有猛烈的聲音響起，小許警覺地回頭去看。
體校教員臉色煞白地擠到衣櫃前，拍著櫃門罵道：「該死的耗子，等客人去了再跟你算帳！」
小許說：「這耗子真夠猖狂的。」
體校教員說：「可不是怎麼著，要不政府花大力氣宣傳滅鼠幹什麼。」
小許又掏出幾封信說：「這是王老師的信，您轉給他吧！」
體校教員說：「謝謝您啦！」
衣櫃裏又鬧騰起來。小許笑著說：「這耗子成了精了。」
體校教員紅著臉說：「是成了精了。」
小許說：「大嫂，轉告王老師，說系裏領導讓他無論如何下周要到學校去一趟，有關評職稱的事，馬虎不得。」

體校教員說：「好，他回來我就告訴他。」

小許站起來，說：「小三，跟我去玩吧。」

小三張了張嘴，沒發出聲音。

小許說：「大嫂我走了。」

體校教員說：「謝謝您小許，這麼大老遠還跑一趟，真是太謝謝了。」

小許說：「不客氣不客氣。」

體校教員送小許到門口，小許雙手抱拳，說：「大嫂免送！」

體校教員說：「小許好走！」

體校教員背靠在門上，大口地喘著粗氣。王小三急不可耐地擰開大衣櫃的門，放猴子出來。猴子跳出來，抓著櫃子裏的衣服一件件往外拖，好像要借此發洩被關在櫃子裏的憤怒。

體校教員感到自己已經接近了發瘋的邊緣。猴子翹起的尾巴和那赤紅的屁股激起她生理上的強烈厭惡。她罵道：「王三你這個畜牲，我對你已經做到仁至義盡了！」

猴子不理她，只管往外拖衣服。體校教員彎腰抄起一輛玩具坦克車，對準猴頭擲過去。她經過訓練的胳膊拋出的物件既有力又準確，坦克車正中猴子的後腦勺。牠淒厲地叫了一聲，身體跳起足有一米高，然後軟綿綿地跌在地上。

王小三大聲哭叫起來。他撲到猴子身上，用在幼稚園裏學到的髒話痛罵著體校教員。體校教員的身體沿著門板滑坐在地上。她一聲不吭，像癡了一樣。

體校教員背著哭得發昏的兒子，到了她堂叔的家。堂叔一見她娘兒倆的模樣，嚇了一大跳，慌忙下樓把正在街上宣傳滅鼠的老伴叫回來。老倆口詢問半天，體校教員只是默默流淚，什麼話也不說。她的堂叔是一家大棉紡廠的退休幹部，脾氣很烈，他一拍桌子說：「不要哭了嘛！有什麼問題說出來嘛！這樣哭下去根本解決不了問題嘛！」

於是體校教員便兩行鼻涕兩行淚地向堂叔和堂嬸訴說了王三變成猴子的經過和王三變成猴子後她的悲慘處境。

堂叔哆嗦著手點著了一支菸，吸了兩口，說：「你不是胡說？」

體校教員道：「不信你就去看看，我把它打昏了，它躺在我們房間裏呢。」

堂嬸道：「這可真是從來沒聽說過的奇事。」

王小三又哼哼唧唧地哭起他的猴子來。

體校教員說：「別哭了，那猴子是你爹變的，咱娘倆被他害苦了。」

堂叔想了許久，然後說：「小梅，這件事如果真像你說的那樣，大概也沒有法子可以挽回了，我看你該去公安局報案！」

堂嬸說：「你出什麼餿主意！一報案，小梅還不得落個謀殺親夫的罪名！人家才不會相信那猴子就是王三呢！」

堂叔道：「那就向王三的學校領導去彙報。」

堂嬸道：「這跟去向公安局報案有什麼區別？」

堂叔說：「那你說怎麼辦？」

堂嬸道：「我琢磨著，他能變成猴子，也就能變回來，關鍵是要找個他怕的人詐唬詐唬他。」

堂叔道：「他怕誰？」

堂嬸道：「我記得他小時候挺怕他爹。你記不記得，有一次咱大哥喊了他一聲，嚇得他把褲子都尿了？」

堂叔道：「大哥快八十歲了，虎老了不咬人，只怕再也詐唬不住他了。」

堂嬸說：「也只好死馬當成活馬醫了。」

堂叔道：「去把大哥接來？」

堂嬸道：「那多慢？這樣吧，把小三放在這兒，我看著，你和小梅把他送回老家，讓大哥搧他耳刮子，詐唬他幾聲，沒準就變回來了。大哥是屬虎的，虎是百獸之王，嚇唬隻小猴子還是綽綽有餘。」

堂叔道：「火車上不讓帶活物的。」

堂嬸道：「你們廠裏不是跟鹽城有業務關係嗎？鹽城每天都有拉貨的車來，送司機條菸，搭個便車就行了。」

堂叔說：「就照你說的辦吧，不過，萬一變不回來呢？」

堂嬸生氣地說：「嗨喲，你看你哪像個大老爺們！變不回來再想變不回來的法子，老是這樣拖著，事情早晚要發，那時小梅渾身是嘴也辯不清楚了。」

堂叔說：「就聽你的吧！」

堂嬸、堂叔、汪小梅、王小三四個人回家看變成猴子的王三。堂叔一邊走一邊嘮叨：「這這這這算什麼事喲！」

四個人走到斜街的盡頭，就聽到筒子樓前吵吵嚷嚷一片人聲。一拐彎就看到廣告牌前的白楊樹下圍著一大堆人。陽光很強烈，那些人都仰著臉往樹上看。體校教員敏銳地感覺到事情與猴子有關。她對堂叔和堂嬸說：「壞了，事情八成敗露了。」

王小三眼尖，叫道：「猴子，我家的猴子在樹上。」

四個人急忙跑到樹下，仰起臉來，果然看到那隻猴子蹲在一根樹杈上，對著樹下的觀眾扮鬼臉。

觀眾議論紛紛，說肯定是動物園裏的猴子逃出來了。體校教員看到那個過去的河馬飼養員雜在人堆裏。他的目光不在猴子身上，他的目光定在那扇被猴子推開的窗戶上。體校教員感到河馬飼養員是個可怕的敵人。

有幾個頑皮男孩從腰裏摸出彈弓瞄準猴子發射泥丸。有一顆泥丸打在猴子臂上，猴子尖叫一聲，在樹冠中躥跳起來，它的靈活矯健的身形讓體校教員的絕望到達極點。如此合格的猴子要想變成人幾乎是不可能的了。

王小三從堂嬸手裏掙脫出來，像匹小獸一樣撲向持彈弓的頑童。他撲倒了一個頑童，並且用牙齒咬破了那頑童的手背。頑童手背上流著血，啼哭起來。王小三也哭了，他哭著叫：「不許你們打牠，這是我家的猴子，牠是我爸爸變的！」

圍觀者中爆發出一陣陣怪笑，怪笑之後是七嘴八舌的怪話。

體校教員茫然失措地呆立著。

一個巡邏的警察踱過來，悄悄地仰臉觀察著。

體校教員看到警察的手指顫抖著伸向腰帶，他的腰上掛著手槍。一個灰白的、罪孽深重的念頭在她腦子裏閃過，她希望警察開槍把牠從樹上打下來。只要警察一開槍，便一了百了。可憐的警察有開槍射殺罪犯的權力，卻沒有開槍射殺猴子的權力，他顫抖的手指移到褲兜裏，摸出一條髒手絹，擦拭著脖子上的汗水。

警察喊道：「散了吧散了吧，不要圍在這裏生事。猴子問題我通知動物園來解決！」

群眾沒有理睬他。他又乾巴巴地喊了幾聲，然後一個人懶洋洋地走了。

堂嬸果然是個有主意的人，她把丈夫、汪小梅和王小三招呼到樓上。

汪小梅開了門。

毫無疑問樹上的猴子就是王三變成的那隻猴子，因為窗戶洞開，屋裏沒有猴子。猴子是踏著窗台跳到樹上的。汪小梅知道猴子跳窗逃走與自己用坦克車襲擊了牠有關。

堂叔和堂嬸像兩個老練的公安一樣察看著屋裏的一切。汪小梅向他們講解著。面對著滿屋的猴屎猴尿和沾在暖氣管子上的猴毛，堂叔和堂嬸面色嚴肅。

堂嬸說：「把牠引進來。」

堂叔說：「怎麼引牠。」

堂嬸道：「用水果。」

堂叔道：「家裏有水果嗎？」

汪小梅拉開冰箱摸出兩個乾巴了皮的橘子。堂嬸說：「小三，你叫牠！」

小三舉著橘子，踩著一只小凳子，趴在窗台上，對著猴子喊：「猴子，過來，過來吃橘子！」

猴子蹲在樹冠盡頂上一根手指般粗細的樹杈上，身體隨風擺動。廣告牌上的大猴子閃閃發亮。

小三舉著橘子，喊：「爸爸，來家吃橘子！」

猴子轉過了頭。牠全身的毛油汪汪地閃。

堂嬸說：「小三，叫爸爸！」

堂嬸把汪小梅推到牆旮旯裏躲藏著，讓王小三繼續喊。

「爸爸呀，回來吧！」猴子果然從樹梢上溜到與窗戶平齊的地方，然後一個凌空飛躍像一道綠油油的閃電滑進了房間。

堂嬸撲上去關閉了窗戶。樓外的喧鬧聲立刻變得很微弱了。

王小三把橘子遞給猴子。猴子搶過橘子，跳到暖氣管子上、蹲著啃起來。橘子的汗液滴到地上。

門外傳來敲門聲。汪小梅縮成一團。堂嬸上去開了門。迎門站著幾個戴紅袖標的老太太。其中一個說：「居民樓裏不許飼養動物！」

堂嬸說：「喲，這不是胡大姊嗎？」

傍晚時分，四個人牽著脖子上拴著腰帶的猴子離開了筒子樓。一切的麻煩都被堂嬸解決了。

他們去了棉紡廠，找到一輛江蘇鹽城的車。司機是個鬍鬚很盛的小夥子。他同意汪小梅攜帶猴子搭車。

王小三哭得很凶。

晚上九點多鐘，卡車駛離城市，進入茫茫的原野。道路寬闊平坦，夜行的車輛很多，一道道的燈光把路邊的高大樹木照得成排撲倒似的。發動機的轟鳴在深沉的夜裏顯得格外刺耳，汽車飛馳，有點風馳電掣的意思，有點威風凜凜的意思。汪小梅抱著猴子坐在駕駛室裏。猴子嘴裏的酒氣熏得她昏昏欲睡。為了使猴子安靜，給牠灌了半斤白酒，這當然也是堂嬸出的高招。

車在漫漫長夜中奔馳。汪小梅有些心虛。

到了後半夜，路上的車很少了。後來就好像只剩了這一輛車。

司機煞住車，跳下去站在車邊，很響地撒了一泡尿。汪小梅聽著司機撒尿的聲音，感到事情有些不妙。

果然麻煩來了。司機上了車，熄了機器，點火抽菸。汪小梅看到他的藍色的眼睛。她等待著。

司機說：「你知道搭車的規矩嗎？」

汪小梅說：「知道。」

司機說：「你知道什麼？」

汪小梅說：「不就是脫褲子嗎？」

司機說：「你還很乾脆。」

汪小梅說：「一個有梅毒的女人還怕脫褲子嗎？」

司機問：「這麼說你有梅毒？」

汪小梅說：「一個抱著猴子的女人可能有比梅毒還可怕的病。」

司機問：「你抱著隻猴子幹什麼？」

汪小梅說：「牠是我的丈夫！」

司機笑起來。他說：「有你丈夫在身邊，我只好老老實實了。」

汪小梅說：「你不要客氣，牠醉了。」

司機說：「你也去撒泡尿吧，坐了半夜車了。」

汪小梅把猴子放在座位上，推開車門下了車。

她也很野地在車邊蹲下。司機一腳把猴子踢到車下，拉上了車門。

看著漸漸遠去的汽車尾燈，汪小梅並沒有感到特別的憤怒。她平靜地處理完排泄廢水的事情抱起還沉浸在醉鄉裏的猴子，向著前方的一片燈火走去。

第二天早晨，體校教員汪小梅牽著猴子出現在山東南部的一個小縣城裏。她感到肚子有點餓了，便沿路尋找飯舖，就這樣尋尋覓覓地她牽著猴子來到了火車站廣場。猴子跟著她，時而直立行走，時而四肢爬行。有幾次曾試圖蹦到汪小梅肩頭上去，但都沒有成功。並不是猴子的彈跳力不夠，而是汪小梅的身體迴避。雖是凌晨，車站的小廣場上還是人來人往。廣場邊緣上有很多露天的小飯攤，有賣油條豆漿的，也有賣燒餅鹵肉的。汪小梅買了半斤油條、兩碗豆漿。她送一碗豆漿給猴子，猴子不喝。她遞一根油條給猴子，猴子接了，胡亂咬了幾口，便扔掉了。為了猴子的健康，她買了一串山楂葫蘆餵它，猴子吃山楂葫蘆，汪小梅被條件反射出一腔口水。

飯攤的主人是個很年輕的姑娘，很感興趣地問汪小梅一些關於猴子的問題。這些問題中有幾個涉及到猴子的性與生殖，惹得汪小梅很反感，她裝聾不回答。

後來她就牽著猴子在車站廣場上漫無目的地轉悠起來，一群好奇的人跟在她和她的猴子的後邊。這個縣城遠離山林又遠離城市，活猴子是個稀罕物，所以觀者甚眾。有人還說：大姊，讓你的猴子給我們耍幾套把戲吧。汪小梅不理他們。

牽著猴子的女人成為這個縣城車站廣場的一個小風景很長一段時間了，早晚的氣溫也逐漸涼了下來，事情終於有了結局：

那一天車站廣場上來了一個肩著猴子的男人。男人手提著一面銅鑼，他是個很熟練的耍猴戲的人。他一邊敲著銅鑼一邊歌唱著：

銅鑼一敲咣咣咣
叫一聲我的猴兒聽端詳
你給各位鄉親耍把戲
各位鄉親便會把你來犒賞

你玩一個二郎擔山追明月
再玩一個鳳凰展翅趕太陽
玩一個花和尚倒拔楊柳垂
再玩一個武松打虎景陽崗
……
各種的把戲你玩了一遍
約你個笸籮去收犒賞

小猴子端著一個草編的小笸籮，戴著紅色的小帽，穿著青色的小衣裳，拖著尾巴，十分滑稽可愛地繞圈收錢。看過了猴戲的人都把一些二分面值或五分面值的硬幣扔到小笸籮裏。也有一些比較慷慨的人，扔一張一角或兩角的紙票。猴子端著小笸籮，轉到了汪小梅面前，這時的汪小梅已經衣衫襤褸形同乞丐，腰裏沒有一分錢。她定定地看著面前的猴子，又抬頭看看那耍猴的男人。男人也在直著眼看著她。她感到與這男人似曾相識，卻又想不起何時何地與這男人相識。這時，她身後的猴子已經衝到了男人的猴子面前，兩隻猴子沒有廝咬，而是像牠們的主人一樣，兩張猴臉正對，四隻猴眼相接，猴臉上的表情生動如畫。後來，汪小梅的猴子主動地伸出一隻手去摸了摸男人的猴子的腦袋，男人的猴子也伸出手回摸汪小梅的猴子。牠們的動作極像幼稚園裏的兩個小朋友，但牠們不是幼稚園的小朋友，所以便產生了幽默、產生了趣味，圍觀的人們都陶醉在這幽默趣味之中，暫時忘卻了各自的煩心事。

一九九一年五月於北京廠橋倉庫

流水

一

在一九七九年那個風調雨順、陽光明媚的春天裏，八隆縣城直達馬桑鎮的公路修通了。這條公路平坦寬闊，路面上新鋪敷的瀝青像鏡子一樣泛著光；公路沿著蜿蜒的八隆河迤邐而來，像一條舒展在大地上的黑色緞帶。公路修通之後，閉塞偏僻的小小馬桑鎮交通便利了，現在要去趟縣城，只需在鎮西頭那兒花五毛錢買張車票，五十分鐘便可到達。

那個春天也是馬桑鎮的安寧生活被騷亂的季節，幾乎每天都有新聞在鎮上流傳。八馬公路修通不久，一個消息就在一個夜晚之間像一股風吹遍了全鎮：全省最大的甜菜榨糖廠要建在馬桑鎮了！聽說糖廠的所有機器設備都是從外國進口的，還聽說糖廠的這個大門口進去甜菜，那個大門口就流出來白花花的白糖；糖廠一天產的糖夠馬桑鎮吃十年哩。這消息使馬桑鎮好幾天像開了鍋一樣沸騰。那些皺紋爬滿面頰，目光渾濁的老頭們，面對著一日三變的新生活浪潮，心靈深處產生一種莫名其妙的惶惑之感；那些額頭光潔，目光清澈的年輕人，則以一種躍躍欲試的心情渴望著變化，他們自從八馬公路修建之日起就感到這條路修的來頭不小，就開始用五顏六色的彩線編織生活之夢，就開始憧憬馬桑鎮光輝燦爛的未來。

當然，老人們惶惑不安和年輕人的熱望幻想都是杞人憂天或一廂情願，因為糖廠究竟是不是建在馬桑鎮上，一時誰也拿不準，就連鎮上的最高領導人馬支書也沒法證實這個消息，他只是以「或許」「大概」之類的遁詞來搪塞他的鄉民們。

這種折磨人的情景並沒有維持多久。大約一個月後，正當三月的春風吹綠了越冬的麥苗，吹綻了馬桑鎮街道兩側的鵝黃色的柳芽，吹得馬桑鎮面前汩汩東去的八隆河水如一匹綠色的綢子在陽光下抖動的時候，從黑黝黝的泛著漆光的八馬公路上開來了一串大大小小的車輛。據說這是糖廠籌備委員會的先頭部隊，他們是來選擇地址，勘測地形並與當地政府聯繫有關徵用土地等等事宜的。從此之後，八馬公路上每天都有呆頭呆腦的吉普車來回奔馳，一些耳大面方的幹部模樣的人，一些鼻梁上架著眼鏡的學問人，一些著裝入時，模樣俏麗，肩上扛著畫著紅道道黑道道的大標尺，背上背著三條腿的水平鏡的大姑娘小夥子，整天在馬桑鎮麻石鋪成的狹窄街道上，在鎮子面前高高的八隆河堤上，在鎮子後邊那平平展展的綠氈絨毯般的土地上，走走停停，指指點點，這裏望望，那裏挖挖。從這些人的嘴裏不時冒出一些生僻詞語，這些詞語飛到馬桑鎮居民的耳朵裏，使他們大睜開或是惶惑，或者驚愕的眼睛。他們望著這群神祕莫測的人，大腦裏的機器訇然開動，各種各樣的念頭像蟲子一樣在腦子裏爬動，最後，萬火歸一火，人們都猛然意識到：馬桑鎮真的要建甜菜糖廠了，馬桑鎮的日子真要變樣了。

幾天之後，馬支書召開了全鎮社員大會，宣布縣裏的決定：「全省最大的甜菜榨糖廠的廠址就選在我們馬桑鎮後邊一里遠的地方。從今以後，我們馬桑鎮的人可以放開肚皮吃糖了，馬桑鎮的日子就要泡在糖水裏了……」馬支書的話引起了年輕人一陣歡騰，幾個小夥子竟然異想天開地問：「支書，到時我們可不可以到糖廠當工人呢？」馬支書說：「這不是不可能的，小夥子們，等著吧，聽說咱馬桑鎮地底下還有石油呢，聽說咱馬桑鎮要建成馬桑市呢！到那時候，嗯？哈哈哈⋯⋯」

年輕人坐不住了，紛紛站起來，七嘴八舌地議論開了，會場上吵得一塌糊塗。這些年輕人最近都坐著公共汽車去過幾趟縣城，有的還從縣城坐上火車去了遠在幾百里外的那個濱海城市。在那裏他們開了眼界。想到不久自己也能像城裏人一樣有滋有味地生活，結束那種「面朝黃土背朝天」的命運，不由得欣喜若狂。

「馬支書，我們的地怎麼辦？我們地裏的麥子怎麼辦？我才追上三百斤尿素化肥，就這麼一腳給踢騰了？」說話的人是全鎮有名的老莊戶把式牛闊成。他捏著小菸袋的手在微微打著哆嗦。

「放心吧，牛大哥，國家不會虧待你的。國家，國家能佔咱莊戶人家的便宜嗎？國家指縫裏流出點來，就夠咱馬桑鎮過上幾十年。」馬支書回答道。

「我那麥子可是全鎮頭一份！每根苗兒都用汗洗過。」

「知道，知道。」

「佔了咱的地，咱靠什麼活？莊戶人沒了地，就好比拔出來的小樹，幾天就乾巴了⋯⋯」

牛闊成這顯然不合時宜的憂慮得到了部分人的應和，但立刻遭到了年輕人的反對。這班年輕人中就有他的兒子牛青。牛青是馬桑鎮上青年中的頭面人物，非但長得一表人才，而且多才多藝。他是高中畢業生，沒考上大學，只好「屈駕」回鄉生產。

「牛大伯，城裏人沒有地，可你看人家那些姑娘，一個個油光水滑，一點都不乾巴。」鎮上那個素以調皮搗蛋聞名的小夥子王臣擠鼻子弄眼地對著牛闊成說。

「燒得你！你是城裏人嗎？」牛闊成反駁道。

「爹，你別在這兒丟人現眼了，您那些老古板思想早就過時了。」牛青冷冷地說。

「小兔崽子，老子丟你什麼了？現你什麼了？沒了地，莊稼種到屁股上？不種莊稼，不打糧食，你喝西北風？」

「牛大伯，讓您當工人哩！」王臣說。

「我當工人他老祖宗！」

「是的，工人的老祖宗都是農民。」

「爹，您快回家歇了去吧，國家的事，誰也擋不了。你不願意管什麼用？再說，國家會給咱錢，有了錢就有了一切，還愁沒飯吃？」牛青說。

「九斤老太！」一個讀過初中的小青年戲謔地插了一句。逗得滿場的青年人哈哈大笑。

牛闆成惱羞成怒地吼道：「糖廠佔了我的責任田就是不行，我躺在地裏，看他敢把我埋了。」

「老牛大伯，您這是螳臂擋車。」適才那個小青年又咬了一句文。

「滾你媽的蛋，你少給我撇文，識了幾個臭字就不知姓啥了，回家讓你爹好好教育教育你。」老牛罵起人來。

會場亂成一鍋粥。馬支書使勁拍著桌子說：「鄉親們，別吵了，糖廠建在鎮後是鐵定了的事，那些麥子，國家會賠咱們的，趕明兒大家就不要往地裏花錢使力氣了，就這麼著。散會。」

二

社員大會開過的第二天早晨，牛闆成一大早就爬了起來，在院子裏叮叮噹噹地修理氨水樓，準備吃過飯去給麥子追肥。他的女兒牛玉珍正在灶上做飯，廚房裏熱氣騰騰，煙筒裏的炊煙在玫瑰色的晨光中如鐵蛇般盤旋上升。麻雀在院子裏的老杏樹上吱吱喳喳噪叫。他的兒子牛青端坐老杏樹下，全神貫注地拉著二胡，琴聲悠長邈遠，從小院裏升騰起來，然後隨著若有若無的晨風飄到很遠很遠的地方。氨水耬上一個螺絲滑了扣，牛闊成用扳手擰它、敲它，也毫不濟事，氣得他把扳手一扔，氣呼呼地站起來。兒子如癡如呆的神情使牛闊成本來就不晴朗的心情更像蒙上了一層烏雲。兒子奏出的曲子本來十分好聽，牛闊成在心平氣和的時候也確實感到有這樣一個會拉琴吹笛彈琵琶的兒子是一種驕傲。牛青從小就跟著鎮上有名的音樂師雲哥下過苦功哩。前年雲哥去世，把全套樂器都傳給了他。老牛心情不好，兒子的二胡聲在他耳朵裏像驢拉著的碾子一樣，吱吱嘎嘎地刺耳，他忿忿地說：「少爺，你別碾米了好不好？去把氨水耬拾掇好，吃過飯去追麥子。」

牛青對老子的諷刺挖苦彷彿沒有聽到，反而閉上眼睛，更加入神地拉了起來，曲子象水一樣在滿院裏流動，連樹上的麻雀都停止了大聲噪叫，偶爾才夢囈般地啁啾一聲。正在燒飯的牛玉珍也放下燒火棍，倚在廚房門邊，呆呆地盯著哥哥。

牛闊成一把奪過二胡，喝道：「你聾了？」

「你幹什麼呀！」牛青站起來，懊惱地嘟噥著，「怪不得說你是九斤老太，真像，什麼都不順你的眼……」

牛闊成把二胡摜到地上：「反了你啦，雜種！翅膀還沒硬呢，就敢跟你老子做對頭！拉二胡能拉出餑餑來嗎？」

牛青心疼地從地上撿起二胡，掏出手絹揩著琴筒的泥土，高叫著：「這是雲師傅的琴，你憑什麼給我摔？」

「憑老子是你爹！」牛闊成奓煞著鬍子，眼珠子瞪得溜圓，說，「生了氣老子一頓斧子給你劈了。」

「你敢！」牛青緊緊地抱住了二胡。

「你看我敢不敢！」牛闊成伸手去奪二胡，牛青跳到一邊。

牛玉珍走上來，說：「爹，哥，別吵了，大清早的，也不怕人家笑話。」

「早晚得給你熟熟皮頭子，看你還敢跟我作對。」牛闊成罵完牛青，又轉身對著玉珍吼道：「還不快去做飯，吃過飯去追麥子。」

「爹，昨晚上馬支書不是說過了嗎？鎮後要建糖廠。」玉珍婉言道。

「他建他的糖廠，我追我的肥！」

「爹，您這不是糊塗嗎？」牛玉珍輕聲說。

「我就是糊塗！」

「玉珍，別理他，讓他糊塗到底吧！」

「你們這些雜種，合起夥來擠兌我！你爹養大你們容易麼？你娘死時，你們才是些吃屎的孩子，我屎一把尿一把地拉扯大你們，你們就這樣待我？」牛闊成動了感情，兩隻眼圈通紅。

「這話你說了一萬遍了。」牛青說。

「哥，算了，就隨爹的意吧。」牛玉珍勸道。

「花崗岩腦袋。」牛青低聲嘟噥了一句。

三

牛家父子彆彆扭扭地吃完早飯，牛青用小車推著氨水罈、氨水耬來到鎮後責任田裏。牛家的小麥確實長得好，黑綠色的麥苗兒在晨光中油汪汪地發亮，麥壟兒暄騰騰的，像蒸熟的饅頭。地裏冒著淺白色的霧氣，散發著甘甜的氣息。牛闊成深情地注視著這塊責任田，心裏泛起酸溜溜的滋味：「這樣的好地建糖廠，作孽啊！」田野裏空曠無人，翠綠色的麥雞兒沿著麥壟蹦蹦跳跳，尖著嗓子鳴叫。鎮上傳來一隻牛犢幼稚而淒婉的叫聲。這一切都使牛闊成觸景聞聲而生惆悵之感。他對這塊地有著深深的眷戀之情。年前分責任田時恰恰把這塊在入社前曾是他的私人財產的地重新分到他的手，他的眼淚都流了出來。當時，他伸手抓起一把土，緊緊地捏成一團，嘴唇輕輕地哆嗦著。兒子和女兒用注視神經病患者一樣的目光打量著他，女兒問：「爹，你怎麼啦？」牛闊成答非所問地說：「委屈你了，委屈你了……」他把這肥沃的土地當成了受盡委屈重又回到父母身邊的孩子，他把他六十歲老頭子的汗水毫不吝惜地灑在土地上。但還不到兩年，牛闊成還沒來得及把這土地稀罕夠哩，這裏又要建糖廠了。「哪個缺德的，想這壞主意，建他娘的什麼糖廠。」牛闊成心裏暗暗地罵著。

兒子和女兒在手推車旁磨磨蹭蹭，遲遲不肯把氨水罈子和氨水簍卸下來。牛青用心地諦聽著麥雞兒婉轉的叫聲，並噘起嘴唇，吹出鳥兒叫聲一般的口哨，麥壟上，麥雞兒和他彼此唱和，遙相呼應。牛玉珍睜著毛茸茸的大眼睛，迷惘不安地時而瞅瞅六神無主的爹，時而看看面孔冷漠的哥哥，時而又抬頭望望籠罩著鎮子的團團炊煙；炊煙像薄薄的紗巾，在空中輕輕拂動。她還聽到了八隆河裏響亮的流水聲……她忽而感到孤獨無聊，心裏一片空白。

「還等著幹什麼？讓你們來看光景的？」牛闊成又發了火。

牛青極不情願地解開車上的繩子，猛力一掀車把，四個氨水罈軲轆轆地滾下來，其中一個開了塞子，氨水咕咕嘟嘟地冒了出來，立刻散發出刺鼻辣眼的味兒。牛闊成急步上前，扶起罈子，衝著兒子罵道：「你這是幹活，還是跟老子發懊？」

「灑了倒利索，省了白費勁。爹，你睜開眼睛看看，糖廠勘測隊把灰線都撒好了，用不了一個月就要破土動工。爹，您是不是腦子出了毛病？」牛青說。

「地是包給我的，我親手按了指印。麥子是我親手種的，我不答應他們在這兒建糖廠！」

「你不答應，你不答應，地是國家的，不是你的，跟你說了一萬遍了。」

「我偏要爭爭這口氣，讓他們知道老百姓的辛苦。雞蛋打人，打不疼也要濺他一身黃子一身腥。」

「那你就去濺吧。」牛青坐在麥壟上，雙手托起下巴罷了工。

牛闊成脫下鞋子捏在手裏，對著兒子衝過去。牛青機靈地跳起來，避開了牛闊成的進攻。牛闊成再一次衝擊，牛青再一次避開。牛玉珍一見爹跟哥動了武，便橫成他們二人之間勸架，父子二人圍著牛玉珍轉開了磨。三個人都累得氣喘吁吁。

這時，那群扛著標尺、水平鏡的人又從鎮中心小學走出來了。牛闊成一看來了人，只好氣哄哄地穿上鞋子，蹲在地上抽旱菸。牛玉珍嗚嗚地哭起來。牛青臉色煞白，下巴骨連連打著哆嗦。

那群人朝著牛家的責任田走來。一個穿著茄克衫、鬢角長長的小夥子喊道：「哎，老鄉，怎麼還來追肥？這兒馬上就要建糖廠啦。」

「你建你的糖廠，我種我的地，關你屁事！」老牛怒沖沖地說。

「好一個倔老頭子，我是為你好哩！」

牛闊成對著小夥子翻翻白眼，不去理睬他。牛玉珍停止了哭泣，抬起頭來看了一眼那說話的小夥子。她的眼睫毛濕漉漉的，唇邊上還掛著一滴晶瑩的淚珠。這一瞥像電火般地刺了小夥子一下，他雙眼直直地注視著牛玉珍，把牛玉珍窘得滿臉通紅。

三個姑娘嘻嘻哈哈地走過來，牛玉珍羨慕地看著她們那瀟灑的小筒褲和隨隨便便拉出幾個波浪的頭髮，聽著她們銀鈴般清脆的笑聲，低頭看看自己的瘦腿褲子和垂在胸前的兩根辮子，一種自慚形穢的感覺使她低垂下頭。

這些青年男女不拘一格，隨隨便便的瀟灑勁兒不但使牛玉珍自慚形穢，也使讀過高中的牛青自歎弗如。這種自卑感更加重了他對冥頑不化的老爹的不滿，他甩手就走，也不去管那些東一個西一個躺在麥田裏的氨水罈子和側歪在一邊的小推車。妹妹一看哥哥走了，更感到面紅耳熱，那些小青年一次又一次把火辣辣的眼睛印到她的臉上、身上。姑娘們走上前來，熱情地跟她打起招呼：

「大姊，這兒就要建糖廠了，你們還不知道？」

「知道……」牛玉珍囁嚅著，雙手撫弄著那又粗又黑的長辮子。她的臉像桃花般鮮潤，眉心之中，還有一顆黃豆般大小的紅痣呢。

「大姊，你這兩條辮子真好……」

「大姊，你這顆痣長得真美……像比蘭德拉王后……」

「大姊，我要是個男的，非娶你不可。」……

姑娘們近乎放肆地笑起來。

「大姊，往後我們就是鄰居了。」三個姑娘當中那個最俏麗的姑娘說。

「你們？」牛玉珍疑惑地問。

「我們都是機修廠的，機修廠垮了台，就把我們分到糖廠了。先來幫助建廠，建完廠就在糖廠工作了。」

「你們佔了俺的地，俺以後能不能到糖廠做工呢？」牛玉珍大著膽子問。

姑娘們感到牛玉珍提出的問題很難回答，便轉過頭去問那個留著長鬢角的小青年：「吳水，這個大姊想到糖廠做工，你說行不行？」

「當然可以，就憑大姊這小模樣兒，糖廠一定歡迎。」

牛玉珍羞容滿面，抬腿跑了。牛闊成在後邊直著嗓子喊叫，可兒子女兒全不理他。他們各懷著自己的心事，一個走著，一個跑著，最後都消失在那一片青色的房屋之中。

青工們在幾個「眼鏡」的指揮下，吆吆喝喝地幹起活來了。那個叫吳水的小青年掄著木榔頭，把一根根塗著紅漆字的木樁子揳進牛闊成的麥田裏。這一根根木樁彷彿釘進了牛闊成的肉裏，那木榔頭彷彿一下下打在牛闊成心上。他一陣迷暈，坐在了地上，伸出枯乾的手，撫摸著柔軟的麥苗兒，兩顆含意複雜的大淚珠子，啪嗒啪嗒落到了地上……

四

糖廠施工籌備處的青工們忙忙碌碌地在馬桑鎮後揳上了上百根木樁，廓清了糖廠的地界。但當天夜裏，這些木樁竟不翼而飛。施工籌備處的一個胖乎乎的領導人大為惱火，他帶著一個戴眼鏡的小夥子，怒氣沖沖地來到馬支書家問罪。馬支書連聲道歉，並一再解釋這是偶然現象。因為馬桑鎮向來民風淳樸，鎮上都是老老實實的順民，政府決定的事沒人反對，即使不高興也不敢搞破壞。這些木樁肯定被誰家不懂事的小孩當劈柴拔回家生了火。馬支書說到這份上，糖廠籌備處的負責人也就不好再說別的，大家閒扯了一通糖廠建成之後將給馬桑鎮帶來的好處，便握手告別。

馬支書也沒開什麼社員大會，只是走到麻石街上，扯著嗓子喊了幾聲：「各家各戶聽著，好生教育教育孩子，不要去拔糖廠的木樁，捉住要罰款的——」牛闊成家緊傍麻石街道，牛青聽到馬支書的喊叫，心裏猛地一沉。他們家裏房屋寬敞，爺兒三個每人住一個房間。夜裏牛青睡得不寧，似乎聽到爹深更半夜起來過幾次，也許這壞事就是爹幹的。

吃中午飯時，牛青故意對著妹妹說：「也不知是誰搞破壞，把糖廠揳的木樁全拔走了，這要是前幾年，非按反革命論處不可。」

牛闊成把筷子一摔說：「不就幾根爛木橛子嗎？有什麼了不起的事？」

「爛木橛子？你說得好輕鬆。這是破壞國家經濟建設！」

「你別來嚇唬老子！」

「是您拔的？爹？」牛玉珍問。

「放屁，還是你拔的哩！」牛闊成青著臉說。

五

糖廠建設籌備處的人們又用了幾天工夫，再次把木樁定好。這次他們削制的木樁又粗又長，每根都揳到地下幾十公分深。負責定樁的幾個小青工一邊掄榔頭一邊罵著那個破壞分子。周圍圍著一圈看熱鬧的人們，也都詛咒這個不光彩的破壞者。因為他的緣故，馬桑鎮老百姓的好名聲蒙上了恥辱。前幾天，籌備處的小青年清晨到八隆河洗臉，偶爾發現河邊有兩根木樁，由此斷定，這木樁不是孩子拔的，也不是拔了當柴燒，而是有意破壞，把木樁扔到河裏，消蹤滅跡。糖廠籌備處領導把這個發現跟馬支書講了，馬支書還是堅持自己的意見不變。他又沿著麻石街喊了一遍，勸誡人們教育孩子不要去拔木樁，工程籌備處的那位領導人哭笑不得。

勘測劃界工作再次結束之後，籌備處放了一天假，那十幾個生性好動的年輕人把馬桑鎮的大街小巷轉了一遍。三個姑娘已經跟牛玉珍混得很熟，走到牛家門口時，那個最漂亮的名叫劉豔的姑娘帶著頭踅進牛家院子去跟牛玉珍告別，吳水等人也想進去，被劉豔斥退。那幾天，牛家院裏那棵老杏樹已經爆出了豆粒般大小的花骨朵。院子裏洋溢著春天的氣息。

「你們走了，還回來嗎？」牛玉珍問。

「回來，我們回去就要到外省學習安裝技術，等到廠房建成，我們就回來安裝機器。」劉豔說。

「到那時候，就怕大姊出嫁成了小媳婦啦！」另一個姑娘戲謔地說。

「俺不找婆家，俺才十八哩，俺還等著糖廠招工哩。」牛玉珍臉紅紅地說。

「你們家就你自己在家？」劉豔問，「你哥哥的二胡拉得蓋帽了！」

「啊，你怎麼知道我哥哥會拉二胡？」

「劉豔每天晚上都在你家門外偷聽，說不定她要給你當嫂子哩。」胖姑娘一本正經地說著。

「該死的，我撕了你的嘴。」劉豔氣惱地揪住胖姑娘的髮辮，胖姑娘連聲求饒。

「大姊——其實該叫你小妹妹，」劉豔說，「我們明天就要走了，再見吧。」

姑娘家好動感情，分手時，牛玉珍兩眼貯滿了淚水。劉豔她們也有點捨不得這個純樸而美麗的姑娘。

但第二天劉豔她們並沒有走成。因為這天夜裏，糖廠籌備處幾十個人幾天的辛苦勞動果實又被徹底破壞，那上百根木樁子又被拔得乾乾淨淨。籌備處的領導人趕到現場，發現每個樁坑前都留下一些熊掌般的大腳印。馬支書關於「小孩弄柴燒」的推測不攻自破了。籌備處負責人圓臉都氣長了，他再次闖到馬支書家大發脾氣，堅決要求馬桑鎮支部、或是馬桑鎮管委會嚴格追查。豆粒大的汗珠沁滿馬支書的額頭，他雖然對籌備處負責人的態度不滿，可也沒法駁回。因為，事情畢竟是發生在馬桑鎮上，他這個地方官負有責任。

馬支書當天晚上又召開了社員大會，要求大家檢舉破壞分子。會場上，一些粗野的年輕人罵不絕口，揚言捉到這個人一定要送他進監獄，為鎮上除去這一害。

牛青在會場上一聲也沒敢言語，這事是誰幹的，他心裏已有八分知曉。但他又沒有勇氣揭發，牛闊成畢竟是他的爹。

上午，當糖廠標誌再次遭到破壞的消息在全鎮傳開後，牛青就注意到了爹那雙沾滿了泥土的鞋子。老頭子躺在屋裏，呼呼地直喘著粗氣。牛青進去對他說：「爹，糖廠的橛子又被壞人拔了。」

「拔了好，讓他們建。」

「爹，是不是你拔的？」

「是我拔的又咋樣？能把老子毬咬去？……更甭說不是老子拔的了。」

這種幾乎等於招供的回答使牛青感到又氣又怕。氣的是碰上這麼一個糊塗老子，怕的是一旦事情敗露，老頭子要受國法制裁，自己和妹妹也要跟著承擔惡名。

「爹呀，您老人家怎麼能這樣呢？您不是說咱家老輩子都是老實人嗎？幹出這種事，您不為自己想想，也該為自己的兒女想想。地是國家的，不是你的，國家的事，您擋得住嗎？」牛青的眼淚幾乎都要流出眼眶了。

牛闊成躺在床上默默無語，牛青繼續數落。他終於耐不住了，折身起來，吼道：「你給我滾出去！我一人做事一人當，你去告你老子好了——你怎麼就敢一口咬定是我幹的？鎮上反對建糖廠的人多著哩。」

「爹，我不說了，隨你折騰去吧。你的下場是：搗亂——失敗——再搗亂——再失敗，直至滅亡。」

牛青跑出爹的房間，拿出二胡，坐到杏樹下邊，拉起《江河水》來，這曲子本來就纏綿悱惻，催人淚下，牛青又把自己滿腹的冤屈都揉了進去，更使得曲子令人不忍卒聽。牛玉珍從窗櫺裏望著面色蒼白的哥哥，淚水一串串地掛在腮上……

連續幾天的清查毫無結果，牛青到底沒有去揭發自己的老子這個重大嫌疑犯。籌備處領導人一天三次催著馬支書趕快破案，但在馬支書這種典型的油條幹部面前，天王老子也沒有多大辦法。馬支書懂得對付上邊的一整套戰術：軟磨硬抗，疲勞戰，大事化小，小事化了，最後不了了之。等到籌備處領導醒悟過來，去給縣公安局打電話聯繫時，現場已被破壞得不成樣子，公安局就委託公社派出所處理，這事很快就疲疲沓沓地失去了它吸引人的魅力，馬桑鎮的人又像以往那樣照舊生活了，小鎮上又是風平浪靜。而這時已是四月盡頭，杏花開過，桃花又開得燦若雲霞，一團團雪花般的柳絮在鎮子上飄來蕩去。鎮後田野裏的麥苗已長得沒了膝蓋，綠油油的一片，十分喜人，只要再等一個半月，小麥就要到手。馬支書不去追查拔樁的壞人，反而勸說籌備處領導人把工期推遲一點，等到農民們把麥子收了再說。籌備處領導人堅決駁回了馬支書的請求。由於兩次破壞，已經使開工日期延拖了近一個月，他們已經受到了批評。

這次，糖廠籌備處領導人學精了。他們估計到這個破壞分子絕不會就此甘休，便暗布機關，抽出了吳水等四個腿腳矯健的小青年，白天躲在小學校裏睡覺，夜晚到麥田去潛伏。這次，他們砍削的木樁一根根都像房檁般粗細，用十八磅的大鐵錘一直砸到地下半米深，沒有魯智深的力氣是休想拔得出來的。一連四五天夜晚，吳水他們趴在麥田裏「守株待兔」，初夏的涼露打得他們衣服濕漉漉的，但是毫無所獲，連他們也開始懷疑這樣幹是不是大冒傻氣。最後一夜，終於發現了一個黑影在木樁周圍轉來轉去，四個人一擁而上——嚇得一條狗轉著彎子跑走了。鬧了一場虛驚，四個人哭笑不得。

六

糖廠籌備處終於撤走了。一輛大卡車把那些姑娘們、小夥子們拉上了八馬公路。汽車開出十華里光景，籌備處領導人忽然讓卡車停住，對著吳水他們四個人面授機宜：讓他們先在八隆河堤玩上一天，夜晚再潛入馬桑鎮後的麥田裏。如果這個破壞分子心不死，那他就不會放過這個時機。籌備處領導想得很周到，為四個小青工留下了足夠他們吃兩天的麵包、水果，並囑咐他們，如果一夜無事，第二天就乘公共汽車趕回縣城。

吳水他們四個在八隆河堤上遊蕩了一天，吃得飽飽的，睡得足足的，等到夜幕降臨，便神不知鬼不覺地潛回馬桑鎮後的麥田裏。這種富有驚險色彩的活動十分合這四個小青年的胃口，他們都像警惕的小狼崽子一樣，圓溜溜地睜著眼，等著那不知何時出現的獵物。

正是四月末尾，前半夜天空繁星點點，露水很重，後半夜不知什麼時辰，一勾殘月升上天，使漆黑的夜空變得像鴨蛋色。四個年輕人開始連連打呵欠，渾身的關節像生了鏽。這時，從遠處傳來踢踢踏踏的腳步聲。一個人大搖大擺地走過來，走到一個木樁前，抬腿踢了一腳，罵道：「奶奶的，我再給你拔光，讓你建個毬的糖廠。」他彎下腰，雙手抱住一根木樁，吭吭哧哧地拔起來。吳水捲著舌頭，學了幾聲蛤蟆叫。這是要大家不要輕舉妄動的暗號，因為籌備處的領導人囑咐他們一定要人贓俱獲。那個拔樁人罵罵咧咧地折騰了半個小時，才把一根木樁拔出來。他一屁股坐在地上，呼哧呼哧地大口喘氣。是時候了，吳水一聲呼哨，四個人一擁而上，老鷹擒小雞般地把拔樁人按倒在地。吳水對準拔樁人的屁股就是一腳：「反革命，看你還往哪裏逃？」他撳亮了手電筒，照見了牛闊成那張熱汗淋淋、沾滿泥土的臉。

「喲，倔老頭子，是你呀！」

「是我，你們敢把我怎麼著？」

「老傢伙，甭你嘴硬，有你的好果子吃。」

四個青工擰著牛闊成的胳膊，推推搡搡地回到馬桑鎮。這時，天色微明，已經有早起的人到八隆河裏去挑水。走上麻石街時，青工們得意地挺著胸脯，像四個捉舌頭回來的偵察兵，牛闊成驕傲地昂著頭，那神情頗像一個失敗了的英雄。

抓到破壞分子的消息不到一袋菸的工夫就傳遍了馬桑鎮。人們放下手裏的活兒，蜂擁著到小學校裏看熱鬧。在馬桑鎮人的心目中，拔樁賊一定是個凶強俠氣的傳奇人物。到了學校教室一看，竟是鬍子拉碴的牛闊成。大家都大失所望，有的人甚至向旁邊的人詢問：「怕是弄錯了吧？怎麼會是他呢？」

老牛在屋裏聽到人們的議論，連聲分辯道：「是我拔的，是我牛闊成拔的，我不願意讓這雞巴糖廠佔咱的地。」

「這老傢伙，簡直是不可救藥。」一個小青工憤憤地說。

馬支書被人從被窩裏拽起來，睡眼惺忪地趕到小學校，搖著頭說：「老牛大哥，你這不是存心給我添麻煩嗎？你就等著蹲監獄去吧。」

「蹲就蹲，反正不能讓糖廠佔了咱的地，馬支書，莊戶人家沒了地，就象孩子沒了娘……」

「你呀，老牛，簡直是個老混蛋！」

馬支書罵完了牛闊成，沿著麻石街，晃晃蕩蕩地來到牛家院子，扯著嗓子喊：「牛青，你爹去拔樁被捉起來了，快弄點飯送給他吃，老傢伙累得都快坐不住了。」牛玉珍聽到馬支書的話，失聲哭起來。牛青不耐煩地說：「嚎什麼？讓他去蹲幾天監獄，受受教育開開竅也好！」

七

吳水一大早就給縣城掛了電話，興沖沖地報告了捉住破壞分子的消息。中午時分，一輛小吉普箭一般地駛進馬桑鎮，從車裏鑽出了糖廠籌備委員會負責人和兩個腰插手槍的白衣警察，一見來了帶槍的人，馬桑鎮上的人才意識到問題的嚴重性。馬支書油汗涔涔，唇乾舌焦地向公安局的人解釋：牛闊成家三代貧農，對共產黨感情深厚，他之所以幹出這種事，不過是一時糊塗，鬼迷心竅。望上級從寬處理。馬支書的辯護當即遭到糖廠籌備委員會領導人的反對。那位領導人說，糖廠建設即將開始，必須殺隻雞給猴看，否則難保沒人去把建成的樓房推倒。

白衣警察什麼也沒說，只是讓牛闊成跟他們去縣裏一趟。牛家兄妹被馬支書逼著來給爹送行，牛玉珍淚痕滿臉，牛青臉色陰沉。牛闊成是鐵石心腸，見此情景也不免悽惶起來，他說：「青兒，爹怕是回不來了，你在家好好種地，好好照顧你妹妹。」

牛玉珍哽咽著說不出話來。牛青見爹到了這步田地還不忘囑咐他種地，不由地心裏又升騰起不滿，他說：「國法難容，你就去好好受教育吧，家裏的事我們知道該怎麼幹。」

「小雜種，你不是我的兒子。」

開車的司機不願聽老牛囉嗦，腳下一踩油門，吉普車屁股下噴著青煙，順著公路開走了。鎮上的人目送著吉普車，一直等到它變得像隻小甲蟲在路上蠕蠕而動時才收回眼睛。王臣說：「老牛大伯好福氣，要不怎能撈著坐坐吉普車呢！」

牛闊成是馬桑鎮上第一個坐小車的人。

果然是「殺人可恕，國法難容」。牛闊成因破壞國家經濟建設罪被判五個月的拘役，拘役在縣奶牛場執行。消息傳到鎮上，馬支書只是歎了口氣，牛家兄妹也沒有太大的煩惱，鎮上人更不把這當作一回事。馬桑鎮的生活腳步一刻也不停息，八隆河日夜東流，並不因為牛闊成被判處拘役而有絲毫改變。

八

時間進入五月，馬桑鎮上最怕冷的老頭也脫掉了棉衣，馬桑鎮周圍的堤岸、田野、河流、樹木，都是一派生機勃勃的夏天的景象了。糖廠已經破土動工，成群的載重卡車拖著石灰、水泥、磚瓦、砂石，從八馬公路上滾滾而來，數百個建築工人像一股旋風捲進了馬桑鎮。建築工人們在工地旁搭起了簡易工棚住下來。從此以後，汽車喇叭聲、攪拌機的轟鳴聲以及建築工粗野的謔罵便交織成一首恢弘的音樂在馬桑鎮上空久久不散，已經很難聽到八隆河裏那嘩啦嘩啦的流水聲了。

糖廠的建築物在一天天升高，高大的腳手架矗立在鎮子後邊。那些建築工們在半空中大搖大擺地走來走去，令馬桑鎮上的人們為之提心吊膽，但從來就沒一個建築工掉到架子下邊來。這年夏天，鎮子上因為土地減了大半，人們空閒不少，便三五成群地跑到工地看熱鬧。關於牛闊成拔木樁搞破壞的事，似乎已經過去了若干年。人們提起這話頭，都覺得心頭朦朦朧朧，就好像壓根兒沒這回事似的。

國家為徵用馬桑鎮的土地付了大筆金錢。馬桑鎮準備用這筆錢在緊傍著糖廠的地方建一個現代化的養豬場。糖廠一旦開工，每天都要產生大批甜菜渣滓，糖渣是養豬的上等飼料。與此同時，國家還賠償了被毀壞的麥苗，果然應了馬支書的預言，老百姓都大大佔了便宜。牛家兄妹也領到了八百元的賠償費呢。領到這筆「鉅款」後，素來就被鎮上人稱為少年老成的牛青忽發奇想，打算在鎮上創辦一個酒館，他看準了這是個賺錢的好買賣，儘管他滿可以到現代化養豬場去當個小頭目，但和豬打交道終究不是個文明差事，更兼他自小就怕聽豬叫，一聽到豬叫就渾身爆起一片片的疙瘩。妹妹還在做著「糖廠工人」夢，對哥哥的設想不置可否，她只是建議哥哥坐車去趟奶牛場，與爹商量商量，免得老頭子回來罵人。牛青沒理妹妹的茬，反而說：「我才不跟他商量哩，我要幹出個樣兒給他看看。」牛青很快徵得了馬支書的同意，到公社工商管理所領出了營業執照，就自己動手，將五間房子的四間改成了店堂，留一間給妹妹作閨房，自己就在廚房的角落裏搭了一張舖。為了使老頭子回來有個安身之地，又在院裏搭起一個簡易小平房。他們家臨街而住，位置又在鎮子中心，是天然的良址。一切準備就緒後，牛青又跑到公社中學去，請他過去的歷史老師給寫了一塊匾額。匾額上「工農酒家」四個大字寫得古樸蒼勁，氣度不凡。每天晚上，牛青拉開電燈開關，這塊匾額就在燈光下招徠顧客了。

牛家兄妹倆誰也沒有經營過飲食服務業，開始只能是搞點花生米、柳葉魚之類的簡單酒肴小打小鬧，但沒過多久，牛青就跑到縣城買回一大摞烹飪技術書籍，還把一個在商校學習烹飪的同學請來幫了半個月工。一個月後，工農酒家炒出的下酒菜就有色有味，小有名氣了。天天晚上，那些滿身沾著水泥點子的建築工都來猜拳行令。

牛家兄妹開了頭，鎮上人也開始效仿，一批批小飯店、小茶館、小賣舖也在麻石街兩側因陋就簡地開了張，每到晚上，麻石街兩側燈火通明，氣氛熱烈，馬桑鎮上幾十年來早睡早起的習慣被徹底改變了。

八月過去是九月，鎮上已是滿目秋色，八隆河堤上密匝匝的槐樹葉片已經一片金黃。風吹過來，那些葉片便紛紛揚揚地落到幽藍的河水裏，飄飄蕩蕩地隨波而去。鎮外糖廠的建築物已經初具輪廓，據說不久就要撤架子了。就在這個月裏的一天，拘役期滿的牛闖成在鎮子西頭下了公共汽車。這五個月來，老頭子在縣奶牛場餵牛，這種活兒對他來說是輕車熟路，他幹得順手賣力，頗得好評。奶牛場的工人們並不把他當做犯人看，人們只是把他看成一個糊裏糊塗的倔老頭子。奶牛場為獎勵他出色的勞動，根據有關政策，每月付給他四十元錢做為勞動報酬，至於牛奶、乳酪當然是敞開供應，隨他放開肚皮吃喝。五個月過來，老牛竟然胖了，白了，臉上皺紋也淺了，彷彿年輕了幾歲。

一進馬桑鎮，牛闖成感到好像走錯了路，這地方竟然變得既熟悉又陌生，他搓著眼睛，在麻石街上彳亍而行。正蹬著自行車去縣城辦貨回來的王臣跟他打起招呼來：「喲，這不是老牛大伯嗎？聽說你在奶牛場當上工人啦？呵，喝牛奶喝得又白又胖。大伯，你真是因禍得福哪。」

牛闖成罵了幾句很難聽的話，王臣也不生氣，嘻嘻笑著竄到前頭去了。他也開了一個小酒館，而且正對著牛家兄妹的工農酒家，兩家正摽著勁競爭呢。

牛闖成差點沒找到家門，要不是牛玉珍從店堂裏跑出來把他領進屋，他還要繼續在那塊富麗堂皇的大匾額下徘徊呢。

牛青正在灶上炸魚、蒸雞，忙著為晚上營業備料，看到牛闖成走進屋，隨便打了一個招呼，又忙他的去了，好像牛闖成不是從奶牛場歸來，而是到鄰居家串門回來一樣。這使得牛闖成心中好不高興。看到屋裏、院子裏面目全非，他心裏更加窩火。牛玉珍看到老頭子臉色不對，便把他領到院子裏的小房裏，想讓他歇歇腳、消消氣。這兩間小平房雖然小，但布置得漂亮舒適，床上的鋪蓋全是新的，墊子又厚又軟，蒙著潔白發亮的床單，枕頭上搭著素雅大方的新枕巾；牆上貼滿年畫，還有一張外國冰上女明星的彩色照片呢。牛闊成終於爆發了：「雜種，反了你們了，誰讓你們開了這麼個黑店？」

「爹，您別生氣，這店是我跟哥哥商議著開的，您不在家，要是等您回來，就晚了三秋了。您上街去打聽打聽，現在全鎮都誇哥哥有遠見，有膽量，是個好樣的哩。」牛玉珍在店堂上應酬了幾個月，言談話語有了巨大的進步。

「你別給我花言巧語，咱家老輩子就是種地吃飯，『千買賣，萬買賣，不如下地耪土塊』，不正兒八經地種地，想出這歪門邪道。」

牛青忙完了手裏的活，封了火，走上來說：「爹，我算筆帳給你聽，去年咱爺兒仨拚死拚活幹了一年，滿打滿算才掙了七百塊錢，今年我跟妹妹倆，開張四個月，淨賺一千二，你掂量掂量哪頭沉？再說，開酒館辦商業國家支持，咱買賣公平，不賺昧心錢，與人方便，自己方便，有什麼不好？您辛苦了一輩子，也該歇歇了，從今後，您就到八隆河裏釣釣魚，到街上看看景，吃魚、吃肉、喝酒，全隨你的意，只是有一條，我們不是小孩子了，現如今不比以前了，你要學著開明一點，少管閒事。」

牛青的話說得牛闊成無言以對，悶著頭走進小屋，伸手把牆上那張女人照片撕下來，揉成一團扔到牆旮旯裏，吐著唾沫說：「什麼玩意兒，弄個光腚猴子貼在我頭頂上，怪不得老子這一年沒有好運氣。」

面對老頭子的胡攪蠻纏，兒子女兒一笑置之。

中午飯，牛青施出了全套本事，精心做了六個香氣撲鼻、味道鮮美的好菜，打開了一瓶人參蜂王酒，為老頭子洗塵。牛闊成嘴裏還是嘈嘈雜雜地發表不平之論，但很明顯，這不過是一種習慣而已，其中已沒有多少真情實感，美酒佳餚早就把他的火給壓滅了。吃過飯，他倒在床上，一覺睡到夕陽西下，晚飯他又吃了一隻小燒雞，喝光了中午剩下的半瓶酒，一覺睡到紅日初升。從此牛闊成享起了清福，他不得不承認，在一年的搏鬥中，他已經被兒子女兒，被流水一樣的新生活徹底擊敗，徹底衝垮了。只是當他到鎮上那僅存的百八十畝農田去幫人家幹點活時，才能泛起對往昔那種汗珠子落地摔八瓣的生活的留戀追憶。他已經意識到一代更比一代會享受、會玩、會吃、會打扮，這似乎是不可抗拒的規律。他心裏服了兒女們，但嘴裏從來沒有認過輸。他總是懷著一種憂愁，像把魂兒丟失了，他有時竟逼著兒子拉段二胡給他聽，兒子卻從來不滿足他的要求，那把二胡，掛在牆上，落滿了灰塵。

九

一轉眼幾年過去了。幾年來，誰也沒去計算八隆河水流過去了多少，誰也沒去查看自己額頭上增添了幾條皺紋，鬢角上生出了幾根銀髮。一句話歸總，這幾年馬桑鎮的日月是快馬加鞭，日子越來越紅火。一切都按照計畫如期進行。那年秋天，糖廠機器安裝完畢，試車一次成功。八百個青年工人像追趕蜂巢的蜂蜜一樣追趕著糖廠來到馬桑鎮。這裏邊就包括那個曾深夜裏設埋伏活捉牛闖成的吳水，他是糖廠炊事班裏做飯的，據說曾派他去學過甜菜糖分化驗，但他死活學不會，只好當了「伙頭軍」。那三個曾與牛玉珍建立過友誼的青年姑娘也來了，那個叫劉豔的依然十分俏麗動人，雖說糖廠姑娘如雲，但比得上她的容貌的並不多。也是據說，劉豔是縣裏哪位頭頭的外甥女，因此她在糖廠的工作是高踞於眾人之上的。她是廣播員，一口純正甜美的普通話不時在喇叭裏響起。那年秋天是個豐收的季節，雨水調勻，甜菜長得又大又光滑，從八月至十一月，八馬公路上不分晝夜沒斷過農民們賣甜菜的車輛，鎮上一天到晚擠滿了人。幾家小飯店、小酒館根本容納不了這麼多顧客，於是，更多的馬桑鎮人也轉手搞起飲食服務業來，到了糖廠開工的第二年，馬桑鎮的麻石街已經成了一條商業街，各類商店一應俱全。與此同時，馬桑鎮上那個現代化養豬廠也建成了，糖廠洩出大批渣滓便宜得要命，使得馬桑鎮這個養豬廠幾乎是一本萬利。馬桑鎮富了，富得很快全縣聞了名。這時候，鎮子上專門從事農業生產的人不多了，剩下那百八十畝地也變成了蔬菜地，包給了幾個專業戶。一到冬天，地裏就支起了一個個塑膠大棚。鮮紅的西紅柿、鵝黃色的韭菜、青翠的柿子椒竟能在寒冬臘月裏擺在麻古街上叫賣。馬桑鎮的生活節奏在加快、在洋化、青年工人與青年農民在同化。如果單從穿著打扮上，的確很難分清誰是工人誰是農民了，農民們穿得甚至比工人們還要闊氣。但從作派上，從氣質上，這兩類青年還是有很大的差異的。鎮上一些小夥子姑娘儘管千方百計地各方面向糖廠的年輕人看齊，小夥子雖然也是一律的喇叭褲、花格衫，姑娘們也燙起了捲髮，透明的襯衫裏邊也露出了十字交叉的武裝帶，但那股土氣，那股俗氣總是去不掉。

這幾年裏，牛闊成沒有多大進步，他最明顯的變化是發了胖，臉上那一層乾燥的老皮已蛻去，換上了一層油光光的嫩皮，他自知管不了兒子、女兒，但也絕不肯放棄議論罵人的權力。有時甚至還幹出了一些比深夜拔木樁聰明不了多少的事情。

十

馬桑鎮上是天然的好風光，那條窄窄的麻古街、街旁嫋嫋的柳絲就夠美的了，但最美最迷人的還是八隆河堤。站在大堤上能將無邊的曠野盡收眼底，令人心曠神怡。滿堤長著槐樹，四月末五月初槐花開得雪海一般白，香氣襲人。八隆河水更是絕妙無比，它永遠是那麼清澈發亮，連夏天的暴雨季節裏也不渾濁。河水的顏色還隨著季節發生變化哩，春天碧藍，夏天碧綠，秋天幽藍，冬天還能結上一層薄薄的冰凌，在陽光下折射著七彩虹光。

糖廠的青年們喜歡成群結隊地往河堤上跑。由於糖廠是三班倒，所以，八隆河堤上一天到晚都響著青年人的歡聲笑語。這些人天天從麻石街上穿來穿去，有的花枝招展，有的愁眉苦臉，還有一對對的熱戀者在街上挽著胳膊漫步，男皮鞋的鐵釘，女皮鞋的高跟打得麻石街橐橐而響。這一切都使牛闊成心裏像吃了蒼蠅一樣彆彆扭扭。到了夏天，馬桑鎮燠熱難耐。以往的老規矩是，八隆河是男人的天下，女人是沒有資格下河洗澡的，晌午頭甚至都沒有到河堤上去乘涼的權力，因為滿河是一絲不掛的男人。那時，也有大膽的女人夜晚偷偷下河洗過澡，但幾乎每次都受到磚頭瓦塊的襲擊，有時還被人把藏在槐樹林裏的衣服偷跑。自從糖廠青工來了以後，這多少年的老規矩被徹底地摧毀了。八隆河裏，男人的一統天下被婦女們擠了進來。以劉豔為首的糖廠姑娘們，穿著五彩繽紛的游泳衣，像一群天鵝般地衝下了河。八隆河裏花花綠綠，姑娘們潔白的皮膚銀子般地眩目。牛闊成他們再也不敢下河洗澡了，河裏成了年輕人的天下，更準確地說是糖廠青工的天下。因為連王臣這樣一些臉皮比城牆還厚的小青年，對於男女混雜的場面也感到不習慣，畏畏縮縮地不敢下水，只躲在槐樹林裏看熱鬧。單單洗澡倒也還罷了，最令牛闊成感到不可忍受的是，這些男女青工們洗完澡後，竟穿著僅能遮醜的游泳衣穿街而過，回糖廠宿舍才換衣服。

牛闊成聯絡了幾個老頭子找到馬支書，讓他出面干涉。馬支書說：「老牛大哥，你真是吃飽了沒事幹，正經的事還夠我管的呢，我還去管這些雞頭鴨腚的爛事，得了，得了，回去吧，看慣了就順眼了。」老牛在馬支書那兒碰了一鼻子灰，便決心自行其事。一天中午，他手持一根木棒，攔在街頭對著那些長髮披肩、渾身滾水珠的年輕人說：「滾回去，騷娘們，從鎮外繞著走，別腌臢了這條街。」

姑娘們驚愕地看著這橫眉豎目的老頭，不敢前進了。幾個「騎士」衝上去，一膀子把牛闊成撞了個趔趄：「老不死的，靠邊站。」

牛青見爹又在當街出醜，連忙出來把老頭子拖回家，說：「爹，您又糊塗了！還想去奶牛場餵牛是不？」

「老子看不慣！這些小婊子，下三濫。」

「說這些髒話也不臉紅，看不慣別看。」牛青沒好氣地頂著。

「爹，人家洗澡，礙你麼事，現如今男女平等嘛。」牛玉珍也插言道。

「完了，完了，馬桑鎮的風水被這些臭娘們給敗壞了、敗壞了……」牛闊成在兒女們的聯合夾擊下，由盛怒變成了哀鳴。

他當然不甘罷休，明著不行就來暗的。他跑到田野裏採來一筐子蒺藜狗子，撒得滿街、滿河沿都是，扎得那些赤著腳的姑娘小夥子哇哇亂叫。老牛躲在自己的小屋裏一邊咬牙一邊笑。

但這種把戲就像他拔木樁一樣，很快就被抓住。青工們對他說：「老狗，要不是看你女兒長得像尊觀音，非摁到河裏灌死你不可。」

牛闊成撒蒺藜的事在鎮上成為笑料，被人奚落了好些天。他做為新生活浪潮中的絆腳石形象在糖廠裏也大名鼎鼎，誰都知道馬桑鎮上有這麼一個頑固不化的老怪物。以劉豔為首的糖廠姑娘出於一種報復和惡作劇的心理，竟連續幾天光顧工農酒家，來勸牛玉珍下河洗澡去。

牛玉珍羞羞答答地不答應。

「妹妹，你沒試試在水裏游泳那個舒服勁兒，走吧，去試試，要是在水裏洗掉你身上的灰，你會更白、更漂亮。」姑娘們勸說她。

「俺爹怕要打死我呢。」

「他不敢，都八〇年代了，他還敢耍封建家長威風？他要真敢打你，我們就聯名到縣婦聯告他。」

「我沒有你們那種小衣裳……」

「這個好說，我正好有一件多餘的。」

劉豔馬上跑回宿舍，拿來一件紅綢子游泳衣送給了牛玉珍。幾個姑娘七手八腳地幫牛玉珍換上衣服。牛玉珍低頭一看自己的形體，羞得頭都抬不起來了。姑娘們連拖帶拉地把牛玉珍架著跑了。

牛玉珍一下河，引起了一陣騷動，吳水高聲喊道：「比蘭德拉王后，歡迎你！」

滿河裏的青工發瘋般地潑起水來，水花像珍珠般地飛濺。

那天中午，牛闊成睡起午覺，坐在杏樹底下懶洋洋地打著呵欠。自從小青工要把他摁到河裏灌死後，他再也不敢去撒蒺藜狗子了；穿游泳衣的女人見多了，也就見怪不怪了。他連打了幾個呵欠，抬起手背擦擦眼睛。突然，眼前紅光一閃，一個雪白如玉的女子竟走進了他家院子，定睛細看，這女子竟是玉珍。老牛抽出屁股下的馬札，對著女兒就摔過去。玉珍一閃身躲過了，跑回自己屋裏，關上了門。老牛在院子裏破口大罵，他無論如何也沒想到自己家裏竟然也出了這麼一個妖精。他找來一條繩子扔在女兒窗前，罵道：「不要臉的貨，你今天夜裏就用這根繩子吊死吧，我不願意再見你。」

牛玉珍經過八隆河的「洗禮」，勇氣增添了不少，她對著窗戶說：「你讓我死，我偏不死，我要好好活！你這個老糊塗、老糊塗……娘啊，你怎麼去得那麼早呢？撇下女兒受窩囊氣……」

牛玉珍在屋裏放聲哭了起來。

牛青對妹妹的舉動基本上是贊同的，青年女工能下河洗澡，農家姑娘就不能嗎？他走到爹跟前，說：「爹，您老了，老了，青年人的事少管。」

「叛逆，叛逆！我真不該養你們。祖宗的臉都給你們丟盡了。」

牛闊成躲進小屋感觸萬千地喝起悶酒來了。牛青正要轉身進屋，耳邊傳來了「吃吃」的笑聲，抬頭一看是劉豔她們躲在門外邊對著他扮鬼臉呢。他不知是羞是慚，臉刷地紅了。

十一

到了八二年夏天，大姑娘小夥子下河洗澡，洗完澡水漉漉地從麻石街上穿過，這已經成為馬桑鎮夏日生活的一個必不可少的點綴，成了馬桑鎮夏景的一個有機構成部分，自從牛玉珍做了第一個勇敢的下水者之後，鎮上的小夥子也學著青工的樣子，穿著尼龍小褲頭下河洗澡了。這是一個重大的進步。以前馬桑鎮上的男人下河洗澡都是脫得赤條條的一絲不掛。在八隆河裏，工人和農民的差別進一步縮小，鎮上農家子女的「土氣」已經被八隆河的水洗得差不多了。幾年來，連鎮上的口音也潛移默化地發生著變化。過去馬桑鎮上「r」「y」不分，「人」讀成「銀」，「c」「ch」混淆，「吃」說成「呲」，現在可不了，連鎮東頭那個連續讀了五年一年級的小傻瓜也捲著大舌頭學說著普通話呢。一句話，馬桑鎮被徹底改造了，青年人正在用文明的精華和文明的垃圾衝擊著馬桑鎮舊日的生活。

正是這時候，那批三年前還是十六七八歲的姑娘們已經到了如花妙齡，是找對象尋佳婿的時節了。馬桑鎮上和牛玉珍年齡相仿的姑娘少說也有二十幾個。這些姑娘當中的百分之八十都被糖廠小青年娶走了。一時間，馬桑鎮上豐收了一批倒插門的女婿，糖廠房子緊張，青工的住房都在鎮上姑娘家。牛玉珍是馬桑鎮上的「皇后」，自然成了糖廠青工們追求的對象，至少有十幾個小夥子向牛玉珍獻過殷勤，在某種程度上牛玉珍每晚上「當壚賣酒」也成了「工農酒家」買賣興隆的原因之一。青工們儘管都想像著娶到牛玉珍這個桃花般豔麗的村姑的幸福，但最終獲得勝利的竟是那個曾經活捉過牛闊成並在牛闊成屁股上狠踹了一腳的吳水。這件事的確有點出人意料，因為在一般人眼裏，吳水這個流里流氣的小東西實在不算是個好人。牛青早就看出了玉珍與吳水眉來眼去，曾經提醒過她：「玉珍，你嫁給個青工我不反對，但要選準了人。吳水不是貨色，你當心上他的當。」

「哥，我的事不用你管。」

「我沒管你，只是提醒你。廠裏那麼多有學問的小夥子哪個不比吳水強？吳水是個做飯的，模樣也一般。」

「我也是個做飯的，你也是做飯的。」

「你看他那大鬢角、小鬍子。」

「我喜歡。」

「他油腔滑調整天唱亂七八糟的歌子。」

「我願聽。」

有錢難買「願意」，事情就是這麼稀奇古怪。

牛玉珍愛上小青工吳水並非事出無因。事情恐怕要追溯到牛家父子到麥田裏追氨水那天上午。那天，吳水做為第一個帶「洋味」的小夥子形象闖入了姑娘的心頭。他的懈里晄當的作派，故弄玄虛的詐詐唬唬都給當時只有十八歲的牛玉珍留下了深刻的印象。吳水身上有那麼一股美國西部牛仔的驃悍曠達之氣。這股牛仔氣使吳水明顯區別於農村土頭土腦的小夥子，使牛玉珍這個十八歲的少女心裏升起一種朦朦朧朧的感情。這恐怕就是最早埋下的愛情種子。後來，吳水幾乎每天光顧工農酒家，他的一舉一動，他經常掛在嘴邊的那首「好朋友再見，好朋友再見吧……」的南斯拉夫電影插曲都成了催發牛玉珍心中愛情萌芽的和風細雨。但事情發生質的飛躍還是在一個月光明媚的夏日的夜晚，牛玉珍在八隆河堤上乘涼，從槐樹林裏突然鑽出幾個小流氓來糾纏她。正當她嚇得渾身亂顫、話也說不出來的時候，吳水不知是從天上掉下來的，還是從地下冒出來的，突然出現在大堤上。他三拳兩腳打得那幾個小流氓落荒而逃。她情不自禁地撲進了吳水的懷抱……這究竟是不是個騙局很難斷定，但自從這一晚上之後，牛玉珍心中對吳水的愛情萌芽便迅速長成了愛情的大樹。

牛玉珍愛上吳水，這對於糖廠青工和馬桑鎮的青年農民都是一個不大不小的震動。劉豔甚至找到牛玉珍進行過個別談話，奉勸她慎重地對待戀愛婚姻問題。鎮上的青年農民更是不滿，他們互相埋怨無能，罵鎮上的姑娘眼眶淺，不值錢，是農民階級的叛徒。有幾個心氣高一些的小夥子甚至想分化瓦解糖廠姑娘的陣營，娶來幾個青年女工做為對糖廠青年男工的報復。但這些努力很快變為泡影，因為青年女工們對馬桑鎮上的小夥子壓根瞧不起，她們說：「嘿，這些又土又洋的傻帽兒，想得怪美氣。」小夥子們碰了釘子之後，聯合起來去找牛青拿主意。牛青對他們說：「當你口袋裏揣著一個十萬元存摺的時候，她們就會像蒼蠅一樣來纏你。」從此，為「十萬元」而奮鬥就成了馬桑鎮青年農民的一個心照不宣的目標。

十二

這幾年，鎮上的酒館飯店終於發展到了飽和狀態，各家的生意便相對蕭條起來。於是，在經濟學法則的支配下，這些年輕的小店主們便或明或暗地展開了競爭。最先想出高招的是牛家兄妹酒館對面的王臣。他買了一台四喇叭錄音機，託糖廠小青工從上海、青島等地灌回了一些港台流行歌曲；一到晚上，便開足音量大放，麻石街上迴響著港台歌星如哭如笑、若說若唱的歌聲。這一招果然有效，王臣的酒館擠滿了人，相對的牛家兄妹的酒館便冷落下來。雖然牛玉珍自從和吳水談上戀愛之後變得更加鮮嫩和洋氣十足，但還是抵不住那蕩魂迷魄的歌曲的魔力。這一段時間，牛家兄妹的經濟收入降低了。牛青很快就託人去買了一只立體聲帶電腦的錄音機，吳水為了換取牛青的好感，自告奮勇，託他在廣州的大表哥給牛家兄妹搞來了幾十盤香港原聲磁帶，這一下確把王臣給蓋了。於是，牛家兄妹的生意又成了全鎮最興隆的了。

牛闊成自從洗澡事件之後銳氣漸漸消滅，除了偶爾還發幾句關於糖廠與青工的牢騷外，對青年人的事已不是十分關心，連女兒與吳水談戀愛的消息傳到他的耳朵裏時，他也只是一般地在口頭上詐唬幾句，表示他絕不會忘記吳水踢青了他的屁股之仇之外，行動上並沒有多少表示。兒子買回來這麼一台錄音機，營業時當然大放，不營業時，牛玉珍也反過來倒過去地聽，吵得牛闊成晝夜不寧。他忍不住又抗議了：「青兒，珍兒，你們行行好，別放這些喪的歌子了，我一聽就渾身起雞皮疙瘩。」

「爹，我也不欣賞這些低級下流的曲子，可有什麼法子？這是競爭。」

「哥。你怎麼也變成老保守了？這歌子怎麼是低級下流的呢？多好聽哪！」牛玉珍說著就哼唱起來，「我的親爹叫人害怕，他待我真夠嚴厲哪，不許我遊逛到天黑，不許我跟光棍少年玩耍，只要能使你小夥子高興，我可不管爹爹他的話……」

十三

僅僅是一眨眼的工夫，八馬公路躺在八隆河畔已是五個年頭了，糖廠投產也已經三年了。

這是春天裏的一個上午，時間是四月，天上飄著牛毛細雨，馬桑鎮上霧氣濛濛，麻石街兩側的垂柳枝條低垂，一動不動。工農酒家院子裏那棵花朵繁披的老杏樹也在時濃時淡的雨霧中沉睡，時而有一片兩片花瓣兒無聲無息地落在濕漉漉的地上。

這天，糖廠的機器沒有開動，據說是一個耗子鑽進了配電室，造成了嚴重事故，致使全廠停產。這突然的沉寂使馬桑鎮上顯得沉悶壓抑，人們都感到心裏少了一點什麼似的坐立不安。

工農酒館裏沒有顧客，牛闊成一大早就跑到鎮西頭茶館裏跟老頭子們下棋去了，店堂裏只有牛家兄妹相對而坐，哥哥在按著電子計算器算帳，妹妹在編織著一件色彩豔麗的毛線衣。

牛玉珍突然又感到一陣翻腸攪胃的難受，便跑到門外，哇哇地嘔了幾口，然後面色蒼白地回到店堂。這種現象已經有些日子了。

「病了嗎？」牛青關切地問。

「不舒服。」牛玉珍掏出小手絹沾著眼裏的淚水。

「病了就去找醫生看看，別拖著。」牛青疑慮重重地盯著妹妹說。

「哥……」

「嗯？」

「哥呀，我有了……」

「有什麼？」

「孩子……」

牛青彷彿挨了電擊。

「你幹的好事！……是吳水的嗎？」

「嗯。」

「小子，我饒不了他！」

「哥，你別去找他……是我願意的。反正我早晚要嫁給他。」

「那你就快滾，別待在家裏丟醜！」

「怨我嗎?怨老糊塗的爹，死活不同意我嫁給他。」

「這下誰也攔不住你了。」牛青沮喪地說。

「其實這也算不了什麼事，吳水說，外國都這樣。」牛玉珍按下錄音機的按鍵，店堂裏又響起了軟綿綿的歌聲：

「喝完了這杯再來點小菜

人生難得幾回醉

不歡更何待……」

「行了，別聽了！」牛青捶著腦袋說，「我真混蛋啊！」

當天下午，牛青跑到糖廠宿舍，把吳水揪著耳朵拖出來，吳水吱吱哇哇地亂叫：「大哥，牛大哥，你要幹什麼?」

「跟我走，我有話跟你說。」牛青板著臉說。

「什麼話?就在這兒說吧。」吳水心裏有點發毛。

「跟我走。」牛青大踏步地朝八隆河堤走去。

登上大堤，牛青站住腳，等到吳水也氣喘吁吁地爬上堤來，對準他的脖子就是一拳。吳水一屁股坐在地上。

「牛大哥，你幹麼抬手打人?」

「小人，別跟我裝糊塗！說，你是怎麼欺負我妹妹的。」

「嘿嘿，我以為啥事哩，我們不過是玩玩罷了。」

「她懷孕了！你這個混蛋！」

「怎麼會呢？」

「吳水，我就這麼一個妹子，她是我從小背著長大的……你要是敢甩了她，我跟你有算不清的帳。」

「大哥……你說怎麼辦？」

「你們趕快結婚！」

「廠裏沒房子……」

「我出錢幫你們蓋。」

「多謝大哥成全。吳水要是有個三心二意，天打五雷轟！」吳水得意地跑了。

雨漸漸大起來，八隆河深藍色的水面迸開無數銀色的小小水珠，不時有一條銀色的鰱魚躍出水面，濺起一簇簇小浪花。牛青木木地站在河堤上，雨點打濕了他的衣服，打濕了他的頭髮。他目光陰鬱地漠視著蒙在雨簾中的馬桑鎮，漠視著糖廠高大的煙囪冒出的團團黑煙，那些黑煙凝成一團重濁的煙雲，籠罩在鎮子上空，久久也不消散。

十四

當天晚上，工農酒家大門緊閉，不少想到這兒打發雨夜寂寞光景的青工吃了閉門羹。雨絲橫飛過來，抽打著那塊白底黑字的店牌，水珠兒順著牌子撲簌簌地滾下！

「牛掌櫃，開門喲！」

「比蘭德拉王后，開門喲！」

幾個小青工在門外狂呼亂叫。然而，回答他們的只有淅淅瀝瀝的雨聲。青工們無奈，只得擠到對面王臣的店堂裏。王臣店裏舖面窄小，幾十個人擠得滿滿登登，滿地都是鞋底沾進來的爛泥，屋子裏煙霧騰騰，空氣混濁。王臣那幾十盤破舊磁帶早已磨損得不像樣子，發出一陣陣「嗤嗤啦啦」的聲響，像一個老太婆在上氣不接下氣地喘息。壞天氣使人心情鬱悶，聽膩了的歌聲加重了人們的煩躁，有幾個小青工竟為了點雞毛蒜皮的小事掄起拳頭來。

但正在這時候，從對面工農酒館裏突然傳來了一陣委婉動聽的民間音樂。這是二胡在獨奏。起初那幾個旋律有點枯啞生澀，像是因為蟒皮受了潮，又像是樂師手法生疏，但很快，曲子就明亮發脆了。雨天氣壓低，樂聲被壓迫得只能貼著地面飛旋。一個青工走上前去，關掉了錄音機，於是，那民間音樂便一無遮攔地飛了進來。這是一種什麼樣的曲子喲，顫顫巍巍，洋洋灑灑，忽而亢奮，忽而低沉。這使那些被一唱三喘氣的歌子把耳朵磨起老繭，心裏長滿了綠鏽的年輕人們頓覺耳目一新，那一隻隻迷迷瞪瞪的眼睛通通放出了亮光。

第二天晚上，綿綿的春雨停了，大塊的雲團在空氣中飄動，一勾新月掛在八隆河堤岸的槐樹梢上。工農酒家依然沒有開門，青工們千呼萬喚也無人答應，只好再到王臣酒店裏坐著等那音樂再次出現。他們沒有白等，但這天晚上傳出的已不是二胡聲，而是急雨般的琵琶聲。

第三天晚上的嗩吶聲使幾個感情脆弱的小青工鼻子溜溜地酸。

第四天晚上笛聲清脆，簫聲嗚咽。

人們聽著音樂，越來越感到陷入重重迷霧之中。工農酒家發生了什麼事情呢？邊續幾天頗賺了幾個大錢的王臣更是百思不得其解。牛青這個精打細算的傢伙，難道突然發了神經？放著錢不撈，卻搗鼓起這些絲竹老骨董來了。自從工農酒館開張以來，誰都沒聽過他的音樂，他的音樂才能幾乎都被人忘記了。

不久，鎮上就傳開了牛玉珍即將和吳水結婚的消息。牛青託馬支書從中斡旋，買下了鎮西頭余寡婦那三間多餘的房子，並請人修繕粉刷。這簡直是爆炸性新聞，震動得鎮上人暈頭脹腦了。好幾天，人們猜不透比花崗岩還要堅硬的牛闊成怎麼會妥協讓步，把女兒嫁給不但踢青了他的屁股而且像顆怪味豆一樣的吳水，後來，幾個目光銳利的大嫂揭開了謎底，她們發現牛玉珍那變化了的腰身和臉上出現的古怪花紋，斷定牛玉珍已不是個姑娘，而且肚裏已經有了「文章」。這些都做為醜聞、要聞使全鎮家喻戶曉。糖廠姑娘也知道了這件事，她們的心情很複雜，很惶惑。劉豔想起五年前她在牛家院子裏和玉珍的談話、玩笑，想起了牛玉珍天真地做著「糖廠工人」夢，以及後來當真來託她說情想進糖廠當個工人的事，她還想起了下河洗澡，想起了流行音樂……她好像看到了一條河……

十五

生活的魔方真是變幻無窮。如果現在到馬桑鎮上去，即使順著麻石街走上十個來回也找不到那家酒館了。現在，麻石街上最有名的是一個「民間音樂酒家」，薄利多銷，生意相當興隆。

牛玉珍結婚之後又搬了回來，她已經是個標準的大嫂子了。她和吳水生的那個狗崽子一樣調皮搗蛋的兒子滿店堂亂竄，看門的牛闊成老漢不得不經常抓住他，叮囑道：「老實待著，別打擾你舅舅演奏。」

店堂正中，皮鞋晶亮，褲縫如刀的牛青正在屏氣息神，醞釀感情，為他的聽眾表演。馬支書已被撤了職，他也經常擠進店來，瞇縫起胖成一條縫的眼睛如醉如癡地聽音樂。有時候，聽著聽著他就打起呼嚕來，哈喇子掛在下巴上，像春蠶吐出的絲。

如果在馬桑鎮街上走，也許能碰到吳水。他還是大鬢角，喇叭褲，只是像個大人了，他是個做爸爸的人了。

如果你常到「民間音樂酒家」來，也會發現，新近升任了糖廠團委書記的劉豔還是常常來牛青家，說是找玉珍玩。但又多半在那兒聽音樂。也有人猜說她和牛青的事，不過似乎沒什麼進展，不知因為什麼。

如果你感到這一切都無多大意思，那麼你到八隆河堤上去看流水吧。如果時令是五月初，河堤上槐花凋謝，水面上彷彿落了一層雪，使你看不出河水在流動哩。

一九八三年九月於延慶

國家圖書館出版品預行編目資料

透明的紅蘿蔔——莫言中篇小說精選 / 莫言著. -- 初版. -- 臺北市：麥田, 城邦文化出版：家庭傳媒城邦分公司發行，2008.6
面； 公分. --（莫言作品集；4）

ISBN 978-986-173-386-9（第一冊：平裝）

857.63 97009475

莫言作品集 4

透明的紅蘿蔔——莫言中篇小說精選

作者 莫言
責任編輯 吳品
副總編輯 林秀梅
總經理 陳蕙慧
發行人 涂玉雲
出版 麥田出版
城邦文化事業股份有限公司
100 台北市中正區信義路二段 213 號 11 樓
電話：(886)2-23560933 傳真：(886)2-23516320；23519179
發行 英屬蓋曼群島商家庭傳媒股份有限公司城邦分公司
104 台北市中山區民生東路二段 141 號 2 樓
客服服務專線：(886)2-25007718；25007719
24 小時傳真專線：(886)2-25001990；25001991
服務時間：週一至週五上午 09:00~12:00；下午 13:00~17:00
劃撥帳號：19863813；戶名：書虫股份有限公司
讀者服務信箱：service@readingclub.com.tw
麥田部落格 http://blog.pixnet.net/ryefield
香港發行所 城邦（香港）出版集團有限公司
香港灣仔軒尼詩道 235 號 3 樓
電話：(852)25086231 傳真：(852)25789337
E-mail：hkcite@biznetvigator.com
馬新發行所 城邦（馬新）出版集團【Cite(M) Sdn. Bhd.(458372U)】
11, Jalan 30D/146, Desa Tasik, Sungai Besi,
57000 Kuala Lumpur, Malaysia.
電話：(60)3-90563833 傳真：(60)3-90562833
E-mail: citecite@streamyx.com
排版 紫翎排版工作室
印刷 成陽印刷股份有限公司
初版一刷 2008 年 6 月 1 日
售價 420 元
ISBN 978-986-173-386-9

城邦讀書花園
www.cite.com.tw